I0824361

Willibald Alexis

Der Werwolf

Salzwasser

Willibald Alexis

Der Werwolf

1. Auflage | ISBN: 978-3-84606-261-6

Erscheinungsort: Paderborn, Deutschland

Erscheinungsjahr: 2015

Salzwasser Verlag GmbH, Paderborn.

Nachdruck des Originals.

Willibald Alexis

Der Werwolf

Salzwasser

Der Werwolf.

Vaterländischer Roman

von

Willibald Alexis.

(W. Häring.)

Zwei Teile in einem Bande.

Erster Teil.

Willibald Alexis

(W. Häring.)

Vaterländische Romane.

Willibald Alexis

Vaterländische Romane.

Vierter Band.

Hake von Stülpe.

Erstes Kapitel.

Die Spinnstube.

„Daß Gott erbarm!" rief Frau von Bredow, und wollte wieder ihre Hände falten, aber der Kopf war noch nicht recht im Gleichgewicht; auch die runde Brille war unter die Augen gerutscht, und das abgegriffene Buch, das ihr auf den Schoß gesunken, dieweil der Schlaf mit seinen Sammetfingern über ihre Wimpern strich, war jetzt zur Erde gefallen.

Davon war sie vielleicht erwacht.

„Du meine Zeit, was war das?"

Die Mägde hätten nicht nötig gehabt zu antworten; der Wind antwortete schon selbst, und wenn er vorübersauste und in den Wäldern nachheulte, surrte und summte es unheimlich draußen, als kratze es mit tausend weichen Katzenpfoten an die Eichenläden der Fenster.

„Der weiße Mann ist draußen," sagte der Knecht Ruprecht, der das Feuer auf dem Herde schürte.

Aber dem weißen Manne draußen, der so ungestüm den Bewohnern ansagte, daß er in der Burg Einlagerung gethan, antwortete drinnen ein anderes Schnurren und Surren; gleich wie seinen Schneeflocken zum Trotz drehten sich und schwirrten die Spinnrocken, und die Holzschuhe klappten dazu lustig auf dem Estrich.

Der weiße Mann, wenn er durch die Läden in die warme Halle hätte schauen können, hätte sich wohl gewundert, wie Menschenwitz es mit seinem Grimm aufnimmt. Es hatte sich mancherlei seit den zehn oder fünfzehn Jahren geändert, seit unser Aug' nicht in die Burghalle von Hohenziatz blickte. Die Läden von Eichenholz waren fest gezimmert und beschlagen, und die Ritzen zwischen Stil und Stein mit Moos und Lehm verklebt und mit Mörtel verstrichen. Das Wetter mußte draußen bleiben, und auch der Wind, wenn er noch so sehr aus seinen Pausbacken blies, wehte doch nur ein weniges die flackernden Kienspäne, die, an die Pfeiler gesteckt, das Gemach hell machten.

Das Alter ist auch ein weißer Mann, aber er lebt nicht in guter Freundschaft mit seinem Bruder, der die Bäume entlaubt und Glasdecken über die Teiche breitet, und das weiße Sterbekleid über die Felder. Er führt nicht offenen Krieg mit ihm, denn der Bruder draußen hat ihm eine zu starke Lunge, aber er hat's vom Dachs gelernt, wie er sich gegen ihn verschanzt.

„Den Tieren thut's der liebe Gott," hatte die Burgfrau gesagt, „der giebt ihnen Haare und Federn aufs Fell; der Mensch muß das Fell sich selber suchen." — „Darum hat auch Gott die Jagd erlaubt," hatte der Knecht Ruprecht erwidert, wenn die Gnädige bisweilen meinte, Jagen sei doch ein gottlos Vergnügen. — „Ruprecht," sagte sie dann, „ist's auch so?" und legte die Hand aufs Buch. „Hat doch der liebe Gott jedweder Kreatur ihr eigen Fell gegeben, dem Fuchs und dem Bär und dem Hirsch, als wie er's braucht, und der Fuchs möchte nicht des Bären und der Bär nicht des Hirschen Haut umhaben, noch begehrt er ihrer. Wie kommt's nun, daß der Mensch soll das Recht haben, da Gott ihm doch selber eine Haut gab, wie er sie braucht, daß er dem Hirsche und dem Fuchs ihren Balg abzieht und sich daraus ein Kleid macht?" — Der kluge Knecht machte dann wohl ein pfiffig Gesicht: „Wie kommt's denn, Gestrenge, daß Ihr die Gänse schlachten lasset zu Martini, und um Advent die Schweine stechen?" — „Du Lieber," sagte sie, „das hat Gott so gefügt, weil wir sonst im Winter verhungerten," und der Knecht sagte darauf: „Und wenn wir in unserer eigenen Haut gingen, und keine Pelze drüber, dann erfrören wir, insonderheit wer's nicht gewohnt ist und alt wird. Und mit der Zeit werden wir alle alt," setzte er hinzu.

Da pflegte denn Frau von Bredow sich an die Lederbacken des alten Stuhls zurückzulehnen und ernst vor sich hinzuschauen. Wer sie lange nicht gesehen, so lange als wir, der hätte sich gewundert, woher der rührigen Frau die Ruhe kam. „Das sind doch gar kuriose Dinge," pflegte sie zu sagen, „und wenn man nur wüßte, wer unsereins darüber Rat gäbe! Das war auch so mit meinem Götz. Ach, was wollte er nicht alles wissen! Ja, und wer gab ihm Antwort!"

Die gute Frau von Bredow, wie sie in ihrem Pelzkäppchen saß, aus dem die weißen Haare so rein und schön vorguckten! Das Brustlatz noch immer stramm und nett, die Hände nur ein weniges magerer, aber wie sie auf die Armlehnen drückten, wo sie lebhaft ward, man war gewiß, wenn's galt, schnellte sie auf, rasch wie damals die rüstige Fünfzigerin. Nun gab es aber wohl nichts zu thun, oder es war alles gethan und gut gethan; sie konnte von der Arbeit ausruhen. Der Stuhl war weich, ihre Füße, nicht mehr in scharfem Leder mit dicken Sohlen, ruhten in weichen Filzschuhen auf dem Teppich, der über den Estrich gelegt war. Aber ihr Auge, das war noch immer das alte Auge.

Man sah's der Ordnung in der Halle an, daß eins hier waltete, was noch scharf war. Wenn das Blut noch frisch springt, denkt der Mensch, die Schärfe müsse allüberall hinausgekehrt sein: wenn's langsamer durch die Adern pulst, meint er, daß weichen Teig auch ein stumpf Messer schneidet. Es ging stiller her in Ziatz. Der Flur war noch gestampfter Lehm, aber glatt und rein. Da schwamm kein Bier und Wein mehr, die Schemelbeine und Sporen hatten keine Ritzen und Löcher gerissen. Die Kürasse und Pickelhauben hingen dicht und still an der Wand, und die Spieße waren an den Pfeilern festgeschnallt. Das Holzwerk war nicht neu gestrichen, aber sauber geputzt; es hatte jedwed Ding seinen Platz; und die Mägde mit ihren Spinnrädern auch. Was ist lustiger in langen Winterabenden, wenn es draußen heult und schneit, und drinnen pustet der Ofen, oder vom prasselnden Herde weht es warm dich an, und wie der Faden aus dem Flocken spinnt ein Gespräch, ein Märchen nach dem andern sich aus, und der Faden möchte nie enden, bis die Glocke schlägt, so die Dirnen auseinandertreibt, in die Schrecken der Nacht hinaus, der sie eben ein Schnippchen schlugen.

Die Gestrenge meinte es gut, wer wollte daran zweifeln, wenn sie aus dem Legendenbuche vorlas; aber waren nun die Legenden daran schuld, oder war's, daß die gute Frau von Bredow keine gute Vorleserin war, die Mägde sahen sich immer gar schlau an, wenn sie anfing, sich zu versprechen, und dann gähnte, und dann sanken ihr die Augen zu, und wenn sie sie wieder aufschlug, hatte sie die Stelle vergessen. Wenn dann der Kopf immer mehr nickte und endlich das Buch auf den

Schoß sank, war's als wäre ein Zauber gelöst. Der Alp, der den Dirnen auf der Brust gelegen, flog durch den Schlot; vorsichtig drehten sich die Köpfe um, ob sie auch gewiß schlief und waren sie des gewiß, wie rasch fuhren die Köpfe zu einander und die Schemel rückten sich von selbst — Was geht über ein Schauermärchen, da einem die Haare zu Berge stehen! Die Spindeln selber mochten zuhören und standen still.

Heute war es etwas anderes, warum sie die Köpfe zusammengesteckt, als die Roggenmuhme, um die sie die Ursel immer neckten, oder was die Wenceslawa am Andreasabend gesehen, oder wo sie nächste Ostern das Osterwasser schöpfen wollten? Der alte Meier war aus dem Kloster gekommen und mußte gar Wichtiges erzählt haben; selbst der Knecht Ruprecht hatte zugehorcht. Was achtete er sonst auf der Dirnen Klatschereien.

Da war es, wo die gute Frau von Bredow erwacht war, sie hatte die Worte des Knechtes wiederholt: „Ach, der weiße Mann ist draußen!"

Sie hatte vom Frühling geträumt und eine grüne Wiese gesehen mit Blumen, und ihr Gottfried ging drauf lustwandeln und pflückte von den Blumen. Der Knecht, der sehr in der Gunst seiner Herrin gestiegen sein mußte, schüttelte den Kopf und sagte: Dem guten Herrn sei zu gönnen, daß er auf grünen Wiesen in Gottes Himmelreich spazieren gehe, denn hier unten würden sie bald auf Dornen und Blut wandeln.

„Mußt denn immer ein Unglücksvogel sein?" sprach Frau Brigitte, und sah ihn wohlwollend an. „Ruprecht, ich meine, das ist nicht rechte Gottesfurcht."

„Daß Gott uns Zeichen giebt, was kommen wird, dadurch er uns warnt!" entgegnete der Knecht und schüttelte den Kopf. Dann fragte er, ob die Krähen und Dohlen umsonst wieder Krieg geführt in den Lüften, daß die Federn umhergestäubt? Ob's für nichts blutige Kreuze geregnet, die auf den Hemden saßen, und sie gingen nicht aus, wie man auch wusch. Da auf dem Weißzeug in verschlossenen Kisten fand man sie drüben in Jerichow. Und im Weißbrot, das sie aus dem Backofen trugen, standen sie blutig frisch, wenn man's aufbrach. „In Köln an der Spree ist's geschehen. Hunderte haben's gesehen, und liefen zu den Priestern, ob sie von dem Brot essen sollten, und der Rektor vom grauen Kloster hat gesagt, er wird's in die Chronik eintragen zu ewigem Gedächtnis."

Wenn der Knecht Ruprecht von den Zeichen des Himmels anfing, ward es schwer, daß er ein Ende fand. Wer Wunder, Zeichen und Elend sehen will, findet nimmer ein Ende.

Da hielt ihm die Burgfrau das Legendenbuch hin: „Ruprecht, lies Du weiter, mir flimmert's vor den Augen."

Dem Ruprecht, der lesen gelernt, mußt' es wohl auch flimmern. Es war eine gräßliche Legende von frommen Christbekennern, die sie einmal in einem greulichen Heidenlande auf einem hohen hölzernen Turm, der eigens dazu erbaut worden, angeschmiedet, und dann kläglich und langsam verbrennen lassen. Es war totenstill, als er's las. Die Edelfrau winkte ihm, daß er aufhöre.

Und doch hatten die Spinnerinnen alle Aug' und Ohr auf. Es stand ja im Buche nur, was alle selbst erlebt, es waren nicht viele Jahre um, in Berlin, wo sie achtunddreißig Juden hatten so verbrennen lassen, weil sie eine Hostie mit Pfriemen und Messern durchstachen.

Die Edelfrau schauerte zusammen: „Meine Eva ward dabei unmächtig," sagte sie und faltete die Hände. Da blieb es lange still.

„Wann wird das einmal aufhören," seufzte sie leis, „daß die Menschen einander schlachten und braten und hetzen, wie das Tier des Waldes!"

„Das hört nimmer auf," sagte Ruprecht auch leis.

„Geschrieben steht doch, Frieden soll auf Erden sein und dem Herrn ein Wohlgefallen."

„Und wird Krieg bleiben, bis die Welt zu Ende geht."

„Das ist schrecklich, Ruprecht."

„Wovon lebt der Reiher und der Habicht, und der Wolf und der Iltis?"

„Das sind auch Raubtiere, die müßte man ausrotten."

„Müßte man alle Kreatur ausrotten! Der Sperling, die Meise, der Ameisenbär fressen Würmer, und die Würmer fressen anderes. Und wo's Getier kein anderes Getier frißt, das führt mit ihm Krieg. Wer wird den Büffeln die Hörner abbrechen, daß sie sich nicht stoßen? Ist ihre Art; wurden so gemacht."

„Ruprecht, wir sind andere Kreatur. Erlöst durch unsern Herrn und Seligmacher."

„Das ist schon recht, aber das ist so im Blut, und wo der Mensch auch untereinander Frieden machte, als wie's im tausendjährigen Reich kommen soll, da müßte er doch mit den

Tieren Krieg führen, daß er nur lebt. Und wo er von Hirse und Korn leben wollte und das Vieh in Frieden ließe, da ließe das Vieh ihn nicht in Frieden. Was wär's für 'ne Zucht, wenn's gegen Gottes Gebot wäre, daß wir die Flöhe nicht mehr fangen sollten! Und wo keine Wolfsjagd mehr ist, und keine Bärenhetze, wüchse das Getier an, daß die Wölfe auf uns Jagd machen thäten. Darum wird es schon so bleiben wie es ist. Das ist der Fluch der Kreatur."

Der Wind, der eine Weile geschwiegen, fing wieder von fern zu heulen an.

„Ich dachte's mir anders," sagte die Edelfrau, „es sollte alles immer besser werden; bei uns wenigstens dacht' ich's mir so. 's ist ja kein Krieg im Land so viele Jahre schon. Die bösen Nachbarn sitzen endlich still; denn unser gnädiger Herr hat sein Schwert weidlich schneiden lassen und ihnen auf die Hände geklopft und den hohen Bäumen die Gipfel verhauen. 's thut heut noch manchem weh; aber zum Guten ist's doch umgeschlagen. 's ist besser geworden; ja, ja, 's ist besser worden. Das sagte mein seliger Gottfried auch. Friede, sagte er, und Ruhe, das waren seine letzten Worte. Nun hat er Ruhe. Gott schenke sie uns allen."

Da fielen ihre Blicke, die sie nach oben sandte, zum ersten Mal auf den Meier, der war still im Winkel stehen geblieben, als er die Frau im Einnicken sah: auch meinte er, als sie mit dem Knecht Ruprecht in ihrer Weise sprach, seine Botschaft sei nicht so, daß sie nicht das Warten vertrüge.

Nun aber hatte er gesprochen. „Die in Kloster Lehnin haben keine Zeit, an die Toten zu denken," schloß er.

„Und der Kasten?"

„Steht noch unausgepackt, wie ihn der Steinhauer aus Magdeburg geschickt. Nur den Deckel haben sie abgeschlagen, da sah ich unsern Herrn Götz, wie er leibte und lebte, die Hände so zusammen vorm Gesicht, ach, das liebe Gesicht, ganz weiß von Stein. Und die Kniee sahe ich auch, die lagen raus, ganz wie er leibte und lebte."

Die saubere weiße Schürze hielt Frau von Bredow über die Augen: „Ich will ihn morgen sehen."

„Ihr möchtet doch ja noch warten, bat der Pater Guardian, bis er aufgestellt sei; das war noch der einzige, der ein bißchen Vernunft im Kopfe hatte. An der Ecke, dem großen Fenster gegenüber, wird er knieen. Mit den andern ist aber gar nichts anzufangen. Das steht und läuft und disputiert in den Kreuzgängen, im Refektorium, in der Küche sogar. Sie stoßen einen um und sehen uns nicht."

„Und wann soll mein Herr zu Ehren kommen?"

„Eher gewiß nicht, als bis der Herr Abt aus Wittenberg zurück ist."

„Und wann kommt er zurück?"

„Wann ihn der Herr Bischof von Brandenburg abgeholt hat."

„Der hochwürdige Herr Bischof —"

„Ist ihm selber nachgereist. Das ist's ja eben. Schickt einen vornehmen Abt hin, um einen bloßen Mönch —"

„Ein Barfüßler!" riefen die Mägde.

„Und da der geschrieben, daß er mit ihm nicht fertig würde, ist der hochwürdige Herr in eigener Person hingeritten. Ist schon beinahe eine Woche fort, und noch weiß man nichts. Aber sie sagen, der Bischof wär' nicht hingereist, wenn's nicht der gnädigste Markgraf, unser Kurfürst, ihm selbst befohlen. Nun sagen aber die einen, das wäre zu arg, solchem Mönch — er ist ein Augustiner — brauchte man's ja nur zu befehlen, daß er das Maul hielte; die anderen aber sagen: Nein, er hat recht, und sie haben eine Abschrift von fünfundneunzig Artikeln oder Thesen, wie sie es nennen, die er an die Schloßkirche in Wittenberg angeschlagen hat, darüber nun disputieren sie, daß sie bei Tisch bis zu den Messern greifen, wenn der Wein ihnen in den Kopf steigt."

„Wie heißt doch der andere Mönch," fragte die Burgfrau, „der, um den der Lärmen ist, und der schon so lang' im Lande umzieht?"

„Tezel!" riefen mehrere Stimmen; die Dirnen schienen von der Sache wohl unterrichtet.

„Johannes Tezel, Dominikanerordens," setzte der Meier hinzu. „Itzo fährt er mit seinem Ablaßkasten nach der Oder gen Frankfurt, wo ihm große Ehren geschehen sollen, wie man wissen will. Der Tezel hat guten Absatz und nimmt schmäliges Geld ein, dem Wittenberger zum Trotz. Kann man sich für jede große Sünde loskaufen, der Brief kostet Gulden und Thaler, je nachdem; ist aber auch für alle kleine Sünden gesorgt, und die Briefe sind gar nicht teuer, und das bringt das meiste ein, denn die Leute stürzen nur so, daß sie ihre Groschen und Pfennige in den Kasten werfen, an dem geschrieben steht —"

Zwei oder drei von den Spinnerinnen fielen dem Meier in die Rede:

„Sobald der Pfennig im Kasten klingt,
Die Seele aus dem Fegfeuer springt.“

„Und darüber ist's, daß die Pfarrer so erbost sind, Gestrenge, denn die Knechte und Mägde zumal und was geringeres Volk, wollen gar nicht mehr bei ihrem Priester beichten; mit ein paar Pfennigen können sie beim Dominikaner alles abthun, und der zieht dann weiter, und die Beichtstühle stehen weit und breit leer.“

„Und darum,“ sagte die Burgfrau, „ist der Augustinermönch auch in Feuer und Flamm'! 's gönnt keiner dem andern, und keiner ist um ein Haar besser als der andere.“

„Doch meinen sie in Lehnin, nämlich die gegen ihn sind, dem Augustiner könnte die Suppe versalzen werden, denn er hat, was sie sagen, über die Schnur gehauen, und der Tezel verkauft den Ablaß für den Papst; nämlich eigentlich für den Erzbischof Albrecht von Mainz, unseres allergnädigsten Kurfürsten Bruder, von dem er die Einnahme gepachtet hat, der aber teilt den Erlös mit dem Papst zu Rom, und dafür wird die neue große Kirche in Rom gebaut. Also hat der Augustinermönch sich unterstanden, gegen den allerheiligsten Papst selbst zu reden, da das Geld in dessen Säckel fließt; aber sagen sie von der anderen Seite, weil das Geld so aus dem Land geht, werden die großen Herren und Fürsten, die's im Grund nicht gern sehen, wohl ein Aug' zudrücken, und der Wittenberger wird wohl noch mit 'nem blauen Aug' davonkommen, daß er das Maul so weit aufgerissen. Daher erklären sie's auch, daß der allergnädigste Kurfürst den hochwürdigsten Bischof zu ihm geschickt. Der soll ihm zureden, daß er widerruft, und dann bleibt alles beim alten.“

„Beim alten!“ sagte nachdenklich die Edelfrau. „Was wird denn aus dem Tezel?“

„Wird auch schon zu uns kommen.“

„Zu uns!“ rief die Burgfrau und ihr Auge blickte wieder so scharf und hell, als man's nur sah in ihren kräftigen Jahren. „Wer den Dominikaner sieht, thut ihm wohl den Dienst und sagt ihm, hierher möcht' er nicht kommen. Die alte Bredow rät's ihm. Mein Haus steht jedem guten Mann offen, aber mit seinem Kasten soll er nicht über meine Schwelle: mir graute davor. Er hat zu viel Sünde aufgekauft, die stinkt schmutzig, und will's rein bei mir haben, rein bis zu meinem seligen End'. Und will's rein halten, das merkt Euch, unter

Euch allen, grad' wie's not thut für Hohenziatz, und dazu brauch' ich Wasser, Seife, Besen, und was sonst, aber keine Ablaßbriefe, und wären sie noch weiter her als Rom."

Die Spinnstunde war aufgehoben.

Da stand der Meier mit der großen Hauslaterne vor der Frau, und wie sie das Schlüsselbund aus Ruprechts Hand nahm, schien es wieder die Frau von Bredow, die auch dem Alter kein Recht gönnen wollte, wenn es in ihre Rechte eingriff.

„Gnädige Frau, heute?" — sagte der Meier mit fragender Miene.

„Es stürmt und heult," setzte Knecht Ruprecht hinzu. „Laßt mich den Umgang thun und den Meier: wir sehen schon scharf zu, daß keine Thür aufsteht, und kein Funken glimmt."

„Die Anne Liese hat Euer Stübchen oben tüchtig geheizt, auch warme Becken zu Füßen ins Bett gelegt und einen Wolfspelz auf die Dielen, daß Ihr Euch nicht verkühlt beim Einsteigen."

Die Edelfrau antwortete nicht, was den Knechten Mut machte, fortzufahren.

„Der Ritter hat's uns aufs Gewissen gebunden letzthin, und die junge gnädige Frau noch mehr. Wie sehen sie's ungern, daß Ihr noch immer hier in dem öden Haus wirtschaftet, als wär's wie sonst. In ihrem warmen Hause in der Brüderstraße zu Köln möchten sie's Euch so gut machen, zumal in der bösen Winterzeit."

„Als wär's wie sonst!" wiederholte Frau von Bredow mit einem leisen Seufzer. „Ja, ja, es ist wohl anders. Was hilft da all unser Arbeiten, daß wir voraus wissen, wir werden einmal schwach."

Aber der Umgang unterblieb nicht, und wer sie so treppauf, treppab steigen sah und wie ihr Aug' durchs Dunkel schaute, hätte nicht gemeint, daß sie schwach geworden.

Nun saß sie wieder in ihrer warmen Stube, wo der große Ofen dampfte, und der Wolfspelz lag vorm Bett, und sie trank die Schale gewürzter Biersuppe, welche Anne Liese zum Schlaftrunk gebracht. Die Anne Liese wäre, dünkt uns, ziemlicher zur Gesellschaft gewesen bei der Burgfrau, als der Knecht Ruprecht um diese Stunde. Aber er ging nicht und sie hieß ihn nicht gehen. Die Anne Liese war eine treue Magd, aber plaudern konnte die Frau von Bredow nicht mit ihr, wie sie es liebte, und wenn sich manches in ihr und um sie geändert, das war nicht anders geworden, daß sie gern plauderte, und am liebsten mit solchen, die mit ihr zu plaudern verstanden.

Aus dem Dampf der würzigen Suppe tauchten alte Bilder vor ihr auf.

Zweites Kapitel.

Die späten Gäste.

Das Gespräch mußte lebhaft gewesen sein, denn der Zeiger zeigte schon auf die elfte Stunde, und noch lag Frau Brigitte nicht im Bette, und noch saß der Knecht Ruprecht auf der Ofenbank.

„Und darum bist Du nicht im rechten,“ sagte sie jetzt. „Denn als Gott den Menschen schuf, schuf er ihn nach seinem Ebenbilde, so steht's geschrieben, nicht nach den Tieren. Und wie soll's nun kommen, daß man des Menschen Zukunft und was ihn angeht, lesen soll in dem Geschnatter und Geflatter von wilden Gänsen! Der Vogel weiß nicht mehr, als was er wußte, da der Herr ihn geschaffen hat; noch hat der Fisch was zu gelernt, seit die Welt steht. Sie thun, die Kreaturen, wie ihre Art ist. Aber mit der Menschenkreatur ist's ein ander Wesen, Ruprecht; das ist nicht Abrichtung, als wie's ein guter Reiter mit 'nem guten Pferde macht. Der Reiter sitzt in der Kreatur, da sproßt's und treibt's, denk' ich, und schlägt aus, und gar nicht dahin, wohin man denkt. Darum kann niemand voraussagen, wohin er kommt.“

„In die Grube,“ erwiderte der Knecht. „Sechs Bretter sind unser aller letztes Haus.“

„Aus dem Haus geht man aber in ein anderes.“

„Ich meine so, wenn der Sargdeckel fällt und die Erde darauf geschaufelt wird, ist's mit uns aus, nämlich hier auf der Erde. Was nachher kommt, ist Gottes Gnade, aber wenn durch Gottes Ungnade einer wiederkehrt, nämlich als Geist, der kann nun spuken, wie es ist, aber er hat kein Recht und Fug hier, und schafft und treibt so wenig was, als das Wasser von Silberschaum in den Krippeln die Mühlen treibt.“

„Wenn einer ein schön groß Auge hat,“ erwiderte nach einer Weile freundlich die Burgfrau, „und er sah Dir recht in Dein Auge, ich denke, Du siehst das noch immer, auch wenn er fort, auch wenn er längst Staub ist. Denk' an den gottseligen Markgrafen. Wer den Johann Cicero einmal so recht anschaute, der vergißt's nicht. Ich meine, solch ein Auge kann auch gar nicht untergehen. Ein Reh hat auch schöne Augen, auch ein Roß kann furchtbar schön blicken, doch wenn sie gefallen sind, bleibt nichts zurück. Aber eines Menschen Blick, Ruprecht, kann wie der Zunder zünden, und die Flamme brennt noch lange fort, wenn der Funke verglommen ist. Und ist auch die Flamme verlöscht, so bleibt doch wieder ein Funke, der wieder ein Feuer anzündet. So, denk' ich mir manches Mal, ist's mit dem Geiste des Menschen, daß, wenn sein Körper längst Moder ist und seine Seele im Himmelreich, der noch fortschafft auf dieser Erde. Sieh, des Schreiners Arbeit und gar des Maurers, wie lange lebt's nach ihm fort. Und der Orgelbauer, dessen Stimme schallt noch nach hundert Jahren zu den Menschenkindern, die nichts von ihm wissen."

„Und erst der Glockengießer, Gestrenge!"

„Und wer zuerst die schönen Kirchenlieder sang, davon das Herz sich hebt. Ruprecht, 's ist nicht mit uns aus, wenn der Sargdeckel fällt. Wer rechtschaffen gelebt und gearbeitet hat, der arbeitet noch fort in Kind und Kindeskind; man merkt's nur nicht."

„Ich meine," entgegnete Ruprecht, „der Mensch will's wie die Bäume thun, die möchten auch immer höher hinauf, aber in der Schrift steht geschrieben: es ist dafür gesorgt, daß sie nicht in den Himmel wachsen. Ich meine nun, der Mensch hat nur das voraus vor dem grünen Gewächs und vor dem Vieh, daß er denkt, er könnt's anders und besser machen, als es ist. Und das, mein' ich, geradwegs vom Bösen. Das ist der Hochmut, daß wir bauen, denn die höchsten Türme stürzen am ersten ein, wie der von Babylon. Und wenn alle Menschen zusammenblasen mit ihren Lungen, können sie noch nicht fliegen, wie der kleinste Maikäfer. Wir könnten viel lernen noch, sagen sie, wo lernt denn aber einer mir das, was ihm gut ist, und frißt doch kein Hase Kraut, was ihm nicht gut ist. Ja, lernen ist schon gut, aber es sollte eine Kreatur von der anderen lernen, dazu hat sie unser Herrgott so untereinander gewürfelt, die Pflanze von den Steinen, die wollen gar nicht wachsen, die Tiere von den Pflanzen und die Menschen von den Tieren."

„Von den Tieren, Ruprecht, Gottes Ebenbild?"

„Die Vögel haben Nester gebaut, eh' der Mensch sich Wohnungen machte, der Bär kriegte seinen Winterpelz, eh' der Mensch sich Kleider webte. Die Schwalbe hat gewiß eher den Frühling gewittert, ehe denn Adam merkte, daß der Winter vorüber wäre und er wieder raus mußte zum Graben. Darum ist das mein Sinn, dieweil die Tiere sind bei der alten Satzung blieben, so Gott für sie gemacht, ist auch bei ihnen blieben, dieweil wir vom Weib Geborne nicht bei geblieben sind. Wir schlugen aus der Art, der Teufel steht immer uns zur Linken oder zur Rechten, bei allem, was wir thun und denken, weil er weiß, er braucht uns nur was Goldenes oder Rotes hinzuhalten, so laufen wir nach."

Ein Lächeln schwebte um die Lippen der guten Frau und sie hob etwas den Finger: „Als wie die Drosseln nach den roten Ebereschen. Siehst Du, Deine klugen Vögel gehen auch an die Schlingen!"

Die Burgfrau horchte, wie auf ein Geräusch aus der Ferne.

„War nur ein Pferdewiehern, ein Wolf ist dahinter. Von unsern sind keine draußen. Es ist nicht gut, auf derlei um Mitternacht achten."

„Ruprecht, entsinnst Du Dich noch? Christ Jesus, mein Herr und Heiland, steht mir's doch vor Augen wie gestern, als der Lindenberger bei uns einritt. Das stürmte auch, und was kam darauf!"

„Nichts, was nicht kommen mußte."

„Nein, nein," sprach Frau Brigitte, wie einen Gedanken abwehrend. „Nichts muß kommen, was nicht der Herr schickt, und was er schickt, ist gut. Wär' nicht der Lindenberger bei uns eingeritten, dann hätten sie nicht meinen Gottfried nach Berlin geschleppt in Ketten, der Kurfürst wäre nicht bei uns eingekehrt, er hätte nicht Hans Jürgen gesehen und lieb gewonnen, er hätte ihn nicht mit sich genommen an seinen Hof, noch wär' er jetzt sein Marschall, und Eva, ja, und meine Eva —"

Ein wohlgefällig Lächeln überzog das Antlitz des Alten.

„Und den Junker Hans Jochem hätte nicht der Teufel geholt!" fiel der Knecht ein. Es schickte sich wohl nicht für einen Knecht, so zu sprechen.

„Der Teufel! wie Du sprichst, Ruprecht! Er ist ja auf dem Wege, ein Heiliger zu werden. Es ist noch kein Bredow ein Heiliger geworden!" Die gute Frau sprach es nicht zürnend aus. Etwas von Schalkheit mochte doch in der trüben Miene liegen.

„Es sind viel Heilige gewesen, das ist so meine Meinung,“ sprach der Knecht Ruprecht, „und haben viel gethan: die Menschenkinder sind aber darum nicht heilig geworden, noch werden sie's werden. Also war's wohl eine besondere Gattung, wie die Schwäne andere Tiere sind als die Enten. Und als wie eine Bachstelze nicht sollte fliegen wollen und singen wie die Lerche, so ist das zum Exempel gesetzt, daß wir's den Heiligen nicht nachthun sollen. Thun's ihnen etwa die nach, an denen es doch wäre, die Mönche und die Domherren und die Prälaten? Wird sich der Abt von Lehnin rösten lassen, wie der heilige Laurentius, oder hat die Äbtissin von Spandow Lust, daß sie sie räderten wie die heilige Katharina? Vom untersten Barfüßler bis zum obersten Erzbischof, da läßt sich keiner auch nur einen kleinen Finger abhauen, und der Papst zum wenigsten. Warum wär's denn da an uns? Ruprecht, warum wären wir denn auf der Welt?“

„Hab's auch manchmal so gedacht. Warum muß der Bauer schwitzen im Sonnenstrahl bei der Ernte, daß er umfällt, warum muß der Soldat die Glieder sich zerhacken lassen im Kriege, warum muß man frieren, hungern, dursten, hinken, am Zipperlein sich schleppen, und der Vogel friert nicht, schwitzt nicht und arbeitet nicht.“

„Das ist Adams Fluch.“

„Schon gut. Es ist ein Pack auf uns geladen, das müssen wir hier mit schleppen, und jeder trägt seines, der Fürst wie der Bauer, das weiß ich recht gut, und wer seines abschmeißen will, dem wird wohl noch eins, das schwerer ist, aufgepackt. Das weiß ich auch. Und murren hilft so wenig als besser machen wollen. Darum müssen wir's geduldig tragen und im Himmelreich wird es uns abgenommen.“

„Ich denke, es wird uns schon eher ein bißchen leichter gemacht.“

„Je älter man wird, so schwerer trägt man.“

„Nicht alle!“ die Edelfrau schüttelte den Kopf. „Nur wer Böses hinter sich hat, meine ich. Wer auf guten Wegen ging, dem wird die Last immer leichter, ob der Fuß auch schwerer wird und die Kniee wanken. Nicht wahr, Ruprecht?“ — und sie faßte ihn am Arm und sah ihn so herzensgut an — „gutes Thun ist schon gut, wenn einer auch keines Lohnes wird. Der Lohn sitzt in ihm, wie ein Funke, der heraus will, der allimmer noch, wenn's Lämpchen erlöschen möchte, knistert und aufflackt. Trägst Du denn so schwer, Ruprecht; sieh mich an, tragen wir beide so schwer? Und wie wir, so wird's viele geben. Die können getrost der Grube zugehen, der Sargdeckel wird nicht so schwer auf sie niederfallen. Nein, nein, es bleibt schon eine Luftspalt, draus weht es und flüstert's, und sie sehen auch wohl, als selige Geister, wie das fortblüht und wächst, was sie säeten. Der hochselige Markgraf, der ruht gewißlich sanft, und wenn der Herrgott ihm erlaubt, die Augen aufzuschlagen, lächelt er wohl bisweilen, wenn er die sichern Straßen sieht und die Räuber verschwunden, und der Friede und die Sicherheit, sind das nicht seine Werke? 's ist der Funke, den er zurückließ und sein Sohn hat's nur ausgeführt. Das sind die guten Werke guter Leute, die haben's besser gemacht als es war, und wenn die Leute gut bleiben, geht das so weiter, und walte Gott, daß, wenn unser Herr sich niederlegt, früh oder spat, daß er aus seinem Sargdeckel auch so hinausschauen kann und sieht, daß alles noch besser ist, als er's gekannt."

„Wer's nur wüßte, wer einem sagte, wie's ist," sprach der Knecht Ruprecht, den Kopf im Arm. „Als sie die Universität gemacht haben, dazu glaubte ich doch, wäre das: ‚Was die Pfaffen nicht wissen, müßten die Professoren wissen.'"

„O ja, da sind berühmte Gelehrte, die griechisch wissen, wie unser Herrgott denkt, und was weiß ich, aber für unsereins, klopft da einer an, sie rufen lateinisch herein und setzen uns hebräisch einen Stuhl an die Schwelle, und sonst bleibt's schmutzig und stückig und hoffärtig. Das müßte doch sein, daß mal e i n Mönch oder e i n Pfaff, oder e i n Prälat recht fromm wäre und alles wüßte, und ein christlich Leben führte, an den unsereiner sich halten könnte, und was man ihn fragte über die Seligkeit und das gottgefällige Leben, darauf gäbe er Antwort, und den Armen umsonst. So ein Mann, ja, Ruprecht, der fehlt uns, der wäre besser als alle Deine Vögel und Deine Witterung, und als die Sterne auch, in die der Kurfürst guckt, Gott steh mir bei. Nein, der Mann müßte nur in die Schrift sehen und in Gottes Wort, und wenn zwei sich zankten oder uneins wären, wie Du und ich heute, wir gingen zu ihm hin, und dann thäte er's entscheiden, und was er sagte, das wäre recht. Und der Mann müßte Papst werden."

„Und dann?"

„Was dann, Ruprecht?"

„Ist's die alte Geschichte. Er wäre Papst, und dann —"

Sie wurden durch ein heftiges, lang anhaltendes Pochen am äußern Thor unterbrochen. Während des Pochens riefen mehrere Männerstimmen heftig, gebieterisch und ängstlich nach Öffnung.

Knecht Ruprecht ward nicht leicht blaß, jetzt war er es.

„Das sind nicht Räuber!“ sprach die Burgfrau und war aufgestanden.

„Aber 's ist Mittwoch vor Invokavit!“

„Sie schreien um Hilfe.“

Der Knecht Ruprecht stand noch im warmen Zimmer, als die Burgfrau schon, die Kerze in der Hand, hinaus war und draußen an der Glocke riß, die das Gesinde zusammenrief.

Als das Gitter aufgezogen war und die Thorflügel aufsprangen, was gewiß nur geschehen, nachdem die drinnen sich versichert, wer die draußen waren, sprengten vier Reiter von verschiedenem Ansehen, alle sichtlich verwildert, in den Hof. Ihre Rosse waren voll Schweiß und zitterten. Die Reiter schienen noch der Sprache kaum mächtig; dem einen saß die Kappe zur Seite, dem andern war der Hut entfallen. Die Harnisch und Panzerhemd anhatten, schnauften darunter nach Luft, bis der eine von diesen an den ältesten und vornehmsten heranritt, der in seinen weiten Mantel fest verwickelt war und mit gläsernem Aug' umherschaute.

„Hochwürdigster!“ sprach der Ritter. „Das ist Burg Hohenziatz, wir sind unter guten Leuten und in Sicherheit.“

Der, an den es gerichtet, schaute sich aber noch immer wie der Sprache unmächtig und ungewiß um. Erst als das Gitter wieder hinter ihm fiel, und der Ritter, der ihn angeredet, selbst vom Sattel gesprungen war und sein Pferd hielt, stieg er mit Hilfe desselben vom Steigbügel.

Wir sahen schon ehedem den Burghof von Hohenziatz, auch nächtlich bei Fackelschein, und Reiter ein- und ausreiten, aber es hatte sich manches geändert. Flüchtlinge kamen nicht mehr, und Abenteurer ritten nicht mehr aus; es war in der Zauche sicher geworden. Seit langen Jahren hatte keine Fehde gewütet. Der Kurfürst war nicht mehr von der Jagd abgetreten, und wenn Ritter Hans Jürgen und sein Eheweib aus Berlin die Mutter besuchten, kamen sie bei gutem Tage und schieden, wie es ehrbar ist, ehe denn die Sonne zur Rüste ging. Drum war es selten, daß das Burgthor zu später Stunde sich öffnete; aber darin hatten die Jahre nichts verändert, daß Frau von Bredow nicht gewußt, was einer guten Hausfrau ziemte, auch wenn sie um Mitternacht überfallen ward.

Was brauche ich's zu schildern, als die gute Frau ihre vornehmen Gäste erkannte, wie sie mit dem nächsten Knicks, die Hände ehrerbietig auf der Brust, sich vor dem Bischof und seinem Begleiter verneigte, was sie sprach von der außerordentlichen Ehre, solche Gäste in ihren Mauern zu sehen, von ihrem Bedauern, nicht darauf vorbereitet zu sein, von dem schlechten Wetter, wo man keinen Hund ausjagen möchte, und Diener der Kirche müßten wie Räuber und Spitzbuben durch Wind und Wald reiten; wie sie dem Bischof, als er abgestiegen, den Rock küssen wollte, er aber freundlich ihr die Hand drückte und sie mit etwas heiserer Stimme bat, ihn in ein warmes Zimmer zu führen, da er sich wohl etwas verkühlt habe; wie sie ihn darauf bis zur Halle führte, aber dann fortstürzte, Jahre, Schlaf und Kälte vergessend, um — ganz wieder Frau von Bredow zu sein!

Es war der Bischof Hieronymus von Brandenburg selbst, und Valentin, der Abt von Lehnin, nebst zwei Rittern, die, von Wittenberg zurückgekehrt, in der Heide sich versprengt hatten. Wie dies zugegangen und was ihnen zugestoßen, wußte jeder früher als Frau Brigitte, denn wenn sie auch nicht alle Hände und noch mehr ihre Gedanken voll gehabt, so hätte ihr Gefühl für altes Gastrecht ihr doch nicht erlaubt, nach dem Grunde zu fragen, wo die Ehre ihr genügen mußte. Noch schienen die verdrießlichen und verstörten Gesichter der Herren selbst geneigt, es einem jeden zu sagen, was sie zu so ungewohnter Stunde in dieses abgelegene Haus geführt. Aber das Gesinde wußte, noch ehe die Pferde im Stalle an der Krippe standen, daß eine Rotte hungriger Wölfe den Reitern auf den Fersen, daß es ein schreckliches Jagen und Treiben gewesen, daß die Herren endlich im Schneegestöber den Weg verloren, und statt auf Kloster Lehnin, waren sie auf Burg Hohenziatz zugeritten.

Nun aber, da sie am prasselnden Kamin einen guten Trunk gethan, der nach guter Sitte für Reisende dem Abendimbiß vorangeht, schien die Verstarrung ihrer Glieder sich zu lösen, und der Bischof, den Humpen wegsetzend, sagte, wenn er's nicht eben erlebt, hätte er es für 'nen Traum gehalten. Und der Abt von Lehnin setzte hinzu, es sei ihm noch nicht fürkommen, daß sie in Rudeln durch die Zauche streiften; noch könne es der Winter sein, der sie aus Polen rübertrieb, da er erst so spät anfange rauh zu werden.

Der eine Ritter, ein hagerer Mann, dem das an Länge zu gut kam, was die Prälaten an Breite über Not hatten, und mit einem Gesicht, das fast wie ein Totenkopf aussah, wenn das des Bischofs wie ein Vollmond glänzte, der schüttelte den Kopf:

„Halten die Herren Prälaten zu Gnaden, bei uns am hohen Flemming wissen wir's anders. In den Schluchten, die von den dicken Buchenwäldern überhangen sind, haben sie ihre Nester, oder ihre Zucht; das wimmelt und kribbelt da zu Zeiten von Dingen wie Ratten."

„Was haltet Ihr nicht Wolfsjagden, was reutet Ihr sie nicht aus?" sagte der Bischof. „'s ist mir kein Getier so in der Seele zuwider."

„Heilige Jungfrau, das grausliche Geheul summt mir noch in den Ohren," sagte der Abt.

„Hochwürdigster, darüber denkt man bei uns besonders," fuhr der lange Ritter fort. „Als ich noch ein Knab' war, ritt ich mit Dero Permiß in einer kalten Winternacht nach Haus. Die Sterne funkelten und die Luft knisterte, da wir durch einen Hohlweg kamen; aber mitten drinnen hörten wir's von den Bergen heulen, und das war Geheul, über das sich keiner täuschen mochte. Und bald stürzt es uns entgegen, schwarz über den Schnee, es mochten ihrer mehr als ein Dutzend sein, und gerad auf den Hohlweg zu, so wir passierten. Mir ward, wie Ihr denken könnt, nicht gut zu Mut, und ich sprach zum Knecht: ‚Laßt uns kehrt machen, Christian!' Er schüttelte: ‚Junker, das hilf' uns nichts, die sind schneller als der Wind.' Nun sah ich nach den Höhen rechts und links; aber wie sollten wir mit unsern schweren Gäulen rauf, sie waren steil und glatt vom Frost. In solchen Fällen, meine hochwürdigen Herren, schlägt die Gottesfurcht auch bei uns durch; denn wir armen Laien haben nicht immer Zeit, wie die geistlichen Herren, an unser Seelenheil zu denken. Also, wie ich die Arme vor mir Kreuz schlagen will, und ein Paternoster stammle, stößt mich der Christian an: ‚Junker, thut's bei Leibe nicht, sonst denken sie, wir sind Pfaffen. Seid ganz ruhig, uns thun sie nichts, wenn sie wittern, daß Ihr der Junker aus Stülpe seid.' — ‚Wie das?' fragte ich, aber nun war nicht mehr Zeit zum antworten; er flüsterte: ‚Macht's wie ich,' und da waren sie schon heran. Ich saß wie angefroren und mein Roß unter mir wie Stein. Da sprang der vorderste, ein entsetzlich Tier, mit einem Satz, daß er mich beim Schopf hätte langen können, aber der alte Knecht hatte schon seine Mütze abgezogen und sprach: ‚Glück auf die Reise!‘ Ich also in meiner Todesangst, zieh' auch den Hut tief und sage: ‚Glück auf die Reise!‘ Da guckt mich das Untier mit ein Paar Feueraugen an, ich hab's nicht wieder gesehen, als heute, und thut den Rachen auf, daß mir das Blut erstarrte. Nun weiß ich nicht, hatte ich was im Kopfe, oder war's ein Fieber, mir war's, als grinste es mich freundlich an und sprach: ‚Guten Abend, Junker von Stülpe!‘ und hob die Vorderpfote, wie man grüßen thut, und dann vorbei, und hinter ihm die andern, und alle nickten: ‚Guten Abend, Junker von Stülpe!‘ Ihr Herren, wenn Ihr die funkelnden Augen gesehen, unter Euch wimmelnd und himmelnd, wie zehntausend Irrlichter; oben die Sterne blinkten nur schwach. Und als alle vorbei waren, das Geheul! Es war wie Landsknechte, wenn ihr Obrist vorüberfliegt, ihm nachjubeln. Es dauerte eine Weile, ehe das Blut mir wieder in den Adern floß. ‚Nun mögt Ihr schon beten,‘ sagte der Knecht, ‚sie haben nicht mehr unsere Witterung.‘ — ‚Wie das?‘ fragte ich, und da hat er mir's vertraut. Die Wölfe haben mehr Verstand, als mancher Mensch denkt, und wissen, wo Bartel Most holt. Wo Schmalhans Küchenmeister ist, brechen sie nimmer ein, sondern wo's die fetteste Zinshühner hat. Darum, hat mir der Knecht gesagt, der ist nun freilich tot, und er mag's verantworten, wenn's nicht wahr ist, darum haben die Ritterhöfe bei uns nichts zu fürchten, denn was ist da noch zu suchen, wo's kahl ist!“

„Es geht itzo alles, was gut ist, zu den geistlichen Herren.“

„‚Unterm Krummstab ist gut wohnen,‘ sagt der dumme Bauer. ‚Das weiß ich nun nicht,‘ sagte der Knecht, ‚aber das weiß ich: wo poltert's lustiger, wo legen die Hennen mehr Eier, wo kommen die Kälber gemästet zur Welt, und wo wimmelt's von Gänsen, Enten, Truthühnern, Kapaunen, als in den Pfarrhöfen, in den Abteien und Stiften. Das wissen nun die Füchse und die Wölfe. Das Vieh ist schlau; wissen thun sie, wo nichts zu holen ist; da wird kein Huhn gestohlen, keinem Kinde ein Finger gekrümmt, und warum soll man sie fortjagen, wo sie uns nichts thun.‘ Das ist nun der Grund, hab' ich gehört, daß sie bei uns am Flemming keine Wolfsjagden anstellen; denn nur wen's juckt, der kraut sich.“

„Ihr wart wohl dazumal noch sehr jung, Herr von Hake?“ sagte der Abt.

„Zum Scherzen war's doch nicht angethan?“ sprach aber der Bischof und zog die Brauen zusammen.

„Ich scherzen!“ rief der Ritter, und wer ihn jetzt sah, konnte wirklich nicht an Scherzen denken. Lang und hager wie er war, richtete er sich am Tische auf um drei Köpfe über die andern, und nahm die Kappe vom Haupt, das kahl war. Das Gesicht glich nicht mehr, vielmehr war's ein leibhaftiger Totenkopf, nur um so schreckhafter, da ein Paar stiere Augen groß und geisterhaft aus den tiefen Höhlungen schauten. Und zu dem blassen Gesicht paßte das vertragene Lederkoller, das sich an den magern Oberleib wie ein Gerippe schmiegte.

„Ich scherzen! meine hochwürdigen Herren. Scherze mit dem Satan, wer Lust hat zu brennen, aber mit Priestern verscherz ich nicht meine Seligkeit. Es war ja in dem Winter 97, die Elbe und Oder standen wie Mauern; die Wölfe aus Polen kamen bis nach Erfurt. Entsinnen meine Herren sich nicht des Priors drüben von den Benediktinern, der von einem Kindtaufen aus Magdeburg zurückkehrte, er lenkte selbst den Schlitten. In der Nacht ist's gewesen, und die Wölfe waren's, die im Hohlweg an mir vorübersausten. Ein Schäfer hat's mehrmals in Magdeburg erzählt; der Schäfer stand am Wege und sah's, wie der Prior seine Rosse peitschte, aber einer hing schon mit den Zähnen hinten am Schlitten, ein zweiter sprang dem Pferde rechts nach dem Genick. Dann verschwanden sie im Wald. Der Schäfer hat nur noch den grauslichen Schrei des Priesters gehört. Das eine Pferd kam mit dem Schlitten andern Tags abgetrieben und wie sinnlos nach Möckern, vom andern und vom Prior fand man nicht mal mehr die Knochen. Nur einen Stiefel fanden sie bei uns im Frühjahr oben auf einer höchsten Kiefer im Krähennest. Wie er dahin kam, darüber stritten noch die gelehrtesten Männer. Die Tiere sind noch schlauer als wild; wir können's an ihren Fährten jedesmal sehen, ob sie ins Bistum nach Meißen oder nach Magdeburg ziehen.“

Es war still geworden, der Bischof wischte mit dem Schweißtuch über seine Stirn.

„Ist Euer Rappe wund, Herr von Jagow?“

„Meiner, Hochwürdigster?“ fragte der zweite Ritter, ein Mann von mittleren Jahren und Statur, ein Gesicht, das auch ernst schaute, aber man sah ihm lieber in die Augen, als dem Junker von Stülpe.

„Das Tier quer aus dem Dickicht schoß ja auch auf Euch, ich glaubte, Ihr wart verloren.“

„Ich, hochwürdigster Herr! hinter Euch war's ja."

„Hinter mir?"

„Euer Falbe zitterte und schnaubte wie rasend; hörte ich Euch nicht um Hilfe schreien?"

„Der Junker von Stülpe rief für Euch da an den alten Weiden, wenn mir recht ist, oder war's für Euch, Herr Bruder von Lehnin?"

„Ich sah, menschliche Hilfe that nichts," sprach der Abt; „ich betete mein Ave, und befahl meine Seele Gott."

„Ihr rittet mich beinahe um," fiel der von Hake ein, „so wühltet Ihr kopfüber mit beiden Sporen in den Weichen."

„Euch?"

„Ihr schriet so furchtbar, Herr von Hake" — sagte der Ritter Jagow.

„Weil ich Euch schreien hörte."

„Und ließt Euer Roß bäumen dicht vor mir: Euer Degenknopf stieß gegen meinen Küraß; ich meinte, es springe schon auf Euch."

„Dann hat mich der Angstruf des hochwürdigen Herrn wirr gemacht. Ich schrie, wie wir alle, aus Leibeskräften; Getös allein erschreckt die Bestien. Nachher schlug ich um mich, weiß nicht, wo's traf. Als wir mit heiler Haut das Freie gewannen —"

„Solch ein Ritt!" atmete der Abt. „Ich sah wahrhaftig nicht, wer vor, wer neben mir war."

„Und das Geheul hinter uns! Wie viel waren ihrer?"

„Wer sah da hinter sich!"

„Ihr, Hake, bliebt zurück."

„Blieb ich zurück? — Weiß es wahrhaftig nicht. Hatte nur einen Gedanken. Als Lehnsmann meines gnädigsten Herrn von Sachsen, hatte ich meinen Herrn Bischof heil und gesund bis Ziesar zu geleiten. Zwar nur vor Räubern und Gesindel, wär' aber auf mein Lebtag eine Schmach für mich blieben, so ich ihn nicht vor Wölfen hüten können."

Der Bischof machte ein Zeichen, daß ihm das Gespräch nicht behagte, der Abt setzte den geleerten Humpen vor sich nieder.

„Wär's länger gedauert, nicht die Wölfe, der Ritt hätt's uns angethan."

„Wer's anders gewohnt ist, kann ein Wind umwerfen," entgegnete der von Stülpe. „Meine jedennoch, daß wir dem Schnee und Wind unsere Salvierung allein verdanken: wär's klarer Sternenhimmel gewesen, weiß Sankt Johannes, in welchem Nest man morgen unsere Gebeine aufgelesen hätte."

„Ihr Herren," unterbrach sie der Bischof, „das war eine Sache, die besser wäre, daß wir sie vergäßen, und ginge es, daß wir sie auch bei anderen vergessen machten. Des unnützen Geredes ist schon genug über unseren Ritt nach Wittenberg."

„'s ist schier unglaublich, daß um eines Mönches willen ein Bischof ausgeschickt wird," sagte Hake von Stülpe. „Und im Winter! Denkt der Kurfürst von Brandenburg, man friert nicht."

„Wir gehorchten nur dem Wunsche unseres Durchlauchtigen Herrn, und damit es sonder großes Aufsehen geschehe, machten wir uns ohne standesmäßiges Gefolge auf den Weg nach Sachsen. Aber es scheint, daß das Volk mit den Augen des fabelhaften Argus auf alles acht hat. Dies ist sehr übel, meine Herren, aber man muß Übel nicht ärger machen."

„Was mußten wir nicht in Wittenberg hören!" fiel der Abt ein.

„Um deswillen, Ihr Herren, wiederhole ich, muß dies tolle Nachtabenteuer nicht ins Gerede kommen; sie sagten am Ende, wir hätten uns von Gespenstern erschrecken lassen."

Hake von Stülpe legte seine große dürre Hand auf den Tisch, und wie er den Muud groß öffnete, sah er selbst wie eines aus: „Das will ich beschwören, daß das keine Gespenster waren."

„Gespenster, lieber Ritter, giebt es unterschiedlicher Art," fiel der Bischof ein. „Das Volk legt die Dinge aus, wie es Lust hat; und wie sie in Sachsen anfangen, in dem dreisten Mönch einen großen Mann zu sehen, möchten sie in dem kleinen Nachtspuk ein gewaltiges Omen finden. Sie möchten sagen: Wir hätten Furcht gehabt, uns von dem Augustiner ins Bockshorn jagen lassen, wir wären unverrichteter Sache heimgekehrt, und aus Ärger darüber sähen wir überall Spuk und Unholde; ich kenne das. Oder, die es besser meinen, fabeln von bösen Geistern, einer wilden Jagd, auf uns losgelassen, daß sie uns in unserem löblichen Bemühen störe. Beides muß uns gleich ungelegen sein, weil es einer unbedeutenden Sache einen großen Anstrich giebt. Man hätte den Mönch sollen zanken und auf einer kleinen Kanzel sich wundreden lassen; man achtete darauf, man that ihm die Ehre an, ihn zu verketzern. Bei seiner verstockten Bauernnatur ward er nur dreister, weil große Herren sich dreinmischten, was darauf kam, davon spricht man nun schon über Deutschland hinaus, und zum Überfluß des Übels mußten wir hin, um mit ihm zu disputieren. Das ist nun geschehen, und damit, Ihr Herren, laßt es geschehen sein, was uns anlangt. Nächste Woche spreche ich mit unserem gnädigen Herrn in Berlin, und hoffe ihn zu überzeugen, daß er dem Manne und der Sache zu viel Ehre erwies. Aber bei allen heiligen Fürbittern laßt die heulenden Wölfe in Nacht und Vergessen verschwunden sein, sonst werden die Dutzend Rachen zehntausend Schock Lästermäuler, die schlimmer sind als alle Tiere des Waldes. Nun, meine Herren, kein Wort mehr davon, unsere Wirtin kommt, unsere zerschlagenen Leiber mit besserer Kost als Schreck und Wind zu laben."

Die späte Nachtmahlzeit ging eher vorüber als man bei hungrigen Gästen und beim guten Willen der Wirtin hätte vermuten sollen. Selbst der Malvoisir und der feurige ungarische Wein, mit dem ihr Sohn, der Marschall, den Keller der Mutter für ihren schwachen Magen oder festliche Ereignisse aus Berlin versorgt, hatte die Zungen nicht belebt. War es der Schreck, der nachwirkte, daß jedes Gespräch, das munter anfing, ins Stocken geriet, gleichwie als stoße man an eine Erinnerung, die man nicht berühren wollte?

Da der Bischof den Becher ausbrachte auf den trefflichen Ritter, in dessen Burg sie nächteten, hielt Frau Brigitte die Schürze ans Aug' — ihr Gottfried war ja tot. Der Prälat hatte an ihren Schwiegersohn gedacht, aber nicht bedacht, daß zur Erbschaft der Weg noch über eine Gruft ging. Der Bischof war ein gewandter Redner, ob er von Wein oder ohne Wein, wir hörten es schon, also wußte er das ungelegene Wort in ein gelegenes zu verwandeln. Aber heute schien es, als ob ein neckisch böser Geist seine Worte verdrehte, daß sie anders herauskamen, als er wollte. Auch der feinste Mann, der mit den Worten spielt, mag damit straucheln, wenn die Gedanken von anderen Dingen erfüllt sind, da fragte er, wie es der Matrone zweiter Tochter erginge, und ob ihre Kinder der Mutter glichen? und hatte es im Augenblick vergessen, daß die Agnes Bredow im Kloster zu Spandow war, und viel Redens doch davon war, wenn die Äbtissin stürbe, sie zu wählen. Und kaum, daß er, über die Stirne streichend, sich ausgeredet, wie gut es eben ging, daß er an seines Freundes Redern Agnes gedacht, die ihr so ähnlich schaue, mußte er's auch da wieder ersehen, als er nun nicht Rühmens genug wußte über des Ritter Hans Jürgen Glück und Ansehen bei Hofe, und wie Seine

Gnaden, der Kurfürst, nimmer einen treueren Rat gehabt, auch es vor männiglich laut bekenne. Darum könne sie noch auf viel mehr hoffen, und sei ihr Haus das glücklichste in den Marken zu preisen.

„Glück und Glas bricht leicht,“ sagte die Burgfrau mit halblauter Stimme und nachdenklicher Miene, „und ist nicht alles Gold, was gleißt. In jedem Haus, wie schön 's auch ausschaut, ist immer was, was nicht gut ist, als wie in der festesten Mauer ein Loch, wo der Feind durchschlüpfen kann. Drum soll man Wache stehen und den Tag nicht vor dem Abend loben; und Gottes Gnade thut uns allen not.“

Da ward der Bischof still; der Abt von Lehnin sprach gar wenig; der von Jagow redete manches gute Wort, aber wie ein ernster Mann, auf dem schwere Gedanken lasten, und den Speisen sprach nur der von Stülpe zu.

So kam nichts recht heraus, alle waren verstimmt und froh, als der Bischof sich erhob.

Noch einmal war die Burgfrau, das Schlüsselbund in der Hand, durch die Gänge der stillen Burg gegangen; sie und Ruprecht die letzten wachen Augen. Alles war, wie es sein sollte, aber sie wollte noch nicht die Treppe zu ihrer Kammer hinauf, wo der Knecht vorleuchtete, sie winkte nach der Kapelle.

„Gott erst danken, lieber Ruprecht,“ antwortete sie dem Knecht, der mit mißbilligender Miene den Kopf schüttelte — „daß er die schreckliche Gefahr abwandte.“

„Die Prälaten haben nicht gebetet.“

„So thun sie's in ihrem Kämmerlein.“

„Sie schnarchen wie die Ratten.“

Aber Frau Brigitte blieb an der Schwelle stehen und wies, den Finger am Munde, in die kleine dunkle Zelle, wo eine Gestalt — es war der Ritter Jagow — vor dem Kruzifix auf den Knieen lag. Dann wandte sie sich um und schlich auf ihren Zehen fort, daß sie ihn nicht störe.

„Siehst Du, einer betet doch. Der liebe Gott wird's wohl für sie alle hören.“

Auf den Lippen des Knechtes schwebte noch etwas, als er ihre Thüre öffnete. Die Burgfrau kannte ihn: „Nur heraus damit, sonst kannst Du nicht ruhig schlafen.“

„Es waren gar keine Wölfe.“

„Was denn? Was sahen sie?“

„Einen Werwolf.“

„Ruprecht! es sind Herren, die mehr gesehen haben als Du.“

„Der Lindenberger war auch ein kluger Herr.“

Der Name des Lindenbergers erweckte in Frau von Bredow jedesmal ein Entsetzen, das die Jahre nicht mildern wollten. Sie zitterte.

„Rann ihm nicht auch der Todesschweiß von der Stirn, als er ans Thor klopfte, und hatte nur einen Spuk gesehen.“

„Es war nur ein toter Schneider.“

„Das hatte da was zu bedeuten.“

„Ruprecht, was bedeutet's jetzt?“

„Weiß nicht alles, Gestrenge. Aber es ist was vor, als wie dazumal. Es schlägt was um, nicht im kleinen, im großen. Das Große giebt sich kund durch kleine Zeichen; aber die Menschen wollen nicht darauf achten. Dazumal galt's dem Adel, wem's heute gilt —“

„Weiß Gott, und thut wie's ihm gefällt,“ fiel Frau von Bredow ein, und stieg in ihre Kammer.

Drittes Kapitel.

Das Zwiegespräch im Bette.

In den hochgetürmten Himmelbetten des Gastgemaches streckten der Bischof von Brandenburg und der Abt von Lehnin ihre müden Glieder. Die Nachtlampe am Balken beleuchtete nur spärlich das Zimmer, welches von den beiden Betten so eingenommen ward, daß zwischen ihnen nur ein geringer Raum blieb; doch mochte man bei dem flackernden Schein wohl erkennen, daß auch hier Veränderungen vorgegangen waren. Die waltende Hand der unbeschränkten Hausfrau war sichtbar in der zierlichen Ordnung des Gerätes an den Wänden, in den Teppichen, die über die Tische und Dielen ausgebreitet lagen, und die würzigen Kräuter, welche aus den jetzt verglimmenden Kohlen des großen Ofens dufteten, hatten den dumpfen Geruch ziemlich überwältigt, der in lange leer stehenden Zimmern unangenehm die Sinne berührt.

Von dieser Wohnlichkeit mochten indes die Prälaten so wenig, als von dem ihnen zu Ehren in die Kohlen gestreuten Thymian und Bernstein etwas wahrnehmen, obwohl der Schlaf noch seine erquickenden Fittiche nicht über sie ausbreiten wollte. Wir zweifeln, daß es beim Bischof der Gedanke an die ganz andere Behaglichkeit in seiner warmen Winter-Residenz zu

Brandenburg oder in seinem Schlosse Ziesar war, die ihn wach erhielt, auch waren es, wie ihr Gespräch lehrt, diesmal nicht die Wölfe im Walde, welche ihre Nerven noch immer aufregten, daß sie oft ihre Lage wechselten, was das Knistern des Strohes unter den gewaltigen Federbetten verriet.

„Lieber Bruder in Christo, Ihr macht Euch unnötige Sorgen,“ sprach der Bischof, indem er für seinen Kopf eine neue Lage suchte. „Das Unangenehme von der Sache liegt hinter uns. Es wird noch etliches Geschwätz, Gezänk und Geschreibe geben und dann ist es vergessen und abgethan.“

„Ich fürchte, Hochwürdigster, der Betteltanz fängt erst an,“ entgegnete der Abt.

„Ein Betteltanz kümmert uns beide nicht, da weder Ihr noch ich, Gott sei Dank, Bettelmönche sind. Der ist ein Dominikaner und dieser ein Augustiner, da steckt der Hase.“

„Vergessen wir nicht, daß in den Bettelmönchen seit Anbeginn ein rebellischer Geist war.“

„Die Ursach' ist nicht schwer zu finden, mein Bruder, wer nichts hat, ist immer zum Rebellieren gegen die aufgelegt, welche etwas haben. Ihr Cistercienser sitzt, wo Ihr seid, im Fetten —“

„Daß wir uns durch den sauren Schweiß unserer Arme, mit Schwielen in der Haut, unter Gottes sichtlichem Beistand —“

„Ihr!“ unterbrach ihn der Bischof lachend. — „Eitele Sorge, Herr Bruder, was haben die Franziskaner ausgerichtet, als sie in corpore gegen den Papst aufstanden?“

„Das waren theologische Streitigkeiten, in welche die Welt sich wenig oder gar nicht mischte. Hier ist es anders. Der Ablaßhandel geht an den Beutel —“

„Freilich, es geht ein schmähliches Geld aus dem Lande,“ sagte Hieronymus, sich hinterm Ohr reibend. „Glaubt Ihr etwa, daß es dem Kurfürsten angenehm ist? Aber was hilft's! Es wär' unbrüderlich, seines Bruders Albrecht Einkünfte schmälern wollen.“

„Er ist ja Generalpächter, kriegt die volle Hälfte, und glaubt mir, er braucht das Ganze zu seinem Hofhalt in Mainz.“

„Ja, wäre der Wittenberger Mönch ein wenig pfiffiger, daß er nur gegen die Hälfte, die nach Rom geht, wetterte, so wollten wir uns ja die Ohren gegen die Klagen noch lange zuhalten.“

„Die Sache dringt ins Volk, die Laien bemächtigen sich ihrer, das wird gefährlich —“

„Die Gelehrten zanken sich, weiter nichts. Federkiele gegen Federkiele. Wittenberg gegen Frankfurt, und Frankfurt gegen Wittenberg; die Fehden der Universitäten haben die Welt noch nie in Brand gesteckt. Es muß zuweilen etwas Pulver aufblitzen, damit die Luft rein wird. Ich darf's Euch vertrauen, daß sie in Frankfurt ein solches Feuerwerk präparieren. Der Wimpina sitzt im Laboratorium bis Mitternacht, um die Raketen zu füllen."

„Ich hörte davon. Tezel wird dort disputieren. Der Kerl hat eine Rabenstimme, gut zum Ausschreier bei einem Aufschlag, aber mit seiner Logik steht es so schlecht als mit seinem Wandel."

„Laßt Euch das nicht kümmern. Wimpina ist ein Mann, um solchen Aktus einzurichten. Wenn er mit der Faust auf den Katheder paukt und das Maul aufreißt, daß seine Stentorstimme den Saal füllt, ist alles mäuschenstill. Und wenn er's laut haben will, zwinkert er nur, und dreihundert Kehlen donnern jeden Opponenten nieder."

„Aber was soll's? Worauf läuft's hinaus? Wenn sie ihm den Doktorhut aufdrücken, wird darum der Wittenberger schweigen? Ist er nicht auch Doktor!"

„Lieber Bruder, man muß dem Volke auch ein Spektakel gönnen. Wenn die Menschen nicht zu rechter Zeit durch Schauspiele unterhalten würden, so ihre Sinne beschäftigten, ihre Parteileidenschaften in Anspruch nähmen, stände es schlimmer um unsere Ruhe. Mens agitat, der Geist der Unruhe ist in den Adamssöhnen. Wer weiß, wohin dieser Geist hinausliefe, wenn man ihm nicht dann und wann eine Atzung zuwürfe, auf die sie wie die hungrigen Wölfe sich stürzen. Wenn der Säfte zu viel sind, müssen die Ärzte nach einer goldenen Ader suchen, die sie abführt, damit der Körper gesund bleibe. So fanden die Päpste ihrer Zeit die Kreuzzüge. Das ist nun vorbei; wir sehen es an den Türkenkriegen. Wie lange muß man trommeln lassen, wie viel Handgeld versprechen, damit nur ein geflicktes Heer zusammenkommt. Die Köpfe sind anderswo hingerichtet, die gedruckten Bücher sind in allen Städten verbreitet; die wir sonst allein lasen, wenigstens auslegten, in die stecken schon die Bürger die Nase, ja sogar Edelleute."

„Das ist eigentlich sehr schlimm," fuhr der Abt auf.

„Aber nicht mehr zu ändern. Ein kluger Mann muß auch aus schlimmen Dingen Vorteil zu ziehen wissen. Wer Lust zum Hader hat, laßt den hadern und streiten, am Ende ist's doch nur um des Kaisers Bart. Uns geht es nichts an, am wenigstens darf es uns heute unsere Ruhe stören."

Aber das Stroh raschelte bald wieder; draußen heulte der Wind und die Ampel am Balken schaukelte sich hin und her, während ein leiser Luftzug die schweren Gehänge bewegte. Als der Bischof sich aufrichtete, um das Tuch, das ihm zur Nachtmütze dienen mußte, fester um die Ohren zu binden, sah er schon den Abt halb aufgerichtet sitzen, den Kopf im Arme.

„Ihr lägt auch lieber in Eurem warmen Kämmenat in Lehnin; und wenn ich denke, um welche Lumperei — wir uns auf diesem Stroh wälzen müssen —"

„Es ist eben das, was Ihr Lumperei nennt, Hochwürdigster, was mir nicht aus dem Sinn will. Erlaubt, daß ich Euch morgen am Tage meine Gedanken darüber mitteile."

„Kleinigkeiten muß man schnell abthun. Wälzt ab, was Euch auf dem Herzen liegt."

„Ihr kamt nach mir, verweiltet auch kürzere Zeit in Wittenberg, überdies als Kirchenfürst, dem man mit allen Rücksichten, die Eurer hohen Würden gebührten, entgegenkam. Aber, verzeiht, ich habe mehr gesehen und erfuhr mehr. Es ist nicht das Volk allein, nicht die Bürger, Studenten, Professoren; der Anhang dieses Mönches geht weiter in Sachsen, als wir denken. Doch Ihr wißt es besser als ich, wie er aus der kurfürstlichen Kanzlei Vorschub erhält, wie der Kurfürst selbst ihm die Stange hält. Das dürfte uns freilich in Brandenburg nicht kümmern. Aber Ihr hättet die gedrängt volle Kirche sehen sollen, wenn er predigt, wie aller Augen auf seinen Lippen hangen, wie, wenn er sie öffnet, es wie ein Zauber ist. So hörte ich noch keinen Menschen predigen in deutscher Sprache."

„Man sagt, er predigt nicht in Niederdeutsch. Wie verstehen sie ihn denn?"

„Das vergißt sich alles. Es ist ein Deutsch, was man noch nicht hörte, eine kräftige, körnige, ja sogar ist's eine wohlklingende Sprache."

„Dann ist's ein Hexenmeister, Abt. Wer Deutsch wohl reden kann, thut's nimmer mit rechten Dingen."

„Er verdreht nicht die Augen, er streckt nicht die Arme aus, wie die Dominikaner, er sucht nicht zu erschüttern durch schreckliche Bilder, noch die Herzen der Frauen durch sanfte Vorstellungen und Klagen zu erweichen. Man möchte sagen, er redet von der Leber weg, er redet von der Kanzel, wie er zu Hause reden würde. Bisweilen erhebt sich wohl seine Stimme, wo er in Zorn gerät, dann rollt es wie ein Donner und man sieht erschrocken hin, wo es wohl einschlagen wird. Aber dann steht er wieder oben, wie ein Kind, das selbst nicht weiß, welche Macht ihm gegeben ist. Er spricht zu den Hörern wie auf der Straße, im Haus, wie ein guter Mann zu Zänkern in der Herberg sprechen würde; zutraulich, freundlich, als bitte er sie um Rat in einer gemeinsamen Sache, wo er ihnen doch Rat giebt. Hochwürdigster Herr, da in dieser Weise widersteht ihm keiner; er könnte mehr sagen, Irrtümer, Thorheiten, selbst Ketzereien, sie würden ihm auch folgen, glauben. Ich glaube, wenn der Teufel diesen Mann gewönne, ich meine im Augenblick, wo der Feuerstrom seiner Worte die Gemeine mit sich reißt, der Erbfeind könnte noch einmal auf der Erde siegen."

„Ei, Ihr seid selber fortgerissen."

„Lebe einer in Wittenberg vierzehn Tage, und höre, sehe das mit an, und bleibe ruhig!"

„Wie heißt er doch gleich; ich vergesse immer wieder den Namen — Lucer oder Luder?"

„Er nennt sich Luther."

„Meinethalben auch Luzifer. Was liegt am Namen. Er will berühmt werden. Die Kirchengeschichte weiß von vielen Mönchen, bei denen es rappelte, und ihre Namen sind vergessen trotz ihrer Predigten, und die Weiber lagen doch in Verzückungen vor der Kanzel."

„Ich bekam keine Verzückungen, im Gegenteil durchschauerte es mich zuweilen wie ein Frost, wenn ich an die Zukunft dachte. Als Ihr ankamt, beschiedet Ihr ihn zu Euch. Er kam mit demütiger Miene, fast erschrocken über die Ehre, die Ihr ihm erwiest. Er versprach, nachzudenken, innezuhalten, wenn Ihr es ihm beföhlt. Das war nur die Wirkung des augenblicklichen Gefühls der Ehrfurcht vor Eurer Würde und Eurer Person. Aber er kann gar nicht innehalten, sage ich Euch, er ist eine Natur, wo heraus muß, was drinnen lodert; wie ein Feuer nicht innehält, ein Sturm nicht schweigt, wie eine Orgel nicht plötzlich auf einen Druck aufhört, kann er auch nicht aufhören. Als ich zu ihm kam — der Ritter Jagow war mit mir — war er zuerst auch betroffen, da ich mich ihm zu erkennen gab, er hatte es nicht gedacht, daß sein einfältig Reden bis zu uns gedrungen sei, und wir's für etwas mehr hielten, als die Meinung eines schlichten Mönches. Da ließ er sich auf die Schulter klopfen und sank zusammen. Das dauerte jedoch nur geringe Zeit, und als ich ausgeredet hatte, erhob er sich wieder Zoll um

Zoll, bis er so groß schien als der schwarze hohe Ofen in seiner Zelle, an den er sich lehnte. Das sprudelte und floß von seiner Lippe, Dinge, die er nicht verantworten konnte, die nicht von ihm kamen, über Papst, Kirche, Konzilien, Gottes Wort. Das ging wie ein brausender Sturm hin, und ich war ungewiß, ob er selbst alles wüßte, was er sprach."

„Zitterte er dabei wie Besessene?"

„Nein. Besessene kenne ich. Da erscheint es wie von außen eingeblasen, wasserflüchtig, schwammig, die Augen glühen irr. Davon nichts bei ihm. Es schüttelte ihn wohl, aber wie ein körniger, gesunder Mensch, der's in Überfülle von Kraft an einem frischen Morgen thut, und die Augen strahlten wie Diamant, daß ich meine senken mußte."

„Und da sprach er von der Verderbnis der Kirche."

„Aber wie!"

„Ein altes Lied. Verschont meine Ohren damit. Jedes Kind singt es, aber wie's besser zu machen, da sperrt der Gescheiteste wie ein Ochs das Maul auf, wo es handeln gilt. Macht die Menschen anders, so könnt Ihr auch die Einrichtungen anders machen. Zapft Adams Blut ab, gießt Fischblut, Vögelblut, Engelblut in unsere Adern, dann versucht's! Bis dahin sind alle Verbesserer von Welt und Kirche Narren. Meinethalben nennt's ein zerbrechlich, baufällig Haus, aber es steht anderthalbtausend Jahre, Ihr werdet kein anderes bauen. Also schichtet Euch ein, 's ist warm drin, sucht die besten Winkel; vor Regen und Sturm schützt es schon noch, wer sich zu ducken weiß."

„Ich bin kein Reformater," sagte der Abt verwundert über die Heftigkeit.

„Ihr nicht, aber es giebt noch ganz andere als den läppischen Mönch."

„Und das ist's, was ich fürchte," hub der Abt an, mit einer so festen, ernsten Stimme, als die des Bischofs eben heftig und sprudelnd war. „Das Klagelied hat die Welt durchdrungen, es summt aus allen Winkeln wieder. Alle Ketzergerichte haben es nicht totgemacht, im Gegenteil, sie haben ihm nur immer neuen Stoff gegeben. Die Kirche freilich auch, vor allem das ärgerliche Leben der Welschen, die vielen Doppelpäpste haben vorm Volke die Autorität der Kirche angegriffen —"

„Lieber Freund und Bruder, lest mir kein Kollegium, ich muß es täglich hören, wenn ich in Berlin bin."

„Aber die deutsche Nation muß es hören von den Kathedern herab, aus den Buchdruckereien, die Gelehrten sind es ja, die das Volk aufwiegeln. In Basel, Straßburg, Rotterdam, wo wird nicht gedruckt, daß die Geistlichen ein abscheuliches Leben führen, daß die Klöster Konvente der Faulheit, des Ungehorsams und der Unzucht sind, daß die Prälaten im Fette schwimmen, wo werden nicht unsere Bäuche verschrieen. In Gesetzbüchern liest man's sogar, wir wären unkeusch, gefräßig, habsüchtig und was weiß ich. Alle die Gelehrten, die in hohem Ansehen stehen, die Reuchlin, Erasmus, spitzen ihre Federn gegen uns."

„Lateinisch! Das Latein ist eine herrliche Sprache, schon darum, weil das Volk sie nicht versteht."

„Aber Luther spricht deutsch, er spricht deutsch, er wird auch deutsch drucken lassen, wie ich hörte. Erwägt das, Hochwürdiger; in die großen Haufen des Volkes geht das Gift nun über, das in den einzelnen Schalen und Gefäßen uns keinen Schaden that. Es spritzt in alle Adern."

„Es ist längst da."

„Wie Asche, unter der der Funke glimmt, wie Zunder, der sich danach sehnt, wie eine Mine, die der Feuerwerker gelegt, um eine Festung in die Luft zu sprengen. Nur eines Funkens bedarf es, sie zu entzünden. Dieser Wittenberger, dieser Mönch aus dem Volke, ich fürchte, er wird der Funke sein. Man sagt, er geht damit um, die Vulgata ins Deutsche zu übersetzen; mag er übersetzen, was er Lust hat, aber er übersetzt in lebendige Rede die Stimmungen und das Mißvergnügen der Vornehmen, die uns abhold sind. Den gelehrten Spott, so lange er gelehrt bleibt, konnten wir ertragen, werden wir es, wenn er zum Gassenhauer wird und die Bänkelsänger ihn ableiern?"

Das Gesicht des Bischofs, auf dem sich im Verlauf des Gespräches etwas Ernst gelagert, ward plötzlich wieder heiterer.

„Ich gestehe Euch, daß auch mich unterweilen solche häßliche Träume beunruhigen; aber der Grund liegt ganz anderswo. Hier belauscht uns niemand, lieber Freund. — Laßt die Augustiner und Franziskaner, und die Gelehrten von allen Universitäten sich rühren, was sollte es uns rühren, wir bleiben im Posseß; aber die bekannte Lust, die unser gnädigster Kurfürst schon von seinen jungen Jahren an hat, in Theologices zu stänkern, die ist es, welche mich manches Mal besorgt macht; wenn er mich am Knopf faßt, und über dieses Dogma und jene Institution disputiert. Noch neulich beim Hofball zog er mich in die Fensterblendung, und eine Stunde lang hielt er mir ein Kollegium über die Erbsünde, und warum die Doktrin der Pelagianer ketzerisch sei. Gott weiß, wo er's her hat, ob's im Blut liegt, oder wer's ihm angethan, aber wenn's nach ihm ginge, sind wir alle ihm nicht orthodox und konform genug. O, er hat Entwürfe im Kopf von Klosterzucht und Kirchenregiment und neuen und alten Spitalrittern und Spitalweibern, und möchte die Bischöfe zurecht setzen und die Päpste dazu, und Konzilien berufen, wo der wahre Glaube bis aufs kleinste aufgeschrieben und festgesetzt würde. Und Konkordate möchte er schließen und Bistümer bei den Heiden anlegen, und Gott weiß was alles."

„Es bleiben aber doch immer Entwürfe."

„Das ist das einzige Gute dran."

„Er liebt den geistlichen Stand; man hätte nicht zu besorgen, daß er in unsere Rechte griff, noch unsere Einkünfte schmälerte."

„Das weiß kein Mensch. Wenn er heute liebt und ans Herz drückt, wer weiß, ob es morgen noch so ist! — denkt doch nur an den Adel. Hat er ihn nicht zugeritten wie ein wildes Pferd, mit seinen Schenkeln gepreßt, daß er Zeter und Wehe schrie, mit seinen Sporen zerrissen, daß das Blut noch auf den Landstraßen klebt; und im Grunde des Herzens, ich sage es Euch, liebt er ihn. Werde daraus ein anderer klug. Wer um ihn ist und seinen Gedankensprüngen folgen muß, glaubt es mir, der hat seine Not. Heute in Gunst und morgen abgethan, und dann wieder in Gunst. Eine wahre Gunst für uns noch, daß, als man's kaum mehr erwartete, andere Grillen und Leidenschaften ihn gepackt haben. Er ist ein wilder Jäger geworden und —"

Der Abt und der Bischof begegneten sich mit einem vielsagenden Blicke.

„Die Kirche wird in diesem Punkte milder sein als die durchlauchtigste Kurfürstin," lächelte der Abt.

„Ihren vollen Segen darüber! Denn dem verdanken wir es vielleicht, daß er die Reformation so lange vergaß."

„Und nun! — Wird der Mönch ihn nicht wecken?"

Ein Blick fast wie Schadenfreude oder wie ihn der Stolz auf ein höheres Wissen dem Weltmann entlockt, traf den Lehniner.

„Wie wenig kennt Ihr ihn! Joachim hört nur auf sich selbst, er glaubt nur an sich. Gerade dadurch, daß der Mönch in Wittenberg etwas auszusprechen wagt, was er allein zu verstehen, was er allein glaubt wagen zu dürfen, sind wir gerettet. Und wenn, was Joachim mit der Kirche vorhatte, auf einen Punkt mit dem zusammenträfe, was der Augustiner im Kopf hat, wird der Kurfürst von Brandenburg das nachthun wollen, was der vor ihm that? Wird er es ihm nur vergeben, daß dieser arme tölpische Bauernsohn sich durch sein Thun untersteht ihn zu erinnern, daß er, der große, kluge Fürst, nur geträumt und nichts gethan hat? Der Vorwurf wird, sag' ich Euch, an ihm nagen wie ein Wurm, gestehen wird er's niemand, aber im Innern —"

„Er könnt' es ihm aber nur zuvor thun wollen."

„Kurfürst Joachim mit einem Barfüßer um die Wette rennen! Mein Lieber, er ist so stolz auf seine fürstlichen Ahnen als auf seine eigene Weisheit. Er duldet keine Gleichen um sich. Nun gerade — ich meine, wenn Euer Lucer auf den Wegen fortgeht, wie Ihr glaubt — nun wird er keinen stärkeren Widerpart finden, als unseren Markgrafen. Unterstützt ihn der Sachse, desto besser. Rüttelt er an unseren Domstiftern, unseren Bischofshüten, desto fester wird Joachim sie halten. Je weiter der vorwärts will, so mehr Rosse spannen wir hinten an. Dann laß sehen, wer stärker ist."

„Ihr beruhigt mich."

„Ruhen, lieber Bruder, heute ja; aber morgen nicht mehr. Ihr habt mich etwas beunruhigt, daß ich's Euch gestehe. Auch auf mich hatte der Mönch gleich anfangs einen seltsamen Eindruck gemacht, aber ich gebe nichts auf augenblickliche Eindrücke; ich hatte es fast vergessen, als Eure Observationes sie wieder erweckten. Saht Ihr ihn essen?"

„Ich zog ihn einst an meine Tafel."

„Er rührte die Speise aber wohl nur an?"

„O nein, er aß wie ein hungriger Mann mit gutem Magen."

„So schlang er die Bissen hinunter, ohne zu kosten?"

„Die gute Kost schien ihm zu behagen. Auch trank er —"

„Hastig? Er stürzte hinunter, was man ihm einschenkte, und dann sprudelte es von seinen Lippen."

„Er schlürfte den guten Wein mit Wohlbehagen und sagte, es wäre eine gute Gabe Gottes."

„Der Mann kann gefährlich werden. Er ist kein Schwärmer. Es wäre am gescheitesten, ihm eine fette Pfründe in den Mund zu stopfen."

„Wenn er sich nun den Mund nicht stopfen ließe!"

„Er will ja kein Heiliger werden. Er ißt und trinkt. — Widerruf, Abt — eine Pfründe, oder — ein Scheiterhaufen. Kennt Ihr einen vierten Fall? Meine Logik weiß nur diese drei."

Der Abt, der eine Weile still geschwiegen, lächelte plötzlich heiter auf, wie jemand, den ein Gedanke, welcher Licht ins Dunkel bringt, angenehm überrascht.

„Der Herr von Bredow, Hochwürdigster! wir vergessen ihn.“

Es mußte ein guter Gedanke sein. Der Bischof stieß ein kurzes, lautes, aber herzliches Gelächter aus, wie etwa jemand, den im Schlaf ein Gespenst erschreckt hat, und nun entdeckt es sich, daß es ein Tuch an der Leine, eine Nachtmütze auf einer Stange war, oder eine polternde Katze.

„Frater Henricus!“ rief er. „Der mag ihn bekehren.“

„An der Absicht wird es ihm mindestens nicht fehlen,“ entgegnete der Abt. „Bis jetzt bedauerte er ihn nur; denn ich ließ mir sein Wort geben, daß er nicht losplatze, bis wir fort wären.“

„Benissime!“ sagte der Bischof. „Es hätte viel Gelärm verursacht. Das ist auch ein Reformator, den der Satan ausgeschickt hat. Meine Domherren erklärten, sie liefen fort, wenn er mal einen Stuhl bekäme.“

„Darum schicktet Ihr ihn zur Pönitenz zu uns. Meine Konventualen sind den Herren in Brandenburg dafür sehr verpflichtet. Seine Bußpredigten jagen uns die Hühner vom Hofe. Neulich drang er in den Keller, als unsere ein kleines stilles Konvivium darin feierten; auf die Treppe hatte er sich postiert, daß keiner hinaus konnte. Der Pater Kellermeister erzählte mir Wunderdinge von der Litanei. Ihren Gesang hat er überschrien, und das will was sagen, wenn meine beim Weine sind.“

„Das muß Euch doch oben stören in Eurem Stüblein beim Meditieren, Herr Bruder.“

„Man muß auch zuweilen die Ohren zuhalten —“

„Und die Augen zudrücken,“ setzte der Bischof hinzu. „Wenn doch die Leute diese goldene Regel ad notam nähmen, es stünde besser um die Welt.“

„Und der Pater beschwört's, sie wären nachher blaß und bleich geworden, so hat er gesprochen.“

„Probatum sit! Herr Bruder, und wenn er den Mönch in Wittenberg zum Säulenheiligen macht, da oben wird er uns nichts schaden. Ich wollte selbst an den heiligen Vater schreiben, daß er ihn kanonisiert. St. Luther auf einer Säule, da mag er in den Wind predigen, und wir unten hören's nicht — ein guter Gedanke — gute Nacht, Herr Bruder!“

Ob sie eine gute Nacht gehabt? — Ihre Köpfe sanken mit gar verschiedenen Gedanken in die weichen Kissen. Der Abt dachte lächelnd: „Wie er sich überhebt! Schimpft ihn einen

Bauer, und vergißt, daß er selbst eines Bauern Sohn ist. Wie hoch sie durch Zufall steigen, die Art kann sich doch nimmer verleugnen.“ — Herr Hieronymus von Brandenburg verzog die Lippen, und ein verächtlich Lächeln schwebte darüber, als seine Augen zum Bettgenossen hinüberschielten: „Platte Geister, platte Furcht! Weil er nie über seine Sippschafts- und Klosterkreise hinauskam, dünkt ihm alles ungeheuerlich, was nicht alltäglich ist. Wer die Welt und Menschen kennt, weiß jedem seinen Platz anzuweisen.“ Dann hörte man ein tiefes Schnarchen hüben und drüben, ob der Bauernsohn oder der Edelmann — das war der Abt — stärker schnarchte, weiß ich nicht; sie schnarchten beide wie gute Leute und reiche Pfründner. Aber es blieb nicht ruhig in der Gaststube, ein leises Wehen ging durch dieselbe, daß man wohl glauben konnte, die Kobolde trieben ihr Spiel. Denn, will man's auch erklären, was sie natürlich nennen, warum die Ampel in einem weg an ihrer Kette knarrte und schaukelte, und warum die Bettvorhänge sich immer hoben und senkten, und dreimal ein Nachtvogel an die Fenster schlug, und im Schlot es pustete und stöhnte; wie kam's, daß unterweilen die schweren eichenen Bettstellen knarrten, als stemme sich ein Gefolterter an die Pfosten; wie kam's, daß der Abt jetzt mit dem Kopf unter das Deckbett rutschte und wie ein Knäuel sich krümmte, daß er mit den Zähnen klappte und der helle kalte Angstschweiß auf der Stirn ihm perlte? Woher kamen die Schmerzenslaute aus dem anderen Bette, jetzt wie ein Geheul, jetzt wie ein heiserer stöhnender Hilfsruf? Wer lag denn auf Herrn Hieronymus, oder wer lauerte hinter den Vorhängen, daß er krampfhaft an die Seitenwände mit beiden Händen preßte, und aus tiefer Brust kamen schneidende Töne, wie der Wind, der durch Ritzen einen Durchweg sucht? Und was faltete jetzt der Abt die Hände auf der Brust und preßte sie enger und enger und stöhnte: „Um aller Barmherzigkeit willen, Gnade meiner Seele!“ Und welcher Dämon fuhr ihn an, als er jetzt, die Decke fortschleudernd, mit einem entsetzlichen Schrei aus dem Bette kugelte. Er floh vor seinem Ankläger, dem furchtbaren Mönch mit der Donnerstimme. Aber drüben schrie es noch entsetzlicher; der vom Alp Gefesselte hatte sich losgerissen, er entfloh den Wölfen mit den Feueraugen, um einem noch entsetzlicheren in den Rachen zu rennen. Da hatten sie sich gefaßt und hielten sich an den Schultern, und schüttelten sich und zitterten beide und ihre Stimme versagte. Und welcher Kobold lachte nun höhnisch in der Ampel, die auf ihre totenbleichen Gesichter ungewissen Schein warf, wie sie mit stierem Auge und aufgerissenen Lippen sich anstarrten, und aus einem Munde: „Gnade, Barmherzigkeit!“ riefen? Und woher schallte die Stimme, die beiden ins Herz schmetterte: „Deren bedürft Ihr Sünder!“ Und wie die Lampe sich drehte und ein anderer Schein auf sie fiel, wer löste die Kraft, die wie bleierne Krallen auf jedes Schultern lag, bis die Hände herabsanken, und jeder den anderen ungewiß anzwinkerte, und das Licht der Erkenntnis durch den Schlaf ihrer Seelen dämmerte? Ein mattes: „Ach, Ihr seid es!“ entrang sich der gepreßten Kehle, und doch schaute jeder noch ängstlich hinter sich, der, ob die feurigen Tiere, der, ob der donnernde Mönch verschwunden sei? Der Morgenhahn krähte draußen, die Gespenster verschwanden; im Augenblick drauf zitterten beide unter den Federn. Aber noch lange hörte man in dem stillen Gemach ein Lispeln der Lippen, nur zuweilen von den zusammenschlagenden Zähnen unterbrochen. Die Lippen murmelten: Misere Domine und Ave Maria! bis auch diese Töne wieder in ein dumpfes Schnarchen übergingen.

Am Morgen begrüßten sich die Prälaten nur stumm, es schien, als mieden sich ihre Blicke; keiner erwähnte der Gespenster der Nacht.

Viertes Kapitel.

Was bleibt von uns?

Herr Hieronymus pflog noch ein Zwiegespräch mit der Wirtin, während die Rosse draußen schon zum Abritt stampften. Das in Seelenruhe genossene Frühstück schien wieder über das Gesicht des Prälaten den Strahl des Wohlbehagens ausgegossen zu haben, jene glückliche Ruhe des sichern Bewußtseins, die sich so gern dem andern mitteilt. Aber die gute Frau von Bredow stand mit niedergeschlagenen Augen vor ihm.

„'s ist alles so anders kommen; wer hätt's gedacht.“

„Derohalben keine Sorgen,“ sprach er, mit seinen beringten Fingern auf ihren Arm sanft klopfend. „Sie ist ein Weib, das mit keinem in Frieden leben kann. Bläst sie doch noch jetzt, was man sagt, ihre letzte Lunge aus, wenn die Bauern die Zinshühner an ihr Bett bringen müssen, und fühlt sie selbst unter die Flügel, ob sie fett sind.“

„Mutter Gottes, in einem Kloster müßte doch auch im Heidentum Friede sein!“

„Liebe Frau von Bredow, wo Frauen zusammen sind, und kein Mann darunter, ist niemals Friede. Doch wenn Frau Mechthild das Zeitliche gesegnet, was über kurz geschehen muß, dann können wir, mit Gott und uns, wohl darauf rechnen, daß unsere Agnes — keine böse Äbtissin mehr über sich haben wird.“

„Ach, ich hätte sie so gern bei mir. Weiß immer nicht, ob ich mir nicht ein Gewissen draus machen soll, daß ich sie hab' dahin geschickt! Nun hätten wir's doch nicht nötig gehabt, und ist ein so gut' Kind, — ein Kind ist sie zwar nicht mehr, aber keinem Menschen thut sie nichts zuleide, und allen möchte sie Gutes thun — darum kommt sie ja immer mit der bissigen Frau zusammen — möchte allen Armen Almosen geben und die kleinen Kinder, die sie ins Kloster zieht und unterrichtet! — Und, weiß Gott, die fettesten Gänse schicke ich ihr ja zu Martini, besonders seit mein Mann tot ist, denn Gänse aß er gar zu gern, und jeden Fasttag von den braunen Rosinenkuchen, kann's wohl ohne Ruhmredigkeit sagen, zehn Meilen in der Runde spricht man davon. — Ob denn die Frau kein Herz im Leibe hat, ist eine Christin und eine Äbtissin, und wenn meine Agnes nur ein Stück fortschenkt an die armen Würmer, die sie wie ihre Mutter lieb haben —“

„Künftig mag sie alle Kuchen in tausend Stücke zerschneiden und alle tausend Stücke unter die Kleinen austeilen.“

„Und wozu muß das arme Ding nun im Kloster sein! Es mag wohl eine Sünde sein, daß ich so was fragen thue, aber hochwürdiger Herr Bischof, wir sind allzumal Sünder vor dem Herrn. Und fromm sein, und Gutes thun, und die Kranken besuchen, und die Kinder lehren, das könnte sie doch auch bei uns. Das denk ich so manchmal. Ja du lieber Himmel! — Und der Hans Jochem, wann ich daran denke, da rührt sich's mir im Leibe.“

„Der Herr wird in seiner Weisheit auch einen Platz für ihn finden. Mein Bruder, der Abt, hat ihn, wie Euch wohl bekannt, mit nach Wittenberg genommen, wo wir ihn zurückließen. Da kann er disputieren.“

„Ja, ja, da kann er disputieren.“

„Da findet er seinen Mann, und es schadet auch nichts, wenn er in seiner Weise den Mönch ein wenig hart durchschüttelt. Da ist er weit von uns, da lassen wir ihn und kümmern uns weiter nicht; wie denn überhaupt, meine liebe

Frau von Bredow, der Schöpfer es weislich so eingerichtet hat, daß wir uns nicht um alles kümmern sollen. Der Menschen sind so viele. Hat jeder sein Päckchen zu tragen, nicht wahr? Wozu will er sich um das Pack anderer kümmern."

Der gute Prälat hatte wohl nicht daran gedacht, daß er der guten Frau durch diese Reden keinen Trost bereite. Es kam ihr feucht über die Augen, und sie nannte mit einem tiefen Seufzer und einem Blick gen Himmel den Namen ihres Gottfried.

„Gott hat ihn abgerufen, als seine Zeit um war," sagte der Bischof.

„Das gewiß, Hochwürdigster, aber wenn Ihr wüßtet —"

Entweder wußte der Bischof, oder verspürte keine Lust, es zu hören.

„Woran ist denn eigentlich der liebe Herr Gottfried gestorben; ich meine, was die Doctores als Ursach angaben?" setzte er schnell hinzu.

„Ach, hochwürdigster Herr, wenn man's recht nimmt, er ist eigentlich am Denken gestorben. Das war zu viel für ihn; er war drauf nicht zugekommen in seinen jungen Jahren, und nun sollte es mit einem Male losgehen, als der Leib alt war und die Glieder steif. Götz, sagte ich, wozu quälst Du Dich? Der liebe Gott hat die Menschen unterschiedlich gemacht, die einen zum Arbeiten, die anderen zum Denken, und wieder andere zum Nichtsthun. 's ist so, also muß es Gottes Wille so sein. Erst wollt' er's abstreiten, dann mußt' er's doch zugeben. Aber nun könnt Ihr's glauben, nun quält' er sich zu denken, warum's so sei? Und wenn er da so saß, sein ehrliches Gesicht in beiden Händen und die Ellenbogen auf dem Tische, stundenlang saß er, und Bier und Wein wollten ihm nicht schmecken, und dann kam Hans Jochem zu und fuhr mit den hageren Armen aus den weiten Ärmeln, und stöhnte und rollte die Augen und schrie, daß die Tauben vom Dach flatterten. Manches Mal, mit Permiß zu sagen, ob er schon ein geistlich Kleid anhatte, hab' ich ihn beim Arm genommen und zur Thür 'raus geführt, und manches Mal war's auch meinem Götz recht lieb; denn er meinte, Jochem schütte zu viel Gedanken mit einem Male aus, und da möchte was verloren gehen."

Der Bischof machte eine Bewegung mit dem Finger nach der Stirn, Frau Brigitte verstand die Frage, die er nur halb aussprach.

„Daß Gott mich bewahre, Herr Bischof, und meinen seligen

Gottfried in Ehren, es waren alles klare christliche Gedanken, nur wie gesagt, es war zu viel mit einem Male, darum konnte er sie nicht klein kriegen. Warum Gott so viele Menschen zum Nichtsthun geschaffen hätte, das konnte er nicht aus den Gliedern 'rauskriegen; das quälte ihn auf die Letzt noch."

„Der liebe Mann! Gott wird ihm seinen guten Willen schon anrechnen."

„Ist auch in der Hoffnung von dannen gegangen, als ein gläubiger Christ. Aber, wenn er auf alle die zu sprechen und rechnen kam, die nichts thäten und doch lebten, da rief er: Gott beschert's über Nacht. Da lag's manches Mal auf ihm wie 'ne Wolke, und ließ sich Bücher aus dem Kloster bringen, darin verzeichnet und abgeschildert stehen alle die Nonnen und Mönche in ihren Habitern, die auf der Welt sind, und dann rechnete er Zahlen zusammen, und da schlug er einmal übers andere die Hände übern Kopf und rief: die thun alle nichts und leben doch. Wovon leben sie denn? Und wenn dann der Knecht Ruprecht antwortete: Von dem, was die anderen arbeiten und schaffen, da schlug er wieder die Hände zusammen."

Der Bischof strich über sein Kinn: „Es ist nicht abzustreiten, daß es eine hübsche Anzahl, vielleicht zu viel Bettelmönche giebt; indessen, was ist zu viel, was zu wenig vor dem Auge des Herrn? Können wir sagen: es sind zu viel Sandkörner am Meer, zu viel Blätter im Walde?"

„Ach, er meinte auch nicht die Mönche allein, auch die Thumbherren und Kreuzherren und Kapitulare und Kaplane und Pfarrherren, die alle vom Müßiggang lebten, sagte er."

„Vielleicht waren ihm auch zu viel Bischöfe?"

„Ach, Hochwürdigster! wenn er aufs Kapitel kam, nämlich von den Tagedieben, da wollt's gar nicht ausreißen. Das blieb auch nicht bei den Geistlichen stehen. Wer sollte da nicht dem lieben Gott das Sonnenlicht stehlen! Aber Götz, sagte ich, 's ist doch nun mal so. — Es sollte aber nicht so sein! sagte er. Ich sagte: 's sind doch nun nicht alle drauf zugekommen, nämlich einen hat Gott so gemacht und den anderen so, das sagte ich, damit er sich zur Ruhe gäbe und die Kinder in Ruhe ließe. Der Hans Jochem hat immer was gedacht, sagte ich, und was ist aus ihm worden, und wer hat's an der Eva gespürt und wie ist sie angesehen bei Hofe, sie nennen sie 'ne kluge Frau, und der Kurfürst selber unterhält sich gern mit ihr. Es half nichts. Hatte ich ihn ein bißchen zur Ruhe, dann kam er wieder auf die Wüste zu sprechen — nämlich als es schon zum

Schlimmen ging, — und wenn er darauf zu sprechen kam, und auf den verschütteten Brunnen, da war ihm nicht beizukommen. Da meinte er, wir alle hätten eine Wüste hinter uns, Menschen und Tiere, und Länder und Reiche, und was hätten wir da zu arbeiten, daß wir's wieder gutmachten, und aller Sonnenschein, den die Tagediebe einschlucken, der möchte kaum ausreichen, so man ihn zusammenfaßte, daß die Wüste hinter uns wieder grün würde. — Manches Mal fand ich ihn auch, da weinte er wie ein Kind. Sagte: wenn der Tod ihn holte, was denn von ihm überbleibe? Ja, ich hatte gut reden: Mann, bleiben denn nicht Deine Kinder und Deiner Kinder Kinder? Die wachsen so hübsch auf, und Dein guter Name! Da sah er mich ganz eigen an und schüttelte den Kopf: Wer weiß davon noch, wenn das Gras über mir wächst? — J, sagte ich, nach hundert Jahren sprechen sie wohl noch von Dir. — Aber nach dreihundert? sagte er. Wer weiß, sagte ich, 's ist doch wohl noch einer, der von Dir erzählt. — Und was könnt' er von mir erzählen! hat er gelächelt. — Du lieber Gott, sagte ich, wenn man von allen noch reden sollte, die mal gelebt haben, dann risse es ja gar nicht ab. Das wäre just, als wenn alle Toten wieder lebendig würden. Wir hätten keinen Platz hier. Da ward er denn still und lächelte —"

„Und ist gottselig gestorben," sagte der Bischof, sehr zufrieden, daß er still geworden.

„Gottselig. Es war, als ob die Englein durchs Fenster flogen — es war Frühjahr, die Schwalben kamen zurück — eine pickte an die Scheibe — da sah er hin — und lächelte, und da —"

Die gute Frau verhüllte ihre Augen, und das war für den Bischof gut, denn wenn sie nicht die Schürze vorm Gesicht gehalten, hätte er nicht mit Ehren den Ehren- und Abschiedstrunk, der jetzt herumgereicht ward, leeren können. Vor einem Morgenritt im Winter ist das für jedermann gut; ob geistlich oder weltlich.

Der Bischof drückte der Wirtin die Hand: „Wie Euer Herr in Frieden von dannen schied und drüben in Frieden ruht, so schenke er uns allen seinen Frieden hier. Aber" — setzte er hinzu, ihre Hände klopfend — „von dem Ritter Gottfried wird auch auf dieser Erde noch etwas übrigbleiben."

Da glänzte wieder helle Röte auf dem Gesicht der Burgfrau, und sich ehrerbietig verneigend, lächelte sie: „Ja, hochwürdigster Herr, ich habe ihn aushauen lassen in Stein. Im

Kreuzgang zu Kloster Lehnin wird er an der Ecke vor der Mutter Gottes knien, just wo die Morgensonne durchs große Fenster scheint. Die wird alle Morgen ihn zuerst ansehen und vielleicht spricht die Sonne zu meinem Herrn: Sieh, Dein Wunsch ist erfüllt; wer so gelebt hat, wie Du auf Erden, wird nicht untergehen. Vielleicht lächelt dann auch das fromme Gesicht, und nickt der Sonne zu: Ich weiß schon, wer's gethan hat!"

„Ist in unseren schlechten Zeiten eine seltene Ehre," sagte der Abt.

„Weil sie nicht jedem gebührt," setzte der Bischof hinzu.

„Nun sollen sie doch nach hundert und dreihundert Jahren, und wer weiß wie vielen noch, meinen Götz nicht vergessen haben!" sprach mit triumphierender Miene Frau Brigitte. „So lange das Bild steht, werden die Kirchgänger es sehen, und wenn sie's nicht wissen, fragen, wer ist der fromme Ritter? Und so lange ein Mönch im Kloster ist, wird's doch einer wissen und ihnen sagen können: Das war mein Götz!"

„Wer wird dann von uns sagen: Wir waren es?" sprach der Abt, nachdem die Reiter eine Weile durch den beschneiten Wald geritten. „Wer wird uns steinerne Bilder aufrichten!"

„Der Stein verwittert auch einmal," sagte der Bischof. „Der Regen wischt die Züge aus, und statt des Bildes sieht der späte Nachkomme eine Fratze."

„Ihr freilich, Hochwürdigster, werdet in Erz gegossen und in die Reihe der Tafeln Eurer Vorfahren an die Chorwände einge —"

„Gehängt, gemauert, geschmiedet, wollt Ihr sagen. Kann man das Eingeschmiedete nicht auch herausreißen? Unser Dom ward oft zerstört. Wer bürgt mir, daß die Heiden nicht einmal wieder nach Brandenburg kommen!"

„Sankt Johannes, was Ihr sprecht!"

„Schaut Ihr doch wieder aus, als da die Wölfe hinter Euch waren."

„Wenn nun die Wölfe die Türken bedeuteten!"

„Die hätten weit bis zu uns —"

„Von wo es komme, es kommt etwas; ob von der Natur oder den Menschen. Der Zeichen sind zu viele, die auf einen Umschwung deuten. Die Klügsten können sich des nicht mehr erwehren. Denn so auch der Komet, die Pest, die Türkenkriege keine Warnungen gewesen, so weiß mein gelehrter Bruder besser denn ich, was sie in der Provence durch Rechnungen herausgebracht. Die Konstellation der Gestirne stimmt wie noch nie zuvor mit der Apokalypse, und die Gelehrtesten in allen Ländern sind jetzt damit beschäftigt auszurechnen —"

„Ob die Welt durch Feuer oder Wasser untergehen wird."

„Die meisten deuten auf eine Sündflut."

„Einmal wird die Welt untergehen. Es fragt sich nur wann?"

„Des alten Kaiser Maximiliani Tod deucht vielen sehr bedeutungsvoll."

„Eine Überschwemmung sehe ich auch voraus, teuerster Abt, nämlich mit hispanischem und welschem Wesen, das der junge König Karl ins Reich bringen wird. Schlimm genug, aber in Wasser werden wir nicht ersaufen. Aus Hispanien kommt feuriger Wein. — Herr Bruder, was ist's mit Euch" — fuhr der Bischof nach einer Weile fort. „In der Nacht dort ließ ich's passieren; aber 's ist lichter Tag, wir haben festen Boden unter uns, hier sind keine Berge, aus denen Quellen niederrauschen können. Glaubt mir, die Erd' wird noch ein wenig zusammenhalten, der Türk' sich besinnen. Schüttelt das Fieber ab, oder bei allen Heiligen, ich glaub', 's ist noch immer der Augustiner, der Euch in den Gliedern sitzt. Gestern, ich will's Euch gestehen, als ich den Wolf hinter mir sah, nämlich im Traume, waren's die Augen und der Rachen des Mönches. Ihr hattet mich angesteckt. Dank dem heiligen Antonius, dieses Viehfieber ist mit einem gesunden Schweiß vorüber. Den Spuk schaff' ich Euch vom Hals. Ehe denn, daß ich selig zum Grabe gehe, soll der Augustiner, wenn er nicht peccavi stammelt, mit der Ketzermütze auf den Holzstoß —"

Er konnte es nicht ausreden; sein Pferd strauchelte über eine Wurzel, bäumte sich, und wenn der Abt ihn nicht gehalten, möchte er aus dem Sattel gerutscht sein. Die Prälaten saßen beide nicht fest, man sah, der Ritt von gestern lag ihnen noch in den Gliedern.

„Wozu wären Zeichen, wenn wir nicht drauf achten wollten, so frage ich mich oft," fuhr der Abt fort. „Und daß Gott durch Zeichen zu den Menschen geredet hat, wer wagte 's zu bestreiten! An einem der ersten Tage, da ich beim Augustiner war, und er sich in Eifer geredet gegen, was er Unwesen und Unzucht der Klöster nannte, schlug er an eine Ecke des Ofens, darin das Feuer gegen die Kacheln prasselte, und rief: ‚Wenn ihr Sündenmaß voll ist, wahrlich ich sage Euch, Herr Abt, ihre Dächer werden reißen, ihre Türme springen, ihre Glocken stöhnen, und dann kommt die Zeit, da die Disteln im Schutt auf ihren Höfen wachsen.‘ Ich meinte nicht anders, der Ofen werde unter der Hand zusammenbrechen, und die Flammen herausstürzen.“

„Und —“

„Zwei Tage darauf bringt mir ein Laienbruder, den sie aus Lehnin an mich geschickt, die Nachricht, auf was Weise die Brüder sehr erschreckt worden. Denn als sie die Stelle in corpore besichtigten, wo wir das Steinbild für den Gottfried seliger anbringen wollen, und der Maurer nur den Hammer am Pfeiler klingen läßt, geschah ein Krachen und oben ist das Gewölbe gerissen, und zur selben Zeit schlug die Glocke an, als ob sie wimmerte und stöhnte, und da sie auf den Hof stürzten, sahen sie einen Riß, von oben bis unten, in dem Turm, der der Ringelturm heißt.“ —

„Und weiter?“

„Es war an dem Tage geschehen, und nachmittags zur selben Stunde, da der Mönch mit der Hand an seinen Ofen schlug.“

„Das ist eine weite Wirkung, von Wittenberg bis Lehnin.“

„Ihr mögt begreifen, daß ich nicht sonder Besorgnis heimkehre.“

„Da liegt das Kloster, es ist nicht untergegangen,“ sprach der Bischof, und zeigte auf die Türme, die durch eine Lichtung des Waldes aus der Tiefe vorblickten.

„Können seine Dächer nicht einmal zusammenstürzen?“

„Auch, wenn sie gestürzt sind, wieder aufgerichtet werden! Ein Thor, wer, wenn er die Flasche entkorkt, beim würzigen Duft schon an die schale Neige denkt. Alten Weibern die Sorge, was von uns überbleibt, wenn wir nicht mehr sind. Die Bischofsmütze auf der ehernen Tafel über meinem Grabe, wärmt sie mich etwa, wie die wollene Nachtmütze, die ich über die Ohren ziehe? Was hilft's uns, in Holz geschnitzt, in Stein gehauen oder in Erz gegossen zu sein, wo niemand weiß, ob Albrecht Achilles' Helm oder der zinnerne Kammertopf seines Hofnarren länger dauert. Der Backofen kann länger stehen als der Kirchturm da, und der Name eines Galgenvogels überlebt den von tausend ehrlichen Leuten, die nicht in die Chronik kamen, weil sie nicht gehängt wurden.“

„Kurios, ich träumte darauf — “

„Daß die Sterne durch Eure Dächer schienen.“

„Ja, Bilsen und Nesseln wucherten im Mondenschein über den Ruinen, aber riesengroß und eisenfest stand der Ofen des

Mannes in Wittenberg, und von allen Seiten kamen die Leute, um den schwarzen Ofen wie eine Reliquie anzustaunen."

Der Bischof lachte herzhaft, daß der Magen sich schüttelte, was er für sehr gut hielt nach einem Morgenritt durch einen feuchten Wald.

„Sanctissima! Abba! Freund! Eure Leber ist krank. Was trinkt Ihr denn den verteufelten Landwein, den Ihr selbst zieht. Kuriert mit hungarischem Eure Grillen. Spukt ein Ofen gar im Gehirn, wie der feurige mit den drei Männern! Ei, Lieber, wenn Eure Seele das Zähneklappern kriegt, will ich Euch von der Vision heilen. Straupitz, der Provincial der Augustiner, thut mir schon den Gefallen, und läßt den Ofen abreißen, so ich ihm schreibe, daß er Euch ein Ärgernis war. Lehnin, seht, wie die Sonne drauf scheint, soll länger zusammenhalten als die gebrannten Kacheln."

Der Bischof wäre wohl in der Laune gewesen, es zu thun. Der Abt, der ihn kannte, hatte Mühe, es ihm auszureden.

„Seht, Bester, welche Lehre selbst Euer Traum uns giebt," fuhr Hieronymus fort. „Da eifern und schreien die Gelehrten jetzt gegen die Reliquienverehrung, und so wir's recht bedenken, nämlich unter uns, läßt sich mancherlei dagegen sagen, — denn warum soll die Maria in Zehdenik besser sein als Eure in Lehnin, und hätten wir in Brandenburg die heiligen Knochen vom Dom zu Magdeburg, so sehe ich nicht ab, warum Brandenburg nicht auch ein gefürstetes Erzbistum sein könnte, und vielleicht mit besserem Recht — doch, wie gesagt — das ist nicht fürs Volk. Aber, angenommen, Euer Traum wäre eine Wahrheit, der Wittenberger Mönch würde ein Heiliger unter den Ketzern, würden sie nicht auch seine Schuhe anbeten, seine Zähne verkaufen, und — wer sagt das voraus — sie pilgerten auch wohl nach seinem Ofen zu den Augustinern. Das Volk will Reliquien. Es muß was mit den Augen sehen, mit den Händen betasten, mit der Nase riechen. Thorheit, was sie faseln über das Anbeten im Geist und in der Wahrheit. Ja, wenn wir selige Geister wären! Nun stecken wir aber in Haut und Hosen; und möchtet Ihr raus? Mir wär's zu kalt. Weihrauch und Reliquien, so lange die Welt steht, ob nun von Knochen, Leder, Holz oder Stein. Seht die alte Bredow!"

„Eine gescheite Frau, wird sie aber nicht knien vor ihrem Götz von Stein, und Stein und Bein schwören, es sei ihr Mann, und der Steinmetz konnte keinen ungeschickteren Fratz feilen, wie ich im Vorbeigehen sah. Was der Stein!" — und er lachte hell auf, — „hat die Familie nicht auch eine andere Reliquie, eine lederne! — Sie knien am Ende noch vor ihren Hosen. Omnes nos homines sumus, dilectissime!"

Fünftes Kapitel.

Der Wolf heult.

Die beiden Prälaten waren lachend den Abhang hinabgeritten auf den Damm, welcher durch das Bruchland nach dem Kloster führt.

Die beiden Ritter, ihre Begleiter, sehen wir auf der Höhe halten und ihnen nachblicken. Sie hatten sich schon im Walde von den Prälaten beurlaubt, — waren die Herren doch nun in Sicherheit — und Hake wollte noch heute nach Stülpe zurück, der andere bis Brück.

Der Ritter Hake hielt mit der Hand seinen roten, spärlichen Ziegenbart, wodurch sein Mund noch größer schien, als er so herzhaft auflachte, wie vorhin der Bischof; aber, nach seinem grimmigen Gesicht zu schließen, kam das Lachen nicht aus dem Magen, vielmehr aus der Leber.

„Blitz und Donner! wann die den Wanst sich vollschlagen, kullert der Hunger in unserem Magen."

„Es stand bei Euch. Sie luden uns ein."

„Ist gegen mein Gelübd'."

„Ihr ein Gelübd'?"

„Mich von keinem Pfaffen traktieren zu lassen. Nähm' mein Hund einen Bissen Brot aus der Hand einer Glatze, ich schlüge ihn tot."

„Und mußtet ihnen das Geleit geben! Das ist freilich kurios."

„'s ist vieles kurios in der Welt. Lieber wär' ich zwischen sie geritten, hätte den einen rechts am Schopf gepackt, den anderen links, und hätten sich küssen sollen, bis ihnen die Zähne wackelten."

„Bei solchem Sinnen muß man es loben, daß Ihr Euch manierlich genug geführt."

„Schaut, wie sie auf den Sätteln halb nur sitzen."

„Zur Lust trabt kein Reiter über einen Knüppeldamm."

„Hat auch niemand gern den Wolf hinter sich."

„Bis in die Umfriedung des Klosters wagt sich doch kein solch' Untier?"

„Es kommt drauf an. Schaut Euch da einmal um, da — da" — rief Hake von Stülpe, und als der Ritter Jagow den Kopf wandte, heulte es hinter ihm, wie abends ein hungriger Wolf durch die Heide stöbert.

„Wart Ihr das oder der Teufel? — Ich glaube, Ihr treibt Euren Spaß —"

„Mit Euch, da sei Gott für. O seht, wie sie sich die Hüften halten — der hebt sich schon im Sattel —"

„Der Wind ist gegen uns, sie haben's nicht gehört."

„Pah! auch nicht nötig. Die Wölfe von gestern heizen ihnen noch ein."

„Hake! Mir träumte auch, aber —"

„Ihr wolltet's nicht glauben. Da habt Ihr recht. Was ein Prälat behauptet und eine Kapuze beschwört, glaubt nimmer; aber auf ein Ritterwort könnt Ihr Euch verlassen —"

„Ihr könnt —"

„Heulen wie ein Wolf. 's ist so 'ne Kunst, die der hungrige Bauch lernt. Das müßt Ihr doch schon gestern abend gehört haben."

„Ihr habt keine Wölfe gesehen?"

„Ich nicht, Herr von Jagow. Die Herren Geistlichen sehen immer mehr als wir Weltkinder, und wenn Ihr einen saht, so wette ich, geschah's nur aus Hofedienst für die Prälaten."

„Eine seltsame Kurzweil, Ritter Hake."

„Kurzweil nennt Ihr den langen Spaß! Wie ihre Putergesichter kreideweiß wurden, ihre Zähne klapperten, ihre Knie schlotterten, ihre Lungen pusteten, wie das Weiße vom Auge bald links, bald rechts war. Wie sie sich überschlugen, in jedem Baumstumpf einen Wolf sahen — und dann der Ritt über Stock und Block; wie die Tonnen auf den Kleppern schaukelten! War jeden Augenblick gewärtig, einer kippte und purzelte. Denkt Euch, saht Ihr je eine solche Kavalkade; den Leib über, an die Sattelknöpfe geklammert. Der Bischof hatte die Steigbügel verloren, der Abt rutschte mit den Hacken bis an den Sattel. Gottes Wunder! Und wie sie abstiegen, die begossenen Gesichter; wohin war des Bischofs Zunge, immer mit Schmalz und Honig bestrichen. Wie die Schuljungen auf Erbsen knien, saßen sie auf den Schemeln. Warum nippte der Bischof nur, der den Tummler nicht schnell genug wenden kann, und wie hastig brachen sie auf. Das nennt Ihr einen kurzen Spaß?"

„Wundert mich, daß Ihr nicht auch in der Nacht Eure Wölfe heulen ließet. Das hätte doch ihren Schlaf gestört."

„Hätt's gethan, so mich der Schlaf nicht selber wie ein Bär gepackt. Doch was gilt's, sie thaten kein Aug' zu. Die Angst und — Ihr blickt so verflucht ernsthaft. Thut's Euch leid um ihre Angst? Habt Ihr die Pfaffen lieb?"

„Nein!" sagte der andere nach einigem Besinnen mit Entschiedenheit.

„Ich wußt's. Ihr solltet ja selbst einer werden, hattet schon als Knab' die niederen Weihen, aber das Wesen widerstand Euch. Wer wie Ihr im vollen sitzt, und solche Vorwerke hat, kann sich wenden in der Welt, wohin er Lust hat. Drauf seid Ihr aber viel im Ausland gewesen, auch in Rom —"

„Und kehrte nicht mit mehr Liebe für den geistlichen Stand zurück."

„Schaut! Das Nest an den Sumpf geklebt! Ringsum dürrer Sand, in trocknen Jahren gedeiht kaum der Buchweizen, und da leben sie wie die Schweine im Fett. Weizen, Gerste, Wein, Hopfen wuchert aus dem schwarzen Erdreich, und drinnen die vollgestopften Kammern und Gänge. Teppiche, sage ich Euch, Pokale, Leuchter, Gold und Silber und Edelsteine, Perlen und Elfenbein. Die Augen flimmern einem. Und die Küche! Vom Geruch allein könnten hundert Hungernde satt werden, und — die Keller! Wer da nur die Nase hineinsteckte, dem wirbelt's ums Hirn wie im Paradies. Und da schwappt sich solch ein gemästeter Bauch 'raus, striegelt die Backen, daß sie nicht zu voll aussehen sollen, und dann erhebt er die Augen und die Arme, und predigt uns, daß wir enthaltsam sein sollen, nicht nach den Gütern der Erde trachten. Armut führt ins Himmelreich — ich weiß noch einen Weg."

„Es sind nicht alle so."

„Fünfzig wie ich, ihre Mauern von festgebranntem Stein sollten knacken und brechen, und dann drei Tage nur Einlagerung!"

„Ihr hattet häßliche Prozesse mit —"

„Schweigt mir davon, um der Gebenedeiten willen. Meine Großbase mag's vor Gott verantworten, wenn wir in Stülpe an den Hungerpfoten nagen müßten. Das ist eine Geschichte, eine von tausend. Wo die Himmelssackermenter sich bei alten

Weibern einnisten und den Sterbenden ihre letzten Seufzer stehlen, fliegt's immer in der Pfaffen Säckel."

„Man sagt, das hätte zu längst gedauert. Klagen die Geistlichen doch, daß die Stiftungen immer sparsamer, die frommen Vermächtnisse immer schmäler werden."

„Pestilenz, das andere wollen sie nicht, weil's ihnen zu mager ist. Zählt doch alle fruchtbaren Triften in unseres heiligen Römischen Reichs Sandbüchse, die gehören ihnen, vom heiligen Kreuz bis, ich weiß nicht wo. Ihre Dachshunde haben immer zuerst das Gute geschnüffelt. Das Fleisch ist in ihren Rachen, die Knochen lassen sie uns. Habenwollen ist ihre Natur; weil keine großen Fische mehr zu angeln sind, fischen sie nach den kleinen. O, der Ablaßkram ist eine schlaue Erfindung, da klingeln sie den Bauerdirnen, den Handwerksburschen den letzten Heller aus der Tasche. Und haben sie keinen, werden verkauft, versetzt der Latz, das letzte Hemde, Schnallen, Schuhe, und das heißt kein Landraub! Der Kapuzenjude, schachert er nicht auf allen Straßen, in allen Städten? Er soll schon Tausende, Hunderttausende hinausgeschickt haben. O, ich wünschte einmal diesem Dominikaner zu begegnen. Das Tragen sollte ihm leichter werden."

„Der Kurfürst ist dem Wesen nicht hold."

Hake von Stülpe machte ein grimmig Gesicht, aber antwortete nicht. Sie ritten schweigend eine Weile nebeneinander, bis Jagow wieder anhub:

„Ich weiß es für gewiß. Er selbst hätte dem Unwesen gesteuert, wenn der Wittenberger Mönch ihm nicht, wie er es nennt, ungebührlich ins Amt gegriffen."

„Hätte ist nicht hatte," brummte der von Stülpe.

„Joachim geht mit großen Dingen um zur Besserung des Klerus. Sein eifriger Wunsch ist, die Klöster zu säubern und die Kirchenzucht einzuführen. Man muß ihm nur Zeit lassen."

„Bis er in die Sterne geguckt hat," fiel Hake ein, und der Zorn, an dem er innerlich schluckte, brach heraus. „Joachim! Ei, Herr von Jagow, der wird den Klerus bessern, wie er den Adel gebessert hat. Immerhin, dann ist's aus mit ihm. Dann kann er über Füchse und Bauern regieren. Er den Klerus anfassen! Soll er sich den Stuhl fortziehen, um auf die Diele zu fallen! Lobt mir lieber den kecken Mönch da, aber nichts von dem Adelschlächter."

„Ich lobe den Mönch."

„Höll' und Teufel, Herr von Jagow, wenn ich einen hasse — und ich hasse sie alle wie die Sünde; nein die Sünde kann nichts dafür, wenn die Pfaffen sie gepachtet haben — haß ich einen, ist's der Brandenburger, den wir —“

„Er ist nicht von den Schlimmsten.“

„Nicht! Die glatte Zunge und die züngelnden Augen in dem feisten Vollmondsgesicht, das sich überfirnißt hat mit Hofgunst. Der Bauerlümmel aus Schlesien, wollt Ihr's leugnen, daß er jetzt des Kurfürsten rechte Hand in allen guten und bösen Dingen? — Ihr schüttelt den Kopf —“

„Joachim hat keine Vertraute —“

„Um so schlimmer solche Schmarotzer.“

„Der Bischof ist ein großer Redner.“

„Um so gefährlicher. Hörtet Ihr, was er gestern abend sagte? — Er wird seinem Herrn einen Bericht abstatten über den Mönch drüben. Wißt Ihr, was das heißt? Wird er sagen, was er gehört, gesehen, was sie in Sachsen von ihm denken? — Er wird lauschen, was sein Herr hören will. Dann wird er's drehen, schmieren, ausschmücken mit etwas Gelehrsamkeit, Frömmigkeit, mit süßen und bittern Worten, links, rechts, bis es recht klingt. Eine Meinung wird der Kurfürst verlangen. O ja, er wird an seine Brust schlagen und rufen: Ich kann nicht anders, gnädigster Herr, das ist meine Meinung von der Sache, auf die Gefahr hin, daß sie Euch mißfällt. Auf die Gefahr hin will ich zur Hölle fahren, denn wem gefällt nicht seine eigene Meinung? Oder seid Ihr anderer?“

„Ich fürchte, daß Ihr recht seid.“

„Die sich spreizen vor Hoffart wie ein Pfau, die watscheln wie ein Faultier, geil sind wie Affen, ich will den Mund mir zuhalten, wenn der Grimm mir losplatzen möchte; aber diese Kammerdienerpfaffen bei den großen Herren, die ihren Lüsten frönen und ihre Gedanken stehlen, um sie eingemacht mit Gotteswort ihnen als Nachtisch vorzusetzen, da jückt's mich in den Fingern, daß ich sie zu Mus zerschlüge.“

„Die Kirche hat auch ihre eigenen Meinungen.“

„Haben sie 's Maul aufgethan, als er dem Adel das Genick brach? Stecken ihrer doch genug aus guten Häusern unter der Kutte. Sie haben die Augen verdreht und ihn gesegnet mit Bibelsprüchen, weiß nicht welchen. In der Bibel steht nichts davon, daß man den Adel ausreuten soll, der Doktor Luther hat's mir gesagt. Als sein Großohm, der andere Friedrich, die Städte zwang und ihre Briefe zerriß, als der erste Friedrich unsere Burgen brach, wer hat sie zuerst gelobt und alles schön und gut gefunden, als die Glatzen. Laß einen seinen Sohn umbringen, sein Weib verstoßen, weil er ihrer satt, sein Leibpfaff wird Gottes Willen darin schnüffeln; Abraham wollte ja auch seinen Sohn schlachten, und sein Weib verstieß er in die Wüste. Nichts heuer, was die Fürsten thun und vornehmen, was nicht die Priester gut, recht und wohlgefällig, wofür sie nicht zehnhundert Exempel aus der Schrift finden. Ja, könnte unsereiner nur auch so die Schrift lesen; ich glaube, da steht viel's drin auch für uns. Aber da ist's alleben, die haben den Schlüssel zum Teich und fischen 'raus, was ihnen behagt, und paßt's doch nicht, drehen sie den Kopf ab, und machen den Schwanz vorn, und da wird geschrieben und da wird gepredigt von des Himmels wunderbarer Fügung, von Gottes unerforschlichen Ratschlüssen, vom Gehorsam gegen die Obrigkeit, der Gehorsam gegen Gott ist. Wenn so ein Lobsalm von der fetten Zunge fließt, und die Weiber unten zu schluchzen anfangen, da rührt sich's Gekröse in mir. Packt mich der Teufel oder wer, ich möchte aufspringen und aufschreien: Pfaff, Du lügst, das ist nicht Gottes Wort, das ist Deins. Könnt Ihr's leugnen, daß es so ist?"

„Nein."

„Könnt Ihr's loben?"

„Nein."

„Warum schaut Ihr doch vor Euch, mit Permiß zu sagen, wie ein Duckmäuser. Der Jagow ist doch sonst ein Mann, der geradeaus sieht."

„Weil Ihr das Kind mit dem Bade verschüttet, Ihr lobt unbewußt, was Ihr tadeln wollt. Die Geistlichkeit ist entartet, wer leugnet's, und nicht allein in ihren Sitten, auch in der großen Aufgabe, so Gott ihr gesetzt. Sie sollte nicht den Mächtigen zum Munde reden und das Unrecht der Gewaltigen beschönigen; sie ward vielmehr eingesetzt, um die Schwachen zu schützen und Trotz und Willkür zu brechen. Da hat sie in finstern Zeiten ein gewaltiges Licht aufgesteckt, daß der Frevel derer erschrecke, daß der Bange und Unterdrückte sich an dem warmen, freundlichen Strahle wärme und Mut und Lebenshoffnung schöpfe. Als die Völker irrten im Labyrinth der Wildheit, Unsitte und Roheit, hat sie die Zucht und Sitte gefördert."

„Wollt Ihr auch predigen?"

„Nicht hier im Walde. Es gab andere Zeiten, wo die

Kirche und ihre Diener mit ihrem starken Arm den Fürsten und Gewalthabern zuriefen: Bis hier und nicht weiter! Sie hatten keine Macht für sich als das Wort Gottes und ihre Gerechtigkeit, aber Könige und Kaiser mit ihren Tausenden und ihrem gerüsteten Zeuge vermochten nichts gegen sie."

Hake antwortete nichts; nach seiner Miene zu schließen, behagte ihm wenig, was der andere sagte.

„Das wird auch vielleicht bös; aber es lag doch Gutes zum Grund. Die Kirche hat auch jetzt noch Macht —"

„Eine Hand wäscht die andere, eine Tasche gönnt's der anderen; wir gehen immer leer aus."

„Die alte Zeit — ich meine die gute alte Zeit — könnte wiederkehren, wo der Priester seines Schwurs und hohen Amtes sich gemahnen läßt, wo er unerschrocken zu den Gewaltigen spricht, nicht was ihnen lieb ist, wo er wieder ein Anwalt wird des Volkes vor den Trotzigen und Ungerechten, wo er Gottes Wort spendete, lauter und rein, wie es in der Schrift steht. Solcher freien Priester gab es auch zu alten Zeiten. Kaiser Wenzels Beichtvater Nepomuk —"

„Sprang ins Wasser, und steht auf der Brücke vor Prag, thut aber's Maul nicht mehr auf. Haben 'nen Heiligen mehr, nämlich von Stein; das ist die ganze Bescherung. Welcher Priester läßt sich noch ins Wasser werfen, wenn seine Zunge ihn retten kann!"

„Ich wüßte einen!" sprach vor sich hin der Ritter Jagow.

„Ich keinen," brummte der Hake.

Ihr Gespräch war abermals verstummt. Der Wald schüttelte seine Äste, und der Schnee fiel in großen Klumpen zur Erde. Da wo er sich lichtete, trennten sich ihre Wege. Der von Stülpe reichte dem andern die Hand:

„Lebt wohl! Wo wir uns mal wieder treffen, in mir trefft Ihr immer einen Pfaffenfeind."

Der andere behielt die Hand in seiner, ohne sie noch zu drücken; aber er sah ihn halb lächelnd, halb ernst an mit seinem klaren, großen Auge: „Auch als *mein* Feind, Hake? Das thäte mir leid, wir vertrugen uns doch bei mancher Gelegenheit."

„Was! Plagt Euch der Teufel — Ihr wolltet —"

„In den geistlichen Stand zurücktreten."

„Und wißt das, habt das gesehen! Waret in allen Ländern, in Hispanien und Welschland. Habt Ihr 'nen Hexenschuß? Erklärt mir's."

„Das wäre ein zu lang' Gespräch am Kreuzweg. Da geht Euer Weg hin, hier meiner. Meiner —"

„Weiß, Ihr wart immer ein sehr tugendhafter Mann, auch im Lager, aber —"

„Die Menschen sind unterschiedlich von der Natur gebildet, mein lieber Hake. Hätten wir alle einen Weg, ein Ziel, denselben Wunsch, welches Gedränge, Getreibe, welche Unruhe wäre es! Ich hasse nicht das Irdische, es ist auch von Gott, aber — genüge es Euch — je länger ich's genoß, so durstiger ward ich nach einem anderen Heil —"

„Und wollt ein Pfaff wie die anderen werden?"

„Da sei Gott für!"

„Wer hat's Euch eingeblasen?"

„Ich kämpfte und rang lange mit mir. Wo ich hinkam, wo ich Trost hoffte, den Sinn, den Geist, den ich im Priester will, ich fand — ich brauche Euch das nicht zu sagen. Ich fand nirgends, was ich suchte. Ja, als ich Rom verließ, meinte ich, es sei abgethan, ich wollte nicht mehr suchen gehen. Da wollte es der Zufall, daß mich der Abt in Lehnin bat, ihn nach Wittenberg zu begleiten — und von daher — Glück auf den Weg, Herr von Hake, ich sag' Euch nur, daß ich von daher mit anderer Gesinnung heimkehrte."

„Hat's Euch der Blitzmönch angethan! Ein Wetterkerl. Ich sah ihn nur einmal."

„Ich auch. Aber das eine Mal reicht aufs Leben aus. Das war ein Mann, wie ich den wahren Priester mir vorstellte. Kühn, frei, so bewußt des Funkens, der ihm Feuer lieh, und dabei demütig wie ein Kind. Ich hatte Trugbilder gesehen, schillernde, dunstaufgeblasene Phantome, nun sah ich eine Wahrheit."

„Also der Mönch hat recht. Mir lieb, daß ich's nun weiß, ob's mich schon nicht viel schiert."

„Der Mönch mag irren, wie jeder irrt. Aber wie er mit dem Abte sprach und mit der Hand an die kräftige Brust schlug: Hilf mir Gott, ich kann nicht anders! Da hatte ich eine Wahrheit, die mir genug ist, wie ein Mann, ein Christ, ein Priester für seine Überzeugung sprechen kann, auch wenn er allein steht gegen Tausende."

Auf des Ritters Lippen, oder mehr in seinen Augen, stand noch vieles, aber er verschluckte es wie ein Weiser, der die Perlen nicht fortwirft, wo man ihren Wert nicht kennt. Schien es doch fast, wie ein leichtes, hochmütiges Lächeln über seine

Lippen flog, als glaube er schon an diesem Orte mehr gegeben zu haben, als nötig war.

„Also auf Wiedersehen,“ sprach Hake, „als Märtyrer oder als Papst.“

„Als Arbeiter im Weinberge, dem der Herr die Stelle anweisen wird nach seiner Kraft.“

Sie schüttelten sich die Hände wie zwei, die sich nichts mehr zu sagen haben, vielleicht auch als zwei, die es sehr bedauern, voneinander zu scheiden. Der Ritter von Stülpe gab seinem Rosse die Sporen, sobald er um die Waldecke war, als wär' es ihm nicht heimlich in der Gegend. Der Ritter Mathias ritt langsam auf den Weg nach Brück. Über Brück geht es nach Wittenberg; aber je näher er kam, so langsamer ritt er, und hielt oft an, als wogten in ihm schwere Gedanken. Und plötzlich nickte er mit dem Kopf und machte linksab kehrt. „Was soll ich in Wittenberg noch,“ schien er zu sprechen. „Der Mann dort geht seinen eigenen Weg auch ohne mich. An Troß fehlt's nimmer, so einer als Herzog keck vorangeht; aber der Troß macht viel Staub, daß niemand ihn vergrößern soll ohne Not. Und wenn er nun einen falschen Weg ginge. der Troß muß mit, und je größer der ist, so schwerer dem Führer die Umkehr. So er aber mit Gott geht, treffen wir beide wohl zusammen. Er muß sein Land, das er liebt, studieren, es umblättern und röten, wie der Gelehrte ein Buch, nicht einmal, vielmals, daß er wisse, welche Pflege es fordert, um zu tragen die Früchte, die er will. Was ich ihm danke, ich will's nicht aus dem Gedächtnis schwinden lassen.“

Sechstes Kapitel.

Es ritten drei Reiter und dachten —

Als die Sonne an dem Tage die Mittagshöhe erreicht, waren die vier Reiter, die sich im Lehniner Walde trennten, schon jeder auf anderem Wege, und jeder ging seinen eigenen Gedanken nach. Den Gedanken von vier Menschen ist schwieriger folgen, als den vier Winden. Die Sonne leuchtete ihnen nicht, denn ob die Luft schon stille war, und die Schneewolken sich verzogen, war das Himmelsgewölbe doch wie mit einer blaßgrauen, flimmernden Kruste überdeckt, durch welche nur ein hellerer Schein an der Mittagshöhe dämmerte.

Der Bischof saß in Pelze gehüllt in dem Staatswagen des Lehniner Abtes, der ihn nach dem Dom von Brandenburg zurückführte. Nicht zwar was er dachte, aber daß er Ernstes dachte, stand in Runzeln und Falten auf seiner Stirn geschrieben. Er wollte denken, wie er es seinem Kurfürsten zurechtlegen und vortragen solle; aber der Mensch denkt und Gott lenkt, und so lenkte er es diesmal, daß der Bischof von Brandenburg dachte, wie er vor sich selbst die Sache zurechtlege. Wer nun hätte es, und im kalten Februar, geglaubt, daß ihm Schweißtropfen auf der Stirn perlten. „Es ist nicht gut, allein sein," sagte der Prälat, indem er die Stirn mit dem Tuche wischte; „wenn man mit anderen spricht, kommen die Visionen nicht auf. Und überdem ist alles, was aus der Ordnung schlägt, nimmer gut," dachte er weiter, und meinte damit die Reise nach Wittenberg. Er war viel in seinem Leben gereist, aber immer als Legat eines Fürsten, an Höfe und an Reichstage, immer mit seiner Würde und Bequemlichkeit. Aber was man heute inkognito nennt, zu reisen, und zu Roß, und um eines Mönches willen, und gar mit diesem Mönche unterhandeln zu müssen, wie mit einer Macht, statt ihn den Willen der Autorität kurz und bündig wissen zu lassen, das erschien ihm wie eine Versündigung gegen die gute, alte Ordnung, daher gegen Gott, und je mehr er sich das ins Gedächtnis rief und sich eingestand, daß er eigentlich nicht erreicht hatte, was er sollte, um so verdrießlicher ward er, und um so mehr fanden die Geister der Furcht ihn empfänglich für ihre Eindrücke. Vergebens rief er die des Stolzes auf, und jene Kunst, die er so oft geübt, durch anmutige und scherzhafte Wendungen eine eingebildete oder selbst eine wirkliche Gefahr wegzureden. Was ihm beim Kurfürsten so oft gelungen, gelang ihm bei ihm selber nicht; wie er sich auch sagte, es sei Thorheit, die beängstigenden Bilder kamen immer wieder; ja als die Türme von Brandenburg sichtbar wurden, schienen sie ihm in verkehrter Ordnung zu stehen und zu schwanken.

„Es kommt etwas," sprach er verdrießlich bei sich, „das hat seine Richtigkeit; derlei Vorahnungen lassen sich nicht ganz abstreiten, sintemalen sie in der ganzen Geschichte vor großen Ereignissen sich kund gaben, und es waren nicht die beschränktesten Köpfe, die es im Blute fühlten." Dabei warf er sich etwas in die Brust und dachte an den Abt von Lehnin, wobei ein mitleidig Lächeln über sein Gesicht zückte. Und doch ging er unwillkürlich in Gedanken alle die Gefahren durch, welche der

Abt in seiner Angst hergezählt. Bei den Türken schüttelte er wieder vornehm den Kopf: „Bis die hierherkommen!“ — Bei der Sündflut sah er wie getröstet auf die Sandhügel am Wege, und dann schwieg er und wiegte den Kopf, aber er schüttelte ihn immer wieder und wieder, und seine zusammengebissenen Lippen pafften fast verdrießlich das Wort „Bettelmönch“ vor sich hin. Aber daß er das Wort in derselben Weise mehrmals wiederholte, hätte anzeigen können, daß ihn der Gegenstand doch mehr beschäftigte, als er gegen jemand und gegen sich selbst zugeben wollte.

„Nun, und wenn es kommt,“ sprach er bei sich endlich, wie aufatmend von einem langen Druck, „so kommt es nach uns. Der Kurfürst kann und darf nicht — dafür will ich sorgen! — Bei uns geht alles seinen langsamen Gang — die Märker sind zäh und fest Was kann ein Gewitter schaden, das in den Sand einschlägt! — Havelberg kann mir nicht entgehen, und wenn der Blumenthal auch alle Stimmen der Kapitulare für sich hat — Joachim mag ihn nicht, er ist zu ungestüm. — Brandenburg und Havelberg zusammen sind beinahe ein Erzbistum wert — es giebt bessere Stifter, Halberstadt, Magdeburg! Die will man für Prinzen von Geblüt aufsparen! Markgraf Albrecht soll sich genügen lassen mit dem Kurhut von Mainz — Indessen es ist noch nicht aller Tage Abend — Kardinalshüte kommen so selten nach Deutschland — dazu gehört welsches Blut — und die Tiara! — Träume, Träume, die den Hungrigen nicht satt machen. Ein Thor, wer von Deutschen jetzt Papst sein möchte, seit die Thorheit dort zu Hause ist. Es ist schier unglaublich, was man von der Verehrung dort erzählt, so dort dem schlechtesten Gesindel gezollt wird, Musikanten, Malern, Versemachern, Querpfeifern, Baumeistern und Anstreichern! -- Im Vatikan, der auf die Wände pinselt, wie heißt er doch? Ja, Rafael, für den man nicht Ehren genug weiß, ja sogar, 's ist unglaublich, einen Kardinalshut — Nein, da lobe ich mir mein Brandenburg — Solcherlei Künste, mag man sie treiben, aber Ehre dem Ehre gebührt.“

Die Glocken der Türme fingen zu spielen an. Der Bischof lehnte sich vergnügt aus dem Fensterschlage, die Schornsteine der alten Stadt dampften von den Mittagsherden so behaglich. „Ja,“ fuhr er mit wohlgefälliger Miene bei sich fort, „es ist hier warm und gut, und die Stürme, die nach uns kommen, für die mögen andere sorgen, mich treffen sie nicht mehr.“ —

Und wie zur Bekräftigung brach in dem Augenblick, als die Wagenräder über die Brücke zur Dominsel rasselten, die Sonne durch die Eiskruste des Himmelbogens, und die beschneiten Dächer und der weite Spiegel der Havel strahlten wieder von ihrem Lichte. Es war ein schöner Anblick, aber des Bischofs Antlitz verfärbte sich. Der Wagen hielt an, ein Leichenzug verstopfte den Weg. Der Sarg war offen, sie trugen auf der Bahre den Verstorbenen nach der Kirche. Es war ein noch jugendlich Gesicht im vollen Priestergewande, ein Domherr, der erst gestern gestorben — der Bischof hatte keine Kunde davon — es war der jüngste Domherr, aber sein brennender Ehrgeiz strebte schon nach einem Bischofshut, wohl noch weiter; und wenn Hieronymus seiner Gaben gedachte, so die Natur ihm verliehen, und der Macht seiner Familie, durfte er ihn fürchten. Er hatte ihn nicht mehr zu fürchten, aber blaß lehnte er sich hintenüber, und wie getroffen stieg er die Schwellen zu seiner Residenz hinauf.

Währenddessen war der Abt in den Kreuzgängen des Klosters wie ein Schatten oder ein Schatzgräber umhergestreift. Wohl zehnmal war er an die Stelle zurückgekehrt, wo das Steinbild des Ritter Gottfried errichtet werden sollte, aber wenn er allein war, sah er nicht auf die Stelle an der Mauer, sondern schaute nach dem Riß im Gewölbe, und maß den Riß im Ringelturm. Dann konnte man ihn stehen sehen mit unterschlagenen Armen am Pfeiler und trüben Blickes auf den Hof hinschauen. Im Hofe sah es doch lustig aus, von Lebendigen und Toten. Das schönste Federvieh gackerte und wühlte unter den mit vollen Händen hingestreuten Körnern, die Aale und Karpfen und Zander sprangen im Netz und in den Körben, welche die Fischerinnen eben gebracht, und der Pater Küchenmeister musterte mit Kennermiene den Damhirsch, den die Jäger ausweideten, während der Pater Kellermeister, sein volles Kinn zwischen dem Daumen und Zeigefinger, den Auerhühnern den Vorzug zu geben schien. Und zwei oder drei andere standen neben den Würdigen, und, nach ihren ernsten Mienen zu schließen, erwogen sie das Gewicht der Worte; schwer ist's zu entscheiden, wo zwei Kenner sich streiten. Und da kamen neue Gegenstände ernster Erwägung, der wendische Gärtner mit einer Karre kleiner, brauner Rüben, eine andere Karre mit grünem Winterkohl, und plötzlich ward der Pater Kellermeister, der jetzt mit dem Zeigefinger die Weichen des Damhirsches ernstlicher befühlte, abgerufen, denn der längst erwartete Wagen aus Rostock stand vorm Thore und die Tonnen des fremden Bieres, das die Lehniner, laut besonderem Privilegium, zollfrei erhielten, wurden über den Hof gerollt. Wer wandte da nicht seine Blicke hin, wer wollte nicht selbst gern Hand anlegen und den Schrötern helfen, den besten Saft, der schon seit zwei Monaten ausgegangen, in die Keller zu schaffen, daß er ohne zu große Erschütterung auf die Lager kam.

Nur der Abt nicht. Vor seinem trüben Auge wuchsen Disteln auf dem Schutte, die Käuzchen hingen unter den Blenden, der Wind fuhr durch die Mauerspalten.

Er sah die kleine Rübe kaum an, die ihm der Pater Küchenmeister in die Hand gab, als er nach seiner Zelle schritt, und der Pater hatte ihn bis an die Schwelle begleitet: „Domine, Hochwürdigster! 's ist ein Elend, die Rüben werden immer kleiner. Von uns ist nichts versehen, ich lasse die Erde gar hacken, an Dung fehlt es nicht, aber wir bringen's nicht gleich mit dem Teltow."

„So laßt es gehen, und kauft im Teltow, es wachsen genug da —"

„Domine, Hochwürdigster, für unsere Tafel ja; 's ist nur der Ehre wegen. Haben denn die Teltower besser' Land als wir? Sand da und hier, trocken da und hier, und die Dinger, man muß es ihnen lassen, sie zergehen wie Honig auf der Zunge, unsere bleiben faserig wie Stroh. Was könnt' es uns bringen, so wir auch alljährlich ein Fäßchen davon nach Rom sendeten. Was dünken sich die Plebanen in Teltow, weil der Papst von ihren Rüben ißt!"

„Den Pater Kellermeister!" sagte der Abt mit tonloser Stimme, sich in seinen Sorgenstuhl werfend.

„Nicht einmal mehr für seine Rüben hat der Dominus Sinn! Und war doch selbst bei der Aussaat zugegen gewesen."

„Eine Kanne vom neuen Rostocker?" fragte mit etwas verdrießlicher Stimme der Pater Küchenmeister. Welcher Untere ist nicht verdrießlich, wenn sein Oberer ihn gehen heißt und einen anderen ruft? In den Klöstern ist es nicht anders, als in der Welt. Die Gunst ist eine falsche Sonne; sie strahlt nicht jedem, aber jeder buhlt danach. — „Es hat sich noch nicht gesetzt; wenn wir's anzapfen, verdirbt das Faß."

Der Abt schien nur die Hälfte der Rede gehört zu haben, so schaute er ihn an: „Es wird mehr verderben! — Vom griechischen — eine kleine gelbe —"

Als der Pater Küchenmeister die enge Treppe nicht zu

hastig hinunterwatschelte, brummte er: „Also ein Sorgenbrecher! Alles von dem verfluchten Mönch in Wittenberg!“

Als der Pater Kellermeister die kleine Gelbe entkorkte und der wunderbare Feuerduft ihm um die Nase spielte, hatte er vermutlich gedacht, der Dominus werde ihn auffordern, noch ein zweites Spitzglas aus dem Schrank zu nehmen, aber der Abt hieß ihn nicht einmal einen Schemel heranrücken, er fragte ihn nur, ob er keine Feuchtigkeit in den Kellern bemerkt, er fragte, wie hoch der Mühlenteich stände, ob der Klostersee guten Abfluß habe, ob der Spring im Gohlitz im Herbst gerauscht. Über das Wasser hatte doch der Abt nie vom Kellermeister Rechenschaft gefordert.

Ein gutes Halb der kleinen Gelben mochte schon fehlen, und wer da weiß, wie klein das Gemach war, in welchem der Abt von Lehnin, der reiche Herr von hundertdreizehn Dörfern, seiner Zeit gewohnt, — das Häuschen steht noch heut — wird es auch nicht wunderbar finden, daß der kleine Raum vom Geruch des seltenen Weines duftete, um so weniger, wenn wir ihm sagen, daß der Abt, der eingeschlafen war, die Flasche zuzukorken vergessen hatte.

In der Kirche drüben spielte ein junger Mönch zu seiner Übung auf der Orgel. Die Töne des

Dies irae, dies illa,
Solvet saeclum in favilla

dröhnten durch die entblätterten Lindenbäume des Hofes und klangen wieder in den runden Scheiben des Gemaches. Der dies irae brach an. Der Spring aus dem kahlen Berge, der nur wie ein Arm dick sonst aus dem Erdreich sich wühlt, und bald unter Gräsern, Wegeblatt und Ginster verkriecht, bis er in die Gohlitz sickert, schwoll an und barst heraus, mannsdick, wie der Qualm aus einem Feuerschlunde; der Strom schwoll und hob sich, die Fichten an den Bergen stürzten, unterwaschen, krachend nieder, und schäumend brach der Gohlitz durch die Äcker, die ihn von der Niederung des Klosters trennten; da rauschte und hob sich der Mühlteich, das Fließ schwoll auch, das ihn mit dem Klostersee verbindet. Es ward ein großer See, nach rechts, nach links, überall Wasser, das rauschend stieg. Die festen Mauern schwankten, unterwaschen, die Pfeiler, die Türme wankten, die Ziegel von den Dächern stürzten und alles schwamm — die Fässer aus dem Keller, die Särge aus den Grüften stiegen auf und fluteten bunt durcheinander, die Särge mit den Gebeinen der alten Fürsten, die in Lehnin schlummern, die Askanier, die Hohenzollern, der entweidete Damhirsch, die Bierfässer aus Rostock; die Sündflut achtete keinen Stand, keine Abkunft.

„Ist denn keine Rettung!“ Aber siehe, als wie in einer Arche trieb der Abt in seiner Stube fort; die Fluten drangen nicht ein, sie schaukelten ihn nur angenehm in seinem Lehnstuhl, bis er, die Augen lange reibend, aufsprang. Noch taumelte er etwas, aber er war gerettet. Das Wasser hatte sich gesetzt, die Bäume wurzelten wieder, die verschobenen Mauern ordneten, die Dächer deckten sich wieder.

„Ein Traum!“ sprach er, und hörte am Fenster dem Orgelspieler zu. „Aber Träume werden uns geschickt, um uns zu warnen. Es kommt etwas, das ist gewiß, aber wenn es kommt, soll der Kluge darauf gefaßt und vorbereitet sein. Dazu sind Ahnungen; dazu werden uns Zeichen vom Himmel geschickt. Und denen er sie schickt, die sind — vielleicht seine Lieblinge, seine Erwählten. Er will sie gerettet sehen.“ — Und wieder verfiel der Abt in ein tiefes Brüten, bis er sich die Stirn rieb und den gesunkenen Mut noch durch ein Glas Chierwein auffrischte. „Er will sie gerettet sehen,“ wiederholte er, „er will nicht, daß alle untergehen, gleichwie auch in der alten Welt. Darum soll ein jeder sehen, wenn alles zusammenstürzt und bricht, wie er sich selbst salviert. Das ist sogar seine Pflicht, denn Gott hat es ihm geboten; es kommt nur darauf an, zu erforschen, woher die Gefahr kommt, alsdann wird der Kluge auch die Mittel finden.“

Und noch ein Gedanke überkam den Abt von Lehnin, itzo als die Sonne durch das eisige Firmament brach, und die alten ehrwürdigen Dächer, Giebel und Türme, als wären sie neu erbaut, golden anschien. „Wenn nun diese Burgen und Zinnen einmal dem Sturm erliegen, und die Nesseln wuchern auf dem Schutt, kann denn das ewig sein? Muß nicht etwas Neues kommen, und was Neues kann besser sein, als das Alte? Und werden dann nicht die Dächer von Lehnin wieder in der Sonne glänzen?“ — Als er das aussprach, war die Sonne wieder verschwunden.

Derweilen ritt langsam auf seinem mühsamen Wege der Ritter Mathias, in seinen Mantel gehüllt, die Kappe über die Stahlhaube gezogen, daß er schon aussah mehr wie ein Mönch, denn als ein Kriegsmann. Er bog den Leuten aus, die ihm entgegenkamen; seine Gedanken waren ihm heut lieber, als eine Unterhaltung, die doch jeder Reiter auf öden Wegen gern mit denen pflegt, die ihm begegnen:

„Es kommt etwas — aber was? — Das Thun ist Gottes Sache; laß uns warten, bis es da ist. Das Grübeln führt uns nicht zum Rechten, noch mag ich's glauben, daß uns die Sterne den Weg weisen. Denn so alles, was kommen wird, in den Sternen geschrieben stände, wie hätte es denn Gottes Weisheit gefügt, daß nur so wenige die Schrift verstehen? Und wären diese die Erwählten, oder wär's sein Wille, daß wir alle nur in die Sterne schauen sollten? Wie stände es dann mit der Arbeit? Der Pflug auf dem Felde bliebe ja stehen, der Hammer und die Schere und der Meißel ruhten in den Werkstätten. Gott hat uns auf diese Erde gesetzt, damit wir arbeiten sollen mannigfalt, jeder nach seinem Ruf und seiner Kraft; sie ist das Patrimonium der gens humana, die Sterne behielt er für sich und seine himmlischen Heerscharen; es ist Fürwitz, in jene Mysterien dringen wollen, es sei denn, wo es uns not thut —" Das letztere setzte er hinzu, als erschräke er, daß er wohl zu viel gesagt. Der Kurfürst hatte ihn ja nicht gehört. „Ja, des Mondes Lauf berechnen, dann als wie er Ebbe und Flut regiert, und die Verrichtungen, so gut vorzunehmen sind, wann er schwindet und wann er wächst, das ist nicht vom Übel. Auch das ist nicht vom Übel. Auch etliche der Sternbilder" — dachte er weiter — „da mögen wir wohl bei großen Vornehmungen uns mit den Sternkundigen besprechen und Rates erholen — das ist löbliche Fürsicht — auch mag ich's nicht tadeln, wann ein Großer seinem Kinde die Nativität stellen läßt —"

Aber plötzlich hielt er inne, die Grenzen zwischen dem Erlaubten und Unerlaubten mußten sich ihm wohl verrücken, und er fand sich nicht zurecht: „Die Schrift verbietet's," rief er, wie aus Träumen sich schüttelnd, „und an der Schrift müssen wir festhalten. Auch an mehr als an der Schrift — denn in der Schrift steht nicht alles — die alten Satzungen, wer hätte sie gesetzt, wenn sie nicht gut wären; es ist nur die menschliche Schwäche, unsere Eitelkeit, Hoffart und Sündhaftigkeit, so sie verrückt haben. — Des Mönches Wille ist gut — war aber doch mancher Wille gut und aufrichtig und — haben doch nur das Alte verrückt und nichts Neues aufgerichtet! — Er ist aufbrausend, ein Mensch von Blut und Leidenschaften, wie wir anderen. Wenn sie ihn necken, quälen, widersprechen, wohin mag sein Zorn ihn reißen, wenn die

Engel Gottes ihn nicht führen! — Er will nach Rom appellieren! — Was werden die feinen Italiener über unser plumpes Gezänk sich ins Fäustchen lachen! Wenn sie ihm antworten, was werden sie ihm antworten! — Wird er sich unterwerfen? — Ein armer Augustiner, wenn der Papst, ein Leo, ein Medicäer, ihm zuruft: Schweige, Du bist im Irrtum! wird er des Löwen Antlitz, des Löwen Stimme ertragen? — Er ist von deutschem Blut; das wagt nicht, der Autorität entgegen, nein zu sprechen. Er wird sich niederwerfen, die Brust sich mit der Faust zerschlagen, und wenn tausend Stimmen in ihm riefen: Du bist im Recht! er wird seufzend aus blutiger Brust stöhnen: Ich bin im Unrecht; denn Du sagst es, Herr!"

Der Ritter Mathias schien mit dieser Überzeugung nicht zufrieden; sein Gaul hätte es wenigstens gemeint, als er ihn barsch mit der Kette riß und über unebenes Land traben ließ:

„Und wagt er's: nein! zu sprechen — dann thäte's mir um den Mönch leid. Zwar — er würde mit Mut auch in den Tod gehen — und — wenn sein Mut ihn weiter risse, — wenn — es ist vieles so morsch, daß, wo ein starker Arm rüttelt, ein Stein den andern mit sich reißt, eine Mauer die zweite, Giebel und Türme fallen nach, und kein mächtiger Geist eines Befehlshabers ist drinnen, der schützt und abwehrt, erhält. — Wer sagt uns denn, wer ein Empörer ist? — In der Historie steht's nicht geschrieben, nicht in der heiligen, nicht in der weltlichen? — Wo steht's überall geschrieben, was einer thun soll in schlimmen Zeiten, wo Herz und Herz, Pflicht und Pflicht im Streit liegen? — Ein guter Mann, mein' ich, steht wie ein guter Landsknecht fest auf dem Posten, auf den sein Obrist ihn stellte. Und ist die Schlacht verloren, das Land vom Feind gewonnen, und hat sein Obrist ihn vergessen — dann vergißt Gott ihn wohl nicht, und ruft, wann es Zeit ist, den treuen Landsknecht von seinem Posten ab. — Ein guter Mann wartet, bis er Gottes Ruf hört."

Und dem Ritter Mathias ward es leichter ums Herz, als hörte er schon etwas von Gottes Stimme, da jetzt die Wolken rissen und die Sonne vorblickte und den Weg beleuchtete, der vor ihm lag.

Siebentes Kapitel.

Der vierte Reiter denkt nicht, er handelt.

Der Ritter von Stülpe war um dieselbe Zeit schon weiter vorauf auf dem Wege nach der Oder. Wenn der Ritter Mathias, auf seinem schweren Gaul trabend, einem schwergerüsteten Deutschen, der zur Schlacht reitet, zu vergleichen war, so glich Hake von Stülpe einem Beduinen, der auf seinem langgestreckten magern Klepper, den Leib über, durch die Wüste fegt. Wenn er dabei Gedanken hegte, gab er sich doch nicht Mühe, Worte dafür zu suchen. Sein Auge schaute wie das der Falken nach rechts und links, ohne daß er den Kopf wandte, und mancher Mann wäre ihm nicht gern begegnet allein auf der Heerstraße.

Ja, so ging es denen, die jetzt ängstlich auf der Höhe sich nach ihm umschauten, und er war doch nur einziger, und sie gewiß ein Schock und drüber. Während sie den gekrümmten Weg zogen, flog ein Klepper mit losgelassenen Zügeln wie ein Bolzen quer übers Land. Wer die vielen von einem fernen Berge gesehen, hätte vorhin gemeint, es ziehe eine Herde brauner Tiere über den Schnee, denn alle waren in braunen Kutten, wenn nicht in wollenen, doch in härenen. Es waren Mönche, offenbar auf einer Reise oder Wallfahrt nach weithin; darauf deuteten die Bündel auf ihren Rücken oder an ihren Armen. Aber es war doch kein Gepäck, nach dem ein Schnapphahn auszieht, noch würde einer so vermessen sein, auf offener Straße um so weniges eine ganze Schar anzugreifen. Die flohen und taumelten nun wie eine Herde Schafe, wenn der Wolf durch die Heide setzt, seitwärts, vorwärts, aber da keiner wußte, wohin, stießen und taumelten sie gegeneinander. Sie schrieen, und der Reiter schrie auch aus Leibeskräften: Halt! halt! Hilfe! halt! Weder mit eingelegter Lanze, noch mit gezücktem Schwerte, sondern beide Arme ausgestreckt, denen sichtlich der Zügel entfallen, war nämlich Herr Hake von Stülpe in den dichtesten Troß gesprengt, und er konnte gewiß nicht dafür, daß von dem schnaubenden Tiere einige links und andere rechts geschleudert, auf dem Schnee sich wälzten.

Daß es nicht Herrn Hakes Absicht gewesen, hat er selbst beteuert, als es ihm gelungen, den Zaum und die Kette seines Tieres wieder zu fassen; er schalt auf sein Pferd und den

Gürtler, der so schlechtes Riemwerk für das schwere Geld geliefert, sei doch auf dieser irdischen Welt niemand zu trauen, und laure der Schalk hinter dem ehrlichsten Gesicht, und es thue ihm von Herzen leid, daß er die guten Bauern so aufgeschreckt; sie sollten nur ihre Kohlköpfe auflangen und wieder auf die Esel packen; er wolle ihnen, was verloren, bezahlen.

„Kohlköpfe?“ fragte erstaunt der Prior der Kapuziner, und alle, die von ihrem Schrecken verpusteten, sahen den Ritter verwundert an.

„Ihr zieht vermutlich nach Müncheberg zu Markte. Grüßt doch meinen Vetter, den Diakonus. Wenn Ihr Eure Esel verkaufen wollt; der versteht sich drauf.“

„Zu Markte! — Esel! — Was ist dem Reiter?“ fragten die Mönche; sie sahen, es war einer, der ihnen nicht an Haut und Beutel wollte.

„Für was hält der Ritter uns?“ sprach der Prior.

Da hielt sich Herr Hake, der auch vom Sattel gestiegen, wie, als um das Sattelzeug in Ordnung zu bringen, die Hand an die Augen, als blende ihn der Schnee: „Ei, seid Ihr nicht aus Schmalenwische und Kikebusch, Hörige meinem Schwager von Biberstein?“

Da riefen zehn Stimmen, eine verwunderter als die andere: „Schmalenwische und Kikebusch — Hörige! — Hört doch! Er ist blind!“ — „Donnerwetter!“ fuhr eine Baßstimme drunter, die einem Kapuziner gehörte, von einem Körperbau, der eines Riesen spottete. Aber gerade dieser Körper hatte die meiste Mühe, sich von der Erde aufzurichten, und als es gelang, hinkte der Riese in der Kapuze mit gar nicht freundlichem Gesicht auf den Ritter zu: „Dreitausend Himmel-Donnerwetter, wenn Ihr ein Ritter seid, so wißt, daß wir Kapuziner sind — und die sind von der Regel des heiligen Dominikus, und voran gehen die Franziskaner — wir sind dem Teufel seine Hörigen, daß Ihr's wißt; und plagt Euch der Geier, daß Ihr unter uns reitet, wie der Fuchs unter die Rebhühner!“

Da fielen dem Junker die Schuppen von den Augen, er rieb sich aber nicht die, sondern die Stirn, als er den Kopf schüttelte und den Mund aufthat: „So schütze mich der heilige Kapuzius! Das ist doch zu arg. Ja, daß Ihr Menschen mit zwei Beinen wärt, das sah ich schon dort.“

Die Mönche schüttelten den Kopf und meinten, es sei nicht recht richtig mit dem guten Ritter, der jetzt, gar trauriger Gestalt, am Riemenzeug bastelte, und ob er schon die Nase dicht 'ran steckte, doch die Schnalle nicht zu finden schien, die er suchte.

„Gott und seine Heiligen bewahren uns alle vor dem Teufel!" sprach er, indem er, wie um sich zu verpusten, den Arm über den Sattelgurt legte, und die Mönche riefen: „Amen!"

„Nun ist's gewiß, ich kann nicht recht sehen."

Einer und der andere lachte, wie wenn ein dummer Mensch etwas sagt, was jeder weiß. „Man sieht ihm ja das Fell über dem Auge."

„Für was hielt er uns?"

„Ihr müßt's mir schon zu gut halten, wenn ich's Euch nachher sage, warum das so kam. Oben, als ich um die Waldecke bog, sah ich's vor mir, wie ein groß Betttuch, und darauf sprangen ein Schock Flöhe."

Es hätte einen andern Mann erschrecken können, wie die Mönche mit gar nicht feinen Mienen sich um ihn stellten. Hatten sie schon keine Waffen, waren ihrer doch darunter, die zu jeder Zeit einen guten Landsknecht abgegeben hätten. Der Prior aber winkte ihnen, mit dem Finger an der Stirn: „Ihr seht ja, wie's mit dem Mann steht."

„Ach wenn Ihr das wüßtet, Hochwürdiger, Ihr würfet Euch alle, wie Ihr seid, gratis in den Schnee, und betetet drei, und noch mehr Paternoster für mich. Es hülfe doch nichts. Was gehen mich die Flöhe an, ich führe nicht mit ihnen Krieg. Auch nicht mit den Ratten, so flimmerte es mir drauf. Aber nachher sah ich lauter Füchse über den Schnee streichen, und da wollte ich noch vorhin drauf schwören, so war's; und da ließ ich meinem Tiere die Zügel, denn ich bin ein verzweifelter Fuchsjäger."

Nun war's an den Mönchen, laut zu lachen, daß ein so blinder ungeschickter Mann ein Fuchsjäger sein wollte. Aber der Goliath unter den Kapuzinern sprach: „Er soll schon die Augen aufsperren, wenn er uns das Schmerzensgeld zahlt."

„Was Ihr lieben Herren und frommen Brüder verlangt," entgegnete demütig, ja fast kläglich der Ritter. „Da sei Gott für, daß ich einem Diener der Kirche, und sei's der niedrigste Meßner, entziehe, was ihm zukommt: ich hab's zu schwer gebüßt." Als der Ritter dabei seinen ledernen Geldsäckel, den er um den Leib geschnallt trug, klingen ließ, sahen sie, daß er ein guter Mann war, der ihnen nichts Böses wollte. Sie bedauerten ihn und rieten ihm, er solle sich besprechen lassen, aber er schüttelte traurig den Kopf.

„Da hilft nichts, denn wenn's mit den Augen wieder gut ist, fährt's in einen andern Sinn, und das schlimmste ist, daß ich's selber nicht merke, wie es in mir herumzieht aus einer Kammer in die andere, und ich mache tolles Zeug, bis ich wie jetzt drauf gestoßen werde, daß der böse Feind mit mir sein Spiel hat, und alles — um einen falschen Beichtgroschen!“

Der Ritter mußte sein Unglück erzählen, wie er auch gar nicht Lust zu haben schien.

„Das ist das Erschreckliche, meine Brüder, daß alles von einem verfluchten Juden kommt. Dem verkauft' ich einen alten Wolfspelz, und freute mich, daß es Abend war, und er war kurzsichtig, daß er's nicht merkte, wie der von den Motten zerfressen war. Denn das ist doch nichts Schlechtes, daß ein guter Christ einen Juden anführt.“ — Ihr Schweigen schien keine verneinende Antwort. — „Nun aber am Morgen sah ich, daß mich der Jude betrogen hatte, und er war über alle Berge. Hatte mir der Heidenhund einen falschen Groschen gegeben. Kein Christenmensch wollte ihn nehmen, nicht bei Abend, nicht bei Nacht. Der Wirt warf ihn mir bei der Zeche zurück, der Krämer ließ ihn auf dem Ladentisch klingen und lachte mich an. Mich verdroß der Groschen, und war's auch nur darum, daß ich mir sagen mußte, es hätt' mich ein Jud' übers Ohr gehauen. Also los werden mußt' ich ihn. Und da gab ich ihn einem Priester bei der Beichte; 's ist dunkel in der Kirche, und ein Priester ist ja kein Wechsler, dachte ich. Und dann, meine Herren, dacht' ich auch: was die Kirche hat, weiß sie zu nutzen, und in ihrer heiligen Hand wird unrecht Gut zum rechten; warum denn nicht ein falscher Groschen zu einem guten Groschen? Nun seht, vom Augenblick an, wo der Priester den Groschen in die Tasche steckte und ihn nicht ansah, rieß es mich in den Gliedern, jetzt im Ohr, jetzt im Aug', jetzt in der Nase. Ich war kaum zu Haus, so fiel mir meine ganze Sündenlast zu Gemüte, ich lief zum Priester, wollte den Groschen einwechseln. Ja, der war fort, wie über alle Berge. War ein fremder Priester gewesen — das wußt' ich auch, sonst hätt' ich mich wohl gehütet — niemand wußte, wo er hingekommen. In meiner Himmelhöllenangst bin ich ihm nachgereist; er blieb verschwunden. Mir brannte es in der Seele, den Groschen mußte ich wieder haben. Ich ging in

Magdeburg, in Halle, an alle Wechseltische, ob ich den Groschen nicht fände? Ja, wenn ich einen falschen Groschen forderte, schrieen sie mich an; es fehlte nicht viel, so hätten sie mich durch die Schergen hinauswerfen lassen. So wagte ich zuletzt gar nicht mehr zu fragen."

Die Geschichte schien auf die Zuhörer einen ernsten Eindruck zu machen. Begreiflichermaßen wünschten sie auch die Wirkungen der Sünde zu erfahren.

„Auch das läßt sich kaum beschreiben. Ich bin seidem ein anderer Mensch worden, überall hapert's, überall stockt's. Kann mich wohl rühmen, bin ein Reiter wie einer, und mein Roß ist lammfromm; aber ehe ich mich versehe, schmeißt's mich in den Graben. Kann keinem meiner Sinne mehr trauen. Wenn ich unter guten Freunden bin, plötzlich schwirrt's mir um die Augen, ich glaube mich unter Räubern, Tagedieben, Lotterbuben und schlage um mich, rechts, links, hast du nicht gesehen, siehst du nicht."

„Das ist der böse Feind," murmelten sie, und wenn sie sich vorher um ihn drängten, so ward jetzt der Raum zwischen ihnen allmählich luftiger. Hake, der es merkte, sagte:

„Ach, unter so heiligen Männern wird er doch nicht! — Zwar, ich kann's niemand verdenken. Neulich will ich einen Pfarrer nach Haus führen, wir waren zu Kindelbier gewesen, es war nachtschlafende Zeit, und ich weiß noch nicht wie's kam, bis zur Pfarre waren nur tausend Schritt, und ich hatte den Weg tausendmal gemacht, aber mit einem Mal staken wir im Sumpf bis an den Bauch. Ja, keiner hörte uns. Da sprach der Pfarr: ‚Ihr seid dünn, ich bin dick, Ihr kommt durch, versucht's und holt mir Hilfe.' Da er mich so sehr bat, mußte ich wohl, ich kam auch durch und schlug Lärm, und mit Leitern und Stricken und Fackeln liefen wir zurück, aber mögt Ihr's glauben, der Hahn krähte zum dritten Mal, ehe ich den Pfarr gefunden, und er hatte sich doch den Hals ausgeschrieen, und ich war nicht zwanzig Schritt von ihm wie toll hin und her gelaufen Wir zogen ihn 'raus, aber da war auch keine Spur von Wein an ihm. — Ach, und so Ihr wüßtet, was ich vor den Wölfen Angst auszustehen habe; wo ich gehe und reite, höre ich sie hinter mir, als wären sie mein Schatten. Darum mag ich immer allein ausreiten, daß ich meine Freunde nicht in Ungemach und Schreck bringe."

„Das sind die sogenannten Furien des Gewissens, lieber Ritter, wie die Alten sagen," sprach der Abt. „Diese lassen

Euch keine Ruh'. Wenn Ihr an heiliger Stätte seid, die ich Euch anriete, so oft Ihr könnt, heimzusuchen, werdet Ihr vor diesen Wölfen sicher sein."

Der Stülper schüttelte den Kopf. „Ach, Herr Prior, vorgestern im Kloster, da war's doch, als die Mönche im Chor sangen, hörte ich lauter Esel schreien."

Da waren alle der Meinung, daß der Ritter etwas Ernstliches thun müsse.

„Meint Ihr, daß ich's für Kinderspiel hielt, daß ich nicht schon Ernstliches gethan hab'? Ließ mich hinschicken von Pontius zu Pilatus: zum Wunderblut von Wilsnack, zur Madonna in Göritz, zur heiligen Anna in Grüssow, zum heiligen Blut in Beelitz, nach Bismark in der Altmark zum Kreuz, das vom Himmel gefallen, zum gebenedeiten Wunderbild der Mutter Gottes in Reichenfelde in der Neumark, ach, zu allen, in Tangermünde, in Ziesar, in Lenzen und Angermünde. Die Partikel vom Arm der heiligen Barbara in Wilsnack habe ich mir an alle Teile des Leibes gehalten, und geopfert habe ich, aber auch nicht mal die Mutter Gottes von Nykamer hat mit dem Kopf genickt, hat's doch zu so manchem Lumpen gethan, und ich ließ einen Goldgülden springen. Hol's der Geier, wozu hat man denn Heilige!"

Die Fürnehmsten unter den Mönchen schüttelten den Kopf und meinten, da hälfe vielleicht nur eine Pilgerfahrt nach Loretto.

„Nein, Ihr Herren," sprach der Stülper entschieden, „das thu' ich nicht. Von denen draußen halt' ich nichts. Wozu haben wir wunderthätige Bilder, wenn sie keine Wunder thun wollen! Wenn wir so viel Geld geben, und sie in Gold- und Silberfranzen kleiden, und Altäre errichten und Kerzen brennen lassen, das müßte ja mit dem Teufel zugehen, wenn sie keine Wunder thun wollten. Für wen denn, wenn sie's nicht für 'nen ehrlichen Brandenburger thun wollen! Wozu haben wir denn Bischöfe und reiche Stifter und Domherren, die dafür sorgen können? Die brauchen freilich keine Wunder, die sitzen im vollen. Aber was habt Ihr davon, was haben wir armen Ritter davon? Ihre Altaristen schlucken die Einnahme, für wen? Für die reichen Bäuche. Ihr müßt barfuß gehen, in härenen Kutten, im Winter, müßt Euer Brot im Quersack betteln und predigen. Und warum? Daß sie ihr Fett und Geld den anderen zutragen. Nein, ich bin ein braver Brandenburger, das sind wir alle, meine Brüder, die schlaraffen und saufen, wir sind arm und ehrlich, aber haben ein Herz im Leibe: Bleib' im Lande, und nähr' dich redlich, das ist mein Spruch!"

So widersinnig das war, klang es doch nicht so. So sehr die Rede auch dem widersprach, oder besser wie die Faust aufs Auge zu dem paßte, womit er angefangen, war es doch in einem so herzlichen Tone vorgebracht, daß es unter den ehrlichen Mönchen eine Art zustimmender Bewegung hervorbrachte. Und wenn man diese recht ins Auge faßte, erschien es auch nicht wunderbar; denn die Mehrzahl waren derbe Leute aus dem Volke, deren Händen man noch die Schwielen vom Pfluge oder vom Hammer oder Amboß ansah. Der Fanatismus, der sie zur Reise nach Frankfurt in Bewegung gesetzt, war ihnen eingeimpft, wie man das leicht, wer das Folgende liest, begreifen wird.

„Nein," fuhr der Stülper fort, „ich muß schwer tragen an meiner Sünde, aber hab' sie im Land' begangen, müssen sie mir also auch im Land abnehmen. Und das heilige Kreuzdonnerwetter soll drein schlagen, wer zweifelt, daß der Stülper es nicht bezahlen kann. Wenn ich nur wüßt', wo ich den Dominikaner träf', der uns den Ablaß aus Rom verkauft. Das ist ein guter Mann; nach Rom geh' ich nicht, aber der bringt's uns ins Land, auf den Markt, das lob' ich mir."

Da riefen zehn Stimmen zugleich, daß der Ritter auf dem rechten Wege sei und nur mit ihnen zu ziehen brauche nach Frankfurt, wo der berühmte Tezel disputieren werde. Da könne er Ablaß kaufen, so viel er wolle, und sie waren so freundlich ihm auszurechnen, wie viel's ihm kosten werde. Ja, der Goliath Barnabas, der ehedem ein Schmied gewesen, steckte es ihm zu, daß er ihm nur den Handel überlassen solle, da werde er's schon wohlfeiler einzurichten suchen, denn der Tezel haue gern übers Ohr, zumal die Fremden und Fürnehmen, die selten kämen.

Wer war da nun froher als Herr Hake und schüttelte sich mit den Brüdern die Hände und bat sie, wann sie heimkehrten, möchten sie in Stülpe ansprechen; auch ließ er sich's nicht nehmen, daß, wenn sie ihm vergönnten, in ihrer heiligen Gemeinschaft mitzuziehen, der Prior auf sein Pferd steige, er wisse, was ihm gebühre, und ging nebenher und führte das Roß. Aber er begriff nicht, was sie in Frankfurt wollten.

„Ihr seid doch schon geistlich, was braucht Ihr also noch Ablaß."

„Ziehen auch nicht um Ablaß nach Frankfurt," sagte der ehemalige Schmied und machte mit dem Arm eine Bewegung, die noch nach dem Amboß schmeckte.

„Ah, Ihr wollt mit ihm disputieren?"

Der Schmied schüttelte den Kopf, er sah den Prior an, ob der's billigte, aber lassen konnte er's nicht, es mußte raus: „Wir wollen den Doktor Luther verbrennen." Und alle, die es hörten, begleiteten mit schrecklichen Gebärden die Antwort.

„Wer ist der Doktor Luther?"

Da meinten die Barfüßler, daß man es nun recht klar sähe, wie der böse Feind den armen Ritter besitze, daß er nicht einmal wußte, wer der Doktor Luther war, und alle wollten es ihm mit einmal erklären. Da schrieen sie: „Er ist ein Ketzer" — „ein Läustermaul" — „ein Dieb, er will den Papst bestehlen." — „Ein Ignorant," sagte ein gelehrter Mönch, „er leugnet die Kraft des Ablasses." — „Die wunderthätigen Bilder hätten keine Kraft," aber der Chor schrie: „Ein Erzjudas, ein Ungläubiger und Heide, der brennen muß."

Der Prior aber wollt's ihm besser erklären: „Als wie Ihr, Ritter, den falschen Beichtgroschen dem Priester gabt, giebt er falsche Lehren dem Volk für wahre aus." —

„Verbrennt ihn!" schrie der Hake, als überkäm's ihn, und klatschte in die Fäuste. Da richtete sich sein Pferd baumgerade auf, und der Prior lag, ehe einer ihm beispringen konnte, auf der Erde. Zum Glück fiel er, wo's weich ist, und that sich keinen Schaden, wollte aber nicht mehr aufs Pferd. Nun stieg, da der Ritter nicht selbst reiten wollte, ein anderer, der Goliath, auf den Klepper. Aber, wie es nun kam, als der Stülpe ganz wie außer sich war, daß einer sich unterstehen könne, dem Volke falsche Lehre zu predigen, und dafür wäre Verbrennen noch zu wenig, und wie er mit der Faust gegen das Eisenblech auf seiner Brust schlug, da schlug sein Pferd mit beiden Beinen hinten aus, und der Kapuziner schlug der Länge lang vorn über. Ein Glück noch, daß er mit der Nase in den Schnee fiel. Nun wollte keiner mehr aufs Pferd; also mußte Hake wieder hinauf. Aber jetzt ward das Tier erst wirsch. Und wie auch der Ritter sich gar nicht zur Ruhe gab, daß ein Priester falsche Lehre lehren könne, da war's, als hätt's die Tarantel gestochen und schlug vorn und hinten und links und rechts aus, daß die frommen Brüder nicht weit genug davon bleiben mochten. Es half auch nichts, daß der Ritter sie bat, daß sie die Litanei singen möchten und die Weihkessel um ihn schwenken, je mehr sie sangen und Kreuze schlugen, so wilder kreiste das Pferd, daß sie recht sahen, wie der Teufel Macht darüber hatte, und hielten den armen Ritter für einen verlorenen Mann. Insonders, als er den Kopf umwandte und rückwärts sah, als könnte er den Hals drehen wie eine Scheibe. So ritt er eine Weile und sprach kein Wort, aber seine Augen wurden immer größer und rollten in den Höhlen und nun sperrte er den Mund auf wie ein Scheunenthor und rief: „Gott sei unser aller Seelen gnädig, da kommen sie!“ Und eh' sie sich umsehen konnten, heulten die Wölfe. Der Stülper flog wie der Wind und die Barfüßler hinter ihm. Wer's sah, der hätt's nicht geglaubt, daß man so was sehen könnte. Fünfzig oder sechzig Barfüßler, und in Kutten, und auf dem blanken Schnee rennt sich's schlecht. Mancher lag schon und war liegen geblieben, mit geschundenem Knie, bis sie alle nicht mehr laufen konnten. Da war der Ritter von Stülpe längst aus dem Gesichte und die Wölfe auch, so schnell waren sie gelaufen. Aber sie sprachen nachher nicht gern davon.

Den Ritter haben sie in Frankfurt nicht wiedergesehen. Einige aber meinen, die ganze Geschichte wäre eine Verwechselung mit den Prälaten im Walde, denn die Furcht ist ansteckend, und was einer gesehen hat, das möchte der andere auch gesehen haben. Wie dem nun sei, in der Chronik steht's nicht geschrieben.

Achtes Kapitel

Tezel in Frankfurt.

Wer mit gesunden Beinen hätte es versäumt nach Frankfurt an der Oder zu eilen, um den großen Spektakel mit Augen zu sehen.

Alle Glocken hatten geläutet, als er einzog, der hochgelahrte Herr Johann Tezel, Baccalaureus der heiligen Schrift, Ketzermeister, Predigerordens Subdelegierter des hochgebornen Fürsten und Herrn Albrecht, Erzbischofs von Mainz und Magdeburg, des heiligen Römischen Reichs durch Germanien Erzkanzler, Kommissarius durch Gnade und Bulle Seiner Heiligkeit des obersten Bischofs zu Rom und Pontifex, Leo X. Kein Prälat war noch mit solcher Pracht in Frankfurt eingezogen. Er ritt auf einem weißen Pferde, so ihm der Magistrat, auf Veranstaltung des Rektor Wimpina, bis ins nächste Dorf entgegengeschickt; Hartschiere schritten neben ihm. Vor ihm, auf einem Samtkissen, trugen Knaben, aus den edelsten Geschlechtern der Stadt, die päpstliche Ablaßbulle. Das Volk zog die Mützen, wo das heilige Pergament sich näherte, die Weiber stürzten sich auf die Knie, einige waren so verwegen und fürwitzig, daß sie herandringen wollten und die Kapsel mit dem Siegel, die herunterhing, küssen: aber die Hartschiere stießen sie zurück. Einige hundert Schritt vorm Thor kam ihnen eine Prozession entgegen, voran die Karthäuser von Frankfurt, die Stadtpfarrer, Deputierte der Universität, des Magistrates und Bürger, andere Ordensgeistliche und Studenten; die Kirchenfahnen wehten, die Rauchfässer wurden von den Akoluthen geschwungen. So unter Rauch, Gesang und Glockengeläut rückte der Zug nach dem Thore, wo er sich drängte und ein Lärmen entstand, daß kaum die Rede des Bürgermeisters von den Nächststehenden gehört ward, der die Stunde pries, wo der Abgesandte den Brief des Heiles in die alte christliche Stadt trage.

Nachher wich alle Ordnung, als der Zug nach der Hauptkirche schwenkte. Die geharnischten Stadtknechte mußten erst mit den Kolben im vollgedrängten Schiffe Platz machen, denn jeder wollte nun zuerst das rote Kreuz mit des Papstes Wappen sehen, das Tezel selbst inmitten der Kirche aufrichtete und mit lauter Stimme schrie: es sei so heilbringend als das Kreuz Christi selber. Dann wurden Tische aufgeschlagen, mit rotem Tuch belegt und Kasten darauf gestellt; die Ablaßbriefe herausgenommen und in verschiedenen Päcken, nach ihrem Preise, aufgelegt, beschwert mit bleiernen Löwen, die übergoldet waren. Zu Füßen des Tisches aber, neben dem Stuhl für den Dominikaner, stand der große Kasten mit dem Mundloch von Blei, in welchen die Opferpfennige, d. i. die Kaufgelder für die Ablaßbriefe, geworfen wurden, die aber nicht Pfennige waren, sondern Groschen, Gulden, ja zu Dukaten wurden. Dieses Mal mußte er noch leer sein, wiewohl er gewiß mehre Male schon voll gewesen, denn er ward leicht und ohne Klang vom Wagen über den Tisch auf seinen Platz gehoben.

Heute sollte er indes auch noch nicht gefüllt werden, in Anbetreff der großen und gelehrten Staatsaktionen, welche dem Verkaufsgeschäft voranzugehen bestimmt waren. Durch das Warten war die Lust der Kauflustigen vermehrt. Um deshalb wies Tezel mit sehr wichtigen Mienen die Heilsbedürftigen, in der Mehrzahl Frauen, zurück, welche, ihre Geldstücke zwischen den Fingern, sich an den Tisch drängten, ohne doch unterlassen zu können, vertraulich, aber doch mit marktschreierischer Stimme ihnen die ungeheure Kraft der Papiere anzurühmen, die sie vor sich sähen. Er mischte sich ins Volk, er fragte diese und jene, was sie drücke; er schien teilnehmend, hier zuckte er die Achseln, dort klopfte er auf die Schultern. Er warf hin, daß die Sünden dieser Welt sich immer vermehrten, daß man nicht genug dem heiligen Vater in Rom für seine Huld und Gnade danken könne, sich so, wie er thue, der Armen und Gepreßten zu erbarmen; er wischte dann den Schweiß von der Stirn, faltete die Hände vor der Brust und dankte Gott, daß der heilige Vater, als er seine Heilsbriefe aussandte, da noch nicht gewußt von der Lästerung des Wittenbergers. „Nicht gewußt,“ fuhr er fort, „meine teueren Brüder, daß auch in diesem Lande, ja, daß vielleicht auch unter Euch ihrer sind, die auf seine Worte hingehorcht haben. Denkt doch, wenn der Papst das gewußt, wenn er nur eine Ahnung davon gehabt hätte, würde er dann seinen Schatzkasten nicht hastig zugeschlagen, würde er nicht in seinem Zorn gerufen haben: die sind nicht würdig des Heils, die am Heil zweifeln. Möchte ich doch lieber das Übermaß der guten Werke der Heiligen, darüber ich, als Sankt Petri Statthalter, verfüge, ins Meer versenken, da es am tiefsten ist, als daß ich nur einen Tropfen davon an diese ketzerischen Deutschen vergeude! — Oder wird,“ fuhr er, sich hin und her wendend, fort, „ein reicher Krämer, der gute Waren hat, sie noch in einer Stadt feilbieten, wenn die Lotterbuben sie verspotten und an allen Ecken ausschreien, was kauft Ihr von dem fremden Krämer, bei unseren Kaufleuten in der Stadt findet Ihr die Ware besser und ums halbe Geld. Der Krämer, sage ich Euch, Ihr aus Frankfurt versteht es, der weiß, was seine Tuche und Teppiche wert sind, die er aus Schmarkand und Persien, und Gott weiß wo her hat, der wird sich ja den Teufel drum scheren, ob Ihr sie gut findet oder nicht. Wird er erst auskramen, damit Eure Lotterbuben sie schlechtmachen, die, man weiß sehr wohl, in wessen Solde schreien. Ja, die Tuchmacher am Ort möchten auch ihre Ware absetzen; so schlecht sie ist, sie findet doch Käufer, denken sie, wenn kein besserer kommt. So meinen etliche Pfarrer und Prädikanten mit ihren Beichtstühlen auch. Geht nur hin, ich zwinge niemand, zu mir zu kommen, wenn Ihr da auch den Ablaß bekommt, mir ist's lieb, ich finde überall Käufer. Probiert's, ob ihr Ablaß so gut ist wie der hier — und der — und der da! — Wer seinen Bruder totschlägt — seine Mutter vergiebt — wer einen Stein seinem eigenen Vater an den Kopf warf, fragt doch die Herren in den Beichtstühlen hier, — was sie für greuliche Gesichter machen, wie sie die Arme über den Kopf zusammenschlagen. Werden sie nicht rufen: das ist zu arge Sünde, das kann Euch nie vergeben werden! — Ja, die Herren haben recht; sie können's nicht vergeben. Aber der heilige Vater in Rom macht kein greulich Gesicht, er schlägt die Arme nicht über den Kopf zusammen, er macht ein freundlich Gesicht, ihn dauern die Sünder, sie sind ja alle Christen, erkauft durch des Heilandes Blut. Er erschrickt auch nicht über die allergräßlichste Sünde, denn er sieht das ganze Sündenmeer vor sich, wie einen grünen See in den Alpenbergen, und sein Auge dringt bis auf den Grund. Und erschrickt nicht, wie Eure Priester erschräken, wenn sie nur die Hälfte davon sähen. Sein Gefäß, mit Petri Siegel verschlossen, darin der Überschuß der guten Werke der Märtyrer und Heiligen wie ein golden Meer schwimmt, ist weit größer als der Alpensee. Nur die Hand braucht er hineinzutauchen und sie auszusprengen über die Welt, und alle, die leben, wären gereinigt. — Ihr fragt mich wohl, warum er's nicht thut, wenn er so reich ist? — Soll er etwa seine Gnade auch denen spenden, die sie nicht mögen? Auch den Ketzern, auch dem Augustiner Lästermaul, der seine gute Gabe vor den Leuten schlechtmacht? Nein, meine Freunde, man wirft nicht den Braten vor die Hunde, die Perle nicht vor die Säue. Und wer sagt uns denn, ob der See der Sünde nicht immer größer wird, denn der Satan setzt seinen Unrat überall hin. Wer verheißt uns denn, daß der See nicht übertritt, daß er Felder, Wälder und Berge, daß er die ganze Welt überschwemmt? Habt Ihr's nicht gehört von der Sündflut, dann will ich's Euch auch nicht sagen; denn darum bin ich nicht hier. Ich bin hier für die paar Seelen, die sich retten wollen. Für die sind die Briefe geschrieben. — Morgen, übermorgen kommt wieder, da könnt Ihr kaufen. Heute abend, in Eurem Kämmerlein, betet alle mit mir, daß der heilige Vater nichts in Rom von den Greueln hört, von dem Wittenberger Geschrei, versteht Ihr mich; denn wenn er's in Erfahrung bringt, ich stehe für nichts, daß es mit dem Ablaß aus ist. Wär' ich Papst, ich sag's Euch geradezu als ein ehrlicher Mann, ich zöge meine Hand zurück und schlüge den Kasten zu."

Dabei schlug er den Kasten wirklich zu, aus dem er noch eben einige der teuersten Ablaßbriefe wie eine Lockspeise vorgezeigt hatte, und ein Stöhnen und Schluchzen ging durch die Versammlung. Sie sprachen nicht, aber ihre Blicke und Seufzer sprachen ihre Angst aus, daß der Papst es machen könne, wie der Dominikaner drohte. — Solche Zeichen des Glaubens wirkten indes beschwichtigend auf den Zorn des heftigen Mannes. Er wollte sie nicht ohne Trost von sich lassen. Zu diesem und zu jenem sprach er freundlich, sie sollten ja nur wiederkommen, wenn es Zeit sei, es werde sich schon für jeden etwas finden, und zu einem sprach er vertraulich, aber es hörten es mehrere, und die mehreren erzählten es den anderen wieder: auch wenn der Papst Kunde davon erhielte und sein Gnadenkästlein plötzlich schlösse, so blieben die Briefe, die er da hätte, doch untersiegelt und in voller Kraft, so ihnen erteilt worden. „Und,“ setzte er hinzu, „für meine Frankfurter werden sie schon ausreichen.“ — „Und,“ flüsterte ein reicher Handelsherr zu einem Ratsherrn beim Hinausgehen aus der Kirche, „doppelt teuer werden.“ — „Wenn er nicht Dominikaner wäre,“ erwiderte lächelnd der andere, „ich nähme den Tezel zu meinem Markthelfer.“

Nachmittags loderte ein helles Feuer in der Gubener Vorstadt, bei Sankt Gertrauds Kirche. Seit den Zeiten, wo der falsche Waldemar Ludwig von Bayern und die getreuen Bürger in der Stadt Frankfurt belagert, sah man nicht so viel Menschen beisammen. Die Studenten sangen als Wächter um den angezündeten Holzhaufen und sangen lateinische Jubel- und Spottlieder. Wem der Spott galt, brauch' ich nicht zu sagen, schwerer ist's zu glauben, wem ihr Jubel galt, wenn sie den Tezel ankommen sahen, an der Spitze seiner Dominikaner; den dickbäuchigen Kerl mit den dünnen Beinen, dem kahlen Kopf und einem Gesicht, auf dem auch keine Spur von Geist war, Feuer nur in der roten Nase, höchstens Pfiffigkeit in den kleinen geschlitzten Katzenaugen, aber der große Mund mit den aufgeworfenen Lippen machte den gemeinen Marktschreier fertig — und doch schrieen sie aus Leibeskraft in die Lüfte, und ihre Hieber klirrten und funkelten im Flammenschein. Es war in Deutschland so, man schickte die Jugend auf die Universität, damit sie austoben sollte; wenn sie ausgetobt, dann käme sie nüchtern zurück, als wie man die Menschen im Leben braucht. Das war die alte Weisheit, und mancher wünscht, daß wir noch heute so weise wären. Wenn man aber ein Faß schnell will ausbrausen lassen, wirft man was hinein, Kalk oder Taubenkot, oder was es ist, es kommt nicht drauf an. Was man in einen Strudel wirft, das ergreift der Strudel, und spritzt und schäumt und trägt's und spielt mit ihm, wie der Walfisch mit der Tonne. Einige Gelehrte meinen, das ganze Menschengeschlecht sei als wie die Jugend, wenn's lange still gesessen, und es regte sich in ihm das Blut, alsdann brauche man ihm nur hinzuwerfen ein Spielzeug, was es sei, aber einen Namen muß es haben, einen Namen, der schön klingt, und sie spielten, tanzten und schrieen darum, ja, sie lägen sich in den Haaren und zögen die Schwerter, und, je nachdem, sie zündeten auch Brandfackeln an und gingen dafür in den hellen Tod.

Vor dem Schrei, den der Tezel vor dem Holzstoß ausstieß, als er seine langen Arme aus der Kutte reckte und seinen häßlichen Mund aufsperrte, um die Rede zu beginnen, — vor dem Schrei, so entsetzlich war und so häßlich klang er, erschraken die kleinen Kinder auf dem Arm ihrer Mütter. Aber seine Rede selbst war noch weit häßlicher. Niemals auf der Messe in Frankfurt haben sich die Packknechte solche Schimpfworte zugerufen, als die Lippen des Baccalaureus gegen den Doktor in Wittenberg ausspielten. Einige meinten, die Studenten hätten ihm vorher zugetrunken, und das wäre der schlechte Wein, der aus ihm sprach. Die schrieen denn auch, wenn er einen Augenblick Atem schöpfte und wiederholten im Chor noch ärger als er die letzten Worte, und die Kinder und Buben schrieen auch, und die Kettenhunde in der Vorstadt heulten, daß wenige sein mögen, so die Rede in dem Lärm ganz gehört. Zwar sind Studenten gewesen, die in ihren Tafeln nachgeschrieben haben, und später haben sie sich's untereinander in den Kneipen vorgelesen, wobei sie unmäßig gelacht; ist aber die Rede nachmals in keiner Chronik gedruckt worden, also weiß man nicht recht, wie sie war. Das aber vergaß ich zu sagen, daß, als Tezel sprach, er durch die Studenten, seine Freunde, unterweilen selbst unterbrochen ward. Denn einmal nieste einer, da riefen alle Prosit; und wenn er sich heiser geschrieen, rief einer: Weiter, Kapuze! und mitten unter der Rede haben sie gelacht und geschwatzt. Also mag man wohl glauben, daß sie auch zuvor im Weine sich zu viel gethan.

Als er sich nun ausgeschimpft, trat ein Freiknecht vor; an der Leine einen räudigen Hund, und der hatte einen Korb im Maul, und in dem Korb waren gedruckte Bücher und Schriften. Da ließ sich Tezel Handschuhe reichen, zog sie an, und mit einer langen Zange griff er die Schriften heraus; das waren die fünfundneunzig Theses, die Luther in Wittenberg an die Kirchthür geschlagen, und sein Sermon vom Ablaß. Er warf sie in die Flammen mit gräßlichen Flüchen, und als er dann die nackten Arme gen Himmel hob und die Hände faltete, betete er, oder schrie vielmehr: daß der Herr der himmlischen Heerscharen es fügen möge, daß der Verfasser dieser gottlosen Schriften, der Beliassohn, die Ausgeburt der Hölle, schwärzer wie Satan selbst, bald folgen möge dem verdammten Papier in die verzehrenden Flammen. Er hatte sich ausgeschrieen. Seine Confratres und die Studenten empfingen ihn jubelnd, und einer riß ihn dem anderen aus den Armen; ich weiß nicht, ob's dem Dominikaner sehr lieb war, — die Studenten drückten ihn nicht wie ein weicher Mädchenarm; und das hat er wohl nicht mehr gehört, als einer zum andern sagte: „Herr Bruder, eigentlich müßten wir ein Zelttuch holen und unseren dicken Pfaffen in die Luft werfen, das wäre Jucks und Juris!“

Ein Bürger sagte zum anderen beim Nachhausegehen, beide waren angesehene Leute: „Wo soll ihm die Lunge herkommen morgen zum Disputieren?“

„Wenn er nicht mehr schreien kann, schreien andere für ihn,“ versetzte der zweite. „Das ist alles vorher abgemacht.“

„Aber was wird dann draus?“

„Was noch! Die Dominikaner haben's davongetragen über die Augustiner; das ist die Sache, weiter ist's nichts.“

„Viel Spektakel um Quark.“

„Kommt unseren Karthäusern zu statten; und unserer Stadt giebt's Ruf.“

Nicht alle hatten sich entfernt. Selbst die zornschnaubende Rede Tezels hatte der Wut der unbändigen Mönche nicht genügt. Sie redeten einzeln zum Volke, wo sie Zuhörer fanden; besonders einer, der lange Barnabas, den wir schon als Zuzügler auf der Landstraße trafen. So unwissend Tezel auch sein mochte, war er doch durch die Schule gegangen, und wenn er sich ungebärdig benommen hatte und unflätig sprach, war doch Art darin. Er wußte, daß man mit A anfängt und mit Z aufhört und einen Berg von unten aufsteigt. Der Bruder Barnabas stand aber schon oben, als er das Maul aufthat, und da er nicht weiter steigen konnte, mußte er natürlich wieder hinab. Er entwarf eine Schilderung des Fegefeuers, die einem Schmied Ehre machte. Er malte die Freude der zehnmal zehntausend Teufel, wenn sie auf den ruchlosen Ketzer hämmern dürften. Aber was gälte es, daß es eines Nachts in Wittenberg rumpeln und krachen, und man anderen Tags in der Augustinerzelle ihn finden werde mit blauem Gesicht und umgedrehtem Halse. „Die Gelahrten und Medici sagen den Leuten, er ist am Schlagfluß gestorben. Sie räuchern mit Essig, daß man den Schwefelgeruch nicht riecht. Dann wird er selig bestattet mit Grabgesang und Glockengeläut, und das Volk glaubt's, daß er selig verstorben. Nein, der Teufel soll ihn gar nicht holen, wir wollen ihn holen, wir ihm den Hals umdrehen, wir ein Feuer anzünden, darin er schmoren soll, daß es ein Jubilo ist jedem guten Christenmenschen!"

Die Zuhörer wollten nicht minder gute Christenmenschen sein, also jubelten sie schon im voraus. Nur schien es einigen bedenklich, wie man's anzufassen habe, da er von Obrigkeiten und Fürsten geschützt werde. Da erzählte ein anderer ihnen, daß einst der Barfüßer Obrister dem Papste Clemens gegen die Türken versprochen dreißigtausend Mann, und alle aus dem Barfüßerorden, und sollten die Klöster doch gut bestellt bleiben. Aber gegen die Türken könnten die Ritter und Landsknechte kriegen; löblicher wär's für die Militia Gottes, nach dem abscheulichen Neste Wittenberg aufzubrechen.

Da brach wieder ein unmäßiger Jubel und Lärm aus, und der Barnabas schwang eine Eisenstange, die er aus der nächsten Schmiede sich geholt, und schwur, er wolle der erste auf der Leiter sein, so man es ihm nur lasse, daß er den Lästerer am Genick fasse: „Du sollst es!" schrieen die Burschen; aber es ward kein Kreuzzug. Die Bürger waren schon fort; die Weiber hatten keine Lust, in den Krieg zu ziehen.

Der Wein, den die Studenten dem langen Barnabas zu reichlich eingegossen, verfehlte nicht seine Wirkung. Er verlor den Faden; statt zu brüllen, fing er an zu jammern, und statt den Doktor Luther zu erwürgen, den er schon an der Gurgel hielt, würgte ihn eine Vorstellung. Ob der gottvergessene Mönch denn alle Scham und Schande vergessen, und was er seinem eigenen Stande schuldig sei? Ob sie nicht schon genug runter gekommen wären; die Barfüßerorden durch die Bank? Spotte man ihrer nicht schon, wenn sie mit dem Bettelsack durchs Land zögen? Wo lüde ein reicher Herr sie noch ein und ziehe sie zu seiner Tafel? Wo das Gesinde speist, setze man ihnen den Abhub hin, und in vielen Häusern schlüge man ihnen die Thür vor der Nase zu? Die Bissen würden immer knapper, die Reisen immer weiter, der Glaube immer schlimmer; ob sich denn einer darum noch einkleiden ließe, daß er hungert und sich einen faulen Mönch schelten läßt? Da thäte man ja besser, ein Müllerknecht sein; so man auch wie ein Esel tragen müsse, sei der Sack doch immer voll, und wisse man, wo alle Abend die volle Schüssel raucht, und der Strohsack auf der Bank liegt.

Der Wein hätte aus dem ehrlichen Brandenburger Mönch wohl noch viel mehr ans Licht gebracht, als ans Licht sollte, und die Studenten stießen sich vor Lachen mit dem Ellenbogen, wäre nicht eine Sternschnuppe vom Himmel geschossen, denn es war mittlerweile dunkel geworden.

„Da seht Ihr's!" kreischte ein anderer Mönch, der so klein und dick war, als jener lang, aber er reckte den Arm und den vorgeschobenen Zeigefinger, als wollte er das Ende der Schnuppe berühren. „Wieder ein Zeichen, und wir wollen noch nicht sehen! Habt Ihr denn nicht gehört, daß uns die himmlische Zornrute droht, die nächstens am Himmel hängen wird, ellenlang und armesdick, nicht gehört, daß in den großen Gebirgen die Erde gezittert hat! Gottes Langmut hat schon zu lange gewartet; der Welt Untergang um solcher unermeßlichen Sünde willen steht in den Sternen geschrieben. Die Gelahrten lasen es dort schon, die Fürnehmen wissen es. Im Wasser und Feuer wird sie untergehen, und der Tag ist da, ehe Ihr es Euch verseht. Die Gelahrten sagen es Euch nicht, denn die Gelahrten sind klug; ich aber sage es als ein schlichter Mönch zu seinen erbarmungswürdigen Brüdern: rettet Euch! Ich meine nicht, daß Ihr Euch retten sollt wie die Fürnehmen, die Euch in Unwissenheit lassen und es überschlagen, wie sie sich selber salvieren, derweilen Ihr untergeht; rettet Eure Seelen, sage ich Euch, ehe es denn zu spät ist. Wer wollte nun noch den Augenblick verkennen, die ganz absonderliche Gnade des heiligen Vaters in Rom, der auf höchst eigentümliche Fürbitten der allerheiligsten Jungfrau Maria Euch gerade jetzt seine Ablaßbriefe sendet, damit Ihr kaufen sollt, ehe denn all Euer Geld Euch nichts nützt. Darum ist das die grauenhafte, die abscheuliche, eine Sünde, für deren Unermeßlichkeit gar keine Worte sind, daß dieser Luther, der so gut wie einer weiß, wie der Tag des Gerichtes vor der Thür steht, daß er gerade jetzt durch seine teuflischen Lehren die Welt verwirrt, die Welt am Rande des Abgrundes. Mit einem Fuße steht Ihr darüber, ein Engel will Euch die Hand reichen, da flüstert er Euch zu: greift nicht danach. Meine Brüder, kann so ein Mensch sprechen, oder ist's des Satans Stimme? Apage! rufe ich, Kyrie eleyson!

kauft, kauft! denn Euer Geld ist nichts wert, Schutt im Schutt, Ihr nehmt es nicht mit hinüber ins Himmelreich!“

Nach der Rede scholl kein Vivat, kein Jubel: aber sie hatte wieder gutgemacht, was der gemütliche Barnabas verdorben. Sie schlichen still auseinander; doch in der Stadt war es an dem Abend nicht still. Man disputierte, zankte, schrie, in den Kellern und Schenken; die Barfüßer, deren fast ein halbes Tausend zur großen Disputation gekommen, zogen durch die Straßen; Haufen Volkes hinter ihnen; klagende, schluchzende Weiber, die Rates, Trostes bedurften. Viele hatten sich vor der Kirchthür gesammelt und hofften noch immer, bei der dringenden Gefahr werde man in der Nacht die Thüren öffnen und mit dem Verkauf den Anfang machen. Andere standen vor dem Karthäuserkloster, wo Tezel abgetreten, und baten inständig, daß man sie zu dem heiligen Mann einlasse: so drückte sie ihre Sünde. Die Weiber ließen sich kaum von den Scharwächtern abtreiben, sie kamen von anderer Seite wieder, und als eine der Widerspenstigen vom Weibel gepackt und nach der Wache geschleppt ward, fragte sie ihn, ob er, wenn die Welt über Nacht unterginge, ihre Sünde aufnehmen und für sie ins Fegefeuer wolle? Der Weibel schlug auf die Brust: „So wahr ich ein Brandenburger bin, auf die Gefahr hin will ich's!“ Zum Scherzen war's doch nicht angethan, wenn man in Scharen die Kapuziner, Dominikaner, Franziskaner, die Karthäuser und Karmeliter, in ihrer uralten Feiertracht, Gebete murmelnd, Grabeshymnen still singend, durch die Straßen streifen sah, wo Hunderte von Landleuten, die kein Obdach gefunden, in der Winternacht lagen, vor Frost zitternd. Tezel dagegen saß in einem warmen, behaglichen Gemache, und vor ihm ein großes Gefäß mit rauchendem gewürztem Weine, aus dem er vermutlich zur morgenden Disputation sich Mut trank, als der Dominikaner, der am Feuer zuletzt gesprochen, nach Mitternacht eintrat: „Magister!“ sagte er, „Gesinnung ist gut; aber lauter Gesindel; was reich und angesehen, ist zugeknöpft bis ans Kinn. Käufer die Hülle und Fülle, aber es wird verdammt nach Kupfer im Kasten klimpern.“

Wie Tezel in Frankfurt disputiert hat, im Winter 1518, dreihundert Mönche und Kleriker ihm zur Seite; wie, wenn er den Mund aufthat, sie ihm pergas! zuschrieen; wie, wenn der Opponent nur einfiel, ein Murmeln, gleich fernem Donner durch den Saal lief; wie es ausbrach zu einem Gewittersturm, wenn der Dominikaner von der Kraft der Beredsamkeit der anderen ins Stocken geriet; wie der Rektor Wimpina hinter dem Disputierenden auf dem hohen Katheder jetzt mit den Augen blinzelte und Winke gab, jetzt sich erhob und zur Ordnung schrie; wie Tezel, wo ihm die Gründe ausgingen, das Maul aufriß, lateinische Verwünschungen auf die Ketzer brüllend, und mit den Fäusten auf das Pult schlagend; wie endlich mitten im Getöse Wimpina sich wie ein Jupiter tonans erhob, Blitze schleudernd aus den Augen, donnernde Befehle aus dem Munde, und am letzten Tage unter furchtbarem Geschrei der Parteien den Doktorhut dem Baccalaureus auf die Stirn drückte, — im Augenblick, meinten viele, wo er den Gründen seines bibelkundigen Gegners erliegen mußte; wie dazu die zwei Drommeter auf der Galerie schmetterten, die Pauken draußen wirbelten, vor dem Ausspruch der Autorität: daß er gesiegt habe, der loyale Widerstand verstummen mußte; — aber das ist in der Historie vielfach erzählt.

Unsere Geschichte weiß nur, wie ein Opponent — Johannes Knipstrow, ein Student der Theologie aus Pommern, der bei den Franziskanern die untern Weihen empfangen — als dieser Opponent, um einmal Luft zu schöpfen, aus dem gepreßt vollen Saale hinaus wollte, beim Durchdringen beschimpft und gestoßen wurde. Die am Eingange, die nur den Lärm gehört, meinten, er sei überwunden, und fliehe; sie sahen geballte Fäuste, sie hörten die Schimpfworte: „Lügenbrut, Heiligenschänder!“ Waren sie nun einstudiert, oder war es die Wut des Fanatismus, sie wollten es auch nicht an sich fehlen lassen. Also griffen auch sie zu und drängten und stießen ihn. Sie hätten ihn vorn die Freitreppe hinuntergestoßen, wenn nicht der kurfürstliche Abgeordnete zur rechten Zeit gekommen wäre. Entweder hatte er vom Lärmen gehört, oder es war ihm auch zu heiß drinnen geworden. Mit festen Worten wies der Ritter die Grimmigen zurecht, daß sie hier seien, mit dem Munde und nicht mit den Fäusten zu disputieren. Wenn auch die nächsten gehorchten, die entfernteren schrieen: „er ist ein Gotteslästerer, ein Ketzer!“ Die Studenten, die in Landsmannschaften in ihrer bunten Feiertracht ums Haus standen, schrieen drein, sie wollten in Frankfurt rechte katholische Lehre, keine Wittenberger Ketzereien, kein augustinisches Spülwasser. Die Weiber, das Volk schrie es nach. Die Trompeten und Pauken riefen wie zum Tumult auf, von den Dächern, die voll Buben waren, flogen Schneebälle herab. Der Ritter, der ein stattlicher Mann war, und mit gar keiner Miene, als ob er sich schrecken lasse; aber auch ein solcher Mann, wenn er einzeln, kann gegen eine grimmige Menge nichts ausrichten, noch mocht' er's — denn ehedem schrieen die Diener der Fürsten nicht gleich über Aufruhr und verletzte Autorität, wo das Volk einmal laut wurde — der Ritter, sage ich, schlug den Mantel zurück und faßte den Knipstrow unter den Arm. So führte er ihn durch die Tobenden, bis wo die Pommeranen standen. Denen übergab er ihn: „Ist Euer Landsmann, Ihr werdet für ihn sorgen." Damit schritt der Herr wieder durch die Volksmassen nach dem Rathause. Sie wichen ihm respektvoll aus: „Der Marschall Bredow!" — Die Pommeranen aber hatten vorhin am lautesten geschrieen: „Vivat Tezel! Schlagt den Ketzer aufs Maul!" Sie hatten nicht gewußt, daß, der so beredt gesprochen, ihr Landsmann war. Nun schrieen sie: „Vivat Knipstrow! Vivat Pommerania!" So drängten sie, die blanken Hieber überm Kopf, den Landsmann in ihrer Mitte, durchs Volk. Anfangs wollten sie ihn nur nach ihrem Konvikt salvieren, dann, als alle vor ihren Hiebern und entschlossenen Mienen wichen, gefiel's ihnen; sie zogen mit Absicht durch die vollsten Gassen, wie im Triumph, immer schreiend: Vivat Knipstrow! Vivat Pommern! Vivat libertas academica!" Das Volk schrie mit, denn das Schreien steckt an; die schrieen Vivat Tezel! die Vivat Knipstrow! Am Ende meinten sie, es wäre dasselbe!*)

Lärm überall, auf den Gassen, vor und in der Kirche, wo der Ablaß verkauft ward, sogar im Rathause, wo etliche angesehene Herren beisammen standen. Einer, der sich mit Mühe aus der Kirche gedrängt, erzählte, wie sie sich fast prügelten, um die Briefe zu kaufen. Sein Schreiber hatte berechnet, wie viel Geld in einer Stunde eingekommen. Die ernsten Herren schüttelten die Köpfe.

„Das muß selbst auf die Masse von Einfluß sein."

„Und bleibt im Land kein Pfennig sitzen. Er läßt sich überall füttern," sagte der von Belkow.

„Ist ein schmutziger, geiziger Kerl," erwiderte der Patricier und Handelsherr, Herr Petersdorf.

Der Stadtpfarrer war auch zugegen: „Ich meine, der Nachteil, den dieses Spektakulum auf die Sittlichkeit unserer Stadt übt, ist noch gefährlicher, und wird sich erst zu unserem

---

*) Johannes Knipstrow ward nachmals der erste General-Superintendent von Pommern.

Schrecken ausweisen. Nicht nur, daß die Beichtstühle meiner Herren Confratres leer stehen, aber es greift an unsere Autorität. Zwei der gefährlichsten Marktdiebe, so nach jeder Messe zu mir kamen und gewissenhaft beichteten, wiesen mir noch eben hohnlachend ihre erkauften Briefe. Sie hätten auf drei Jahr Ablaß im voraus, und sollt' ich mich nicht wundern, daß sie nicht zur Beichte kämen."

Der Bürgermeister Weise warf sich in eine vornehme Stellung: „Das ist für die Sicherheit der Stadt höchst bedenklich."

„Gewiß," entgegnete der Propst, „denn obwohl die Diebe in der Regel erst dann zur Beichte kamen, wenn sie die gute Hälfte durchgebracht, so vermittelte ich's doch, daß sie die andere, wenigstens zum größeren Teil, den Bestohlenen restituierten. Man mußte es allerdings in einer Handelsstadt nicht zu genau nehmen, sonst wären sie gar nicht wiedergekommen."

„Und," sagte ein Professor juris, „ein solch Geschwätz auf dem Katheder ist mir noch nicht fürkommen. Eine Latinität und keine Quantität richtig, wenn ihm Wimpina nicht in den erschrecklichsten Fällen zuflüstert. Dieser Doktorhut geht der Universität an Fama und Reputation."

„Ihr lieben Herren," sprach des Kurfürsten Kommissarius, der zugetreten war, „wenn dem so ist, ich versteh' es nicht, aber was ludet Ihr ihn denn ein? Ihr, Herr Propst, ließet läuten; Ihr, Bürgermeister, hieltet ihm gar eine Anrede."

Der Bürgermeister und der Propst zuckten die Achseln, was so viel sagen sollte, als: „Wir konnten nicht anders, die Umstände —"

„Wer hätte nicht einmal geirrt," sprach der Ritter freundlich. „Nun wißt Ihr's besser. Wenn's dem Gemeinwesen schädlich, wie gesagt, ich versteh' es nicht, wenn aber Eure Meinung so ist, was duldet Ihr's länger?"

Der Professor barg den Kopf zwischen den Schultern und brachte in eigenem Ton den Namen Wimpina vor.

„Der ist Rektor der Universität, aber nicht der Stadt —"

Die Herren sahen sich wieder lächelnd an: „Aber bei Hofe sehr angesehen," sagte der Konsul und verneigte sich bedeutungsvoll gegen den Ritter — „wenn auch nicht in so hoher persönlicher Gunst wie mein Herr von Bredow."

„Was thut das zur Sache! Ihr habt's mit Eurer Stadt und nicht mit dem Wimpina zu thun, und was schiert's den Hof!"

„Doch will man wissen,“ sagte der Bürgermeister, „daß auch unser allergnädigster Herr dem Ablaßhandel wenigstens nicht öffentlich entgegentreten möchte.“

„Zum Kuckuck, Ihr lieben Herren, wenn er nicht, warum Ihr denn nicht, so es Euch recht dünkt. Steht Ihr nicht da für Euer Gemeinwesen, als wie der Kurfürst für seines, das ist das Ganze? Haltet Ihr den Trödel für schädlich für Stadt und Bürger, so ist's an Euch, ihn abzustellen. Wenn der Kurfürst anders denkt fürs Land, steh' ich Euch für, wird er nicht erst hinhorchen, ob's Euch in Frankfurt oder denen in Bernau so recht ist. Was müßt Ihr lauschen und horchen, wie er darüber denken könnte? Mag nun einer so denken und der andere so, am Mann ist's doch, mein' ich, zu thun, was er für seine Schuldigkeit hält.“

Sie schauten ihn noch schlauer an, ob er vielleicht gekommen, ihnen einen Wink zu geben, wie man in Berlin denke?

Da lachte Hans Jürgen von Bredow laut auf: „Ihr Herren, über Pferde und Hunde fragt mich der Kurfürst, aber nicht über Theologika. Wär' ein schlechter Rat da. Aber so Ihr meint, die Fuchsschwänzer könnten's verdrehen, was Ihr vorhabt, schreibt's auf, geradraus schickt's dem Markgrafen, daß er weiß, was sie in Frankfurt denken.“

„Ja, wenn der Marschall Bredow unser Fürsprech sein will.“

„Zum Henker, Ihr Herren,“ fuhr der Ritter auf, „ich meinte, ein Mann müßte Mut für sich haben und den Mund aufthun, auch ohne Fürsprech, so er im Recht ist; und zehnmal mehr, wo er nicht für sich spricht, sondern als Amtmann für die ihn zur Obrigkeit gewählt. Wozu haben sie Euch gewählt, wozu seid Ihr bestallt, so Ihr's nicht wagt, aus Furcht, daß es könnte ungelegen kommen? Wie soll der Fürst erfahren, was sie im Lande denken, so jeder Hauptmann, Schulz und Bürgermeister sich hinterm Ohr kraut, und fragt und lauscht zuvor, ob der Fürst nicht anders denkt? Nichts für ungut, Ihr Herren, das meine ich so. Will übrigens niemand meine Meinung aufdrängen; denn ist darin jeder sein eigener Herr.“

„Sie würden's wohl thun,“ hinterbrachte jemand am Abende dem Marschall, „aber sie werden's anstehen lassen.“ — Da lachte er laut auf: „Lieber, das wußt' ich schon, als ich ihnen ins Gesicht sah.“ — „Und dann muß man doch bedenken,“ setzte der Vermittler hinzu, „wenn der Dominikaner auch viel Geld aus Frankfurt zieht, bringt er doch auch was ein durch die vielen Fremden, so er anzieht. Item sehen sie's als eine Ehrensache an, denn wenn Tezel über Luther siegt, hat auch Frankfurt über Wittenberg gesiegt. Man muß nicht vergessen, Frankfurt ist eine Handelsstadt." — „Kommt mir bisweilen in den Sinn, die ganze Welt sei eine Handelsstadt," sagte der Ritter kopfschüttelnd.

Neuntes Kapitel.

Kaatsch.

Vor einer Bauernschenke, wie sie im Lande sind, hielt abends ein schwerer Wagen mit mehreren Leuten zu Roß und zu Fuß. Sie hatten Mühe, daß sie den Wagen in den Hof brachten; aber der Herr, dem er zugehörte, hielt ihn auch da noch nicht für sicher untergebracht, und die Knechte mußten den Kasten, welcher es war, der den Wagen so schwer machte, in die Stube tragen; was ihnen Schweiß kostete, und als sie ihn halb niedersetzten, halb fallen ließen, gab er einen hellen Metallklang, davon die Wände schütterten. Der ehrenwerte Baccalaureus und jetzt Doktor, Johannes Tezel, mußte, so er wirklich nur Kupfer in Frankfurt eingenommen, dasselbe bei den Wechslern umgesetzt haben, denn es klang wie reines Silber, oder gar wie Gold darunter.

Ja, Tezel war es, der an diesem schlechten Orte einkehrte, schwerlich aus freier Wahl. Ob er sich nun verirrt, verspätet, oder das Schneegetreibe ihn zwang, zu übernachten, wo ein solcher Herr gewiß selten einspricht, gewiß ist's, seit die Welt und die Lehmhütte stand, waren eher zehntausend Tezel, als ein solcher Kasten unter dem Schilfdach eingekehrt.

Und dieser Kasten, vor dem die Leute, wenn er bei Sonnenschein klimpernd und klirrend über die Straße fuhr, die Mütze zogen, erregte an diesem Ort auch nicht einmal Verwunderung. Der mürrische Wirt, der kaum vorhin genickt, und nicht einmal die Hand angelegt, zu helfen, saß wieder auf seiner Ofenbank und reckte die Arme über der Pelzmütze, ohne zu fragen, was der Gast fordere? Daß der Gast dies nicht that, war, nebenbei gesagt, sehr klug von ihm, denn abgesehen davon, daß ihn der Stockwende nicht verstanden hätte, würde er auch nichts, was er gefordert, erhalten haben, da nichts da war. Für solche Fälle hatte übrigens damals der

Reisende immer selbst gesorgt, und die Kober und Flaschen, welche die Knechte vom Wagen holten, versprachen, wenn auch keinen Doktorschmaus, doch einen Abendimbiß, wie er in dieser Hütte wahrscheinlich auch noch von keinem eingenommen war. An ein Bett zu denken, wäre ein Gedanke zur Ungebühr gewesen, wo überhaupt in der Stube, und die war so ziemlich das Haus, nichts war, was nur einem solchen Dinge ähnlich sah. Der Mann, nachdem er mit der Frau ein paar unverständliche Worte gewechselt, machte Anstalt, sich auf der Bank am Ofen zum Schlaf zu legen. Das Weib warf noch einen Arm voll Reisig in den gemauerten Ofen, dann kletterte sie mit ihren braunen Beinen hinauf, dort ihr Nachtlager aufzuschlagen. Aber als sie, das rote Tuch um die losen Haare bindend, die Schar ihrer halb nackten Kleinen unten gar verlangend hinaufblicken sah, winkte sie der einen, vermutlich dem Lieblingskind, und hielt ihr die Hand hin. In drei Sprüngen war das Blitzmädchen oben, um das warme Bett mit der Mutter zu teilen. Die andern suchten, wo es war, ihr Lager: die bei dem Federvieh, das davon in einige Aufregung geriet, jene in der Nähe der Schweine, die in einer Art Verschlag im Winkel lagen. Es fand sich alles zurecht, wie es sich immer zurechtgefunden hatte, denn ein Tag ist in solcher Hütte wie alle Tage.

Nur Tezel fand sich nicht zurecht. Nicht daß solches Nachtlager ihm neu gewesen — der arme terminierende Dominikanermönch war wohl bisweilen noch schlechter angekommen; aber jetzt war er reich, gewissermaßen ein Legat des Papstes, und der mutigste Reisende würde mit einem Geldkasten, wie der, in einem solchen Heidekrug sich des Abends nicht ganz heimlich gefühlt haben. Und wenn Tezel Vergleichungen anstellte, wie er in Frankfurt gelegen, und wie er in Jüterbog hätte liegen können, wenn er die Stadt erreicht, so raschelte das Strohbund, das seine Leute neben dem Kasten hingestreut, ihm doppelt unziemlich für einen Mann von seinem Wert und Verdienst, und noch dazu jetzt einen Doktor der Theologie! In der Stube war es schon dunkel, aber durch das einzige Fenster flimmerte noch das Zwielicht vom zugefrorenen See. Die Weidenäste bewegten sich, das Schilf raschelte, das eingeschlossene Wasser unter der Eisrinde stöhnte dumpf, und im Winde trieben über den glatten Spiegel allerhand seltsame Gestalten hin und her. Waren es auch nur dürre Zweige, Blätter oder Moosgeflechte, die Phantasie erblickt zuweilen auch andere Wesen darin, vor denen Gott uns bewahre, im Guten und im Bösen. Der Dominikaner war von Natur gar nicht zum Geistersehen geschaffen, und noch weniger pflegte er sich mit Gedanken zu quälen, aber die furchtbare Gelegenheit macht ja auch Diebe. Es fuhr ihm über den Leib, was man nennt die Gänsehaut, und als seine Leute ihm nun brennende Kienspäne brachten und an der Wand befestigten, war es zwar im Zimmer heller, aber nicht in ihm.

Selbst der Wein schmeckte nicht so süß wie in Frankfurt. Was schnarchte die wendische Brut so furchtbar, als wollte sie ihre Seele ausblasen; oben auf dem Ofen war es wie das Röcheln eines Blasebalgs, und dazu Stöhnen des Sees, als atme eine ungeheure verzauberte Kraft nach Erlösung! Und noch ein Geräusch, es war nicht Schnarchen von Tier und Menschen, es war nicht Röcheln, Stöhnen, es war wie Zähneklappen! In der Hand den Hals der kleinen Korbflasche, die auf seinem Knie ruhte, saß der Dominikaner auf dem Kasten, und sein Kopf senkte sich unwillkürlich. Das Chaos seltsamer Töne dauerte fort. Der Ofen knisterte, die Eisdecke des Sees riß mit krachenden Schlägen — es brach, stürzte, prasselte alles zusammen. Die Ewigkeit war angebrochen, und er saß mit seinem Kasten vor dem Thron, den Wolken umhüllten und eine Stimme fragte: „Was willst Du hier?“ — Da faßte ihn eine namenlose Angst, antworten konnte er nichts; gern hätte er den Kasten, um ihn zu verstecken, in den ewigen Abgrund gestoßen, der sich vor ihm aufthat und aus dem tausend Flammen züngelten, aber der Kasten stand fest wie der Granit der Erde, und er daran geschmiedet. Der Höllenhund leckte ihn mit feuriger Zunge an, die Teufel peitschten mit ihren Pechfackeln ihm ins Gesicht und das Konzert der Zähneklappernden um ihn war furchtbar.

Ein Funke der Kienspäne flog ihm ins Auge. Da war ein brauner zottiger Hund unter dem Tische vorgekrochen und beroch ihn; die Augen des Tieres funkelten, und sein halbgeöffneter Rachen zeigte eine Reihe grimmiger Zähne. Und jetzt sah er beim Schein der aufflackernden Späne, daß noch jemand in der Stube war, daß der Hund einem Herrn angehörte, unter dessen Füßen er bis da geschlummert. Dieser hatte, den Kopf auf den Armen, über dem Tisch gelegen und gebetet. Aber es war ein schauerlich Beten, untermischt mit tiefen, hohlen Stoßseufzern. Zuweilen klapperten die Zähne wie vor Frost zusammen. Als der Mann sich jetzt aufrichtete, war es ein hagerer Gesell mit einem ungeheuren Oberleib und einem Kopf darauf, der wie eines Gerichteten aussah. Die rote Kappe mit Seitenklappen und Halsberge ließ das fahle Schädelgesicht mit den hohlen Augen nur noch mehr heraustreten, und die Hahnenfeder auf dem Kamm erschreckte den Dominikaner dermaßen, daß die Korbflasche ihm entglitten wäre, wenn der Fremde nicht im selben Augenblick die Hände gefaltet und unter Anrufung eines Heiligen mit fast herzbrechender Stimme: „Sei meiner armen Seele gnädig!" gestammelt hätte. — „Ach, Ihr seid ja wohl ein heiliger Mann?" setzte er hinzu, als sein Blick auf Tezel fiel.

„Dominikanerordens," antwortete dieser, bescheiden diesmal seine übrigen Titel verschluckend.

„Wann geht sie unter?" fragte der Rote.

„Was?"

„Die Welt."

„Lieber Mann, Ihr habt geträumt."

„Meinethalben! Unter geht sie, absolut, das weiß jed' Kind. Aber gäb' gern 'nen Goldgülden drum, wer mir's sagte wann?" und dabei warf er wieder den langen Oberleib auf die Arme, als wie einer, der nichts mehr von der Welt außer sich wissen will.

„Lieber Mann," hub nun der Doktor an, der sich zu beruhigen anfing, „davon ließe sich ja ein vernünftig Wort reden. Wer seid Ihr? Wie heißt Ihr?"

„Ich? — Kaatsch heiß ich, meines Zeichens ein Ochsenhändler aus Schadewitz, was denen von Modewitz gehört. Da ist meine Familie. Die Lindemanns in Schweinitz sind ja unsere Vettern, und die Neumanns in Wüstewitz — das sind Ochsenhändler! Nach Frankfurt bracht' ich meine drei Koppeln alle an den Mann, und geh' nun wieder auf Ochsen aus. Was ich kaufe, allemal bar, ich geb' keinen Kredit, ich nehm' keinen; der muß gebor'n werden, der mir'n x für'n u macht. Na, die will ich sehen, die die Kaatsch nicht kennen!"

Der Dominikaner kannte zwar nicht die Familie Kaatsch, aber wenn in ihm noch Zweifel obgewaltet, beruhigte ihn eine Gebärde des Ochsenhändlers, der mit der Hand an die um den Leib geschnallte Geldkatze schlug, und die Geldkatze antwortete hell und vernehmlich.

„Da müßten wir uns ja in Frankfurt gesehen haben."

„Wenn ich in meinem Geschäft bin, seh' ich nur Ochsen. 's ist wegen der Sündflut, sonst würd' ich mich ja den Teufel drum scheren. Lustig gelebt und selig gestorben, das heißt bei Kaatschens ihm die Rechnung verdorben. Nur wenn so mit einem Mal die Sündflut käme; es klatschte und pladderte runter, — das Wasser hat keine Balken. Fünf Stück, holsteinsches, sind mir dazumal, als die Elbe durchbrach, vor meinen Augen fortgeschwemmt; rettete mich selbst kaum auf 'nen Baum. Wer das mit ansah, da kommt wohl das Zähneklappen. Ja, wenn wir Berge im Lande hätten, da könnte man's noch mit ansehen."

„So drückt Euch, armer Mann —"

„Bin kein armer Mann nicht," sagte der Ochsenhändler, und hob seine Katze, daß sie halb auf dem Tisch lag.

„Ich meine, Euch drückt eine schwere, begangene Schuld —"

„Wer das von mir sagt, den soll ja das heilige Kreuzdonnerwetter —" rief der Ochsenhändler, und schlug mit einem wilden Blick auf den Tisch; aber bald ließ er den Kopf im Ellenbogen ruhen. „Das kleine Zeugs, davon bin ich alles absolviert."

„Seid dessen nicht zu sicher. Die Absolution eines ordinären Pfarrers —"

„Was?" schrie Kaatsch auf. „Für solche Lumpendinge zehn böhmische Groschen, o noch mehr, zwei Joachimsthaler einmal, weil ich mich verschwor, daß eine kranke Kuh gesund wäre; das wäre nicht genug bezahlt, da sollt' ich nicht sicher sein! So sollte ja die Schwerenot alle Pfaffen holen, 'ne solche Gaukelei; darum mach' ich mir keine Sorge, da kann die Sündflut kommen."

„So lastet auf Euch noch eine größere Sünde, lieber Meister, von der Euer Gewissen Euch sagt, daß ein gewöhnlicher Beichtvater, und wär's der Bischof von Meißen oder Zeitz, Euch nicht mit Rechten losspricht?"

„Ja und nein," entgegnete der Ochsenhändler, und klopfte mit der Peitsche auf den Tisch. „Tiras! Racker, was schnupperst Du da beim geistlichen Herrn? Das ist ein frommer Mann. Kusch, hierher!"

„Vielleicht eine Blutschuld?"

„Könnt's wohl werden!"

„Also eine zukünftige Sünde, ei, ei! Da müßt Ihr viel beten und Euch kasteien, damit der böse Feind von Euch weicht."

„Wer Tag und Nacht auf der Landstraße liegt, hat auch wohl Zeit, sich zu kasteien; da muß ich was in den Leib schlagen, damit er zusammenhält. Kommt die Sündflut, hört das Essen auf. Wollte aber in Frankfurt zu dem berühmten Tezel und mir einen Ablaßbrief kaufen, wenn ich meine Ochsen verkauft. Geschäft geht vor; als ich die Ochsen los war, war der Teufelskerl über alle Berge. Hat man doch im Leben nix als Not."

„Er ist wieder in Eurer Nähe," sagte mit einem so wohlgefälligen Lächeln der Doktor, daß der andere nicht mehr daran zweifeln konnte, wen er vor sich sah. „Sagt nun Euer Begehr," fuhr er fort, und hinderte es, daß der Händler, der schon aufgesprungen war, ihm den Rock küßte. „Nennt Euer Verbrechen, oder vielmehr die verbrecherische Intention, so Euch drückt, und ich vermeine, in diesem kleinen Kästchen führe ich das Remedium mit mir." —

Der Händler aus Schadewitz schnallte seinen Geldbeutel los und legte ihn klirrend auf den Tisch: „Na, was kostet's?" schielte er den Dominikaner an.

„Gemach, mein lieber Mann, erst Eure Sünde, dann den Preis."

„Muß das sein? Ihr seid doch ein Kaufmann und ich bin einer. In Bausch und Bogen, Herr, ein gewagt Geschäft? — Drei Goldgülden für drei Wochen, was ich auch thue."

Ein so gemeiner Mann bot drei Goldgülden! Unwillkürlich zuckte Tezels Hand, auf den Handel einzuschlagen, aber wer aufs erste Gebot schon drei Goldstücke setzt, besann er sich, wird in einem guten Handel mehr bieten.

„Ihr könntet ja einen Muttermord begehen, der kostet allein acht Dukaten. Ordnung in allen Geschäften! Was habt Ihr vor?"

„Wenn Ihr's doch absolut wissen müßt, da läuft ein niederträchtiger Schuft durchs Land, ein Kerl, sage ich Euch, nicht 'nen Schuß Pulver wert, der den Leuten schlechte Ware für teures Geld verkauft, arm und reich betrügt, ein Tagedieb, ein Gauner, ein Marktschreier —"

„Gewiß auch ein Ochsenhändler."

„Ja" — sagte der andere, den Kopf auf dem Ellenbogen, und die andere Hand mit der Peitsche spielend, — „er handelt auch mit Ochsen."

„Mit dem wollt Ihr ein Hühnchen pflücken."

„Ein recht ernsthaftes; er hat meine Brüder übers Ohr gehauen, ausgezogen, ohne Scham und Gewissen —"

„Nun wollt Ihr ihn ausziehen, wenn Ihr ihn trefft. Also Straßenraub! Das ist eine schwere Sünde."

„Kann's bezahlen. Was kostet's?"

„Aber Ihr wollt ihm kein Leid anthun?"

„Pestilenz, ich soll ihn wohl streicheln mit 'ner Hasenpfote? Ihr hört ja, daß ich ihm zu Leib' will. Ich bezahl's, bar, voraus."

„Doch keinen Mord."

„Das Mord! Solchen Lumpenhund von der Welt schaffen? Das Land, die Gerechtigkeit kann's mir danken. 's ist Sündengeld, der blutige Schweiß, Witwen und Waisen abgepreßt; wer's ihm abnimmt, verdient einen Gotteslohn."

„Ein Mord in voraus, mein lieber Meister, ist eine mißliche Sache; da müßte ich in Magdeburg beim Herrn Koadjutor zuvor anfragen. — Aber müßt Ihr ihn denn totschlagen? — Der Ochsenhändler kommt Euch in's Gehege, das merk' ich schon; Ihr wollt Euch an ihm rächen, ihm abnehmen, um was er Euch zu Schaden brachte, ihm einen Denkzettel geben, daß er Euch nicht mehr in den Weg tritt. Warum denn da gleich Mord und Totschlag? Das ruft den Blutbann; ein Leichnam ist ein furchtbarer Zeuge hüben und drüben. Könnt Ihr denn nicht auf andere Weise Euer Mütchen an ihm kühlen; Euch an ihm reiben, wenn Ihr's denn durchaus wollt; stoßen, nicht sanft gerade, aber auch nicht blutig — ach es ist das auch eine schwere, eine entsetzliche Sünde, lieber Mann! — aber wenn Ihr den Brief in Eurer Tasche habt —"

Der Ochsenhändler blinzelte den Mönch, das Gesicht in beiden Händen, pfiffig an: „Ihr seid ein vernünftiger Kerl, verflucht vernünftig. Ja, totschlagen brauch' ich ihn nicht, er verdient's gar nicht von — werd's ihm schon ohnedies eingeben, daß er dran denkt, bis er ersauft. Kein Blut! Tiras! merk's Dir —"

„Ihr wollt doch nicht den Hund —"

„Ihn zerreißen lassen?" — Nein. Stellen soll er ihn nur. Doktor, der Hund ist klüger als alle Doktors, als die ganze Universität Frankfurt, und wenn sie sich auf den Kopf stellt. Der wittert mir einen Schuft aus, wo kein Mensch ihn riecht. Und sprech' ich: Stell ihn mir, Tiras, da will ich den gesehen haben, der fortläuft, der nur zu mucksen wagt'. In dem Hunde steckt der Teufel."

Der Dominikaner sah den Hund, der noch immer ihn anschnupperte, mit gar nicht behaglicher Empfindung an. Auch nach dem Entenknochen, den Tezel ihm vorsichtig hinhielt, schnappte er nicht.

„Er nimmt von keinem Geistlichen nichts; daher weiß ich eben, daß der Teufel in ihm ist.“

„Von einem solchen Hunde solltet Ihr Euch losmachen, je eher, je besser!“

„Daß ich ein Narr wäre, Herr. Der Hund dient mir; wenn er der Teufel ist, dient mir der Teufel; das ist keine Sünde. Bis zur Sündflut bleibt er bei mir, dann wollen wir ja sehen. Schwimmt er, ist's der Gottseibeiuns; krepiert er, dann war's eine ehrliche Hundeseele.“

Tezel hätte zwar manches dagegen einzuwenden gehabt, aber er hielt es in dem Augenblick für angemessener, die Sache auf sich beruhen zu lassen, zumal da der Ochsenhändler seine Geldkatze schon geöffnet und die blanken Gold- und Silberstücke handvoll heraus nahm. Wenn der Dominikaner bis da zweifeln können, daß er es mit einem ordentlichen Handelsmann zu thun hatte, so wurde er jetzt bei dem Handel selbst davon überzeugt. Der andere fand die Summe entsetzlich hoch, welche der Geistliche forderte; dieser schwur dagegen, wenn's in Frankfurt wäre, müßte er das doppelte zahlen; nach dem Markte läßt man die Ware wohlfeiler. „Ja, wie die Gelegenheit ist,“ brummte der Ochsenhändler, „auf dem Wege nimmt man mit, was man kriegt.“ Als sie endlich über den Preis einig waren, waren sie es doch nicht über die Geltung der Münzen. Der eine wog die Goldstücke in der Hand, der andere ließ sie auf dem Tisch klimpern und besah sie am Lichte.

Als sie auch damit zu Rande waren, falzte der Ochsenhändler seinen Brief, den er vorher beim Kienspan links und rechts betrachtet und sich vom Dominikaner vorlesen und erklären lassen, küßte das Papier und steckte es unter die Brust in sein Latz.

„Donnerwetter!“ klatschte er sich an die Lenden, „nun kann ich also thun, was ich will, und wenn die Sündflut mich fortspült, so zeig' ich nur Sankt Peter den Brief, und direkt in den Himmel rein.“

„Das steht nun wohl nicht im Briefe, wie ich Euch ja vorlas, Ihr werdet nur sofort aus dem Fegefeuer gezogen, und dann, wenn Ihr Eure Sünden aufrichtig bereut —“

„Was!“ rief der Mann. „Bereuen noch! Dominikaner, keine Flausen! Bin nicht der Mann zu. Geradeaus ist meine Art. Kauf, Zug um Zug, nichts von Wippchen dabei. Ablaß hab' ich gekauft, von Reukauf steht kein Wort drin, also nichts von Reue. Wer mir ein Schnippchen schlagen will, muß früher aufstehen."

Zu theologischen Disputationen war der Ort nicht angethan. Das Geschäft war abgemacht und ohne Zeugen, das Geld im Kasten; Tezel beruhigte sich, daß der Mann eines Besseren ja nicht belehrt sein wolle. Vielleicht fand sich ein anderer, der es ihm bewies. Dagegen sah er mit Verwunderung, wie der Ochsenhändler die Katze festschnallte, den Schafpelz umhing und seinen Tiras rief, um aufzubrechen. Es war ein roher Mensch, aber eine ehrliche Seele, auf die Verlaß war, und er fühlte sich an diesem Orte in seiner Gesellschaft gewissermaßen sicher. Daher verhehlte er ihm nicht seine Verwunderung, daß er mitten in der Nacht und in dem Wetter aufbrechen wolle, ja er setzte seine Flasche auf den Tisch und hoffte, der Reisende werde noch ein Glas mit ihm leeren. Vielleicht ließ sich die Nacht verplaudern.

„Dank für die Freundlichkeit," entgegnete der andere, „aber wer möchte hier die Nacht bleiben! Es geht schon stark auf elf, und seht doch, wie mein Tiras winselt."

„Wäre es hier nicht sicher?"

„Sicher, das weiß keiner; geheuer ist's nur nicht. Hab' schon manch' Stück Vieh verloren, wenn ich mich nach Mitternacht in der Heide verspätete. Gott zum Gruß!"

„Sanctissima! Was hat's auf sich?"

„Ach das wißt Ihr nicht? — Das Weib ist ja ein Werwolf."

„Die da oben — schnarcht?"

„Hört Ihr das nicht? — Das ist kein Schnarchen mehr. Jetzt gurgelt's schon — bald wird's losheulen. So zwischen elf und zwölf verwandelt sie sich, sie weiß es selbst nicht, und Schlag Mitternacht, da springt sie 'raus, da fliegt's wie das Wetter über die Heide. Ihr seid ein frommer Mann, Ihr braucht keine Angst zu haben, aber seht Euch nur vor für Eure Pferde."

„Gebenedeite, das ist doch nur ein Märchen!"

„Probiert's! 's ist mancherlei ein Märchen, aber besser bewahrt, als beklagt. Mich kostet's drei Bullenkälber, daß ich's auch für ein Märchen hielt; nun denk' ich, um Mitternacht hör' ich schon die Glocken von Jüterbog. Da bin ich salviert."

„Nach Jüterbog will ich ja auch," rief Tezel, und hinter dem Ofen glaubte er schon ein Knurren und Heulen zu hören.

Je weniger der Kaufmann Lust zu verraten schien, den Dominikaner mitzunehmen, so eifriger ward dieser, mit ihm eines Weges zu ziehen. „Ich hab's Euch nicht geraten, ehrwürdiger Herr, und wenn Euch was zustößt, mir schiebt's nicht in die Schuh'."

„Ihr kennt aber doch den Weg?"

„Wenn's stürmt, wer kann da sehen. Ich verlaß mich auf meinen Hund."

„Es kommt mir nur darauf an, daß der Kasten sicher nach Jüterbog kommt."

„Der Kasten!" sagte der Händler nachdenklich und tupfte mit seiner Peitsche drauf. Dann nickte er: „Nu, wenn Euch so viel dran gelegen, da habt Ihr mein Wort, der Kasten soll nach Jüterbog."

Das Schneegestöber war furchtbar, die Pferde keuchten unter der Last; aber ein solcher Weg deuchte dem Doktor besser, als eine Nacht im Hause des Werwolfs. Er pries sich sehr glücklich, daß es ihm unter Beistand seines neuen Freundes gelungen, Rosse und Wagen aus dem Stall zu ziehen und den Kasten aufzuladen, ohne daß nur einer aus dem Hause geweckt war. „Und Ihr habt doch ein Stück Geld zurückgelassen fürs Nachtlager." Tezel hatte es nicht gethan. „Wozu?" — „Das ist nicht gut," entgegnete sein Begleiter, „damit hättet Ihr ihm die Spur abgeschnitten. Nun kann er Euch folgen." — „Wer?" — „Der Werwolf."

Aber sie waren jetzt schon über eine Stunde fort, und in den Bergen des hohen Flemming, und kein Wolfsgeheul ließ sich vernehmen. Vielmehr wäre die Reise, wenn das unter den Umständen möglich, sogar eine lustige gewesen, denn der Ochsenhändler erzählte Geschichten und wußte recht kuriose Gespräche zu führen, die den Weg verkürzten. So erzählte er, daß sein Hund ehedem dem berühmten Schwarzkünstler, dem Doktor Faust, gehört, der ihn in Neuruppin im Kartenspiel mit den Bauern verloren, wovon die Leute rundum noch viel erzählten; von den Bauern hatte er ihn gekauft. Der Hund wäre recht gut, wenn er nur nicht auf Menschenfleisch aus wäre. Einen wandernden Bürstenbinder hätte er schon gefressen.

Darum müßte man ihn knapp halten. Nun waren ihm allerdings Bedenken aufgestiegen, ob es auch recht sei, einen solchen Hund und von einem Zauberer zu besitzen, aber er hatte sich damit beruhigt, daß der Doktor Faust selbst bei den vornehmsten Herrschaften geladen gewesen; sagte man's doch sogar auch vom Kurfürsten Joachim, daß er von dem Doktor sich einst die Zukunft zeigen lassen! Und dann war ihm der Gedanke gekommen, das Tier sei so klug und gut, ob man ihm den Teufel nicht austreiben könnte? Aber wenn er durch Exorcismus ihn los wäre, so würde er den Teufel nichts taugen zu dem, wozu er ihn brauchte, hatte er sich antworten müssen. Also war er auf den andern Gedanken gekommen, ob denn in Rom, wo alles zu kaufen, nicht auch Ablaß für die Tiere feil sei? Und da hatte man ihm von dem Fest des heiligen Antonius von Padua erzählt, wo der Papst Vieh von allen Sorten einsegnet, die dann absonderlich gedeihen. Ohne seine Ochsen würde er auch schon längst nach Rom gereist sein. Nun meine er aber, da der heilige Vater seinen Segen für die sündigen Christenmenschen, aus hohen Gnaden ausschicke, er könnte auch wohl solche Gnadenbriefe für die Tiere guter Christen zum Verkauf ausgeschickt haben, und ihm sollte es auf ein halb Schock böhmischer Groschen nicht ankommen, wenn er damit seinen Tiras ehrlich und christlich machen könnte.

Tezel hätte wohl zu einem halben Schock böhmischer Groschen Lust gehabt, aber solche Ablaßbriefe besaß er nicht, mochte auch nicht ganz der Ansicht des Ochsenhändlers sein, daß ein Hund ins Himmelreich kommen kann. Er schlug ihm deshalb vor, wenn sie in Jüterbog angekommen wären, lieber selbst mit einem halben Schock Groschen noch einen Ablaßbrief auf seine Person für die Sünde zu lösen, daß er einen Satanshund mit sich führe. Der Schadewitzer wollte sich's überlegen. Eigentlich, sagte er, habe er gedacht, die Macht des Papstes wäre so groß, vermöge des Überschusses von den Werken der Heiligen, daß er alles binden und lösen könne. „Ganz gewiß,“ sagte Tezel. „Ihr könnt Euch seine Macht gar nicht groß genug denken.“ — „Zum Exempel, sollte er nicht auch den Satan losmachen können?“

„Gewiß, wenn Satan bereute.“

„Oder gut bezahlte.“

„Nein, Satan muß bereuen; zerknirscht wie ein verlorener Sohn muß er ans Himmelsthor pochen.“

„Das thut Satan nicht, ich kenn' ihn. Lassen wir das. Mir kommt aber so der Gedanke — was haltet Ihr von dem Doktor Luther —“

„Ich, von dem Satanshunde!“

„Positus, der käme nun zu Euch und sagt: Schließt Euren Kasten auf, ich will auch ins Himmelreich.“

„Ein Ketzer kommt niemals ins Himmelreich.“

„Was, der Papst hätte nicht die Macht?“

„Der müßte in Sack und Asche Buße thun, mehr noch.“

„Noch mehr als Satan?“

„O das ist gar nicht zu vergleichen. Satan ist nun einmal Satan, das weiß jedes Kind, aber —“

„So Luther Euch nun den ganzen Kram abkaufte: ja er zahlte doppelt —“

„Aber er müßte abschwören.“

„Also doppelt zahlen und abschwören, gut. So er nun nicht abschwören will, und dafür bezahlt er dreifach, fünffach — zehnfach, Pfaff? Antwort!“

„Ich glaub', Ihr seid der Satan selbst!“ rief erschrocken Tezel.

„Das merkt Ihr jetzt erst!“ entgegnete der Ochsenhändler, und als Tezel sich umschaute und den hageren Gesellen mit der roten Kappe und der Hahnenfeder neben sich reiten sah, schauerte es ihm durchs Mark. Und plötzlich war er verschwunden, und er hörte ein häßlich Gelächter hinter sich. Das ging nun zwar nicht durch Zauber vor, denn im Schneegewirbel sah er nicht drei Schritt vor sich und sein Begleiter war ihm schon öfters aus dem Gesicht verschwunden, aber er hatte es nicht gemerkt, weil er immerfort geredet. Jetzt war es still. Er hörte nicht die Hufe seines Pferdes, nur eine eiskalte Luft schauerte durch die vereinzelten Kiefern, deren knorrige Äste auf der Höhe einen hundertjährigen Kampf mit den Winden bestanden.

Er war oben auf den Bergen; er war ganz allein. Wo waren seine Leute, der Wagen? Er sah sie vorhin zum letzten Mal, als sie im Hohlweg die Rosse umsonst anpeitschten. Sie mußten absteigen, mit ihren Schultern helfen. Er wollte rufen, die Stimme versagte ihm. Er hörte im Gebüsch etwas rauschen, ein Geheul. — Er gab seinem Tiere die Sporen, es zitterte, bäumte sich und blieb stehen. In seiner entsetzlichen Angst, durchschauert vom Frost, stieg er ab; er hörte in der Ferne, was das gerinnende Blut wieder durch die Adern schießen ließ — es war so weit, aber er wollte hin. Da knurrte es und etwas Dunkles schoß auf ihn zu. Das Pferd bäumte sich, kerzengrad, der Schnee stob, er flog seitwärts in den Wald. Kein Werwolf, es war des Ochsenhändlers Hund, der ihn mit seinen feurigen Augen anglotzte. Er saß vor ihm auf den Hinterbeinen und zeigte ihm das Gebiß.

Tezel schlug ein Kreuz auf der Brust, er rief alle heiligen Namen, er betete alle Gebete, der Hund wich nicht; er durfte nur eine Bewegung mit dem Fuß machen, und der Hund knurrte. Ach, ihm war so kalt, ihm war so heiß. Wer sein Gebet jetzt gehört, hätte gemeint, der Mann selbst sei der ärmste Sünder, der doch einen Schatz voll Gnaden für ganze Länder im Kasten führte. „Mein Kasten!“ schrie er plötzlich auf. Sein scharfes Ohr hörte es deutlich, es rasselte und klirrte und stürzte und überschlug sich. Wie in den Abgrund der Hölle war krachend sein Kasten gestürzt. Und nun ward es still. Da lüftete der Morgenwind ein weniges die Nebel über ihm; er sah wieder die Kiefern ihre knorrigen roten Äste schütteln; fernes Glockengeläut summte aus der Tiefe, der Höllenhund war fort. Ihm war's: als wachte er aus einem Traume auf. aber —

Der hagere Ochsenhändler stand hinter ihm, und seine wuchtende Hand lag auf der Schulter des Dominikaners.

„Alle guten Geister!“

„Loben ihren Meister,“ fiel der Händler ein. „Lob' mich, Du bist mein.“

„Kaatsch! lieber, guter Kaatsch!“ stammelte der Doktor. „Das ist ein Spaß von Dir.“

„Ernst.“

„Kaatsch! Mein Kasten, meine Leute!“ schrie er, als die andere Hand ihm an die Kehle faßte.

„Die sind aufgehoben.“

Der Blick des Totengesichts schnitt ihm wie ein scharf Messer durch die Seele: „Kaatsch, denke, welche Sünde Du begehst.“

„Ist im voraus absolviert und bezahlt.“

„Miserere Domine! Sanctissima! All Ihr — Kaatsch, was hast Du gesagt?“

„Was hat Kaatsch gesagt?“

„Bei allen Fürbittern, bei den einundsiebzig Nothelfern, beim heiligen Stroh, das in der Krippe lag —“

„Beichte, Pfaff. Du mußt mit mir zur Hölle.“

„Kein Blut,“ — stammelte der bebende Mönch unter dem Druck der märkischen Faust — „der Ablaß lautet —“

„Gut, daß Du mich daran erinnerst. Der Denkzettel darf nicht blutig sein. Du frierst, ich will Dich warm machen bis zur Hölle.“

Und ein-, zwei-, dreimal wirbelte er ihn in der Luft,

dann mit einem kräftigen Stoß rollte er den Dominikaner den schrägen Abhang des Golenberges hinunter. Wenn es schon schwer ist für einen, der da im Sommer hinunter will, sich auf dem glatten Rasen und in den Kiefernadeln festhalten, daß er nicht in den Schuß kommt, so mag man's glauben, daß ein dicker Mann, den man hinunterstößt, wenn Schnee liegt, wie eine Kugel rollt. Der oben mit der Hahnenfeder, ob es nun Kaatsch war, der Ochsenhändler, oder der Teufel, oder ein dritter, schlug eine helle Lache auf, wenn der Mönch sich überschlug. Schaden aber hat er nicht genommen; er fiel sanft und weich in tiefen Schnee, und wann er wieder aufgestanden, weiß man nicht; er sprach nicht gern von der Geschichte.

Aber der Teufel hält Wort in Deutschland. Nachmalen, als der Schnee geschmolzen, ward der Kasten, den Tezel mit sich führte, an den Magistrat zu Jüterbog von etlichen Leuten des Ritters Hake von Stülpe abgeliefert; die hatten ihn in einer Schlucht des Flemmings, bei den Mondbergen gefunden, was sie alle sehr verwundert, wie er dahin gekommen. Geld aber war nicht mehr darin. Tezel hatte ihn nicht zurückgefordert, und er steht noch heutigen Tages hinterm Altar in der Sankt Nikolaikirche zu Jüterbog.

Die Sündflut und der Tempelhoffsche Berg.

Erstes Kapitel.

Vor der Tafel.

„So ist Brandenburg glücklich und groß geworden; nicht durch Krieg und Eroberung; durch Frieden und Verträge, durch des allmächtigen Gottes unmittelbaren Segen und die Weisheit seines allerdurchlauchtigsten Herrn."

Mit diesen Worten hatte der Kanzler die Rede geschlossen, durch welche die Stände entlassen wurden.

Glänzend war allerdings das Bild, was er entworfen. Rühmend hatte er gedacht, wie der Kurfürst das Land von den gottlosen Juden nun ganz befreit, wie er sie fast ausgereutet und die Ausgewiesenen Urfehde schwören lassen, nimmer zurückzukehren; nun könnten Handel und Wandel blühen, reich und arm wären der Sorge quitt, von diesen Blutsaugern ausgesogen zu werden. Linder ging er darüber hinweg, daß Joachim auch die Straßen fast ganz gesäubert und die ritterlichen Placker und Landschädiger sich itzo in keinem Schloß mehr halten dürften. Er hatte erwähnt der Blüte der Universität Frankfurt, wohin über tausend Jünglinge, Weisheit zu lernen, auch aus den entferntesten Ländern, alljährlich strömten; wie das brandenburgische Erbrecht durch Joachims Konstitution nun für alle Zeiten festgestellt worden, und in dem Kammergericht für jedermann, niedrig und hoch, gleiches Recht gesprochen werde, daß er nicht mehr brauche mit schweren Unkosten außer Landes es zu suchen. Er hatte leise angedeutet, daß die hohe Kenntnis des Kurfürsten in allen Dingen, ja weiter hinaus als das gewöhnliche Auge dringt, seinen Unterthanen Bürgschaft sei, wie sie ruhig der Zukunft entgegenblicken könnten. Was diese Zukunft auch bringe, welche schwarze Wolken auch am Horizont schwebten, Brandenburg dürfe nicht bange sein; sein Herr wache dafür. — Dann lobte er die gute Wirtschaft des Fürsten, wie er eingelöst die von den alten Fürsten versetzten Ämter, Schlösser und Herrschaften. So waren Peitz und Kottbus wieder zu Brandenburg gekommen; so hatte er von denen von Stein die Herrschaft Zossen, von den Marschalls von Biberstein Storkow und Beeskow erkauft; so hatte er vom deutschen Orden die Neumark unwiderruflich erworben, und durch Gottes unerforschlichen Ratschluß mußte der letzte Graf von Lindau gerade unter dieser Regierung sterben, und die Grafschaft Ruppin als verfallenes Lehen an das Kurhaus zurückfallen, zur Mehrung seiner Glorie vor Gott und Menschen! — Hatte er nicht demnächst die so hart bestrittene alte Anwartschaft Brandenburgs auf Pommern, gegen den zehnten Bogislaw, kräftiglich und so gerettet, daß endlich der glorwürdige Vergleich in der Forst zu Grimnitz zu stande gekommen, wonach in allem pommerschen Lande schon jetzt die Landstände Kurbrandenburg die Erbhuldigung leisten müssen und hinfüro kein pommerscher Herzog vom Kaiser die Belehnung erhalten dürfe, ohne denn daß Brandenburg zu gleicher Zeit die Lehnsfahne anfasse! Und zur Besiegelung des Bundes war ein Fräulein des gottgesegneten Hauses, Joachims und der königlichen Frau Elisabeth Tochter, mit dem jungen Herzoge von Pommern vermählt worden. Und was konnte Brandenburg mehr erfreuen und wünschen, als daß sein durchlauchtiger Prinz Markgraf Albrecht, des durchlauchtigsten Kurfürsten Bruder, nachdem er schon den Kurhut von Mainz auf seinem glorwürdigen Haupte trug, nun auch erwählt worden zum Erzbischof von Magdeburg und Bischof von Halberstadt, reich an Ehren, Witz, Schätzen und Macht. Und welches Glück stand diesem glücklichen Hause noch bevor, wenn der junge Kurprinz mit der Hand der polnischen Königstochter auch die Aussicht gewinne, daß dereinst die Krone Polens auf seinem Haupte glänze! Das letztere deutete der Kanzler aber nur in umwundenen Worten an.

So lachend und glänzend dieses Bild war, — und niemand konnte sagen, daß der Kanzler Unwahres gesprochen — so schien es doch nicht, als ob die getreuen Stände von derselben Glückseligkeit durchdrungen waren, die ihnen der geschickte Redner ans Herz gelegt. Zwar stimmten die Abgeordneten mit voller Kehle in das dreimalige Lebehoch, und schwenken ihre Hüte, aber als sie zum Zuge nach der Domkirche sich paarweis ordneten, sah man nicht sehr vergnügte Gesichter. Der Landtagsabschied war nicht so befriedigend ausgefallen, als das Bild des Ministers.

In der Domkirche, wohin sie von den kurfürstlichen Hatschieren geführt wurden, hielt der Hofprediger Andreas Musculus eine Predigt über dasselbe Thema, wie der Kanzler im Rittersaale. Viele meinten sogar, es höre sich von der Kanzel noch besser an, als im Rittersaal. Denn wenn der Fürst durch den Kanzler zu den Ständen redet, mögen die Stände anders denken; aber was Gott durch den Prediger von der Kanzel redet, müssen die Zuhörer glauben. Nachdem der Geistliche mit Bildern und Gleichnissen aus dem alten Testamente, das Glück und die Prosperität des durchlauchtigsten Hauses geschildert, und wie Gottes unmittelbare Fügungen darin sichtbar würden, ging er darauf über, wie es in Gottes wunderbaren Ratschlüssen liege, daß ein friedlicher und gerechter Fürst auch Frieden und Gerechtigkeit über das Land bringe, das seinem Scepter unterworfen, wie daher jeder getreue Unterthan die Segnungen einer solchen Regierung auch in seinem eigenen Hause zurückverspüren müsse; denn wo das Haus des Herrn von Segen träuft, flössen die Bäche des Segens bis in die Hütte des niedrigsten Knechtes. Das Gleichnis von dem Reiche, das wie ein großes Haus sei, der Fürst der Vater, die Unterthanen, vom höchsten bis zum niedrigsten, die Familienglieder, Kinder, Diener, Knechte, und daß, wenn der Vater froh oder betrübt sei, reich oder arm, seine Kinder es auch sein müßten, mitempfindend alle seine Freuden, seine Schmerzen; dieses Gleichnis, das er an zwei Stunden ausmalte, rührte die Andächtigen ungemein, und die Frauen verließen unter lautem Schluchzen die Kirche.

Um so mehr bedauerte man, das der Kurfürst selber nicht dagewesen. Einige verwunderten sich, als sie hörten, daß Joachim gar nicht in der Stadt, daß er noch von der Jagd nicht zurückgekehrt sei. Sie sprachen die Besorgnis aus, ob ihm nicht ein Unglück zugestoßen? Die vom Schlosse schüttelten den Kopf, und einige machten wohl eine besondere Miene: „Das kommt jetzt öfter vor.“

Stände und angesehene Herren und Prälaten waren zur kurfürstlichen Tafel geladen, aber sie mußten in den Zimmern, wo sich die Gäste versammeln, lange warten. Es ging so still zu, wie es seit etlichen Jahren Sitte geworden, — früher war es in der Mark anders — doch ward in den Thüren und an den Fenstern dafür desto mehr geflüstert. Ich weiß nicht, ob es für die Fürsten schlimmer war, als sie in den Vorzimmern laut sprachen, und selbst ungebärdig, oder jetzt, wo sie nur zischeln. Wär' ich ein Fürst, ich hörte lieber, was ein Mann den Mut hat, laut zu sprechen wider mich, als was er lächelnd dem andern ins Ohr flüstert.

Da standen und gingen viele, die wir kennen, und die wir nicht kennen, in der Glatze und im Federhut, mit dem Skapulier und Rosenkranz, und mit Degen und Sporen. In fünfzehn Jahren wachsen neue Geschlechter heran, und alte Kleider, auch alte Gesichter werden abgetragen; denn die Macht, die allerwärts herrscht und die Menschen umwandelt, ist nirgends so mächtig als an einem Hofe. Nur daß man anderwärts nicht weiß, woher sie kommt; in eines Fürsten Umgebung wird der Einfältigste mit der Zeit so klug, daß er voraus weiß, wohin die Wetterfahne drehen wird, und danach richtet er seine Miene auch im voraus.

Die Zeiten der Otterstädt, der wilden Landjunker, die, vor schlecht verhehltem Ingrimm kochend, im Büffelwams zu Hofe ritten, rostige Sporen an den Füßen, waren vorüber. Die hier waren alle — alle bis auf einen — in Tuchkleidern, in Seide, einige gar in Sammet. „Die Zeit ist eine andere worden," sagte ein Mann mit einer wichtigen Miene und einem sehr ehrwürdigen, weißen Haupte, und drückte denen, die sich zum Gespräch ihm näherten, verbindlich die Hand. Zuweilen seufzte er, zuweilen lächelte er, je wie es denen recht war, mit denen er sprach. Zu dem zuckte er die Achseln und flüsterte ihm ins Ohr: „Der Strom ist zu stark, man muß mit schwimmen." Zum anderen: „Wir können uns freuen, daß wir in einer solchen Zeit leben." Wer hätte in dem Hofmann mit dem weißgekämmten, spärlichen Haare, mit dem milden Blick und der sanften Sprache den Junker Peter Melchior wiedererkannt!

Der Hofprediger Andreas Musculus war auch unter den Geladenen. Kaum daß er in den ersten Saal getreten, stürzte ihm ein anderer, alter Bekannter entgegen. An dem Propst, den wir als Dechant so lange kannten, hatten die Jahre nicht gezehrt. Eine wohlgefälligere Rundung hatte sich um Bauch, Wangen, Kinn, ja über alle seine Gliedmaßen, und in guten Verhältnissen, gelagert. Ein Hungernder und ein Zweifelnder hätte ihn mit Neid angeblickt; auch wer keine Ursache zum Neid hat, sieht gern einen Mann, den die Natur bis zur Zufriedenheit gesättigt zu haben scheint. Seine Augen hatten nicht mehr das Schielende und Lauernde, seine Lippen spitzten sich nicht mehr zu bitteren Bemerkungen; er brauchte das alles nicht mehr! wie fest und sicher trat er auf den glatten Boden, wie süß lächelte er diesen an, wie vertraulich nickte er jenem zu. Er war jünger geblieben trotz der weißen Locken, die ehrfurchtgebietend zu beiden Seiten seines Scheitels spielten. Die Augen lachten und der Mund lachte, als er mit Heftigkeit die Hände des Hofpredigers fest an sich riß und drückte:

„Nein, Herr Confrater, welcher Genuß, was sage ich, Genuß, welche Erbauung, Entzücken mir heute bereitet ward! Ich sage es ohne Schmeichelei, Musculus hat sich heut selbst übertroffen, sagte ich zum Marschall beim Hinausgehen. Gedanken, Confrater, mir wie aus dem Herzen gerissen, aber in einer Sprache, in einem Bilderreichtum — ich entsinne mich wirklich keiner Predigt, die einen ähnlichen Eindruck hervorgebracht hätte."

Musculus, den die Jahre älter und nicht wohlbeleibter gemacht, im Gegenteil er schien magerer und darum seine Augen in dem abgezehrten Gesicht größer, glänzender — Musculus war ein Mann, der nur noch selten lächeln mochte; aber er war trotz der von Gedanken gefurchten Stirn ein Mensch geblieben, und welches Menschen Lippen verziehen sich nicht, vielleicht unbewußt, zu einem gefälligen Lächeln, wenn ein Sturm von Lob ihn überschüttet?

„Daß auch gerade heut der Kurfürst fehlen mußte!"

„Es ist nicht das erste Mal."

Ein verstohlener Händedruck antwortete ihm: „Wir verstehen uns!" Der Propst sagte es ihm ins Ohr, aber so laut, daß auch die Nächststehenden es hören konnten: „Teuerster Herr Hofprediger, wenn die uns immer hörten, an die wir unsere Rede richten. Aber die durchlauchtigste Kurfürstin, ich sah es recht mit inniger Befriedigung, wie ihre Augen an meines Freundes Lippen hingen. Da schlug jedes Wort ein, da ging kein Gedanke verloren. Von dem schönen Gleichnis an, von der Ceder auf dem Libanon und dem Ysop, der an der Wand wächst, ließ sie das Tüchlein nicht von den Augen. Ach, eine edle Frau —"

„Eine unglückliche Frau —"

Ein stummes Achselzucken, eine bedeutsame Miene, und ein dritter Händedruck unterbrach den Hofprediger: „Schweigen wir davon! Es ist ein wahrer Trost, daß die durchlauchtigste Frau einen Seelsorger, einen Beichtvater, ich kann es wohl sagen, einen wahren Freund in meinem Confrater hat. Das spreche ich aus vollstem Herzen. Frauen sind so schwer zu behandeln, — es gehört dazu eine eigene Gabe — aber man muß auch sagen, die Kurfürstin hat den echten feinen Takt, daß sie mit einem Blick den Männern ins Innerste der Seele schaut. Sie täuscht sich nie, wem sie ihr Vertrauen schenkt."

Ein vierter Händedruck war diesmal ein Zeichen des Abschiedes, denn der Propst stürzte auf den Marschall zu, der gerade, mit dem Stabe in der Hand, eintrat.

„Wie ist es, wertester Marschall? — Sind die Fouriere zurück? Gewahrt man Seine Durchlaucht?"

„Noch keinen Staubwirbel auf der Straße, soweit das Auge reicht."

„Dann wird also noch nicht —"

„Angerichtet."

Es mußte etwas in der Miene des Propstes liegen, oder war's die Bewegung seiner Linken, die sich unwillkürlich zwischen Magen und Bauch legte, was auf dem Gesicht des Marschalls ein Lächeln hervorrief, was gar nicht dahin zu gehören schien, als er auf die Worte des Propstes: „In früheren Fällen entsinne ich mich jedoch —" einfiel:

„Ward angerichtet, weil er's befahl. Diesmal hat er's nicht befohlen; die Kurfürstin will, daß wir warten."

„Warten — gewiß, wenn aber —"

„Auch drüber Abend wird."

„Abend!" Es war ein langer Atemzug des Propstes; aber sein Gesicht hatte schnell den freundlichen Ausdruck wieder gewonnen, es strahlte sogar ein holdseliges Lächeln darüber. „Zu bedauern sind da eigentlich nur die Köche. Wie mancher sieht das Werk, daran er jahrelang gearbeitet, in einem unglücklichen Augenblick verderben. Wenn's dann keinen anderen trifft als die Köche; nicht wahr, mein Herr Hofmarschall, das läßt sich überwinden, wenn ein Auflauf einfällt. Das ist das Werk von Stunden! Also bis Abend —"

„Bis Abend," wiederholte der Marschall.

„Wenn wir hungern sollten, hungern wir mit unserm Fürsten; in lieber Gesellschaft, in anmutigem Gespräche. Er ist auf die Saujagd —"

„Nach Luckenwalde zu."

„Nach Luckenwalde! — Ei sieh da! Nun, es kann einem solchen Jäger doch nichts passieren. Ihr gebt uns die Beruhigung."

Und der Propst faßte die freie Hand des Marschalls in seine beiden: „Mein lieber, lieber Herr von Bredow, es ist mir noch oft wie ein Traum, wenn ich Euch so in das friedlich treue Gesicht blicke, und in dieser Herrlichkeit, in diesen Ehren! Der Fürst ist mehr zu beneiden, sage ich mir, der solchen Diener gewann, als der Diener, welcher solche Gunst eines solchen Fürsten sich verdiente. Und es sind noch dieselben lieben Züge wie damals. Ihr entsinnt Euch nicht mehr, wie ich zu Eurem in Gott ruhenden Vater — der herrliche Gottfried! — wie ich zu ihm sagte: Es wird aus Hans Jürgen etwas werden, wir wissen nur nicht was."

„Das pflegt wohl so zu gehen," sagte trocken der Marschall.

„Wir irren alle in unsern jungen Jahren, aber die Vorsehung führt uns durch den Irrgarten unserer Thorheiten zur Erkenntnis. Und Eure verehrte Frau Mutter, wenn ich mich entsinne, wie wir so oft miteinander scherzten; ein Gemüt wie eine Taube und doch ein Sinn wie Stahl. Muß nun auch in den Jahren sein! Ei ja, ja! Aber doch noch gesund und munter?"

„Ein heiteres Alter, das sich der Jugend nicht zu schämen hat."

„Das ist ein wahres Wort, mein teuerer Ritter. So soll die Jugend leben, daß sie im Alter nichts zu bereuen hat. — Und der arme Vetter Jochem? Wie ein unbedachter Schritt so schreckliche Folgen nach sich zieht! — Hinkt er noch immer? — Freilich! Ich sah ihn ja in Brandenburg. Das ist das Betrübende in unserer Stellung. Wer im Wirbel von Geschäften lebt, muß ordentlich mit Gewalt die teueren Erinnerungen aufsuchen. Der arme Jochem — Hans Jochem ja wohl? — unter uns, mein werter Marschall, was ist schöner, als wenn ein junger Mensch mit religiösen Gefühlen sich vertraut macht; wo würde ich einem Jünglinge abraten, der Beruf fühlt, und seine Familie ist nicht dagegen, in den geistlichen Stand zu treten, aber, mein wertester Ritter — das, wie gesagt, ganz unter uns — dieser Zelotismus paßt nicht mehr. Er macht sich und andern das Leben sauer. Und worauf soll's hinaus? — Die Heiligen und Märtyrer in Ehren; aber von ihren guten Werken ist ein solcher Schatz da, daß wir auf Jahrhunderte daran genug haben. Heut ist's an den Geistlichen, den Laien ein Exempel zu geben, daß man gewissenhaft seine Pflichten üben, fest sein kann in seinem Glauben — daß vor allem — ein getreuer Diener der Kirche und doch ganz heiter und angenehm leben kann. Warum soll die Kirche ein Acker sein voll Steine und Dornen, warum kein Rosengarten! Das sich Zerreißen und Kasteien und Schreien stört, rührt auf, vielleicht ist es gar gefährlich, und vor allem paßt es nicht für Söhne aus guten Familien. Wenn er damit meint zu einem Bistum zu gelangen, ist Euer armer Vetter auf falschem Wege."

„Geb's Gott, daß er den rechten findet!" sagte der Ritter.

„Seine Hochwürden, der Bischof von Brandenburg!" rief die Stimme des Kammerjunkers.

Wenn der Marschall erwartete, das Gespräch mit dem Propste fortzusetzen, um welches es diesem so sehr zu thun schien, hatte er sich verrechnet, denn ehe er sich's versah, war der Propst von ihm fort und ging mit dem Bischof in eifrigem Gespräch durch die Zimmer. Er schien selbst die nicht zu bemerken, an welche er mit den Ellenbogen streifte.

Wir wollen nicht verraten, wo sich beide hinverloren, als sie auf Augenblicke verschwunden waren; — bei der Menge der Gäste ward es kaum bemerkt; — aus der sehr befriedigten Miene des Propstes, als er in der Mauerbrüstung eines Fensters mit dem Bischofe wieder Platz nahm, vermuteten einige, daß er Mittel und Wege gefunden, die Forderungen seines Magens einstweilen zu beschwichtigen; eine Vermutung, die an Kraft gewinnt, wenn man weiß, daß der Propst im Schlosse ein oft gesehener Gast war; daß seine Bekanntschaften sich vom geheimen Kabinett bis in die Küche erstreckten, und daß er mit derselben herzlichen Miene dem ersten Minister und dem ersten Koch die Hand zu drücken verstand.

Er war wieder ein anderer Mann, als er in der tiefen Blende des Turmkämmerchens dem Bischof gegenüber saß; das hofmännische Lächeln war von den Lippen gewichen, die runden, vollen Wangen zogen sich streng zusammen, und der süße, verschwimmende Blick der Augen gewann einen ernsten, stechenden Ausdruck, als er die Worte des Bischofs wiederholte:

„Es wird Ernst," hatte Hieronymus gesagt.

„Es wird ernsthaft," entgegnete der Propst.

Er hatte die Finger der einen Hand geöffnet, vermutlich um mit dem Zeigefinger die Punkte aufzuzählen, warum es ernst werde; aber der Bischof war ihm in den Arm gefallen:

„Das wissen wir; verlieren wir keine Zeit! Aber wie steht es hier?"

Der Propst verschlang die Hände auf der Brust: „Hochwürdigster wer weiß denn das! — Wer am Morgen es zu wissen glaubte — am Nachmittag stand ihm der Verstand still, es ward alles anders."

„Man behauptet bei uns, die Kurfürstin läse heimlich die Wittenberger Schriften."

„Mag die gnädige Frau sie auswendig lernen!"

„Kennt man des Doktor Musculus Gesinnung? Aus seiner Predigt ließ sich nichts entnehmen."

„Was thut der! Der Kurfürst, wenn er irgend kann, bleibt aus seinen Predigten fort. Er sieht in ihn hinein, wie in ein gläsernes Spinde. Mein hochwürdigster Gönner glaube mir, das ist es ja, was seine Umgebung zur Verzweiflung bringt; nicht, daß er keinen Vertrauten hat, daß er keinem glaubt, sondern daß er hinter unseren Worten unsere Gedanken liest."

Beide sahen sich bedeutungsvoll an und schwiegen einen Augenblick, bis der Bischof wieder das Wort nahm.

„Auch die Kraft der Magie hat ihre Grenzen," sagte der Bischof. „Aber das Land, die Stände, ich meine wir — müssen doch wissen, wie er sich entscheidet. Der Augustiner geht mit Riesenschritten vorwärts; daß der Kurfürst von Sachsen, daß die Anhaltiner, daß noch viele andere Fürsten und Städte ihn halten, ihn anfeuern, unterliegt keinem Zweifel mehr. Brandenburg muß sich entscheiden, und jetzt."

„Und wir es vorher wissen!"

„Wissen! Wußten wir es denn nicht! Als ich ihm meinen Bericht von der Wittenberger Mission abstattete —"

„Ein Meisterstück!"

„War ja die Sache wie abgemacht."

„Ihr vergeßt, daß Tezel darauf nach Berlin kam. Das Wesen dieses ungeschliffenen, marktschreierischen Kerls, sein ungebärdiges Betragen, seine grobe Unwissenheit widerstand seinem feinen Geschmack. Er mußte ihn gewähren lassen, aus Rücksichten; aber selbst das unverschämte Lob, das er von der Kanzel dem Kurfürsten zollte, beleidigte Joachim. Deshalb sah man ihn sehr gern wieder abziehen; wiewohl es mit Ehren und großer Begleitung geschah, damit kein zweiter Schnapphahn ihm auflauere."

„Ah, die Geschichte! Merkwürdig doch, daß nichts ermittelt ist."

„Daß man nichts ermitteln wollte."

„So wüßte man —"

„Daß es Hake von Stülpe war. Keiner zweifelt dran bei Hofe.“

„Der! Und warum langte ihn Joachim nicht mit seinen eisernen Fingern?“

„Hochwürdigster, die Finger wurden ein wenig zarter. Wer greift gern in Nesseln! Mit der Ritterschaft hätte es neue Zerwürfnisse gesetzt. Wir speisen zwar an kurfürstlicher Tafel von dem schönen Wilde, was wir damals erlegten, aber ich darf's versichern, heute stellten wir nicht zum zweiten Mal diese Jagd an.“

„Joachim fürchtet nicht den Adel.“

„Weil er ihn überwunden hat. Weil er wie ein Kettenhund auf seinem Hofe liegt, oder wie ein Schoßhündchen auf seinen Polstern spielt. Aber es kommen Augenblicke, wo es ihn fast gereut. Er hinge keinen Lindenberg mehr, und mit den Otterstädts hat er sich vertragen. Neulich ward die Urkunde ausgefertigt.“

Der Bischof, in Gedanken verloren, schien nicht alles gehört zu haben.

„Wie dem auch sei, ich sage Euch, es muß etwas geschehen, und bald, sonst greift das Übel um sich, und wir sehen das Ende nicht ab. Wenn ich aus Ziesar nach Brandenburg komme, wovon ist im Dom, wovon in der Altstadt, in der Neustadt die Rede? Die Angst vor der Sündflut, vor der Welt Ende, kommt gar nicht mehr auf; man spricht nur von Wittenberg, Luther, Melanchthon und wie die Aufwiegler heißen. Selbst meine Domherren lesen, disputieren, schütteln die Köpfe. Ja, in der Neustadt haben einige von den reisenden Prädikanten sich unterfangen, von der Kanzel herab dem Volke davon zu predigen.“

„Was mein Bischof doch streng gerügt hat!“

„Weiß ich denn, wie man es hier betrachtet! Ich glaubte es zu wissen; aber was ich höre, macht mich irr. Wenn ich streng zugreifen sollte, warum redet man nicht deutlicher! Wo ich frage, wo ich anklopfe, man zuckt die Achseln, man rät zu, man rät ab. Denkt Ihr, daß ich Lust habe, mir die Finger zu verbrennen! Euch, Ihr Herren, muß ich der Lauheit anklagen —“

„Hochwürdigster! Welcher Prälat ist wie Ihr im geheimsten Vertrauen des Markgrafen!“

„Aber ich bin nicht täglich um ihn. An Euch hier wäre es, zu arbeiten; ich sage es Euch gerade heraus, für die Kirche, für — unser Heil. Es steht viel ernsthafter, viel schlimmer, als wir alle denken; klage ich mich doch selbst an, daß ich anfänglich die Sache zu leicht nahm. Wißt Ihr denn, worauf es hinausläuft mit seiner Provokation auf Kirchenverbesserung, mit seiner Abstellung der Übelstände, mit seiner hundert- und tausendfachen Beteuerung, daß er die evangelische Lehre und Kirche in ihrer Reinheit will? Wer zu bessern anfängt, findet kein Ende; denn wenn er etwas besser gemacht, bleibt immer etwas, was noch besser sein könnte; und wenn gar nichts geblieben, was war, so kann er seine Besserung wieder verbessern. Jetzt appelliert er noch nach Rom; der dumme Mensch denkt, daß der Papst auf seine Gedanken eingehen könne. Wär' es ein feiner Mann, der Menschen und Welt kennt, so hätte es gar nichts auf sich; aber gerade von einem solchen Tollkopf, der mit der Stirn durch die Mauer will, ist alles zu fürchten — weil die Mauer nicht fest ist. Versteht Ihr mich? Wenn Leo ihn abweist, wie er es verdient — und der Mediceer wird sich wahrhaftig nicht die Mühe nehmen, den plumpen Gesellen glimpflich zu bescheiden — so ist er imstande, die Autorität des Papstes anzugreifen. Er ist ihm kein heiliger Vater mehr. Ihr erschreckt; ich sage Euch, gegen die Macht der Tollheit, gegen den Wahn, der sich des Pöbels bemeistert, hilft kein Beten und Kreuzschlagen. Entweder drein schlagen mit Brand und Stahl, oder mit dem Strome schwimmen. Habt Ihr Lust dazu?"

„Das erstere ist gefährlich. Das Schwert der Kirche —"

„Ist etwas abgestumpft, das weiß jedes Kind; aber dann muß man es schmieden und wieder schärfen. Der Tölpel wird nicht den Papst umreißen; aber Länder, Nationen können sich von Rom losreißen; es können Geschicktere als er der Sache sich bemeistern, ein Gegenpapst, ein Schisma in der Kirche kann entstehen. Und das wäre vielleicht noch das geringere Übel. Wenn der Papst selbst zum Übel wird, wird mit der Tiara der Kardinalshut, das Pallium, die Bischofsmütze abgeschafft. Dahin arbeiten diese Aufwiegler. Glaubt Ihr, daß der dumme Haufe nicht zujauchzt, wenn ihnen gepredigt wird: wozu braucht die Kirche reich zu sein? Die Domstifter, die Pfründen, die fetten Propsteien, werden sie keine Freunde finden unter den Hungrigen und nicht Hungrigen, wenn der ehrbare beschränkte Sinn des Bürgers durch die Phrase gewonnen wird, wozu hat die Geistlichkeit Schätze nötig? War Christus nicht auch arm und wußte nicht, wohin er sein

Haupt legen sollte? Die Luft schwirrt von Raubvögeln; nur ein Aas brauchen sie zu wittern, und sie stürzen nieder. Wißt Ihr, wohin der Augustiner steuert? — Uns alle zu Mönchen zu machen. Nicht zu Prämonstratensern, Bernhardinern, nicht Cisterciensern Auch das wäre noch zu gut. Ein großes Bettelmönchskloster soll der Klerus werden; zum Beten, Kasteien, Kindererziehen und Predigen. Die Demut ist gewiß christlich und gut, aber habt Ihr Lust, als Barfüßler mit dem Brotsack durchs Land zu ziehen? — Was bleibt dann von der Kirche, wenn die stolzen Säulen fallen, wenn der Chorrock zum Ärgernis wird und der Weihrauch überflüssig? Kann man das Volk durch das Wort in Zucht halten? Respekt und Autorität —"

„Müssen erhalten werden," fiel der Propst ein. „Ach, mein teuerster Herr und Gönner, Ihr sprecht von Brandenburg; wenn ich Euch erst nun von der Stimmung in Berlin erzählte —"

„So würdet Ihr mir nichts Neues erzählen. Berlin hat sich von je durch seine Lauheit und seinen Eigensinn gegen die Kirche naseweis hervorgethan. Das steinerne Kreuz an der Marienkirche steht umsonst als Warnungszeichen. Aber das kümmert uns wenig; diese Ketzereien hier schüren keinen Brand an. Uns kümmert nur der Hof."

„Der wartet, was der Kurfürst entscheidet!"

„Also — da liegt's — da müssen wir operieren — da müssen wir vor allem klar sein."

Der Propst sah sich vorsichtig um, ob kein Ohr an der Schwelle lauschte: „Wir waren nicht unthätig, wir waren nicht lau, aber —"

„Was! — Joachim kann nun und nimmermehr —"

„Luthers Freund werden. Nein, da müßten ja die Heiligen von Stein sein, wenn sie das nicht abwehrten. Aber — wie er ist — warmblütig, auffahrend, wenn eine Phantasie in ihm aufzuckt — es hat ihn tief verwundet, daß dieser gemeine Augustinermönch sich etwas unterstanden, so plötzlich, plump, dreist, woran er seit seiner Jugend gearbeitet hat — das Gift kochte auch in seinen Adern —"

„Warum habt Ihr es nicht zum Sieden gebracht!"

„Da kam Tezel — es kam mancherlei — ich will Euer Hochwürden nicht damit ermüden. Aber zuweilen ist es, als schlüge eine innere Flamme in ihm auf, als wehe um seinen Scheitel ein Lichtschein — natürlich aus der Hölle — daß er die Dinge anders betrachtet. — Ich beobachtete ein eigenes Zucken um seine Lippen, und ein halb strafender, halb verächtlicher Seitenblick, wie Ihr ihn kennt, flog auf die Hofleute, als sie eines Tages sich eine herabsetzende Äußerung gegen den Wittenberger erlauben zu dürfen glaubten. Ja, mir war's, als hörte ich die Worte: Das Mönchlein hat mehr Mut als alle, die es fressen möchten."

Der Bischof, der, den Kopf immer mehr vorneigend, zugehört, preßte die offenen Hände in krampfhafter Bewegung: „Das ist schlimm!"

„Es war vielleicht nur eine Wallung."

„Sie kann wiederkehren. Bei Joachim kann sie gefährlich werden, höchst gefährlich, wenn er sich in einen Gedanken verliebt. Jetzt, Propst, müssen wir alles wagen. Bedenkt wohl, was es gilt; wenn wir uns das lebendig ins Gedächtnis rufen, die ganzen unermeßlichen Folgen, die Verantwortung, die wir auf uns laden, so muß es unsere ganze Kraft aufstacheln. Ängstlichkeit, Rücksichten müssen nun weichen. Um den schwankenden Altar, die heilige Kirche zu halten, um die bedrohte, heilige Ordnung, wird es Pflicht, zu Mitteln zu greifen, die man vielleicht im gewöhnlichen Leben verschmäht."

Sie waren beide aufgestanden.

„Auf dieses Wort," sagte der Propst, „habe ich nur gewartet, und meines Bischofs Wort ist für mich Befehl. Bis jetzt zügelte ich unsere Prediger — man konnte doch nicht wissen. Nunmehr soll es von allen Kanzeln zu donnern anfangen."

„Unglücklicher Gedanke!" — Der Bischof machte eine Bewegung, als wolle er dem Propst den Mund verschließen. „Das gerade hieße Stroh ins Feuer werfen. Sie fangen es ungeschickt an. Was wissen die Prädikanten, wie weit sie gehen dürfen, was sie übergehen, was sie verschweigen müssen. Er würde in den Strom gerissen, aus dem wir ihn retten wollen. Heilige Jungfrau, er, der Fürst, er, Joachim, hat er sich denn schon ausgesprochen! Wenn die Priester ihm vorgreifen, fährt er zurück; er gerät in Harnisch, sein Stolz, sein Wissen ist verletzt. Er muß den Anfang machen, wir folgen nur."

„Wie?"

„Mein Gott, wie viel Jahre seid Ihr am Hofe und hättet nicht gelernt, was es heißt, die Gelegenheit ergreifen! Immer gerüstet sein, und wenn er Funken schlägt, dafür sorgen, daß er in den Zunder fällt. Dann neuen brennbaren Stoff, Pulver bereit gehalten, hineingeworfen, aber geschickt, gelegentlich, durch hingestreute Bemerkungen. Einiger Widerspruch, wenn das Feuer erkalten sollte. Aber ja nicht ein Gespräch ängstlich verfolgt, daß man nicht die Absicht merke. Hat es gezündet, so laßt seine Phantasie arbeiten, Ihr habt nur zu entfernen die Ableiter."

Der Propst schien ungewiß.

„Ihr meint, die Gelegenheit wird sich nicht geben. Wer sein Auge scharf hält, dem kommt sie mit jedem Luftzuge. Luther ist ein Polterer; ich rechne mäßig, von zehn Dingen kommt eins ungeschickt heraus, es muß eine so feinsinnige Natur, wie Joachim, verletzen. Das Eisen schmiedet, so lange es heiß ist. Nicht etwa, daß einer vortritt: Sehen Euer Durchlaucht, da hat wieder der Mönch die Frechheit gehabt — Ihr müßt nichts zeigen wollen einem Fürsten, der die Einbildung hat, daß er alles selbst und zuerst sieht. Ihr müßt nicht schimpfen, verdammen. Nur so beiläufig es ihm in die Augen gerückt. Stellt Euch unbeholfen, erschreckt darüber; aber kein Urteil, an ihm ist es, zu urteilen. Ihr wendet nur das Ding, wie zweifelnd, spielend, sucht Belehrung, und immer ihm wieder vor die Augen, bis es ihm lästig wird. Lobt einmal Luthers Eifer, aber bedauert, daß er so fehl schießt, und Ihr müßtet vernagelt sein, wenn Ihr bei dem Bedauern nicht so viel aufzuzählen wüßtet, alles versteht sich, gelegentlich, daß ihm die Galle schwillt —"

„Und wir selbst sollen ruhig bleiben! Herr, das ist viel."

„Wenn das Eisen glüht, mag der Schmied drauf spucken. Ist die Flamme im Zuge, daß sie nicht mehr erlischt, dann mag man mit allen Lungen blasen, Holz offen in den Armen zutragen. Vor allem vereinen wir unser Gebet — beten, versteht sich, ohne die Hände in den Schoß zu legen — dahin, daß Joachim sich zu einer entschiedenen Handlung, einer Erklärung hinreißen läßt, von der er nicht mehr zurück kann. Zuweilen ist er darin rasch, rascher als ihm lieb ist. — Gott wende, spende eine solche Übereilung; dann fort im Augenblick aller Rückhalt, jede Bedenklichkeit; packt das flüchtige Wort, verbreitet es, meinethalben verstärkt, vergrößert es; dann laßt die Prediger von den Kanzeln donnern, laßt es drucken, in Flugschriften verschicken, und wenn er sich besinnt, wenn er zurücknehmen möchte, kann er nicht mehr. Das Wort ist nicht mehr flüchtig, es ist Schrift, Stein, es ist That geworden, und sein — kurfürstliches Wort. Wenn er auch nicht will, er muß."

„Amen!" sagte der Propst.

„Auf wie viele kann man hier vertrauen?"

„Wenn er sich erklärt hat, auf — alle."

„Mit Ausnahme doch," entgegnete der Bischof, als er in der Ferne den Marschall Bredow vorübergehen sah. „Auf den zum Exempel nicht."

Der Propst lächelte.

„Er hat sich erklärt für diese alle," fuhr Hieronymus fort. „Man muß dies außer allen Zweifel setzen. So nur gewinnt man die Menge."

„Herr Confrater," hub der Bischof noch einmal an, als beide aufbrechen wollten, „was wir miteinander hier besprachen, könnte vor der menschlichen Gerechtigkeit ungerecht erscheinen; halten wir das fest, daß es sich um die Ehre Gottes und seine heiligen Institutionen handelt."

Der Propst hielt ihn beim Weggehen fest:

„Noch ein Wort! Wir vergaßen ein Mittel, was die Vorsehung wunderbarlich uns an die Hand giebt. Joachim glaubt an die Sündflut, er fürchtet sich vor dem Untergang der Welt."

Der Propst sah den Bischof sich entfärben. Er stockte mit der Antwort auf einen Vorschlag, welcher dem andern so ganz in Plan und Ansichten des Prälaten einzuschlagen schien.

„Das laßt aus dem Spiel — ich wenigstens riet' es Euch nicht. — Man soll den Teufel nicht an die Wand malen."

Der Propst blieb verwundert zurück, und es war gut für den Ruf des frommen Mannes, daß niemand jetzt seine Miene sah. Es zuckte darin etwas Diabolisches von Lachen, doch nur auf einen Augenblick; die Muskeln zogen sich wieder streng zusammen, er senkte die Augenlider, den Kopf, und hatte die Hände vor sich gefaltet: „Er fürchtet auch zu ertrinken! — Dann wird der Stuhl von Brandenburg vakant."

Die Trompeten schmetterten von der langen Brücke, die Trommeln im Schloßhofe wirbelten. Der Kurfürst war zurückgekehrt. Blaß, sichtlich angegriffen, schritt er, an der Hand die Fürstin, durch die Reihen der geladenen Gäste zur Tafel. Er sprach wenig, der Gläserklang bei den ausgebrachten Gesundheiten klang nicht hell. Früher als gewöhnlich hob der Fürst die Tafel auf; es hieß, er sei unwohl.

Zweites Kapitel.

Konfessionen.

Zwei Frauen standen im Schloß zu Köln, beide edel, beide schön und beide Mütter blühender Kinder; aber wenn Du hier aus dem Gewächshaus, dessen verglaste Fenster im Abendsonnenschein glühten, eine Limone von der Staude brächst, und dort der Hökerin an der langen Brücke einen rotbackigen Apfel aus dem Korbe nähmst und hieltest beide zusammen: die Limone und der Apfel sähen nicht verschiedener aus als die schöne Fürstin und die schöne Edelfrau.

Die Limone ist nicht im Lande geboren; im engen Hause atmet die fremde Pflanze fremde, gewärmte Luft; die Strahlen der Sonne saugt sie ein durch eine künstliche Glasdecke; der Tau des Himmels, der Regen, den die Wolken spenden, die Stürme, in deren Wüten ein Baum stark wird und die eigene Kraft mißt, der tiefe Erdboden, wo ihre Wurzeln Nahrung suchen, das alles fehlt ihr, und mehr. Nicht der Himmel, der Gärtner sorgt für sie. Wenn er sie tage-, wochenlang zu netzen vergißt, verdorrt und stirbt das köstliche Gewächs. Der wilde Apfelbaum im Garten grünt und blüht und trägt Früchte, so auch keines Menschen Hand sich um ihn kümmert.

Die Fürstin war die hochgeborene Frau Elisabeth, Tochter und Schwester zweier Könige von Dänemark, die Gemahlin des Markgrafen von Brandenburg, eine reiche, gewaltige Frau; reich auch durch den Segen an blühenden Kindern, gewaltig auch, wenn ihr trübes Auge hätte in die Zukunft schauen können, welches Stammes Mutter sie werden sollte. Aber glücklich war sie nicht. Sie war die schöne, prangende Limone im Gartenhaus gewesen, die alle angestaunt. Hatte der Gärtner sie zu pflegen vergessen? Langer Jahre Kränkungen schienen auf dem blassen Gesicht der hohen Frau wie stumme Klagen zu sprechen.

Vielleicht nur um weniges jünger, und Mutter schon keck aufwachsender Buben und Mädchen, schwebte doch noch ein rosiger Jugendhauch um das liebliche Gesicht der Edelfrau. Ihre Wangen waren, wenn nicht wie Sammet, doch aber wie die Backen des Apfels, wenn die Herbstsonne den Morgentau trocknet; er will vom Ast herunter. Ihre wohlgeformten Lippen luden noch wie zum Küssen ein, doch meinte man, sie konnten wohl auch schmollen; aber wenn sie schmollten und die kleinen

Perlenzähne zum Vorschein kamen, hätte der wohl kaum wieder geschmollt, dem es galt. Die blauen Augen konnten noch so unschuldig in die Welt blicken, als wär's vor fünfzehn Jahren; aber ich weiß nicht, ob nicht der Schelm dahinter lauerte; denn auch recht klug und scharf konnten sie umschauen, und die Taub' wär' sie nicht gewesen, wenn der Falke auf ihr Junges stürzte. Wo sie die Wimpern züchtig niederließ, hättest Du gemeint, es sei noch eine Jungfrau, und wenn sie mit der Agnes oder der Brigitte um die Wette lief und aus Herzensgrunde lachte, hätte sie einer, der's nicht wußte, noch für ein Mädchen gehalten, und war doch Mutter von dreien, und noch drei Buben.

Diese ihre Kinder rief die Frau von Bredow jetzt zusammen, was schwer hielt, denn die Kleinen tummelten sich noch lustig mit den jüngeren Prinzessinnen und Prinzen, und die Prinzen wollten ihre Spielkameraden noch nicht lassen. Die Brigitte und die Agnes klammerten sich zwar schon an den Rockschoß der Mutter, aber der ausgelassene Lockenkopf, die Eva, hopste noch wie die Frösche mit den Töchtern der Kurfürstin, und der Hans schlug Kobolds mit dem Prinzen Johann auf der Decke von Arras, die recht eigens dazu so gewebt schien, mit den kostbaren Figuren vom griechischen Pferde und dem brennenden Troja. Der Jürgen und der Gottfried waren aber mit dem kleinen Prinzen so eng aneinander — wenn nicht in Liebe, doch in Unschuld — daß die Glasthür zum Gewächshaus klirrte. Da der drohende Finger der schönen Mutter bei diesen Wildfängen nichts fruchtete, war sie mit einer Hurtigkeit, die sonst in fürstlichen Gemächern sich nicht schickt, hingeflogen, und wie sie die Knaben auseinander gebracht, die Chronikenschreiber haben sich nicht unterstanden, es niederzuschreiben, aber Jürgen und Gottfried schrieen auf und der kleine Prinz Georg sah der raschen Frau verwundert nach, als er sich hinterm Ohre rieb.

„Nun verbeugt Euch — so — tiefer!“ sprach die junge Mutter, „und dankt den gnädigen Herrschaften, daß sie so gnädig gewesen, mit Euch zu spielen.“

Jürgen aber drohte mit der kleinen Faust auf den Prinzen Georg: „Er hat mir ins Aug' gestoßen. Das gilt nicht. Warte nur, das kriegst Du wieder.“

„Der wird der Vater,“ sagte die Fürstin schnell. Die Mutter that, als hätte sie's nicht gehört; die Mutterfreude glänzte in ihrem Gesicht.

„Ihr seid ein glücklich Weib, Frau von Bredow.“

„Euer Gnaden sind nicht minder eine glückliche Mutter.“

Die Fürstin schwieg eine Weile. Es schienen aber nicht die eigentlichen Gedanken, denen sie nachhing, als sie anhub: „Es ist gut, Bredow, daß Ihr die Kinder früh in strenger Zucht haltet.“

„Ehre dem, dem Ehre gebührt, sagt der Vater: also zuerst Vater und Mutter, das andere, meint er, lernt sich von selber. Es haben ihn auch nicht viele gelehrt, was recht ist und was nicht recht. Er ist aber schon so durchgekommen.“

„Ihr seid ein glücklich Weib,“ wiederholte die Kurfürstin mit eigener Betonung, und es war, als rege sich etwas in ihr, der Frau des Marschalls um den Hals zu fallen, „und Euer Mann ist Euch treu?“

„Ich mein's,“ entgegnete Eva, die Augen niederschlagend, aber ein Zug um die Lippen hätte einem anderen als dem trüben Blick der Fürstin vielleicht verraten, daß gerad' jetzt etwas vom Schelm hinter den Augenlidern sich verbarg.

„Ihr meint es nur, Ihr seid dessen nicht gewiß?“

„Eine Frau folgt doch ihrem Manne nicht auf Schritt und Tritt.“

„Das ist sehr ruhig gesprochen, Bredow.“

„Ich meine, es sei so am gescheitesten, daß man sich nicht unnötig Sorge macht.“

„Euer Mann, Frau von Bredow, ist ein Ehrenmann. Wir haben am Hofe keinen zweiten Kavalier wie ihn. Einen solchen Gatten zu haben, von so rechtschaffener Gesinnung, und bei hoch und niedrig gleich geachtet, das sollte jede Frau als eine große Gnade Gottes würdigen und in dankbarem Herzen allezeit erkennen.“

Eva neigte sich: „Gnädigste Frau, ich erkenne mein Glück, wie den Wert meines Gatten. Darum ist's mein Dafürhalten, daß ich nicht Gedanken vorsuche, die mir nichts hülfen, als daß sie mich unruhig machten, und dadurch das Glück störten, was ich schätze und genieße.“

„Wenn er nun doch —“

„Ein anderes Weib schön fände und lieb hätte. Dann wär's doch immer am besten, gnädige Frau, so ich's nicht weiß. Er ist ein braver Mann, meinen Kindern läßt er's nicht fehlen an Lieb' und Güte, noch mir. Er liebt mich wie es sein muß, ich lieb' ihn auch —“

„Und dann wär's Euch gleichgültig, so er noch anderwärts ein Kebsweib hätte.“

„Ich könnt's nicht ändern, gnädige Frau.“

„Das ist sehr leichtsinnig gesprochen, Frau von Bredow. Ich hätte besser von Euch gedacht, um nicht zu sagen, ich hätte dem wackeren Marschall meines Herrn eine Frau von festeren Grundsätzen gewünscht.“

Die Kinder waren schon in das Vorzimmer geführt. Die Kurfürstin schritt auf und ab.

„Das ist gegen Gottes heilige Institutionen gefrevelt, wenn ein Weib so über Ehe denkt. Daß die Männer sündigen, ist schlimm, aber es ist weit schlimmer, wenn die Frauen sich nichts daraus machen. Das kommt aber von der Lehre der schlechten Priester, welche nicht allein selbst ein ärgerlich Leben führen, was andere verlockt, sondern noch der Sünde das Wort sprechen, damit der Sünder nur immer mehr werden, welche Ablaß begehren und von ihnen kaufen.“

Die Edelfrau stand, halb sich neigend, und schwieg. Es ist nicht leicht zu wissen, wenn ein Fürst spricht, ob der, zu dem es ist, auch sprechen soll, oder nur zuhören. Wenn er widersprechen soll, wird es ihm gesagt.

Die Fürstin sprach viel von den Priestern, welche, in Uppigkeit und Sünde lebend, um den Armen und Gedrückten sich wenig kümmern, aber um die Mächtigen und Großen sich drängen, als Beichtväter, Räte, Kanzelare; welche diesen Herren dann böse Ratschläge erteilten und, ihre Schwächen belauschend, ihren Gelüsten frönten, indem sie den schlechten Dingen gute Namen gäben. Sie machten große Sünden zu kleinen Vergehen und legten dann den großen Sündern solche Buße auf, die ein Spott wäre Gottes und seines heiligen Wortes. Es war nicht schwer zu raten, auf welche Prälaten und große Herren sie anspielte.

„Auch die Gedankensünden sind Sünden und sie sind die schlimmsten, weil man ihrer nicht acht hat,“ sprach sie jetzt, vor der Edelfrau stehen bleibend, und schien sie mit ihrem Blick von oben bis unten zu mustern. „Mancher Mann glaubt, er hätte ein treues Weib, und die Welt meint es auch, weil sie keinen Fehl begeht, den die Welt mit ihren Augen sieht. Aber die Welt liest nicht ihre Gedanken; sie liest nicht, wie der Feind in lockender, freundlicher Gestalt angeschlichen kommt, wie er mit schmeichelnder Stimme flüstert: das ist ja kein

Arg, daß Du ihn freundlich ansiehst, der Dich so freundlich ansieht."

Eva senkte die Augen, freilich um sie gleich wieder aufzuschlagen; aber sie hatte sie doch einmal gesenkt, und ein leichtes Rot war über ihre Stirn gehaucht.

„Der Feind aber wird mutiger," fuhr die Fürstin fort, „wenn er keinen Widerstand findet. O er weiß zu flüstern, daß es wie Engelszungen klingt. Der einen sagt er: sieh, wie schön er ist, wie reich, was ist's Böses, daß Du ihn wieder liebst, der Dich so sehr liebt? Der andern: Du brauchst ja nur im geheim ihm gut zu sein, denn so es niemand erfährt, kränkt es auch niemand. Noch zu einer dritten, die den Bösen abweisen möchte, flüstert er: Er ist Dein Herr, seinem Willen zu gehorchen, ist Deine Pflicht. Dein Gatte ist sein Diener, und wenn Du ihm gefällig bist, ist's Deines Gatten Glück; ja wenn Du ihn abweisest, kann er es dem entgelten lassen. So spricht der Feind zu denen, die sich für tugendhaft halten, meine liebe Frau von Bredow, und dann will er auch wohl ihr Gewissen beschwichtigen: Dein Gatte wünscht es heimlich, er wagt es nur nicht auszusprechen, aber er würde Aug' und Ohr zuthun."

Die Edelfrau hatte die Fürstin groß angesehen, fast erschrocken, und ein anderes Rot, als das leichte vorhin, hatte sich einmal purpurn über ihr Gesicht ergossen; aber auch das war schnell vorüber. Jetzt war's, als ob ein Lächeln über ihre Lippen zuckte:

„Gnädigste Frau," sprach sie, „wir Menschenkinder sind alle in des Satans Gewalt, das weiß ich, und in wes Gestalt er zu uns tritt, das weiß ich nicht. Aber wo er heranschleicht, schickt der Herr auch seine Engel, mein' ich, uns in unserer Schwäche beizustehen. Wie die aussehen, weiß man nicht, aber zur rechten Zeit sind sie gewiß immer da. Wenn zum Exempel der Versucher an mich unwürdige Person getreten wäre und hätte sich unterstanden, die Gestalt eines großen Herrn anzunehmen, den ich achten und ehren muß —"

„Was hättet Ihr da gethan?"

„Mir ist, als wär's mir im Traum begegnet, und ich hätte laut ihn angelacht: Gnädigster Herr, Ihr habt Euch versehen, ich bin ja die Eva Bredow."

„Davor entflieht der Versucher nicht."

„Die armen Engel," sagte Eva. „Da die Kinder lachen, warum die lieben Engel nicht? Ich meine, der liebe Gott wäre mit uns mehr zufrieden, als er es ist, wenn wir immer lachen könnten."

„Was that der Versucher — in Eurem Traume?"

„Er entfärbte sich etwas, wenn ich recht gesehen, und fuhr zurück. Gnädigster Herr, sagte ich, als ich ihn so betroffen sah, solche Verwechselung kommt wohl im Leben vor."

„Ihr hättet ihn scharf und entrüstet anblicken, zu ihm sprechen sollen —"

„Wenn er nun in der Gestalt eines mächtigen Fürsten erschienen wäre, und ich seine Dienerin."

„So giebt es noch andere Fürsten und Fürstinnen, die Ihr anrufen könnt."

„Gnädigste Frau, das hätte die leichte Sache viel ernsthafter gemacht, als sie verdiente, und nichts geholfen, so dachte ich in meinem albernen Traume. Mir schien es das beste Mittel, und es hat geholfen. Er streckte den Arm mir weit entgegen, drückte meine Hand und ging."

„Er kann wiederkommen."

„Dann wird der liebe Gott mir auch wieder einen Engel schicken."

„Lacht nicht wieder, Bredow. Es heißt Gott versuchen. Die Hölle lacht am lautesten. Sinnt auf andere Mittel zu Eurer Sicherheit."

„Durchlauchtigste Frau, ich habe einen Mann, der, wo's die Ehre gilt, vor niemand erschrickt."

„Wenn aber der Versucher zu Euch spräche: Dein Mann sündigt gegen Dich, im geheimen, Du weißt es nicht. Der Versucher ist schlau, an Mitteln fehlt es ihm nicht, Trug oder Wahrheit. Wenn er Dir bewiese, klar wie das Sonnenlicht. Wenn Dein Herz vor Zorn über den Heuchler aufloderte, über die unvergoltene Liebe, über seine Heuchelei, wenn dann der Versucher mit Engelszungen spräche: Vergilt es ihm, er hat kein Recht mehr gegen Dich —"

Scharf sah Frau Elisabeth auf das junge Weib, aber sie konnte auch keinen Zug entdecken, der ihrem Argwohn Nahrung gab.

„Ich würd's ihm nicht vergelten," sagte Eva, die Augen niederschlagend. „Hat er mich so lange geliebt und allein geliebt, da will ich ihn noch ebenso lieben, auch wenn er's ein bißchen weniger thäte."

Die Fürstin war ans Fenster getreten, ihre Bewegung zu verbergen.

„Bredow,“ sprach sie, sich umwendend, „Ihr müßt vom Hofe. Ich sag's in Freundschaft, Ihr seid eine brave Frau. Thut's Euch zuliebe und geht; mit einem Sinn wie Eurer werdet Ihr überall glücklich sein. Nein, Ihr werdet nicht böse, nicht schlimm werden, Ihr würdet auch dann Eure Fürstin nicht kränken, wie die anderen. Aber um Euch selber willen, um Eures Mannes willen geht, je eher, so besser. Die Gefahr ist zu groß, es thäte mir in die Seele schneiden.“

„Gnädigste Frau, ich werde bleiben, wo mein Mann bleibt, und so der sich fürchtete und gehen wollte, würde ich zu ihm sprechen: Hans Jürgen, bist Du ein Thor? Glaubte einen Mann geheiratet zu haben, der ein Ritter sei, und sich nicht fürchtete, am wenigsten in Gefahr, und glaubte, daß auch er nur ein Weib genommen, so eines Ritters wert. Und wollte er dennoch fort — er kann ja andere Ursach' haben, — so sagte ich zu ihm: Du darfst nicht fort, Du bist zum Dienst bestellt bei einer edlen Fürstin, und Deine Frau auch, und diese edle Fürstin bedarf in schlimmen Zeiten treuer Freunde. Darum mußt Du bleiben; dann bleibt Hans Jürgen.“

Die Fürstin blieb diesmal nicht Fürstin. Sie lag an der Brust der Edelfrau: „Du bist eine glückliche Frau, Dein Haus ist vom Herrn gesegnet.“

Und sie hörte einen tiefen Seufzer aufsteigen und die glückliche Eva fuhr mit dem Finger leis über das Auge; es ließ sich nicht verbergen, daß da eine Thräne gestanden.

„Wie! auch Du nicht ganz glücklich?“

„Wer auf Erden mag sagen, daß er ganz glücklich ist,“ sprach Eva.

Die Strahlen der untergehenden Sonne fielen schräg durch die runden Scheiben auf den Teppich von Arras, auf die fliehenden Trojaner, auf das brennende Troja. Die Kurfürstin, im Sessel ruhend, den Kopf auf den Arm gestützt, schien die oft gesehenen Figuren mit den Blicken verschlingen zu wollen. Die Thräne, die jetzt aus ihrem Auge rollte, galt vielleicht einem anderen Gegenstande, als der vorhin ihr argwöhnisches Gemüt geängstet hatte. Sah sie in den Türmen von Primas Feste die Türme von Stockholm, von Kopenhagen, sah sie in dem fliehenden Trojaner ihren Bruder Christiern, der vielleicht auch jetzt seinem Reich und Vaterland, ein Flüchtling, schon den Rücken kehrte? Die letzten Nachrichten aus Dänemark lauteten so schlimm für die königliche Sache.

Eine unglückliche Frau war Elisabeth. Die fremde Pflanze,

in fremdes Land gepflanzt, war vom Gärtner vernachlässigt, und nun sollte auch der süße Halt und Trost ihr sinken, daß ihr Geschlecht im Heimatlande blühte und gedieh.

Der Hofprediger war gemeldet. Die Kurfürstin hatte ihn rufen lassen; Musculus war ihr Seelsorger, ihr Vertrauter, der Freund, welcher auf ihr „ewig Weh und Ach" den Balsam zu träufeln verstand, welcher ihrer trüben Stimmung, ihrem gereizten Sinn am meisten Beschwichtigung gewährte; er war aber auch der Sündenbock, der ihre Launen tragen mußte.

„Es ist schade," sprach sie, „daß mein Herr, der Kurfürst, Eure Predigt nicht gehört hat. Ihr hattet sie doch absonderlich für ihn ausgearbeitet."

„Durchlauchtigste Kurfürstin," entgegnete der Hofprediger, „ist dies doch einmal unser Los. Auf was ein Meister seine ganze Kunst und seinen Fleiß gesetzt, das gerät oft nicht, weil deren Augen, die es sehen sollten, geblendet sind, oder die es hören sollten, deren Gedanken sind auf andere Dinge gerichtet. Derweilen ein anderer, so von der Kanzel poltert, wie es ihm gerade durchs Gehirn kommt, oft wunderbarlicher Wirkung sich erfreut. Das hat Gott gefügt, darf's uns daher nicht kränken, noch stören, daß wir nicht in unserm Werk fortfahren."

„Eure Kirche war nicht leer; und Eure Rede hat gewirkt."

„Der Prediger ist ein Sämann; die Körnlein, die er ausstreut, sind gut, doch weiß er nicht, auf welchen Boden jedes fällt."

„O, Eure Predigt klang ja wie die Trompeten Davids, da er in Jerusalem einzog — aber es zieht nicht jeder Fürst als Sieger in Zion ein."

Musculus verstand die Fürstin. Die Freude der Gattin war nicht so groß, um die Schmerzen der Schwester zu übertäuben. Er lenkte ein, er sprach von der Aufgabe des Christen, große Leiden als Prüfungen Gottes zu betrachten. Er sprach von der himmlischen Krone, die gewonnen werde zum Einsatz für die irdische. Das war geringer Trost für die Schwester Christierns, dem keine himmlische Krone zu lachen schien. Er wandte sich zur Aufgabe der Frauen. Sie sollen Haus und Herd, Eltern und Geschwister verlassen, um dem Manne zu folgen. In dem neuen Lande blüht die Heimat; dem sollen sie angehören, ganz, mit Geist, Leib und Herz; sie sollen nur leben in ihrem Gatten, ihren Kindern. —

Er hatte eine andere wunde Stelle getroffen. Die Kurfürstin winkte ihm innezuhalten. Sie ging einige Minuten stumm auf und ab, bis sie wieder Platz nahm und ihn mit einem forschenden Blick ansah:

„Seine kurfürstlichen Gnaden haben sich nicht geäußert, woher sie so spät zurückkehrten —“

„Man meint, daß Hochdieselben auf der Jagd sich verirrt.“

„Man meint! — Was meint man nicht an diesem Hofe, wenn Joachim will, daß man meinen soll.“

„Der Herr sah — ich will nicht behaupten krank — nicht verstört — aber etwas blaß aus.“

„Wer auf den Wegen der Gerechten geht, sieht nicht blaß und verstört aus,“ entgegnete die Fürstin. „Ihr sagtet es in einer Eurer Predigten.“

Es war dies ein Kapitel, dem der Hofprediger gar gern aus dem Wege gegangen wäre: aber wenn die Fürstin darauf zusteuerte, wußte er, daß es schwer hielt, abzulenken.

„Die Fouriere und Jagdjunker sollen zwar nicht davon sprechen, jedennoch glauben sie, daß Seine Durchlaucht sich diesmal wirklich in der Heide verirrt habe. Ein seltsam ausschauender Mann wies ihn zurecht und verschwand dann ihren Blicken. In jenen traurigen Sumpfheiden —“

„Giebt es keine geputzten Fräulein, meint Ihr; die hat er für mich aufgespart. Ich muß sie in den Straßen sehen; wenn ich ausfahre, liegen sie mir zum Hohn am Fenster, oder sie schlüpfen in den Korridoren des Schlosses an mir vorüber. Oder noch schlimmer, ich muß sie bei Hofe mir vorstellen lassen und darf nicht das Recht brauchen, was der schlechtesten Hausfrau eines niedrigen Bürgers zusteht.“

„Die bösen Zungen verleumden auch wohl manche achtbare Frau —“ Mehr konnte der Prediger nicht sagen, ohne seine Pflicht gegen die Wahrheit zu verletzen.

„Ihr seid ein christlicher Priester, Musculus, der den Mächtigen nicht nach dem Munde redet, nein, Eure Fürstin kann Euch das Lob geben, und doch wie oft habe ich erwartet, wie oft legte ich's Euch nahe, daß Ihr von der Kanzel herab das Unwesen strafen solltet. Ihr findet doch sonst so schöne Gleichnisse und Bilder, warum mußte ich mich immer täuschen, wenn ich erwartete, Ihr würdet im Hause des Herrn Eure Stimme erheben gegen den, der sein Gebot so übertritt!“

„Er kommt so selten in meine Predigten.“

„Und dann, fürchtet Ihr, bleibe er ganz aus.“

„Ich bin Gottes Diener, durchlauchtigste Frau, aber auch meines Fürsten Unterthan.“

„In alten Zeiten haben mutige Prediger, so las ich, den Zorn der Mächtigen nicht gefürchtet. — Aber Ihr mögt recht haben. Erbittern will ich meinen Gemahl nicht, wär's auch nur um der Kinder willen. Aber —"

Sie hielt inne. Musculus wußte, was kommen würde.

„Ja, um unserer Kinder willen — Ihr solltet zu ihm gehen, — als Priester, als Hofprediger — versteht Ihr mich — er muß, er wird Euch empfangen. Gewappnet mit aller Gelehrsamkeit, mit allen Gründen, so die heilige Religion Euch bietet, sprecht ihm zum Herzen, daß er in sich gehen soll, daß er wieder als ein christlicher Fürst und Ehegemahl, seinem Volke und seinen Kindern zum Exempel, lebe. — Ja, stellt ihm das besonders vor, daß er seiner Kinder gedenke! Mein Joachim, unser Ältester, sieht mir den Frauen schon in die Augen, daß mein Mutterherz vor Bangigkeit schaudert. Malt ihm das mit entsetzlichen Farben. Er trägt die Schuld, daß sein Sohn verdirbt. Mein Gott, wozu seid Ihr ein christlicher Priester, wenn Ihr es gelassen ansehen könnt, daß eine unsterbliche Seele verkommt und verloren geht."

Wer mag es dem Hofprediger Musculus verargen, wenn er vor dem Gedanken zitterte, mit einem solchen Auftrage vor einen solchen Mann zu treten! Vor ihn, der so der Rede mächtig, daß er mit den wenigsten redete, weil er es nicht der Mühe wert hielt. Wer verargt's ihm, wenn er blaß ward, schon bei der Vorstellung von dem halb spöttischen, halb verächtlichen und zornigen Blicke des Kurfürsten. Welcher strengste Ceremonienmeister hätte ihm in dieser Lage den Verstoß verargt, daß er mit dem Taschentüchlein, welches sich in seiner Hand versteckte, über die Stirn fuhr, auf der der kalte Schweiß perlte. Wer endlich zeihte ihn der Mutlosigkeit, als er der Fürstin demütigst vorstellte, daß dieser Schritt ebensowenig zu dem gewünschten Ziele führen würde, als er sich für ihn zieme, ja überhaupt nur erlaubt wäre, da er nicht die Ehre habe, Seiner Durchlaucht Beichtvater zu sein. Wenn aber die gnädige Frau es ihn hieße, wolle er ihr gewiß gerechtes Anliegen dem würdigen Propst von Berlin kommunizieren, welcher als Freund des jetzt erkrankten Beichtvaters Seiner Durchlaucht demselben seiner Zeit die Sache ans Herz legen dürfte.

Der Fürstin würde es vielleicht auch niemand verargt haben, wenn sie über die Art, wie einer dem anderen ihren Auftrag zuweisen sollte, zornig geworden wäre; aber dieser

Zorn flackte nur auf beim Namen der einen ihr genannten Person.

„Den Propst, der das lästerliche Leben in Brandenburg geführt, daß ich davor in der Seele erröte; der nicht Worte genug finden kann, mit seinem Lobsalm alles zu begießen, was Joachim thut und spricht; der ihm die Schuhe nestelt, wenn er ihn beim Anziehen trifft? Mein Erlöser! dem wollt Ihr die Sache ans Herz legen?“

„Er hat sich wohl geändert mit den Jahren, er bereut selbst —“

„Ihr habt Euch verändert, Musculus,“ fuhr sie auf. „Ihr seid der Mann nicht mehr, der die kühne Predigt hielt bei unserer Hochzeit in Stendal. O, wie glühten Eure Augen, wie bebten Eure Lippen, wie zitterte Eure Stimme, und doch die Rede floß wie ein voller Strom, als Ihr mir, die ich ein verwöhntes Kind war am üppigen Hofe meines königlichen Bruders, die Pflichten einer Fürstin dieses Landes, einer Gattin eines solchen Fürsten, der Mutter eines solchen Volkes vorhieltet. Einen Hof, sagtet Ihr, würde ich finden, nicht voll rauschender Vergnügungen, sondern voll Weisheit und Ernst; einen Gatten, der nicht eitler Lust und eitlen Leidenschaften, sondern der Gerechtigkeit und Wahrheit nachgeht; ein Volk, arm, aber fleißig in guten Werken. Ich errötete vor Unwillen über den frechen Priester, denn Ihr straftet den Hof meines Bruders; Ihr saht meinen Zorn und redetet doch weiter, Euer Blick durchbohrte mich fast, bis ich die Augen senken mußte, bis Ihr Euch zu meinem Bräutigam wandtet, und mit welchen Worten auch ihm seine Pflicht predigtet! O, ich entsinne mich noch alles; auch er solle des Kleinods, das aus eines reichen Königs Schatze, das köstlichste Juwel, geschenkt werde, stets eingedenk sein; mit Liebe und Treue solle er die zarte Pflanze des Nordens hüten und pflegen, daß sie nie nach dem heimischen Boden sich zurücksehne. Ihr habt's vergessen, Musculus, wie Ihr ihm einen Schritt näher tratet, wie Ihr ihm scharf ins Auge blicktet, wie Ihr Eure Stimme erhobt und Euern Arm, wie Ihr rieft: Der allmächtige Gott hört Dein Gelöbnis, aber Du bist jetzt ein Jüngling, und wie oft vergißt der Mann, wie noch öfter ein Fürst dieses heilige Versprechen der ehelichen Treue. Joachim biß die Lippen, er schoß Dir einen Zornblick zu, aber Du sahst ihn unerschrocken an, bis er die Augen senkte, und ich atmete vor Freude auf. Dieser Priester ist ein Mann, sagte ich mir; er wird mein Freund, mein Halt, meine Stütze werden an dem fremden Hofe. — Du bist's nicht mehr, auch Dich hat die Hofluft vergiftet."

Die Kurfürstin mochte recht haben und Musculus etwas davon fühlen, daß sie recht hatte. Er war gealtert vor der Zeit, nur seine Augen glänzten noch wie ehedem. Ein Seufzer stieg aus seiner Brust, er öffnete die Lippen, aber schwieg.

„Es ist gut, daß Ihr Euch nicht verteidigen wollt," fuhr die Kurfürstin fort. „Warum machte man Euch zum Hofprediger. Die Mönche in der alten Zeit hätten Mut gehabt, sagte ich; o, es giebt Mutige noch jetzt. Man muß nur nicht Hofprediger bitten. Ja wäre der Doktor aus Wittenberg hier. Wie er den Mut hat gegen Prälaten und Kirchenfürsten, ja gegen den Papst selbst erhebt er seine Stimme, er würde auch für die gekränkte Sitte und Ehrbarkeit das Wort ergreifen."

Musculus sah sich erschrocken um, ob kein Lauscherohr da sei.

Elisabeth aber war in einem Zustande nervöser Aufregung, der sein Recht wollte. Musculus hörte ruhig die in den heiligen Schriften wohlbelesene Frau an. Etwas bunt durcheinander brachte sie die Geschichten von Ninive, Sodom, Gomorrha und Babylon. Auch mit einer eignen beredten Logik leitete sie das Unglück, was ihren Bruder getroffen, von seinem zügellosen Leben und besonders seiner sündhaften Verbindung mit der Düveke her, die sie das Täubchen von Amsterdam genannt, die aber der höllische Rabe gewesen, der ihres Bruders Herz geangelt. Aber diese letzte Erinnerung erweichte wieder ihren Sinn; ihre Stimme ward sanfter, von Thränen unterbrochen, und diesen Übergang hatte der Prediger abgewartet, um das Wort zu ergreifen.

„Als Ninive fiel um seine Sünden und die Stunde für Babylon kam, glaubt meine durchlauchtigste Kurfürstin, daß der Herr solche Städte fallen ließ, ohne denn eine Warnung vorher? Sprachen nicht seine Propheten laut in den Gassen? Aber soll er die Propheten noch immer aussenden, auch dahin, wo sie ihrer spotten? Soll er sie den Leuten aufdringen? Der Herr will sein nicht spotten lassen. Und so ein Prediger zu seinem Fürsten ungerufen träte und spräche: ‚sende Deine Kebsweiber fort und sei treu Deinem Ehegemahl, denn es heißt: Du sollst nicht ehebrechen,' würde der Fürst ihm nicht zurufen: Was that Salomon und was that David, oder hältst Du sie nicht für Könige, die Gott selbst eingesetzt? Was könnte ich antworten! So aber die tugendhafte Gattin Salomonis mich um Trost anriefe, ich wüßte des Trostes, so sie mich gnädigst anhören wollte."

Er kannte die Natur seines Beichtkindes. Elisabeths Zorn war in Thränen gelöst. Sie winkte ihm, sich neben sie zu setzen.

„Edle Königin, würde ich sprechen, Gott hat mannigfache Gesetze der Kreatur gegeben; einige stehen geschrieben in der Schrift, andere in der Natur, noch andere sind ungeschrieben und der Menschen Verstand entziffert sie nicht. So ist das, daß er die Fürsten mehr sündigen läßt als gewöhnliche Menschen, ich meine gegen sein sechstes Gebot. Warum es geschieht, es ist so vor uralters geschehen, und es wird so geschehen, so lange es Fürsten giebt. Einige wollen's erklären: daß der Fürst dadurch zeige seinen göttlichen Ursprung, und wie er Macht habe über die Gesetze. Andere: alldieweil er mit seiner Liebe ein ganzes Volk umfassen soll, müsse er auch mehr lieben dürfen als ein Weib allein. Das sind Deklarationes, die ich auf sich beruhen lasse, mich als Diener der Kirche gehen sie nicht an; denn wenn der König mich als seinen Beichtiger in sein Kämmerlein riefe und fragte: Sprich, thue ich recht oder unrecht? da würde ich sagen: Du thust unrecht."

Die Fürstin atmete auf, ein erster wohlgefälliger Blick traf ihn wieder.

„Zu Salomonis edler Königin aber spräche ich: Laß Dich nicht irren, daß er irrt, denn bist Du darum minder sein Weib, daß er noch andere Weiber hat neben Dir? Oder, weil er sündigt, vermeinst Du, daß Du wieder sündigen dürftest, um es auszugleichen? — Siehe es an, würde ich fortfahren, als eine Krankheit, so die Ärzte nicht heilen können; nun ist es Deine Pflicht ihn zu pflegen, denn die Bande sind unzertrennlich, und je mehr er daran zerrt, daß er loskomme, so enger zieht er Dich an sich; und so rauher er wird, so freundlicher sei, denn es ist ein Maß der Liebe, was der Herr fordert, als Opfer einer wahrhaften Ehe; giebt er zu wenig, so mußt Du mehr geben, das heißt ausgleichen vor dem Herrn; dadurch erwirbst Du Dir die ewige Krone des Himmels, für die Dornenkrone dieser Erde. So, wenn Liebe immer giebt, aus vollem Herzen, vergißt sie's wohl, daß sie nicht empfängt. Und wenn, wo Du Trost bedarfst und Aussicht, der Gatte das Haupt von Dir wendet, rufe, glückliche Mutter, Deine Kinder; sie werden jubelnd kommen, sie werden um

Deine Kniee spielen, sie werden die Arme nach Dir ausstrecken, mit ihren Augen nach Deinen Augen, mit ihren Lippen nach Deinem Munde verlangen; in ihnen ist der Gatte, den Du verloren, in neuer Geburt und Fleischwerdung für die Zeit, die da kommt, Dir gewonnen."

Elisabeth war überwunden. Durch das Tüchlein drang ein Schluchzen, die Stille in dem großen Zimmer unterbrechend. Der Hofprediger war aufgestanden, aber die Fürstin bedurfte noch des Trostes.

„In Eurer Predigt spracht Ihr vom Glück, das vom Fürstenhaus bis in die niedrigste Hütte strömen sollte; ach, wenn man aus einem Flügel des Schlosses in den anderen geht, ist es schon nicht mehr da!"

„Ist es denn in dem anderen Flügel? Leset Ihr durch die Furchen seines blassen Gesichts, daß der hohe Fürst glücklich ist? Vor ihm zittert und beugt sich der Unterthan; was er gebietet, wird in stummer Ehrfurcht ausgerichtet, aber — für meine erlauchte Kurfürstin fühlt der Bürger mit, tausend Herzen schlagen für die Dulderin, welches Herz schlägt für ihn? Sie wissen nicht, was er fühlt!"

Ihr Herz war getroffen, ihr ganzes weibliches Gefühl von der neuen Vorstellung bewegt. Auch der Kurfürst war unglücklich; ja, auch er bedurfte des Trostes, des Gebetes, doppelt dieses letzteren, da er ein Schuldiger war. Der Hofprediger mußte neben ihr vor dem Betpulte niederknieen und laut das Gebet sprechen, welches sie lispelnd wiederholte, für die unsterbliche Seele ihres Gatten, für den Frieden seiner Seele auf Erden, und daß er durch die Gnade der Heiligen zur Erkenntnis seiner Schuld komme.

Elisabeth reichte dem Geistlichen, als sie aufgestanden, aus ihrem Schrank ein mit Edelsteinen gefaßtes Brevier.

„Wofür diese Gnade?"

„Für den Schluß Eurer Predigt. Bevor Ihr mir noch den Sinn des anderen Teiles erklärtet, hatte ich es Euch zugedacht. ‚Auch in dem Haus, wo die Lichter am hellsten glänzen, ist ein schattiger Winkel, den kleine Kerzen erhellen; und wo das Herz voll Freude jauchzt, ist ein wunder Fleck.' Ach, das war Balsam; aber Ihr spracht es mit so besonderer Betonung, Euer Blick schien so in die eigene Brust zurückzuschauen, daß ich fühlte, Ihr legtet ein Bekenntnis, das Euch selbst angeht, ab. Was fehlt Euch, Musculus? — Was an mir, soll geschehen, Euch zu helfen. Ihr war't mein Trost, laßt mich's jetzt vergelten, betrachtet mich auf einen Augenblick als Euren Beichtiger."

Die Rollen schienen zwischen den beiden gewechselt. Der Hofprediger sah wirklich wie ein Beichtkind aus, das zu beichten ansteht, vielleicht weil es den Beichtvater nicht für voll ansieht. Er sprach von der Not der Zeit, von der Bedrängnis der Kirche, von den drohenden Zeichen am Himmel.

„Das ist es nicht," sagte sie mit dem Scharfblick, der auch schwache Frauen oft in das Herz der Männer schauen läßt. „Ihr fürchtet so wenig als ich die Sündflut, denn Gott hat sein Versprechen nicht vergessen. Die Kirche liegt im Argen, aber sie wird sich wieder erheben, wenn sie Gottes Wort von Menschensatzung rein macht. Euch drückt etwas anderes."

„Wer kennt alle Wege Satans?"

„Auf welchem kann er es wagen, Eurer Frömmigkeit wieder zu nahe zu treten?"

„Gnädigste Frau, Ihr erinnert Euch vielleicht nicht mehr, daß die Universität Frankfurt —"

„Geht mir mit der! Ich will nichts von diesen Gelehrten wissen, die den abscheulichen Tezel —"

„Die theologische Fakultät hat endlich ein Gutachten abgegeben —"

„Wie der Kurfürst es wünscht, das ist eine alte Sache."

„Sie hat sich für inkompetent erklärt."

„Natürlich, weil Joachim nicht will, daß sie die Wahrheit sagt. In welcher Sache, die Euch so nahe geht."

„Durchlauchtigste Frau," sagte Musculus, indem er sein Barett in den Händen drehte, und mit einem Blick, der etwas nach dem eines armen Sünders schmeckte — „auch auf die Gefahr, Euch zu mißfallen, — es ist nun einmal so, — das eben ist des Verderbers furchtbare Schlauheit, daß er die Menschen das Einfachste, Natürlichste für Thorheit halten läßt; daß seine Kraft, wodurch er die Weisheit der Propheten zu Schanden machte, — aber, ich kann mir nicht helfen, es ist so, wahr und wahrhaftig, den heiligsten Eid auf das allerheiligste Blut darauf — dort steckt er, dort verkriecht er sich, dort muß man ihn angreifen, aber — ich soll nicht."

Die Kurfürstin war mit großen Augen einen halben Schritt zurückgetreten: „Musculus!"

„Ich schweige."

„Daran thut Ihr wohl," entgegnete sie wieder mit der

stolzen Haltung einer Königin gegen einen Diener, der eine zu rügende Vertraulichkeit sich erlaubt. „Ein für allemal habe ich Euch gesagt, nie ein Wort in meiner Gegenwart von der Predigt über das unanständige Kleidungsstück. Schlimm genug, daß wir Frauen dazu verdammt sind, es täglich zu sehen; aber von den reinen Lippen eines gottgeweihten Priesters will ich es nicht nennen hören. Denkt in den Bierschenken, in den Wachtstuben daran, aber im Gemach Eurer Fürstin soll auch Euer Gedanke rein sein. Wenn mein Gemahl die Schwachheit hätte, wenn die Fakultät nachgäbe aus Menschenfurcht, ich, Musculus, gehe nicht in die Kirche, ich fahre an dem Tage mit meinen Kindern und meinen Frauen nach Spandow."

„Durchlauchtigste, ich habe einer höheren Entscheidung — ich habe nach Rom geschrieben —"

„Rom!" — die Stirn der Fürstin runzelte sich — „und wenn selbst der heilige Vater — Hofprediger Musculus, auf drei Tage sind Euch meine Gemächer untersagt."

Die Fürstin rauschte unwillig hinaus: „Und so ein frommer, klarer Mann sonst! Aber auf diesem Punkt —"

Als Musculus die Thür zuschlagen hörte, entfiel ihm das Barett, und beide Hände drückte er ans Gesicht: „Eine so christliche, so hell blickende Frau sonst, aber — und so gewiß doch steckt Satan in den —"

Drittes Kapitel.

Hoffen und Harren —

„Er geruht zu arbeiten."

Diese Antwort verwies die vielen, welche im Vorzimmer seit Stunden auf gnädigen Zulaß warten, zur Geduld.

Es waren ihrer aus allen Ständen, von der Ritterschaft, Abgeordnete aus beiden Haupt- und aus den anderen Städten, Prälaten, auch fremde Herren, die gern an Joachims glänzendem Hofe sich zeigten. Denn es galt in Deutschland für eine Ehre, in der Nähe eines so großen und weisen Fürsten gelebt zu haben, dessen Wort und Wille in allen gemeinsamen Angelegenheiten des Vaterlandes von entscheidendem Einflusse gewesen.

Doch hätten die Fremden, welche das Licht herangezogen, alle die Bemerkungen mit angehört, welche sich in den Winkeln

Luft machten, schier wär' es ihnen vorgekommen, das Licht, welches in der Ferne eine Sonne schien, sei hier zu einer Lampe geworden, deren Flamme der Wind bewegt, und wenn er still ist, glaubt jeder sich berufen, zu blasen, daß sie wehe, wie er es wünscht.

So still es war, so laute Mutmaßungen gingen durch den Saal, was der Fürst arbeite, und so lange arbeite? Zumal unmutig schien ein deutscher Herr, ein Komtur aus Preußen, den sein Hochmeister nach Brandenburg geschickt, um zu verhandeln wegen des Durchmarsches deutscher Hilfsvölker. Unmutig schritt dieser Herr, den weißen, schwarz bekreuzten Mantel um die Schulter werfend, auf und ab, derweil ein anderer vornehmer Fremder, der Abgesandte des Dänenkönigs, eher mit verzagter Miene, am Fenster stand.

„Wer bittet, muß warten lernen," sagte leise der Däne. „Ich stehe hier nicht zum ersten Mal, und weiß, daß ich stehen kann, bis ich aschgrau werde."

„Mein Anliegen ist kein Geheimnis," sagte der deutsche Herr. „Mein Orden ist im Begriff, mit dem Ritter Franz von Sickingen abzuschließen, daß er für gutes Geld zehntausend deutsche Landsknechte uns zuführt. Es kommt nur auf den Durchzug an; die Leute, die er gesammelt, laufen auseinander, wenn sich's noch länger hinzögert. Und mein Herr ist sein leiblicher Vetter!"

„Und meiner sein leiblicher Schwager!" entgegnete der Däne. „Das Wasser geht meinem Könige bis an die Zähne, das ist auch kein Geheimnis, und ich weiß für gewiß, der Markgraf wird ihm nimmer helfen Dennoch muß ich stehen und warten, warum er nicht helfen will. Das ist ein Hundedienst."

„Hat er sich ausgetauscht?"

„Nur die alte Wahrheit, Ritter, wer kein Glück mehr hat, hat auch keine Freunde mehr."

„Doch sie im Unglück warten lassen, war nicht an Joachim. Da schlägt er aus der Art."

„Unter uns," sprach der Däne, „nicht so ganz. Als es meinem Könige noch gut ging, hörte Christiern nicht auf des Schwagers Rat. Der Brandenburger vergiebt's nicht, wo jemand klug sein will ohne ihn. Fragt seine Räte. Da kommt einer."

„Ihr Herren seid nicht schlimmer dran als wir, die er spottweis seine Geheimen Räte nennt," erwiderte dieser, nachdem er beide in die Fensterecke gezogen. „Bisweilen erfahren wir erst von unseren Frauen, wenn sie vom Markt kommen, was der Kurfürst beschlossen hat, und das Volk glaubt, wir hätten es ihm geraten.“

„Er ist, wie die Dinge stehen,“ hub der Ritter aus Preußen an, „der erste deutsche Fürst, auf den das Reich als seinen Hort blickt, als die Säule, an die es sich halten möchte, seit Kaiser Maxens Tode, wo niemand weiß, wohin der junge Karl seine spanische Nase steckt. Er kann, er darf die deutsche Art in Preußen nicht untergehen lassen, oder er fuhr doch aus seiner Art.“

„Ei nun,“ meinte der Däne, „man spricht doch, daß er bei der Kaiserwahl dem Könige Franz damals seine Stimme versprach. Und wäre nicht der Sickinger vor Frankfurt erschienen —“

„Das sind alte Dinge! Was hat er nicht gewollt, seit er das eigene Land befriedigte! O, es gingen Pläne in ihm um, daß einem Menschen von gesunden Sinnen der Verstand still steht. Das Reich und die Kirche, er wollte alles umfassen, bessern. Gar nicht von den Konzilien und Reichsordnungen zu reden, ich erzähl's Euch nur beispielsweis, einmal wollte er das ganze Deutsche Reich mit einem großen Netz von Zollhäusern umschlingen, daß der Verkehr im Innern frei werde; dagegen was von außen käme, sollten alle Deutsche, ob sie an der Maas oder an der Weichsel wohnen, über den Alpen oder am Belt, zu gleichem Eintrittszolle haben, ich glaube vier vom Hundert. Dafür sollten alle Zollstätten und Marken im Innern fortfallen.“ *)

„Ein schlauer Plan, um Herr über das ganze Deutschland zu werden,“ sagte der Däne.

„Ihr irrt, dahin fliegt sein Ehrgeiz nicht.“

„Wohin denn?“

„Wer weiß es! Seine kühnsten Pläne scheiterten. — Er grollt. Mit wem? — Wir wissen's nicht; vielleicht am meisten mit sich selbst. Jetzt kriegt er gegen die wilden Tiere. Die Medici haben's ihm geraten, daß das schwarze Blut ausschwitze; er jagt mit einer rasenden Leidenschaft.“

„Hat denn keine der schönen Frauen auf ihn Einfluß?“

„Keine, Herr Swen Derebrog. Spielzeug und Zeitvertreib! Wie ein Weiser im Garten spazieren geht und Blumen pflückt.

---

*) vide Ranke.

Er pflückt neue und wirft die alten fort. Es sind nicht die Blumen, es sind die Gedanken, die ihn beschäftigen."

„So ist zu hoffen, daß doch noch ein besseres Verständnis mit seiner Gemahlin zurückkehrt!"

„Hofft auf nichts, Herr Graf, als auf die Sterne. Befreundet Euch seinen Astrologen; das ist der einzige gute Rat, den ich Euch geben kann. Meister Carrion schreibt, wie man mir sagt, jetzt an einem Buche, das Kalender heißen soll; darin wird man lesen, wie viel Finsternisse in dem Jahre eintreten; auch was geschehen ist und was geschehen wird, zum Nutzen für jedermann. Laßt ihn hineinschreiben: an dem und dem Tage eine große blutige Schlacht im Norden, darin der rote Adler den Danebrog in seinen Krallen zerzaust. — Wenn's in den Sternen steht und im Kalender, läßt Joachim wohl die Trommel gegen den Holsteiner rühren; eher nicht."

Die Thür zu den inneren Gemächern war mehrmals rasch geöffnet worden, aber niemand ward hineingerufen. Fouriere oder Edelknaben sah man herauskommen und schnell durch die Menge gehen. Im Hofe hörte man dann andere Diener auf die gesattelt stehenden Pferde sich schwingen und durch die Thore treten. Was arbeitete der Kurfürst? —

„Weiß man noch nichts?" flüsterte der Propst im Vorübergehen einem Hofmann ins Ohr.

„Nichts!"

Der Propst ging rasch weiter. Der geistliche Herr schien diesmal nicht die Mitte des Saals, noch die Vornehmsten zu suchen; er drückte nur einem Stallmeister, den er im Winkel fand, die Hand:

„Ihr war't dabei. Still, liebster Frobesser, ich weiß es aus dem Beichtstuhl, und was Ihr mir sagt, ist wie im Beichtstuhl gesprochen. Wie sah die Erscheinung aus? Struppig? Wild herabhängendes Haar? Vorstechende Augen aus einem bleichen Gesichte? — Ihr seht, ich weiß alles, ohne daß Ihr es mir sagt. Aber der Ton seiner Stimme? — Sprach der wilde Mann plattdeutsch?"

„Als er unserer ansichtig ward, oder vielmehr, da wir unseres Herrn ansichtig wurden, verschwand er mit einer raschen Wendung hinter dem Busch. Nachher sahen wir ihn noch auf einem Waldknollen. Er schaute uns nach. Da deuchte er uns wie ein Riese groß, zumal als er die dürren Arme aus der Kapuze erhob —"

„Was für eine Kapuze?"

„Das konnt' ich nicht erkennen; sie war zerfetzt von Wind und Wetter Aber als die Sonne ihm ins Gesicht schien, leuchteten die Augen wie Kohlen aus einem Totenkopf. Es war gewiß ein böser Geist."

Der Zug um den Mund des Propstes verriet, daß er nicht dieser Meinung war: „Habt Ihr kein hübsches Mädchengesicht — da herum — wahrgenommen?"

„Die wendischen? — Sechs Meilen rundum ist keine Diele und kein Dach."

„Und was sprach der Kurfürst? — Ich meine nachher? Ich weiß, er hat nichts gesagt. — Aber ein aufmerksamer Diener und Freund seines Herrn — Zum Exempel wie blickte er der Erscheinung nach?"

„Ihr seid im Irrtum, ehrwürdiger Herr," sprach der Stallmeister mit möglichst leisem Tone, sich zum Ohr des Propstes neigend. „In den Sümpfen und Heiden da versteckt sich kein Kundschafter und kein Bote. Wär' irgend was zu besorgen gewesen, wir hätten ihn ja nicht aus den Augen gelassen. Und wer wußte den Tag vorher, daß er gerade dort jagen würde?"

„Mein bester Freund," erwiderte in demselben Tone der Propst, „Ihr seid sehr ehrlich, und das sind wir alle hier, aber wenn Ihr wachsam sein wollt, daß ihm nichts zugeflüstert wird, so müßt Ihr auch keine Nußschale auf der Diele liegen lassen, ohne sie aufzuheben; denn Ihr wißt nicht, wer darunter lauscht. Seit die Spanier am kaiserlichen Hofe —"

Ein freundlicher Druck auf die Schulter unterbrach den ehemaligen Dechanten, und der alte Hofmann, welcher kein anderer war als der ehemalige Junker Peter Melchior, flüsterte ihm von der anderen Seite etwas ins Ohr.

„Seid Ihr's gewiß?" fuhr der Propst auf, und seine Blicke schielten nach der Seite, wo die städtischen Herren von Köln und Berlin standen.

„Während ich mit den Uckermärker Herren sprach, hatte ich mein Ohr nach hinten. Ihr wißt, ich kann gut rückwärts hören. Der Bürgermeister Reiche rekapitulierte zum Syndikus, was er dem Kurfürsten namens des Magistrats sagen sollte."

„Reiche! Wo kriegt der Bürgermeister den Mut her?"

„Der Angstschweiß läuft ihm auch von der Stirn. Seht doch, wie er einwärts steht."

„Er bringt's nicht von den Lippen, wenn Joachim ihn scharf anblickt."

„Er muß, Propst, die andern stoßen ihn. Es ist heut gewaltiger Lärm im Magistrat gewesen. Die widersprachen, haben gar nicht aufkommen können.“

„Und sie wollen —“

„Bitten, daß Seine Durchlaucht gestatte, daß einer oder der andere von denen wittenbergischen Prädikanten, so in der Altstadt Brandenburg gepredigt, auch hüben und drüben der Spree auf die Kanzel trete, damit sie's mit eigenen Augen sehen und mit eigenen Ohren hören, was an der Sache sei.“

„So wünschte ich doch, daß Joachim —“

„Um der Barmherzigen willen, wünscht es nicht, Propst; wenn das Gewitter losgeht, schlägt's immer da ein, wo's nicht soll.“

„Wünsche sind Thorheit, Ihr habt recht. Macht Euch an sie, Krauchwitz, als wüßtet Ihr nichts, was sie vorhaben. Malt ihnen das Gewitter, wie es ist, wie nur wir vom Hofe es kennen; ein wenig schärfer, dunkler; viel ist nicht nötig, so eine Probe vom Donner, daß —“

„Die Milch sauer wird, ehe sie bis zu den Lippen kommt,“ fiel der Hofmann ein. „Verlaßt Euch auf mich, sie sollen schlottern und zittern, wenn sie den Mund aufthun.“

Nach einem raschen Besinnen hielt ihn der Propst am Arm und zog ihn tiefer in die Ecke.

„Ihr mögt ihnen sagen, gelegentlich versteht sich, Ihr müßtet fürchten, heute sei ein sehr unglücklicher Tag, um eine Bitte, was es sei, vorzutragen. Wenn es eine wichtige Sache wäre, bätet Ihr sie, aus Freundschaft für die Stadt, ihrer selbst willen, daß sie es aufschöben.“

„Blitz!“ rief der andere mit einem jener stechenden Blicke, welche weniger dem Hofmann als dem Junker Peter Melchior angehörten, wenn er einen guten Paschwurf gethan. „Blitz! laßt sie doch sich die Zunge verbrennen. Wir sind ja in der puren Wahrheit, wenn wir ihnen sagen, daß ein Gewitter im Anzuge ist Dafür sprechen alle Zeichen. Ich möchte heute nicht von der Köpenicker Schloßhauptmannschaft anfangen, noch riete ich Euch, das Kapitel von Havelberg anzuführen, aber sie laßt sprechen. Wenn er losschnaubt, fliegen sie bis an die Wand, und damit ist die Sache abgethan, wenn sie Euch ungelegen kommt.“

Der Propst hatte die Nägel seiner Finger besehen, vielleicht spiegelte sich das Gesicht des Junkers darauf, und er fand es nicht geraten, ihn weiter zum Vertrauten der Gedanken zu machen, welche sichtlich in ihm aufstiegen und sichtlich von ihm unterdrückt wurden:

„Lassen wir alles in Gottes Hand einstweilen, teuerster Freund! — Wer weiß — ja wer weiß alles — Ja, und Ihr seid gewiß, daß niemand um das Abenteuer von gestern — Ihr versteht mich, niemand?“

„Auch Bredow weiß nicht drum.“

„Was bedeutet das?“ rief der Propst mit einer Stimme, welche eine Art innerer Scheu ausdrückte. „So etwas ist noch nicht vorgekommen.“

„Doch, Hochwürdigster! Saldern und Buch erinnerten mich vorhin an den alten Vorfall mit dem verrufenen Schwarzkünstler. Es weiß noch heute niemand recht, was sich zugetragen; aber wie der Markgraf damals aus der Reetzengasse zurückkam, blaß, verstört, — er schloß sich auch ein mehrere Tage. Der Page, welcher mit ihm beim Doktor war, ist am hitzigen Fieber verstorben.“

„Dieser Faustus war nachher aus Berlin verschwunden, man erfuhr nicht wie,“ sagte nachdenklich der Propst.

„Was in der Raserei der Edelknabe sprach, ist das einzige, was man von der Sache erfuhr. Joachim wird aber noch immer blaß, wenn man des Doktor Faust in seiner Gegenwart erwähnt.“

„Den hat der Teufel längst erwürgt und geholt.“

„Zu Bretten in der Pfalz, wie jedes Kind weiß,“ fuhr der Hofmann fort. „Allein der Knabe, es war ein von der Goltz, der draußen auf der dunklen Treppe stehen bleiben mußte, hatte es mit angehört, wie Seine Durchlaucht gesagt: Was Du dem Herzoge von Parma gezeigt, will ich auch sehen, denn Du standest nicht schlechter vor dem von Parma, als Du vor mir stehst. Darauf hat er viel schreckhaftes Geräusch vernommen, und ein Lichtschein, wie vom Blitz, war durch das Schlüsselloch und durch die Thürritzen drungen.“

„Und wir wissen doch nicht, was er gesehen.“

„Wir wissen's: Alexandrum Magnum, den König von Griechenland. So groß ist er an der Wand erschienen, daß Seiner Gnaden sich entsetzt. Nachmalen gerieten Sie aber in Zorn, daß sich ein hergelaufener Mensch ohne Distinktion unterstanden, ein gekröntes Haupt aus seiner Grabesruh zu citieren, daß Sie aufsprangen und dem Magnus einen Fußtritt gaben. Da ist der Doktor auf sein Knie gefallen und hat zu Gnaden gebeten, ihm zu verzeihen, da er doch nur dem Befehl des weisesten aller Fürsten nachgekommen, und sei Alexander zwar ein großer König, aber doch nur ein Heide gewesen; darum habe er Macht, daß er auch ihn citierte. Und danach hat der Markgraf denn noch etwas sehen wollen, das hat der von der Goltz nicht gehört, was es war, und der Schwarzkünstler hat himmelhoch gebeten, daß er ihm das erlasse. Endlich aber hat er mit Zittern dran gemußt, und da hat der Markgraf einen Schrei ausgestoßen und ist, wie's dem Knaben bedünkt, in Unmacht gefallen. Der hat sich vor Zittern und Angst an das Treppengeländer gehalten; dann aber hat er sich zusammengenommen und wollen die Thür aufstoßen, aber Joachim ist ihm entgegengetreten, blaß wie der leibhafte Tod, die Zähne klappernd, und hat ihn nicht gesehen; so ist er die steile Treppe hinuntergestürzt, und erst am Ende der Reetzengasse hat ihn der Knab' eingeholt. Da hat der Markgraf sich in seinen Mantel vermummt und ihn gefragt, ob er was gesehen und gehört, und der Goltz hat gesagt, nein, er hätte nichts gehört und gesehen, sondern wär' fast vor Angst umgekommen, daß die Geister, so im Flur gepoltert, ihn nicht erwürgten. Da hat Joachim zu ihm gesagt: das sei ihm gut, denn so er etwas gesehen und gehört, ließe er ihn in einen Sack thun und in die Spree versenken mit einem Stein dran. Davon ist der Knabe nachher ins Fieber gefallen und nicht wieder genesen."

In dem Augenblick machte sich wieder eine Bewegung bemerkbar. Es lief etwas durch den Saal und teilte sich, ohne daß man es laufen sah, von einer getrennten Gruppe zur anderen mit. Es giebt eine Sprache an den Höfen, die keiner Worte, ja keiner Laute bedarf, und die sie verstehen, verständigen sich doch im Augenblick. Alle wußten fast zu gleicher Zeit das Geheimnis des Kabinettes, in das doch noch kein Auge gedrungen war. Der Kurfürst dachte nicht an den Türkenkrieg, nicht an seinen Schwager, den Dänen, noch an Kaiser Karl V. und das Deutsche Reich, sondern die vielen Eilboten, die er ausgeschickt nach dem Unter- und Oberbaum, nach Köpenick und Spandow, sollten ihm nur etwas berichten, was er selbst mit ungeteilter Aufmerksamkeit beobachtete — den Stand des Wassers in der Spree und Havel. Die jüngst Angekommenen berichteten es, und wer in der Nähe der Thür war, schlüpfte hinaus, um sich von den Fenstern des Korridors selbst davon zu überzeugen, — der Kurfürst stand in dem vorspringenden Wasserturm am Fenster und schaute mit unterkreuzten Armen unverwandt nach den Pfeilern der langen Brücke.

Da sah einer den andern an, und aus ihren Blicken hättest Du manches lesen mögen. Die einen unterdrückten ein böses Lächeln, die andern sahen blaß und fragten: Steigt es wirklich?

Die Ankunft zweier vornehmen Herren unterbrach, ich weiß nicht, ob die Gedanken, aber das Gespräch. Der Bischof von Brandenburg erschien, vom Marschall Bredow geführt. Joachim hatte den Prälaten rufen lassen, und ihre Namen wurden hineingemeldet. Wer hätte nicht gesucht, dem einen oder dem andern sich zu nähern, denn beide waren von allen Räten und vom ganzen Hofe unzweifelhaft die Männer, welche Joachim am nächsten standen. Die Versammelten schöpften Atem; nun durfte der Fürst nicht länger zögern. Und wenn die Sonne seines Antlitzes mit Wolken umdüstert war, mußten die Lippen seines besten Rates, die Augen seines liebsten Günstlings die Nebel verscheuchen.

Die Thür öffnete sich; aber nicht der Kurfürst trat heraus, der diensthabende Junker, der hineinrief —

Natürlich den Bischof von Brandenburg, den jüngst angekommenen, den vornehmsten Gast, den ersten Rat. So dachte jeder, auch der Komtur aus Preußen, der zwischen den Zähnen murmelte: „ein Pfaff geht allen hier vor," und mit schlecht verhehltem Unwillen dem Bischof den Rücken kehrte, als dieser aus dem ehrerbietig sich öffnenden Kreise, demütigst geneigt, doch im vollen Bewußtsein, auf die Thür zuschritt.

Der Junker rief nicht seinen, sondern den Namen des Ritters Hans Jürgen von Bredow.

Hieronymus Scultetus war ein Hofmann, aber auch ein Fürst in seinem Sprengel. Er war ein stattlich wohlbeleibter Herr, der mit der Zunge sich leicht wandte, aber mit dem Körper war's ihm schwerer. Ein Hofmann von heut hätte sich behender umgewandt, daß man's nicht gemerkt, was sie heut nennen würden: er war abgeblitzt. Der Komtur aus Preußen stieß ein helles Gelächter aus. Es war eine schlechte Sitte damals, aber der Komtur war müde; und in Preußen war er's nicht gewohnt zu warten.

Indes hatte sich der Bischof umgewandt, so gut es eben ging; und so freundlich einer aussehen kann, dem der Ärger durch den Leib fährt, ging er am Arm des Propstes an der leeren Wand des Saales auf und ab. „Sie konferieren über wichtige Dinge," meinten einige, und die das meinten, mögen wohl recht gehabt haben. Ihre Blicke flogen oft hinüber nach den Berliner Herren.

„Ihr irrt," sagte Hieronymus lauter, als sie in einer unbelauschten Ecke standen. „Überlegen, wenn es noch an der Zeit ist, zaudern und hinhalten, wenn man mit sich selbst uneinig ist, aber handeln, wenn die Zeit drängt. Und drängt sie nicht?"

„Aber nach dem, was ich eben die Ehre hatte — wir wissen ja nicht, was die Glocke drinnen geschlagen hat. Der Kurfürst —"

„Wird unter allen Umständen, wenn die Bürger sich das erfrecht, lospoltern; je unerwarteter es ihm kommt, desto ärger. Was konnten wir mehr wünschen?"

„Seine Würden, der Bischof von Brandenburg!" ertönte die Stimme des diensttthuenden Junkers durch den Saal. Als Hieronymus nach der Thür schritt, durch die so viele ängstliche Blicke warfen, begegnete ihm der Ritter Hans Jürgen, der in Eil' sich durch die Gruppen drängte. Beide konnten keine Blicke tauschen. Aber der Propst wollte ihn auffangen, indem er sich an seinen Arm hing und ihn nach der Thür begleitete.

„Ehre, wem sie gebührt. Wo Kirchenfürsten und Abgesandte von Königen warten mußten, eine ganze Stunde im vertraulichen Zwiegespräch mit dem Erlauchten —"

„Der mir auch keine Sekunde erlaubt, Euch für Euren Glückwunsch zu danken," antwortete der Ritter und war die Wendeltreppe schon hinunter.

„Soll der auch nach dem Wasser sehen," sprach der Propst, als man ihn hörte in den Sattel steigen.

Im selben Augenblick erschien der Junker wieder an der geschlossenen Thür, den Anwesenden verkündend, daß der durchlauchtige Kurfürst für heute die Audienz schließe und die Versammelten in Gnaden entlasse.

Der Bürgermeister Reiche atmete auf und wischte den Schweiß von der Stirn, als seine Knie sich beugten, nicht zum Knien, sondern die Stufen der Treppe hinabzusteigen. Die anderen Bürgerherren senkten etwas den Kopf und schüttelten ihn leise. Es schüttelte mancher den Kopf, wenn auch nicht jeder so deutlich als der Komtur aus Preußen. Zuletzt kam der dänische Abgesandte, der einzige, um dessen Mund ein Lächeln schwebte. Er schien jede Stufe der Treppe zu beobachten, wie alte Bekannte, die er so oft gezählt. Vielleicht daß er sich gefreut, wenn einmal seine Rechnung falsch war, aber er hatte sich nicht verrechnet.

Viertes Kapitel.

Der Bischof und der Kurfürst.

Der Kurfürst stand nicht mehr am Turmfenster; er saß in seinem Armstuhl, wie von Gedanken niedergedrückt, die auf das blasse Gesicht tiefe Furchen eingegraben. Es waren Furchen vieler, langer Jahre, und über seine kräftigen Mannesjahre hinaus schien er gealtert. Nur um die Lippen spielte noch der übervolle Mut der Entschlossenheit, eine Festigkeit, welche den Stürmen Trotz bietet, die von außen toben, und denen, die von innen wühlen. Die Wimpern senkten sich über seine Augen, aber wenn er sie aufschlug, schossen Blicke heraus, zündend noch wie Feuer.

In einer Ecke des halb verdunkelten Gemaches, wo Himmels- und Erdgloben, Triangel, Fernröhre, Pendel- und Sanduhren und andere astronomische und astrologische Gerätschaften in scheinbarer Unordnung umherstanden, daneben aufgeschlagene oder übereinandergetürmte Folianten, auch wohl Gerippe sichtbar wurden von Krokodilen, Schildkröten und Einhörnern an der Decke oder zwischen dunkel wallenden, schweren Vorhängen, — im Zwielicht dieses Winkels bewegte sich leise eine Gestalt, die man geneigt war, auf den ersten Blick für eine Puppe oder ein Bild zu halten, das in diesen Dunst- und Nebelkreis gehörte, und ein Mechanismus bringe die Bewegung hervor. Es war auch ein blasses Gesicht, auf einem großen Kopfe, mit scharf geschnittenen Zügen, aber diese Züge waren so bewegungslos, daß sie einer Holzpuppe angehören konnten, eine Vermutung, die durch den mehr als vollständig ausgewachsenen Kopf gerechtfertigt schien, der hinter dem bepackten Tische allein zum Vorschein kam, während der dahinter verborgene Leib der eines Kindes hätte sein müssen; aber wenn das Gesicht die blaßgelben Wimpern aufschlug, schoß aus den rötlich umränderten Augen, die von langen Nachtstudien sprachen, ein stechender und forschender Blick hervor, den keine mechanische Vorrichtung der Natur nachbilden konnte.

Ein solcher stechender und forschender Blick hatte eben den Kurfürsten getroffen, als auch dieser seine Augen aufschlug.

„Nichts?“ fragte Joachim.

„Nichts mehr.“

„So war es Täuschung? Deine Augen, Carrion, werden trüb von den Nachtwachen.“

„Die Sterne täuschen nie,“ entgegnete der Astrolog, „und meine Augen sind noch scharf. Der Wassermann ist's, der's am wahrhaftesten mit uns meint; wir mögen uns nur in Zeit und Raum verrechnen. — Unsere Instrumente sind Arbeit von Menschenhänden.“

„Ich will Dir bessere verschreiben lassen, aus Venedig. — Es wird noch Zeit sein?“

Carrion nickte.

„Wohlan, wenn es noch Zeit ist, zu anderen Sorgen! — Verschwinde.“

Breite, gewichtige Fußtritte, die sich draußen genähert, hielten jetzt vor der Thür inne. Auf den Zug, den Joachim an einer seidenen Schnur that, öffnete sich die Thür, und der hereintretende Bischof fand nur noch den Kurfürsten, seine Bücher und Instrumente in dem Zimmer, wo kaum die nächst Vertrauten Zutritt hatten. Ob die zwergische Figur zwischen den Vorhängen einen Durchgang in die Wand gefunden, ob sie in einer Versenkung oder geheimen Treppe hinabgestiegen war, ließ sich in dem Dunkel nicht entdecken. Sie war verschwunden.

Der Kurfürst aber war aufgestanden, und indem er im Zimmer rascher, als seine Art war, einigemal auf und ab ging, schien er mit Gewalt die Gedanken, welche ihn noch eben beschäftigt, abgeschüttelt zu haben, um zu einem neuen Gegenstande überzugehen. Als er, halb an den Tisch gelehnt, den Bischof mit seinem durchdringenden Blicke anschauend, den Mund öffnete, war das Gesicht ein anderes, der Mann selbst schien verwandelt.

„Ich weiß alles, was Du mir sagen willst, Hieronymus. Die Welt lebt von der Thorheit. Eine mehr oder weniger. Einem Schatten folgen, heißt einen Augenblick des Sonnenlichtes verlieren. Und wer zählt die Sonnenblicke, die uns noch gegönnt sind?“

„Ich kam nur, um meinem Herrn und Kurfürsten noch einmal meine Freude auszudrücken, daß ihn der Herr, der den himmlischen Heerscharen gebietet, auch aus der letzten Fährlichkeit errettet hat.“

„Darum kamst Du nicht.“

„Mein Kurfürst weiß alles —“

„Und Du möchtest gern wissen, was ich weiß. O laß Dir genügen mit dem, was Dir auf den Gassen zugetragen, auf den Märkten gesungen wird. Wer belastet denn ohne Not sein Hirn mit Sorgen, Zweifeln, Geheimnissen! — Du bist nicht mehr der lustige Mann von sonst, der ein Mahl durch seine Gespräche würzte, der durch seine Aufgeräumtheit den Trübsinn des grämlichsten Gesellen verscheuchte. Wie? Nagt an Dir auch der Zahn der Unzufriedenheit, das tolle Tier, das die Völker gebissen hat, und die Wut steckt an?“

„Meine Lebenskraft, durchlauchtigster Herr, ist Deinem Dienst gewidmet. Ist mein Herr froh, so kann ich nicht traurig sein, ist er traurig —“

„So möchtest Du wissen, warum? Wisse, ich hasse die Spiegel, weil sie uns nur verkehrt wiedergeben, weil sie lügen — weil — genug davon!“

„Mein Herr hat mich lange keines großen Auftrages gewürdigt und mich doch so reich beschenkt, so überreich für meine geringen Dienste belohnt, indem er zu meinem Bistum Brandenburg auch das von Havelberg hinzugefügt. Der Domherr von Blumenthal, auf den die Wahl des Kapitels gefallen, ist dadurch abermals übergangen. Dies ladet mir nicht allein die Feindschaft dieser mächtigen Familie auf den Hals, sondern gewissermaßen die des ganzen kurmärkischen Adels, der sich darin gekränkt sieht, daß nicht allein ein Fremder den Einheimischen vorgezogen ward, ein Ausländer aus Schlesien, sondern ein Nichtadliger, ja der Sohn eines Bauern!“

„Es ist mir lieb, Hieronymus, daß Du zur Wahrheit zurückkehrst. Du kamst nicht um mich, um Deiner selbst willen. Warum sagtest Du es nicht geraderaus?“

„Wer naht gern seinem Fürsten —“

„Mit der Wahrheit. Du hast recht. Schade nur, daß auch das wieder nicht die Wahrheit ist. Wie Du ein guter Diplomatikus für Deinen Fürsten warst, bist Du's nicht minder für Dich. Der märkische Adel kümmert Dich nicht, und mit den Blumenthals hast Du Dich privatissime gesetzt. Georg Blumenthal entsagt seinen Ansprüchen auf Havelberg, er verschwört allen Groll gegen Dich; dafür setzest Du alles dran, daß die Wahl in Lebus auf ihn fällt. Mich, hast Du versprochen, ‚kirr zu kriegen‘, daß ich meine Einwilligung gebe. Still, Hieronymus, Deine eigenen Worte waren's in Müncheberg, wo Ihr das Geschäft beim Becher in der Hinterstube der Propstei abgekartet. O erschrick nicht, ich weiß auch die Entschuldigung, die jetzt in Deiner Brust würgt; vielleicht damals schon, als Du nächtlich heim rittest, hast Du Dein Gewissen damit beschwichtigt. Zu meinen Gunsten hast Du's gethan. Der Blumenthal ist ein störrischer Mann. In dem fernen Lebus, an der Grenze der Polen und Kassuben, ist er mir aus den Augen gerückt; sein Eigensinn fährt mir nicht, und Dir auch nicht durch Deine Pläne. Er kann da wirtschaften, wie er Lust hat, ich höre ihn nicht, und Du —"

„Mein allergnädigster Herr —"

„Ich bin ja zufrieden. Verlange ich denn mehr von meinen Dienern, als daß, wo sie für sich sorgen, sie nebenher auch an mich denken? Ich danke Dir vielmehr, daß Du Dich mir erhalten hast."

„Andere Fürsten —"

„Werden leichter betrogen. Das ist der ganze Unterschied. Du triffst mich in guter Laune. Benutze es, sprich mich um eine Gnade an."

„Darum kam ich, doch nicht um Geschenke. Du gabst so viel, daß ich für mich nichts mehr bedarf. Verwandte habe ich nicht; mein Haus ist die Kirche, meine Familie mein Fürst und sein Land. Ich bin Dein Schuldner; für die im voraus zu reich gewährte Gunst fordere ich Arbeit, so lange meine Schultern noch stark sind. Bedarf mein Herr keiner neuen Gesandterdienste an Karls Hofe, zum neuen Reichstage, keine nach Dänemark, nach — Sachsen?"

Joachim hatte sich wieder hingesetzt und schwieg einige Augenblicke: „Nach Sachsen? — Du warst ja schon in Wittenberg."

„Wittenberg ist nur der Punkt, wo der Strahl des Brennglases zuerst hinfiel; die Hand, welche den Spiegel hält, ist weiter zu suchen."

Joachim senkte die Stirn, er hob sie wieder; man sah, es ging vieles in ihm vor, bis er sich erhob: „Sprich!"

Der Bischof wich einen Schritt zurück und verneigte sich: „Kurfürstliche Gnaden, ich kam, um meines Herrn Befehle zu vernehmen, wenn er meiner Dienste bedürfe."

„Aber als mein Rat und Minister mußtest Du Dir zurechtgelegt haben, was Du mir vortragen willst. Ich erwarte Deinen Vortrag."

„Da Joachim, der in unseren Gedanken liest, schon entschieden hat, ehe wir sprechen, ist es eine grausame Prüfung für die Schwäche seiner Diener, von ihnen verlangen, daß sie sich verirren und verwirren, wenn sie dem Adlerfluge seiner Gedanken folgen sollen."

„Deine Meinung, Hieronymus, nicht Phrasen; sonst müßte ich annehmen, Du kämst doch nur, um meine auszuforschen. Noch halte ich Dich aus alter Gewohnheit für — etwas ehrlicher als die andern."

Er hatte die letzten Worte halb leise gesprochen. Der Bischof hatte sich schnell aufgerichtet.

„Der Schein, mit meiner Meinung mich dem aufzudrängen, welcher, über die Meinung hinaus, schon zur Einsicht, ja zum Entschluß gekommen, darf mich so wenig von meiner Pflicht zurückhalten, als mich der Schein, den die Sache wirft, täuschen soll über das Licht, von dem er kommt. Wo dieses brennt, darüber habe ich zur Zeit nur Mutmaßungen; das aber weiß ich, daß dies arme Augustinerkloster, wohin das Volk gafft, nur der Ort ist, wohin der Funke fiel, den eine geschicktere Hand ausstreute. Auf die Gefahr, meinem Kurfürsten zu mißfallen, ich spreche es dreist aus: in der ganzen Welt ist ein Mißbehagen, ein Verlangen, daß es besser werde. Es bedurfte nur eines Funkens, um zu zünden. Aber weshalb war dieser Funke gerade nach Wittenberg in Sachsen von dem unsichtbaren Feuerwerker geschleudert? Warum nicht nach unserem Frankfurt, wo wir die ersten Theologen Deutschlands versammelt haben? Wie anders hätte er hier zünden, wirken mögen, welches andere, wahrhafte Licht zur Erleuchtung der Welt wäre da unter weiser Leitung angesteckt, während dort unberühmte Köpfe, junge, unerfahrene Docenten — ich meine in der Theologie — und nun gar ein täppischer Mönch sich der Sache bemächtigten. Dies, mein Kurfürst, hat eine Bedeutung, deren Nerv wir umsonst in Wittenberg suchen. Die Spur, welche nach Dresden führt, erkennt jedes Auge ohne Mühe; Spalatin, des Kurfürsten Vertrauter, ist die Seele dieses scheinbar kirchlichen Aufstandes; der von Staupitz, der Provinzial der Augustiner, schwebt dahinter, noch in halb durchsichtigem Schleier; der andere Teil bleibt uns aber verborgen. Was ist der Zweck, wohin soll es hinaus, wer sind die größeren und geschickteren Urheber, die vielleicht im fernen Auslande das Feuer anschüren? Denn, ich frage mich, wär' es nichts weiter, als ein Versuch Eures Vetters in Sachsen, das Ansehen der Universität Frankfurt zu stürzen — das ist offenbar Spalatins Absicht; — aber Spalatin kann ein Werkzeug sein so gut wie jener Mönch, und die Bewegung macht gegen Abend, Mittag, Mitternacht noch reißendere Fortschritte als gegen uns zu. Wer ist die Hand, welche Spalatin, welche den Kurfürsten selbst unsichtbar leitet? — Die spanische Klugheit kann man nicht genug beargwöhnen. Auf Brandenburgs Markgrafen blicken die deutschen Fürsten, als auf die Seele des germanischen Reiches, über das ein spanischer Knabe zum Herrscher erwählt ist. Karls Politik ist noch im Dunkel, aber es ist nicht die des großen Maximilian. Er sieht mit scheelem Auge auf die Freiheiten und Rechte der Reichsfürsten, die seinem Ehrgeiz Zügel anlegen. Er wird nicht offen, nicht mit eisernem Arm sie angreifen, aber durch geheime Künste wird er, muß er diese Rechte zu lockern suchen; er wird Zwietracht, Mißtrauen unter den Fürsten selbst aussäen. Friedrich von Sachsen ist, was die Welt nennt, ein redlicher Mann, in seiner Art klug, aber schwach, leicht zu fangen. Hätte man ihm ein Spielzeug in die Hand gegeben, die unzufriedenen Gemüter im Volke, unter den Gelehrten und höheren Ständen aufzuregen? Ich sage nicht, daß es so ist, daß man ihm eingebildet, durch Förderung dieser Bewegung werde er seine Universität heben, die unsere verdunkeln; ich sage nicht, daß man ihm geschmeichelt, durch Unterstützung dieser Meutereien könne er das Prinzipat in Norddeutschland erwerben, ein Prinzipat, welches, bei Karls oft nötiger Abwesenheit in Spanien, für die Zukunft von immer größerer Wichtigkeit werden muß; ich sage auch nicht, daß er sich selbst geschmeichelt, einen Fürsten wie Joachim aus Achtung und Ansehen zu verdrängen, denn der beschränktesten Einsicht mußte das als unmöglich erscheinen; aber die Vermutung liegt doch nahe, zumal da er sich selbst sagen muß, daß der Kurfürst von Brandenburg weder als Reichsfürst die Rebellion, noch als katholischer Christ die Ketzereien dulden kann. Er mußte sich sagen, daß Joachim, selbst auf die Gefahr hin, an Macht, Ansehen, Liebe einzubüßen, gegen die Ungebührlichkeiten aufstehen wird. Wie, frage ich weiter, konnte nun der gute Fürst von Sachsen einen solchen Konflikt wagen, mit einem Fürsten, der ihm an Macht, Geist, Gelehrsamkeit, an Einfluß auf das Reich so weit überlegen ist, wenn nicht eine andere geheime Macht ihn in Bewegung setzte, wenn er nicht selbst ein Spielball war in einer schlaueren Hand, wie es dieser kleine Doktor Luther in der seinen ist?“

Der Blick des Kurfürsten hatte einen Anflug von Hohn, als er, den Kopf schüttelnd, ihm zu erkennen gab, daß er genug geredet.

„In Diplomaticis bist Du ein feiner Kopf, aber nicht in der Menschenkenntnis, Hieronymus. — Den Sachsen, meinen Vetter, überlaß ich Dir, der Mönch aber ist kein Werkzeug. Ist's der Pilz, der über Nacht aufschießt, schuhhoch, ist's der Stern, der am nächtlichen Horizont aus dem blauen Firmamente springt, ist's der Sturm, der aus einem Nichts entsteht und Bäume entwurzelt, Türme umreißt? Du hast viel studiert, Hieronymus, aber Du sitzest zu lang an Deiner Prälatentafel, um noch die Kraft des Ursprünglichen zu kennen."

Joachim war aufgestanden.

„Das ist die Macht der Natur, die zuweilen, ihres alltäglichen Schöpfungsprozesses müde, Wunderblumen aus dem alternden Schoß der Erde sprießen läßt, Meteore am Himmel glühen, die in keine ihrer Ordnungen gehören. Damit lacht sie uns aus, die wir meinen, wir hätten sie ausgemessen und ausgerechnet. Sie ist so reich und neu, wie wir in unserem Schlaf nicht träumen, in unserem Wachen es nicht zu denken wagen. Nur, weil wir's nicht wert sind, zeigt sie uns ihr Schlafrockangesicht. Für unsere blöden Augen, meint sie, ist's gut genug!"

„Die Erwählten sehen weiter," entgegnete nach einer Pause, den Kopf senkend, der Bischof.

„Dieser Mönch, Hieronymus," fuhr der Kurfürst fort, „ist ein Geschöpf ihrer übermütigen Laune, mit der sie alle Jahrhunderte einmal die Erde überrascht, unsere Rechnung zu verrücken, unseren Verstand zu beschämen, unseren Stolz zu knicken. Der ist kein Werkzeug — nicht in eines Menschen Hand!"

Wer den Bischof gesehen, mit seinen breiten Sohlen scheinbar so fest auf der Diele stehend, hätte nicht vermutet, daß er sich in diesem Augenblicke der Schieferdecker auf dem schmalen Brette dünkte, das über dem Turme schwebt.

„Von meinem Fürsten darf seine Diener keine Anschauung der Dinge, auch wenn sie dieselbe nicht begriffen, überraschen, weil sie des gewiß sind, daß sie immer innerhalb der Grenzen unserer heiligen Kirche aufgefaßt ist."

„Was hat die Kirche damit zu thun! Die steht erhaben auf einem Felsen, den die Naturgeister nicht erschüttern. Laß die auf der Niederung umher mit Irrlichtern spielen; mit

Wunderpflanzen, Nebelbildern tausendgestaltig sich ergötzen. O Hieronymus, Du begreifst mich nicht, Ihr alle faßt es nicht, wie einem Fürsten wohl ist, wenn er einmal, irgendwo nur, die Kraft des Unmittelbaren sieht, er, der rings um sich nur gemachte Freude, Schmerzen, gemachte Gesichter erblickt. Es ist ein Trunk Ätherluft in der drückenden Atmosphäre, doppelt drückend, weil wir wissen, daß wir ihr unsere Farbe, unsere Stimmung aufdrücken. Es ist nun einmal so. Einmal darum berauschen wir uns gern, wir spielen. Was wäre denn ohne das bunte Blumenkleid diese dürre Erde, wie wäre das Leben unter diesen berechnenden Gestalten zu ertragen, wenn nicht einmal ein warmblütiger Narr, Schwärmer, Phantast, wie Du sie nennen willst, dazwischen träte und das ewige graue Einerlei aus dem Schick brächte Wir zertreten die Blumen, wenn wir über die Wiese springen. Was ist's? Der Herbst knickt und verdorrt sie auch. Sie kommen im Frühling wieder, harmlose Kreaturen, die Schmerz und Freude nicht empfinden."

Der Bischof hatte leise aufgeatmet. Es war nur eine Phantasie, welche seinen Herrn umspielte; Phantasien gönnte er ihm. Er that mehr, er ging in die Phantasie ein. Aus der eigenen Erinnerung, aus dem Berichte, welchen er von der Wittenberger Reise dem Kurfürsten abgestattet, holte er Saiten, Züge hervor, welche er in diese Phantasie einklingen ließ. Er malte die Gestalt des Mönches, mit den von vielen Nachtwachen eingefallenen Backen, mit den blitzenden kleinen Augen, die zur Zeit aus tiefen Höhlungen hervorblickten; aber gesündere Kost, ein heiteres Leben, ein besserer Umgang würde das alles ändern. Unstreitig erscheine er wie eine wilde Blume, auf dem Felde aufgewachsen. So trete er auf, gebärde sich, denke, spreche. Man müsse in ihm die in ihren Variationen unerschöpfliche Natur bewundern, wenn man ihn sehe, ihn höre. Nur Männer von höherer Kenntnis, als man aus Büchern schöpfe, fehlten ihm, ein Fürst, der ihn zum Rechten leite, um ihn vor Fehltritten zu bewahren; denn daß er schon gestrauchelt, daß er, um das Straucheln zu verbergen, in immer größerer Hast weiterrenne, daß er sich überstürzen, sich endlich selbst nicht mehr werde halten können, das sei nicht zu leugnen, das sei zu fürchten.

„Denn vieles, ich meine einzelnes von dem, was er predigt, ist nicht unbedingt unrichtig, wenigstens nach meinem Dafürhalten; es kommt wenigstens aus aufrichtiger Gesinnung, wenn es gleich nicht am rechten Orte, in rechter Art, ich sage, auch nicht von der rechten Person vorgebracht ist. Denn, abgesehen von dem leidigen Streite über den Ablaß, dessen irrige Auslegung, meines Erachtens, nur auf einem Mißverständnis beruht, so sind auch in den anderen Doktrinen Ansichten, die, wenn sie ein wirklich gelehrter Theologe behandelte, ihre Geltung für sich hätten. Ich meine — ja, wenn er sich an unseren Wimpina damit nach Frankfurt gewandt hätte, dessen Belehrung gesucht, dessen gelehrter Autorität sich unterworfen —"

„O, wenn er nur lateinisch schriebe!" unterbrach ihn Joachim. „Was muß er den ganzen Streit, der vor die Fürsten der Kirche gehört, vor den Pöbel bringen."

Hieronymus schien freudig zusammenzuschrecken: „Das erschöpft es, das eine Wort. Ja, wenn er lateinisch geschrieben! Daß der arme Mann keine Freunde hatte, die ihm das beibrachten! Weil er sich selbst überlassen blieb, verirrte er und wird nun in seinem Werke gestraft."

„Sein Werk, Hieronymus?"

„Das kann ihn härter strafen, als wenn er mit Schrecken die Wirkungen seiner Schriften inne wird. Gottesleugner, Freigeister, Spötter hat jede Zeit hervorgebracht; stets aber nur einzelne. Jetzt hat die Spottsucht die Massen durchdrungen, bis ins tiefste Volk hinunter, bis zu den Schwellen der Armut ist das Gift gespritzt. Selbst dort liest man schon die Wittenberger Schriften. Man schreit sie auf den Märkten aus, man möchte damit auf die Kanzeln klettern. Ja, man hat es schon hie und da versucht, und da der Kurfürst schweigt, ist der böse Leumund geflissen, zu verbreiten, daß er stillschweigend dazu nickt. Dies allein ist es, Herr, was mein Herz verwundet, dies — ja, dies ist der Grund, weshalb ich kam, Dich sprechen mußte, auch auf die Gefahr Deines Zornes."

„Du kamst nicht darum, Du wolltest mich nicht darum sprechen, es verwundet auch nicht Dein Herz, denn Du glaubst nicht daran, noch glaubt jemand, daß ich den Neuerungen zunicke. Wer einen Fürsten belügen will, sollte sich vorher bedenken." Er sprach es so ruhig. Aber auch der Bischof blieb ruhig. War er solcher Antworten gewohnt?

„Befiehlst Du, daß ich gehe, oder gönnt mein Herr mir noch ein Wort?"

„Dem Angeklagten gebührt das letzte."

„Nicht zur Verteidigung, ich ergreife es zur Anklage. Du als hochbegabter Mensch hegst Bewunderung für eine andere begabte Natur. Was ist natürlicher! Eine andere Betrachtungsweise verriete den Neid einer kleinen Seele. Bewundere denn als Mensch seine Natur, freue Dich als Ritter, wie er die Lanze taumelnd einlegt gegen die bestehende Ordnung, aber ich fordere auch, daß Du als Sohn der Kirche, als ihr Schirmherr in diesem Lande, die Augen öffnest. Er weckt die Geister, so preist es die Unvernunft, zum Nachdenken über die Satzungen, die über tausend Jahre das Menschengeschlecht in Zucht und Ordnung hielten. Nein, ein anderer Lucifer, will er das Licht vom Himmel stehlen, um zu leuchten, wo Gott wollte, daß es Nacht bliebe. Jetzt sind es nur Thoren, Unzufriedene, junge Leute, die immer neuerungssüchtig sind, aber es wird ein Strom, der ihn selbst mit fortreißt. Wie soll das enden, was bleibt fest?"

„Man wird ihn zu überführen suchen, wo er in Doktrinen eingreift."

„Was helfen alle Disputationen? Er bleibt hartnäckig bei seiner Opinion, er kehrt gestählter in seinen Irrtümern zurück. Erinnere sich mein Kurfürst, was der Kardinal Cajetan nachher in Augsburg sagte: Mit dieser Bestie mag ich nicht weiter disputieren, denn sie hat den bösen Blick."

„Aber der Mönch soll nachher gesagt haben: der Kardinal sei zu theologischen Disputationen so geschickt als ein Esel zum Harfenspiel. Und darin hat der Mönch wieder recht."

Joachim blieb eine Weile in sich gekehrt, dann, wie im Verfolg eines stillen Selbstgesprächs, fuhr er fort: „Es gilt, es hat gegolten in allen Zeiten, es wird gelten, so lange Menschen sind. Den Gelehrten giebt er den Sieg, rufst Du von der Kanzel. Aber warum hat Dschingischan gesiegt, warum Attila; wer hielt das Regiment des Tiberius, Nero? Wer gab Cäsar mit dem Siege auch das Recht? — Belügen wir uns nicht, wir alle knieen vor dem Erfolge. Dieser Mönch, bei meinem Heiligen, ich könnte zuweilen auf ihn neidisch sein! Wie verfuhren sie mit Wiclef? Wie schnell ward Huß gerichtet? — Jeder Bischof hätte ehedem das Recht gehabt und geübt, ihn stumm zu machen auf ewig. Wie säuberlich verfährt man mit diesem. Welches Wesen, Aufheben macht man mit ihm. Wie viele Jahre schon verflossen, und noch kein Ketzergericht bestellt. Welche Mühe gab man sich, ihn zu überzeugen, zum Widerruf zu stimmen? Wie oft ward nach Rom berichtet; Legaten aus Rom gesandt; der Kaiser, das Reich, und das nicht allein in Fieberaufregung! — Du antwortest mir, das machten seine hohen Gönner; es wären nun andere Zeiten, mildere Sitten. Der Blutdurst, die Bestie im Menschen wird nie ersticken; sie schläft nur, verschnauft, um mit neuer Gier zu erwachen. Nein, Hieronymus, es ist das Wehen eines Geistes, den wir nicht verstehen, aber vor dem wir in ehrfürchtiger Scheu zurückweichen."

„Gott sei uns gnädig!" rief der Bischof mit entfärbtem Gesichte.

„Was mir zuerst ein wüster Traum vorkam, nun klingt es in so wunderbaren Harmonien, es rauscht so selig und befriedigt."

„So laß die Prädikanten kommen, gieb dem Verlangen des Magistrats nach. Sie mögen von den Kanzeln die neue Lehre verkünden. Je schneller, so besser; wir wissen eher, woran wir sind: ob die heilige katholische Kirche umgestoßen ist, ob diese Mark des deutschen Landes, so schwer für Christi Kreuz erkämpft, wieder von ihrem eigenen Herrn der Ketzerei preisgegeben, ob Du umsonst Frankfurts hohe Schule gestiftet, umsonst die Greuel der Juden vertilgt, diese Feinde Christi umsonst ausgetrieben hast, ob der heilige Eifer eines ganzen Lebens ein vergeblicher war, ob wir, der Kirche Diener, auswandern müssen aus dem Lande, das Deine Ahnen umsonst von der Ketzerei der Hussiten mit ihrem Blute befreiten?"

Der Bischof schrak selbst zusammen, als es über die Lippen war. Auch jetzt fuhr Joachim nicht auf

„Du siehst Gespenster. So lange es Doktrinen sind und Opinionen, was ist da gefährlich! Der Mönch selbst giebt sie für nicht mehr aus."

„Wenn —"

„Er die heilige katholische Kirche angreift, dann, Bischof von Brandenburg, bin ich ihr Schirmherr in meinem Lande. Den historischen Bau, den Fels, auf dem Christi Kirche gebaut ist, soll er nicht antasten, das ist Rom, das ist des heiligen Vaters Autorität. Das soll, das wird er nicht; ich bin Joachim. — Noch Angst auf Deiner Stirn? — Du denkst an die Hussiten, an die Kriege der Albigenser. Wir haben es mit Deutschen zu thun. Die belebt wohl ein Gedanke, es glüht auch wohl einmal auf zu einem hellen Schein, aber es bleibt ein Nordschein. Vor der blutigen That, vor der Empörung wenden sie sich schaudernd ab, in der Tiefe ihrer Brust den Frieden und die Beruhigung suchend. — Gieb Dich zufrieden, Hieronymus, ein deutsches Volk rebelliert nicht."

„Nun bin ich ruhig, Herr!"

Joachim war ans Fenster getreten und hatte einen Flügel aufgerissen, wie um Luft zu schöpfen.

„Ruhig bist Du," hub er nach einer Weile an, „und die ganze Kreatur ist Unruhe? — Da wieder ein Schwarm Störche zurück, und wie oft wird noch das Eis über die schwarze Spree seine zitternden Brücken schlagen. — Es ist Irrung in der Natur, Hieronymus." Hieronymus ward blaß; er war nicht ruhig: „Man will bei uns Zeichen gesehen haben —"

„Wo denn nicht! — In Schweden, in Hispanien, in Frankreich. Die Zeichen stimmen überall. — Da lies" — er wies auf ein Pack eröffneter Briefe: „Es ist eine Übereinstimmung in dieser Schrift, daß der Ungläubigste seine Zweifel gefangen geben muß."

Der Bischof hob die gefalteten Hände: „Womit haben wir's verdient, wenn Gott selbst von seiner Ordnung lassen will."

„Was sehen wir, Hieronymus, von seiner Ordnung! Wie alle Sphärenkreise ineinander klingen, die kleinen in die großen, und eine geht auf in der anderen, so verschwindet die kleine Ordnung, in der wir Punkte sind, und wir glauben, sie zu begreifen, in der anderen, die wir nicht begreifen. Und in welcher Ordnung, wo Tausende in Tausenden untergehen, lebt, der sie alle schuf? Nur ein dunkles Thor hat er uns hingestellt durch Sankt Johannes, aber wer hat den Schlüssel zur Apokalypse, und wie weit blickt das Auge, das durch die Ritzen dieses Thores sieht?"

Der Bischof erfuhr zu seiner Beruhigung, daß die Berechnung des berühmten Astrologen Stöffler, welche damals die Köpfe verwirrte, durch Carrion, der die Konjunkturen nachgerechnet, sich als unrichtig erwiesen, und daß der verhängnisvolle Tag, wo die Schleusen des Himmels sich ergießen müßten, nicht auf den vierten vor Ausgang Februar falle, sondern weiter in den Sommer hineingerückt sei. Kein entdeckter Rechenfehler hat in der Mark Brandenburg so viel Befriedigung, so viel Trost den bangen Herzen gewährt. Auch Hieronymus fand sich wieder selbst. Er sprach von Buß- und Bettagen, die man ausschreiben müsse, daß man Wallfahrten nach den wunderthätigen Bildern veranstalte. Wie mißlich sei es, jetzt deren Echtheit und Wunderkraft zu bezweifeln oder untersuchen zu wollen, wo das allerunscheinbarste Bild besondere Kraft vor den heiligen Fürbittern besitzen könne.

Joachim war anderer Ansicht: „Damit lauter Unruhe wäre und Faulheit! Nein, wie im Orkan der gute Kapitän die Mannschaft auf ihre Posten stellt, und keiner darf das Ruder, den Mast verlassen, auch im Angesicht des Todes, so soll der Untergang mich und mein Volk in Thätigkeit und Arbeit finden. Ich meine, so treten wir gut vor den Herrn."

„Begreifst Du's nun," sagte er freundlich nach einer Pause, „weshalb ich in Deinen Zorn gegen den Mann nicht eingehe? Wenn die Drommete nun schmetterte zum Tage des Gerichtes, und mühsam arbeitete ich mich aus Schutt und Erde beim Schall der welterschütternden, und neben mir ein anderer, ich in Hermelin, er in der Augustinerkutte, beide Staub, und wir sähen uns ins Gesicht und kennten uns, und Michael in der Goldrüstung sähe uns mitleidig an: Was hadert Ihr drei Schritte vor der Ewigkeit, die von Eurem kleine Hader nichts weiß, und vergaßt darüber, was in die Ewigkeit reicht?"

„Hieronymus," sagte der Fürst plötzlich auffahrend, „bis dahin nichts davon. — Vielleicht ist dieser Mann nur ein Abgesandter Gottes, ein Buß- und Zornprediger, der Vernichtung vorausschickt, ein anderer Johann von Capistrano, welcher einst so wunderbar die harten Herzen der Menschen erweichte. Laß ihn predigen"

Der Bischof war entlassen. Wie er rückwärts nach der Thür schritt, stand auf seinem Gesicht, daß er nicht zufrieden aus einer Audienz ging, die jeder andere eine gnädige genannt hätte. Aber niemand von allen im Vorzimmer bemerkte es, denn im selben Augenblick, wo Hieronymus die Schwelle überschritt, trat ein mit Staub bedeckter, gestiefelter und gespornter Bote, einen versiegelten Brief in der Hand, über dieselbe. „Aus Wittenberg," flüsterte man. „Von Melchior Kleist, seinem Spezial." — Es war tief still im Vorzimmer; zwar legte niemand das Ohr an die Thür, aber jeder schien es zu spitzen. Man glaubte einen tiefen Atemzug zu hören, dann stampfte ein Fuß zwei-, dreimal auf die Erde. Als der Bote mit erschrockenem Angesicht aus der Thür trat, tönte des Kurfürsten Stimme: „Bischof Hieronymus!"

„Lies!" sprach der Kurfürst, ihm das erbrochene Schreiben hinhaltend. „Lies laut, damit zwei Sinne es fassen; der eine könnte täuschen."

Der Bischof las: „Demnächst also vorbemeldetermaßen die Bulle aus Rom eingetroffen, darin der Doktor Martin Luther um seiner Irrlehre willen verdammet wird, und selbige von denen, so hier das laute Wort führen, vielfältig verhöhnet und verspottet worden, unter dem Fürgeben, daß sie Lehrsätze verdamme, so die lautere Wahrheit des Evangelii enthielten, auch von etlichen Studenten von den Kirchthüren abgerissen worden, als ließ der Doktor Luther, offenbar vom Satan dazu instigieret, durch einen öffentlichen Anschlag bekannt machen, daß er am 10. Dezembris, morgens 9 Uhr, etliche Schriften des Antichrist vor dem Elsterthore verbrennen wolle. Und er ist wirklich darauf, morgens 9 Uhr, vor dem Elsterthore erschienen, um ihn her eine große Zahl Studenten, Doktores und Bürgersleute. Da legete ein Lehrer der Universität, daß ich es schreiben muß, die Brandstätte an, und warf der Doktor Martin Luther selbsten die allerheiligsten päpstlichen Dekrete nebst der Bulle und etliche Schriften seiner Gegner, als des Johann Eck und des Hieronymus Emser, in die lodernde Flamme, und sprach dazu aus Josua VII, 25: Weil Du den Heiligen des Herrn betrübt hast, so betrübe und verzehre Dich das ewige Feuer. — Dieses habe mit meinen eigenen Augen angesehen und beeile mich u. s. w."

„So steht's geschrieben, so hast Du's gelesen, so höre ich's?" rief Joachim.

„So steht's, darunter der Name —"

„Melchior von Kleist, der mir immer nur Zuverlässiges berichtet."

„O, der Herr hat Grund und Ursach, die Schleusen des Himmels zu öffnen."

„Nein, Hieronymus, dazu braucht der Herr nicht seiner Zuchtrute. Solchen Frevel wird jede christliche Obrigkeit, wird jedes christliche Volk selbst ahnden. Mein Vetter von Sachsen, der Magistrat von Wittenberg, die Universität selbst muß —"

„Davon steht nichts geschrieben," entgegnete der Bischof, das Papier zurückreichend. „Im Gegenteil ist hier im Postskriptum bemerkt —"

„Christ Mutter! Gebenedeite!" rief der Kurfürst, das Papier noch mal betrachtend. „Dann will ich der Riegel sein und das Messer."

Er warf das Papier zerknüllt auf die Erde und stampfte es mit dem Fuß. Hieronymus aber langte es auf und warf es in den Kamin:

„Und ich als sein Bischof gelobe," rief er, „nicht eher zu ruhen, bis ich denn den Ketzer vom Feuer verzehrt sehe wie diesen Schedul*)."

---

*) Hieronymus' Äußerung nach Luthers eigenem Bericht.

Fünftes Kapitel.

Eine Gardinenpredigt.

„Hans, was ist Dir?" rief die junge Frau, und fuhr aus dem Kissen, als schreckte sie eben erst aus dem Traume; es war kein Traum mehr, was sie sah.

„Ist mir nichts, Eva," antwortete er, der aufgerichtet saß, den Kopf im Arm, den Ellenbogen auf dem Knie. „Schlaf nur weiter."

Daß sie noch gar nicht geschlafen, sondern zwischen den Wimpern nach ihm geschielt, seit er nach dem Abendgebet den Kopf ins Pfühl sinken ließ, hatte Hans Jürgen nicht gemerkt. Fünfzehn Jahr und darüber war er schon verheiratet und hatte vieles in der Welt gesehen und gehört, aber der Frauen Listen mußte er noch lange nicht bis auf den Grund sein. Wie hätte er sonst denken mögen, daß sie ruhig neben ihm schlief, die Frau, die ihn so lieb willkommen geheißen, als er spät gestern heimkehrte, und ihm selbst den Abendimbiß aufgetragen, und ihm eingeschenkt in seinen Mundbecher, und sich zu ihm gesetzt und ihm die Stirn gestreichelt und so sanft gefragt: „Aber Hans, was ist Dir!" und er hatte einmal geantwortet: „Nichts!" und sie hatte dann gesagt: „aber doch etwas!" und er: „Nein, auch gar nichts, Eva," und dann hatte sie eine Weile geschwiegen, als summte sie eine Weise zwischen den Lippen, und hatte ihm geholfen die Kleider ausziehen, und dann hatte sie sich auf seinen Schoß gesetzt und ihn bei den Ohren gefaßt und so herzlich ihm ins Aug' geschaut: „Hans, 's ist doch was, was Dich drückt, und ich bin Dein Weib. Sag' mir's, Du mußt es." Und Hans Jürgen Bredow, des Kurfürsten Marschall, hatte auch da zu seiner lieben Frau gesagt, aber gerad' schaute er sie dabei nicht an: „Eva, 's ist wirklich nichts!" — Da hatte sie gar nicht gethan, als merke sie, daß er rot ward; sie hatte nur wieder zwischen den Zähnen gesungen, nachgesehen, ob die Kinder gut zugedeckt waren, und Mann und Frau waren ins Bett gestiegen und hatten kein Wort mehr gesprochen, als er: „Gute Nacht, Eva!" und sie: „Gute Nacht, Hans!"

Und der Ritter Hans Jürgen hätte denken sollen, daß Eva drauf eingeschlafen wäre, ohne zu erfahren, was ihren Mann drückte? Ohne zu wissen, warum er ausgeritten und wohin, und was er mitgebracht, und sie war sein ehelich Weib, vor der er nie ein Geheimnis gehabt — wenn er es dachte, so wußte sie es anders — und hieß Eva!

Eine andere Eva hätte schmollend ihr Köpfchen in die weichen Kissen sinken lassen; das: gute Nacht, Hans! hätte schon weinerlich geklungen, und dann hätte er ein stilles Schluchzen hören müssen, und immer, wenn er einschlafen wollte, wär's ein lautes Schluchzen geworden, was einen Mann, der einen guten Magen hat, so ängstigen kann, als einen, der Musik in den Ohren hat, wenn die Katzen auf den Dächern anfangen. Und wenn er gesagt hätte: Aber Eva, was ist Dir? hätte es geantwortet: Gar nichts, lieber Mann! Und dann wäre es doch losgebrochen: Mein Mann ist nicht mehr mein Mann, er hält seine Frau nichts mehr wert, daß er ihr sagt, was ihn drückt.

Nein, Eva war nicht so. Sie hatte nicht still und nicht laut geschluchzt; sie hatte geatmet, als wenn sie schliefe, aber sich so gelegt, daß sie nicht auf dem Ohre zu liegen kam und die Federkissen so gerückt, daß sie zwischen den Seidenwimpern alles sehen konnte, was sie sehen wollte.

Der Mond in der Brüderstraße zu Köln an der Spree hob gerade sein blasses Vollgesicht über Sankt Nikolas Dach nach dem spitzen Kirchturm hinauf, und so schaute er durch die runden Scheiben ins tiefe Zimmer. Der Marschall nämlich wohnte nicht im Haus der Bredows auf dem hohen Steinweg im neuen Berlin, sondern, damit er seinem Herrn näher sei, im alten Köln in der Straße der schwarzen Brüder. Nun schaute der Mond durch die zwei Fenster des tiefen Zimmers über gar viele kleine Betten, die am Ende standen, und aus denen so viele gesunde Töne und frische Atemzüge zu den Balken aufstiegen, als die Ehe zwischen Hans Jürgen und Eva mit Kindern gesegnet war. Und über diese kleinen Betten weg schaute er durch einen aufgezogenen Vorhang auf ein großes Bett mit vier Pfosten und einem Himmel darüber, das in einem finsteren Alkoven stand. Der Mond leuchtete aber so hell bis hinein, daß Hans Jürgen, der, wie wir sagten, aufrecht im Bette saß, einer steinernen Figur fast ähnlich sah, die über einem Grabsteine sitzt und trauert oder denkt, die Gestalt selbst weiß nicht was.

Da hatte sich Eva auch aufgerichtet und warf über den Bettrand besorgte Blicke auf ihre Kleinen. Sie erinnerte sich, was der Knecht Ruprecht oft gesagt, daß es nicht gut, wenn der Mond auf schlafende Kinder scheint. Bleichsucht zeuge es, irre Gedanken; und allerlei Geister, er wolle nicht sagen, daß es just böse seien, stehlen sich in die Seelen und machten die Kleinen zu absonderlichen Menschen. — „Wär's ein Unglück," sprach der Ritter. Übrigens meinte er, der Knecht Ruprecht sei wohl ein kluger Knecht, aber nur klug für Feld und Wald. In der Stadt und auf den Märkten lasse sich's anders an, und der gute Mond, der zum Bürger oder zum fürstlichen Hofhalt ins Fenster schaue, sei auch ein anderer, als der den verirrten Wanderer auf der Heide anbleicht, wenn sein Kopf auf dem Moorhügel ruht. Frau Eva hatte nicht eigentlich Furcht vor dem Monde; denn wenn der Mond bleich macht, macht die Sonne rot, und daß ihre Jungen und Mädchen nicht zu viel in den blassen Mond sehen würden, dessen war sie schon gewiß; waren doch recht verbrannte Gesichter drunter, und sie dachte, da schadet es nichts, wenn sie der Mond ein bißchen weißt. Aber ihre Sorge war gar nicht nötig; die Kinder hatten sich selbst geholfen; so hatten sie sich im Schlaf gerückt und die Arme vors Gesicht, daß der Mond ihre Augen auch gar nicht traf. Nur den Vater bleichte er, daß sie fast erschrak, wie er mit der Hand übers Gesicht fuhr.

„Hans, ist Dir was auf der Heide begegnet!" fuhr es jetzt heraus. Gott weiß, wie sie an das schauerliche Lied dachte, das ihr die gnädigste Kurfürstin einst vorgesungen aus ihrem Vaterlande Dänemark, von einem Ritter, Herrn Olaf, der über die Heide reitet zur Braut heim, und die Elfenjungfrauen bleichen im Mondschein ihr Gewebe. Das Lied hatte einen gar traurigen Ausgang. Gott weiß, wie sie daran denken mußte, und wie es kam, daß er das Lied auch kennen mußte. Er lächelte:

„Mir eine Elfenjungfrau einen Schlag aufs Herz! — Eva, mein Herz ist ein gut alt märkisch zähes Herz," setzte er hinzu. „Bin oft durch Nebelgeflunker und Mondscheingeglitzer geritten, aber — das ist nichts, so man nur gut gesattelt hat."

Es dünkte sie, daß er sie schärfer ansah, und auf das mir einen eigenen Ton legte. Da legte sie die Hand auf seine Schulter und sah ihn groß an:

„Hans Jürgen, wär's doch das?"

„'S ist Schlafenszeit, Eva. Wir wecken die Kinder. Der Wächter auf der langen Brücke singt schon Mitternacht."

„Und wenn er den jüngsten Tag absänge, zwischen uns muß es erst Tag werden. — Du bist nicht wie sonst, Hans Jürgen. Nicht heut nur, auch gestern, ehegestern. Es ist lang her, daß Du nicht recht herzlich gelacht hast, weißt Du noch, als wie wir in Ziatz —"

„Eine Mandel Jahre dem Grabe näher —"

„Schau mir ins Auge. Ich drücke Deinen kleinen Finger, bis Du schreist. — Denkst Du ans Grab?" —

„Wer sagt uns, was kommt! Wer sagt uns nur, was ist."

„Hans Jürgen Bredow, schäme Dich. Da vor Deinen Kindern, da vor dem blassen Mondmann, der übers Kirchendach eben lugt, und vor Dir selber schäme Dich. Vor mir hast Du's nicht nötig. Wenn Du's selbst glaubtest, was die Leute einmal geredet haben, oder vielleicht auch noch reden, wär's auch nur ein ganz klein bißchen, daß Du Bange hättest, ob nicht doch was dran wäre, da möchte es sein, nein, da hättest Du sogar recht. Aber da Du's nicht glaubst, auch nicht ein klein bißchen, und auch nie geglaubt hast, daß es möglich wäre —"

„Sankt Florian!" unterbrach der Ritter, „wenn ich einen wüßte, der's wirklich glaubt, und wär' er, ich weiß nicht was, Eva, nicht um mich, um Dich —"

„Still, Hans, es giebt eine hohe Frau; die glaubt's nicht gerade, aber sie hat große Angst, daß sie es glauben könnte. Ihr wirst Du doch nicht den Handschuh vor die Füße werfen!"

„Wem nicht, wenn's mir durch die Adern schwillt! Dem ganzen Hofgeschmeiß, den Gelahrten und Ungelahrten; und lassen sie ihn liegen, ihnen den Rücken kehren; alles ließ ich ihnen zurück, meinethalben auch meinen guten Namen."

„Ich hange nicht am Hof. Wir haben glückliche Tage in Ziatz verlebt. Laß uns dahin; oder ist's Dir zu nah an Berlin, nach der Altmark, wo wir das Gut kauften. Da wollen wir ganz glücklich leben."

„Daß sie dann erst hinter uns lachen!" sagte der Mann. „Meinen guten Namen, sei es drum; Deinen laß ich ihnen nicht. Nein, Eva, wie ich schon damals sagte, bin ich darum weniger, daß sie sagen, alles was ich bin, wär' ich durch mein Weib, oder bist Du vor Dir und mir darum schlechter, daß ihre Lästerzungen Dich sein heimlich Kebsweib schelten? Wenn wir den Hof und Berlin verließen, ja, dann würden sie erst züngeln und schreien; dann hätten sie recht. Ich gönne ihnen kein Recht nicht. Ich fühl's in mir, ich habe nun mal Lust, meinen Pelz unter ihren Schlägen zu schütteln, wie der Bär, bis ihre Arme müde werden, und dann will ich ihnen auch meine Zähne weisen und sie ansehen und probieren, ob sie's aushalten."

Darüber war nun Eva beruhigt. Es war nicht Eifersucht, noch was damit zusammenhängt; Hans Jürgens Blut floß zu ebenmäßig, als daß es um ein Luftbild aufwallte; aber es war noch etwas nicht in Richtigkeit mit dem Blute. Sie war so schmeichlerisch, und gewiß war Eva eine sehr gute Frau, aber sie war auch ihrer Mutter Tochter, und auch die Tochter der Ureltermutter, die im Paradies schon ihr die Ehre erwiesen, ihren Namen zu führen. Wer hätte sie falsch gescholten, wer nicht drauf einen leiblichen Eid gethan, daß sie ein wahrhaftes Weib war; aber war ihre Mutter, Frau Brigitte, nicht auch eine so wahrhaftige Frau gewesen, als eine zehn Meilen in der Runde, und doch, wo es ihres Mannes Bestes galt, nämlich was sie dafür hielt, zum Beispiel, wenn seine Hosen gewaschen werden sollten, war sie nicht da vom geraden Wege ein klein wenig seitab gegangen, und damit es ihr Herr nicht merke, war sie nicht noch weiter, nämlich recht lügnerisch ihm um den Bart gegangen? Wer verargt's nun ihrer Tochter, wenn sie dem Mann auch um den Bart ging, wo sie meinte, es wäre zu seinem Besten, und zu ihrem auch, nämlich daß sie erführe, was ihn drückte. Wie sprach sie besorgt von den lieben kleinen Kindern, ob der Zahn, den das jüngste bekam, ihm Sorge mache, denn an den Zähnen nimmt der Todesengel manches Kind in den Himmel? Oder der kleine Georg und seine Wildheit? Ja, er hatte, als er mit den kleinen Prinzen vor der Stechbahn spielte, und der Kurprinz hatte sie geneckt oder zurecht gewiesen, mit einem Schneeball den durchlauchtigsten Kurprinzen an die Nase geworfen.

„Ach, lieber Gott, nun weiß ich's, das haben sie gewiß dem Kurfürsten hinterbracht, da ist er in die Wut geraten, darum hat er aufgestampft, darum ließ er Dich rufen und sperrte sich mit Dir ein, er war der wilde Mann, von dem sie sprechen, und gegen Dich! Nun weiß ich's, er hat Dich im Zorne fortgeschickt. Aber wohin! — Bist in Nacht und Nebel wiedergekommen, heimlich durchs Hinterthor. Darfst Du Dich nicht sehen lassen in Berlin? Sprich? Was würden Deine Feinde sich ins Fäustchen lachen. Nein, das dürfte nicht sein. Da erlaubtest Du mir, daß ich zum Kurfürsten ginge, da scheute ich mich gar nicht vor dem Gerede; das thäte ich, das müßte ich thun, unserer Kinder wegen. O, ich wollte zu ihm reden.“

„Werd's selbst schon thun.“ Der Ritter lächelte. Der Mondmann schien auch zu lächeln, wie Eva vor dem Blick ihres

Mannes die Augen niederschlug Sie verstanden sich alle drei. „Hältst denn Deinen Mann für einen Bauern? Und hab' ich denn Künste, die Du mir abfragen kannst?“

„Ja, aber der Kurfürst —“

„Laß den Kurfürsten, und ihm seine Sorgen. Er hat ein groß Pack.“

„Was schüttelt er sie ab! Und was auf Dich, als ob Du nicht auch Deine Sorgen hättest. Wozu hat er denn seine Räte und Minister. Die müssen alles aufladen, dazu werden sie bezahlt.“

„Und wozu mich? — Damit sie mich beneiden.“

„Du siehst wieder Nebelbilder, Hans.“

„Hans bin ich, ihrer, seiner, aller Welt Hans. Wie's von der Leber kommt, darf ich sprechen, der Hofnarr darf's auch; und auch Er hat nichts Heimliches vor mir, das ist richtig —“

„Weil er weiß, daß Du seines Vertrauens wert bist.“

„Weil, Eva — der Herr vor seinem Hunde nichts Geheimes hat, vor seinem Kleiderstocke auch nicht, auch nicht vor 'ner Vogelscheuche. Das bin ich ihm, darum behängt er mich mit Flitter und Ehren. Sie sollen vor mir sich bücken. Wenn sie schon vor seiner Puppe den Hut ziehen, was dann erst vor mir! Das ist's. Da fühlt er sich wohl, da fließt es ihm voll stillem Wohlbehagen durch die Glieder: der ist nur mein Machwerk, und —“

„Stell Dich mit ihnen auf die große Wage am Rathaus, sie in die eine Schale und Du allein in die andere; Du schnellst sie alle in die Luft. Das erkennen sie auch alle an.“

„Wer denn, Eva? Die, wenn ich Kehrt mache, kichern, oder die mit dem Finger auf mich weisen! Hör' ich nicht ihr Flüstern! Der Schatten bleibt hinter mir, und der Schatten ist ein Fluch.“

„Bist Du nicht treu wie Gold, wer erkennt es nicht an! Nicht tapfer, ehrlich, hast Du nicht ein gesund Urteil und Witz so viel Du brauchst?“

„Und was noch sonst kann er mir geben, was mir fehlt? Oder wollte er es nur? Ihm ist's schon recht, daß, dem er traut, die anderen nicht trauen. Recht, daß ich wie ein Ausgestoßener umschleiche, damit ich mich ihm allein anhängen muß, eine Klette am Rock. Aber wenn der Herr den Rock mal ausklopft, fällt die Klette ab, und die anderen treten sie mit den Füßen.“

„'S ist doch große Ehre!" sagte Eva nach einigem Nachdenken. „Alle halten's dafür, die ich noch sprach."

„Kurios! Ich kann's nicht fassen, wenn ich darüber nachdenk', was das vor Ehre ist, daß ich auf eines Schleppe sitze und mich von ihm ziehen lasse, und allen Staub muß ich einschlucken, den er auffegt, und könnte auf meinen eigenen Beinen gehen, und wär' gesünder. Das soll Ehre sein, daß ich wie ein Pudel wache an des Herrn Schwelle und für ihn belle; daß ich ihm nachspreche und für ihn mich schlagen lassen muß; und könnte mich für mich selber schlagen und bellen und knurren, wie ich Lust habe! Soll scheinen, als wär' ich außer mir vor Freude, wenn er mich lang ansieht, als wär' er die Sonne und ich eine Mistpfütze oder was sonst. Und was ich thue und besorge und denke und abmache, alles für ihn. Mach' ich's schlecht ab, dann muß ich's ausbaden, aber mach' ich's geschickt, kommt's auf ihn; er hat's gedacht, gethan; ich bin nur sein Mund, seine Hand, sein Spazierstock, seine Schuhsohle. 'S ist 'ne kuriose Ehre, Eva!"

Er sprach wieder davon, daß er mit dem Kurprinzen in den Türkenkrieg ziehen wolle.

„Meinetwegen geh," sprach die Frau, „wenn's Dir bei Weib und Kind nicht mehr gefällt. Laß Dich von den Türken zerhacken, oder nimm ein türkisch Weib, wie der Graf von Gleichen. Will dann zu Deinen Kindern sagen: Ihr hattet einen Vater, dem ging's gut, aber wem's zu wohl ist, der geht aufs Eis und bricht ein Bein. Was fehlte denn Vatern? werden sie fragen. Ihm fehlte nichts, er hatte zu viel, muß ich antworten. Ein Weib, was er begehrt hatte; nun es mag wohl anderswo bessere geben, er hatte sie doch aber begehrt, und für hier zu Lande ging sie schon immer an. Und Kinder, die werd' ich zwar vor den Schelmen nicht loben, aber der Storch kann schlechtere bringen. Und hatte alles vollauf; was er wünschte, schenkte ihm sein Herr, sogar mehr; mit Aufträgen hat er ihn beehrt, um die ein Bischof und Geheimschreiber ihn neidet. Und wo er anklopfte, ward ihm aufgethan, und wen er ansprach, ward froh darüber; und wenn sie auch mitunter lachten, alle liebten ihn doch eigentlich von Herzen. Und fragen die Kinder mich dann: Aber warum lief denn der Vater fort? Da muß ich sagen: um einen Schatten. Was denn für einen Schatten, Mutter? — Ja, lieben Kinder, ich weiß nicht so recht, ob es sein eigener Schatten war oder eines andern seiner. Da seht, so sah er aus."

Zwischen dem Ehepaar im Bette und dem Monde über Sankt Nikolas hing etwas, was sich dann und wann bewegte und einen Schatten auf das Bett warf. Es waren ein paar lederne Hosen, aufgehängt am Bettpfosten, und wenn wir in unserem Gedächtnis nachschlagen, müssen wir sie schon kennen.

„Die lässest Du uns doch hier, wenn Du ins Türkenland zu den Hungarn gehst," sprach schmollend die Frau; „denn Du nimmst nur mit, was Dir lieb ist; das ist Deine Freiheit, und uns lässest Du zurück, was Dir Verdruß macht, das ist eine Frau, die Dir keine Ruhe läßt, und Deine Hosen mit dem Schatten."

Wenn sie geschmollt hatten, so war jetzt eine herzliche Aussöhnung: „Bist doch ein lieb Weib," sprach er.

„Du gehst nicht zu den Türken, Mann."

„Werden schon andere sein, die sich an den Kurprinzen hängen."

„Und — Mann — Du reitest nicht mehr in die Heide, wenn's nebelt. Das heißt, Du sagst mir's vorher, wenn's sein muß; ich hätte Dir das wollene Halstuch umgebunden. Hast Dich verkühlt bei dem späten Ritt, davon hast Du's auf der Brust. — Wo war's denn? — Das mußt Du mir schon sagen, wo Du den Mann gesehen hast? — Ich will ja nicht wissen, wie er heißt, und wie er aussieht — auch gar nicht, was der Kurfürst Dir zum Bestellen auftrug — aber 's war doch ein Christenmensch? — Und Du sollst ihn doch nicht gar nach Berlin bringen? Die Leute munkelten's — Hans Jürgen, wenn das ist, mußt Du's mir zuliebe vorher sagen. Vor wilden Männern hab' ich gar zu große Furcht."

Der Marschall Hans Jürgen antwortete nur unverständliche Töne. Sein Kopf, während sie sprach, war allmählich aus der Hand in den Arm und von dem Arm in die Kissen gerutscht. Da schlief er oder schien zu schlafen, denn der Chor der Kleinen zu Füßen des großen Bettes ward um ein starke Stimme vermehrt, die wie der Vorsänger der Knaben auf der Straße den Gesang anhob oder einfiel. Ob der Marschall wirklich schon schlief, als Eva jetzt aufgerichtet, den Kopf im Arme, vom Monde angebleicht, gleich ihm vorhin, eine Figur auf dem Grabsteine saß, oder ob er sich nur so stellte, weiß man nicht. Aber viele glauben, daß Hans Jürgen in den langen Jahren, daß ihre Ehe gedauert, von seiner klugen Frau einiges gelernt hat. Wie sonst wäre ein so guter Einklang gewesen, wenn nicht eins ins andere sich gefügt. Wie sie in Gottesfurcht wandelten und Aufrichtigkeit, in Wirtlichkeit und schlichter Sitte, in Liebe und Eintracht, zum Exempel ihren Kindern, das hatte einer dem andern mitgebracht, und war kein merklicher Unterschied, sie hatten's beide von Haus. Aber Schlauheit hatte Hans Jürgen nicht als Morgengabe zugebracht, und wenn er sich jetzt anstellte, als ob er schliefe, hatte er das gewiß seiner Frau abgelauscht. Und warum er es that, das war, weil er ihr nicht mehr antworten wollte. Wie aber einer, der sich lange verstellt, endlich die Rolle nicht mehr spielt, sondern sie spielt mit ihm, so wird auch einer, der lange thut, als wenn er schliefe, zuletzt wirklich einschlafen. Daran war nun kein Zweifel, daß der Marschall Hans Jürgen Bredow nachmals in der That fest schlief. Denn wie der Nachtwächter vorüberging und sein Horn schallte, daß im hintersten Winkel des Alkoven der Perpendikel der Wanduhr zitterte, hat er sich nicht allein nicht geregt, sondern der Nachtwächter hat auf der Straße es gehört, daß der Herr schlief, und hätte es eidlich erhärten können vor Gemeinheit und Magistrat.

Sechstes Kapitel.

Ihre Gedanken flogen weit zurück.

Als Frau Eva Bredow dies inne ward, und sie hatte es früher gemerkt als der Nachtwächter, war sie leise aus dem Bette geschlüpft, hatte sich leise übergeworfen, was eben eine gute Hausfrau, wenn sie nachts aus dem Bette schlüpft, überwirft, damit niemand, auch der Mondmann nicht, sie in ihrer Blöße sieht, und war sacht um das Bett geschlichen. Schon hatte sie die eine Hand ausgestreckt nach dem, was sie ergreifen wollte; denn ohne einen Zweck war sie nicht aufgestanden, und noch weniger war sie eine Nachtwandlerin, — als sie erschrocken innehielt. Vielleicht hat ihre Ureltermutter auch so einen Augenblick vor dem Baume gestanden, als sie nach der glänzenden Frucht die Hand ausstreckte; denn etwas Verbotenes, wenn nicht gar etwas Unrechtes, hatte sie vor, das sie in voraus verraten. Da lehnte sie sich über das Bett ihres Kindes, hauchte einen Kuß auf die Lippen ihres Jüngsten, sanft, daß er nicht davon erwache, und es war, als ob sie ein stilles Gebet über dem Blondkopf murmelte, welches schloß: „Ich thu's ja nur um Euretwillen!“

Dem Augenblick waren aber viele Augenblicke vorangegangen. Als sie vorhin wie eine steinerne Figur auf dem Grabe gesessen, hatte Eva ein lebhaft Selbstgespräch geführt, oder war's ein Zwiegespräch mit dem Monde? Ihre Augen sahen bald auf das blasse Gesicht vor dem Fenster, bald auf einen Gegenstand, der dazwischen sanft sich schaukelte.

Und ihre Gedanken flogen weit zurück; sie weilten bei einem offenen Grabe im Kreuzgang von Kloster Lehnin; sie senkten ihren Vater in die Gruft; dann ging sie an Hans Jürgens Hand den langen Weg, seitwärts durch die Wälder, zurück nach Schloß Ziatz. Sie glaubte weinen zu müssen und schämte sich, daß sie so froh war, und wenn sie glaubte, daß sie ein Recht habe, froh zu sein, kamen trübe Gedanken. Es war ein Apriltag, jetzt schien die Sonne durch die Wolken auf das junge Grün, die Käfer schwirrten, die Mücken summten aus den Büschen, es dampfte aus den Niederungen; da stäubte durch den Sonnenschein ein feiner Regen, der stärker ward, und Hans Jürgen umhüllte sie mit seinem schwarzen Mantel und hielt sie umfaßt an einem alten Baum, zum Schutz vor dem heftigen Schauer. Wie schlug da bang ihr junges Herz, wie bang und wonnig. Die Thränen traten ihr ins Aug', daß sie so froh sein können über einer Leichenbahre; deshalb goß der Himmel seinen Zorn über sie aus. „Sei nicht bang, Eva," hatte Hans Jürgen gesprochen, „es kommt auch wieder besser." Und die Sonne war wieder vorgetreten, ihre Strahlen durchschnitten schräg die fliehenden Wolken und der Regen löste sich in Perlentropfen, die von den Kiefernadeln träufelten.

Einmal müssen wir alle sterben: wohl dem dann, der gut stirbt! Das war der einzige Trost, den der Knecht Ruprecht an ihres Vaters Totenbette gewußt. Ja, er war gut gestorben. Aber was war vorangegangen! — Eine Kleinigkeit nur hatte sich der gute Herr Gottfried von seinem Eidam versprechen lassen. Hatte ihn an Sohnes Statt angenommen, hatte ihm sein bestes Gut übergeben, seine Eva; wem denn konnte er, was ihm demnächst am teuersten war, seinen Talisman besser vermachen? Die anderen Bredow achteten's ja nicht. Nein, Plunder sollte es nicht werden; nicht auf den Trödel kommen, nicht in die Rumpelkammer, Fraß für Motten und Staub. Auf dem Totenbette hatte Hans Jürgen dem guten Herrn Götz es geloben müssen, bei einem Heiligen — das war das Üble, Hans Jürgen entsann sich nicht mehr, bei welchem — daß er das Kleid in Ehren halten, es nicht in Freud und

Leid vom Leibe thun wolle, das Kleid, was so vielen seiner Vorfahren durch alle Nöte geholfen, ihm auch aus schwerer Angst. Eva hatte ihm heimlich genickt, als Hans Jürgen sie ansah. Kannst Du das nicht mal versprechen um mich? schien der Blick zu sagen, und er hatte auf seinen Knien die Hand erhoben und gelobt: er wolle es in Freud und Leid tragen, bis er liegen werde, gleich wie jetzt Herr Gottfried, der Stunde gewärtig, wo sein Schöpfer ihn abrufe zur himmlischen Seligkeit, als wo jeder wohl gesehen ist, in wes Kleid und Farbe er komme.

Da, als er seinen letzten Wunsch erfüllt sah, hatte sich dem Sterbenden noch einmal die Zunge gelöst; es war etwas von den Gedanken herausgeschossen, welche in ihm gewürgt und aufgespeichert lagen, nur nicht recht, wo sie sollten; und das allein war's wohl, was seinen Tod veranlaßt; nicht die Gedanken selbst, wie einige gemeint, die vorm Denken Furcht haben. Das Denken allein schadet nimmer, haben weise Meister versichert; nur das unrichtige Denken.

„Nun kommt eine andere Zeit übers Land," hatte Herr Götz gesagt, „da wird vieles anders werden. Die Vöglein zwitschern mir's zu. Es rieselt mir durch die Adern; keiner ändert's, keiner hält den Sturm auf. Aber wo nichts mehr feststeht, muß doch etwas fest bleiben; an etwas muß der Mensch sich halten, daß er nicht Spreu wird im Winde, und keiner weiß, wo er ihn hinträgt —"

An etwas muß der Mensch sich halten! hatte der Knecht Ruprecht gemurmelt, als er die Thräne bei seines Herrn Leiche aus dem Aug' wischte. — Was sollte sich Hans Jürgen nicht an das Erbstück halten! Ihm gehörte es ja zwiefach; hatte es ihn nicht vor Schmach und Unglück bewahrt, ja, wenn er recht nachdachte, hatte es ihm nicht zu seinem Glück verholfen? Es saß ihm auch ganz schmuck an den Lenden; ein bißchen weit, ein bißchen mußt' es genestelt werden; aber zu Roß, wie prächtig schloß es, als wäre es eins mit dem Sattel; dazu die neuen, blanken Stahlknöpfe und die Riemen zu Schleifen an den Knien geschlungen. Die im Dorfe riefen: Ganz wie der selige Herr! O, er wird noch einmal werden wie der der Ritter Gottfried! Frau Brigitte hatte sich auch das Auge gewischt. Ihrer Tochter band sie auf die Seele, daß sie die Hosen waschen lasse, und ordentlich und oft, denn was auf dem Lande halbwege gegangen, das ginge in der Stadt gar nicht. Und daß ihr Mann reputierlich wäre, dafür müsse sie sorgen! „Die Hosen wären schon ganz gut," hatte sie hinzugesetzt, „wenn nur —" das übrige hatte sie verschluckt.

Die Hosen wären auch schon ganz gut gewesen, wenn nur nicht die Geschichte von ihnen bekannt gewesen. In der Kurmark und in der Priegnitz, in der Altmark und in der Neumark, ja in der Uckermark und im Lande Kottbus wußte man von den Hosen des Herrn von Bredow, seit das mit dem Lindenberg und dem Krämer passiert war. Der Schelm hatte es aller Orten erzählt und vielleicht noch aufgeschnitten. Ein Schneider aus Stendal hatte ein Lied drauf gemacht, was fein klang, und die Buben auf den Gassen sangen es ab; wenn Hans Jürgen ausritt, blieben die Bürger an den Thüren stehen, die Weiber sahen aus den Fenstern und die barfüßigen Buben liefen ihm nach; der Ritter konnte gewiß sein, wo er hinkam, sie summten die Weise:

Herr Götze von Ziatz wat let he toruck?
En Dochter, en Hus, och en old geelet Bruck.
Hans Jörgen, und willt Du min Dochtermann sin,
So mot Du din Lefdag min Bruck och antig'n.

Min Dochter, min Hus, och min old geelet Bruck,
Die lat ik Dy nu, min Hans Jörgen, toruck.
Min Hus mag verbrenn, och min Dochter mag starv,
Min Brucker, det segg' i Dy, most Du verarv!

Damals fingen sie schon an zu meinen, daß Schriften, die gedruckt wurden, vorher von einem eingesehen werden müßten, der sagen sollte, ob sie gut wären, und wenn sie nicht gut wären, nämlich wenn der eine es meinte, so verbot man sie oder verbrannte sie; aber was die Leute auf den Straßen sangen und sagten, konnte man nicht verbieten. Und das war oft schlimmer, als was jetzt gedruckt wird.

Manches Ding ist nicht schlimm, aber es wird schlimm, wenn es öffentlich wird, meinten einige, die sich Hans Jürgens Freunde nannten. Sie sagten, er dürfe das nicht dulden; wenn nicht um seiner selbst, um des Kurfürsten willen, dessen Diener er sei; jede Kränkung, ihm zugefügt, sei auch dem durchlauchtigsten Herrn zugefügt; seine Ehre sei dessen Ehre, wie dessen, seine. Wenn einer ab intimis des Landesherrn, sagte ein römischer Jurist, solcher öffentlicher Verhöhnung ausgesetzt werde, involviere dies ein crimen laesae majestatis, was, wenn es ungestraft hingehe, allen Respekt und Autorität übern Haufen werfe, Anlaß werde zu immer frecheren Angriffen, wo man nicht wisse, wie das enden sollte; dem Lande und der

Regierung gereiche es aber zum unvermeidlichen Schaden auch im Auslande, wenn es heiße, so würden dort ungestraft die Diener und Räte des Fürsten bei ihrem Heiligsten und Eigenen angetastet und in den Kot gerissen, und der Fürst, der es nicht ahnde, gefährde, daß man ihn für schwach erachte, und büße an seinem Ansehen. So eifrig war der römische gelehrte Freund, daß er Hans Jürgen einen Aufsatz geschrieben, was er ein pro memoria nannte, darin er alle Gründe auseinandergesetzt und submissest den Kurfürsten gebeten, daß er derowegen verbiete, daß das libellische Lied in seinen Landen gesungen werde, bei Strafe; auch daß den Jungen auf den Straßen untersagt werde, nachzulaufen, wenn er ausritte, noch unter unziemlichem Geschrei mit den Fingern auf sein Beinkleid zu weisen. Desgleichen, daß Seine kurfürstliche Gnaden hochgeneigtest sich veranlaßt finden möchten, einem edlen Magistrat aufzugeben, löblicher Bürgerschaft zu bedeuten, wie es unziemend, aus den Fenstern und Thüren einem kurfürstlichen Rate nachzugaffen wie als einem fremden Tiere.

Hans Jürgen hatte das Ding gelesen und wußte nicht, was dazu sagen; seine Frau nahm ihm die Schrift aus der Hand und warf sie in die Flammen. „Hans Jürgen, das war ein falscher Freund und ein falscher Rat. Ein Feuer, darin man rührt, flackt nur heller auf. Laß es ruhig brennen, dann brennt es aus, und es bleibt nichts aus Asche.“ So hatte die verständige Frau gesprochen. Es sind nicht alle so verständig.

Die Hosen wären schon gut gewesen, wenn alle, wenn nur einige auch solche Hosen getragen hätten. In einem Flug Tauben, in einer Herde Lämmer, wenn viele schwarz und gefleckt sind, fällt es nicht auf; aber auf die *eine* schwarze Taube unter den weißen stürzt der Habicht, und der *eine* gefleckte Bock ist ein Wahrzeichen den Hunden und dem Wolfe. Herr Gottfried hatte ein prophetisches Wort gesprochen auf dem Totenbette: „Es kommt eine andere Zeit und vieles wird anders werden.“ Die Zeit der Lederhosen war um, ganz um. Einesmals war der Ritter ganz betrübt nach Haus gekommen. Der neue junge Scharfrichter war vom Wedding mit seinen Freiknechten eingezogen, zur Mutung seines Amtes — und auch er in schillernden, seidegesteppten Pluderhosen! Selbst der Scharfrichter und des Kurfürsten Marschall —

Wenn der Kurfürst nur etwas gethan hätte für seinen Liebling! Ach ein Fürst hat so große Macht! Nicht verbieten sollte er das Lied und Gerede, aber er hätte selbst doch, wenn r Hans Jürgen so gut war, als er fürgab, ein und das andere Mal im Leder bei Hof erscheinen mögen — sein Vater, Johannes Cicero, trug niemals Wollenhosen, und wie oft hatte es Joachim laut ausgesprochen, daß er nur auf seines Vaters Wegen und in seines Vaters Fußstapfen gehen wolle — er hätte können seine Leibwache in Leder kleiden, Hans Jürgen zu ihrem Hauptmann ernennen! — Das meinte Frau Eva. Hans Jürgen schüttelte den Kopf: „So ich ihnen ein Dorn im Aug' wäre, oder daß sie mich heimlich hänseln, das ist ihm gleich, wenn ich nur nichts bin durch mich. Alles, was ich bin, durch ihn soll ich's sein. Und klug ist's von ihm. Wo die Leute erst merken: so steht's bei uns, da kriechen sie aus dem Kehricht heran, daß sie in seiner Gnade sich sonnen wollen, und das wird das rechte Regiment der Würmer! Nein, Eva, daher ist keine Hilfe mir."

Als er den Georg, seinen Liebling, auf den Knien geschaukelt und er ihn gefragt: „Vater, wenn ich groß bin, krieg' ich auch die schönen gelben Hosen wie Du?" Da hatte er ihn erschreckt niedergesetzt: „Gnade mir Gott, das fehlte noch, daß der Schatten bis auf Kind und Kindeskind fällt!"

Es war keine klirrende Kette von Eisen, sie war zäh und weich, aber lang wie sein Leben, und sie schlang sich lähmend, ein schwerer Luftdruck, ein schleichend Gift, um seine frischeste Thatkraft.

Woher sollte Hilfe kommen? Eva meinte, der liebe Gott habe jedem guten Menschen gerade so viel Witz zugeteilt, als er für den Haushalt braucht, und wenn er sich ein bißchen anstrenge, finde er bei sich selbst bessern Rat als bei andern. Und in ihrem Hauswesen, bei der Kinderzucht hatte er auch noch immer ausgereicht. Wenn der Kurfürst in der Fensterblende mit anmutigem Gespräche sie festhalten, wenn er ihre Hand fassen wollte, sie hatte sich selbst am besten geholfen. Ein anderer hätte ihr vielleicht geraten, daß sie die Hand fortreißen und wegstürzen sollen, als wie tief erzürnt oder zittern, oder auf die Knie fallen und den durchlauchtigsten Herrn mit Thränen beschwören, daß er ihre Tugend und ihren guten Namen schonen wolle; und daß sie spornstracks den Wagen anspannen lasse, und aus Berlin fliehe. Sie meinte, dann hätte es erst ein rechtes Gerede gegeben. Wenn er sanft ihre Hand drückte, so zitterte sie und sperrte sich gar nicht, sondern sie drückte herzhaft zu und schüttelte dem Herrn seine, als wären sie die besten Freunde, und wenn er leise sprach, antwortete sie ihm so laut, und wenn er Süßes ihr ins Ohr flüstern wollte, lachte sie darüber recht herzlich vergnügt, daß der Herr so gütig sei, aber so, daß es die im Nebenzimmer hörten. Und wenn sie rot ward, war es eine Röte, die sie jedem zeigen konnte; Joachim ward auch rot, aber er wandte sein Gesicht nach den Scheiben. Meinte vermutlich, es sei besser, wenn er sein Rotwerden nicht jedem zeige.

Fürs Hauswesen war das gut; aber wo es über das Haus hinausging —? Wer löst ein Gelübde? — Der, dem man es geleistet. — Ach wenn der selige Herr Gottfried, ihr Vater, die stillen Ängste ihres Eheherrn aus jenen stillen Räumen mit ansehen können, wie gern, wenn es ihm erlaubt, wäre er herabgestiegen, seinen Eidam des Wortes zu entbinden. Er hatte ein gar zu gutes Herz auf dieser Erde. Aber er war niemand, nicht in Ziatz, nicht in Lehnin erschienen; es mußte ihm in jener Heimat wohlgefallen, oder er gefiel den seligen Geistern, sie wollten ihn nicht loslassen. — Wer hat sonst Macht, ein Gelübde zu lösen? — Gewiß der Heilige, vor dem es abgelegt worden. Das aber eben war das Unglück, daß von den dreien, die es damals gewußt, einer gestorben war, nämlich der Vater, und zwei, nämlich er und sie, den Heiligen ganz und gar vergessen hatten Sonst wär' er gepilgert Gott weiß wohin! Aber wie auch Eva ihrem Mann anlag: Besinne Dich doch! er konnte sich's nicht entsinnen, und sie konnte ihm nicht helfen.

Nach Rom — zum heiligen Vater! der hat Macht zu binden und zu lösen. Aber auch da waren manche Bedenken Einmal, was würde der heilige Vater gesagt haben, wenn der Ritter ihm bekannt: daß er den Heiligen vergessen, bei dem er's gelobt. Hätte der Papst nicht voll Zorns rufen müssen: Das ist ein sicheres Zeichen, daß Du des Gelübdes nicht entbunden werden sollst. Zweitens ist eine Reise nach Rom und der Papst sehr teuer. Und drittens, was würde die alte Frau von Bredow gesagt haben, die einmal gesagt haben sollte: Wer denn wisse, ob der Papst nicht selbst ein Sünder sei!

Wohl regte sich's in ihm, als der Dominikanermönch zuerst mit den Ablaßbriefen in der Mark handelte, ob er nicht auch für sein Gelübde einen Ablaß kaufen könne? Freunde klopften für ihn bei Tezel auf den Busch, der Doktor aber, seit seinem Unfall bei Jüterbog vorsichtiger, ließ antworten: daß der edle Herr, dem sein Gelübde zu schwer werde, sicherer thue, wenn er dasselbe vorher breche und nachher einen Ablaß nehme. Vorher lasse sich die Sünde nicht so genau abschätzen. Hans Jürgen wollte aber nicht vorher sündigen, um nachher zu büßen.

Mit dem Hofprediger Musculus, welcher der Familie näher befreundet stand, hatte er dagegen oft im Vertrauen ernste Gespräche über den Gegenstand gepflogen.

Der sanfte Mann erklärte den Hohn, welchen der Ritter erdulden müsse, für Anfechtungen Satans, die um so stärker würden, je mutiger er ihm trotze. Natürlich reize es diesen, daß in dieser Zeit der Verderbnis, wo er den Sieg schon in der Hand zu haben vermeine, noch Männer lebten, die sich nicht verstricken lassen, die, auch wenn sie nicht siegen, durch ihre Ausdauer im Widerstande, dem Volke das Exempel von Tugend, Männlichkeit und Heroismus zurückließen. Satans List sei es nicht sowohl, die Feinde seines Reiches totzuschlagen, er wisse zu gut, daß aus dem Blute der Erschlagenen immer neue aufwüchsen, oder vielmehr er mühe sich, die Helden seiner Widerpart vor sich selbst und den Ihren zu verkleinern. „Er läßt sie fallen in Wankelmut, Nachgiebigkeit, er spielt den Vermittler; er spricht vom Frieden Gottes und der Menschen, daß man um dieses Friedens willen, um Ärgernis zu vermeiden, nur zum allgemeinen Besten nachgeben solle. O, er ist der liebenswürdigste Mann, wo es Verträge stiften gilt, Eintracht zwischen Schwarz und Weiß. Darum sind ihm nicht die Helden, welche überwinden, sondern die, welche unterliegen, die Märtyrer für ihre Überzeugung ein Dorn im Auge.“

Hans Jürgen wußte, man müsse den Doktor Musculus ausreden lassen. Wenn man ihn nicht störte, daß er ausströmen ließ, was ihm auf dem Herzen lag, sprach er nachher so vernünftig und lehrreich.

„Ja, ich bekenne,“ fuhr der Doktor fort, „als die Anzeichen herankamen, von allen Seiten und immer dringender, daß der Leim dieses Erdballs sich löse, daß er unter Fluten oder Feuerströmen zusammenbrechen werde, gab ich der Furcht Raum, daß Gott nicht mehr widerstehen könne dem so sichtbaren, alles überflutenden, sein Ansehen verhöhnenden Treiben des Bösen; daß er im Zorn ausrufe: Nun, Satan, hole sie; sie sind nicht wert mehr, daß meine Sonne über sie scheint! — Aber die Welt wird nicht untergehen, der Herr ließ nur auf eine Weile das Spiel zu, um den Menschen ihre entsetzliche Thorheit recht vor Augen zu rücken.“

Hans Jürgen hatte sich auch eigentlich nie recht vor dem Untergange der Welt gefürchtet; und als der Hofprediger nun weiter auf sein Lieblingsthema kam, hörte er ihm in Ergebung zu. Sprach sich doch auch in Musculus' Demonstration eine Ergebung aus. Er war zu einem beruhigenden Abschluß mit sich selbst gekommen, warum Gott so lange und ruhig dem Unwesen zugesehen.

„Gott hat ein gewisses Maß seiner guten Gaben über die Erde ausgegossen, was, richtig verteilt, einem jeden ihrer Bewohner gerade so viel gewährt, als er braucht. Daß es ungleich verteilt ward, ist Satans Werk; daß dieser auf Sand säen und ernten muß, wo jener fußtiefen schwarzen Boden hat, daß dieser darbt, wo jener schwelgt. Ist diese Ausgleichung gefunden, dann ist Satans Reich auf dieser Erde zu Ende. Das, mein teurer Ritter, ist das Werk der kommenden Jahrhunderte, vielleicht erst von Jahrtausenden. Aber betrachtet: unter unsern Füßen ward, noch sind es nicht viele Jahre her! ein anderer Weltteil entdeckt, wo, was uns gebricht, das Gold und Silber in Scheffeln liegt, wohingegen die armen nackten Menschen dort der Segnungen unserer heiligen Religion, unserer christlichen Sitte, ja sogar der Kleider entbehren. Da heißt es: tauschet, teilet, Ihr Menschenkinder! Diese armen Indianer, Federn hängen sie sich um, Geschmeide, aber ihre Leiber sind ohne Wams, ohne Hosen. Faßt Ihr nun, woher hier die Pluderhosen aufkamen? Wir umhüllen uns zum Überfluß mit dem, was die Blöße jener decken sollte. Weil sie nichts haben, haben wir alles, und wer nahm es jenen, wer trug es uns zu, wer schuf die Verwirrung? — Der Böse. Wer dagegen ließ die neue Welt entdecken? Wer wird gebieten: teilet, zieht Eure überflüssige Hülle aus und kleidet die Nackten dort, damit zu gleichem Maße gemessen werde für alle?"

Wie lichtvoll glänzte das Gesicht; die Irrlichter zückten nicht mehr über seine blasse Stirn, ein süßes Lächeln schwebte über die Lippen. Aber für Hans Jürgen war es kein Trost.

„Es hängt was an mir, das mich an der Ferse kneift, wenn ich springen will; das mich am Ellenbogen kitzelt, wenn ich ziele. Warum denn! Zwischen vier Wänden sag' ich's dem Kurfürsten manchmal, und Gott legt's mir auf die Zunge; und thät' er, wie ich ihm rate, so unterbliebe manches. Weiß ich doch, was der Märker denkt und ihm not thut. Aber wenn er nicht mehr zu antworten weiß und unwirsch wird, klopft er mir auf die Schultern: Hans, kümmere Dich um Deine Hosen, das verstehst Du. Ehrwürdiger Herr, das ist schon recht, ich bin kein Gelehrter, aber manchen Nagel hab' ich auch auf den Kopf getroffen. Das ist der Schatten, der an mir hängt, und womit hab' ich's verdient?"

„Womit hatte Hiob verdient, daß Gott ihn heimsuchte! Und doch, mein teuerster Ritter, war Hiob noch glücklich; er ward bedauert, nicht belächelt. Aber welchen Trost hat der, der das Beste will, redlich sich bewußt, daß er das Beste thut, und er darf es nicht äußern, weil niemand ihn versteht, weil die Thoren ihn für einen Thoren achten? Steht Ihr denn allein da? Trifft uns nicht beide derselbe Fluch, für den gar keine Hilfe bei den Menschen ist, der Fluch des Lächerlichen! Weil dieser einen schiefen Mund auf die Welt brachte, jener einen Buckel, eine Warze, wo sie nicht hingehört, dieser stottert, jener sich überstürzt und singt, wo er sprechen sollte, darum ist das Wohlgethane nicht wohlgethan, darum mißraten seine besten Entwürfe, darum werden die, so Zähler werden könnten, an heller Einsicht und Mut, darum werden sie Nullen. Seid Ihr der Unglücklichere von uns beiden, Ritter? Ich fühle ja mit Euch; wer aber fühlt mit mir? In jedes Gedanken lese ich: Er ist ein Narr, er hat einen Sparren im Kopfe; wenn das nicht wäre, wäre er ein ganz erträglicher, guter Mann. Still, Herr von Bredow, jeder glaubt es, auch Ihr, auch in diesem Augenblicke. Ihr fragt Euch: Mein Gott, wie kann ein sonst so vernünftiger Mensch von einem so tollen Gedanken sich beherrschen lassen. Seht, das weiß ich, weiß auch, daß ich niemand überzeugen werde, ich muß meinen Glauben verstecken, wie glühende Kohlen in der Tasche, meine Worte herunterschlucken, komme mir oft wie ein Gespenst vor, das unter Lebendigen schleicht, und doch lebe ich noch. Nicht mehr wie damals als junger Mann, wo ich den Mond vom Himmel reißen wollte, glaubte, ich werde die Blinden sehend machen. Aber Gott hat mich selbst sehend gemacht, eine andere, heilige Überzeugung hat er mir eröffnet. Wer schlägt mit Keulen ein Feuer aus? Wer überwindet Satan? Gott hat ihm den Überwinder bestellt; es ist Satan selbst. Nur Geduld fordert er von uns."

„Ach, Ihr seid ein heiliger Mann," hatte Hans Jürgen geseufzt.

Musculus hatte mit einem wehmütigen Lächeln geantwortet, dann hatte er so geschlossen:

„Und, teuerster Ritter, sind wir beide die einzigen Wanderer auf dieser Straße? Als wie Gott kein Blatt, kein Menschenantlitz dem andern gleich schuf, und jedem ein eigenes Anzeichen gab, so hat auch jeder in seinen Gedanken einen eigenen Keim, oder Auswuchs, ein Horn vielleicht — die Leute nennen's Sparren. Daß es der Wegweiser ist, den Gott ihm mitgab, um unter den Gemeinen nicht auch gemein zu werden, das begreifen sie nicht, noch darf man's ihnen sagen; sie steinigten uns. Bei diesem Zeichen faßt uns der Verführer an, sei's, daß er die Menge auf uns hetzt; seht, die wollen besser sein als Ihr! Bei diesem Zeichen aber ruft uns auch der Herr, wie bei der Feuersäule das Volk Gottes, wie die Ritter bei ihrer Standarte: Wachet, haltet Euch aufrecht, daß Ihr nicht verirrt auf dem Wege zu mir und verloren geht!"

Siebentes Kapitel.

Das Gespenst in der Küche.

Der Prediger hatte es gutgemeint, und Hans Jürgen mußte sich sagen: der Schwarzrock hat recht. Wenn er aber auch erkannte, daß das ebenfalls eine Art Ritterschaft sei, mit Ruhe und Gelassenheit zu ertragen, daß man ausgelacht wird, wo man fühlt, daß man es nicht verdient, so mußte er wohl noch zu jung sein, um sich über die Ritterschaft zu freuen.

Ja, und was hatte Musculus für ein Ziel? — Den Teufel wollte er bekämpfen. Um die Hölle zu überwinden, lohnt sich schon, der Welt Verachtung auf die Schultern zu laden; was er wollte, dafür dünkte es ihm zu viel, zu leiden wie er litt, und warum? Weil er ein Kleid trug, das nicht mehr in der Mode war!

Eva, sein treues Weib, litt mehr als er, wenn sie sich heimlich sagte: Wie anders könnte mein Mann sein, wenn es anders wäre! Er hat freilich nicht so viel Witz wie der Kurfürst und Bischof von Brandenburg, aber genug, daß sich keiner hier unterstehen dürfte, ihm auf die Schulter zu klopfen, wenn — alles eben wäre, wie es sein sollte.

Sie haßte die Hosen. Verdenken kann man's ihr nicht, wenn man weiß, welche Angst Eva als junges Mädchen ihre Mutter darum ausstehen sah, und sie selbst nicht etwa auch? Und trug sie nicht davon noch jetzt die kleine Narbe am Kinn! Die kleine weiße Narbe verunzierte die hübsche Frau gar nicht.

Aber wenn der selige Herr Gottfried aus jenen Räumen herab es mit angesehen, wie sie dem Stück, das er so hoch in Ehren hielt, mit dem kleinen Fuße jedesmal, so oft sie dran vorüberging, einen Schub gab, als wär's von ungefähr, da hätte er doch geseufzt: Das ist zu viel, und vielleicht wäre aus dem Himmel ein Tropfen gefallen, und der Tropfen wäre eine Thräne gewesen, aus Herrn Gottfrieds Wimpern.

Ihrer Mutter dagegen war Eva gehorsam; nämlich was das Waschen betraf. Was mußte nicht das Leder in den Kessel übers Feuer, und dann ward geklopft, gebürstet und gestriegelt. Die Luft, die über den Festungswall vom Werder streifte, trocknete und bleichte allwöchentlich das Elennsfell, bis es fast weiß ward. Aber von dem vielen Waschen wurde, was erst so weit war, allmählich eng, bis der Marschall eines Tages seiner lieben Frau beim Trocknen lächelnd in die Backen kniff: „Aber wenn das so fortgeht, wie soll ich da hinein?“ Eva war eine kluge Frau, sie sah das ein; das Gelübde konnte sie nicht wegwaschen lassen, aber sie sann ein wenig nach und hatte etwas gefunden. Die Hosen kamen nicht mehr so oft in den Kessel, doch wenn die Mägde den Rücken wandten, schüttete sie Lauge und Pottasche, oder gar noch anderes aus der Apotheke ins siedende Wasser.

Aber es mußte eine Wunderkraft in der Haut des Elches sitzen; sie widerstand dem Bürsten, Klopfen und der Pottasche. Kein Löchlein, kaum ein dünner Sprung ward sichtbar. Und das war es, worüber Frau Eva im Bette nachgedacht, wo wir sie im vorigen Kapitel sitzen ließen, oder vielmehr sie war schon herausgesprungen. Aber als sie noch saß, die Hände um ihre Knie, und das Kinn in Gedanken wiegend, hatte da vielleicht das steinerne Bild ihres Vaters den Arm drohend erhoben: „Blut von meinem Blut, was thust Du? Eva, mein Kind, habe ich das um Dich verdient, daß Du aus irdischer Sinnenliebe, um einen Mann, Deinem Vater im Sarge weh thust und die heiligsten Pflichten gegen Dein Haus vergissest? Aber Du warst ja immer eine Schelmin, und schon bei meinen Lebzeiten hast Du mich mit Deiner Mutter hinters Licht geführt; so fahre denn fort in Deinem heimlichen Thun, wie die Giftmischerinnen, bis ihre Thaten voll sind, und sie ans Tageslicht kommen.“

Ach nein, man hätte falsch geschlossen. Das Gespenst ihres Vaters erschien Eva so wenig, als es ihrer Mutter erscheinen wollen. Sie hatte auch bis da gar keine Gewissensbisse über ihr Thun empfunden. Sie dachte nur etwa, was wir in Neudeutsch so wiedergeben: Wer es einmal über sich gebracht hat, einen andern langsam durch Gift sterben zu lassen, begeht denn der ein größer Verbrechen, wenn er sich entschließt, ihn auf einmal mit einem Messer niederzustechen? Im Gegenteil, er handelt männlicher und erspart dem andern noch viel Qual. Zu solchem Mut kommen die Giftmischerinnen nicht; ihr Mut wächst nur darin, daß sie immer dreister das Gift in die Schale träufeln, und daß sie immer herzhafter den Leiden zusehen, die sie bereiten. Darum war Frau von Bredow keine Giftmischerin, und es war diese große Überzeugung, in welcher sie aus dem Bette gehuscht war, und in die Pantoffeln und in die Jacke gefahren, und schon hatte sie das Leder in der Hand, als — vielleicht doch ein Schatten von dem steinernen Bilde im Mondenstrahl vorüberschwebte. Da hatte sie sich rasch über das Bett ihres Lieblings gebeugt: „Ich thu's ja nur um Euretwillen, Eures Vaters Ehre ist auch Eure."

Aber ganz ruhig war sie darum doch nicht. — Was würde ihr Mann sagen, wenn er erwachte? — Und hatte sie nicht gewissermaßen auch das Gelübde am Totenbette abgelegt? Eva selbst wußte noch nicht alles, was sie vorm Gericht der Heiligen und ihres Mannes sagen würde, aber sie wußte, daß sie nicht stocken würde. Und doch schienen ihre Füße zu stocken, als sie die steile dunkle Treppe hinabstieg.

Was soll denn Hans Jürgen anziehen, wenn er morgen zu Hofe muß! Fürs Haus, da war zur Not gesorgt. Aber an Hof! Womit sollte er sich entschuldigen lassen? Wenn die Lakaien und Büchsenspanner in den Küchen, in den Gängen, auf der Treppe sich zuzischelten: Der Marschall kann nicht ausgehen, er hat keine — Und wo sind sie? — Sie sind verbrannt. — Wer hat sie verbrannt? — Ach, unter den Treppen am Hofe wissen sie alles. Was Du retten wolltest, Frau Eva Bredow, Deines Gatten Ehre war da erst, und auf immer verloren.

Das flüsterte jetzt auf der letzten Stufe der Versucher ihr zu. Nicht der Hauptmenschenfeind, nur einer der kleinen, geriebenen, neidischen Geister, denen es ein Ärger ist, wenn auf Erden etwas Großes geschieht. Es war der Dämon, der, wenn wir etwas thun wollen, uns zuruft: „Ist's auch jetzt die rechte Zeit? Erwäge doch, ob Du es nicht besser machen kannst, wenn Du das und das zuvor bedenkst und das frägst und das prüfst und das zurecht legst?" — O, wie überstürzt sich der grinsende Kobold, wenn wir auf ihn hören, und prustet sein Hohngelächter aus. Der tückische Gnom hat große Macht geübt in alten Zeiten, zumal in Deutschland, und hätten ihn unsere Vorfahren zu beschwören gewußt, wie sie manchen Kobold beschworen, so stände es besser schon jetzt mit dem heiligen römischen Reich deutscher Nation. Nun fangen wir erst an, ihn zu knebeln, und der Herr gebe seinen Segen.

Eva Bredow war ein beherztes, kleines Weib. Sie riß den Fuß aus seinen Krallen los, mit denen er sie auf der letzten Stufe festhalten wollte. „Wenn's jetzt nicht geschieht, so geschieht's nimmer."

Durch die trüben runden Scheiben des Fensters nach dem Hofe drang der Mondenschein nur spärlich in die ungeheure Küche, die am Ende des Flures lag. Das Mondenlicht that aber auch nicht mehr not; schon prasselte auf dem niedrigen Herde die Flamme in den gewaltigen Schlot, wo ein ganzes Heer von Kobolden Platz gehabt hatte. Und nachdem das Reisig, eine helle Lohe, knisterte und flackte, legte die Hausfrau, die es angezündet, ein mächtiges Scheit nach dem andern darauf.

Auf einem Schemel davor saß sie nun; in der Hand glänzte eine große Schere. Noch hatte sie nicht zugeschnitten. Wenn man auch mit sich einig ist, daß etwas geschehen muß, ist man's noch nicht immer über das Wie? ja, daran ist manche That gescheitert. Anfänglich wollte sie sie um einen Stein wickeln und in den Stadtgraben versenken; aber wenn Wasser Leder vernichtete, wo wären sie längst gewesen! Und wie, wenn der Stadtfischer einmal gekrebst hätte, und statt der Krebse brachte er im Netz die Hosen des Herrn von Bredow wieder ans Tageslicht! Nur das Feuer half. Aber Leder giebt einen häßlichen Gestank. Darum wollte sie es in Stücken und Streifen zerschneiden. Etwas Gestank gab auch das, aber wo läßt eine böse That keinen zurück! —

Sie hatte noch nicht zugeschnitten, und ihr Herz pochte hörbar, aber es pochte noch etwas anderes. Es kam über den Hof, es trat in den Flur — Herr Gott, es trat in die Küche. War das der Geist des Vaters? Das Kleid entsank, die Schere entfiel ihr, und er legte seine kalte Hand auf ihre Schulter.

„Eva, was thust Du?"

Frau von Bredow sank in Ohnmacht, aber es durchrieselte sie eiskalt, und der rote Flammenschein beleuchtete ein schneeweißes Gesicht; wie angelötet saß sie auf dem Schemel, als das Gespenst den Birkenstamm, seinen Stock, aus der Hand leget und sich vor ihr auf die Bank setzte.

„Du kennst mich nicht mehr, Eva?"

„Vetter Hans Jochem," sagte sie endlich aufatmend, „ach, was habt Ihr mich erschreckt."

Sein Haar hing struppig, schon grau gesprenkelt, um das blasse Gesicht, sein Bart wallte in krausen, wilden Locken um das Kinn und über das zerrissene Franziskanerhabit. Wie war er anders geworden; nur die kleinen, runden, glänzenden Augen waren noch dieselben; sie irrten noch immer umher; aber nicht mehr mit der Freude, mit dem Entsetzen liebäugelnd.

Ein Lächeln schien um seinen blassen Mund zu spielen, als Eva ihre Nachtkleider hastig ordnete und zusammenzog. Auf Spuk und Geister war die mutige Frau vielleicht gefaßt gewesen, aber nicht auf einen Mann von Fleisch und Bein, der noch dazu vor Jahren für ihren Freier galt.

„Dafür habe ich keine Augen mehr, Muhme. Mein Aug' ward schärfer. Durch die wonneschwellenden Formen einer Liebesgöttin sah ich nur noch das modernde Gerippe. — Was versteckst Du, Eva," fiel er ein, als sie das Kleidungsstück, was ihr vorher entfallen war, durch eine unmerkliche Bewegung mit dem Fuß seinem Gesicht zu entziehen suchte. „Ich sah und weiß."

Eva war ihrer Mutter Tochter, aber fest, verständig, wie jene, war sie das Kind einer neueren Zeit, rascher in ihren Entschlüssen, gewandter sich in die Umstände zu schicken. Sobald der erste Schreck vorüber, wußte sie Licht zu finden in dem Dunkel. Ihr Mann war spät, mit einer besondern Heimlichkeit zurückgekehrt; er hatte sich im Stall und Schuppen verschlossen, ehe er zu ihr hinaufgekommen, er war auch einigemal wieder in den Stall zurückgegangen. Was hatte er da zu suchen? Hatte er seinen Vetter Hans Jochem mitgebracht und dort versteckt gehabt? Man sprach von einem wilden Manne, dem der Kurfürst auf der Jagd begegnet sei, dessen Reden den Herrn in Tiefsinn versetzt; ihr Gatte hatte plötzlich auf Joachims Befehl ausreiten müssen; er hatte nicht verraten wollen weshalb, noch wo er gewesen, noch was er zurückgebracht. Hans Jochem war nun hier; gewiß ein wilder Mann; er war im geheimen hier. Das reimte sich. Sie wollte schnell zur Gewißheit:

„Vetter Hans Jochem, was willst Du hier?"

„Ich gehorche dem, der mich schickt und mir gebietet."

„Wer hat Dich hergeschickt? Brachte Dich mein Mann mit? Was suchst Du hier? Warum so heimlich? Was sinnst Du, Vetter? — Mir wird bang mit Dir. Was stechen Deine Augen?

Was soll der Unkenton, in dem Du frägst? — Wir haben nichts mit Geheimnissen und Prophezeiungen zu thun; wird sind ruhige, ordentliche Leute —"

„Und sündigen im geheim, wie alle Kreatur."

Sie hielt seinen lächelnden, stechenden Blick nicht aus.

„Eva, was hast Du gethan?"

„Ich? Nichts."

„Was hast Du thun wollen? — Dein Thun war keines, worauf das Auge Gottes mit Wohlgefallen sieht. Was brauchtest Du es sonst zu verbergen? — Armes, schönes Weib, was fehlt Dir denn noch auf dem Wege, den Du einschlugst? Vollauf schüttete er ja, der Fürst dieser Welt, das Füllhorn seiner Gaben auf Dich aus; er gab Dir zur Schönheit Gesundheit; zu Kindersorgen und Haussorgen auch die Zufriedenheit, daß Du wie ein satter Schwan segelst auf dem ruhigen Lebensstrom. Daß der Fürst der Welt Dich dadurch leibeigen machte, daß er Deine Seele in Fesseln schmiedete, daß Du ein buntes Schattenleben führst, ohne Rausch und Seligkeit, ohne Verlangen und Sehnsucht, das fühlst, das begreifst Du ja nicht. Warum nun nicht genießen die kurze Spanne Traumesdasein? Was brauchst Du noch heimlich zu sündigen? Wie, oder regt sich schon der Dämon des Ungenügens? Zückte ein Strahl in Deine Verzauberung, Weib? Fühlst Du, daß der Herr sein nicht spotten läßt, daß er Dir den Geist gab, nicht damit Du ihn durch Spenzer und Schnürleiber erdrückteſt? Verlangt Dich nach Auffrischung aus dem grauen Einerlei? Sündigst Du zum Zeitvertreib? Sündige denn fort, Eva, es ist der Weg zum Erwachen."

Der jungen Frau stürzten die Thränen aus dem Auge. Wenn sie sündigte, wollte sie in der Wahrheit gesündigt haben. Sie riß das Kleid vor: „Ich habe nicht gesündigt, ich wollte thun, was ein treues Weib thun muß."

Der Zornige ist ein schlechter Advokat für seine Sache. Es schoß und sprudelte wie ein Wasser über Steine und Blöcke, aber der Gast hatte sie doch verstanden. Er saß still eine Weile, dann faßte er sanft ihre Hand:

„Ist's denn unrecht, so ich den, der mir der liebste auf Erden, erlöse?"

„Wovon?"

„Daß er wieder das Auge aufschlagen kann wie ein anderer Mensch, daß er zu der Ehre kommt, die ihm gebührt!"

„Welche Ehre gebührt dem Sohn des Staubes! Die

Flitter, die er zusammengerafft? Plunder und Lumpen vom Strahl des Tages! Sprich mir nicht von jener Ehre, von welcher die Rechtlichen meinen, sie brächten sie mit aus der Wiege, sie erwürben sie durch ihre guten Werke, gemessen nach der Elle der Gebote. Diese Ehre flimmert wie der Morgentau, wie der bunte Schiller des Morastes im Abendrot, aber es ist der Mehltau der Sünde ohne die Gnade. — Muhme Eva, meine Sendung ist zu andern, aber auch der hastende Wanderer mag dem Verirrten auf dem Wege ein Wort zusprechen, thue es nicht. Du zerstörst nur Thorheit und Menschensatzung, aber eine Sünde begehst Du gegen den Herrn, der da sprach: Die Welt soll in Thorheit wandeln, damit sie nach der Weisheit sich sehne."

Er war aufgestanden; auf die Birke gestützt, sah er sie scharf, aber nicht drohend an.

„Laß ihm den Fleck, den Schatten, der seine Ferse hemmt. Wen der Herr gezeichnet hat, den hat er in seiner Obhut. Kleiner Dinge bedient er sich, wo er Großes wirken will, weil Euer Auge nur wach ist für das Geringe. Hast Du vergessen, was er durch diesen Plunder gewirkt? Arme, die Du gedankenlos im Sonnenstrahle wandelst, es wird auch Dir die Zeit kommen, wo Du nach einem Schatten Dich sehnest. Pflücke, reiße ihn nicht ab von dem, der Dir der teuerste ist auf dieser Erde; Du weißt nicht, was Du thust, Du fühlst die Sünde nicht, die Du begehst. Selig, die hier verachtet sind, denn sie werden in Glorie strahlen; heilig, die er hier prüft durch den Hohn der Welt, denn sie sind, die er auferwecken will. Laß ihm den Fleck, den Schatten, laß ihm den Stachel, der ihn peinigt. Aus der Peinigung wird er — Lebwohl, Eva."

Eva rief ihn zurück: „Hans Jochem, so dürfen wir nicht scheiden. Du bist mein Gast, Du meinst es noch gut mit der Freundschaft. Vetter, geh' nicht so fort. Laß uns ein freundschaftlich Wort tauschen. Wer weiß, wenn wir uns wiedersehen!"

Er ließ seine Hand in ihrer, die sie besorglich drückte. Sein Blick war nicht bös. Ihr Ton war so mild.

„Wo gehst Du hin? — Ich frage nicht aus Neugier. Wie siehst Du verstört aus, Du mußt lange in der Heide gelebt haben. Laß Dir's einige Tage, wenigstens heut, bei uns gefallen."

„Mein Weg ist Unruhe, mein Ziel ist wandern."

„Wer zu einer Reise ausgeht, muß sorgen, daß er gesund ist. Nun sprich ein treu Wort; sind wir nicht Deine nächsten Blutsfreunde? Was irrst Du, wie ein unstet Tier im Walde, wie der Wolf, der vor den Schwellen der Menschen schrickt.“

„Wohl dem, der den Wolf in sich erkennt!“

„Du bist krank!“

„Krankt nicht die ganze Menschheit am ungeheuern, unermeßlichen Todesverbrechen, daß sie da ist, und sie schlürft und trinkt in Jubel, Leichtsinn und Gedankenlosigkeit, Vergessenheit über Vergessenheit. Dann ist sie froh!“

„Bleibe bei uns, unter guten Menschen, die das Rechte thun, was sie verstehen, und nicht mehr wollen. Wer mehr will, versucht Gott.“

„Wem er nun aber rief! Wem das Thor sich lüftete, wer da einen Blick hinein that auf die übertünchten Gräber, auf den Wirbelreigen der geschminkten Leichen, wie Sünde auf Sünde sich pfropfte, Geschlechter Geschlechter zeugten, sündenvollere Kinder als die sündigen Eltern, ein Gewimmel, wie wenn die Sonne brütet auf dem gefallenen Tiere, und der warme Dunst nährt die Millionen mal Millionen. Eines verschlingt das andere, eines ringelt sich, zehrt, lebt vom andern; die in Wollust über den Todeszuckungen von denen, und jedes Gewürm wähnt, Sonne und Mond leuchten für ihn, und der Herr sei da für ihn, wie ein Vormund und Verwalter, den der Gerichtsherr bestellt! O, wo ist der Himmel so reich an Gnade, daß er in diese Abdeckergrube Rettung gießt, daß er für dieses bodenlosen Meer von Dünkel aus seinem Sternenhimmel Gnade schöpft!“

„Allerheiligste Jungfrau! — Du bist doch kein Ketzer!“ rief Eva. Leiser setzte sie hinzu, als scheue sie sich vor dieser Gedankenverbindung: „Du warst beim Doktor Luther.“

„Bei ihm war ich, den ich verkannt, den ich mich vermessen, zu meinem Irrwahn verkehren zu wollen. Wie den stolzen Zehender der Luchs im Dickicht anspringt, warf ich mich auf ihn; aber wie der Hagel abprallt vom Turm, und der Turm regt sich nicht, ward ich von seinem Blick zu Boden geschmettert. Dreimal vermaß ich mich, und dreimal mußte ich mich wie der Wurm krümmen, und der Riese würdigte nicht, mich zu zertreten. Eva, ich habe auch die Schmach gekostet; diese Feuerworte, die er auf mich goß, diese Kernsprache, die mich durchwühlte! Verdammt, erst blind zu sein und dann zu freveln gegen den, dem er das Licht ins Auge senkte, den

Donner in die Kehle, den Blitz in die Worte. Und er hat mich zum zweiten Mal geweckt; er verstieß mich nicht, er hat mich aufgerichtet, ich atme wieder, ich ahne seinen Lichtglanz und" — setzte er dumpf hinzu — „ich irre nun, wie das Tier in der Wüste nach der Quelle, nach dem Trank, und witt're nur Schwefeldampf, aus ihren Ritzen den Modergeruch der alten Erde, die nach ihrem Untergang sich sehnt."

Im Hause Hohenziatz mußten die Priester es verdorben haben. Eva dachte nicht mehr an den Ketzer; der Gedanke vielmehr durchwärmte sie, daß der Augustiner der Mann sein könne, welcher ihren Vetter zum Rechten führe. „Wenn er der Rechte wäre!" entfuhr es ihr. So warm war der Ton; man hätte glauben mögen, sie fühle mehr für den Unglücklichen als Verwandtenliebe. Aber ihr weiches Herz hatte sich erschlossen für sein Elend; ihr eigner Kummer war vor dem Mitgefühl für seine Verirrung zurückgetreten.

Hans Jochem wiederholte die Worte, die er eigentlich nicht hören sollte, und starrte vor sich ins Schwarze.

„Er soll das heilige Bibelbuch ganz auswendig wissen."

In Gedanken verloren fuhr er fort:

„Im Kampfe gegen die hohen, gegen die goldumwobenen Götzendiener zum Anbeten! Wie reißt er ihnen die erborgten Fetzen ab und stellt sie in ihrer scheußlichen Nacktheit an den Pranger —"

„Predigen soll er gewaltig, daß es in Herz und Nieren geht, fiel Eva freudig ein.

„Wenn ihm nun doch die Larve von der Stirne fiele."

„Hans Jochem! was ist Dir wieder, sie sagen alle, daß er in hohem Ansehen stände beim Magistrat und seinem Fürsten."

„Mit Gott und Belial sich vertragen," fuhr er heraus in einem Ton, der sie wieder erschreckte. „Wie kann ein Mann, der nur von Gott voll ist, mit der gescheiten Ordnung dieser Welt sich vertragen; sich setzen mit Magistrat und Fürsten, teilen zwischen dem Ewigen und dem Endlichen! Wie kann er singen, tafeln, trinken, Libelle schreiben gegen Könige und Bauern. Wie kann er sein ein Mann von dieser Welt, was sie nennen, ‚ein ordentlicher Mann', den Gott zu einem Propheten berief!"

Da senkte Eva die Augen, denn sie verstand es nicht; aber ihr ward bang, seine Stimme zitterte wunderbar.

„Mit unserer Kraft ist nichts gethan, hört' ich ihn singen durch den frischen Herbstmorgen, und er schüttelte seine Arme, daß die Gelenke knackten, und er schritt über den Gang, daß die Bohlen dröhnten Rom will er zertreten, aber sein Wittenberg retten. Was läßt sich denn retten, wenn der Herr spricht: Es werde Wahrheit —"

Sein Auge leuchtete in dem Totengesicht.

„Was ist Wahrheit? Dein blaues Auge, Weib, das mich treuherzig anlacht? Aber ich sehe aus tiefer, schwarzer Höhle schon das Nichts grinsen, wenn die weichen Lippen abgefallen sind, die süß geschwellte Wange Staub, wenn die Vögel über Deinen bleichenden Gebeinen flattern nach neuer Atzung. Wo werden die Gebeine denn ruhen? Sie schwimmen im Wirbelmeer der Verwesung. Wo sind Ninive, wo Sodom und Gomorrha? Ist Rom, ist Magdeburg, sind Brandenburgs Türme fester? Sand oder Granit unter Deinen Füßen, wenn die Glocke stürmt, und ich höre sie ferne klingen, wenn die Posaune dröhnt, und sie summt über der Wolke, wenn die Quellen siegen, und ich höre schon die Brunnen rieseln und steigen; wie zerschieben sich die Bilder zu greulichen Ungestalten, wie fällt der Farbenglanz ab, Staub vom Flügel der Motte. Alle Farbe ist Lug, auch das Grün, das die Erde kleidet; alle Gestalten sind Bilder unseres Auges und alle Bilder Täuschung. Die Ewigkeit frißt und verschlingt, ein hungriger Wolf, die Götzen und die Menschen, ihre Träume und ihren Wahn! Herr Gott, alles, alles! und wir wirbelnder Sonnenstaub!"

„Der Herr Christi ist für uns alle gestorben, sein Blut —"

„Das Blut eines sollte sühnen die Greuel von fünf Jahrtausenden, den entsetzlichen Abfall von des Herrn Geboten, wachsend, sich überstürzend wie eine Lawine. So stürzten wir aus dem Unrechten in das Verbotene, aus dem Verbotenen in die Sünde. Wer malt noch Kohlschwarz auf Pechschwarz? Wo das Paradies unter den Kutten, dem Ratsherrnpelz, dem Fürstenhut, wo Gottes Himmel über dem Baldachin? Wo die Gesetze der Natur unter des Doktors Weisheit! Die tausendmal tausend goldenen Kälber, vor denen das Menschengeschlecht tanzte, jubelte und opferte; diese Bilder, Eva, sind es, die uns in Ewigkeit verdammen; wir waren Bilderdiener, mehr nicht. Wenn wir schwimmen im Strudel, woran uns fassen? Was wir für Wahrheit hielten, da grinst uns der Molch an, die Schlange windet sich an unseren zitternden Händen. Da schwebt Christus durch den Nebel. Fasse doch nach seiner Ferse der Gerechteste, er faßt nur seinen Schatten —"

„Halt! Du darfst nicht fort, Hans Jochem. So nicht zum Kurfürsten.“

„Zu ihm.“

„Die Wächter lassen Dich nicht vor.“

Er lachte fürchterlich. „Der Wolf der Unruhe heult auch in dem Fürsten der Welt. Laß mich nur anschlagen, und alle Thore springen.“

„Was willst Du zu ihm reden?“

„Weiß ich's! Ob das Wasser sie verschlingen, das Feuer sie verbrennen, ob der Geist, der freigewordene, sie zerreißen wird, die alte Welt geht unter. O, ich freue mich, ihn zittern zu sehen; es ist Wollust, das Zähneklappern der Gewaltigen, wenn sie, die sich selber zu Götzen gemacht, die Götzen wanken und zittern sehen.“

Auch Eva zitterte, als er sich losriß und durch den Flur nach der Thür schritt. Die Thür öffnete sich und schlug hinter ihm zu. Bis der Tritt auf der Gasse verhallt war, horchte sie mit angehaltenem Atem. Ihr ward zum ersten Male wahrhaft bang zu Mute. Es war so einsam, sie glaubte das Wasser im Brunnen rieseln und steigen zu hören. Endlich nahm sie sich zusammen und eilte hinauf. Alle ihre Lieben schliefen so ruhig. Sie kniete am Bette der Kleinen nieder und schlang ihre Arme darüber. Sie hörte nicht mehr das Rieseln des Brunnens, der Mond zitterte nicht mehr, der Nachtwächter draußen sang das Ende der Stunde ab, in der die bösen Geister Macht haben:

Hört Ihr Herren und laßt Euch sagen,
Die Glocke hat eins geschlagen.
Der Herr beschützt vor jähem Tod,
Und ist mit uns in jeder Not.
Lobet den Herrn!

und Eva schlüpfte beruhigt ins Bett.

Achtes Kapitel.

Die Arche Noäh.

Wie lange schon ist's her, seit die Klosterglocken von Lehnin verstummten! Seitdem der Hirt, wenn er die Abendmette hörte, den Hut abriß, die Hände faltete und aufs Knie sank, sein Angesicht im halblauten Gebet dahin wendend, von wo der Glocken Klang durch den Frieden der Wälder zitterte. Wie weit schallte der Ton, wie lieblich, lockend, tröstend dem verspäteten Wanderer. Wenn nun die dunklen Kiefern sich lichteten, und über den Dampf des Lugs die hundert bunten Giebel und Türme mit ihren goldenen Wetterfahnen, angerötet vom Abendschein, ihn gastlich anblickten, hörten die bangen Herzschläge auf; Unholde, Wölfe und Räuber hatten ihre Macht verloren. Vor dem Hirten, dem Wanderer, dem Handelsmann öffneten sich die Pforten in den dicken Mauern von festgebranntem roten Steine, und drinnen dampfte der Kessel über dem Herde den Hungernden; ein weiches Lager war für den Erschöpften gestreut, für jeden je nach Stand und Würden, für alle Frieden und Ruhe.

Es war eine schöne Zeit, sagten viele. Hat doch jedwede Zeit ihr Schönes und ihr Häßliches. Unter dem Krummstab ist gut wohnen, meinten unsere Väter, und die Glocken läuteten den Frieden ein. Die Glocken in Ehren, wir meinen heut, es sei besser, wenn der Friede überall ist und wächst, wie der Halm aus dem Boden; wenn der Friede ist, wie ein Mannaregen, der alle erquickt, die leben und atmen, als wenn er eingepfercht ist in den festen Mauern eines Kirchhofes, und die Glocken läuten am Morgen und Abend den Bangen und Verirrten in der Wildnis, daß sie eilen heranzukommen, um teilhaft zu werden, was nur wenigen beschert wird.

Die Glocke von Lehnin tönt noch heute; ’s ist aber eine schwache Stimme, als schämte sie sich des kleinen spitzen Bretterhauses, das einen Turm vorstellen soll, und unten stehen noch die gewölbten Riesenmauern mit ihren bunten schönen Krenelierungen, als schämten sie sich auch des Zwerges, den der Zimmermann auf ihren Scheitel nagelte. Die hundert goldenen Wetterhähne drehten sich nicht mehr im Sonnenlichte, die bunten Dächer sind in Schutt gefallen; von den kühn gezackten Giebeln ragt nur noch ein Paar in die Lüfte, verwittert, zerfallen, und der Storch schaut von seinem Nest auf der Firste über die Verwüstung solcher Herrlichkeit. Aber die Mauern, Keller und Türme reden noch zu dem Verständigen, die uralten Linden und Rüstern schütteln ihre Schattenwipfel wie ehemals; der schwarze, fette Boden treibt Kräuter, Stauden und Ähren so üppig als je, und Friede und Sicherheit ergossen sich aus den durchbrochenen Mauern weiter, als die Glocken schallten, über das Land.

Es war ein schöner, stiller Juliabend, als die Mette von den Türmen läutete. Die Abendsonne übergoß mit ihrem goldenen Rot die alten Gebäude und die alten Bäume; aber im Kreuzgang an der Ecke glänzte ein anderes Licht von hundert Kerzen auf hohen Armleuchtern von Silber und Messing, oder in den Händen der Chorknaben, die mit wohlgekräuseltem Haar in ihren roten und weißen Festhabiten die Weihkessel schwenkten, während ein Priester die Mette las. Die Armleuchter standen im Kreis um ein steinern Ritterbild, und um die Kerzen lagen viele Personen auf den Knien, meist edle Frauen und zarte Kinder. Die in der würdigen Matronenhaube, welche so eifrig ihren Rosenkranz durch die Finger gleiten ließ, wer hätte die Burgfrau von Ziatz nicht erkannt. Zur Linken ihr die schöne Eva mit dem Kreis von Kleinen um ihre Füße. Schwerer hätte vielleicht ein anderer zu ihrer Rechten die geistliche Frau wiedererkannt, die im Schleier ihr tiefbewegtes Antlitz verbarg. Es war ihre Tochter Agnes, die, jetzt Äbtissin im Nonnenkloster zu Spandow, vom Bischof den Permiß erhalten, der Einweihung des Standbildes ihres Vaters in Lehnin beizuwohnen.

Das war das Fest, was an diesem schönen Abende im Kloster Lehnin gefeiert ward. Seltsam, daß nur so wenige zugegen waren von der andern Sippschaft; noch seltsamer, daß von den Klostermönchen gar nicht alle im Kreuzgang mitsangen und administrierten; es war ein seltenes Fest und gereichte dem Kloster zu großer Ehre. Wenn ein Bärenführer trommelte und seine Affen in den roten Jacken springen ließ, stürzten sie doch hinaus, kein Kopf blieb zurück. Die Mönche hatten vollauf an allem, nur nicht an Zeitvertreib. Und heute — was hatten sie anderes, wichtigeres zu schaffen? Der Abt selbst zeigte sich nur ab und zu; aber wenn er sich gekreuzt und geneigt und in die Responsorien eingestimmt, schlich er wieder abwärts.

Wohin? — Er ging wie ein Träumender umher, bald langsam, den Kopf zur Erde, bald hastig und die Augen nach allen Seiten. Einmal war er auf den Ringelturm gestiegen und hatte, die Hand überm Auge, in das Abendgold geschaut; ein andermal war er in den Keller gestiegen, nicht um den dicken Subprior aufzurütteln, der wieder in der Ecke lag, auf einem Weingestell, und den Abt gar nicht merkte; denn er gab schauerliche Töne von sich aus Mund und Nase, die in der Einsamkeit einen anderen erschreckt hätten. Nein, der Abt achtete gar nicht auf ihn, vielleicht weil er unverbesserlich war; auch kostete er nicht von dem goldenen Hungarwein, der in einem halbvollen hohen Spitzglase neben dem Schläfer stand. Er blieb vielmehr in der Mitte des großen Kellers und schüttelte den Kopf. Sein blaß Gesicht blickte ringsumher auf die Stückfässer, wie einer, der Abschied nehmen will von teuren Gegenständen, und er muß sie zurücklassen oder er kann nur etwas mitnehmen, und er hat die schwere Wahl. Ach, sie sind ihm alle gleich lieb. An einige klopfte er mit dem Finger; da klatschte der Wein drinnen an seine Eichenwände, und die Klagestimme des Geistes mußte der Abt verstehen; er wischte unwillkürlich mit dem Finger am Auge, und ein Seufzer stieg aus seiner Brust. Was aber sollte das? — Er legte sich plötzlich auf die Erde, da, wo der Keller am tiefsten, und tippte mit demselben Finger, der sein Auge berührt, auf den Boden, ob er naß sei? Dann legte er sich auch mit dem Ohr hin und horchte. Er hörte nichts als das Schnarchen des Subpriors.

Draußen im Nebenhof, der nach dem Garten mündet, war etwas zu sehen, was keiner zu irgend einer Zeit in Lehnin gesehen. Da standen vier Säulen, über mannshoch, zwei waren gekappte, alte Lindenbäume, die anderen beiden waren von starken Ziegelsteinen oder behauenen Feldsteinen aufgemauert. Auf diesen vier Säulen schwebte in der Luft ein neugezimmert großes Schiff, gut verdeckt, mit einem Mast, nicht allzuhoch. Hinten war ein Steuer und vorn hingen zwölf lange Ruder heraus, zu jeder Seite sechs. War's eine Galeere, mit der ein Zauberer durch die Luft segeln wollte? Wie hätte man einen Zauberer in einem christlichen Kloster geduldet! Aber am Vorderteil war, von Holz geschnitzt, das Bild eines Mannes mit einer morgenländischen Pelzmütze, und um den Rand des Schiffes stand, in zierlichen Buchstaben gemalt, der Vers:

Pater Noah oramus ex profundis
Salva nos ex aquis et undis!

so lateinisch auf der einen Seite, und so deutsch auf der anderen:

Vater Noah, gelobt in der Höh',
Bete für uns in Sturm und See!

Die Arche Noah mochte wohl fertig sein, aber noch war viel Geschäftigkeit darum. Unten schwelten Feuer, und mit langen Pinseln teerten sie den Bauch des Schiffes, von dem der Schiffszimmermeister aus Brandenburg gesagt, er sei zu groß, und der Kiel werde zu tief im Wasser gehen. Aber nach langen Debatten im Konvent hatten die Mönche beschlossen, er solle bauen, wie sie es wollten, und nicht, wie er es verstand. Denn in einer pergamentenen Vulgata hatte ein Pater das wahrhafte Bild der Arche Noäh am Rande verzeichnet gefunden, und diese hatte gerade einen solchen Bauch. Da hatte der Zimmermann gemeint: wes Geld uns klinget, des Lied man singet. Und wenn sie ersaufen, hatte er bei sich gedacht, ist's zu spät, daß sie mir einen Prozeß an den Hals werfen.

Der Bauch war aber nötig, wenn man sah, was schon dort im Speicher stand, in Kisten und Tonnen verpackt, so alles hinein sollte. Der Pater Küchenmeister war eben die Leiter mit einem Sacke hinaufgestiegen und trocknete sich die Stirn ab, als der Abt ihn fragte, was er hineingetragen?

„Teltower, Domine! Die Rüben müssen vor allem trocken liegen."

Der Abt seufzte: „Werden wir denn einen Boden finden, wo wir wieder Rüben stecken können?"

Wichtiger schien das Gespräch mit dem Pater Kellermeister, nach den Mienen beider zu schließen, als sie auf und ab gingen.

„Unser schönes Rostocker," sagte der Pater, den Kopf schüttelnd. „Es zerfließt wie Honig auf der Zunge; gerade jetzt kommt es in Kulmination, Domine."

„Lieber Bruder," entgegnete wehmütig der Abt, „haben wir nicht jeden Kubikfuß ausgerechnet! Für jede Kanne Bier eine Kanne Wein weniger."

„'S ist wahr," entgegnete der Pater, auch den Kopf sinken lassend.

Die Glocken schwiegen, die Feier im Kreuzgang war zu Ende und der Abt genötigt, seinen edlen Gästen den Abschiedsgruß zu bieten. Da floß manche Thräne, als er seine in Gott geliebte Schwester, die Äbtissin, an der Hand faßte, um sie nach dem wohlverschlossenen Wagen zu führen, der sie, begleitet von vier Reisigen, nach dem Kloster zurückbringen sollte. Niemand konnte ihr ins Gesicht sehen, der edlen jungfräulichen Frau, weil der dichte Schleier es verhüllte; aber wie sie jetzt noch einmal sich umwandte, der Mutter noch einmal in die Arme flog, dann der Schwester, und, schien's doch, nicht los konnte von ihrer Brust, und wer das stille Schluchzen hörte, der mochte sich sagen: sie preist die Glücklichen, aber sie selbst ist nicht glücklich. Und wie die Kleinen, Evas Kinder, der Base noch nachliefen, bis an den Wagentritt, und sie eins um das andere aufhob und küßte und plötzlich sich abwandte und, auf den Arm des Abtes gestützt, in den Wagen sprang, da dachte mancher, die wäre auch lieber nicht Äbtissin.

„Sie wird für uns alle beten," sprach der Abt, als er zu den anderen zurückkehrte. „Die Fürbitte einer so frommen, tugendhaften Jungfrau ist bei den Heiligen oft von ganz besonderer Wirkung."

Die Sänfte war herangebracht, darin Frau Brigitte nach dem Schlosse von ihren Knechten zurückgetragen werden sollte; sie konnte seit einiger Zeit das Fahren auf den Wurzelwegen nicht vertragen.

„Wir werden alle alt," sagte die Edelfrau zum Abt. „Nun ich's erreicht hab', den schönen Tag, daß ich meinen Götz in Ehren gesehen, mag der Herr mich rufen; an welchem Tag es sei, daß er den Tod, der sein Diener ist, an meine Thür klopfen läßt, ich werde ruhig antworten: Herein! Da wird er alle uns versammeln, einen nach dem andern. Nun, mein Gottfried ging voran! Ich hab's der lieben Seele, weiß Gott, gegönnt. Er war zu gut für diese Erde. Da wird er am Thore uns erwarten, weiß und rein im Himmelskleide, wie er da kniet."

„Daß von den lieben Blutsfreunden gerad der liebste an diesem Tag Euch fehlen mußte," sprach der Abt.

„Herrendienst geht vor Freundschaft," entgegnete die Matrone. „Hat er mir doch wenigstens sein Liebstes auch geschickt, daß ich meine Eva und ihre Kleinen bei mir hab'. Da mag er meinethalben noch recht lange ausbleiben. Nicht wahr, Ihr kleinen Schelme, Ihr bleibt gern bei der Großmutter, Ihr verlangt gar nicht nach dem Vater, der fortgeritten ist, und sich um Euch nicht kümmert."

Die Kleinen sahen die Großmutter schlau an, drängten sich aber doch dann um die Mutter, wie sie aufzufordern, daß sie die arge Rede der Großmutter nicht dulden solle.

„Mein Herr wird nicht mehr lang säumen, bis er heim ist," sagte Frau Eva, etwas errötend. „Mir sagt's mein kleiner Finger, daß er bald hier ist," wandte sie sich zu den Kindern, die laut aufjubelten.

„Es ist hart, wenn ein Hausherr, in solcher Zeit, auf des Fürsten Befehl in die Fremde muß, und so weit! Man sagt, der Marschall ward an des Kaisers Hof geschickt in wichtigen Dingen."

„So ist's," entgegnete die junge Frau zur Verwunderung der Matrone, denn Frau Brigitte hatte bisher gemeint, es sei ein groß Geheimnis, und nun sagte es Eva geradezu dem Abte heraus; aber sie hatte heute ein Schreiben erhalten, das ihr Gutes meldete, und daß ihr Herr auf der Rückkehr sei, und während der Messe, Gott verzeih ihr die Sünde, hatte sie ausgerechnet, daß er schon über Nacht an das Burgthor von Ziatz pochen könne. Davon pochte ihr Herz, und sie trieb zur Rückkehr.

„Es muß eine sehr wichtige Botschaft gewesen sein, daß unser allergnädigster Herr gerade seinen Marschall jetzt ins Reich senden mußte," wiederholte der Abt.

War der Abt neugierig? Wenigstens in diesem Augenblicke war er es, denn es ging das Gerede, daß Joachim seinen Vertrauten nicht eigentlich in politischen Dingen an den Hof des jungen Karl gesandt, dazu gebrauchte er andere Unterhändler — auch nicht, wie einige meinten, wegen des Türkenkrieges; sondern — des Gegenstandes halber, welcher so viele tausend Köpfe im Abendlande beunruhigte, verrückte. Graf Vitus Rango, der General des Kaisers, hatte nämlich an seinen Herrn ein unterthänigstes Promemoria gerichtet, daß in Anbetracht der furchtbaren Anzeichen, als welche an vielen Orten von den unterschiedlichen Personen hintereinander, in den Sternen und sonstwo, beobachtet und von den gelehrtesten und weisesten Männern dahin ausgedeutet worden, daß der Erde eine Revolution ganz nahe bevorstehe, indem der Himmel seine Schleusen öffnen und durch entsetzliche Regenströme das flache Land überschwemmen werde, daß, sei er des Dafürhaltens, beizeiten Vorsichtsmaßregeln genommen würden, um wenigstens das kaiserliche Heer in dieser Kalamität zu retten. Und des Generals Vorschlag war dahin gegangen, daß die kaiserliche Majestät auf den Bergen in ihren Staaten Magazine anlegen lasse und dieselben beizeiten zu verproviantieren Befehl gebe, damit wenn die Überschwemmung anbreche, die Truppen hinaufrücken möchten. Obwohl es dazumal keine Zeitungen gab, war die Sache doch bekannt genug geworden, und die deutschen Fürsten und Städte harrten in Ungeduld, was der hohe Rat des Kaisers darauf resolvieren werde; ja, mehr als einer hatte Abgesandte nach dem Hoflager des Kaisers geschickt, um des ehesten den kaiserlichen Beschluß zu erfahren. Die Sache mußte aber geheim betrieben werden, das war wohl erklärlich; denn dazumal hätte das Volk es noch nicht begriffen, warum zuerst für die Soldaten gesorgt werde, und dann erst für die anderen Menschen.

Was der Kaiser und sein Hofrat beschlossen, war in Deutschland noch ein Geheimnis; auch erfuhr es der Abt von Lehnin, wie geschickt er fragte, von Frau Bredow nicht.

Fast wehmütig hatte er die Hand der alten Burgfrau beim Abschiede gedrückt: „Es weiß jetzt niemand, wann und wo er den anderen wiedersieht!“

Da hatte die Matrone sich über die Sänfte gebeugt: „Hochwürdiger Herr, das weiß kein Menschenkind zu keiner Zeit, sintemal es in des Herrn Hand steht, daß er spricht: bis hier und nicht weiter! Und wer in der Hütte von Lehm und Schilf auf seinen Knien liegt und Gott bittet: Herr, thue wie Dein Wille ist, an dem geht der Sturm vorüber, wann er den niederreißt, der sich gebettet hat auf dem allerfestesten Turme und glaubt ihm zu trotzen. Der Fürwitz und der Hochmut, hochwürdigster Herr, das sind unsere allerschlimmsten Feinde, so wir vermeinen, Gott müsse uns lieb haben absonderlich, und uns besonders in seinen Schutz nehmen.“

Es war ein heller Abend, als wolle das Licht noch nicht scheiden von der Erde. Die Bienen summten in der Lindenblüte, die ihre Düfte in die warme wonnigliche Luft ausgoß. „Es wird gut zu gehen auf dem weichen Rasen,“ hatte die Burgfrau gemeint, und dieweil die Sänfte und der Wagen den längeren Weg in der Niederung einschlugen, ging Frau Brigitte über die Höhe hin und sog die Abendhelle ein, wie ein Kranker den frischen Trunk, den ihm der Arzt erlaubt. Eva ging vor ihr mit den Kleinen, die so munter und ausgelassen waren, daß es Mühe kostete, sie in Zucht zu halten. Aber auch der jungen Frau merkte man's nicht an, daß sie von einer Totenfeier kam. War's der Abendschein, der ihr Gesicht rötete, oder die Freude der Erwartung? Wenn letzteres, dann mochte sie es wohl nicht der Mutter zeigen, auf deren Zügen die ernste Stimmung dieses Tages ruhte; darum mußte sie immer hinter den wilden Kleinen jagen.

Ernst war das Gespräch, das Frau Brigitte mit dem Knecht Ruprecht pflog, der neben ihr schritt, den Spieß in der Hand, mit dem er vorhin an der Sänfte mitgetragen.

„Nein, Gestrenge,“ sprach er, „nicht darum, daß Euer Stündlein schlägt, ist's, daß Ihr heller seht; aber die Welt wird nicht untergehen.“

„Aber Ruprecht, so viele gelehrte Männer, die zehnmal, noch hundertmal mehr wissen als wir —“

„Sie merken was, das ist schon richtig, Gestrenge, aber

das Was ist nicht das Rechte. Wenn die Hähne schreien, wenn die Hunde Gras fressen, regnet's; wenn die Schwalben und die Krähen durcheinanderfliegen, zieht ein Gewitter an; das weiß ein Kind, und ein Ochse auch, wie denn ein Ochs manches Mal mehr weiß, als ein Mensch. Aber weiter gehen sie nicht hinein. Haben sie auch nur der Meise, dem Finken ins Nest geguckt, dem Specht, der Amsel? Auf sieben höchste Kiefern bin ich geklettert — für meine Glieder eine schwere Arbeit — aber die Brut der Fischreiher liegt da, und piept mit ihren gelben Schnäblein wie in Abrahams Schoß. Und an der Havel sah ich nach den Nestern der Uferschwalben; da ist keine Unruh. Und die Fische, die müßten sich doch freuen, wenn das Wasser in die Höh' wollte. Ei, sie gehen ins Netz, sie beißen an die Angel, sie sonnen sich an der Oberfläche, sie schießen, spielen, 'ist nichts in der Natur, Gestrenge."

„Aber was ist doch, und wo ist was, Ruprecht. Die Sterne —"

„Sind für die vornehmen Leute, Gestrenge. 'S kommt mir bisweilen mit den Sternen vor wie mit den lateinischen Worten, wenn die Stadtpfarrer damit von den Kanzeln um sich schmeißen. Das ist für die Gelahrten. Was es ist, das werden sie selbst am besten wissen, für uns ist's nichts, denn wir wissen nicht, was es ist. Nun mein' ich, der liebe Gott spräche zu uns Menschen, wenn wir's hören sollen, nur in der Sprache, die wir verstehen thun; zu jedem, wie ihm's Ohr zugeschnitten: lateinisch für die Gelahrten, und durch die Sterne für die Sterngucker. Das ist also was Apartes für sie. So nun Gott wollte, daß die ganze Welt unterginge, und wollte es durch Zeichen allen Menschen vorausgeben, damit sie sich vorsähen und Buße thäten, so meine ich, würde er es durch solche Zeichen thun, die jeder verstehen kann; als wie er dazumal, da er die Welt errettet und erlöset hat von der Sünde, in seinem heiligen Evangelium so gesprochen hat, daß es jeder versteht. Denn daß Gott, wenn er die Welt zerstören wollte, es nur einigen zu verstehen gäbe, nämlich den Gelahrten und den Vornehmen, das, meine ich, kann nicht sein, weil sonst Gott nicht Gott wäre, der für alle ist, und nicht für einige."

„Du hast schon recht, und das ist gottlos Unterfangen, wenn einer jetzt noch meint, ihn sollte Gott besonders lieb haben und ihm besonders einen Wink geben wollen, als wie dem Lot und dem Noah; da wir doch durch Christus alle gleich sind und wiedergeboren in der Gnade; und die Sterne, um die wollte ich mich auch gar nicht kümmern; aber in der Kreatur, Ruprecht, regt sich was. Woher käme denn die Unruhe, woher schlüge ihnen das Gewissen! Irgendwo muß es an die Glocke geschlagen haben. Der Abt ist nicht der einzige, so sich ein Schiff baut."

Da sie inne hielt, wie um Luft zu schöpfen, blieb er auch stehen und stützte sich auf den Spieß, den er mit beiden Händen festdrückte, als wollte er ihn in die Erde bohren.

„Es hat schon irgendwo geschlagen. Aber haben's die unschuldigen Kindlein gehört, die Junker und Frölen da, die jetzt dem Eichhorn nachspringen möchten und in die Hände klatschen, oder hat's das Eichhorn gehört; seht, wie es in den Zweigen spielt, als wär's noch im Paradies, aber Ihr, gnädige Frau?"

„Was meinst Du damit?"

„Ich meine, daß die alle sich nicht fürchten; aber die sich fürchten, die haben die Glocke schlagen gehört, und die Glocke ist das böse Gewissen. Denen rauscht es im Ohr wie Wasser. — Der Mönch in Wittenberg hat stark an der Glocke gerissen."

Beide schwiegen eine Weile, bis die Edelfrau ihn bedenklich ansah: „Ruprecht, hast Du's auch bedacht?"

„Denken thue ich nicht viel, aber ich hab's gewittert. Der Geist der Unruh ist in sie gefahren seitdem; allüberall. Die Geistlichen sind jetzt wie die Bienen, wenn sie schwärmen gehen."

„Er hat sich gegen den heiligen Vater auch aufgelehnt! Alle Geistlichen, nicht bloß die schlechten, sagen, er geht doch zu weit. Wenn er nun ein Ketzer wäre!"

„Ein Ketzer mag er schon sein; ich weiß nur nicht eigentlich, was ein Ketzer ist. Bei den Sperlingen und den Lerchen hat's keine, auch nicht bei den Fischen und Fröschen, bei den Rehen und Hirschen erst gar nicht. Nur bei dem Vieh, was mit dem Menschen zusammenkommt; da schlägt ein Tier aus, eins stößt mehr als das andere und ist bissig."

„Siehst Du, 's hat auch räudige —"

„Schafe, ja. Einige meinen, das kommt vom vielen Scheren her. 'S ist mir überhaupt so, wenn ich die Schafe ansehe, als wären's verdorbene Tiere, und das mag wohl herrühren vom Umgang mit den Menschen. Manches Mal, wenn ich so 'nem Schaf recht ins Gesicht seh', ist mir, als wär's der oder der."

„Schäme Dich!“

„Schon gut. Aber seht nur die große Herde, ich meine die Mönche, und Clerici und Pfarrer und Meßner. Wo sind denn die Böcke geblieben? Lassen sie nicht alle die Köpfe hängen! Und warum verbrennen sie ihn nicht wie den Huß! Wenn sie auf die Trommel schlagen wollen, wie bedächtig streifen sie die Ärmel zurück, wie sehen sie erst nach hinten und allen Seiten. 'S ist nicht mehr die Art von sonst. Das böse Gewissen schoß ihnen in den Nacken; es steht hinter ihnen wie die Roggenmuhme und schlingt die Arme um sie, und preßt sie auf die Brust; und wenn sie fluchen, kommt's wie Angstgeschrei raus. Wer in Sünde und Mammon und Ungerechtigkeit erstickt, der schreit um Rettung, der sieht die Wasser steigen, darin er ertrinken wird, und der mag Boote und Schiff bauen; ob sie aber den Sturm aushalten, das weiß ich nicht.“

„Ruprecht, laß uns ein Vaterunser beten für den Doktor Luther, daß er kein Ketzer wird. Ich hab' den Mann lieb. Möchte ihn wohl mal mit Augen sehen.“

Nach dem stillen Gebete gingen sie schweigend weiter. Aus dem Dorfe, dessen Kirchturm einen langen Schatten über die Niederung warf, daß er bis an ihre Füße reichte, tönte die Abendglocke.

„Der Pfarrer,“ warf Frau Brigitte hin, „der drüben läuten läßt, soll auch wittenbergsch denken.“

„Wenn sie uns nur die Glocken lassen, Gestrenge! Das übrige findet sich schon.“

Aber die Ruhe fand sich nicht. Immer wieder kehrte ihr Gespräch zur Unruhe zurück, welche alle ergriffen hatte. Und der Landesherr, war er nicht auch davon angesteckt, erzählte man sich nicht, daß die Medici ihm ausdrücklich befohlen, alle Tage auf der Jagd zu liegen, damit das schwarze Blut sich nicht setze.

„Woher kommt nun das schwarze Blut einem Fürsten, der hat doch alles, was er wünscht.“

„Alles!“ erwiderte der Knecht, und zeigte auf das Spiel des kleinen Georg, der nach dem Schatten eines Baumwipfels mit den Händen schlug, wie nach einem Schmetterling; er traf aber nie, denn der Abendwind fing den Gipfel des Baumes drüben an zu bewegen.

„Wie's nur mit der Luckenwalder Jagd gewesen ist!“ sagte die Edelfrau. „Das weiß doch kein Mensch nicht, und seitdem ist's so mit ihm.“

Knecht Ruprecht wußte es; auf seinem Gesichte stand es geschrieben.

„Er hat einen Werwolf gesehen!“

Die Burgfrau kreuzte sich.

„Wer einen Werwolf sieht und bringt ihn zum Stehen, da muß der Wolf ihm Rede stehen, und sich verwandeln und ihm zeigen, wer er ist; und alles Geheime, und das Zukünftige sieht er.“

„Bewahre uns der Herr in Gnaden!“

„In der Luckenwalder Heide war's, wo er ein groß wild Schwein ankommen sah. Der Markgraf folgte ihm, wie er ist; und wie er drüben von allen seinen Dienern fortgekommen, stand das Schwein in einem Morast, und Joachim auch, und ringsum heulte der Wind im Schilfe; und keine lebendige Seele, als die Raben in der Luft, und kein Weg, nicht vorwärts, nicht zurück in dem glitzernden Morast. Und da machte der Eber kehrt und wies dem Fürsten seine Hauer. Der aber stieß ihm den Spieß in den Rachen, daß die eisenbeschlagene Esche krachte. Und da sprühte das Tier Feuer aus dem Rachen, und der Spieß brannte und Joachim sah, es war kein Eber mehr, es war ein Wolf. Hätte er da losgelassen, er wäre verloren gewesen. Aber er ließ nicht los, ob doch das Feuer ihm schon bis an die Finger brannte. Das war der Werwolf, den er zum Stehen gebracht und gezwungen hat, daß er sich ihm zeige, wer er war!“

„Und wer war's?“

„Das weiß niemand. Die vom Gefolge sagen jetzt, es sei ein wilder Köhlermensch geworden, der den Kurfürsten aus der Verwilderung geführt*). Aber sie sagen nur, was ihnen geheißen ist, das sie wieder sagen sollen. Das ist gewiß, der Markgraf hat den Werwolf gesehen, und von ihm Dinge gehört, davon das Haar ihm kraus ward, von dem, was ist und was kommen wird; und da ist der Werwolf in ihn gefahren, das ist die Unruhe, und er weiß nicht, was er thun soll.“

„Eva, was ist Dir?“ sprach die Mutter, denn Eva hatte es mit angehört und ward rot und schien ganz unruhig.

„Die Kinder sind so wild — man kann sie gar nicht halten.“

---

*) So auch Haftitz. Daß der Spieß des Kurfürsten im Rachen des Schweins gebrannt hat, weiß auch er; vom Wolfe sagt er nichts. Es ist aber Haftitz nicht überall zu trauen.

„Die lieben Kinder! Die spielen ja nur mit dem Schatten.“

Auch Eva schien mit den Schatten zu spielen, die von drüben immer länger, im stärker, je tiefer die Sonne sank, herüberfuhren. Sie ließ die Kinder sich tummeln, sie ging allein am Rande der Niederung, auf deren anderer Seite sich wieder nackte Hügel erhoben; ein anderer Weg nach dem Kloster führte darüber hin.

„Sie denkt an ihren Mann,“ sagte die Mutter. „Sie glaubt gewiß, er wird heute schon heimkehren. Eva ist auch eine Träumerin worden.“

„Wes Blut und Herz rein bleiben, hat Witterung wie der Vogel in der Luft,“ entgegnete Ruprecht. „Das ist noch keine böse Kunst, das ist der unverdorbene Sinn in der Menschennatur, der auch den Hauch fühlt aus der Ferne und weiter sieht, als das Auge trägt.“ Dabei sah er auf einen Punkt, wo Staub aufwirbelte. Man hörte Roßgewieher und Hufschläge. Der letzte Strahl der untergehenden Sonne, oder war es schon nur ihr Luftbild, beleuchtete bald die Stahlhaube, dann den Küraß eines Reiters, der über den Hügelweg trabte. Jetzt schnitten sich die Linien von Roß und Reiter scharf ab gegen den Horizont. Er war es, nur durch eine breite Niederung getrennt, über die ihre Stimme nicht drang; der Wind war entgegen, und ob auch ihr Blick hinüberflog, seiner fand nicht hinüber. Er hoch am Abendrote, sie tief am Saume eines Waldes. Sie hob die Arme, sie wehte mit dem Tuch, er hätte doch das Leuchten ihrer Augen sehen können; er sah nicht, sein Roß wieherte mutig und vorüber flog die Erscheinung des Ritters.

Die Großmutter winkte den Kleinen und hielt sie bei der Hand; dem Knechte nickte sie mit freudigem Blicke zu, daß er sehe, wie ihre Tochter dem Manne Zeichen machte, und da er sie nicht sah, ging sie eine Weile mit seinem Schatten und schien vergnügt, wenn er ihr Gesicht traf.

„Schau, wie die Eva spielt!“

„Das ist schon ein gut Spiel mit dem Schatten,“ erwiderte der Knecht, „so wir nur wissen, daß der Schatten ein Wesen hat, und das Wesen ist uns nah, und wir wissen, daß wir's fassen und erreichen mögen.“

Neuntes Kapitel.

Die Gruft von Lehnin und mancherlei Kurzweiliges.

Das Getön der Abendmette neckte sich in den Wäldern von Lehnin mit dem Horn der Hüfthörner. Wo zwischen den goldumsäumten Eichen eben der Hirt niedergesunken, rauschte der Hirsch auf; wo jener die rauhen Finger zum Gebet verschlungen, reckte dieser lauschend das stolze Geweih; wo jener, Andacht auf den Lippen, die Augen schielen ließ dahin, von wo die Jagd anbrauste, stürzte dieser schon, den Kopf halb zurück, ins Dickicht; wo die Glocken der Kirche den Frieden Gottes über die Natur ausläuteten, riefen die Waldhörner des Fürsten den Krieg auf.

Aber es war das letzte Hauchen eines Sturmes; der heiße Tag ging zu Ende, die Jagdlust hatte ausgerast, es war des Blutes genug geflossen. Als der Luftzug, der durch das Gestell ging, den Schall des Abendgeläutes Joachims Ohr zugetragen, senkte er den Speer, er hielt das Pferd an. Aus dem Sattel war er gesprungen und warf sich zu Boden, sein Gefolge kniete hinter ihm; dem Hirsch war ein Tag Leben geschenkt.

„So nahe daran, wo meine Väter schlafen!“ sprach der Fürst, als er sich aufgerichtet und sah in das Gold, das durch die Zweige auf sein blasses Gesicht fiel.

„Ja, durchlauchtigster Herr, dort liegt Kloster Lehnin.“

„Nach Lehnin!“ gebot Joachim. „Des Mordens ist heut genug!“

Er saß im Sattel; auf dem Wege sprach er kein Wort. Der Herr Abt von Lehnin schien wenig erfreut, als die Hörner vom Umgange schmetterten, und die Ankunft des hohen Gastes in sein Zimmer vermeldet ward. War's doch schon ein Tag der Unruhe gewesen, und er saß über alten Papieren und Rechnungen, und die vielen Zahlen, die er zum Abschluß bringen wollte, flimmerten vor seinem blassen Gesichte.

Da gingen zwei blasse Gesichter nebeneinander durch den Kreuzgang. In dem schön gewölbten, mit kostbarem Schnitzwerk und seltenen Teppichen belegten Fremdenzimmer ruhte der hohe Fürst; aber er sprach nicht wie ein Weidmann zu thun pflegt, der von langer Jagdarbeit kommt, dem Imbiß zu, welcher rasch aufgetragen worden, bis die Köche die Abendmahlzeit zugerichtet hätten.

„Spürt Ihr hier schon von der Ketzerei?“

Der Abt zuckte die Achseln: „Man merkt's nicht eben, und —“

„Wenn Ihr's merkt, drückt Ihr ein Auge zu.“

„Gnädigster Herr!“

„Ihr seid ein kluger Mann, Abt. Das ist die Klugheit der heutigen Welt.“

„Womit haben wir die schwere Zeit verdient, frage ich mich oft im stillen Gebet.“

„Hundertdreizehn Dörfer gehören Eurem Kloster?“

„Es sind auch kleine Vorwerke darunter, viele haben sehr mageres Land.“

„Und wenn sie einmal Euch magere Zinshühner aussuchten, würde Eure Küche leiden. Darum ist's besser, nicht allzuscharf auf die Finger zu sehen, oder — nach dem Gewissen zu fragen.“

„Mein gnädigster Herr und Kurfürst, nur von zweien Pfarrern weiß ich, daß sie die neuen Schriften lesen; von den Kanzeln ist noch nichts zur Ungebühr vorgefallen.“

„Ich weiß, Ihr seid aus einer altbrandenburgischen Familie, die sind keine Freunde vom Neuen.“

„Wenn auch vordem einige unter uns zweifelten —“

„So gingen Euch die Augen auf.“

„Wir schauderten, daß Gott so etwas zulassen könne.“

„Und? — Ihr schaudert noch, und ringt die Hände. Und dann legtet Ihr Euch des Abends zu Bett, und standet morgens auf; aßet zu Mittag, zu Abend, auch vorher zur Vesper, legtet Euch wieder schlafen, und ein Tag wie der andere.“

„Die Anklage ist schwer, durchlauchtiger Herr, aber sie trifft uns nicht.“

„Euch nicht, den Bischof nicht; sie trifft keinen. Wir alle lassen Gott einen guten Mann sein, wie das Volk sagt. Singt, betet, eßt, trinkt, seufzt, klagt nur fort; Gott thut das übrige, wenn es der Teufel nicht vor ihm thut.“

„Davor uns der Herr in Gnaden bewahre.“

„Schlage Du mit der Hand gegen den Wind, blase gegen das Feuer, stemme Dich mit der Brust gegen den Strom, wenn nicht alle zusammenhalten!“

„Deine Diener sind immer Deines Wortes gewärtig.“

„Um die Buchstaben zu zählen; und wenn der letzte abgezählt, werft Ihr Euch hin, Ihr habt ja Eure Pflicht abgethan; was weiter kümmert Euch nicht. Ich klage Euch nicht an, Abt, Ihr seid ein Mann, nicht schlimmer wie die andern; ich klage die Menschheit an. Ich will ja keine Sklaven, keine Diener des Blickes, ich will freie Menschen, die freiwillig handeln —“

„So sollen sie Eure Befehle vollziehen, das wissen wir.“

„Wenn alle wie ich dasselbe wollten, das Gute fühlten; wenn in allen der Funke loderte; es wäre anders, es stände besser. Was helfen mir diese Werkzeuge, die mich nicht verstehen, und wenn sie mich verstehen, so thun sie's ungeschickt. Meines Willens muß ich mich schämen, wenn ich sehe, was durch diese Instrumente zur That wurde. Es ist nicht mehr meine That. Als er das Äußerste gewagt, als er die Bulle verbrannte, gegen Rom den Handschuh warf, seine freche Faust sogar gegen das Haupt des Papstes ausstreckte, da doch glaubte ich, Gesetze, Befehle seien unnötig, Eisen und Feuer und Ketten bedürfe es nicht, jeder werde zugreifen, es werde sich von selbst thun. O ja, sie erstarrten, sie rissen den Mund auf, sie schlugen die Arme über den Kopf zusammen, und was ist geschehen? Dicke Bücher haben sie nachgeschlagen, Verordnungen citiert, disputiert, reskribiert. Das Deutsche Reich müßte in einer Zornesflamme auflodern, daß gerade Germanien diese Schmach getroffen! — Wo ist der Brand, der die Mißgeburt in einem Feueranhauch zu Asche verkohlte! Irrlichter, nichts als Irrlichter —“

Joachim war aufgesprungen, er leerte den vollen Pokal mit einem Zuge.

Der Wolf, von dem der Knecht Ruprecht gesprochen, war nicht gewichen. Wohin er ihn trieb? — Was eilte der Abt erschrockenen Blickes durch die Hallen, was läutete er an der Glocke, was flüsterte er diesem zu, was befahl er jenem? Fackeln wurden angezündet, das alte rostige Schlüsselbund durch den Pater Guardian vom Mauernagel geholt. Wer hätte es erwartet, daß Markgraf Joachim, von der Jagd einsprechend im Kloster, ehe er den Abendimbiß einnahm, in die Gruft hinuntergeführt sein wollte, wo seine Vorfahren ruhten?

Auf den Stufen zum Gewölbe blieb der Kurfürst stehen; die Luft fuhr aus der schwer geöffneten Eisenthür kalt und dumpf ihm entgegen, die vorangeschickten Fackeln brannten trübe und der Zugwind warf ihre Flammen zurück.

„Es beliebt Euer Durchlaucht vielleicht, daß ich das Gewölbe vorher eine Weile lüften lasse.“

„Luft!“ wiederholte der Fürst. — „Ja, Luft von innen!“ setzte er leise hinzu. „Wer zu den seligen Geistern tritt, muß sich von der eigenen Schuld entlastet haben.“

Beim letzten Schimmer des Abendrotes, der durch die bunten Kirchenfenster drang, hatte der Kurfürst vor dem Abt gebeichtet, als er jetzt mit festem Tritt hinabstieg. Die Eisenpforte schlug hinter ihm zu. Es war niemand als der Herr des Hauses und des Landes im Gewölbe, das zwei an die Wand gesteckte Fackeln erhellten. So ging er schweigend langsam zwischen den metallenen Särgen, die alten Inschriften lesend, die Bilder auf den Deckeln betrachtend. Nur die Nachteulen schwirrten, vom Wiederhall der Tritte aufgeschreckt um das Fackellicht.

„Das das bittere Erbe des alten Fluches, Abt, daß unsere Schwäche, das Bewußtsein der eigenen Sündhaftigkeit, Blei an unsere Flügel hängt, und gerade dann, wo wir uns der Sonne schon nahe wähnten.“

Er hatte die Hand, wie um sich zu stützen, auf die Schulter des Abtes gelegt; er blickte ihn freundlich an, als wollte er die rauhen Worte vorhin durch Vertrauen gutmachen.

„Euer kurfürstliche Gnaden haben als ein treuer Sohn der Kirche ein so vollständiges Bekenntnis von Dero Irrungen in den Schoß des unwürdigsten Knechtes derselben abgelegt, Ihr habt darauf die Absolution empfangen, und wenn Ihr des ernsten Willens Euch bewußt seid, die auferlegte Buße zu erfüllen, so steht Ihr rein und entsühnt vor diesen großen Toten.“

„Wenn ich den Witwensitz hier einrichte, wie Frau Elisabeth ihn wünscht! Ist das Buße?“

„Eure Sünden waren nur Schwächen der Natur. Mäkelt nicht und zweifelt nicht, Fürst, wenn die Kirche spricht. Das ist der Weg zur Ketzerei. Als Mensch konnte ich irren, wie Ihr jetzt irrt, wenn Ihr meint, daß Ihr an der durchlauchtigsten Kurfürstin verschuldet, sei damit zu gering gebüßt. Aber nur der Mensch rechnet; die Kirche rechnet nicht, ihr Maß ist nicht von dieser Welt.“

„Ich beichtete nicht alles,“ sprach Joachim nach einer Weile. Er hatte sich auf einen der Särge niedergelassen, das sorgenschwere Haupt im Arme stützend.

„Beichtet dann noch hier, mein Sohn, insofern Eure Gewissensskrupel anders sind, als derlei vage Vorstellungen und Luftgebilde, wie schauerliche Orte sie nur zu oft unseren auf-

13*

geregten Sinnen eingeben, und wir halten die Traumgespinste für Wahrheit."

„Das Volk sagt, ich sei ein Schwarzkünstler. Auch den weisen Lehrer meiner Jugend, den gelehrten Trittheim, beschuldigte der Unverstand verbotener Kenntnis. Was kann der Verständige dafür, wenn er tiefer in die Geheimnisse der Natur blickte, als wohin das blöde Auge der Menge folgt. Auch die Sterne hat doch Gott am Himmel ausgestreut; wozu sonst, als daß wir darin lesen sollen? Zeigt mir die Stelle in den heiligen Schriften, wo es untersagt wäre."

„Mein durchlauchtigster Fürst, der Mensch sündigt so mannigfaltig, als wie der Apostel sagt, daß der Wege zum Himmelreich viele sind. Zu große Gewissenhaftigkeit, ein immerwährendes Drängen zum Beichten wie zum Genuß am Tische des Herrn, wäre eine Schwäche der Natur; es könnte auch zur Sünde werden. Auch muß ein Fürst mehr wissen als sein Volk; er hat daher das Recht, die Pflicht sogar, besondere Wege zur Erkenntnis zu suchen."

„Denn niemand sagt ihm die Wahrheit."

„Wenn Ihr also nicht offenbar mit Schwarzkünstlern —"

„Vor langen Jahren sah auch ich in Berlin den Doktor Faust."

„Den sahen und hörten viele, ohne darum an ihrer Seele Schaden zu leiden. Wiewohl es außer Zweifel ist, daß Satan ihm den Hals umdrehte, was zu Bretten in der Pfalz geschehen, und er mit ihm zur Hölle gefahren, so meinen doch viele, daß Faustus in früheren Zeiten nicht der schwarzen Magie gehuldigt; vielmehr nur einen Naturgeist, einen spiritum familiarem, um sich gehabt, der ihm gehorchen mußte; was die Kirche allerdings nicht billigt, indessen sah sie oft sich genötigt, die Augen zuzudrücken, da auch fromme Männer, selbst von ihren Würdenträgern, dieser sogenannten weißen Magie pflegten. Der berühmte Mönch Scotus, auch der Mönch Baco, vieler anderer nicht zu gedenken, hatten Verkehr mit Erdgeistern. Auch von Berthold Schwarz, der das Schießpulver erfunden, will man solchen Umgang behaupten. Wenn die Gelahrtheit es unentschieden läßt und die Kirche es ignoriert, ob diese Männer selbst durch solche Verbindung mit Elementargeistern Schaden litten, so doch keineswegs die, welche durch sie Vorteil zogen. Wenn nun der Doktor Faust erst in seinen späteren Jahren, da er sich jener Mittel nicht genügen ließ und, durch Fürwitz und Übermut gestachelt, einen Bund mit der Hölle schloß, wofür jener verrufene Geist Mephistopheles ihm zu Diensten geschickt ward, so können doch seine vorigen Handlungen nicht als so durchaus sündhaft gelten, daß auch andere, die ihn zu Rate zogen, darum straffällig waren. Vor wie manchen hohen Potentaten hat Faust den Spiegel der Zukunft enthüllt. Und hat er nicht dem durchlauchtigsten Herzog von Parma richtig verkündet —"

„Mir verkündete er, mein Leib werde nicht in Lehnin bei meinen Vätern ruhen!" unterbrach der Kurfürst.

Der Abt erblaßte: „Und warum nicht!"

Joachim schien ihn nicht zu hören: „Laß doch sehen! In meinem Testament hab' ich's verordnet."

„Und was sah mein Fürst weiter?"

Der Abt fuhr vor einem zornigen Blicke zurück: „Pfaff! Meine Beichte anhören, hieß ich Dich. Mein erlauchtes Haus wird vor einem höheren Stuhle beichten, wenn der Herr gebietet."

Es war nur das Aufzucken einer Flamme, die dunkle Glut loderte fort. Joachim reichte dem Abt wieder die Hand, er zog ihn näher wie zum Schutz vor den Schauern der Einsamkeit und der Gedanken, die wie Irrlichter vor dem inneren Auge gaukelten.

„Den Tod fürchte ich nicht, der mich ablöst von dem schweren Werke. Willkommen könnte ich ihn heißen; es drückt oft zu schwer auf meine Schultern — Wohlthaten säen, Undank ernten, nie verstanden! Das Gold Messing, Weizen in den Flugsand!"

„Euer Durchlaucht sind noch von der Jagd erhitzt und es weht schaurige Kühlung."

„Wenn sie kühlte! — Meine Beichte ist nicht aus. Wenn nun die Aufgabe selbst, wenn auch die Saat Spreu wäre vor dem ewigen Auge! — Wär's ein heißes Fieber gewesen, eine Krankheit, die keiner verstand, ein tolles Wüten nur des empörten Blutes —"

„Gnädigster Herr, verlaßt die Gruft."

„Ich sah einen anderen Magus, einen schwärzeren Schwarzkünstler. O! er malte, daß die Farbe abfiel, der Glanz der Sonne schwärzte, — die schönen Linien, die edlen Formen, die hohen Münster, die zauberhaft verschlungenen Rosetten, die schlanken Pfeiler, — Tiaren, Purpur, Königsthrone, Schönheit, Anmut, die Wunder aller Menschenschöpfung, wurden Zerrgebilde, hohläugige Gespenster, zerknickte Ährenfelder, grau, Asche, Müll —"

„Gnädigster Herr!“

„Verirrungen der Natur, so weit das Aug' reicht, so weit der Sinn zurück denkt, so weit er vorwärts denkt. — Wenn das wäre, für Generationen hinaus zu sündigen, Kinder um Kinder erzeugen, zu erziehen zur Lüge, zum Spiele mit dem, das wir nicht finden!“

„Herr, welch ein greulicher Ketzer atmete diese Giftbilder in Deine Seele?“

„Einer, gegen den alle Ketzer, so die Kirche jemals strafte, demütige Lämmer sind. Sankt Peters Dom, Sankt Markus und Stephans, Kölns, Straßburgs Wundermünster, Aristoteles' Weisheit und des großen Karl heilige Krone, sagt Abt, wenn alles nun nur Bilder gewesen wären, so unsere durftige Einbildungskraft sich schuf, um in Verzückungen davor zu knien, Götzen, die wir uns geknetet und bemalt, je schöner, kunstreicher, so ärgerlicher, lästerlicher der Trug! — Alles, um unsere Schwäche vor uns selber zu verbergen, daß unser Auge nicht in die Sonne schaut, daß unsere Lunge den reinen Hauch des Äthers nicht verträgt! Wie der Molch nur im Kerkerduft, atmeten wir, die er nach seinem Ätherbilde schuf, nur in dem Dunstkreis, im Pesthauch unserer sündlichen Begierden! Da schwillt das Lichtflämmchen zum Feuerklumpen an — das sind die Nebelriesen! Und all dies, von uns stoßen sollten wir es; eine Hülle, eine Schale, einen Schleier um den anderen fortreißen, abkratzen die Farbe, die in Haut und Blut gedrungen, um den Kern zu finden!“

„Um seines Vorwitzes willen ward Adam aus dem Paradiese gejagt.“

„Und das Paradies die Natur! und unsere Aufgabe — dies Paradies wiederzugewinnen. Arm zu werden an allem, was wir zu erwerben glaubten; unseren gewähnten Reichtum in den Abgrund stoßen! — Diese Steine, diese Metallplatten, auch sie lügen! Ist dies mein Vater Johannes! Eine Fratze! — Ich kannte seine milden, schönen Züge, und doch in hundert, in fünfzig, vielleicht auch in zwanzig Jahren, wo keiner mehr lebt, der ihn gesehen, werden sie dies Bild konterfeien und schwören, es sei der wahre Johannes Cicero. Und jene unförmlichen Steinklumpen, die Ottonen! Sahen so die Askanier aus! — Dort in der Blende Sankt Stephanus, wer kannte ihn. — Die heilige Jungfrau! — Solche gesteppten Röcke tragen die Patricierfrauen in Brandenburg, der Maler hat falsch gemalt — wer sagt denn, ob das Gesicht —“

„Allerheiligste Jungfrau! — Gnädigster Herr, Ihr seht Gespenster — das ist die böse Luft.“

„Gespenster! — Du hast recht — sie tanzen im Fackeldampf — ist da nicht Lindenberg?“

Der geängstete Abt betete eine lateinische Beschwörungsformel, als es an die Thür pochte und eine Stimme des Kurfürsten Namen rief.

„Wer stört Seine Durchlaucht!“ Der Abt rief es mit überlauter Stimme, entweder um ihn zu stören, oder die eigenen Geister der Furcht zu beschwichtigen.

„Eine wichtige Botschaft — der Marschall Bredow ist eingeritten!“ antwortete die Stimme draußen. „Auch sieht man auf dem Damm Seiner Durchlaucht anderes Gefolge, auch den hochwürdigen Herrn Bischof von Brandenburg.“

„Hans Jürgen Bredow!“ rief Joachim. „Nein, Hans Jürgen ist kein Gespenst. Öffnet!“

Und die Gespenster schienen entwichen, als er hinaufstieg. Die hohen Herren, die ihn begrüßten, sahen nur den Fürsten, der mit dem stolzen, ruhigen Gesicht sie musterte, dem freundlich zunickte, den ernst fragte, zu jenem scherzte er sogar.

Der Marschall stand wie einer, der auf Kohlen steht, sagt man. Er hatte hier getroffen, wen er nicht erwartet; aber die nicht getroffen, welche er erwartet, sein Weib! Wer verargt's ihm, wenn ihn nach Haus verlangte? War nicht anderes gewärtig, als Joachim werde die anderen kaum ansehen und ihn ins Nebengemach winken, daß er seine Botschaft höre. Aber Joachim hatte ihm nur zugenickt: „Ei sieh da, Hans Jürgen, Du schon zurück?“ Dann hatte er gescherzt, ob seine Hosen auch den Ritt ausgehalten, und was die am kaiserlichen Hof zu der alten brandenburgischen Mode gesagt, und sich darauf zum Bischof gewandt und zum Bürgermeister von Berlin, der zur Jagd geladen worden, und allerlei Kurzweiliges gesprochen. Doch als der Abt ins Nebenzimmer zu dem guten Trunk die Herrschaften lud, bis daß angerichtet sei, hatte er Hans Jürgen einen heimlichen Wink gegeben, laut aber gesprochen, daß er's ihm ansehe, wie Frauendienst ihm heute lieber sei als Herrendienst, und er möge nur wieder nach Burg Ziatz satteln lassen. Morgen, oder wär's auch erst übermorgen, solle er seine Botschaft in Berlin ausrichten; werde es wohl bis dahin Zeit haben. Hans Jürgen hatte Urlaub genommen; aber sein Pferd mußte gar nicht von der Krippe wollen, denn noch lange nachher hörte der Bischof und der Bürgermeister, die am Fenster des Stübleins standen, es ausschlagen, und die Knechte eilten sich nicht, es zu satteln.

An einem Hofe kann nichts Geheimes gesponnen werden. Wo einer sehr schlau ist, etwas zu verbergen, ist der andere schlauer, es zu belauschen. Und obschon es in der Richtigkeit war, daß Joachim den Trunk nicht übermaßen, d. h. nicht wie seine Edelleute liebte, so hätte er doch selbst wohl mit den Becher geleert auf einen frohen Abendimbiß und wär' nicht fortgegangen, um etwas der Ruhe zu pflegen, wie er vorgab, als die Herren zum Mahle sich anschickten durch einen guten Schluck Weines über die Kehle. Der Bischof und der Bürgermeister, ich weiß nicht, wer noch von den Hofleuten, wußten, daß der Herr nur fortging, um seinem Marschall insgeheim die Botschaft abzuhören.

„Ob's der Türkenkrieg ist oder die neue Lehre?“ fragte der Bürgermeister den Bischof leise.

„Die neue Lehre scheint Euch sehr im Kopf umzugehen, Herr Bürgermeister.“

Herr Reiche ward etwas rot und meinte, er sei nur auf Seiner Durchlaucht ausdrückliche Ladung hier, um ihm Auskunft zu geben über die Heeresfolge der Städte, und was jede zu stellen habe an Reisigen und Knechten im Kriegesfall*).

„Eure Kenntnis darin ist wohlbekannt, Herr Reiche,“ erwiderte lächelnd der Bischof, „da Ihr ja selbst, wie jeder weiß, so ehrenvoll in voriger Zeit mit zu Heere gezogen. Doch meine ich, so auch das Reich gegen die Türken zieht und Brandenburg Hilfsvölker sendet, unsere Städte werden kein Aufgebot zu bestellen haben. Die Türken sind stark, der Kaiser ist's auch, aber beide sind fern. Wir haben einen anderen Krieg in der Nähe, der wichtiger ist. Lieber Bürgermeister, laßt uns doch offen darüber sprechen; wir sind nicht eines Sinnes, aber eine Verständigung thut uns beiden gut. Wer weiß, ob wir nicht Freund werden. — Hier hört uns keiner. Ihr seid ein Freund der neuen Lehre —“

„Allerheiligste Jungfrau, Gott liest in meinem Herzen, ich bin kein Aufwiegler.“

„Das weiß ich, und Joachim auch. Ihr wollt auch kein Ketzer heißen, Ihr wünscht nur, daß die neue Lehre geprüft

*) Reiche, als darin wohl erfahren, mußte dem Markgrafen über die Kontingente der kurmärkischen Städte Nachricht geben; es war vergessen, weil so lange der Krieg gewesen.

werde. — Ihr verlangt es nicht laut wie die andern, aber in der Stille — in der Stille würdet Ihr's auch nicht verschmähen, ein Wörtlein zu Gunsten der Wittenberger einfließen zu lassen. Wer verargt es Euch, es ist sogar ganz in der Ordnung; aber — erwägt auch, daß er Euch einmal mit Güte zurückwies, als Ihr mit dem Magistrat — oder vielmehr der Magistrat mit Euch ihre Bitte wegen der Prädikanten vortrug; aber ein zweites Mal, ich sage nicht, daß es gefährlich würde, aber Ihr setztet das günstige Gehör aufs Spiel, das Joachim Euch schenkt. — Unbesorgt, lieber Bürgermeister, die sehen nur in die Becher, uns hört niemand zu. — Was Ihr mir sagen wollt, lese ich alles; man solle Gott mehr gehorchen als den Menschen. Das ist Eure Überzeugung. Tadle ich sie etwa?"

„Es sind doch viele, — wenigstens einzelne Übelstände —"

„Sagt ungeheure, in der Kirche, Euch, mir, Joachim, wem nicht noch sind sie ein Ärgernis. Aber ändern wir's, ändern wir's in der Art wie der Wittenberger, der ein sehr braver Mann sein mag, ich will's ihm lassen, auch gelehrt, er will auch gewiß das Beste!"

„Aus Euer Hochwürden Munde dies zu vernehmen —"

„Wundert Euch. Ihr würdet Euch noch mehr wundern, wenn ich Euch meine Herzensmeinung auseinandersetzte. Dazu ist hier nicht Ort und Zeit. Mein Bester, das ist die alte Krankheit der Welt, daß man bessern will, ehe man geprüft, ob die Zeit dafür ist; mit der Zeit erst erntet man Rosen. Mein Gott, was wäre nicht überall in dieser Welt besser zu machen; aber — das im Vertrauen zwischen Euch und mir — es wird schlechter für Euch und mich. Für uns alle, nur für die da nicht — Hört mich ruhig an, lieber Reiche, ich weiß, ich rede zu einem Freunde, auf den ich Häuser bauen kann."

Der Bürgermeister neigte sich vor dem Prälaten.

„Wenn Luther und seine Freunde ihr Werk durchsetzten; nehmen wir an, es gelang ihnen, und täuschen wir uns beide nicht, sie wollen mehr, als sie jetzt aussprechen, als sie vielleicht selbst in diesem Augenblicke wissen. Die stolzen, übermütigen, habsüchtigen Prälaten und Kirchenfürsten müssen herausgeben, was sie durch Jahrhunderte eingeschluckt, an sich gerissen; nicht wahr, Eure Berliner Bürger werden sich die Hände reiben, wenn der Priester wieder arm und demütig im schwarzen Rock durch die Straßen geht, wenn für die gespickten Auerhühner eine Schüssel Grütze auf seinem Tische dampft. — Ich verarge

Euch die Freude gar nicht, Ihr habt manches leiden müssen. Aber wer wird dann nun die Auerhühner speisen, wer die Fässer und Flaschen im Keller, wer die fetten Ländereien erben, aus denen Ihr sie herausjagt? Wer die Autorität, die Ihr ihnen genommen? — Ihr wahrhaftig nicht. Der Adel wird zugreifen, die Herren, der Fürst. Nun seht Euch vor, Ihr lieben Bürger, ob Ihr Euch des Sieges dann noch freuen werdet. — Lieber Reiche, vergeßt einmal meinen Prälatenrock. Vor vierzig Jahren ging ich hinter meines Vaters Pflug. Ein reicher Bauer war mein Vater, ein Erbscholtiseibesitzer; er hätte es mit manchem Edelmann aufnehmen können; aber er blieb ein Bauer und ich ein Bauernsohn Was soll ich's Euch beschreiben, wie die Junker um Glogau auf uns herabsahen, wie sie uns mitspielten. Ich mocht's nicht länger dulden; es kochte in mir die Lust, auch mal mit ihnen zu spielen. — Nun seht, sie ist mir geworden; in reichem Maße hab' ich's ihnen vergolten. Die Herren mit den alten Namen und Wappen mußten vor dem Bauernsohn sich bücken, der durch zehn Jahr das Land regiert hat. Als Bischof und Gesandter meines Herrn sah ich auch deutsche Fürsten in meinem Vorzimmer warten, lauschen auf einen gnädigen Blick. Das gewährte die Kirche dem Bauernsohn; das ist der Weg, auf dem der Bauer und Bürger zum Herrn wird über den Ritter. Und diese Kirche wollt Ihr umstoßen! Ich sage Euch, sie ist die einzige Rettung gegen die Übergriffe des Adels, die täglich ärger werden, je schlauer die Junker werden. Die Kirche ist das einzige Mittel, so das Gleichgewicht in der Welt herstellt. So war's von Anbeginn, als alles in Finsternis lag, als die rauhen Barbarenhorden die alte Welt zerrissen; als die wilden Gewalthaber die Menschen und ihre Rechte mit Füßen traten, als darauf Kaiser, Herzöge und Grafen sich in den Raub teilten, als wir unsere Köpfe, Gut und Blut hergeben mußten, um ihren Hader auszufechten; da nahm die Kirche sich des getrennten Menschengeschlechts an. Und diese Kirche wollt Ihr umstoßen? Meint, es sei nun alles gut, Ihr bedürftet ihrer nicht mehr. Probiert's! Ob der Adel oder die Fürsten Euch mit scharfen Messern scheren werden, das weiß ich nicht; wir schöpften Euch höchstens von Eurem Brei den Rahm ab; aber das weiß ich, geschoren werdet Ihr werden, Ihr Bürger, daß Ihr Ach und Weh schreit. Überlegt's, Herr Bürgermeister, seht Euch Eure durchlöcherten Mauern an, fragt, ob Ihr noch die Macht habt wie vor dreihundert, nur vor hundert Jahren, überlegt's; es hat's ein Bauernsohn Euch gesagt."

Was der Bürgermeister Herr Reiche darauf überlegt hat, wissen wir nicht; geantwortet wenigstens hat er nichts, denn die Thüren wurden zum Abendtisch geöffnet, und der Kurfürst saß schon mit einem fast vergnügten Gesichte auf seinem Platz, als die andern eintraten. Vorher hatte er ein ernsthaft und langes Gespräch mit seinem Marschall gepflogen, man könnte sagen zwischen Thür und Angel; wir wissen daher nur einiges davon.

Joachim hatte den Kopf geschüttelt, als sein Marschall ihm berichtet, wie kaiserliche Majestät endlich nach langen Diskussionen in seinem Geheimen Rate dahin resolvieret, daß er die Truppen nicht auf die Berge schicken und keine Magazine droben anlegen wolle.

„Und wie hieß der kluge Mann, der das Gutachten abgab?"

„Augustinus Niphus, gnädiger Herr. In seiner Schrift soll er mit sehr wichtigen Gründen des Stöffler Prophezeiung widerlegt haben."

„Das glaubst Du?"

„Ich las sie nicht; aber die Welt steht noch."

„Freilich haben wir Juli."

„Und im Februar sollte sie untergehen."

„Weil Stöffler sich verrechnet in der Konjunktion des Saturn, Jupiter und Mars im Zeichen der Fische. Das hat Carrion nun auch herausgebracht."

„Nun, gnädiger Herr," sagte Hans Jürgen lächelnd, „sie ging noch nicht unter. Das ist mir schon genug und mehr wert, als daß ich weiß, warum sie nicht unterging. So meint's vielleicht Kaiser Karl auch!"

„Ich will Dir die Augen öffnen. Der Kaiser ließ die Schrift schreiben, weil ihm der Antrag des General Rango unbequem war Das Bauen auf den Bergen ist teuer, es hätte seinen Schatz geleert, er liebt das Geld; darum bestellte er sich ein Gutachten, wie er es verlangte. Die Federn der Gelehrten sind leichter als das Geld der Könige. Eine Dublone, wie viele Federkiele wiegt sie auf! Wenn ich ein Gutachten haben will von meiner Universität Frankfurt, glaubst Du, daß die Professoren es nicht abgeben werden, wie ich es verlange?"

Welche Meinung Hans Jürgen Bredow darüber hatte, ist uns nicht gesagt.

„Und wie fandest Du es am Hofe? Im Reiche? Auf Deinem Wege?“

„Kann's nicht leugnen, überall große Angst und Verwirrung. Am Hofe meinten allerdings viele, wie mein Kurfürst, der Niphus habe dem Kaiser nur zum Munde geredet. Im Reiche sind sie in heilloser Angst; drüben in Welschland, bei den Franzosen und in Hispanien soll man oft den Prediger vor dem Zähneklappern der Weiber nicht hören. Auch baut, was nur kann, Schiffe. Das Holz an der Donau ist im Aufschlag.“

„Die Thoren! Durch die Flut, die der Herr im Zorne ausgießt, in Bretternachen steuern wollen!“

„Die Verständigsten sind des Dafürhaltens, daß es keine Flut wird wie die alte. Sie meinen, es werde nur, was sie eine Partialsündflut nennen, die gar nicht die Berge erreicht; nur was im Flachen liegt, werde das Wasser fortschwemmen. Darum retten sich auch etliche, wie ich noch eben in Wittenberg sah, nur auf ihre festen Häuser. Der Bürgermeister Henndorf ließ gerad' ein neu Gebräu Bier auf seinen Boden winden, damit er, wie er sagte, während der Sündflut einen guten Trank habe. Das gab großes Aufhebens, und die Bürgerschaft murrte: wenn wir versaufen sollen, was hat der Henndorfer vor uns voraus! — Daß er Bürgermeister ist? Übermorgen wird ein anderer gewählt. — Oder weil er ein groß steinern Haus hat an der Eck' am Markt? — Wer Geld hat, kann's ihm abkaufen. — So hörte ich die Leute schwätzen, der Bürgermeister kehrte sich nicht daran. Hat Euch Mehlsäcke und Brot und Schinken hinaufgeschafft, daß er meint, ein paar Wochen werde er es aushalten Ihr mögt denken, wie sie in Wittenberg die Köpfe zusammenstecken.“

„Was sie in Wittenberg doch wichtiges zu sprechen haben! — Sahst Du — den Mann dort — ich meine den Augustiner?“

„Es traf sich so, und in erschrecklichem Zorne sah ich ihn; aber, hilf mir Gott, ich mußte doch lachen, wie er die Augen rollen ließ und endlich gar vor Zorn spuckte.“

Auch Joachim lachte, als Hans Jürgen die Geschichte erzählte, und so mußte sie den Herrn erfreuen, daß er, als sie zu Ende war, den Marschall am Kragen faßte: „Die mußt Du den andern auch erzählen, Dein Pferd hat schon Geduld, so der Abt ihm noch eine Metze Hafer schütten läßt.“ Bei der Tafel erzählte Hans Jürgen die lustige Geschichte, wie er den Prediger Stiefel in Wittenberg einbringen gesehen von seinen Bauern und zu Doktor Luther führen.

Stiefel nämlich, der Pfarrer war zu Lochau und Holzdorf bei Wittenberg, war ein grundgelehrter Mann und hatte auch auf seine Hand herausgerechnet und gefunden, daß die Sündflut kommen und die Welt untergehen werde. Aus einundzwanzig Gründen wußte er's für gewiß; nur über Jahr und Tag war er noch in Ungewißheit geblieben, und seine Bauernschaften mit ihm, die ihn doch drängten, daß er's ihnen gewiß mache, damit sie ihre Felder danach bestellen könnten und auch für ihr Gewissen sorgen. Endlich hatte er es aus verschiedenen Quadratzahlen herausgerechnet, daß die Wassergüsse losbrechen würden am 3. Juli dieses Jahres, morgens um acht Uhr. Die Bauern in Lochau und Holzdorf trauten mehr auf ihren Pfarrer Stiefel, als auf den Doktor Luther in Wittenberg, denn er hatte noch mehr große Bücher in seinen Spinden, und eine Stimme, die wie eine Trompete klang. Darum glaubten sie ihm auch, als er von der Kanzel versicherte, was etliche thäten, daß sie sich nach Bergen und Kähnen umsähen, hälfe nichts, weil Gott in seinen Wassersäulen und den Strudeln und Wirbeln die ganze Erde fortspülen werde, gleich wie die Elbe den Sand im Frühjahr. Aber sorgen und klagen sollten sie nicht; denn nach dem jüngsten Tage käme ein neuer Tag, wie nach den Frühjahrwassern der Elbe die Ufer neu grünten und blühten. Und er selbst, Stiefel, werde beim Weltuntergange als letzter Engel die siebente Posaune blasen. Des habe Gott ihn gewürdigt!

Wer von seinen Bauern konnte zweifeln, wenn er ihm ins Auge sah und seine Stimme hörte, davon das Gewölbe der kleinen Kirche zitterte. Und wenn gerade ihr Pfarrer am Gerichtstage gewürdigt war, die Posaune zu blasen, die letzte Posaune, welche die letzten Versprengten zusammenrief, welche Fürsprache war das für die Gemeine! Da konnte jeder dem Tage in Ruhe entgegensehen. Wer in Lochau war, war im voraus gerichtet und gerettet. Und die von Holzdorf, wenngleich nur ein Filial, doch desselben gleichen; wiewohl ein kleiner Streit sein mochte, wer voran ins Himmelreich schreiten werde? Der Pflug blieb auf den Äckern stehen, sie ließen ihr Vieh auf den Saatfeldern grasen. Wer häuft Schätze, wenn die Welt untergehen soll? Die Bettler hatten goldene Zeit, die durch Lochau zogen, mit vollen Taschen und Säcken auf dem Rücken machten sie sich lachend davon. Die ungläubigen Nachbarn hatten auch gute Zeit, wenn sie mit den Holzdorfern und Lochauern rechneten und zechten. Die Keller und Speisekammern wurden leer und die Tische dampften morgens und mittags und abends von den vielen Schüsseln; es war ein gesegnetes Jahr, das vorige, gewesen. Wer nimmt in die Ewigkeit mit Wecke und Schinken und Gerstensaft? So dachte auch der Pfarrer und verschenkte seine teuren Bücher, wer sie haben wollte. Droben braucht man keine Bücher.

Nur in der letzten Nacht hatten sie nicht in der Schenke getobt, gezecht und getanzt. Wenn nun im Sausen des Weltsturms ihrem Pfarrer die Posaune aus der Hand fiele! Würde es der Erzengel Michael ihnen glauben, wenn sie riefen: Wir sind Lochauer! Wir sind Holzdorfer! Würde Sankt Peter auf ihr bloßes Wort die Himmelspforte ihnen aufschließen! — Und wenn Stiefel sich geirrt habe, er wäre gar nicht berufen gewesen, die siebente Posaune zu blasen! — Wer sollte dann für sie bürgen, und sie hatten nicht durch Gebete, gute Werke und den Glauben sich vorbereitet! Alles das sollte in einer Nacht nachgeholt werden! In der Kirche heulte es, und klapperten die Zähne; das ganze Dorf war wüst und leer. Die Diebe hätten, wenn sie noch etwas fanden, frei Feld gehabt; es war keine Thür verschlossen, kein Wächter gestellt.

Niemand aber war zerknirschter gewesen in jener Nacht als der Pfarrer Stiefel selbst; seine Zähne hatten auch geklappert, er hatte kaum vorbeten können. Und wie blaß schritt er am Morgen durch die Reihen, als die Lochauer und Holzdorfer in Trauerkleidern, Asche auf ihren Haaren, die barfuß, die gar in Lumpen, einen Strick um den Hals, aufs Feld zogen und sich auf die Knie warfen. Schwarz zog es um sieben über die Elbe her, und um acht fing es zu tröpfeln an, aber es blieb beim Tröpfeln, der Wind jagte die Wolken, die Sonne kam wieder vor und brannte das bißchen Nässe von ihrem Rücken und Nacken trocken. Da richtete einer nach dem andern den Kopf auf nach dem Pfarrer, der aufgestanden und bald die Hände rieb, bald sie gefaltet gen Himmel hob. „Wartet nur, liebe Kinder, ich könnte mich verrechnet haben in der Stunde.“ Es ward neun, es ward zehn, die Wolken kamen nicht wieder, die Julisonne brannte fürchterlich. Einer hatte sich nach dem andern aufgerichtet, einer immer grimmiger als der andere. Als es Mittag von den Dörfern läutete, waren sie alle aufgesprungen und standen wie Irre, die das Fieber oder der Hunger schüttelt, um den zitternden Pfarrer. Der wollte ihn mit den Augen durchbohren, der rüttelte ihn an der Brust, der zog ihn an der Schulter: allen sollte er Rede stehen, und konnte doch auch nicht einem einzigen ein Wörtlein antworten.

Da banden sie ihm die Hände mit Stricken auf den Rücken, er war ja kein Engel mehr; statt der Posaune hingen sie ihm des Nachtwächters Horn um die Brust. So schleppten sie ihren Prediger, die ganze Gemeinde dahinter, die heulenden Frauen wie ein Chor von Plagegeistern, nach Wittenberg. Wenn er ihnen nicht, mußte er doch dem Doktor Luther Rede stehen.

Das erzählte Hans Jürgen, und wie er vor dem Augustinerkloster den Haufen stehen gesehen, just als er aus der Stadt reiten wollte, und wie Luther aus seiner Zelle heruntergeholt worden, und jeder aus dem tollen Haufen hätte zuerst reden wollen und alle sich überschrieen, bis der Augustiner mit seiner Donnerstimme drunter gefahren, Ruhe geboten und dem Schulz geheißen, daß er allein spreche. Wie aber der Schulz doch nicht allein gesprochen, denn die Weiber hätten sich's nicht nehmen lassen, auch nicht vom Doktor Luther, daß sie nicht mitredeten.

„Und was forderten sie vom Doktor Luther?"

„Was anders, als daß er ihren Prediger zwinge, daß er seine Prophezeiung wahr mache, oder ihnen das Ihrige wiederschaffe. Die armen Schelme sind übel daran."

„Und was entschied der gelehrte Mann? Er soll ja auch Rechtens studiert haben."

„Gnädigster Herr, die Worte des Mannes kann ich nicht wieder hersagen; der spricht nicht mit dem Mund allein. Ich meine, der Platzregen müßte schon stark gewesen sein, der's den Leuten so auf den Pelz gegeben, als Luthers Worte thaten. Da hagelte es von Tagedieben, faulen Knechten Gottes, falschen Propheten, von Dünkelmut und Lästerei, und er sagt' es ihnen gerad raus, daß es der Teufel allein sei, der die Stänkerei angerichtet."

„Was dem armen Teufel alles in die Schuh geschoben wird!" lachte der Bischof. Der Kurfürst aber sagte:

„Der gelehrte Augustiner hätte doch dem armen Stiefel die Ausrede überlassen sollen. Ein solcher Mann, mein' ich, brauchte nicht des Teufels Hilfe, wenn er Unsinn spricht; er wäre sich selbst Autoritäts genug."

„Was mich am meisten wunder nimmt,“ sagte der Bischof, „ist, wo die armen Bauern von Lochau noch ein Mittagsessen fanden. Sie hatten nicht zugekocht und ihre Speisekammern waren leer.“

„Wenn bischöfliche Gnaden erlauben,“ erhob sich der Subprior, der, wenn es zu Tisch ging, immer nüchtern wurde, „vielleicht wie Kaiser Karl IV., dessen Andenken Gott gesegne, jener Zeit in unserm armen Kloster Lehnin.“

„Friede seiner Asche und Ehre seinem kaiserlichen Andenken,“ sprach der Kurfürst, sein Barett berührend. „Was fand mein glorwürdiger Vorfahr in diesem Kloster?“

„Einen leeren Tisch, durchlauchtigster Markgraf, nichts in Küch' und Keller, und einen Abt, der nicht, wie unser Hochwürdigster, in der Not sich zu helfen wußte. Aber er ward doch satt.“

Es war offenbar ein Schwank, der auf den Lippen des kupfrigen Gesichtes schwebte, eine Geschichte, die vielleicht den meisten, selbst dem, welcher danach fragte, bekannt war; aber lustige Geschichten gehörten als Nachtisch zu allen Gelagen unserer Vorväter. In den wohlhabenden Mönchsklöstern waren sie zu Hause, und dünkten nirgend besser angebracht, als wo es galt, ernstliche Betrachtungen und verdrießliche Gedanken zu verscheuchen. Wenn Kriegsleute knöcheln um Mitternacht in einer Gruft, und der Klang der Würfel auf dem Leichenstein schallt wieder durch die dumpfen Gewölbe, glaubst Du, sie thun's aus Mut? Ich sage Dir, es ist die Furcht, vor den andern mutlos zu erscheinen, die jeden antreibt, ärger zu fluchen, gottlosere Lieder zu singen als die andern; wär's nicht um die, er schlüge ein Kreuz und liefe davon. Von denen am Tisch fürchteten wenigstens drei, was die Bauern in Lochau gefürchtet, jeder gab aber viel darum, daß der andere nichts von seiner Furcht merke.

„So kam's,“ hatte der Subprior erzählt, „daß Kaiser Karl IV., der Lützelburger, von einer Jagd mit seinem fürnehmen Gefolge, als wie man jetzt sagt, wie eine Bombe bei uns ins Haus fiel. War Kirmeß gewesen, oder eine Schatzung von Schnapphähnen, kurz, ich weiß nicht was, aber es war auch nicht ein Pfund Fleisch im Hause, und der Kaiser sehr hungrig. Da war der Abt ganz außer sich; aber er hatte einen treuen Mann, der oft für ihn dachte und manches Mal für ihn handelte. Dietrich Kagelwid hatte wohl die Weihen, aber mit seiner Gelahrtheit soll's nicht weit hergewesen sein; und machte sich lieber in der

Küche zu schaffen, als in der Bibliothek. Da wußte er Kunststücke, daß den Konviktualien das Wasser über die Zunge lief, und hatten ihn sehr lieb. — Kagelwid, Du mußt mir helfen, sagte der Abt. — Ja wie denn? — Ein gut Gericht, eine Kraftsuppe, wie sie ein Weidmann, der ausgehungert ist, liebt. — Domine Abba! sprach Kagelwid, erst Fleisch her, dann eine Suppe. Hat der Kaiser einen Damhirsch oder einen Rehbock in der Tasche? — Ach, er hat nur Böcke geschossen. — Davon kocht Schmalhans nur eine Windsuppe, sagte Kagelwid. — Ach, Kagelwid, allerliebster Kagelwid, hilf mir, sprach der Abt, so er hungrig abzieht, trägt er's uns nach, und er ist ohnedem denen in Chorin holder als uns. — Da wären also nur unsere Schweine! — Maria Josef! Kagelwid, wovon sollen wir den Winter leben, auch sind sie noch nicht gemästet; wo hast Du auch je gehört, daß eine Suppe von Schweinefleisch gut schmeckt? Das sage ich Dir, Kagelwid, daß Du mir auch nicht ein Schwein schlachtest. — Da rieb sich Kagelwid die Stirn, aber er kriegt es raus. Bald brodelte ein Kessel mit Erbsen überm Feuer, die quollen auf und hülseten sich, und er fuhr mit dem Quirl darin um, und streute ganze Hände voll Pfeffer, und dann ging er doch in den Schweinestall, aber heimlich, und ein Messer unter dem Habit. — Und die Suppe schmeckte dem Kaiser und seinen Grafen und Herren und dem Abt und allen über die Maßen: alle lobten sie, daß sie so kräftig und würzig und nahrhaft, und zum Trinken rechten Appetit machte. Aber was ist das für ein Fleisch? sprach der Kaiser, das so süß und so zart schmeckt, und darin herumschwimmt? — Kaiserliche Majestät halten zu Gnaden, das ist kein Fleisch, sagte Kagelwid. Da rieten sie umher, was es sein könne. Einige meinten, es sei eine Quappe, andere eine Art Schnecken; noch andere, es sei wohl ein besonder Tier aus der Vorzeit, das sich hier erhalten, und sie kenneten seine Art nicht, bis einer den Kopf schüttelte: Das schmeckt nach Schwein. Da fuhr der Abt auf: Kagelwid, hast Du mir das gethan! — Hochwürdigster Herr, wie könnt' ich Euch das thun. Höret doch, wie Eure Schweine in den Koben grunzen, und zählet sie, so werdet Ihr sehen, Euch fehlt keines. — Da wurden alle neugierig und gingen mit dem Kaiser und dem Abt in den Stall, und die Schweine grunzten furchtbar, und sie zählten sie, und wie er gesagt, es fehlte keines; es war aber auch keines, das auch nur noch ein Ohr gehabt. Kagelwid hatte alle Ohren abgeschnitten und in der

Suppe verkocht. Da war ein Lachen und eine Lustigkeit, wie man selten gesehen, und die Keller mußten herhalten, und Kagelwid hörte viel Lobes und Rühmens. Denn bis dahin hatte man in Deutschland nicht gewußt, daß man die Schweinsohren essen kann, sondern sie auf den Mist geworfen. Also war Kagelwid ein großer Erfinder. Wenn ihn sein Abt schelten mögen, so kam's zu spät, denn der Kaiser, der nie in seinem Leben eine so schmackhafte Suppe gegessen, nahm ihn aus dem Kloster und mit sich an seinen Hofhalt. Und seitdem ist in der Mark Brandenburg die Erbssuppe aufgekommen mit Schweinsohren, und heißt die Türkensuppe. Man schlachtet aber jetzt die Schweine und schneidet ihnen dann erst die Ohren ab. Denn was die in Chorin geglaubt, die uns immer neidisch waren und uns zuvorthun wollten, das traf nicht zu. Nämlich sie meinten, die Ohren wüchsen nach als wie Grummet auf der Wiese, und man möge des Jahres zwei- oder dreimal sie den Schweinen abschneiden, was einen guten Profit gäbe. Da sie die Schweine von den Itzenplitzens auf der Mast hatten in ihren Eichenwäldern, so versuchten sie's, aber die Ohren wuchsen nicht wieder, und statt Vorteils hatten sie Schaden und Ärgernis, als die Itzenplitze im Herbst ihre Schweine holten. Da ging's unsern fürwitzigen Brüdern in Chorin fast an die eigenen Ohren, und die Leute sagten: Was einem gut steht, das kleidet noch nicht den andern. Will's aber nicht verschweigen, was einige meinen, der Kagelwid selbst wär's gewesen, der das einem Choriner gestochen, der hergeschickt worden, um auszuspüren, woher es denn käme, daß der Kaiser unserm Lehnin so gewogen. Denn er war ein Schelm und hatte ein gut Lehninsch Herz. Und kam beim Kaiser in große Ehren, weil er sagte, der weiß zu raten und zu treffen, und mußte ihm bei manchem Gericht, was er braute, kochen und zuschneiden helfen. Soll ihm auch bei der goldenen Bulle geholfen haben, denn, sagte der Kaiser, wer es versteht, eine Herde scheren ohne Geschrei und Ohren zu stutzen, und man merkt es nicht, der ist einem Fürsten mehr wert, als einer, der Gold macht. Und er ging selbst in Seiden und Gold. Als ihn aber ein alter Bekannter fragte: Kagelwid, wie hast Du's angefangen, Du wußtest doch nie, wie's am Hofe zuging? Da antwortete er: Das kommt daher: den andern ging ich um die Ohren, aber meine hielt ich steif*)."

*) Der Subprior hat zwar die Geschichte von den Schweinsohren richtig erzählt, wie sie sich zugetragen, und in Lehnin, aber Dietrich

Als des Morgens sehr früh der Kurfürst ausritt, wollte der Abt ihn durch einen andern Weg nach dem Thor führen, als sonst. Wenn Joachim das merkte, ging er immer den Weg, den er wollte. Man kann wohl die Fürsten führen, aber man muß es sie nicht merken lassen.

Da stand die Arche, von der Morgensonne angeleuchtet. Und sechs oder acht Mönche saßen darin und ruderten mit den langen Rudern in der Luft, was gar kurios für den aussah, der nicht wußte, was es sollte. Sie übten sich, und ein Schiffer aus Brandenburg zeigte es ihnen, wie sie ausgreifen müßten und Takt halten. Als sie den Kurfürsten kommen sahen, dessen sich keiner so früh gewärtigt, senkten sie die Ruder, der Abt aber senkte den Blick, derweil der Kurfürst das Zimmerwerk und die Ruderer gar groß anschaute und dann den kleinen Abt.

„Wer hat Euch das gelehrt, Abbas?“

„Durchlauchtigster Herr! Wie man uns geschrieben, haben Unterschiedliche in den Ländern gen Mittag derlei Fahrzeuge für den Notfall erbaut; als auch der Präsident des Parlaments zu Toulouse, der Monsieur Auriol.“

„Das mag sich schicken an den Bergen, wo die Regengüsse plötzlich als Ströme kommen.“

Kagelwid durch die schelmische Art, wie er seine Geschichte vortrug, nicht gewürdigt, wie er es wohl verdient; denn er war ein großer Mann seiner Zeit. Sohn eines Tuchmachers in Stendal, dann Cellarius in Lehnin, hatte er das Kassenwesen des Klosters trefflich geordnet, und ward ungern von Abt und Mönchen entlassen, als der Kaiser ihn um der sinnreichen Erbssuppe an seinen Hof nahm. Von hohem Ingenium und einfältigen Sitten, ward er zuerst Bischof in partibus inf., dann Statthalter und Schatzmeister des Kaisers in Böhmen, erhielt die Bistümer Schleswig und Minden, die Propstei vom Wisherad, ward darauf Kanzler in Böhmen, und endlich Erzbischof von Magdeburg, zum großen Verdruß des sächsischen und märkischen Adels, er eines Tuchmachers Sohn! Aber bald trugen sie ihn auf Händen, denn solchen Erzbischof hatten die Domherren noch nicht gehabt. Was wirr und kraus war, ordnete er, die Schulden wurden bezahlt, die Einkünfte vermehrt, er baute Krankenhäuser, den Giebichenstein und die große Brücke über die Saale in Halle, er besserte das Schulwesen und das Leben der Geistlichen, und weihte mit großer Pracht den von ihm vollendeten Dom zu Magdeburg ein. So gelobt und geliebt starb kein Bischof in Deutschland, und nur darum war Zank, während er lebte, jeder wollte ihn immer bei sich haben, der Dom zu Magdeburg und der Kaiser.

„Für Gottes Kreatur zu sorgen und der Not, die da kommen mag, in voraus zu gedenken, hielten wir an einem guten Hirten.“

„Sollen Eure Herden hinein, die dort grasen, oder Eure Unterthanen?“

„Gnädigster Herr, — dazu wäre das Schiff zu klein.“

„Wer denn, Abt? Eure Mönche und Ihr selbst?“

Der Abt antwortete nicht; das war eine deutsche Antwort:

„Gottes Element und Gnade! Und schämt Ihr Euch nicht vor Euren Bauern und Vasallen! So Gott wirklich seinen Zorn ausgösse und die schwebten in Ängsten auf ihren Dächern und in den Bäumen, Himmel und Heilige! sie schrieen Euch an: Rettet uns! Und ihr Herr und Abt, ihre Seelsorger, ihre Beichtväter salvierten sich in dem Bretterkasten? Ist das Hirtenschaft, ist's Christenpflicht, ist's Obrigkeit! — Antwort, Abt.“

Der Abt hatte sich zusammengenommen und sprach sich tief beugend: „Antworten könnte ich, der Herr rettet den, den er gerettet haben will, und wir thun nichts dazu. Denn warum sprach er zum Noah: Baue ein Schiff; und warum zu Lot: Gürte Deine Lenden und fliehe aus Sodom! — Warum sprach er nicht zum Schulzen drüben: Baue Dir ein Floß! Warum nicht zu dem Fischer, der dort seine Hütte am See gezimmert und geklebt: Richte sie auf der Höh'! Ist der Herr doch so reich an Mitteln, daß er jeden retten kann, wenn er will, und jeder hat Ohren, daß er seine Stimme hört. — Ich bin nicht stolz, daß ich spreche: Er hat mich auserkoren! Denn weiß ich, ob er mich nicht in Versuchung führen will, ob nicht der nächste Sturm mein Schiff umschlägt, derweil er die festen Bäume nur schüttelt und die in den Ästen die Fluten wieder sinken sehen und ein Halleluja anstimmen, wo mich die Wellen nach dem Meere treiben? Nicht wärme ich meinen Stolz mit dem Gedanken: Er will seine Erwählten und Gesalbten retten wie den Noah und die Seinen, damit sie, wenn die Wasser sich senken, wieder die wahre Kirche Gottes auf der Erde erbauen und seinen Glauben aussäen. Nein, bewahre mich der Herr in Gnaden vor diesem Hochmut. Ich spreche: Gnade mir, Herr! ich bin nur eine Gotteskreatur wie die andern, und darum schwach, und darum furchtsam. Und wer kann sagen, er ist stark, daß ihn nie die Furcht schütteln, nie die Schwäche ihn überkommen wird!“

Der Kurfürst hatte nicht geantwortet, als er aus dem Thore ritt; er sprach kein Wort, noch auch der Bischof von Brandenburg neben ihm. Im Walde durchfröstelte es ihn oft, und es ward doch ein heißer Tag.

Zehntes Kapitel.

In Berlin.

Am 15. Juli 1525 sah es seltsam aus in den Städtchen Berlin und Köln. Es war ein heißer Tag und der Bischof Hieronymus mußte oft sein Pferd anhalten, um Luft zu schöpfen. Ein kalter Schweiß perlte ihm von der Stirn. Wenn sein Begleiter ihm zusprach, daß er doch die Reise aufschiebe und nach Brandenburg zurückkehre, wies der Bischof mit dem Arm nach Berlin, und wenn ihm die Sprache wiederkam, schüttelte er den Kopf: „Es ist zu lang schon aufgeschoben.“

Es war etwas in des Bischofs Art, was sein Begleiter nicht kannte; nicht von diesem Tage allein! Der Herr, welcher so gern tafelte, saß einsilbig bei Tisch, den Becher mit Ungarwein hatte er oft kaum berührt, wenn er aufsprang, seinen Lieblingsfisch, auch den Braten vergessen, den ihm der Koch doch zugerichtet, wie der Bischof es ihm selbst beschrieben, daß sie in Franken und Schwaben es thäten, und an des Kaisers Hofhalt. Als der Bürgermeister ihn gefragt, ob er denn nun Ernst machen solle gegen die Prädikanten, die deutsche Lieder singen ließen, und er hatte ihn oft um seine Fahrlässigkeit und sträfliche Nachsicht gescholten, gestern hatte Hieronymus mit der Hand geweht: sie sollten es noch aufschieben, bis er in Berlin gewesen.

Der neben ihm ritt, war ein Mann in mittlern Jahren; wenn er den Hut lüftete, um mit dem Sacktuch den Schweiß zu trocknen, sah man die Tonsur; ohne die hätte man ihn eher für einen ritterbürtigen Schloßgesessenen gehalten, der über des Lebens Stürme hinaus ist und einen Hafen fand im Frieden der Seele. Beide, der Bischof und sein Begleiter, schauten ernst; es war aber ein gar verschiedener Ernst, wie einer, der vor dem Gericht steht, und den Spruch noch erwartet, und einer, der freigesprochen ist, und seinem Gott im stillen dafür dankt.

„Es sei nur etwas in der Luft,“ sagte der zweite Reiter, als der Bischof abermals, da sie hinter Potsdam waren, inne hielt und, mit beiden Händen auf der Brust, Atem zu schöpfen suchte. „Zersprengte Gewitter in der Atmosphäre, die sich nicht finden.“

„Es dampft nach Schwefel,“ sprach der Bischof und richtete seine Blicke nach dem blauen Havelspiegel, der zu ihrer Linken sich weithin ausdehnte, von dunkelgrünen Hügelufern umsäumt. „Jesu Christi, ach, wer auch so segelte wie der Schwan!“

„Zöge ich's doch vor, wie die Lerche dort in der Luft zu wirbeln,“ meinte der andere.

„Wie fängt das Lied an,“ sagte nach einer Weile der Bischof, „das Wittenberger Lied meine ich, um das der Streit neulich in der Altstadt losging?“

„Eine feste Burg ist unser Gott! Hochwürdigster.“

„Die Weise klang schon gut.“

„Hochwürden äußerten sich auch an dem Abend, es klinge so feierlich wie eine Säule von Gesang, die zum Himmel steigt.“

„Der Streit drum war vom Übel.“

Der Domherr meinte, das Sprechen thue nicht gut; sein Begleiter solle sich nicht anstrengen, bis er der Ruhe des Zimmers pflege.

Der Prälat verfiel wieder in Gedanken; er sprach für sich, bis es doch Worte wurden: „Wozu hätte uns der Herr auf die Welt gesetzt, als daß wir uns anstrengen sollen! Ist unser ganzes Leben doch ein Ringen und Anspannen und Ausdehnen unserer Kraft, über ihre Mächtigkeit hinaus.“

„Dann sollen wir ruhen.“

„Wer darf das, Mathias! Ach, wer darf sagen, nun that ich genug? — Wer nur: Ich that immer, was ich mußte, ich —“

„Nur noch wenige Schritte, Hochwürdigster,“ sprach der geängstete Begleiter, als der Bischof nur noch mit den Armen die Rede fortsetzte. Sein Kopf hing auf der Brust. „Ich höre schon die Trommel wirbeln. — Das Gewitter verzieht sich noch.“

„O, wenn es losbräche!“

Die letzten Schritte hatte der Begleiter das Pferd des Bischofs an der Hand geführt, gewärtig, daß er den Reiter selbst in seinen Armen auffangen müsse. Zum Glück brach das Gewitter nicht los.

Ein Bischof von Brandenburg, der ohnmächtig vom Pferde sank und der Thorwacht in die Arme, hätte zu anderer Zeit in Köln großes Aufhebens gemacht. Heute war es anders. Es sah seltsam aus in den Städten Köln und Berlin am 15. Juli des Jahres 1525. Wenn der Domherr nicht vorhin auf seinen Bischof allein die Augen gehabt, hätte er es schon am Wege gesehen, daß etwas Besonderes los war. Was liefen die Landleute nach der Stadt und von daher? Die standen in dichten Gruppen, die traten zu und spitzten die Ohren, wo einer sprach; die rangen die Arme, die knieten um ein Muttergottesbild und murmelten Gebete.

Und jetzt in der Stadt hätte er blind sein müssen. „Ist denn die Thorheit auch hier los, wo der Hof und der Kurfürst den Leuten ein Exempel sein sollten!“ dachte der verständige Mann, da er sich wieder Platz machte nach seinem Pferde, nachdem sie den Bischof in die nächste Herberge getragen. Aber sie machten ihm nicht Platz, ob er doch sagte, er müsse stracks zum Kurfürsten nach dem Schloß. Ein Gesicht lachte ihn grimmig an, ob er denn meine, der Kurfürst werde für ihn die Ohren spitzen, da er sie für seine getreue Bürgerschaft zugestopft? Ein anderer sagte mit betrübter Miene im Vorbeigehen: „Die Herrschaften sind ja nicht mehr im Schloß.“

Nur mit Mühe erfuhr er, was der Grund sei. Zwei Stunden etwa vor Mittag war es im Schloß an der Spree unruhig geworden. Sie liefen in die Ställe und Wagenschuppen, stürzten treppauf, treppab; die Marschälle, Kammerherren, die Stallmeister und Packmeister riefen und befahlen, und die Thore wurden zugeschlagen, daß das Volk nicht in die Höfe dringe. Dann waren die Bürgermeister der Städte zum Herrn beschieden worden, und als sie herauskamen, fast verstört und blaß, wurden auch die Thore schon wieder aufgerissen, und die kurfürstlichen Vorreiter sprengten hinaus; dahinter die kurfürstliche Staatskarosse und andere mit den fürnehmsten Personen, einige Leiterwagen folgten, hochbeladen mit schweren Kisten und Koffern. Und dahinter und dazwischen Herren und Trabanten, und in Unordnung gingen Wagen und Rosse an der Schwarzen Brüderkirche vorbei zum Thore nach dem Teltow. Und von da sah man sie durch die kölnische Myrica fahren, was ein tiefer Elsenbruch war, darauf heut, aber viel höher, die große und schöne Friedrichsstadt steht. Damals schlängelte sich nur ein tiefer Weg durch den Moorgrund nach den Bergen hin, die mit uralten Bäumen und mit Weingärten bestanden und höher waren, als sie jetzt sind; denn später wurden von dem Sand und Lehm viel tausendmal tausend Fuhren und Karren abgefahren und auf den Sumpfboden der Myrica geschüttet, daß sie höher werde und gesunder; und als sich der Boden gesackt, ward die Stadt gebaut, die jetzt dort steht. Das dauerte indes noch mehrere Hunderte von Jahren, und man sieht noch heut in einer Straße, die nach den kurfürstlichen Tauben ihren Namen hat, nahe am Schauspielhaus, ein altes, graues Haus, von festen Eichenstämmen gezimmert, wie sie im Boden um Berlin nicht mehr wachsen: das war noch vor hundertundfünzig Jahren ein kurfürstliches Jagdschloß.

Doch weit über das Jagdschloß hinaus, was zu jener Zeit noch nicht gebaut war, trabte und jagte der Zug; und durch die Bürgermeister wußte man es nun, der Kurfürst war mit seiner Gemahlin, der jungen Herrschaft und seinen fürnehmsten, geliebten Offizieren auf den Tempelhofschen Berg bei den kölnischen Weinbergen gefahren. — Weshalb? — Die Bürgermeister sagten nur: wegen des drohenden Wetters; aber die Bürger flüsterten, und einer sagte es dem andern: Der kurfürstliche Astrologus habe den Kurfürsten heimlich verwarnt, daß ein grausames Wetter ankommen würde, und stände zu besorgen, daß beide Städte, Berlin und Köln, untergehen möchten. Sprachen sie das schon auf dem Schloßplatz, wo viele die Worte aus der Bürgermeister eigenem Munde gehört, was mußten sie erst sprechen drüben in den engen Gassen von Berlin, und noch weiter! Anfangs war es totenstill, dann schrie einer auf, ein zweiter, dritter; was, weiß ich nicht. Dann fingen die Weiber an zu weinen; vor ihrem Geschluchze und Geheul ward den Männern bange. Da schrieen die aus den Fenstern oben, was es gäbe? Die aber stürzten schon, Mann, Weib, Kinder, die Treppen hinunter; die nahmen die Kleinen auf den Kopf, als brausten die Fluten schon heran. Auf den Straßen stürzten sie, die von Abend nach Morgen, und die von Morgen nach Abend. Jene wußten, das Wasser komme vom Unterbaume, diese sagten ihnen, es komme vom Oberbaum, wo sie hinwollten. Hätte einer gesagt, daß gar kein Wasser komme, der wäre tot geschlagen worden von beiden.

Auch als man zur ersten Besinnung kam, war man nicht besser dran. Wenn eine große Gefahr uns über den Hals kommt, retten wir zuerst uns selbst; wenn aber das Haus nicht hinter uns einstürzt, besinnen wir uns, daß wir manches zurückließen, was uns auch lieb ist, und manchem noch lieber als das nackte Leben. Wir stürzen wohl in die wirkliche Gefahr zurück, vor deren Scheinbild wir geflohen waren. Da blieb ein Hausvater, der fast ohne Rock aus dem Haus gesprungen war, nur sein Jüngstes auf dem Arm, sein Weib mit den andern hinter ihm, an der Ecke stehen und besann sich, daß er ja ein wohlhabender Bürger gewesen und was war er, wenn die Sündflut alles wegschwemmte? Er sah sich um, und sein Haus stand noch. Er eilte zurück, und während der Wagen aus dem Schuppen, die Rosse aus dem Stall gezogen, und von den Böden und Treppen geschleppt ward, besann er sich wieder: wohin solle er denn, und was für Schaden hatte er doch dabei, und warum denn eigentlich alles das? Da fing er an, die Kisten bedächtiger aufzuladen, und endlich unterließ er's ganz, drückte den Hut auf die Stirn und sprach: Ich will doch erst aufs Rathaus.

So die Verständigen. Unsere Vorväter kamen immer klüger vom Rathaus zurück, als sie hingingen; aber der Schatz drinnen von Klugheit war leider nicht groß genug für alle. Die übrigen liefen und schrieen, Weiber und Kinder voran, und wer noch nicht den Verstand verloren, verlor ihn jetzt. Die wollten nach den Kirchtürmen und die Glocken läuten, nach den Rathäusern, daß Bürgermeister und Ratmänner von der Treppe herunter Rechenschaft gäben, warum sie nicht für die Stadt gesorgt. Man solle aus den Thoren aufs Feld! das waren die Klügsten. Wenn die Häuser einstürzten, ist's im Freien am sichersten. Andere aber sagten, die Stadt liege noch höher als das Weichbild; man solle auf die Berge hinaus. Der Kurfürst hatte ihnen ja den Weg gezeigt. Da sah man bald Kopf an Kopf auf den engen Brücken, bei Sankt Gertraud, nach dem Teltow und auf der, so von der Roßgasse in die Birkenheide bei Rixdorf führt; und wenn sie hinübergedrängt durch die Türme und Weichhäuser mit Ängsten und Not, ergossen sie sich in die Felder und Büsche. Maß man's nach ihrem Lärm und Geschrei, hättest Du glauben sollen, das sei die ganze Bürgerschaft; aber wenn der Domherr aus Brandenburg die nackten Arme, die Schurzfelle zählte, fragte er sich: wer sind denn die guten Leute? Wer etwas hat, und es lieb hat, und weil er es lieb hat, es nicht im Stich läßt und ins Weite läuft, den nannten die Vorfahren einen guten Mann; es war so in Deutschland und in Spanien; einige meinen, es sei allüberall noch heute so. Die guten Leute fingen an zu denken, wie der Bürgermeister von Wittenberg, und als es auf den Straßen leer war, ward es auf den Dächern voll.

Aber es war kaum eine Stunde nach Mittag, als der Strom zu stauen schien, und Brücken und Thore wieder in die schattenlosen Straßen die zurückspieen, welche vorhin nach dem Tempelhofschen Berge gezogen. Wer diese von Angst und Entsetzen wilden Gesichter, triefend von Schweiß, diese schreienden Weiber recht ansah, mochte selbst der Angst sein, daß es zu Ärgernis komme. Die Trabanten hatten die Zugänge zum Berge besetzt. „Sie lassen keinen mehr rauf!" Die kurfürstlichen Reiter drängten die Haufen zurück. Da hatte man geballte Fäuste gesehen; sie hatten nach Steinen gegriffen, und wenn nicht gerade über den Müggelbergen ein ferner Donner gerollt, wer weiß, ob es nicht Steine gehagelt und die Klingen geblitzt hätten.

Nun wogte, taumelte es wieder durch die leeren Gassen, und mit höhnischen, grimmigen Blicken schaute das Volk nach den hohen Steinhäusern hinauf. So auch der Fürst des Landes ein Recht für sich hatte, daß er sich um des Landes willen rettete, was denn die reichen Bürger und schoßgesessenen Familien, die sich in der Stadt aufhielten!

Aber es kam nicht zum Aufstand. Das brandenburgische Volk ist ein gutes Volk; und auch wenn es sehr böse ist, läßt es sich leicht wieder fangen durch ein gutes Wort, bisweilen sonst geschah's auch durch ein böses; das ist aber nun vorbei. Der Bischof von Brandenburg ist tot! Er ist nach der Stadt gekommen. Er hat den Kurfürsten warnen, er hat ihn bitten wollen für das arme Volk. Da hat der Schlag ihn gerührt, als er sah, wie die armen Leute von ihren Obrigkeiten verlassen sind! So lief es durch die Menge. Nun war Hieronymus Scultetus zwar nicht tot; aber sehr krank ließ er sich in einer offenen Sänfte auf das Schloß tragen. Die Weiber, die sein blaß Gesicht sahen, huben ein Geheul an, sie folgten dem Zug des Sterbenden, sie baten ihn um seinen Segen. Der Bischof von Brandenburg war in Berlin nicht, was man nennt, ein beliebter Mann gewesen; es war nicht in seiner Art, mit dem Volke umgehen, wie das Volk es gern hat, und wer für die rechte Hand eines Fürsten gilt, dessen Regiment ein strenges ist, wird selten ein Mann des Volkes werden. Aber eine halbe Stunde, nachdem der kranke Hieronymus an der Ecke der schwarzen Brüdergasse ein paar Worte gesprochen, daß jeder sich in Gottes Willen fügen müsse, ob hoch oder niedrig, wir alle ständen in seiner Hand, und das Vertrauen auf ihn sei die sicherste Stütze für den Schwachen und Starken, da wiederholte man schon am Neuen Markt eine Rede, davon den Zuhörern das Herz brach; und am Ende der Stralower Gasse war der Bischof ein heiliger Mann geworden; er hatte es nicht länger mit ansehen können, die Unbilden gegen den gemeinen Mann, und hatte sich, krank schon, den langen Weg nach Berlin tragen lassen von seinen Domherren, um dem Herrn und seinen Räten zum Gewissen zu reden. Hier war's des Fürsten ärgerlich Leben mit seiner durchlauchtigsten Gemahlin, dort sein Treiben mit Sterndeutern. Hier, daß er es versehen, die neue Lehre mit Stumpf und Stiel auszureuten; dort, daß er der Kirchenbesserung ungnädig Aug' und Ohr verschlossen.

Nur das war gewiß, daß Hieronymus' traurig Erscheinen der Volksunruhe eine andere Richtung gab. Der Zorn ging über in religiöse Zerknirschung. Die Häuser der Reichen waren gesichert; sie strömten in die offenen Kirchen und Kapellen, sie knieten um die Heiligenbilder, sie zerschlugen sich die Brust. Was hat ein Priester Macht, wo das Volk von Fieberangst bebt. Wie lauschten sie offenen Mundes jenem Dominikaner, der alles Unheil der Welt von dem Treiben verbotener Künste herleitete. Mit lebendigen Strichen malte er die Umgebungen des Fürsten, welche als Nekromanten galten, und verweilte endlich bei einem kleinen, unterwachsenen Manne, dessen Konterfei einem jeden, welcher ihn nur einmal gesehen, in die Augen sprang. Er malte ihn, wie er in dunklem Gemache mit seinen roten Augen über großen Folianten lag, Kreise zog, Winkel und Zickzacke, und hustend die Wendeltreppe hinaufstieg auf den Turm. „Dort, seht ihn, richtet er Stangen und goldene Kugeln, schraubt und dreht und schaut durch lange Fernröhre in die Sterne, die Ihr nicht seht. Hat das der Herr gewollt? Warum gab er Dir und Dir, und mir nicht auch so scharfe Augen? Was verbarg er den Teppich, darauf er die Sterne gesäet, unsern Augen, so lange er sein Sonnenlicht leuchten läßt? — Es muß doch sein Wille gewesen sein, er muß seinen Grund dafür haben, und der Nekromant stahl sich wider Gottes Willen in Gottes Geheimnis, er riß den Vorhang nieder und las die Schrift, so uns verborgen bleiben sollte. Oder war's nicht gegen Gottes Willen? Hat sein allmächtiger Finger etwa selbst einen kleinen Riß in den Vorhang geschlitzt, damit der kleine Mann sein Auge dran lege?

Wenn hat er denn die Schrift gelesen? — Heut? — Nein, gestern, ehegestern, vorgestern. Sein lebelang liest er schon daran, hat Schriften davon abgefaßt und Bücher drucken lassen. So mußte er ja schon gestern, ehegestern, vor Monden und Jahren schon mußte er wissen, was dieser Stadt bevorstand. Freilich wußte er's. Die Sterne wandeln nimmer. Was der Wassermann und der Skorpion heute sagen, das sagten sie seit die Welt steht, und bis die Welt untergeht. Er hat's gewußt; und was that er den Mund nicht auf, was sprach er erst heut, da die Donner schon rollen in der Ferne, die Wolken den Himmel verdüstern, die Luft nach Schwefel dampft; was heut erst seine Warnung, da es zu spät ist? Kann das des Herrn Wille gewesen sein? — Hört Ihr nicht Satans Hohngelächter im Knarren des Wetterhahns. O, es ist ein gräßlich Gelächter, wenn Satan lacht, daß er dem Herrn eine Menschenseele entrückt hat! Seht, Ihr Thoren der Weisheit, ruft seine heisere Stimme, ich leite Euch an, des Himmels Wissenschaft zu stehlen, erstens damit Ihr sündigt gegen Gottes Gebot, und zweitens um Euch die Hoffnung zu verwirren, die Euch sein offenbartes Wort schenkt, und drittens, wenn der Abgrund sich öffnet, daß Ihr mit Verzweiflung und Pein in die Flammen stürzt. Dazu kauft Ihr Bücher und Instrumente, dazu ruft und bezahlt Ihr Gelehrte und Schwarzkünstler und speist sie an Eurem Tische und wärmt sie an Eurem Busen und nährt sie mit Eurem Vertrauen; ihnen öffnet Ihr das Ohr und verschließt es den Bitten und Vermahnungen Eurer andern getreuen Unterthanen, damit sie Euch Wahrheit sagen, wenn sie Euch nicht mehr hilft. So, Ihr armen Verlorenen, herrscht Satan auf Erden."

Wer hatte Ruhe, die Predigt zu hören, die nun über die drei Punkte folgte. Nur die Weiber und Schwachen; die übrigen wanderten von einer Kirche, von einem Prediger zum andern, wer den besten Trost gäbe? Die Ketzerei mußte im stillen weiter gefressen haben, als man denken sollen! Wie klein war die Zahl um die Eiferer, welche mit den Fäusten das Pult zerschlugen! Die Bürger flüsterten sich zu: Warum steht denn der auf der Kanzel, warum der nicht? Es waren Diakonen, fremde Mönche. Der Propst, der Hofprediger, die Prioren waren mit auf dem Berge! — Wie drängten sie dagegen Kopf an Kopf in dem abgelegenen Hofe und dort in der Scheune, wo ein junger Prädikant, aus der Fremde heimlich in der Stadt, seine Arme aus dem schwarzen Talar erhob, und wunderbar bewegende Worte unter die lautlos Horchenden ausgoß? Heute blickten sie nicht mehr besorgt, ob die Thüre auch verschlossen, der Eingang bewacht sei? Ja, sie fielen beherzt in das deutsche Lied ein, das jetzt der Vorsänger anhub. Es war das erste Mal in Berlin.

Was blickten die aber an der Spree und auf der langen Brücke nicht nach den Kähnen unten, auf denen ganze Familien mit Sack und Pack saßen, sondern in die Höhe? Nicht nach den Wolken, die kamen und gingen, sondern nach dem Eckturm des alten Schlosses, das heute nicht mehr steht; auch dazumal stand es noch nicht volle hundert Jahre. Sie blickten nach den Stangen mit goldenen Kugeln, die in der Sonne blitzten, und dann und wann senkte und hob sich eine Stange. „Da sitzt er.“ — „Da zaubert er.“ — „Er ruft das Unwetter an.“ — „Und wir dulden's!“

Wäre einer im Volke aufgetreten, der sie angeführt, hätte es zu Bösem kommen mögen. Der Kurfürst Joachim II. hätte später nicht nötig gehabt, die eng und schlecht gebaute Feste durch die Maurer niederzureißen, daß er Platz gewinne für das neue Schloß. Noch entsannen sich die Bürger aus der alten Zeit, wie Friedrich mit den eisernen Zähnen das feste Haus an der langen Brücke aufbauen ließ. Sie nannten es ein Zwing-Köln und Berlin. Ihr steinerner Roland war damals gefallen, und mit der Städte Freiheiten waren die Mauern gekittet worden. Ihre Freiheiten wären wohl nicht wiedergekehrt, noch hätten sie ihren Roland aus dem Schutte aufgerichtet, wenn sie das Schloß zerstört; aber wann das Volk wild wird und anfängt niederzureißen, wo stört es der Gedanke, daß es nichts dafür aufbaut? Aber der eine war nicht da, der Funke in den Zunder; es war zu schwül, der Zugwind fehlte, der die Flamme anfacht.

Einer war wohl da, der schweißtriefenden Angesichts von rechts nach links ritt, hier zusprach, dort abredete: Der Kurfürst und seine Räte würden das Volk in seinen Nöten nicht verlassen; sie sollten nur Mut behalten und Vertrauen. Wenn es zum Ärgsten käme, habe der durchlauchtige Herr befohlen, daß alle kurfürstlichen Gebäude und Türme aufgeschlossen würden, damit die armen Leute, die keine steinernen Häuser hätten, auf den Böden Platz fänden. Auch werde den fürstlichen Schiffern befohlen werden, daß sie in den Kähnen durch die Straßen ruderten, damit sie die Ertrinkenden aufnähmen und Brot und Speise zutrügen. Hätte Joachim seinen Marschall früher ausgeschickt, so wären die Leute vielleicht zufriedengestellt worden. Nun schwiegen sie zwar, wenn der redete; aber wenn er den Rücken gewandt, brach der Unmut aus in losen und bösen Reden: Wer im Trocknen sitzt, könne gut reden, wie man schwimmen solle! Guter Rat sei wohlfeil, wenn man ihn nicht mehr braucht. Erst das Übel zulassen und dann sich ausreden! Das kenne man schon; vorher seien die Herren überklug und hörten niemand; nachher, wenn's Wasser über die Köpfe geht, solle jeder Vertrauen haben. Vertrauen mache keinen Sperling satt und rette keine Katze vorm Ersaufen. Weshalb sie denn nicht vorher aufgeschlossen? Die Schlüssel hätten sie in der Tasche mitgenommen; wenn das Wasser über die Thüren ginge, würden sie sich besinnen und die Schlüssel herunterschicken. — Körnlein einer giftigen Saat, die nachher furchtbar im Moorthale der Spree gewuchert hat.

Der arme Herr von Bredow hatte schwere Arbeit; denn das ist die allersauerste für einen Diener, seinen Herrn verteidigen müssen und thun, als ob's aus dem Herzen käme, und kann doch seinen Herrn vor sich selbst nicht verteidigen! — Zu einigen von den Besseren hatte er's gewagt, im Vertrauen zu sagen, wer's denn bestimmt wisse, ob die Sündflut überhaupt kommen werde? Hans Jürgen meinte es gut; aber es ist nicht immer gut, daß man alles sagt, was man gut meint. Einige sahen ihn groß an. Es giebt Brandenburger, die das für nicht weniger halten als Rebellion, wenn ein Diener eine andere Meinung hat als sein Fürst. Andere dachten, er mag recht haben; aber als er den Rücken gewandt, sagte einer: „Er kann klug sprechen, er hat sein Weib auf dem Berg sitzen," ein zweiter sagte: „Die schöne Eva!" und ein dritter: „Die wird unser gnädiger Herr nicht ertrinken lassen." Da lächelten, die eben noch düster geschaut, und was der Marschall gesprochen, war in den Wind gesprochen.

Auf der Bank unter dem Lindenbaum vor der Schenke am Mühlendamm hatte Hans Jürgen sich niedergesetzt. Wer ihn aber sah, wie er den Arm nach der Kanne Bieres ausstreckte, den die zitternde Schenkerin ihm mit einem: „Gott bekomm's!" aus dem Keller brachte, sie meinte, es sei wohl zum letzten Mal — und wie er mit durstigen Lippen ihn bis auf die Hefen leerte, war überzeugt, daß der Ritter vor der Sündflut keine Angst hatte. Neben ihm saß der Domherr aus Brandenburg; auch er trug die Last des heißen Tages. Vergebens hatte er zweimal versucht, zum Kurfürsten auf den Berg durchzudringen, und war zweimal von den Trabanten zurückgewiesen. „Und Ihr wißt nicht, wie mein Bischof danach verlangt, Seine Durchlaucht zu sprechen.“ Er wollte es nun mit dem Marschall versuchen.

„Begreif' es einer. Er sperrt sich ab und läßt seine Vertrautesten nicht vor, als schämte er sich ihres Anblicks.“

„Wenn man das erste begriffe, lieber Ritter, ist das zweite leicht zu begreifen.“

In dem Augenblicke spitzte der Domherr sein Ohr. Durch das Geklapper der Mühlräder schallten besondere Töne. Beide sahen sich an und verstanden den frommen Gesang, der aus dem Hinterhof der Mühle kam. Die Sänger mochten den geräuschvollen Ort schon oft gewählt haben, damit ihr Choral auf der Straße nicht gehört werde.

Hans Jürgen sah gutmütig auf den Domherrn und reichte ihm fragend die Stahlhand über den Tisch: „Gebt's nicht an, lieber Herr! 's sind stille Leute, ich kenne sie. Entweder kommt die Sündflut, und dann ist's ein Aufwaschen von Ketzern und guten Christen; oder sie kommt nicht, und dann, glaubt mir, an Angebern fehlt's schon nicht bei uns.“

Freundlich schlug der Domherr ein: „Seh' ich denn wie einer aus?“

„Aber ich könnt's werden!“ rief der Marschall und schüttelte aufstehend sein Kettenkleid zurecht und strich den nassen Bart. „An dem Fuchs von Pfaffen, der das Volk gegen die Sterngucker aufwiegelte! Dem Carrion gönnte ich's schon, bin nicht sein Freund, aber das darf nicht sein; er ist meines Herrn geheimster Rat und weiß um all sein Geheimes. Und der Pfaff that's nicht für sich, da steckt ein anderer hinter.“

Der Domherr war nicht der Meinung. „Das ist ein wunderbar Geheimnis, lieber Ritter,“ sprach er, als sie zum Thor hinaus waren, „warum der Herr es so gemacht, daß kein Aug' sieht wie das andere, sondern in den Dingen, die da sind, jeder heraussieht, nicht wie es ist, sondern als wie es ihm dünkt. Die wunderbaren Figuren und Farben in den Wolken, im schillernden Abendrot, sieht nicht jeder sie anders und deutet sie anders in seiner Weise, und das ist ihm eben Lust, und am Ende schwört er auf seine Deutung und verwettet seine Seligkeit, daß dem so ist. Und wenn ein großes, banges Wehen durch die Welt geht, daß die Gemüter erzittern einer Geburt entgegen, ist's nicht auch so? Taufen wir's, kleiden wir's nicht, das Neue, das Unaussprechliche, Unerklärte, in die Namen, Farben, Vorstellungen, so jeder aus seiner Gewerbsstube mitbringt? Wir eignen's uns an, wir drücken unsere Farben, unsere Wappen drauf; nun ward's unser Eigen; wir schwören drauf und wollen, daß die anderen auch so drauf schwören, so es ansehen, nennen, lieben, dafür ins Feuer gehen sollen. Das hat Gott so gefügt, muß also sein, notwendig, gut und heilsam, wir ändern's nicht. Wenn der in der Rute, die zum Himmel heraushängt, seinen Zorn sieht, weil die neue Lehre aufkommt, der, weil die alte Schaden bringt, der, weil die Sternseher ihm seine Geheimnisse stahlen; ist damit die Deutung zu Ende? Wer liest, was stille Wünsche, Ängste in jedes banger Brust schlummern, und die hängt er an den Kometen, an den Flug der Vögel, an die Zeichen in den Elementen; und die Zeichen antworten ihm, wie er fragt. Und Gott behielt sich's vor, in seinem Reichtum, er allein, daß er weiß, welche Seligkeit die seligste, welche Wahrheit die allerwahrhafteste ist."

Elftes Kapitel.

Der Tempelhofsche Berg.

Der Berg, welcher seit dreißig Jahren in Berlin der Kreuzberg heißt, hieß durch sechshundert Jahre der Tempelhofsche, von dem Dorfe Tempelhof, das eine Stunde gen Mittag auf der Höhe liegt, und eine Komturei war des Johanniterordens, vordem aber eine des Ordens der Tempelherren, welche Markgraf Albrecht der Bär in die Mark Brandenburg gezogen, ihm zu helfen im Kampf gegen die heidnischen Wenden. Man mag es glauben, daß seiner Zeit der Tempelhof ein festes Schloß gewesen, wenn man die Lage der uralten Kirche ins Auge faßt, die, aus gequadertem Granitstein, auf einem Hügel sich erhebt aus Niederungen, Sumpf und alten Gräben. Die Niederungen sind nun Teich und Gärten, die Gräben verschüttet, die Kirche und die alten Lindenbäume und wenig vom Gemäuer das einzige, was aus der grauen Vorzeit übrig blieb. Die Markung vom alten Tempelhof erstreckte sich aber weit über den Berg in das Spreethal hinein und faßte einen guten Theil von dem, was heut zur großen Stadt Berlin gehört und die Friedrichsstadt heißt. Ja, das Gebäude selbst des berühmten Kammergerichtes, welches Joachim I. seinem Lande zum Heil stiftete, lag auf der Mark des Dorfes, und alte Leute entsinnen sich, daß die Tempelhofer eines Morgens ihr Rindvieh auf den Hof des Kammergerichts trieben, zum großen Erstaunen der Räte. Es war aber nicht bös gemeint, wie böse Zungen in Berlin behauptet, daß die Tempelhofer gedacht, ihre Ochsen könnten ebensogut Recht sprechen, als die gelehrten Herren am grünen Tische; es geschah nur, daß sie ihr Hutungsrecht nicht wollten verjähren lassen.

Der Berg aber, der in vielen alten Urkunden genannt wird und nur ein vorragender Punkt ist des Höhenzuges nach Mittag vom Spreethal, war dazumal höher als jetzt. Denn, als Berlin größer ward, fuhr man, wie vorhin gesagt ist, den Sand ab auf die Elsenbrüche und sumpfigen Wiesen der Myrica, um festen Boden zu gewinnen für den neuen Stadtteil. Auch ward er im Jahre 1813 nicht größer, als man zum Schutz der Hauptstadt gegen die Franzosen hier schanzte und auf dem höchsten Punkt eine Citadelle von steilen, grünen Wällen anlegte, die so stattlich aussah, daß Bernadotte, der damalige Schwedenkronprinz, sie zierlich wie eine Zuckerbäckerarbeit nannte. Die Tausende von Gefangenen, welche wie Ameisen mit ihren Karren bergauf, bergab fuhren, waren ein lustig Schauspiel für die Einwohner der Stadt. Sah man diese doch in jenen ernsten Tagen mit Weib und Kind an jedem Nachmittag vor das Hallesche Thor strömen, um zuzusehen, wie man ihnen eine Festung baute! Kluge Leute meinten allerdings schon damals, es sei auch nur ein Schauspiel, gleichviel ob für den Feind oder den Freund; denn wie der Tempelhofsche Berg unter den Bergen, werde dies eine Festung unter den Festungen werden, und die beste Festung für eine große Stadt sei ein mutiges Heer, das sich, die Kolbe in der Hand, vor ihre Thore stellt. Die Festung fehlte nun den brandenburgischen Landen nicht in den Tagen von Groß-Beeren und Dennewitz, der Feind fand an der Brust der Landwehr einen stärkeren Wall als an den grünen Rasenschanzen; die Kolbe that in der märkischen Faust das Ihre, sie „fluschte" nieder, da man nicht schießen konnte, des Regens halb, auf die Köpfe der Feinde, und die Festung war umsonst geschanzt. Nicht doch ganz umsonst; sie hatte den Mut der Einwohner der großen Stadt aufrecht gehalten. Ein Spiel, bei dem auch der Schwache lernte, vor dem Ernst, welcher Preußens Hauptstadt drohte, nicht mit den Augen zu zücken; und der Ernst wäre furchtbar gewesen, wenn die Franzosen Berlin mit Sturm genommen. Allgemach kam so unter dem Spiel der Mut zurück; die schon eingepackt hatten, packten wieder aus; die schon angespannt hatten zur Flucht, nahmen die Pferde heraus und schickten sie zu den Erdfuhren. So mußte in Preußen mancher Mut zu großen Dingen langsam wachsen; es geschah unter allerlei Spiel, daß man ihm die Gefahr zeigte, bis es stark ward und kühn den Kopf erhob; und je langsamer es ward, um so ausdauernder wird es sein. Schade nur, daß die schöne Arbeit der tausend Franzosen, der Schweizer und Holländer und Neapolitaner ein Frühlingsmärchen blieb, das verschwunden ist bis auf die letzten Spuren. Der Berg ward noch einmal um und um gekehrt; und auf seine Spitze hat man das große eiserne Kreuz gestellt, und ringsum unter gotischen Bogen, nicht Heilige, sondern Helden des Krieges, die oft Miene machen, die ehernen Gestalten, als wollten sie herausspringen aus ihren Blenden, ich weiß nicht, ob gegen den alten besiegten Feind, oder aus Unmut, daß es damals so ganz anders ward, als sie erwartet, und daß sie oft die höhnischen Worte der jüngeren hören mußten: Wozu nun das alles?

Vor dreihundert Jahren, als Kurfürst Joachim am schwülen Julitage mit seinem Hofhalt droben lagerte, war also der Berg höher. Wo man aber Berlin noch von der jetzigen mäßigen Höhe ganz wohl übersieht, welches an zwanzigmal größer wurde, mögen dazumal die Städte Köln und Berlin, von ihren Mauertürmen und Gräben rund umzirkelt und ihren hohen Kirchendächern und Glockentürmen überragt, ein zierlich Bild abgegeben haben, inmitten der weiten Heiden, Wiesen, Äcker und dunklen Wälder. Fehlten auch die stolzen, hohen Häuser, die Kuppeln und Paläste, so prangten dafür desto stattlicher unter den Schilf- und bemoosten Ziegeldächern die bunt gewürfelten, steilen Kirchendächer, wie kostbare Teppiche, die hohen, kunstreich geschnitzten grauen Giebel der fürstlichen Häuser in der Breiten Straße und Klostergasse, das Schloß mit seinen vielen Türmchen, die beiden Rathäuser, und vor allem leuchteten die goldenen Kuppeln und Spitzen der Glockentürme von Sankt Peter, der schwarzen Brüder, von Sankt Marien und Sankt Nikolas, die von den grauen Brüdern bis zu dem fernen Kirchtürmlein von Sankt Georg außer der Stadt, für die Preßhaften von uralters von den mildthätigen

Vätern erbaut. Strotzte auch nicht mehr das Gold in ihren Taschen, ließen unsere Vorväter doch das Gold auf ihren Kirchturmspitzen nimmer matt werden. Das war die Ehre der Stadt, die vor den Fremden leuchten mußte.

Nicht stelle Dir das Bild ringsum zu grau und düster vor. Das goldene Ährenfeld, die lichte Saat zwischen den dunklen Kiefern blinkt Dir freundlich entgegen, die Hirsche, die aus dem Dickicht brechen, stürzen sich in die vielen kleinen Seen und Tümpel, die blau daraus vorleuchten, und wo ein Hügel sich erhebt und die Mittagssonne ihn bescheint, rankt sich die Rebe auf, und Winzerhäuschen blicken zwischen den Weingärten. Ja, Reben zogen sich selbst bis hoch auf den Berg, auf dessen kahler Höhe der fürstliche Hof war. Es hieß die kölnischen Weinberge.

Auf einem Feldstuhle saß dort der Kurfürst, den Kopf im Arm. So sollte er schon Stunden gesessen haben, und die Sonne brannte so heiß. Er hatte fast mit keinem gesprochen; die vier Hatschiere mit ihren flimmernden Hellebarden wiesen zurück, wer sich ungerufen nahen wollte. Vor ihm war auf einem Stock ein Fernrohr geschraubt, das gerade nach der Spitze des Turmes mündete, welcher an der Ecke des Schlosses nach der Spree schaut. Wenn Joachim nicht in die Luft ausschaute oder den Blick nicht auf den Boden wurzelte, legte er das Aug' an das Rohr und sah auf die goldenen Kugeln und Stangen, die auf dem Turme spielten.

Ein unbehagliches Lager für einen fürstlichen Hof. Kein Baum hielt auf dem dürren Bergkamm die Strahlen der brennenden Sonne ab; aus dem heißen Sande trieb nur die Distel ihr saftloses Grün. Das Gras in den Vertiefungen der Winterbäche war versengt, die Hagebutte stand mit verdorrten Blättern.

Wetter kamen, aber sie gingen wieder. Kein Wind rauschte, kaum daß das kurfürstliche Banner, das sie in den Boden gepflanzt, sich regte. Nur wo die durchlauchtigste Kurfürstin saß mit ihren Fräulein, hatten sie zur Not einen Teppich an Stangen ausgespannt, der sie vor der brennenden Sonne schütze; wer schützte vor der Schwüle, davon die Fliegen matt wurden? Das Frauenzimmer, was unter dem Zelt nicht Platz hatte — vielleicht gehörten auch nicht alle in die Nähe der Kurfürstin — suchte im Schatten der Wagen einigen Schutz.

„Bredow," sagte die Kurfürstin, „ist Dein Mann nicht zurück?"

Eva sah viele Reiter in der Ebene Staubwirbel auftreiben; Hans Jürgens Federbusch sah sie nicht.

„Was thut er itzt?“ fragte die Fürstin leiser, ohne die Augen dahin zu richten, wohin ihre Frage gerichtet war; ihres Herrn Feldstuhl war aber um fünfzig Schritte von dem ihrigen auf dem höchsten Punkte des Berges aufgeschlagen.

„Seine Durchlaucht sitzt so abwärts gekehrt, daß ihm keiner ins Gesicht schaut,“ entgegnete die Edelfrau.

„Auf einen Berg führte der Versucher unseren Heiland. Hofprediger, wie hieß der Berg?“

„Die heilige Schrift hat uns den Namen nicht aufbewahrt, durchlauchtigste Frau. Die Gelehrten aber meinen —“

„Viel Thörichtes gewiß, womit wir unser Gedächtnis nicht beschweren wollen. So wir dabei stehen blieben, was in den heiligen Schriften aufbewahrt ist und nichts hinzusetzten, stände es besser um unser Seelenheil.“

„Das ist gewiß ein Quell, aus dem jeder Dürstende auch in der brennendsten Wüste einen Labetrunk schöpft, wenn er nur immer in dem Glauben meiner gnädigen Frau die Lippen daran brächte!“

„Mit wem spricht er denn, Bredow?“

„Mit sich selbst, scheint es. Nur dann und wann winkt er dem Propst.“

„Was predigte er ihm vorhin?“

„Ich konnte nur einzelne Worte hören. Der arme Propst kämpft sehr mit der Hitze. Er trocknet in einem fort die Stirn.“

„Wenn er ein rechter Mann Gottes wäre, so müßte er nicht schöne Worte seinem Herrn zur Beruhigung ins Ohr säuseln, er müßte, meine ich, wie ein anderer Elias und Jeremias seine Stimme erheben. — Hofprediger, wäre es nicht seine Pflicht gewesen, als Beichtvater, dem Kurfürsten mit aller Dringlichkeit abzuraten von den dunkeln, heillosen Wissenschaften, von denen in der Bibel nichts steht? Die Kirche verbietet sie auch.“

„Gnädigste Frau, die Grenzen zwischen dem Erlaubten und Verbotenen hierin sind so schwer zu finden.“

„So ist's Eure Pflicht, sie zu suchen. Wozu seid Ihr ordinierte Diener Gottes!“

„Sehr kluge, gelehrte, ja fromme Männer haben zu allen Zeiten —“

„Gegen Gottes Gebote gesündigt. Und darum dürfen

auch wir sündigen, wenigstens die Mächtigen und Großen, zu denen kein Priester wagt zu sprechen: Du thust gegen seinen Willen!"

„Man könnte in sothanem Falle —"

„Entschuldigungen suchen! Die werdet Ihr immer für ihn finden. Ich aber frage Euch, wer lobt den Dienstboten, der den Kindern vorausspricht, was der Vater ihnen am heiligen Christbaum bescheren wird? Oder so der Vater sie züchtigen will, zu wessen Dienst handelt der Knecht, der es ihnen heimlich verrät? Begeht da der Mann, welcher sich in seinen geheimen Rat schlich, nicht eine unermeßliche Versündigung?"

Der Hofprediger drückte die Hände an seine Brust: „Als nun alle vorhin die Bestürzung ergriff, als wir ohne Ceremonien in die Kapelle stürzten, wir alle zitterten; auch mein edles Beichtkind, als es auf den Knien lag. Glaubten wir nicht alle da an die schreckhafte Botschaft! Wer von uns war — wie er sein sollte, des stillen, seligen Vertrauens, daß auf unserem Haupte kein Haar gekrümmt wird ohne den Willen dessen, der sie alle gezählt hat. Wie schwoll mancher verschwiegene Gedanke von unseren Lippen, welcher Schuld bekannten wir uns; wie gelobten wir reuig Besserung, wenn der Herr uns nur noch aus dieser Gefahr erlöse —"

„Ein böser Geist hat unsere Sinne verwirrt," sagte mit einem leichten Erröten die Fürstin. „Ich wünsche nicht, Musculus, daß Ihr alles, was in der Angst uns da entfuhr, für recht und wahr nehmt."

„Wie sollte ich das, wenn ich eine edle Frau sich anklagen hörte, daß sie gegen ihres Herrn und Gemahls Willen in Schriften lese —"

„Das ist Mutter!" rief die kleine Prinzessin. Die Kurfürstin wies sie halb verdrießlich, halb beschämt zum Schweigen.

„Das verstehen Kinder nicht. Das sind auch nicht Gespräche, Musculus, die sich vor jedem Ohr schicken."

Der arme Musculus hatte doch das Gespräch nicht angefangen! War er auch nicht so beleibt wie der Propst von Berlin und ehemalige Dechant von Brandenburg, und stand er auch nicht wie der ganz in der Sonne, sondern zur Hälfte, nämlich mit der, welche er der Fürstin zuwandte, im Schatten, so schwitzte doch der eine kaum minder als der andere, und keiner von beiden schien in der Lage, eine besondere Lust zum Predigen zu spüren.

„Ich wollte nur unterthänigst bemerkt haben, wie auch

meine durchlauchtige Fürstin eben die Gnade hatte zu bemerken, daß in einem solchen allgemeinen panischen Schrecken niemand seiner selbst sicher ist."

„Bredow! spricht er nicht jetzt wieder mit ihm? — Wenn er ihm doch recht zum Herzen reden wollte."

Vergebens strengten die vom Prinzessinnenlager ihr Gehör an, um dem Zwiegespräche zu folgen. Nur einem, der zwischen beiden Lagern am entferntesten stand, und dem Anscheine nach auf andere Dinge achtete, entging kein Wort. Der Marschall Peter Melchior von Krauchwitz, der sich in vielen Künsten versucht, hatte es in seinem Alter in der einen gar weit gebracht. Er wußte sein Ohr zu spitzen, daß es auf hundert Schritt ein Wort auffing; ja sie sagten von ihm, er könne auch durch die Wände hören.

„Das also Deine Meinung, Propst?"

„Wenn mein Herr die andere nicht zuläßt, daß die Ketzerei —"

„Nein, und abermals nein! Warum nicht als Huß predigte und Wiklef, warum nicht gegen die Waldenser, die Katharer, gegen die Greuel der Socinianer!"

„Ich verstumme in Ehrfurcht."

„Rief ich Dich darum? — Wie oft soll ich es sagen, daß ich freie Meinungen liebe, ich will sie hören."

„Wenn man nun argumentierte, daß Gottes Langmut durch die so oftmalige Wiederkehr dieser Thorheit denn doch endlich erschöpft wäre —"

„Da argumentierte man recht thöricht — recht wie Ihr es begreift. Erhebe Deine Gedanken höher zum Herrn der Unendlichkeit. Wohl hat er unsern Sünden ein Maß gesetzt, aber das Tröpflein, was der Mönch hinzuträufelt, macht die Schale nicht überfließen. — Daß wir den Urewigen, der tausendgestaltig und ewig neu ist, durchaus binden wollen in Formen und Farben, darin er sich vor unsern blöden Augen einmal setzte. Ist schon kein Blatt im Walde wie das andere, was ist sein Geist, der ewig neue, lebendige, der sich in immer neuem Schaffen gefällt, um doch nichts zu vernichten, um immer Neues, Vollendeteres zu gebären! — Mit der Kirche hat es der Mönch zu thun, nicht mit dem ewigen Gott. Gegen die frevelt er, sie wird ihn strafen. — Was bist Du wieder stumm? Ich will ja Deine Meinung. Nicht die Meinung, ich meine die Du vorhin —"

„Dieser Sandberg, auf dem wir stehen, erinnert mich

daran, mein gnädigster Herr. Unter uns, Fuß gegen Fuß, stehen nun vielleicht auf einem andern Berge, in einer andern Welt, andere Menschen, und im selben Augenblick schauen sie, ängstlich wie wir, nach den drohenden Zeichen am Firmament. Wer hätte noch vor fünfzig Jahren sich das nur träumen lassen! Und wer weiß, ob es Gottes Willen war, daß wir jene Welt und das Geheimnis der Natur entdecken sollten, von dem die Heiligen, die Kirchenväter nichts geahnt, ja von dem Christus selbst — angesehen seine menschliche Natur — nichts gewußt hat. Wenigstens ist in den heiligen Schriften nichts davon zu finden. Wie, wenn nun der Herr diese Goldküsten und Inseln mit den roten Menschen unserm Auge verschließen wollen, wenn er seine besondern Zwecke mit ihnen gehabt, und wenn er unserm sträflichen Fürwitz zürnte, der, aller Warnungen ungeachtet, den Weg dahin durch Strudel fand. Dies ist eine Meinung, die im Volke —"

„Die nach dem Volke schmeckt. Falsch, grundfalsch, lästerlich und thöricht."

„Auch habe ich stets, wo ich sie hörte, dagegen eingewandt, daß Gott durch den Weg, den er gnädig dem Kolumbus zeigte, uns den wies, wie wir den verkümmerten roten Menschen dort die Segnungen unserer Religion brächten."

Joachim blickte verächtlich den Redner seitwärts an, „Du siehst so weit Dein Auge trägt, weiter nicht. Die Natur gab er uns, sie zu beherrschen, indem wir sie ergründen. Da setzte er keine Schranken als unsere Schwäche: weil die Mächte der Natur gegen seine heiligen Satzungen unmächtig sind. Und so ein Zauberer alle Sterne in seine Hand faßte und ihre geheimen Kräfte auspreßte, hätten sie Macht, von Sankt Peters Felsen nur einen Stein zu zerschmettern?"

Ein zweiter ferner Donner rollte und die Luft schien sich zu regen. Kaum hatte Joachim das Aug' an das Fernrohr gebracht, als er aufsprang. Aller Augen waren in die Höhe gerichtet, aller Herzen schlugen bang. Die alten Kiefern am Berge unten rauschten, ihre Äste stöhnten. Der Wind wehte Staubwirbel in die Höhe; wohin man sah, zogen Gewitter zusammen; von Schöneberg, von den Müggelbergen löSten sich die Wolken, und wogten, eine schwarze, dicke Masse, über die Treptower Heide, und jenseits der Städte, um Mitternacht, erhob sich langsam die dichte Wetterwand. Kein Laut unter den Hunderten auf dem Berge; nur die Krähen schrieen in der verfinsterten Luft, und wie ermattet schossen sie zwischen den Lagerern nieder. Als jetzt ein Blitz die Landschaft bläulich übergoß und ein heftiger Donnerschlag folgte, waren alle auf die Knie gesunken. Auch die Hellebardiere um den Kurfürsten.

Aber die Donner rollten nicht weiter, die Blitze schlugen nicht nieder, nur die Pferde scharrten und wieherten vor Angst. Kein Regenschauer kühlte die Luft, aber der Wind trieb Wolken Staubes über die Köpfe. Und kaum war um das Drittel einer Viertelstunde verstrichen, als der Himmel wieder hell ward; die Nachmittagssonne schien blendend auf die weiße Spitze des Berges, die Turmspitzen der Stadt blinkten wie pures Gold, und die Vögel flatterten wieder lustig in den Lüften. Des Himmels Schleusen hatten sich nicht eröffnet, es kam keine Sündflut. Das fühlte jeder, das wußte jeder, und einer erhob sich still nach dem anderen; Joachim war der letzte gewesen. Wie saß er, blaß vor sich hinstarrend, auf seinem Feldstuhle. Er sah nichts mehr, er sah in sich hinein.

Im Lager war es jetzt wie Unruhe und Auflösung. Das Zelt der Kurfürstin war vom Sturme umgeworfen, und sie ließ es nicht wieder aufrichten. Sie war in Aufregung; sie sprach heftig, wie man es selten gehört, mit dem Doktor Musculus, mit dem Hofmarschall Krauchwitz und anderen vornehmen Herren. Die alle neigten sich tief, aber zuckten die Achseln.

„Wenn seine Finger so mit der Halskrause spielen, darf man ihm nicht nahe kommen,“ flüsterte der von Krauchwitz.

„Er hörte uns doch nicht an,“ meinte der alte Minister Schlieben, der sich auf einer Sänfte erst vorhin auf den Berg tragen lassen. Er hatte die Nachricht gebracht von der Aufsässigkeit in den Städten, und fürchtete, daß es inzwischen schlimmer geworden, da er auf dem Umweg über Schöneberg gekommen.

„Christus, mein Heiland, so ist es ja heilige Pflicht, zu ihm zu sprechen.“

„Man darf Seiner Durchlaucht nicht davon sprechen, daß das Volk aufsässig wird. Er glaubt es nimmer,“ bemerkte ein anderer.

„Wir verredeten nur das Volk,“ setzte ein dritter hinzu, „und leihen ihm unseren Mund; er kenne es besser, das giebt er stets zur Antwort.“

„So muß er's sehen mit eigenen Augen!" rief Elisabeth. Die Hofleute senkten noch tiefer ihre Köpfe.

„Bredow, wäre Dein Mann hier!"

Der alte Schlieben schüttelte sein weißes Haupt.

„Ist denn kein einziger treuer Brandenburger unter so vielen, der seinem Fürsten die Wahrheit zu sagen wagt? Ihr Herren, es ist um ihn, um Euch, um das Land, um seines Hauses Ehre! Einer muß sprechen, — er muß ihn hören."

„Wo er vermeint, daß er auf Gottes Eingebung handelt, hört er nur auf Theologen," entgegnete Schlieben. Alle waren einig, nur eine theologische Disputation könne ihn bewegen.

Da hatte die Fürstin rasch den Hofprediger Musculus beiseite gezogen. Der ehrwürdige Mann zitterte, und doch mußte in den Worten Elisabeths diesmal eine Gewalt liegen, welcher er nicht widerstand. Die Hand auf der bang klopfenden Brust, hatte er sich tief vor der edlen Frau verbeugt, und schweigend war er mit dem festen Schritt eines Märtyrers an den Propst von Berlin getreten. Er liebte den Mann nicht, aber er sprach und siegte. Der Propst hatte die Achseln gezuckt, die Hand geschüttelt: „Ich will anklopfen; eine theologische Disputation ist das einzige, was er nie abschlägt." Er hatte angeklopft, ihm war geöffnet worden; und jetzt stand Andreas Musculus wirklich vor Joachim, und die theologische Disputation hatte begonnen.

Die Höflinge, welche gemeint, daß der Propst den Hofprediger dem Fürsten zugeführt, etwa wie man dem ergrimmten Löwen eine Maus in den Käfig wirft, mußten nicht richtig sein; der Fürst zerriß den Doktor Musculus nicht, als er mit tönender Stimme anhub: „‚Und soll hinfort keine Sündflut mehr kommen, die die Erde verderbe,' und ‚Meinen Bogen habe ich gesetzet in die Wolken: Dies sei das Zeichen des Bundes, den ich aufgerichtet habe zwischen mir und allem Fleisch auf Erden;' so sprach der Herr zu Noah, das war der Bund, den Gott mit Noah geschlossen, und daß der Bund noch heute gilt, sehen wir noch heute sein Zeichen am Firmamente."

„Zweifelst Du, daß Gottes Allmacht eine Verheißung zurücknehmen kann?"

„Zeigt mein Fürst mir die Stelle in der heiligen Schrift, wo Gott diese Machtvollkommenheit sich vorbehielt, dann lege ich meine Zweifel nieder."

„Das riecht nach wittenbergischen Argumentationen, Musculus. Wär' er denn noch Gott, der alles können muß im Himmel, wie der Fürst auf Erden, wenn er das nicht könnte?"

„Gott hat sich nimmer widersprochen."

„Jedoch gereuet hat es ihn, das steht auch in der Schrift, ‚es reuete ihn, daß er die Menschen gemacht hatte auf Erden, und es bekümmerte ihn in seinem Herzen.' Kaput 6, Vers 6 der Genesis, lies es nach, Musculus."

„Aber Kaput 8, Vers 21 spricht Gott wieder: ‚Ich will hinfort nicht mehr schlagen alles, was da lebet, wie ich gethan habe. So lange die Erde stehet, soll nicht aufhören Same und Ernte, Frost und Hitze, Sommer und Winter, Tag und Nacht.' So ein Fürst eine solche Verheißung thäte einem Volke, und setze ein Zeichen darauf, wie Gott that durch den Regenbogen, dann ist es ein Bund, den keiner brechen kann für sich allein, und sie müssen beide einwilligen, wenn er aufhören soll."

„So meinst Du," sagte Joachim nach einigem Nachdenken, „Gott könne einen Teil seiner eigenen Freiheit aufgeben! — Das höchste Wesen, der Schöpfer, würde unterthan einer Macht über ihm. Das führte uns direkt zum Heidentum. Über den Götzen war das Fatum, über Gott nur Gott selbst."

„Das Gesetz, das er selbst setzte."

„Was ein Fürst kann, muß Gott auch können: nach höchster Notwendigkeit aus seiner höchsten Weisheit ein Gesetz umstoßen. Und was ist's? Die Welt ist endlich, nur Gott ist ewig. Wo suchst Du Zeichen dafür in der Schrift, daß dieser Erdball nie untergehen wird? Haben die Propheten, hat Moses, Christus es verheißen? Und was haben wir mehr Vorrecht, als die fünftausend Jahre vor uns lebten oder die fünftausend Jahre nach uns leben werden! War eine Zeit schon gottlos wie diese?"

„Das leugne ich nicht, aber — in der Schrift steht es nicht."

„Was in der Schrift nicht vollendet ist, ward fertig in der Tradition. Was in der Schrift nicht steht, da tritt die Wissenschaft mit ihrem Rechte ein."

Es war, als atme ein anderer Hauch in der Seele des Hofpredigers, als er sich erhob, seine Stimme war tönendes Metall:

„Was ist die Wissenschaft, die Tradition, die Natur und ihre Gesetze gegen sein Gesetz, das sein Wort ist! Der Sand dieses Berges ist die Natur, ich trete sie, und sie weicht meiner Sohle; ein Nebelbild die Tradition, ein Irrlicht die Wissenschaft, eine Zugluft weht sie auseinander. Gottes Wort ist herrlicher wie die Morgenröte und fester als der Granit. Er hat's gesprochen, es steht geschrieben: Hinfort soll keine Sündflut die Erde verderben! Wer löscht es aus, wer deutelt es, wer wagt zu klauben dran? Ist auch Gottes Wort trüglich, läßt auch das sich zurücknehmen, wo soll denn die arme Kreatur ein Festes finden? Die Schwalbe findet ihr Nest; das Atom, im Sonnenstrahle wirbelnd, durch das Gesetz der Schwere einen Ruhepunkt; das Blei, das durch die Lüfte saust, ein Ziel, der müde Erdenpilger endlich ein Grab. Und Gottes Wort allein hätte kein Ziel, kein Festes, keine unerschütterliche Wahrheit; der Bund mit Noah, die Verheißung, die er durch Moses und die Propheten gab, durch Christi Sendung und allerheiligstes Blut kräftigte? — Satan ist in der Natur, das ist sein Nest, darin er heckt, Satan in des Menschen Blute, in was er anfaßt, was ihm anhängt, Satan ist in seiner Klugheit und seinem Verstande, damit er besser und künstlicher machen will, was Gott gut und einfach gemacht hat. Kurfürst Joachim! wahre Dich! Dein Glaube sind die Schlüsse der Vernunft, nicht Gottes, und die Schlüsse führen zur Ketzerei!"

Zornig wollte Kurfürst Joachim ihn anblicken, aber statt der roten Zornesader perlte ein kalter Schweiß auf seiner blassen Stirn. Da wichen ehrerbietig die Trabanten; die Kurfürstin Elisabeth war herangetreten, die jungen Herrschaften an der Hand. Es war lange her, daß die fürstlichen Gatten kein Zwiegespräch gepflogen; auch in der Karosse, als sie auf den Berg fuhren, hatten sie schweigend jeder in seiner Ecke gesessen.

„Knieet, Kinder, vor Eurem Vater," sprach sie, „vielleicht hört er auf Eure Stimme, der sein Ohr vor jedem verschließt."

„Was sollen die Kinder bitten, Elisabeth?"

Da war Frau Elisabeth selbst mit ihren Kindern niedergesunken: „Daß Du Dich ihrer erbarmst, indem Du Deiner selbst Dich erbarmst. Daß Du die Verführer von Dir stößest, die Deine Sinne verwirrten. Das spricht nicht Dein gekränkt Weib; die Mutter Deiner Söhne spricht's, die Deinen Namen erben sollen, Dein Land und Leute und die Ehre des durchlauchtigsten Hauses Hohenzollern. Steh' nicht ab von Deinem Volke, daß Dein Volk nicht von Dir absteht. Es spricht: Der hat uns verlassen, der für uns sorgen soll, er sorgt nur für sich. Wenn Gott Schlimmes über uns beschlossen, Joachim, was haben wir voraus, daß wir gerettet werden, und Deine Unterthanen sollen untergehen? Wie willst Du's an jenem Tage verantworten, Joachim! Es ist die Herde, die der Herr in Deine Hand gab; von Dir fordert er sie. Kehre um zu Deinen Unterthanen und warte mit ihnen aus, was Gott thun will. So sie's verschuldet haben, daß er sie strafe, haben sie's nicht allein verschuldet."

Was für Gedanken bohrten unter Joachims gerunzelter Stirn, welchen Ingrimm zerdrückte er in der zusammengepreßten Hand? Er wollte Zornblicke schleudern, aber die Wimpern schlossen sich, wenn er die knieende Kurfürstin und die Kinder ansah. Da war er plötzlich aufgesprungen, und fast wie der Donner, der von fernher anrollte, klang seine Stimme: „Der Wagen vor! Zurück nach Köln!"

Ohne sich umzuschauen, ohne andere Befehle zu erteilen, war er in die Karosse gesprungen, wie einer, der sich vor sich selbst verbergen möchte.

Zwölftes Kapitel.

Der Blitz.

Unterwegs hatte der Kurfürst erst erfahren, daß der Bischof von Brandenburg nach Berlin gekommen und schwer erkrankt im Schloß seiner warte. Darum hieß Joachim die Pferde antreiben, und die Brücke am Thor nach Teltow dröhnte schon unter ihren Hufschlägen, ja die Vorreiter näherten sich bereits dem Punkte auf dem heutigen Schloßplatz, wo jetzt die große Laterne mit den vielen Armen steht, als der Himmel abermals finster ward und neue Blitze zuckten.

Und zur selben Zeit sah oben aus dem Eckturm des Schlosses an der Spree das blasse Gesicht des kurfürstlichen Sterndeuters auf den Platz herab und der heranfliegenden Karosse entgegen. Niemand sah den stillen Zwerg jemals in Aufregung; er war nichts als eine Maschine, wenn sein Herr mit ihm sprach, welche nur die Laute von sich giebt und mit dem Ton, wie es gefordert wird. Darum aber war Carrion keine Höflingsmaschine, die immer angenehme Bilder zeigt und angenehme Weisen spielt; auf den Druck des Fingers gab er nur die Wahrheit, ob sie Joachim gut gefiel oder übel; das mußten auch Carrions Feinde rühmen. Auf seinem Gesicht fand man so wenig einen Ausdruck des Schrecks, wenn Joachim auffuhr, als auf dem des hölzernen Götzen Triglaf, dessen Figur in des Kurfürsten Zimmer stand und mit ihrem greulichen, heidnischen Gesichte oft die zarten Frauen erschreckte, welche auf den Zehen über die Teppiche huschten. So freute es ihn auch nicht, wenn der Herr über eine frohe Botschaft aus den Sternen aufjubelte. Ob es doch nie zu Carrions Schaden war, wenn er Gutes meldete, schien doch eher ein Zug wie Schmerz oder Verachtung ihm über die Lippe zu spielen, daß einer sich noch freuen könne.

Niemand hatte je den Zwerg in Aufregung gesehen; heute war er's, als er, das blasse Gesicht zwischen beiden Händen, auf das Fensterbrett gestützt, ein heiseres Gelächter ausstieß. Das Rot um seine Augen, was sie so häßlich machte, verschwand vor dem satanischen Blicke, vor dem breit geöffneten Munde, welcher das heisere Lachen rausließ. — Hier oben sah ihn niemand; hier war Carrion keine Maschine, er war ein Mensch, aber einer, vor dessen Blick ein harmlos umtobender Kobold sich geflüchtet hätte. Es war das Gelächter der Schadenfreude, ein tief innerliches; so giftiger, als er es lang verhalten, so heftig, daß es den Donner gern übertönt hätte:

„Da kommt er zurück, der große Fürst, der Überwinder, stolze, hohe Geist, übersprudelnd von kühnen Gedanken und Bildern, die dem Himmel seine Seligkeit abstahlen; Joachim von Brandenburg, Du Licht und Seele Germaniens! Wie kommst Du zurück? Ich führe nicht durch die breite Gasse, nicht wie bei hellem Tag. Ich schliche mich an Deiner Statt abends im Mantel durch ein Hinterpförtchen. — Wirst Du den Streich verwinden können, Du große, schöne, von Gott begabte Natur, den Stich, den Dir ein kleiner Wurm in die Ferse gab, und der große Gottmensch knickte zusammen wie die geflickte Puppe des Goliath, den die Gewandschneider um Mummenschanz genäht. Er ragt, wie der Riese, bis an die Dächer; ein Schnitt mit einer langen Schere, wo die Knoten sich nesteln, und der Koloß knickt und stürzt und die Buben lachen über den Strohmann, der sie erschreckte. — Wirst

Du's überwinden? — Wieder aufstehen? — Den Spott schüttelst Du nicht ab. — Blase nur Deine Backen auf, laß Deine Stimme tönen wie die Trompeten von Jericho, das Gelächter klingelt lauter um Deine Ohren. Schüttle die Mähnen Deines Zornes, Worte und Reden, die Rinderrücken brechen; es ist vorbei, der Zauber gelöst. Die Spittelweiber kichern, beim brennenden Kienspan erzählen sie sich's, die barfüßigen Buben weisen mit den Fingern auf Dich: Der floh vor der Sündflut auf den Sandhaufen von Tempelhof. Sein Volk ließ er unten, das konnte ertrinken. Wo findest Du hochtönende Reden, das wegzudisputieren! Der Sandhaufen unter Deiner Majestät sinkt zusammen."

Der kurfürstliche Wagen kam noch nicht um die Ecke; die Pferde scheuten vor einem alten Bettelweibe, das an der schwarzen Brüderkirche ihre Lumpen erhob. Sie schlugen aus, daß das Gestränge riß und die Deichsel brach. Hundert Arme von der Stechbahn und Brüdergasse stürzten hinzu, die Pferde zu halten, das Gestränge zu knüpfen und die Deichsel zu binden.

„So ist's recht," fuhr der grinsende Gnom fort, „Du zauderst noch. Ist's der Instinkt? — Da ist der Platz, wo ich Dich hin haben will; Du könntest ja aussteigen, wie viel hundert Schritte sind es bis zur Schwelle Deines Hauses? Nein, Du fürchtest ihre Gesichter. Birg Dich tief in die Ecke, sie sehen Dich doch. Durch Holz und Leder brennen ihre Blicke Dich schamrot. O aber, es wird noch besser kommen. Jetzt bist Du noch berauscht von Furcht und Grimm, aber wenn Du zur Besinnung kommst, zu Deiner stolzen Besinnung, und die Nachwehen nagen an Deinem Hochmut! Wenn Du die Hand aufhebst und fühlst, der Nerv ist gelähmt; wenn Du die Lippen öffnest, die Zunge stockt, die kühnsten Gedanken, Stimmungen wie Lerchengewirbel und Posaunenschall, die Unken heulen drein, die Fledermäuse flattern durch die Choräle. Das sind Flammen, spitze, brennende, bohrende Flammen; sie prickeln und nagen schärfer und langsamer als die Brandfackeln Deiner Büttel, als die knisternden und dampfenden Balken von frischem Kienholz an Deinem schönen Turme. Und der Wurm wird nachheizen, wenn die Flammen matt werden, und in Deiner Qual wirst Du Dich auf ihn lehnen, als einen Trost. Ich will Dir Stütze sein, wie der glimmende Querbalken, an den Du meines Vaters Hals geschmiedet, und in der Todesangst schlug er mit dem Schädel dagegen, bis

— es war ja nicht mein Vater allein! — Bin ich denn allein?"

Der Astrolog sah an der Treppe den Mann sitzen mit der roten Hahnenfeder und den gläsernen kleinen Augen.

„Du meinst doch nicht, Don Holofern, daß mir die Wimpern naß werden, wenn ich an den Turm denke? Oder daß es Rache ist, um solche Kleinigkeit? Was that mir damit Joachim, daß er meinen Vater und etliche dreißig dazu in die Rauchkammer hängte, und drunten heizen ließ, nur um zu sehen, wie lange ein Jude im Rauch aushält? Ein wissenschaftlich Exempel, ein mutwilliger Judenspaß. Pfui, wer so gemeinen Sinnes wäre, einem jungen vornehmen Herrn seinen Zeitvertreib zu mißgönnen. Auch ein paar Vettern, ein Bruder hing drunter. — Sind wir nicht alle Fraß der Würmer — selbst Würmer! Der Fuß des Menschen zertritt ihn; das geschieht täglich, stündlich, ja in jedem Atemzuge werden tausend, vielleicht tausendmal tausend Würmer und Insekten zertreten, an die Wand geklatscht, verschluckt. Das kleine Mädchen mit dem Engelskopf und den blauen Augen schleicht auf den Zehen mit dem Licht und verbrennt die Mücke, die an der getünchten Mauer schläft. Die kleine Mücke schmerzt der Feuertod, gerad' wie meinen Vater, und doch lacht das Engelskind voll Unschuld, daß ihr die List gelang, und die Mutter herzt sie vor Freude, daß das unschuldige Kind ein so hübsches Vergnügen ersann. Darum kräht kein Hahn, Gottes Odem schläft, die Natur schläft auch und verdaut, und ihr ist's recht; je mehr Leichname faulen, so geiler wird die Erde. Wenn nun einmal ein Wurm einem Menschen in die Ferse stach, daß er vor Schmerz Sprünge thut, darüber die Majestät von Gottes Ebenbild aus dem Gleichgewicht rutscht, etwas possierlich sogar, das nennst Du Rache, Mephisto? — Ein kleiner Zeitvertreib dem Wurme, weiter nichts!"

Der Mann mit der roten Hahnenfeder schüttelte den Kopf.

„Du hast recht, Don Moloch, 's ist ein groß Vergnügen, einen solchen großen Menschen, so eine schöne von Gott begabte Natur in der Sprache der Affen, so allmählich untergehen zu sehen. Warum ragt sie über die andern? Jeder Riese ist bestimmt, von einem andern, einem größern, zertreten zu werden. Bisweilen macht sich dann das kleine Gewürm den Spaß, den großen Riesen zu spielen und dem kleinen ein Bein unterzuschlagen. Lust muß jede Kreatur haben, das ist ihr mehr als Luft, das Essen, Trinken, — einen kleinen Zeitvertreib, um das lange Folterseil zwischen Wiege und Grab kürzer zu machen. — Ich habe meinen Zeitvertreib mir selbst erfunden, und denke nicht, Don Lucifer, daß es mit dem Wurfe ausgespielt ist! — Meinst, er werde erwachen! Du bist ein schlechter Seelenkenner, weil Du nur die schlechten Seelen in Dein Reich bekommst, die Gimpel, die sich fangen lassen mit etwas Honig und Goldstaub. Mein Don Joachim ist ein besserer Vogel; wenn einer ihn aus dem Netze ziehen will, flattert er von selber wieder hinein. O diese schöne von Gott begabte Natur ist so eigensinnig, wie Du und die schlauesten unter Deiner Heerschar es nicht ersinnen könnten. Meinst, er werde mich's entgelten lassen. Ich schweige, ich unterwerfe mich ihm. Nun denn, je heftiger die andern mich anklagen, so heftiger ist mein Verteidiger. Je schwärzer sie mich machen, desto leuchtender werd' ich durch ihn. Und wenn die Sterne selbst aus ihren Sphären träten, gegen mich zu zeugen, er sieht den hellen Tag nicht, er wird sie fassen, schütteln, ihnen die Köpfe zurecht setzen und sprechen: Der ist mein treuer Diener, und das ist mir genug. Was wollt Ihr gegen ihn! Ungläubiger Don Satanas, was willst Du gegen solchen Glauben?“

Der Mann mit der Hahnenfeder stierte ihn mit einem Hohngelächter an.

„Ärgert es Dich, daß ich Glauben habe? Ich glaube an mich selbst. Wie sollt ich nicht! Wie käme der kleine getretene Jude dazu, den sie, nicht aus Barmherzigkeit, nein, weil sie sich schämten, die Mißgeburt in die Flammen zu werfen, nur mit einem Fußtritt aus dem Lande stießen, wie käme er dazu, dies Land und seinen weisesten Fürsten zu gängeln! Haben etwa reiche Verwandte, Freunde sich mein erbarmt? Sie stießen mich auch von sich wie ein Wechselbalg. Ich habe mich selbst erzogen; ein Schemel für ihre Füße, eine Bürste für ihre Schuhe, habe ich den Glauben und die Weisheit der Völker studiert, in Amsterdam und Paris, in Bologna, Salamanca und Cairo die große Weisheit, daß man den Dummen ihre Wünsche ablauschen muß, ihre Träume und ihr Spielzeug, und man hat sie gefangen. — Ich nicht an mich glauben! Der ihnen eine Puppe anzog, davor sie auf den Knien liegen, und mich selbst zog ich aus, daß keiner den Juden wittert. Ich nicht Achtung vor mir selbst, der ich mit glühendem Eisen die Züge mir ausbrannte, langsam, schmerzhaft, die Abrahams Stamm verrieten, einätzte Farben in meine Haut. Mein Gesicht ist nicht mehr Gottes, es ist mein.

„Lachst Du wieder, Don Negatio, drohst Du den Juden anzugeben? Thue es. Wo ist denn ein Jude? Ich schwor ab dem Gott Jehovah, der die Würmer gemacht, daß sie von der Menschen Füße zertreten würden. Mein Gott ist die Schlange, die sich unter dem Drucke krümmt und windet, bis sie dem Unterdrücker ins Bein fährt. Mein Gott ist der Nebeltau, der die Saaten verdirbt, mein Gott ist nirgend, mein Gott giebt keine Zeichen, steckt keine Zornruten am Himmel aus, er erweckt nicht Propheten, die dem blöden Volke ein Licht anzünden und ihm den Staar stechen, wie der alberne Doktor in Wittenberg will; denn es ist gut für die Sehenden, wenn die Blinden regieren, und vorteilhaft für die Klugen, wenn den Thoren die Welt gehört. — O, Don Infernatis, mit meinen Kneifzangen, mit meinem ätzenden Pulver, mit Höllenstein und Glüheisen zog ich mehr aus mir als den Juden. Ich habe auch meinen Rosengarten; darin schwelge ich, trotz Salomon und Hafis in seinem von Schiras. Wenn das gottfromme Gemüt bei den Düften, die der Abendwind sammelt, beim Läuten der Abendmette Thränen der Rührung vergießt, wie der Herr so schön die Welt gemacht und das Aug' der Vorsehung über alles wacht, zähle ich die Läuse an den Blättern der Rose, ich pflege die Nester der Wickelraupen und rechne aus, das ist so mein still Vergnügen, wie die Brut sich entwickelt, bis wann sie die duftenden Blätter und Knospen umsponnen und zerfressen haben wird, und wann der Gärtner den unnützen Strauch aus dem Boden reißt und auf den Kehricht wirft. Von allem Häßlichen ist mir das Schöne das allerhäßlichste und darum das liebste, wenn ich's zerpflücken, fressende Säure in den Blütenkelch spritzen kann. Warum hat der Schöpfer zwei Fuß an mir gespart und einen Klumpen zu viel auf meine Schultern gesetzt? Was machte er mich nicht zu einem schönen Mädchen? Da, wenn ich Rosen pflückte und der Dorn meine weiße Haut ritzte, würden die jungen Leute in Verzückung aufjauchzen, nur das Blut von den Fingern zu küssen. O dann hätte ich auch ganz andere erhabene und schöne Emfindungen, da seufzte ich beim Mondenschein und liebte Gott; die ganze Menschheit möchte ich ans Herz schließen. Ha! ha! — Meine Schwester war ein solch Wesen, von Wonnedüften genährt und mit

Rosenhauch gefärbt. Die hob sich auf den Zehen, hat man mir erzählt, und gab dem lieben Gott in der Luft einen Kuß vor lauter Daseins-Seligkeit. Was half's der armen Judith, daß sie so schön und gut war, und sie liebte die ganze Welt, nur vor mir erschrak sie, weil ich so ungestalt war und häßlichen Gemüts. Ihr göttliches Gemüt war in dem Gefäß des Judenmädchens verloren, so schön das Gefäß war. Ich weiß nicht, haben sie sie verbrannt, oder ersäuft, oder ist sie am Wege verkommen? — Und der Wurm soll glauben, und lieben und hoffen! Ich hoffe auch, ich liebe auch, mich, ich glaube — an die Würfel im Becher, aber nicht an den, und daß Du's weißt, auch nicht an Dich, Du mit der Hahnenfeder. Du bist ein Nichts, ein eitel Gespenst unseres kranken Hirns. — Verschwinde!"

Als er nach der kleinen Himmelskugel griff und sie nach der Treppenmündung werfen wollte, ward Himmel und Erde ein zückendes Schwefelblau, als stürze der Himmel nieder; von dem Gerassel zitterte der Turm, und die Himmelskugel rollte im kleinen runden Gemach, derweil der Astrolog besinnungslos am Boden lag. Der Sturm hatte das Fenster aufgerissen und der Platzregen strömte hinein.

Und zur selben Zeit, als die Karosse des Kurfürsten an der Ecke der schwarzen Brüdergasse hielt, erhob sich in demselben Turme, wo der Sterndeuter oben zum Fenster hinauslag, unten der Bischof Hieronymus von seinem Lager, und, von dem Arm des Domherrn gestützt, wollte er ans Fenster des Gemachs zu ebner Erde, in welches man den kranken Mann gebracht. Wer ihm ins Gesicht sah, erschrak.

„Er kommt."

„Ihr werdet ihn sprechen, hochwürdiger Herr — morgen — zu gelegener Zeit. Gönnt Euch heute nur die nötige Ruhe. Morgen werdet Ihr besser bei Kräften sein."

„Meinst Du, Mathias?" Der gläserne Blick des Bischofs war wie ein schwarzer See, der aus hohen Ufern gen Himmel schaut.

„Auch ist der Markgraf heut aufgeregt, ermüdet; wenn Eure Meldung eine wichtige, verspart sie, bis Ihr eines günstigeren Gehörs gewiß seid."

Hieronymus hielt sich nicht mehr am Fenster, an das ihn der Domherr gelehnt; er mußte sich wieder auf das Ruhebett zurückleiten lassen: „Was ist wichtiger, als eine Beichte, die —"

„Doch ist es nur die Gewitterluft, die Euch jetzt den Atem raubt; morgen werdet Ihr freier reden können."

„Freier, ja — Mathias — sehr frei, — aber ob ein irdisch Ohr den Ton meiner Stimme noch hören kann!“

„Ich will, Hochwürdigster, sobald er in dem Hof ist und aussteigt, versuchen ihn zu bewegen, daß er selbst zu Euch kommt. Er ist edel und großmütig; er wird einem — Kranken diese Bitte nicht verweigern, und einem so langjährigen Freunde.“

„Diese“ — sagte mit Betonung der Bischof. „O Freund, bete, daß er meine andere erhört. — Wir sollten immer den Augenblick nutzen, wo eine gute Regung —“

„Ihr habt vorhin dem Franziskaner gebeichtet.“

„Meine Sünden. — Was verstand der Mönch von der Sünde gegen den heiligen — gegen den Geist der Wahrheit, eine so ungeheure Sünde —“

Der Kranke faßte ihn krampfhaft am Arm: „Bleib, ich werde ihn nicht mehr sehen, er wird mich nicht mehr hören. So straft Gott, wer seine Gaben vergeudet. Was haben wir verplaudert — Das ist es nicht — aber die Lüge!“

Der Domherr glaubte, es sei zu spät, aber Hieronymus richtete sich noch einmal mit dem Oberleib auf; seine Stimme klang nicht mehr wie von dieser Erde:

„Mein Testament! — Der Geist, der in Deutschland erwacht, wir töten, wir erdrücken ihn nicht mehr — er kommt von anderswo. Es löst sich vieles, es ringt und bricht. Lange schon ahnte ich es, daß sein Finger — ich wußte es, und kämpfte gegen das bessere Wissen mit falschen Gründen. Heiliger Gott! Heiliger Gott, das erdrückt mich; wer wird mein Fürsprecher sein an dem Throne, wo alles Licht ist!“

„Ein Ehrenmann war Hieronymus Scultetus. Den Nachruhm wird jeder ihm zollen.“

„Doppelt so der Fluch, wenn ein Berufener aus Furcht schweigt; dreidoppelt Wehe, wenn er, um den Mächtigen zu gefallen, falsch spricht, ihnen falschen Rat giebt. —“

„Habt Ihr Aufträge für mich, hochwürdigster Freund, ich will sie gewissenhaft —“

„Sage ihm, er leckt gegen den Stachel. — Der Geist Gottes läßt sich nicht länger binden. — Das waren gute, schöne Bilder, als wir Kinder waren. — Wir sind über die Bilderbücher hinaus gewachsen, die Dinge selbst zu sehen. Es ist vom Übel, wer Erwachsene noch am Gängelbande führen will. Das heißt eingreifen in Gottes Allmacht; Vermessenheit ist's! — O, Mathias, wage das ihm zu sagen. Sei

16*

ein wahrer Freund, nimm meine Last auf Deine Schultern, daß ich leichter vor den Herrn trete; denn ich, ich war's, der die Dunstgebilde, die um sein Hirn gaukeln, durch falsche Schlüsse einst gefestet."

Der Domherr war auf seine Knie gesunken, wie um den Segen eines Sterbenden zu empfangen.

„So weihe ich Dich — zu dem großen Werke, Mathias! Mut und Klugheit gebe Dir der Herr. — Halte ihn fest am Zipfel seines Kleides — daß er nicht weiter verirrt in die Nebel — ruf' ihn zurück zu seinem Volke — daß sein Volk nicht von ihm verirrt. Wehe, wenn ein Volk und sein Fürst verschiedene Wege gehen. — Gelobst Du's mir —"

„Bischof! ich, ein unterer Clericus!"

„Ich weihe Dich zu meinem Nachfolger!"

„Dietrich von Hardenberg ist von der Kurie schon dazu designiert," sprach leise der Domherr; was sollte der Sterbende die Kunde, die ihn nichts mehr anging, und die ihn doch schmerzen durfte, hören? Aber er mußte gehört haben. Da stand Hieronymus mit wunderbarer Kraft vom Lager auf, seine Arme erhob er:

„Du wirst mein Nachfolger, Mathias, so wahr die Wolken sich dort öffnen, Dein ist das Werk, Du wirst's vollenden!"

Die Wolken hatten sich geöffnet; im Augenblick, als die kurfürstliche Karosse über den Schloßplatz nach dem Burgthor fuhr, zuckte der Blitz nieder, der Berlin und Köln in eine blaue Schwefelflamme hüllte. Als der Donner niederkrachte, daß die Häuser der Brüder- und Breitenstraße zitterten, war Hieronymus Scultetus, ein regungsloser Körper, in die Arme des Domherrn gesunken, der ihn mit Anstrengung auf das Ruhebett sinken ließ. Nie in seinem Leben konnte Mathias die starren Blicke des Toten vergessen. Als wollten sie noch immer sprechen, stierten die großen Augen aus ihren Höhlungen ihn an.

Kurfürst Joachim von Brandenburg hat seinen langjährigen Freund nicht mehr gesprochen. Als der Wagen über den Schloßplatz rollte, fuhr er plötzlich aus seiner Ecke auf: „Da ruft jemand nach mir."

„Der Versucher!" sprach die Kurfürstin.

„Ach Gott, das hagere Bettelweib wieder!" rief Eva, die mit im Wagen saß.

„Was ist das!" riefen drei andere Stimmen, denn in dem

großen Wagen saßen mehrere vom Hofe, und der Wagen schien ihnen plötzlich still zu stehen, als das geisterhafte Licht alle Gesichter blau färbte.

„Da geht Lindenberg und weist mir die Zähne," hatte Joachim zitternd gesprochen, als der Donner niederschlug. Der Wagen krachte, als sollte er auseinanderfahren. Draußen ein entsetzlich Geschrei. Die Frauenzimmer fielen in Unmacht. Als man die Thüren aufriß, mußte man sie hinaustragen.

„Hilf Du dem Kurfürsten!" sprach Eva, als Hans Jürgens sie unterfassen wollte. „Er ist auch unmächtig."

Da Joachim zwei Schritt im Platzregen auf Hans Jürgen Schulter gegangen, und er ihm ins Gesicht sah, schrak er zurück: „Wer bist Du?"

„Ich bin Euer Marschall Bredow."

„Ich glaubte, Du wärst Lindenberg. Ach nein, da liegt er zwischen den Pferden. Den ließ ich doch nicht vierteilen."

Haftiz, welcher uns diese Geschichte aufbewahrt hat, erzählt sie also: „Den 15. Juli (1525) als Markgraf Joachim, Kurfürst zu Brandenburg, durch seinen Astronomen heimlich verwarnet, daß ein grausam Wetter würde ankommen, da zu besorgen, beide Städte, Berlin und Collen, möchten untergehen, daß er mit seinem Gemahl und junger Herrschaft und fürnehmsten und geliebten Offizieren auf den Tempelhofischen Berg bei den kölnischen Weinbergen gerückt, den Untergang beider Städte anzusehen. Als er aber lange daselbst gehalten, und nichts draus geworden, hat ihn sein Gemahl (weil sie eine überaus fromme und gottesfürchtige Fürstin gewesen) gebeten, daß er doch wieder möchte hineingehen, und mit seinen Unterthanen auswarten, was Gott thun wollte, weil sie es vielleicht nicht allein verschuldet hätten. Darüber er bewogen und ist um vier Uhr gegen Abend widder zu Collen eingezogen. Ehe er allda widder ins Schloß kommen, hat sich plötzlich ein Wetter bewiesen. Und wie er mit der Kurfürstin ins Schloß kommen, hat ihm das Wetter die vier Pferde mit samt dem Wagenknechte erschlagen und sunsten keinen Schaden mehr gethan."

Haftiz, der als alter Mann etwa fünfzig Jahre später seine Chronik niederschrieb, wird diesen Vorfall noch als Kind erlebt haben.

Ende des ersten Bandes.

W. Alexis, Der Werwolf.

Inhalt des ersten Bandes.

Hake von Stülpe.

Die Sündflut und der Tempelhofsche Berg.

Der Werwolf.

Vaterländischer Roman

von

Willibald Alexis.

(W. Häring.)

Zweiter Teil.

Die Kurfürstin Elisabeth und die weiße Frau.

Inferet ad tristem patriae tunc femina pestem
Femina serpentis tabe contacta recentis.
Vatic. Herm. Lehnin.

Erstes Kapitel.

Der Vortrag in Ecclesiasticis.

Der geheime Vortrag, welchen der geistliche Herr vor dem Kurfürsten hielt, ward durch einen Lärm draußen auf einen Augenblick unterbrochen. Der Vortrag betraf die bedenklichen Symptome, welche sich in Ecclesiasticis im Lande zeigten, und die Mittel, denselben zu begegnen. Der vortragende Rat war der Propst von Berlin, und der Grund, weshalb dieser und nicht der Minister, an dem es gewesen, dazu berufen worden, war, daß Joachim meinte, der von Schlieben sei wohl ein treuer Diener und in Geschäften erprobt, in derlei Dingen gehe ihm aber der rechte Sinn ab. Offiziell hatte er ihm einen anderen Grund gesagt, daß er seine Gesundheit schonen und ihn bei seinen Jahren nicht so lange vor sich stehen lassen wolle. Ein alter Diener steht aber gern, auch wenn es ihm sauer wird, wenn er nur auf seinem Platze stehen bleiben darf; und ein alter Diener kennt die offizielle Sprache und weiß, was dahinter geschrieben steht Der Lärm aber war der Gesang eines Liedes, der anhub: „Vater unser im Himmelreich!“ das einige fünfzig Bürger und Frauen, die aus der schwarzen Brüderkirche kamen, absangen, und andere wollten sie daran hindern und schrieen dazwischen. Noch andere drohten aber diesen letzteren mit Knütteln und Fäusten, und so zogen sie singend und schreiend über die lange Brücke von Berlin. Es mußte etwas sein, was schon oft vorgekommen war, denn der Kurfürst und sein Rat warfen nicht einmal einen Blick zum Fenster hinaus; nur der letztere ließ sein Papier mit einem fragenden Blick sinken.

„Wo hub die Stänkerei an?“ fragte Joachim.

„In Neu-Ruppin, vor einem Monat. Der Kirchenvorsteher und Gildemeister Hans Litzmann stimmte in der Klosterkirche nach der Predigt dieses Lied mit zween Tuchknappen an. Die Mönche regten das Volk auf und trieben die Störer aus der Kirche. Sie kamen aber nächsten Tages wieder. Seitdem hat der Unfug sich weiter verbreitet, und ist jetzt fast keine Stadt, wo nicht einer oder der andere Tolldreiste nach dem Gottesdienst seine Kehle aufthut und andere einstimmen. Die Büttel verbieten es ihnen, und dann ziehen sie singend und zankend durch die Gassen.“

„Nach dem Gottesdienst?“

„So lauten die Berichte.“

„So laßt sie ihre Kehlen ausschreien, bis sie's müde sind. Eine Tollwut muß man austoben lassen. — Weiter.“

„Trotz des strengen Mandats vom 28. Februar ist von den lutherischen Schriften, und namentlich von der Übersetzung des Neuen Testaments, doch so gut wie nichts an die Amtsleute ausgeliefert worden. Und man weiß doch, aus dem geheimen Bericht des Herrn von Kleist, wie viel Ballen davon aus Sachsen ins Land gekommen!“

„Hattest Du es anders erwartet?“

„In gewissen Dingen —“

„Muß man Gesetze geben und weiß im voraus, daß sie nicht ausgeführt werden. Dem Klerus ist auch die Keuschheit geboten. — Du brauchst nicht zu erröten. Wer Gesetze macht, weiß, daß er sie nur für Menschen giebt. — Weiter.“

„Hier ist nun das vollständige Gutachten der theologischen Fakultät zu Frankfurt über die sogenannte Übersetzung des Luther.“

„Kurz den Sinn!“

„Sie weisen ihm nach nicht mehr denn hundertundsiebenundzwanzig Fälschungen; daß er Sprüche von großer Wichtigkeit ausgelassen und andere willkürliche Stellen eingeschoben. Daraus können nur Zwiespalt in der Lehre und groß Unheil in der Kirche entstehen. Erachten es daher für eine heillose Übersetzung, die das Seelenheil derer, so sie lesen, gefährden müsse, und könne die weltliche Obrigkeit nicht strenge Strafe genug drauf setzen.“

„Was die Strafe wirkte, sahen wir. Glaubst Du, daß es das Gutachten wird?“

„Es ist vortrefflich, überzeugend; meiner unmaßgeblichen

Meinung nach aber vielleicht etwas zu gelehrt für das Volk abgefaßt.“

„Das ist's ja eben; Federfüchse, Scholastiker, lateinische Papiermenschen. Schaffe mir Schreiber, die nicht allein Gelehrte, auch Männer sind, die zum Volke reden, die schreiben. können, wie's mir in der Brust glüht. Das ist das Elend, drüben haben sie solche Federn. Was schreibt nicht dieser Herr von Hutten! Warum tritt hier keiner auf, warum klebt an allen ihren Schriften der Schweiß der Angst, das Öl der Nachtlampe? Wie der Faden am Rocken, zieht und zerrt sich das, keinen Schluß, keine Überzeugung, keine Wärme; und wenn sie warm werden wollen, poltern sie heraus mit hochmütigen Drohungen, worüber das Volk lacht. Die bestellte Arbeit guckt heraus.“

„Und sie werden doch gut bezahlt.“

„Ich will niemand mehr bezahlen lassen, verstehst Du mich, es ist mein ernster Wille. Nur freiwillig, ohne Lohn sollen sie für uns schreiben. — Was schlägst Du da um?“

„Eine ärgerliche Denunziation, mit der ich Euer Durchlaucht Ohren nicht verwunden will.“

„Da hast Du recht. Ich will keine Denunziationen mehr, ich hasse die Denunzianten. Ich muß des Schlechten genug mit eigenen Augen sehen. — Aber es ist ja ein langes Skriptum.“

„Und höchst verdrießlichen Inhalts; wir gehen also zur nächsten Meldung über.“

„Von wem ist sie, ich meine das Skriptum?“

„Von einem der treuesten und stillsten Diener seines Fürsten und seiner Kirche. Aber es ist besser, daß ich seinen Namen nicht nenne; es könnte dem trefflichen Manne zu unüberwindlichem Schaden gereichen, wenn er Euer Durchlaucht Zorn erregte, obwohl er selbst darauf gefaßt ist, und selbst auf die Gefahr hin —“

„Dir erlaubt, ihn zu nennen! Warum nennst Du ihn nicht? Wer von seinem Fürsten gehört sein will, dem muß der Fürst sein Ohr leihen. Doch was thut der Name; die Sache! Was ist's?“

„Ich berichte mit blutendem Herzen. Man weiß nun für gewiß, daß Ihro Durchlaucht, die Kurfürstin, nicht allein selbst ein Exemplar der Wittenberger Übersetzung des Neuen Testaments in Besitz hat und darin täglich liest, sondern auch allabendlich, wenn die Dienerschaft zu Bette gegangen, bei verschlossenen

Thüren und Läden den jungen Herrschaften, ihren Kindern, daraus vorliest."

Joachim fuhr nicht auf, wie der Propst erwartet zu haben schien.

„Woher weiß man das? Wer weiß es? — Ungeschminkte Wahrheit."

„Es war längst auffällig bemerkt worden, daß die durchlauchtige Frau früher als gewöhnlich ihr Gesinde des Abends entließ, angebend, daß sie durch die letzten Ereignisse mehr als gewöhnlich erschöpft sei und der Ruhe bedürfe."

„Und so ist es. Der Besuch ihres Bruders, meines unglücklichen Schwagers von Dänemark, hat ihr viel Herzeleid gebracht. Sie ist eine unglückliche Frau, der meine Leute allen Respekt schuldig sind, die man nicht mit ungegründetem und gehässigem Verdacht behelligen soll. Das ist mein Wille. Weiter! —"

„Der Schloßhauptmann von Zossen berichtet, daß sich etliche Juden aus der Lausitz —"

„Wer berichtete —"

„Der Schloßhauptmann von Zossen."

„Nein, wegen der Kurfürstin, — der treue und stille Diener?"

„Es ist unser Prior der schwarzen Brüder, dem das Umsichgreifen der Ketzerei keine Nacht Ruhe gönnt, der, voll Angst wegen des Übels, sein Aug' und Ohr überall hat —"

„Heraus mit der Sprache! Das lange Hinzerren ist ein schlechtes Mittel, unsere Geduld zu spannen und unseren Zorn zu reizen. Ich will alles wissen. Wie kam der Prior dahinter?"

„In der kurfürstlichen Kellerei war es auffällig bemerkt worden, daß im Hofhalt der durchlauchtigsten Frau weit mehr Öl verbraucht werde als sonst; auch deutete manches im Zustande der Zimmer den Lakaien darauf, daß die Herrschaften länger als gewöhnlich in die Nacht hinein aufbleiben müßten. Dies veranlaßte einen — Bekannten des Priors, da man sich nicht unterstand, anzufragen, und, wie ich schon bemerkt, auch das anscheinend frühe Zubettgehen auffällig war, sich in der Stille umzusehen. Ich wage zu bemerken, daß auch in letzter Zeit die durchlauchtige Frau sich später als gewöhnlich aus ihrer Ruhe erhoben, so daß sie bisweilen, wie meinem Fürsten bekannt, die Messe versäumt. Da bemerkte man, daß oft noch um Mitternacht ein heller Streifen durch die Ritzen der Läden auf die Hofmauer drüben fiel; auch aus den Thürspalten drang ein Schein auf die Korridore —"

„Und Ihr legtet Eure Spürhunde an die Thüren und ließet sie horchen; lauschen an dem Gemach meiner Gemahlin! Bei den ewigen Flammen, wer hat's Euch erlaubt! Ich will es ihnen gedenken, daß sie sich in die Heimlichkeiten meines Hauses schleichen."

„Sie haben nichts gehört als das Vorlesen des Neuen Testamentes."

„Und wenn es Euch, wenn es dem Prior und den Seinen einfiele, um meine Rechtgläubigkeit besorgt zu sein, wenn Ihr Eure Küchenmägde und Kellerbuben die Ohren an meine Schwelle legen ließet!"

„An des Gesalbten des Herrn!"

„Spürhunde will ich nicht, wie oft hab' ich's ihnen gesagt! Ich hasse, ich verabscheue das Spionierwesen, wo, gegen wen es auch angewandt werde. Jagt sie aus dem Hause, daß ich keinen zu Gesicht bekomme, daß ich nie wieder etwas davon erfahre."

Der Propst verbeugte sich. „Soll vielleicht der Schuldige ausgemittelt werden, ich meine, der sich erdreistet hat —"

„Ich will nichts mehr davon hören!" rief Joachim, aufspringend.

„Ich hätte sonst vorgeschlagen, ihn öffentlich auspeitschen zu lassen."

„Kein Wort davon, darüber mag Gras wachsen. Und dann — es ist ja Wahrheit."

„Ich erstarre in Ehrfurcht."

„Laßt die unglückliche Frau. Der Herr wird sich ihrer Irrtümer erbarmen. Ihr Geist begreift das nicht. Ein Blinder tappt umher; nur was er mit den Händen faßt, daran klammert er sich. Die Kinder sind *meine* Kinder, wenn sie der Mutterzucht entwachsen —"

„Wird des Vaters Geist sie zum wahren Lichte führen."

Der Kurfürst trat einen Schritt näher an den Propst: „Versteht mich wohl, so mag es bleiben für dieses Mal. Die arme Frau mag zehren an dem Wittenberger Brei, es ist für ihren schwachen Magen; schwelgen meinethalb darin, wie jene Sänger vorhin, bis sie satt ist. Ich gönne ihr das Labsal. Niemand soll ihr Gewissen belästigen, sie soll ihre Meinung wie jeder frei haben. Aber, *dabei* hat es sein Bewenden, Propst!

Opinionen, aber keine Aktus. Versteht Ihr mich, wir ignorieren alles, solange es im stillen geschieht."

„Ich werde dem Prior einen Wink geben, daß er nichts sehen soll."

„Nichts! das ist zu wenig. Wenn sie sich mehr unterfangen sollte — das muß ich wissen."

„Ein Regent muß das wissen."

„Das muß ich erfahren. Das ist die Pflicht meiner Diener."

„Euer Durchlaucht werden gnädigst denjenigen ernennen, von welchem es ihm genehm ist."

„Weiß ich, wer es zuerst erfährt!"

„Gnädigster Herr, wer von uns allen soll es überhaupt in Erfahrung bringen! Gesetzt, daß die durchlauchtige Frau mit den sogenannten Reformatoren in Wittenberg Briefe wechselte, was gewiß nur ein böswillig Gerücht ist, so würde das zweifelsohne doch nur heimlich geschehen: man könnte also nur dahinter kommen, indem man sich eines solchen Briefes bemächtigte."

„Das soll nicht geschehen."

„Und wer erfrechte sich einer solchen That gegen den Willen seines Herrn! Aber wie sollen wir Beweise sammeln?"

„Das ist Eure Sache! Was quält Ihr mich mit solchen Erbärmlichkeiten! Genug, ich muß es wissen. Soll ein Regent, dessen Gedanken auf das Ganze gerichtet sind, mit allem Wust und Kram des kleinen Dienstes sich beschäftigen? Ich will auch davon nichts mehr hören! Weiter! Du hast noch viel vorzutragen."

„Dies geht ad acta."

„Warum? Ich muß von allem Rechenschaft haben."

„Nur die Kopie eines Briefes unseres Kardinals in Rom an unseren Geschäftsführer."

„Des Kardinals! Und Du lächelst so verächtlich?"

„Nur eine Notiz; daß die Appellation unseres würdigen Hofpredigers Musculus abgewiesen ist. Der heilige Vater findet sich nicht gemüßigt, gegen das Gutachten der Frankfurter Fakultät, unserem Doktor die Erlaubnis zu seiner bekannten Predigt gegen den Hosenteufel zu erteilen."

Auch Joachim lächelte wieder, indem er seine Finger vor den Augen spielen ließ: „Der arme Musculus! Er thut mir eigentlich leid. Wer überall den Teufel sehen muß, suche ihn doch meinethalb in jeder Pluderhose. Er steckt dann wenigstens die Nase nicht in Dinge, die ihn nichts angehen."

„Man will behaupten, obgleich ich vorausschicke, daß ich

nichts davon weiß, noch es glaube, aber man meint, daß Musculus in einigen Glaubenssätzen schwanke. —“

„Hast Du auch Lust, Hofprediger zu werden?“ unterbrach ihn der Fürst.

„Da mein Kurfürst —“

„Dich zur Legation an den Kaiser bestimmt hat, fliegt Dein Ehrgeiz über die bescheidene Hofpredigerstelle hinweg.“

„Musculus, er ist mein Freund, aber von Einfluß auf die Kurfürstin.“

„Ich bin nicht eifersüchtig.„

„Diese Zurückweisung aus Rom —“

„Wird ihn vielleicht den Teufel unter der Tiara suchen lassen, weil die Tiara ihm verbot, ihn in unseren Hosen zu suchen. Mag er in Luthers Weise einfallen; er ist darum nicht Luther. Weiter!“

Ein unbefangener dritter, der zugehört, hätte jetzt vielleicht bemerkt, daß die Unbefangenheit, ja Heiterkeit, welche Joachim bisher gezeigt, nur eine angenommene gewesen. Die Falten seiner Stirn zogen sich enger zusammen, er drückte die Wimpern und kniff die Lippen, als der Propst von den Fortschritten der neuen Lehre in den Städten und den großen Familien des Landes seine geheimen Berichte abstattete. Nur zuweilen fuhr der Fürst mit einer gleichgültigen oder spöttisch scheinenden Bemerkung dazwischen und fragte, was der Propst zu besorgen schien, nicht mehr nach den Quellen seiner Nachrichten. Der Lichtschein aus Schlüssellöchern und Thürritzen und die Lauscherohren auf den Schwellen wären dabei schwerlich abzuleugnen gewesen.

„Dies Wittenberg ist ein wahres Nest von Ungeziefer. In jedem Jahre wird eine größere Schar der Schreivögel flügge und fliegt mit Empfehlungen ihrer Oberen nach allen Winden aus. Diejenigen, welche nicht öffentlich als Prädikanten aufzutreten wagen, schleichen sich als Informatoren und Kaplane in die Häuser der adligen Familien und Patricier. Die Giftsaat, welche dort ausgestreut wird, ist in ihren Wirkungen vielleicht noch bedenklicher als die, welche die Ungestümen von den Kanzeln herabschreien.“

„Welche Familien nanntest Du?“ Der Kurfürst hatte eine Schreibtafel zur Hand genommen und machte Notizen, während der Propst ihm eine Reihe Namen nannte.

„Die Alvensleben in der Altmark! Das ist ja ein hübscher Anhang! Und wen nanntest Du in der Neumark?“

„Die von der Marwitz haben sich eben einen Wittenberger Theologen verschrieben."

„Auch in meiner Kurmark, unter meinen Augen das ist kühn. Ich will mit ihnen reden."

„Sie gehen wohl noch in sich."

„Notiere das für Schlieben. Die Anwartschaft, die ich den fünfen erteilt, bleiben Anwartschaften bis auf weiteres. Den Herrn Schloßhauptmann von Küstrin will ich versetzen. Wer an seinem Glauben nicht festhält, wie kann ein Fürst dem seine stärkste Festung anvertrauen! Und —"

„Wie ich bemerkte, gegen den Marschall Bredow selbst liegen noch keine Inzichten vor."

Der Kurfürst lachte.

„Indes führt, wie man weiß, seine Ehefrau das Regiment im Hause. Sie ist eine gutgesinnte Frau — aber im Vertrauen der Kurfürstin. — Sie wohnte auch den abendlichen Vorlesungen aus der Bibel bei. — Es ist auffällig vermerkt worden, daß sie letzter Zeit sehr oft Reisen nach Hohenziatz unternimmt und daselbst lange verweilt. — Die alte Frau von Bredow liest in Wittenberger Schriften, sie hat es kein Hehl. Indes ist dies nichts Auffälliges, da diese sonst so wackere Frau von je an eine große Gleichgültigkeit gegen die Diener der Kirche an den Tag legte. Ja, ihre seltsamen Reden atmeten —"

„Wozu das alles! Ich will meinen Minister hören, nicht altes Weibergeschwätz."

„Auch achte ich dafür das Gerücht, daß die Witib den Abt von Lehnin zu bekehren versuche."

„Die Abtei Lehnin ist eine fette Pfründe! — Ab von diesem Wege, mein Geheimrat, auf einen anderen."

„Aber über Hohenziatz geht der Weg nach Wittenberg. Er ist zwar sandig und etwas um, die heimlichen Reisenden werden indes in den Holz- und Heidewegen der Zauche von den Grenzreitern nicht immer bemerkt. Man will behaupten, daß Frau Eva Bredow mehrmals diesen Weg hin- und zurückgelegt habe. Da alles Kundschaften meines Fürsten Diener untersagt ist, würde vielleicht ein Zwiegespräch zwischen Euer Durchlaucht und der jungen Frau —"

„Weiter!" rief Joachim.

Die Runzeln auf des Fürsten Stirn wurden nicht leichter bei dem Vortrage seines Rates über die Symptome, die sich in den Städten der Mark zeigten; in Brandenburg, Landsberg, in

Neu-Ruppin, Lenzen, in Frankfurt, Königsberg, Züllichau, in Kottbus, Soldin und Crossen.

„Eine thut es der anderen nach und möchte es ihr zuvorthun.“

„Wundert Dich das! Naturforscher hat es gegeben, die behauptet, das Menschengeschlecht sei nur eine Abart der Affen.“

„In Frankfurt besonders, wo man es am wenigsten erwarten durfte, wegen unserer Universität, hat der Taumel die vornehmsten Familien ergriffen. Die Petersdorfe, die Weiße, die Reiben haben einen Lieblingsschüler Luthers, den Andreas Ebert aus Neiße, zu ihrem Hausgottesdienst angenommen. So kommt der kirchliche Gottesdienst in Verfall.“

„Das nennen sie eine Kirchenbesserung, daß sie die Leute aus den Kirchen locken! Das den gereinigten Glauben, wenn sie gleichgültig zusehen, wie die hohen Dome leer stehen; und wie die Zigeuner schleichen sie in Scheunen, unter Hecken, begeistert von der dummdreisten Faselei, von nüchternen Erklärungen, fanatischer Tollwut. Was ist die Kirche noch, wenn sie in Sekten zerfällt, wo jeder auf eines andern Worte schwört. Als hätte der Herr ihnen allen die Sinne verwirrt.“

Der Fürst schwieg, und der Propst schwieg auch. Wie viele der erlauchten Verwandten des Kurfürsten hatten sich bereits offen für die Reformation erklärt! Ja, sein Vetter, der Hochmeister des Deutschen Ordens, Albrecht von Brandenburg, hatte das geistliche Kleid abgelegt, das Ordensland in ein erblich Herzogtum verwandelt, und sich eben als erster Herzog von Preußen von den Landständen huldigen lassen. Damit war die neue Lehre in Preußen eingeführt. Und der Kurfürst Joachim hatte dazu geschwiegen; ja man sagt, daß er in der Stille über den kühnen Schritt und die Vergrößerung der Macht seines Hauses nicht gezürnt. Darum schwiegen beide.

Der Kurfürst hatte zum Fenster hinausgeschaut: „Wir kamen von unsern Geschäften ab. Ist noch mehr?“

„Recht Betrübendes aus unsrer nächsten Nähe. Hier habe ich die Listen der Altäre in unsern Kirchen zusammenstellen lassen. Seit 1517 ist nicht ein Altar in Berlin und Köln, noch irgend eine Stiftung zur Ehre eines Heiligen errichtet worden. Ja, einige mußten eingezogen werden, weil niemand mehr opfern wollte. Und bliebe es nur dabei! Aber auch die Prozessionen kommen ab. Die Angesehenen mögen ihre Kinder nicht mehr zum Gesang, zum Fähnleintragen und zum Räuchern senden. Wir sind in der That in Verlegenheit zum nächsten

Fronleichnamstage. Wo wir auch hinschicken, nach Köln und Berlin, die Eltern wollen ihre Töchter nicht mehr herleihen, wie sie sagen. Und ohne die weißen Mädchen ist es keine ordentliche Prozession."

„Die hübschen Kinder mit den blonden Locken! — Die wollen keine Bilder, die keine Blumen im Haar, die keine Kerzen und Meßgewänder; am Ende wird ihnen der Orgelklang, der Glockenschall auch zum Greuel; warum nicht Gottes Sonnenlicht, warum nicht das grüne Kleid der Erde, warum nicht sein blauer Himmel!"

„Wenn wir nicht mehr das Fronleichnamsfest, wie es sich schickt, celebrieren, ist es in der Mark mit der katholischen Kirche aus."

„Sie sollen es celebrieren! — Setze auf der Stelle einen Befehl an den Rat beider Städte auf. Die Gesetze sollen sie halten, die mein Großvater Albrecht, mein Vater Johannes erließ; es ist darin genau vorgeschrieben, wie Berlin die Fronleichnamstage feiern muß. Der Rat soll die Eltern nachdrücklich anhalten, und die Eltern sollen ihre Töchter schicken. Es soll nichts, gar nichts bei der Prozession ausgelassen werden; alle Figuren, Thronhimmel, Kerzen, Weihkessel, die Gilden in ihren Festanzügen; keine Neuerung in der Tracht, buchstäblich wie es in der Verordnung heißt; und meine Hellebardiere will ich mitschicken."

„Welche Nachrichten aus Stendal?" fragte Joachim nach einer Pause.

„Wir sind ihrer stündlich gewärtig. Ich fürchte, sie sind nicht günstig."

„Deine Vorträge sind zu Ende?"

„Der Kapuziner aus Landsberg an der Warthe bittet nur noch um gnädig Gehör."

„Wie war doch der Vorfall?"

„Der Mönch hat sich und der guten Sache durch Übereifer oder Ungeschick geschadet; sein Wille war gut. Einige der vornehmsten Familien in Landsberg hielten schon seit einem Jahr, was sie nennen, reformierte Zusammenkünfte in einem alten Hause, das ehedem eine Kirche gewesen. Ihr Anhang wuchs mit jedem Tage. Im Ärger darüber ließ der Bruder Eustach sich zu allerhand Kunststücken verleiten, vielleicht war es aber auch mehr; er hat mir wenigstens versichert, daß er Gott innig gebeten, die Lästerer zu erschrecken —"

„Durch Knallerbsen und Teufelsfratzen an der Wand."

„Dies lasse ich dahingestellt; der Bruder Eustach hat seltene Kenntnisse in der Magie. Als das Gepolter, wie wenn die alte Treppe einstürze, die Ketzer erschreckt, daß sie sinnverwirrt niederfielen, und der heilige Nikolaus in übermenschlicher Gestalt mit einem Wehe! Wehe! unter sie trat —"

„Nämlich der Bruder Eustach in einem langen roten Meßnerkleide."

„Blieb er unglücklicherweise mit seinen gelben Pantoffeln an einem Nagel hängen und strauchelte —"

„Und fiel mitsamt der Stange, worauf ein Kürbiskopf war, und sie erwachten aus ihrem Schreck und prügelten ihn durch. Das ist die große Geschichte."

„Sie haben ihn entsetzlich gemißhandelt. Wenn nicht der Rat einschritt, wäre er nicht mit dem Leben davongekommen. Man erschrickt, wenn man ihn sieht."

„Und solch Gesindel willst Du mir vorstellen; wagst meiner Gnade und Gunst einen Taschenspieler zu empfehlen."

„Verstoßen überall, fast ohne Obdach, wirft er sich zu Eurer Durchlaucht Füßen, um Mitleid flehend. Ich lobe ihn nicht, noch empfehle ich ihn, aber ich lobe seinen reinen Glauben und guten Willen. Auch hat er, wie man sagt, seltene Kentnisse in den verborgenen Kräften der Natur."

„Es ist schändlich, durch solche Mittel die Autorität der Kirche aufs Spiel zu setzen."

„Besonders, wenn es so ungeschickt geschieht. Sonst sind mehrere von Eurer Durchlaucht Räten der Meinung, daß, wo das Volk mit besonderer Gehässigkeit den Diener eines Fürsten anfeindet und verfolgt, was doch immer weniger um des einen Fehlers willen geschieht, den er sich zu Schulden kommen ließ, als weil sie die Gelegenheit ergreifen, ihren Haß gegen ihn zu kühlen, weil er seinem Herrn treu diente und in seine Intention einging; die Räte, erlaube ich mir zu sagen, welche ich darum fragte, waren der Meinung, daß es des Fürsten Pflicht in solchen Dingen sei, um seiner selbst willen einen solchen Diener nicht fallen zu lassen. Ein Regent müsse dem Volke immer zeigen, daß niemand ungestraft seinen Intentionen sich widersetzen dürfe, und daß er die zu schützen wisse, welche, wenn auch sonst nicht fehlerfrei, seinen erhabenen Willen als das höchste Gesetz erkennen. Was ich übrigens der Entscheidung meines Fürsten allein anheimstelle."

„Woran Du wohl thust. Der Mönch kann warten, bis ich die Laune habe, ihn zu sehen. Sobald die Nachrichten aus Stendal eingehen, erwarte ich Dich mit Schlieben. — Noch eine Nachricht?"

„Keine, mein Fürst; nur meldet man aus Brandenburg, daß die Ärzte für Dietrich von Gardelegens Aufkommen wenig Hoffnung geben. Es wäre recht betrübend, wenn dieser fromme Mann nur so kurze Zeit seines Bistums sich erfreuen sollte."

„Damit Du es auf recht lange Zeit könntest?"

„Durchlauchtigster Herr, wenn je mein Sinn bei diesem Gedanken verweilte —"

„Dann?"

„Empfand er den zerdrückenden Schmerz der eigenen Unwürdigkeit zu dem hohen Amte —"

„Und weiter —"

„Könnte mich nur der Gedanke trösten, daß ja meine ganze Thätigkeit nur und allein dem Dienste meines Fürsten gewidmet sein solle. Wohin er mich stellt, da stehe ich; wohin er mich sendet, dahin gehe ich."

„Das sind gute Gedanken. Du gehst nach Inspruck, Wien, vielleicht nach Hispanien."

„Zu viel des Vertrauens. Aber werden auch meine Kräfte ausreichen, frage ich mich, wie die des großen, unvergeßlichen Mannes — Hieronymus war darin einzig — dort für meinen Herrn an des Kaisers Hofe zu wirken, und hier als Hirt meine große Herde zu weiden!"

„Das letztere soll Dich nicht kümmern."

„Gnädigster Herr, welche höhere Pflicht giebt es für einen Bischof?"

„Wer spricht vom Bischof; Du wirst mein Legat."

„Und für das Bistum —"

„Hab' ich den Domherrn Jagow designiert."

Der Propst mußte noch kein vollkommener Diplomat sein; er fuhr zusammen, entfärbte sich und blickte mit halb offenem Munde auf den Kurfürsten, ob das Ernst sei? — Es war Ernst.

„Ich glaubte —"

„Daß ein treuer Diener nichts höher schätzen solle als den Willen seines Herrn."

„Ich bekenne, — die Nachricht ist für mich so unerwartet, so überraschend."

„Sie überrascht Dich aber freudig!"

„O gewiß! — Gewiß hat Mathias von Jagow meinem Fürsten einen Dienst geleistet, der, mir unbekannt, ihn einer solchen Würde wert macht."

„Jagow hat seinem Fürsten den Dienst geleistet, daß er einen Charakter sich bewahrt, welchen jeder ehrt, hoch und niedrig; sonst kenne ich ihn wenig. Er zeigt sich nicht bei Hofe."

„So gestattet mein Fürst die Bemerkung, daß der wittenbergische Prädikant Thomas Baitz, der in Alt-Brandenburg mit solchem Zulauf predigte, der sich jüngst erfrecht hat, die Messe deutsch zu lesen, daß dieser Baitz unter besonderem Schutze des Domherrn Jagow steht. Ja, als derselbe einen Ruf nach auswärts erhielt, hat Jagow selbst den Rat aufgefordert, den trefflichen Kanzelredner, wie er ihn nannte, der Stadt um jeden Preis zu erhalten. Es thut mir in der Seele weh, daß ich der erste sein muß, der meinem Fürsten dies mitteilt."

„Das mag Jagow mit sich verantworten; ich verantworte es bei mir, als Fürst meines Landes, als Schirmherr meiner Kirche, wenn ich dem unbescholtensten Ehrenmann das erste Bistum meines Landes gebe. In solcher Zeit thun Ehrenmänner jedem Stande not, absonderlich dem geistlichen, wenn er mit Ehren vor dem Volke bestehen soll. Ihr seid doch auch meiner Meinung, Propst? Auf Wiedersehen!"

Zweites Kapitel.

Aufruhr.

„Himmelskönigin! Allbarmherzige! nur einen Menschen, dem ich vertrauen kann!" rief Joachim, nachdem der Propst gegangen. „Könnte ich aus Kot mir einen kneten, aber ihm einhauchen meine Seele! Möchte der tönende Mund ihm fehlen, wenn ich nur in seinem Auge läse, daß er mich verstand. Herr des Himmels und der Erde! Das ist doch das wenigste, was der ärmste Mensch verlangen kann, eine Kreatur, der er sein Herz anschließen darf. Und Joachim von Brandenburg findet kein Herz, keinen Kopf, er muß sich plagen mit — solchen!"

„Nicht einmal einen Arm, der redlich die Bewegungen macht, die man ihm aufträgt," fuhr er fort, indem er das sorgenschwere Haupt auf die Stuhllehne stützte. „Auch als Maschinen taugen sie nichts; ihr Räderwerk verrät durch sein Knarren jede Bewegung, die man verstecken will; und die heut voller Diensteifer scheinen, wie die Meute, wenn ich sie auf das Wild loslasse, kriechen morgen wie die Schnecke in ihr Haus zurück, wenn ihr Vorteil und meiner um die Breite eines Haares voneinander geht. An der Selbstsucht putzen und feilen sie, bis sie zu einer Tugend wird, zu einem Götzen, vor dem sie auf ihren Knien liegen; und diese Götzendiener klagen die heilige Kirche als götzendienerisch an! Und vor diesem Menschengeschlechte, forderte mein ehrwürdiger Lehrer, sollte ich Achtung haben! Wer mag denn immer nach dem Keim des Göttlichen suchen, unter dem wuchernden Dickicht der Niederträchtigkeit! — Begeisterung, Drang, Glut des Bewußtseins; einen Pfennig mehr in die Wagschale und sie schnellen in die Luft. — Hilarius wird nicht Bischof von Brandenburg, gewiß nicht, so lang' ich Markgraf von Brandenburg bin. Sein Eifer wird erkalten, er wird sich umschlagen. Erwartete ich anderes! Und wird dieser Mückensauger Musculus, weil Rom seinen Hosenteufel nicht anerkennt, nicht dafür Rom verleugnen? Verleugnet es nur, deckt Eure Lumpen über die strahlenden Meßgewänder, übertönt mit Eurem krächzenden Spittelgesang die Chöre der Orgeln und Posaunen, brecht die Spitzen der Strebepfeiler ab, schlagt mit Euren Fäusten in die bunten Scheiben, mit Euren Hämmern in die Blumen und Rosetten der Gewölbe, rennt mit Euren dicken Köpfen gegen die Mauer, die Kirche wird um so herrlicher sich erheben, Eurer Ohnmacht lachend. Und ich, — heiligste Mutter Gottes, hier gelobe ich vor Deinem Bilde, ich will als Ritter, als Feldherr stehen und streiten für das Haus Deines Sohnes, nicht bis es zusammenbricht — es kann nimmer stürzen — aber bis ich zusammenbreche und stürze, und Du mich rufst zu meinen Ahnen. Vor denen will ich's verantworten."

Der Fürst war bei diesen Worten vor das Bild der Jungfrau Maria getreten, nicht wie ein Betender, wie ein Feldhauptmann, der seinem Kaiser Treue gelobt vor der Schlacht. So hielt er in der Hand den schwer mit Stahl beschlagenen, mit Elfenbein ausgelegten Kommandostab.

Aber in seiner anderen Hand fühlte er jetzt einen sanften Druck. Es war seine kleine Tochter Elisabeth, die sich zu ihrem Morgenbesuch ins Zimmer geschlichen und den Vater zu ihrer großen Freude überrascht hatte. Joachim, der nicht immer die Überraschungen liebte, schien diesmal erfreut. Er hob die Kleine an seine Brust und ließ sie auf seinen Knien ihr Köpfchen stützen. Sie fragte ihn, was er mit dem Bilde der Mutter Gottes geredet.

„Ich habe ihr Liebe und Treue gelobt. Was schüttelst Du Dein Köpfchen?"

„Mutter sagt, wenn die Männer Treue gelobten, das wären nur schöne Worte, aber nachher achteten sie nicht darauf."

„Hat die Mutter das zu Dir gesagt?"

„Nein, zu mir hat sie gesagt, man müßte vor gar keinem Bilde schwören. Aber das andere hab' ich ihr abgemerkt."

„Kinder müssen Eltern nie belauschen."

Die Kleine machte ein pfiffig Gesicht: „Wie sollen wir denn sonst was merken?"

„Du hast Dir wohl viel gemerkt, Lisbeth?"

„O ja, damals, als wir auf dem Tempelhofschen Berg waren und nachher."

„Da hat die Jungfrau Maria uns wunderbar behütet, mein Kind," fiel der Kurfürst rasch ein. „Ohne ihre besondere Fürbitte bei Gott stände es mit uns sehr schlimm."

„Das hat Mutter auch gesagt, wenn Gott da nicht drunter führe, müßte er ja der Gott der Langmut sein."

„Gott ist ein zorniger Gott und läßt keinen Fehler ungestraft, von Großen wie von Kleinen. Aber die Jungfrau, die er zur Himmelskönigin erhoben, die ist so mild und gut. Sie bittet für uns unermüdlich, und dadurch wird sein gerechter Zorn von uns abgewendet. Darum ist es unsere Pflicht, die Jungfrau Maria von ganzem Herzen zu lieben und nie etwas zu thun, was sie verdrießt."

„Mutter sagt, die Jungfrau Maria —"

„Die Mutter ist nicht aus unserm Lande, mein Kind. In Dänemark, wo sie geboren ward, sind wilde, rohe Leute, wie Du von Deinem Oheim König Christian gehört hast; die sind aufsässig gegen alles, was gut ist; darum mögen sie auch dort nicht die Jungfrau Maria so lieben, wie sie verdient. Wer es aber in unserm Lande nicht thäte, wäre sehr schlecht; denn die Himmelskönigin liebt uns ganz besonders, weil unsere Vorväter sie von je an verehrt haben, und ihr schöne Kapellen gebaut, aller Orten, und Klöster, und ihr Kerzen angezündet. Das wirst Du auch thun, wenn Du größer bist. Da werden wir zusammen fahren nach allen Wallfahrtsorten, und Du wirst Dich freuen, wie das glänzt von Gold und Blumen und Lichtern. Du wirst ihr auch an jedem Orte eine geweihte Kerze opfern, und der Maria von Zehdenik sollst Du sogar ein neues schönes Kleid schenken."

„Werden denn nicht die andern Marien neidisch werden? Ach laß mich allen ein neues Kleid schenken."

„Wir wollen sehen, mein Kind."

„Und mir schenkst Du auch eins!"

Joachim lächelte: „Ich habe Dir noch eine besondere Freude zugedacht. Beim nächsten Fronleichnamsfeste will ich meiner Lisbeth erlauben, mit unter den weißen Mädchen im Zuge zu gehen. In alten Zeiten war das zwar nicht, daß die Prinzessinnen mitgingen und Lichter trugen, doch, um meiner Elsbeth eine Freude zu machen, wollen wir einmal von dem Brauch abweichen."

Die kleine Prinzessin hatte die Augen groß aufgeschlagen, aber es kam ein betrübter Blick heraus: „Ach das kann nicht sein, Vater. Die Mutter erlaubt es nicht."

„Wenn wir es der Mutter recht vorstellen, wird sie es erlauben. Meine Lisbeth soll schön aussehen, in weißem Kleide mit Fransen besetzt, und ihre leichten Ringellocken werden um den Nacken spielen, und einen Kranz von Blumen auf dem Scheitel, und Blumen um die brennende Kerze gewunden, die sie in ihren kleinen Händen tragen wird. Nicht wahr, da werden die Bürgertöchter auf das fürstliche Fräulein mit Verwunderung schauen, und was werden die Leute an den Fenstern und auf der Straße dazu sagen!"

Die Schilderung hatte auf das Fürstenkind sichtlich Eindruck gemacht Die Freude aber kämpfte mit Schmerz oder Furcht

„Die Mutter sagt, das wäre ein abgöttisch-heidnisch Fest."

„Sagt sie das!"

„Die Eltern, die ihre Kinder dazu hergäben, thäten so schlimm, als wenn sie dem Gott Baal opferten."

„Wirklich! Und was sagte sie weiter?"

„Aber Du mußt mich nicht verraten, Vater; ich habe es mir nur so gemerkt. Es wäre nicht anders, hat sie gesagt, seine unschuldigen Kinder hinter den greulichen hölzernen Puppen hergehen zu lassen, so die Heiligen vorstellen sollten, als wenn man die lieben Kindlein zwingen wollte, vor dem greulichen heidnischen Abgott Triglaf zu knien, der da im Zimmer stand. Ich habe mich immer vor ihm gefürchtet, bis er einmal umfiel, und da sah ich, es war nur eine Holzpuppe."

„Den Triglaf hat der Oheim von Dänemark bei seiner Abreise mitgenommen. Ich schenkte ihn dem Könige. Nun brauchst Du Dich nicht mehr zu fürchten."

„Will der Oheim Christian ihn auch wieder anbeten?"

„Elsbeth, was hast Du gehört?"

„Ja, wer einmal absprang, dem ist nicht recht mehr zu trauen. Der arme Oheim Christian ist selbst an seinem Unglück schuld. Warum mußte er wieder umkehren aus Menschenfurcht zu der alten Abgötterei! Das konnte dem himmlischen Vater nicht gefallen. Darum geht es ihm so schlimm. Wär' er auf dem guten Wege geblieben, dann ginge es ihm auch noch gut."

„Er sprang vom alten guten Glauben ab, mein Kind, er wollte nicht mehr die Heiligen anbeten, er spottete über die Jungfrau Maria, ja er verfolgte die frommen Diener der Kirche; darum wandte Gott seine Hand von ihm ab. Nun wollen wir hoffen, daß seine Reue Gott versöhnen wird."

„Also den Götzen Triglaf wird er nicht wieder anbeten? Da hatte ich rechte Furcht vor, die Mutter hatte es ihm recht zu Gemüte geführt, daß er es nicht thun sollte. Der Triglaf ist doch gar zu häßlich mit dem Buckel und den drei Köpfen."

„Das heidnische Götzenbild wird er nur, wie Dein Vater gethan, als eine Rarität in seine Stube stellen, und zur Mahnung, daß er an der Frömmigkeit festhalte. Vor solchen greulichen Bildern knieten in Angst und Beben die alten Heiden, und Gott erbarmte sich darauf des Menschengeschlechts, daß er ihm, zur Erlösung von den Unholden, seinen eingeborenen Sohn sandte Nun brauchen wir nicht mehr zu erschrecken: vor dem milden Angesicht des Herrn Jesus, und vor dem schönen Gesicht seiner himmlischen Mutter wird uns wieder von Herzen wohl. Aber wenn wir von ihnen uns abwenden, fallen wir wieder den alten bösen Götzen anheim, die uns erschrecken, wie Dich der Triglaf. Wenn nun Dein Oheim Christian nach Dänemark zurückkehrt, was wir ihm alle wünschen, und die bösen Leute, die ihn fortgejagt, überwindet und straft, wird er der Jungfrau Maria auch wieder alle Ehre erweisen; die Kapellen der Heiligen, die sie zerstört haben, herstellen und am Fronleichnamstage wird er eine Prozession anstellen; da wünschte ich, daß Du und wir alle dabei wären, wie prächtig sie sein wird."

Die Kleine schien aus ihren Fingern an den Lippen Gedanken zu saugen: „Vater! braucht's denn die Mutter zu wissen; kann ich nicht so mitgehen bei der schönen Prozession? Daß sie's nicht sieht."

„Du wolltest ohne Wissen Deiner Mutter!" —

„Der liebe Gott weiß es ja doch.“

Joachim strich dem Kinde das Haar von der Stirn, als wolle er in ihren Zügen lesen, wie weit das Gift der Verführung eingedrungen; und plötzlich verfinsterten sich seine Züge; es war aber nicht Zorn gegen die Tochter.

„Du hast recht, Lisbeth, man braucht nicht alles den Menschen zu sagen, weil der liebe Gott schon alles weiß; und was wir miteinander reden, braucht Deine Mutter nicht zu wissen. Sie ist eine gute Frau, aber sie ist kränklich und es könnte ihr schaden.“

Ein schlauer Aufblick der Tochter schien anzusagen, daß sie ihn verstehe.

Er sagte, daß die Kurfürstin jetzt so oft rote Augen habe, das komme vom vielen und späten Lesen. Davon schlafe der Mensch des Nachts unruhig, stehe auf und spreche im Traum wunderliche Dinge. Zu alledem nickte die kleine Elisabeth bedeutungsvoll ihr Köpfchen. Er fuhr fort, daß die gute Mutter davon krank werden, vielleicht gar sterben könne, so man nichts dazu thue. Es sei darum gut, wenn man wisse, was sie abends vornehme, lese und im Traume rede, damit man ihr Mittel verschreiben könne. — Elsbeth verzog mit saurem Lächeln den Mund; sie dachte an die bittern Arzneien, die man ihr gereicht, und schien nicht geneigt, der Mutter dasselbe Schicksal bereiten zu wollen.

„Schelm, die Arzneien sind nicht immer bitter, und wenn Dein Vater beizeiten weiß, was Deiner Mutter fehlt, kann er ihr auch wohl durch süße Tränke helfen.“

Das schien dem Kinde einzuleuchten. Da fragte der Kurfürst noch mancherlei; nach den Büchern, aus welchen die Mutter vorlese; was sie den Kindern dabei erkläre; wer alles zuhöre; ob nicht noch Fremde dabei zugegen wären, und ob die Mutter nicht etwa davon gesprochen, daß sie den und jenen erwartete. Auf einiges nickte, auf anderes schüttelte Elsbeth den Kopf. Entweder wuchs dem klugen Kinde der Mut, als es fühlte, welche Bedeutung sie durch dieses Gespräch gewann, oder es langweilte sie, denn jetzt erklärte sie, das dürfe sie nicht sagen, und als Joachim fragte: ob sie nie vom Doktor Luther reden gehört, schien ihr kindischer Mutwille erwacht.

„Ja, Vater, weißt Du was! Wenn Du das machen kannst, daß sie den Doktor Luther beim Fronleichnamsfeste auch unterm Baldachin herumtragen, dann erlaubt Mutter, daß ich bei der Prozession sein kann.“

Des Fürsten Geduld war erschöpft: „Lieber den heidnischen Triglaf,“ rief er und schob den Stuhl zurück.

Da klatschte Elsbeth in die Hände: „Der steht draußen, wie er leibt und lebt, das vergaß ich Dir zu sagen.“

„Du bist närrisch. Christian ließ ihn einpacken und nahm ihn mit.“

„Nein, als ein lebendiger Mensch, Vater, mit solchem Höcker; und so häßlich ist sein Gesicht angeschwollen; ein Auge ist ihm aus, ganz wie dem Triglaf; er ist ein Kapuziner und sagt, er wartet auf Dich. — Nun ruf' ich ihn Dir.“

Die Prinzessin war, ohne des Vaters Befehl abzuwarten, hinausgesprungen, vermutlich weil der Vater dem Lieblingskinde solche eigenmächtige Handlungen bisher nachgesehen. Aber als sie den lebendigen Wendengott Triglaf, der hinter der Thür gestanden zu haben schien, hereinzog, kamen zugleich andere über den Gang, vor denen der Triglaf und die Prinzessin-Tochter zurücktreten mußten oder ganz verschwanden. Mit einem „Hinaus! jetzt ist nicht Zeit dazu!“ winkte der Kurfürst dem Kinde, sich zu entfernen, und Elisabeth verstand zu wohl, was die rote Ader auf des Vaters Stirn bedeute, um auch nur einen Augenblick länger zu bleiben. Die andern waren der Propst Hilar und der Minister Schlieben, deren hastiger Tritt und Mienen schon eine wichtige Botschaft ansagten.

„Wie steht's in Stendal?“ fuhr Joachim ihnen entgegen.

„Schlimmer, als wir's erwartet.“

„Ist Bardeleben zurück?“

„Er schickte nur den Jakob Jentz; er und Lüderitz haben noch vollauf zu thun und warten nur auf Euer Durchlaucht Befehl!“ sagte der Minister.

„Schnell, kurz, alles!“

„Der Mönch Lorenz Kuchenbäcker —“ hub der Minister an, aber der Fürst unterbrach ihn.

„Ein Augustinermönch, vom Schlage der Wittenberger, hatte von der Kanzel herab die Handwerksburschen aufgemuntert, die lutherischen Gesänge, die sie auf der Wanderung erlernt, dreist auch in der heiligen Kirche anzustimmen. Sie thaten's; da hat's der Magistrat verboten und den Kuchenbäcker von der Kanzel gewiesen, wie recht war. Sie sangen in den Straßen, und es gab Tumult. Das ist der ewige Geist der Unruhe im Menschengeschlecht, der heulende Wolf der Angst nach der Erlösung. Das ändert niemand. Man straft einige, die andern läßt man laufen. Das ist das Übelste nicht.“

„Doch ward es schon damals sehr übel, sonst hätte der erlauchte Kurprinz nicht den Landeshauptmann Busso von Bardeleben und den Rat Gero von Lüderitz nach Stendal geschickt. Die ganze Tuchmacher-Innung und die Schuhmacher auch zogen mit Sang und Spiel durch die Straßen —“

„Und forderten vom Rat, daß die neue Lehre eingeführt werde. Das weiß ich. Was verstehen die Tuchmacher und die Schuster von der neuen Lehre! Sie wollen Neues, weiter nichts, Abwechslung. Sie sind reich, es geht ihnen zu wohl.“

„Darauf gelang es beiden gedachten Kommissarien,“ fuhr der Minister fort, „die Gemüter durch vernünftige Vorstellungen zu beschwichtigen, ihnen vorstellend, wie es in Höchstdero Intention selbst liege, eine Besserung mancher kirchlichen Übelstände einzuführen, wenn sie nur mit Vertrauen und in Geduld ausharren wollten.“

„Sie mögen dumm Zeug genug geschwatzt haben.“

„Hernach begaben sie sich mit den fürnehmsten vom Rate und der Geistlichkeit zur Mittagstafel auf die Dechanei.“

„Wenn nur mit einem Festessen geschlossen. Mit Schüsselklirren und Gläserklang glauben sie den hungernden Wolf zu sättigen.“

„Kurfürstliche Gnaden scheinen mit dem Verfahren der Kommissarien nicht einverstanden. Der von Bardeleben und von Lüderitz, auch der ihnen beigegebene Jakob von Jentz sind ehrenwerte Männer. Desgleichen haben sie nach bester Einsicht in sothanem Falle gehandelt.“

„Das will ich glauben. Ihr handelt alle nur nach Eurer Einsicht,“ setzte Joachim zwischen den Zähnen hinzu.

„Während sie tafelten, in Meinung, die Sache wäre abgemacht, erhitzten sich die Köpfe —“

„Bei Tisch? Das pflegt so zu gehen in der Mark.“

„Nein, in der Stadt. Durchlauchtigster Herr, die Sache ist ernst, es kam zur Rebellion. Nicht die Tuchmacher und Schuhmacher allein, auch von den angesehensten Bürgern waren darunter. Die Steine hagelten gegen die Fenster der Dechanei; vor den ausgestoßenen, furchtbaren Drohungen mußten die Herren sich aufs Rathaus flüchten. Kaum konnten sie die Thüren verrammeln, als das Volk mit Piken, Äxten, sogar mit Feuergewehr das Haus umzingelte. Sie schrieen, man habe sie betrogen, der Kurfürst sei übel beraten; sie ließen den Doktor Luther leben. Sie legten Leitern an die Fenster, sprengten mit einem Balken die Thür —“

„Meine Brandenburger!“

„Wenn der Brandenburger sich in seinem Glauben gekränkt hält, hört seine geduldige Natur auf. In Kürze, das Rathaus ward von den Stendalern erstürmt und die hartbedrängten Herren mußten sechs Punkte unterschreiben, darin denen von Stendal freie Religionsübung verstattet wird.“

„Und die Ratsherren!“ — fuhr Joachim auf.

„Mußten es sich wohl gefallen lassen. Die Fäuste der Zünfte lagen schwer auf ihren Schultern.“

„Diese Herren dort haben vielleicht auch nicht ganz ungern mit unterschrieben,“ meinte der Propst.

Ein peinliches Schweigen trat darauf ein. „Weiter!“ sagte Joachim.

„Uns fehlen noch die Nachrichten, da Jakob Jentz, der aufsässigen Bauernschaften in der Umgegend halb, einen Umweg zu machen genötigt war. Doch weiß er, daß der junge Kurprinz, sobald er davon Kunde erhalten, als Statthalter der Altmark mit tausend Reitern nach Stendal aufbrach. Wenn er der Meuterer Herr wird, was zu erwarten steht, da sie solchen Angriffs nicht gewärtig, so ist der gerade Weg frei und wir mögen jeden Augenblick Nachricht erhalten.“

Joachim war, die Hände auf dem Rücken, durchs Zimmer auf und ab gegangen; aber die Runzeln auf seiner Stirn löšten sich:

„Ein Aufstand wie ein anderer. Das übervolle Blut gärt wie der Wein im Fasse. Lorenz Kuchenbäcker heißt der Mönch?“

„Der Anlaß zu der ersten Aufregung gab. Man spricht aber noch von einem andern; von einem verwilderten Mönche, der von auswärts an jenem Tage in die Stadt gekommen und die Kanzel bestiegen, wo er entsetzliche Dinge gepredigt, entsetzlich wie sein totenblaß Angesicht und sein verwilderter Bart. Der habe das Volk gescholten, daß, wo es nach Wein dürste, es mit dem Spülicht in den Fässern zufrieden sei; wo es den Götzendienst vernichten wolle, sich neue Abgötter mache; Luther sei höchstens, wie der Täufer Johannes, der dem Heiland voranginge; und wenn sie Heil für ihre Seelen wollten, einen wahren Bund mit Gott, müßten sie nichts von seinen falschen Abbildern dulden. Ja, er forderte sie auf, alle Bilder in den Kirchen zu zerreißen und zu zertrümmern.“

„Dringt auch diese Thorheit schon nach Brandenburg?“

„Der bessere Teil der Bürger wollte nichts davon wissen, und mitten im Aufruhr jagten sie ihn aus der Stadt. Dennoch hatte seine Predigt mit dazu beigetragen, die Gemüter zu erhitzen."

„So viel Ordnung schon im Aufstand!"

Man hatte den Hufschlag eines Reiters im Hof gehört, ein staubbedeckter Bote überbrachte die erwartete Meldung; bereits einen vollständigen Bericht von des Kurprinzen Hand unterzeichnet. Stendal war unterworfen, die Rädelsführer und andere säßen in sicherer Haft. Der Statthalter der Altmark fragte bei seinem Vater an, wie er Gericht über dieselben halten solle? Joachim hatte sich wieder in seinen Stuhl zurückgelehnt, und sein Blick sagte, daß er den Räten erlaube, ihre Meinung abzugeben.

Der Propst schien einen Versuch zu machen, die Gunst seines Fürsten wieder zu erobern. Er sprach mit Mäßigung, gründlich, gelehrt die Frage prüfend. Er wiederholte mit andern Worten die Ansichten, die er so oft aus Joachims Munde gehört, über die Schädlichkeit der deutschen Kirchenlieder, weil sie den erhabenen, tönenden Schwung der alten lateinischen verwässerten, und beim Volk am Ende die Einbildung hervorriefen, es könne jeder Schuster und Schneider Kirchenlieder dichten, wie denn das leider schon geschehen sei. Noch thörichter sei das Verlangen, den Gottesdienst in deutscher Sprache zu verrichten. Das heiße die Majestät Gottes gemein machen und das Mysterium der Religion in die Tabernen herabziehen.

„Du irrst, Hilar," unterbrach ihn Joachim, „wir sind nicht hier zu theologischen Abhandlungen. Was Du von dem Falle denkst, will ich wissen. Wie die Übertreter zu bestrafen?"

„Man kann nicht streng genug sein. Wenn auch dieser Fall so hinginge, wohin sollte das am Ende führen!"

„Wen willst Du strafen?"

„Vor allem den Mönch Kuchenbäcker, den gottlosen Anstifter, mein Kurfürst."

„Gegen den liegt nach dem Berichte nichts vor, als daß er die Leute zum Singen von Liedern aufforderte, die er für gut hielt. Daß sie schlecht sind, ist nicht seine Schuld. An dem Aufstand hat er keinen Teil; er hat die Stadt schon verlassen."

„Dann den wilden Bilderstürmer."

„Den haben die Bürger schon bestraft; sie jagten ihn fort. — Er ist ein Schwärmer, den ich vielleicht kenne." —

„Mein Fürst, sie alle die Verführten sind ebenso strafbar als die Verführer. Ein solcher offener, schandbarer Abfall von der Kirche kam noch bei uns nicht vor. Sie schlugen ja mit der Faust dem Allerheiligsten ins Gesicht. Dies eine Ketzergericht, auf handhafter That, wird die übrigen schrecken."

„Ich bin kein Ketzerrichter," fuhr Joachim auf. „Was an mir, soll die Ketzerei in meinem Lande ihr Haupt nicht erheben; aber als einen Büttel sollen meine Unterthanen mich nicht verfluchen, wie meinen Vetter Georg von Meißen. — Was ist Deine Meinung? Hier ist nichts von der Theologie."

Der Minister von Schlieben, an den die Rede gerichtet war, hatte keine theologischen Meinungen; man behauptete, er habe überhaupt keine Meinungen, als daß alles in guter Ordnung bliebe und seines Herrn Wille geachtet werde. Aber er war ein milder Mann, der gern schlichtete und vertrug; er gedachte mit innerm Schauder des Blutes, welches nach Joachims Regierungsantritt auf den Gerichtsplätzen geflossen war; er segnete die friedliche Zeit, die darauf gefolgt war, und sah mit Zittern der Zukunft entgegen, wo die Religionsstreitigkeiten wieder grausame Verfolgungen, wo nicht einen Bürgerkrieg in Aussicht stellten.

Die Art wie Joachim den Propst abgewiesen, gab ihm Mut, seine milde Ansicht auszusprechen, obwohl die Erfahrung ihn gelehrt, daß man dem Kurfürsten nie die Meinung verraten oder gar aufdrängen müsse, welche man durchzusetzen wünschte. Er sprach mit Wärme für die armen Verleiteten und mehr als er sollte, denn auch er verfiel in das theologische Gebiet, in dem er nicht zu Hause war, er suchte zu beweisen, daß, was die Bürger von Stendal gethan, nicht Ketzerei sei nach den gesetzlichen Verordnungen. Er hatte es ganz verfehlt. Joachim schlug mit der Faust auf den Tisch und sprang auf:

„Sind meine Räte verwirrt! — Beschied ich sie zu einem Konzilium, oder einem Reichsgericht! — Ich bin kein Ketzermeister, aber dieses Landes höchster Richter. Was die Thoren dort in Stendal singen und glauben, davon ist hier nicht die Rede, sondern vom hellen lichterlohen Aufruhr! — Kannst Du Empörung verteidigen, Schlieben? Wehe dem, der an meinem Rechte zweifelt und an meinen Willen nicht glaubt. Nicht die Tuchmacherherren und Schustergesellen haben in Stendal zu bestimmen, was gelten soll, sondern ich. Ihre Pakta sind null und nichtig, Verbrechen gegen meine Majestät; meine Räte straffällig, die sich einschüchtern ließen, ihr Mandat und ihre Pflicht zu vergessen, und der Rat der Stadt überaus strafbar, daß er nicht besser Ordnung hielt. Sind das Obrigkeiten! Aber wehe dem, der auf Dank seine Rechnung gemacht. Ich werde ihnen zeigen, wie man Undank lohnt. Schreibe es nieder an meinen Sohn: die sechs Rädelsführer büßen es mit dem Leben, sie werden enthauptet; wer mit geplündert in den Häusern der Geistlichen und mit ins Rathaus drang, wird gestäupt. Die Stadt zahlt zehntausend Gulden Buße, ersetzt außerdem allen angerichteten Schaden und verliert ihre Zollfreiheit."

„Die Stadt ihre —"

„Zollfreiheit! Weil sie nicht besser acht hatte, daß nicht verbotene Ware durch ihre Thore kam."

Drittes Kapitel.

Mundus vult decipi.

Joachim hatte eine Weile mit verschränkten Armen in der Mitte des Zimmers gestanden. Als die Fußtritte der Räte auf den Korridoren verhallt waren, überlief es ihn wie ein Schauer. Als man die Stimmen der Stallknechte auf dem Hofe hörte, die ein Pferd für den Hofreiter sattelten und ihre rohen Scherze sich zuschrieen, daß die Köpfe von sechs Bürgern von den vier Schenkeln eines Pferdes herabhingen, fuhr er mit der Hand über die Stirn und schritt zögernd nach der Wand zu, wo die Klingelschnur hing.

Aber er fuhr, wie vor dem Anblick eines Gespenstes, zurück, als er in der Mauerblende das Götzenbild, halb beschattet von der bestäubten Gardine, zu erblickten glaubte, welches so lange dort gestanden, und welches unter seinen Augen vor Wochen erst in Kisten verschlagen worden, damit sein Schwager es mitnehme.*) Für Joachims scharfes Auge konnte die Täuschung nur einen Augenblick andauern. Es war keine Holzfigur, es war ein lebendes Geschöpf und die Ähnlichkeit lag nur in zufälligen Umständen. Es war der Mönch aus Landsberg, den die kleine Prinzessin vorhin an der Hand hereingerissen. Seine braune, zerfetzte Kutte, das geschwollene Auge, die Lücken in den wenigen Haaren, welche

*) Das „Götzenbild des wendischen Triglaf", der in Brandenburg gestanden, führte Christian bei seiner Abreise mit sich fort, wahrscheinlich als ein Geschenk seines Schwagers Joachim I.

die Tonsur ihm gelassen, und die blutrünstigen Schrammen hatten ihn entstellt; es war aber eben auch ohnedem ein Ausdruck im Gesicht, in der ganzen Haltung des Menschen, welcher ihm den Stempel des Häßlichen und Unheimlichen aufdrückte. Die seitwärts gebogene kleine, spitze Nase, die schwarzen brennenden kleinen Augen, von glatten dunkeln Brauen überschattet, gaben ihm den Ausdruck der Schlauheit, während die breiten Backenknochen, die niedrige Stirn und die grob aufgeworfenen Lippen des breiten Mundes eine innere Gemeinheit zu verraten schienen.

Der falsche Götze, als der Blick des Fürsten ihn traf, und seine Stimme ihn andonnerte: „Ein Lauscher!“ war mit auf der Brust gekreuzten Händen aus seinem Verstecke hervorgekommen und hatte sich auch mit einer Art auf die Erde geworfen, welche die Manneswürde nicht aufgiebt; „es ist das letzte, zu dem sich ein tief Gebeugter entschließt; so stürzt die Eiche vor der Macht des Sturmes noch mit Größe. Dieser schlängelte sich mit gelenken Gliedern an den Boden, wie ein Jagdhund, der gefehlt hat, und er kriecht, der Schläge gewärtig, an seinen Herrn, den schielenden Blick auf den Zornigen gerichtet.“

„Nicht weiter!“ Der Fürst stampfte auf.

„Gnade!“

„Am Galgen.“

„Es war nicht mein Wille.“

„Meiner, daß Du heut noch hängst. Wache!“ rief der Kurfürst und stampfte heftiger auf den Boden.

„Die durchlauchtigste Prinzessin hat mich in das Zimmer gerissen.“

„Und ging, als ich's befahl. Warum Du nicht?“

„Die Thüren wurden verschlossen, ehe ich —“

„Sie hätten sich geöffnet, und Hände nicht gefehlt, Dich hinauszuwerfen. Wer seinen Fürsten belauscht, hat das Leben verwirkt.“

„Du sprichst es vielen ab.“

„Gewürm! Wer giebt Dir die Frechheit?“

„Der, welcher Deine Wache taub macht, daß sie Deinen Ruf nicht hört.“

Es schien allerdings auffällig, daß trotz Joachims lautem Ruf kein Kämmerer und keine Wache hereingestürzt war. Er konnte aber sich selbst den Grund dafür sagen in dem erteilten Befehl, daß seine Diener allzeit fern von den Thüren sich hielten, damit kein Lauscherohr weder seine Heimlichkeiten mit den Ministern, noch mit seinen Astronomen, — vielleicht auch noch mit andern — belauschen sollte. Der Blick des Mönches schien anzudeuten, daß dieser Befehl schon manches Mal überschritten worden.

„Ein solch' Gewürm, selbst an meinen Sohlen mag ich's nicht. — Du bist es, der in Landsberg — die Scham, vor mir zu erscheinen, müßte Dich in den Boden versinken machen, wenn ein Elender, wie Du, für das heiligste Gefühl der Menschenbrust empfänglich wäre."

„Der Rost frißt das Eisen," sagte der Mönch.

Die ruhig und wie aus festem Hinterhalt vorgeschleuderten Worte schienen den Kurfürsten einen Augenblick stutzig zu machen. In seinen physikalischen Studien hatte er eine besondere Aufmerksamkeit dem Rost gewidmet, ohne daß weder sein gelehrter Meister Trittheim aus der Wissenschaft, noch er aus der heiligen Schrift die Erscheinung sich recht erklären können. Die Befremdung ging schnell vorüber. Der Mönch konnte ja durch andere von seinen Studien gehört haben.

„Du sollst nicht der Rost sein, der an meinem Stahle nagt. Ich gebe Dir die Erlaubnis hinaus zu kriechen, damit Dein elendes Dasein um so viel Augenblicke verlängert wird, bis Dich die Wache dem Büttel überliefert. Benutze sie zur Reue."

„Du wirst mich nicht töten lassen."

„Warum?"

„Weil Du das Urteil im Zorne sprachst."

„Zorn gegen Dich? Allerheiligste Jungfrau. — Ich sprach's in der tiefsten Verachtung; unwillig nur um deshalb, weil — meine Majestät über solches Geschmeiß richten mußte. Das gehört für andere."

„Du wirst mich nicht hängen lassen, weil ich Gottes Abgesandter bin."

„In einer Stunde stehst Du vor ihm."

„Der mich in dieser Stunde zu Dir schickte, Dich zu retten."

„Ins Gesicht, Mönch, was soll's?"

„Preise die Hand dessen, Joachim von Brandenburg, der die Hand Deiner unschuldigen Tochter mich ergreifen und in dies Zimmer reißen hieß, preise ihn, daß er mit Furcht mich blendete, als ich wieder hinaus wollte und mich versteckte; nicht weil ich Dich behorcht mit Deinen Räten, das war ein Geheimes, was jeder lesen konnte. Wer aber hätte jetzt Deinen Arm aufgehalten, da Du an der Glocke reißen wolltest, als der Wurm, den Du in Unmut zertreten willst."

„Was wollte ich?"

„Den Blutbefehl gegen die Empörer zurücknehmen, weil in einem schwachen Augenblick Dein menschlich Gefühl über Dein Pflichtgefühl als Schirmherr der Kirche stürzte. Du wolltest Dir ein unangenehmes Gefühl sparen, wolltest Deine Hände rein waschen von Menschenblut und vergaßest darüber, daß Du für dieses eine vorübergehende Unbehagen, was nur Dich traf, Dein Volk, die Kirche, die heilige Religion in unabwendbar Unbehagen und Schaden gestürzt. Gott wollte nicht, daß Du zu spät Deinen Fehltritt bereuen solltest; es war, wenn auch diese Frevler nicht bestraft wurden, um seine Kirche geschehen; er liebt Dich, darum wollte er auch Deine Autorität vor Deinem Volke erhalten. Um deswillen hat er einen Wurm geschickt, der einen König gerettet hat."

„Es ist zu spät nun!" murmelte Joachim.

„Zu spät, den Boten rufst Du nicht zurück, er fliegt schon über die Heide."

„Du treibst Magie, sagten sie," sprach Joachim leiser und beobachtete den Mönch aufmerksamer, „kannst Du in die Ferne sehen?"

„Nicht immer, nicht wenn ich es will, nur wenn die Stunde über mich kommt, die ich nicht rufen kann."

„Ist's Deine Stunde?"

„Ich glaube, Herr — versichern kann das niemand, die Stunde kann schon um sein — ich sehe vieles —" der Mönch zitterte heftig.

„Auch in die Vergangenheit?"

„Auch in die Zukunft, Herr, wenn mein Auge sich öffnet."

„Ich will Dich prüfen. Das vorhin war ein Rätsel, was jeder lösen konnte, dem Gott einen scharfen Blick gab."

„Sei gnädig, Herr, mit Deinem Knechte, wenn ich nicht bestehe —"

„Hängst Du."

Des Mönches Glieder flogen in fieberhafter Heftigkeit mit den Lumpen, die sie umhüllten; er glich schon einem vom Galgen Genommenen, wenn nicht der Angstschweiß, der ihm von der Stirn strömte, die noch mächtigen innern Lebensquellen verraten hätte.

Der Fürst wies auf eine verschlossene Lade: „Was ist

darin? Wer mit den dunklen Künsten der Naturkräfte vertraut ist, muß die Witterung von selbst haben."

Es war, als atme der Mönch leichter auf, wie ein Flüchtling, der drei Schritt von seinem Asyl wieder Luft schöpft: „Darin ist Eisen."

„Stahl oder Magnet?"

Der Mönch hauchte leise die Luft ein: „Es ist rohes Eisen von Rost überzogen."

„Wie erklärst Du den Prozeß des Rostens? Ist es ein Wurm, ein Moos oder ein Giftstaub?"

„Kurfürst, ich bin kein Gelehrter; ich ahne, fühle nur und sehe."

„Doch eine Deutung mußt Du fühlen; ahnen, warum die Natur es zuließ, daß dies festeste, gediegenste Metall, das die Welt sich unterwürfig gemacht, und die Völker wie ein Tyrann beherrscht, warum es vom elendsten, gestaltlosesten Wesen, von einem Ding, was selbst nur Schmutz und Staub ist, zerfressen und verzehrt wird?"

„Daß es uns erinnere, wie das Festeste auf der Erde und das Höchste unter dem Himmel nicht fest ist und nicht hoch ist, vor dem, der Himmel und Erde gemacht hat; daß er das Schlechteste und Gemeinste schickt, um das Beste und Gewaltigste zu vernichten; auch den Reichsapfel fressen Würmer, auch das Schwert des Kaisers den Rost; uns zu mahnen in unserer Herrlichkeit und Schönheit, daß wir aus Kot und Staub geknetet sind und Kot und Staub wieder werden, und nichts Bestand hat als Christus und seine Kirche."

Joachim hatte ihm mit Aufmerksamkeit zugehört. Das war Trittheims Deutung des Rostes. Was konnte der Landsberger Mönch von dem wissen, was der gelehrte Abt in Stunden der Arbeit und Weihe seinem Zögling erschlossen! Er winkte jetzt dem Mönche, der bis dahin auf den Knien gelegen, aufzustehen, und schritt an die Thür, die er öffnete und dann verschloß. Nun faßte er ihn scharf ins Auge:

„Mönch, Du weißt mehr, als ein Lauscher entdeckt, doch ist Deine Prüfung noch nicht zu Ende. Schau mich an, mit zugeschlossenem Auge. Was arbeitet in dieser Brust: Einen Fürsten durchkreuzen tausend Gedanken; welcher ist es, der wie ein Schlagschatten alle anderen verdunkelt?"

Das Zittern des Mönches fing wieder an: „Erlasse mir die Antwort."

„Nein."

„Deine Sorgen sind mannigfaltig, die Sorgen um die Kirche —“

„Dazu braucht es nicht der Sehergabe.“

„Herr! — Herr! — es lauscht ein Kind an der Thür der Mutter. Um der Allbarmherzigen willen, laß mich nicht tiefer blicken — in die Geheimnisse Deines Hauses.“

Der Fürst winkte mit der Hand. Er war aufgestanden und ging wieder mit verschränkten Armen im Zimmer auf und ab: — „Mein Haus ist größer — es ruht nicht auf vier, nicht auf zehn, nicht auf zwölf Augen, es wächst über die Grüfte hinaus. Darum ist eines Fürsten Sorge größer; sie gehört der Zukunft an, deren Schmerzen und Freuden er nicht mehr teilen wird. — Hier, Mönch, öffne Dein Aug', hier steht's geschrieben und versiegelt, was mein Astronom Carrion von der Zukunft der Hohenzollern in den Sternen las.“

„Das ist mit Hilfe der Wissenschaft ausgerechnet, das ist mir fremd, mein Herr und Fürst. Ich schaue nur mit dem Glauben.“

„Du hast recht, das ist ausgerechnet und gemacht zu einem Zwecke. Ein Prachtstück für andere, eine Schmeichelei für mich. Aber sieh hier.“ — Er zeigte auf einen kleinen Metallkasten, der mit drei Schlössern verschlossen war; eine heidnische Urne, aus einem Hünengrabe entnommen, stand zur Belastung darauf.

„Dies ist ein Testament von mir. Nicht meine Kinder, noch Kindeskinder sollen es öffnen, es ist bestimmt für kommende Jahrhunderte, und in meinem bleiernen Sarge soll es ruhen in der Gruft zu Lehnin. Ein großer Magus, — und doch vielleicht nur ein Gaukler wie Du — ließ mich einst in den Spiegel blicken. Hier liegt's verschrieben auf Pergament, niemand hat es gesehen, niemand eine Silbe aus meinem Munde gehört. Die Schlüssel zum Kasten habe ich in die Havel versenkt. — Tritt näher — Du zitterst, bebst wieder?“

„Das riecht nach dem Höllenzwang.“

„Die Schale erkanntest Du —“

„Erlaßt mir den Inhalt.“

„Dringen Deine Augen nicht durch das Blei?“

„Die Schrift flammt auf bis zu den Wolken.“

„Flüstert Dir der Geist nur Ausflüchte? Geh' hinaus, Mönch, das Leben sei Dir gefristet.“

„Ich lese — was kein Mund aussprechen kann — in weiter Ferne — Königsbilder, Kronen, Lorbeerkränze —“

„Weiter.“

„Sein Boden, darin der Baum wurzelt, sind seine Werke.“

„Weiter.“

„Des Adlers Fittich steigt zur Sonne.“

„Wer schwirrt neben ihm?“

„Das sind Fledermäuse — aber das andere, ein Ungetüm, es springt aus seiner Stirn —“

„Genug!“ rief der Kurfürst.

„Es bäumt wie ein wild Roß.“

„Schweig!“ donnerte der Fürst. „Dein verruchter Mund soll es nicht aussprechen.“

„Der Nebel fließt zusammen,“ die Gestalt des Mönches, die sich über ihre gewöhnliche Größe gehoben, sank auch zusammen.

„Eigensinn!“ sprach Joachim, das blasse Gesicht im Arme stützend. — „Wenn denn gestorben sein muß, wär's denn kein schöner, königlicher Tod — am eigenen Sinne sterben?“

Er hörte nicht die Pendelschläge der Uhr, die schon viele sechzigmal getickt hatten. Er hatte auch den Mönch vergessen, der wieder wie eine Holzfigur an der Wand stand. Nur seine lauernden Blicke und ein schadenfrohes Lächeln um die wulstigen Lippen zeigten das innere Leben an.

„Was willst Du noch hier!“ sprach Joachim, wie aus einem Traume erwachend.

„Ich warte auf Dein Urteil.“

Der Kurfürst warf ihm eine Börse hin, die der Mönch mit einer Gelenkigkeit, welche einem Taschenspieler Ehre gebracht, auffing. Das verächtliche Lächeln, welches auf Joachims Lippen schwebte, nahm einen stärkeren Ausdruck an.

„Damit ist Dein Schweigen bezahlt!“ Er hob drohend den Finger. — „Ein Laut nur, und so erbärmlich Dein Leben ist, ich muß es fordern. Nun fort aus meinen Augen. Ich werde für Dich sorgen, daß Du der Gauklerkünste nicht mehr bedarfst.“

Der Mönch verneigte sich, daß sein Gesicht fast die Erde berührte. An der Thür rief er ihn zurück:

„Du bist nun in meinem Dienst. Mir gehört Deine Wissenschaft. Ich will Dich —“

„Noch prüfen!“

„Nur nutzen. Kann Dein Auge dem Lauf der Gestirne folgen?“

„Wenn Du mir die Nativität eines Menschen vorlegst, steigt sein Thun und Sinnen vor mir auf, wenn die Stunde gut ist.“

„Ich habe einen Mann, dem ich viel vertraute. Man hinterbringt mir Ungünstiges über ihn, als täuschte er mein Vertrauen. Ich glaube es nicht. Der Neid arbeitet und miniert. Man strebt, die wahren Freunde der Fürsten vor ihnen zu verdächtigen, um ihrer los zu werden."

„Hast Du selbst Verdacht auf den Mann geworfen?"

„Ich bin's, der ihn geschaffen, zu dem gemacht, was er ist; er ist durch mich, in mir, sonst nichts. Er ist treu; wenn aber seine Kunst ihm nicht treu wäre, feindliche Dämonen verwirrten seine Linien und Kreise?"

Der Mönch hatte sich mit dem Eifer eines Antiquars über einen seltenen Stein, eine dunkle Inschrift, auf die Pergamente geworfen, die Joachim ihm vorhielt. Er tastete dabei an dem Himmelsglobus, schüttelte den Kopf, und sein Gesicht ward heiter:

„Der Mann ist rein wie Gold."

„Was siehst Du bedenklich?"

„Er war in einer großen Gefahr; aber die Linien trennen sich wieder."

„Welche Gefahr?"

„Strafe für eine Vermessenheit. Er hatte verraten, was er nicht verraten sollte. Darum geschah etwas Unerwartetes. — Herr, mein Fürst, mißtraue dem Manne nicht, er arbeitet für einen Höheren. Täusche ich mich nicht, da flimmert etwas, ein heller Schein, um sein Haupt —"

„Ich wußte es!" sagte der Kurfürst, als der Mönch entlassen war, und ging mit dem Stolz der Selbstzufriedenheit durch das Zimmer. „Was wußte dieser Mönch aus der fernen Neumark von Carrion, und wie er zu mir steht! — Nichts soll mich mehr täuschen!"

Er trat an einem Seitenpfeiler und drehte an einem Griff, worauf zuerst in der Höhe, doch weit entfernt, einige Töne, wie eine Art Glockenspiel sich hören ließen. Darauf ein knarrendes Geräusch wie von aufgezogenen Rollen. Als es stärker ward und näher kam, öffnete sich unter den schweren Vorhängen, welche die dunkle Seite des Laboratoriums noch dunkler machten, die Decke, und auf einer Art Galerie schwebte der Zwerg Carrion herab.

Sein rechter Arm war gelähmt, er hing, wie von Holz gearbeitet, von der Schulter herab, ein unnützes Glied. Diese Verstümmelung des Körpers schien aber auf seine Lebenskraft ohne Einfluß. Er blickte so gleichgültig, in gemessenem Gehorsam wie immer, auf seinen Herrn; nur auf dessen Wink trat er aus seiner Verschränkung, und erst auf seine Frage öffnete er, wie dem Kommando gehorchend, die Lippen.

„Ist alles in Ordnung?“

„Meine Kulmination war richtig.“

„Saturn siegt —“

„Die Plejaden täuschten mich nicht mehr. Es flackert hell auf; der Scheiterhaufen ist nicht zu verkennen.“

„Ich hätte es anders gewünscht,“ sagte nach einer Pause der Kurfürst.

Der Astrolog lächelte spöttisch. „Der Lauf der Gestirne ändert sich nicht um die Wünsche der Fürsten.“

„Für ihn?“

„Dessen Gestirn uns anfangs irrte, nun aber in dieselbe Schweifung einlenkt, wie das von Huß, Savonarola und den anderen. Es ist nichts außer der großen Ordnung; nur die kleinen meteorischen Erscheinungen irrten uns dazwischen.“

Eine neue Pause trat ein. Dann fragte Joachim mit halblauter Stimme, als sollten es die Bilder und Gestalten des dunklen Zimmers nicht hören:

„Wann wird Luther verbrannt?“

„Der Tag verschwimmt noch in den Wochen, die Wochen noch in den Monden.“

„Aber die Monden nicht in den Jahren?“

„Das Jahr läuft nicht aus, ohne daß es den Tag gebracht.“

Joachim schöpfte einen schweren Atemzug: „Es mußte so kommen. Ich hätte dem verwegenen Mann ein ander Los gegönnt!“

„Die Sterne sind stumme Diener ihres Herrn, sie wünschen nichts, sie fürchten nichts; sie thun seinen Willen.“

„Wer nicht, Carrion? — Es liegt eine Beruhigung darin, daß wir's nicht ändern, noch fördern. Sind wir nicht müde! Wir können nun die Hände in den Schoß legen.“

Die Trommel, welche von der Schloßfreiheit her wirbelte, erinnerte den Kurfürsten, daß er nicht zur Ruhe geboren sei. Der Trommel, welche dem Fußvolk voranwirbelte, das von der Seite des Schlosses ankam, wo heute der Lustgarten ist, antwortete die Pauke der Reiter, welche aus der breiten Straße, in Lederkollern und von Kopf bis Fuß geharnischt, zur Vereinigung mit den Landsknechten auf dem Schloßplatz anrückten. Beide waren die Hilfstruppen, die Kurfürst Joachim I. dem Kaiser gegen die Türken stellte, beide sammelten sich in Köln und Berlin, und beide sollten dem jungen Kurprinzen nachziehen, der in des Kaisers Armee befehligte. Pauken- und Trompetenschall riefen den Kurfürsten in die Rüstkammer, um sein Stahlkleid anzulegen und die Truppen zu mustern.

Seltsam! Am Abende desselben Tages klopfte es leise an die kleine, kellerartige Zelle, wo der Astrolog bei einer Lampe unter aufgeschlagenen Büchern hockte, und der Mönch aus Landsberg trat ein. Sie nickten sich vertraulich zu; nur war die Vertraulichkeit des Astrologen die eines vornehmen Mannes gegen einen geringeren. Schnell waren die Bücher fortgeräumt, Öl auf die Lampe gegossen, und der Astrolog holte aus dem Schrank eine Flasche, deren ehrwürdiger Staub ein hohes Alter und einen kostbaren Inhalt verriet. Sie waren schon in einem stillen, aber lebhaften Gespräch begriffen, als ihm einfiel, daß die Lampe ein zu helles Licht werfe, weshalb er aufstand, um die Vorhänge fester zuzuziehen. Das einzige Fenster der Zelle, im Unterbau des Schlosses, ging nach der Spree zu, deren Wasser an die dicken Mauern des Gemaches selbst spülte, und ein anderes Licht, das der Lampe unter dem Marienbilde auf der langen Brücke, schien ihm aus der Finsternis draußen entgegen. Da kam noch ein drittes Licht über die Brücke, ein Glöcklein ging ihm vorauf. Ein Priester trug das Venerabile zu einem Sterbenden.

Wie es in aller Welt Sitte war, wo Christen sind, sanken der Mönch und der Astrolog mit gefalteten Händen auf die Knie, bis der Zug vorüber, dann aber lächelte einer den anderen an, als sie aufstanden.

„Mundus vult decipi!“ sagte der Astrolog.

Der Mönch schlürfte den Wein, während der Astrolog ihn nippte. Der Astrolog sprach in gemessenen Worten, scharf den Mönch dabei ins Auge fassend, aber der Mönch schien der Instruktion nicht die Achtung zu schenken, die der andere verlangte.

„Euer Spiel ist ein gefährliches, Bruder Eustach,“ sagte Carrion, „wenn Ihr Eures Leichtsinns nicht Meister werdet.“

„Wozu lebt man, wenn man nicht genießen soll!“

„Der Mensch genießt anders als das Tier, und unter den Menschen ist der Genuß des Klugen verschieden wie schwarz und weiß vom Genuß dessen, der in den Tag hineinlebt. — Er will Euch zum Pfarrer in Spandow ernennen zur Entschädigung —“

„Für meine Prügel in Landsberg! Ist das eine Entschädigung, wenn ich umgittert sitzen soll und umpanzert von Ehrbarkeit, aushauchen Tugend und Sittsamkeit, und einhauchen die Sumpfluft des Nestes."

„Ihr habt die Wahl."

„Euch ist's wohl recht bequem, wenn Ihr mich nach dem Dienste, den ich Euch geleistet, vom Hofe los werdet?"

„Wohin Ihr nicht gehört."

„Ihr etwa! Ich hab' nicht Lust dazu. Gefahr ist überall: aber nur, wo sie mit Vergnügen gewürzt ist, geht ein Vernünftiger drauf los. Hier wär' mein Feld. Wie lange, das kümmert mich nicht. Jetzt wär's. Ich wollte von der Kanzel donnern, daß die Weiber ohnmächtig würden; Visionen wollte ich haben aus der Hölle, Luthern und Melanchthon hätte ich gesehen, als verpuppte Teufel mit Satans Großmutter auf dem Blocksberg walzen. Die Kirche sollte einen Zulauf haben, daß die Sigristen und Meßner an die Decke sprängen."

„Auf drei Wochen, vielleicht drei Monat."

„An weiter denk' ich auch nicht."

„Es geht nicht, Ihr seid als sittenloser Mensch zu verrufen."

„Ich habe den rechten Glauben, das ist mehr wert. — Wollt Ihr mir im Wege stehen?"

„Ich hob Dich auf, ich brauchte Dich nur fallen zu lassen."

„Mich? der Dich aufrichtete, als Du schon gefallen warst. Ich habe Dich gemacht zu einem unbescholtenen Mann, zu einem untrüglichen Propheten; ein Wort nur kostete es mich —"

„Und Du fielst zuerst, von wo Du nicht wieder aufstandest."

„Probiert's."

„Ich wage nie etwas; ich gehe sicher. Mit Leib und Seele bist Du mein Eigner, Zabel Tschoppeck; Dein Großvater war ein Hussit, von ihren ruchlosesten, ein Adamit, Deine Mutter, ein fanatisch Weib, ließ Dich als Knaben schwören, am Glauben der Kelchner festzuhalten. An was Du heute glaubst, das weiß ich nicht, aber an Deinen katholischen Glauben glaubt niemand mehr, wenn ich verrate, daß Du ein Hussitenkind bist und sage, streift ihm den Ärmel auf: dort brannte er sich den Kelch in die Schulter, als er der Mutter schwor, Rom und seine Kirche bis auf das Todbett zu hassen."

Der Mönch hatte das halbvolle Glas von den Lippen gesetzt und war mit der Hand unwillkürlich an die Schulter gefahren, als wolle er sie schützen. Aber rasch sprang er auf, beugte sich über den Tisch und schrie den andern grinsend an:

„Und wer wird an Dich glauben, wenn ich ihnen sage: Carrion ist ein Jude?“

Zuerst ward der Astrolog blässer, als er gewöhnlich war, aber er wich nicht zurück, er richtete unverwandt seinen Blick auf den andern. Je länger sie sich in dieser Stellung ansahen, je mehr wich mit dem Schrecken der Zorn. Endlich lächelte der eine und der andere lachte auf. Das Gelächter schallte grauenhaft in der mitternächtlichen Stätte des Gewölbes. Dann reichten sie sich über den Tisch die Hand, und der Mönch wiederholte den Spruch des Astrologen: Mundus vult decipi! Auf ihren schönen Bund zur Unterstützung der rechtgläubigen Kirche, meinte der Mönch, müßten sie noch eine Cyper leeren, und Carrion öffnete den Schrank.

Viertes Kapitel.

Der Reichstag von Augsburg von einer Seite.

Die kleine Prinzeß Elisabeth saß im Winkel und putzte ihre Puppe. Der Kornblumenkranz saß bald fest um die Locken vom gelbsten Flachs; aber wie oft sie derselben auch die kleine Wachskerze in die Lederhand drückte, die Lederhand wollte die Kerze nicht festhalten, und die Puppe bekam zuweilen einen Backenstreich mit der Drohung, wenn sie sich nicht geschickter und besser aufführe, solle sie im Zuge nicht mitgehen, ja, sie drohte ihr sogar, sie am Fronleichnamstage so einzusperren, daß sie den Zug auch nicht einmal vom Fenster aus ansehen solle.

Im selben Zimmer saß die Fürstin mit der Frau von Bredow am Fenster, beide mit einer Teppicharbeit beschäftigt. Am Stuhle der ersteren stand der Hofprediger Musculus und las aus einem Papiere, oft von Frau Elisabeth unterbrochen, die ihn zur Erklärung über dies und jenes aufforderte, oder ihre eigenen Bemerkungen einschaltete. Musculus ließ dann die Schrift sinken und horchte ehrerbietig hin, denn die Kurfürstin liebte belehrend zu sprechen, und es war ihr nicht lieb, wenn man nicht acht gab. Die Frau von Bredow arbeitete aber emsig fort, ohne ihren Kopf aufzurichten.

„Doktor!“ sagte jetzt die Fürstin und steckte die Nadel in die Arbeit, „ob wir nicht doch eine Sünde begehen!“

„Sie würde schreien, wenn wir ihr die Puppe nähmen, und uns in unsern Betrachtungen stören.“

„Bredow, was meinst Du?“

„Ich denke, sie ist ein Kind. Wenn der Vater im Himmel dem Spiele so vieler Großen zusieht und nicht darunterfährt, was wird er's den Kindern nachtragen!“

„Den Kindern nicht, aber denen, die für ihr Seelenheil wachen sollen, und die den Greuel ruhig mit ansehen.“

„Wenn die durchlauchtigste Frau der gnädigsten Prinzessin die Puppe hier fortnehmen, so spielt sie wieder heimlich damit. Wenn wir es dagegen still mit ansehen, so beaufsichtigen wir es auch in der Stille.“

Der Hofprediger spielte auf einen wirklichen Vorfall an. Die kleine Elisabeth war, weil die Mutter ihr das Spiel verboten, in der Nacht aufgestanden, nachdem sie fest zu schlafen geschienen, hatte Wachslichter angezündet und mit den Puppen einen kleinen Fronleichnamszug auf eigene Hand aufgeführt. Die Mutter, die es mit Schrecken gesehen, hatte sich überwunden und geschwiegen, aber ihren Seelsorger zu Rate gezogen, der ihr damals wie jetzt riet.

„Wollen Ihro Durchlaucht dann auch gnädig erwägen, daß die gnädigste Prinzessin erst seitdem Höchstdieselben Ihre bestimmteste Intention ausgesprochen, daß sie Ihre Tochter nicht zum Fronleichnamstage schicken wollen, so, ich möchte sagen eigensinnig, auf dieses Spiel erpicht ist.“

„Doktor, mir will's nicht zu Sinn, daß eine christliche Obrigkeit Sünden ruhig mit ansehen soll, weil es noch schlimmer werden könnte, wenn sie thäte, was sie soll. Heißt das nicht mitsündigen, denn ist nicht der Hehler wie der Stehler?“

„Wieviel größere Sünden, gnädigste Frau, sieht das Auge des Herrn, und er läßt seine Sonne darauf scheinen, und er spart seinen Zorn bis zum Tage des Gerichtes.“

„Ich unterstehe mich, zu bemerken,“ sprach die Bredow, „daß die Prinzessin, wenn wir ihr das Spiel untersagten, zum Kurfürsten liefe und weinte, und er erlaubte es ihr gewiß.“

„Woraus ein größeres Unheil entstände,“ fiel der Hofprediger ein, „wenn die Prinzessin nicht wüßte, ob sie Vater und Mutter gehorchen sollte, vor welchem Zwiespalt Gott in Gnaden dieses durchlauchtige Kind bewahren möge.“

Es war auch dies nicht zu Sinn der Mutter; sie schüttelte den Kopf: „Hofprediger, Ihr seid ein guter Mann, Ihr seid auch auf dem Wege der Erkenntnis, aber Ihr könnt's noch nicht lassen, Ihr redet den Menschen zu Sinn. Ach, hält's denn so schwer, einen Geistlichen zu finden, der nur Gott zu Sinne redet!"

„Wir sind alle Menschen, wir empfangen und geben durch menschliche Organe, und was wir sprechen, wird anders als wir denken, durch die Mangelhaftigkeit dieser Organe."

„Sagt lieber durch den Teufel. Ihr geht doch sonst seinen Spuren nach, wo es eine Thorheit ist. Wo ist denn da etwas von Gott; ist denn das nicht gerade das rechte, echte Werk des Antichrists, dieses Schellengeläut, diese Puppen, dieser Mummenschanz mit dem Allerheiligsten. Und unsere Kinder sollen wir dazu hergeben! Das ist Satans Verlockung. O, er ist schlau. Die Kinder will er verführen mit dem Weihrauch, dem süßen Geläut, den Blumen, Ringellocken; das ist alles so unschuldig, und so tief, so sichtlich, so abscheulich ist das Verderben. Manches Mal ist mir zu Mut, als sähe ich lieber mein Kind in die Spree gestürzt, als daß sie hinter den Abgöttern hergeht."

Sie war in Heftigkeit geraten. Ein Augenwink der Bredow wies auf den Prediger, der blaß geworden. Die Kurfürstin war eine gute Frau; sie wandte sich wieder sanft zu ihm:

„Musculus, ich will Euch nicht weh gethan haben. Nicht uns allen gab Gott die Stärke, alles zu bekennen, was wir fühlen, aber daß Ihr das nicht fühlen solltet, das ist unmöglich. — Setzt Euch, Doktor, Ihr seid müde vom langen Stehen; sprecht, setzt mir Eure Herzensmeinung auseinander. Ich höre Euch so gern reden, wenn Eure Rede sanft aus dem Herzen strömt."

„Ich kann den Bösen in diesem harmlosen Spiele nicht erblicken. So bekenne ich es meiner gnädigsten Frau, daß es dieser Eifer des gewaltigen Mannes in Wittenberg ist, der mich so lange schwanken ließ, ob ich seine Sendung als rein von Gott, als ungetrübt von bösen Einflüssen anerkennen sollte. Dieser schwere Kampf in mir ist bald zu Ende. Aus jeder Prüfung, Verfolgung, Achtung, Gefangenschaft ersteht er ja herrlicher, und Gottes Wille wird geschehen. Aber wie der Erlöser die Kindlein zu sich rief, so ist mir oft, als ob Gott die Menschen auch nur als Kinder vor sich spielen sieht. Ja, es ist mir bisweilen, als wär' all unser Treiben und Suchen und Schaffen auch nur Kinderspiel vor ihm; ja, als wäre es selbst die Wahrheit in Summa, die wir erfaßt zu haben vermeinen —"

„Bis auf die, versteht sich, welche in der Schrift geschrieben steht," unterbrach ihn die Kurfürstin.

„Da hat nun das Menschengeschlecht fünfzehnhundert Jahre gespielt vor dem Angesicht seiner Majestät, und er ist nicht zornig darüber worden. Frage ich mich, wenn in diesem Spiele Satan gelauert, wenn es sein Werk gewesen wäre, hätte er da nicht längst seine Brauen zusammengezogen, seinen Scheitel geschüttelt vor Zorn, und die Wolken zerdrückt, daß sie Feuer und Wasser gespieen! Ich meine, er hat nur gelächelt, wie lange wir Kinder waren, und hat uns unsere eigenen Wege gehen lassen, daß wir uns zum Rechten fänden."

„Und darum —"

„Möchten wir nicht zu streng sein, gegen uns und andere, wenn wir itzo zur Erkenntnis kamen, daß es nur ein Spiel gewesen, was wir für die Wahrheit hielten. Wo kann der Arge in den Blumen stecken, die zu Kränzen sich winden um das Lockenhaar der unschuldigen Kindlein? Mit Blumen hat er die Wiese gekleidet, mit Ringellocken das Haupt unserer Buben und Mägdlein. Aber für ihn, was sind die bunten Kerzen, was ist der Weihrauch, was sind unsere Gesänge! Steigt der Lichtschein, der Rauch bis in den Sitz seiner Ewigkeit? ein Lallen sind unsere schönsten Stimmen vor den Chören seiner Engel. Wenn er uns sieht, ist's nicht, weil wir uns anstrengen, sondern weil er will; nicht unser Verdienst ist's, es ist seine Gnade, wenn unsere Bitten bis zu seinen Ohren dringen. Weiß ich aber, ob unser Spiel ihm nicht ernsthaft und unser feierlicher Ernst ihm nicht ein Spiel dünkt?"

„Hofprediger!" sagte die Fürstin und nahm wieder die Nadel, „ich meine, Ihr kamt her, mir die Schrift vorzulesen, die sie in Augsburg aufgesetzt. Zum Plaudern ist wohl sonst Zeit." —

„Gnädigste Frau, ich las sie bereits bis zum Schlußpunkt; es folgen nur noch die Unterschriften. Befehlen kurfürstliche Gnaden, daß ich sie noch einmal lese?"

Die Kurfürstin ergriff die Abschrift, welche ihr Musculus besorgen müssen, mit beiden Händen und betrachtete sie nicht ohne Rührung: „Das also ist nun der heilige, gereinigte Christenglaube, nach dem wir uns richten müssen in allen Punkten zu unserer Seligkeit."

„Wie ihn nach eifrigster Prüfung und bester Überzeugung die frommen Männer herausfanden."

„Und daran kann nun nichts mehr geändert werden, in alle Zeiten hin?"

„Es ist die Augsburgische Konfession, wie sie genannt wird.

der Inbegriff aller christlichen Lehren, die im Neuen Testament enthalten sind.“

„Und der Mann Gottes schrieb sie?“

„Nicht Luther selbst, der, ob seiner Acht, nicht auf dem Reichstage erscheinen durfte. Vielmehr ist sie von dem Doktor Philipp Melanchthon. Luther hat aber geschrieben: daß er nichts daran zu bessern noch zu ändern wisse. Würde sich auch nicht schicken, hat er hinzugesetzt, denn er könne so leis nicht treten.“

„Dann würde also Doktor Luther sie anders gemacht haben?“

„Das sei nicht behauptet. Nur in Formulis und Modo des Ausdrucks würde er etwas anders gesprochen haben.“

„Wieder Euer gelehrtes Gezänk! Was soll man nun davon halten? Entweder ist's Luthers Konfession, ganz wie sie ist, oder sie ist's nicht, wenn auch nur etwas darin anders ist. Wenn Eure Fürstin wissen will, was sie glauben soll und darf, so lernt Euch bestimmt ausdrücken. Ist das der wahre Christenglaube, wie der Mann Gottes, Martin Luther, ihn gefunden hat, und keine Silbe zu wenig und keine zu viel darin, das frage ich Euch; wenn Ihr das mit ja beantwortet, so will ich es auswendig lernen, von Anfang bis Ende und täglich, beim Zubettgehen es mir hersagen.“

Andreas Musculus antwortete zwar nicht mit einem kurzen Ja, aber mit der Versicherung, daß alle evangelischen Stände auf dem Reichstage, so Fürsten, Herren, als Städte der Meinung gewesen; eine Versicherung, welche der Fürstin genügte, als ihr Musculus die erlauchten und uralten Namen einzeln vornannte, welche alle erklärt: sie wollten Christum auch mit bekennen, und habe ihr Fürstenhut und Hermelin für sie nicht den Wert, welchen das Kreuz Christi hat; denn jene blieben in der Welt, dieses aber begleite sie zu den Sternen.

Die Fürstin wischte eine Thräne der Rührung von ihrem wahrhaft frohen Gesichte: „Und was waren die Worte, welche unser ritterlicher Vetter, Fürst Wolfgang von Anhalt, sprach, als er die Feder zur Unterzeichnung in die Hand nahm?“

„‚Ich habe manchen schönen Ritt anderen zu Gefallen gethan,‘ sagte der glaubensstarke Mann, ‚warum soll ich denn nicht, wenn es von nöten, auch meinem Herrn und Erlöser Jesu Christo zu Ehren und Gehorsam mein Pferd satteln, und mit Dransetzung meines Leibes und Lebens zu dem ewigen

Ehrenkränzlein in das ewige Leben eilen!' — So sprach auch Euer Ohm, der Kurfürst von Sachsen, als seine Theologen ihm erklärten, sie würden, falls er Bedenken trüge, an ihrer Seite zu bleiben, sich allein vor den Kaiser stellen. ‚Das wollte Gott nicht,' sprach er, ‚daß Ihr mich ausschließet, ich will Christum auch mit bekennen.' Solcher frohe Mut war bei allen; sie drängten sich zum Unterzeichnen, wie heilige Märtyrer, wie Ritter, die der Bischof weiht zum Kreuzzuge gegen die Ungläubigen; ja, es war ein anderes heiliges Pfingstfest, wo auch denen, die bis da geschwiegen, die Zunge gelöst ward zum Bekennen. Viele Herren kamen noch nachher, und baten um Gottes willen, daß man sie mit aufnähme. So auch von den Städten; noch ganz zuletzt Heilbronn, Kempten und Weissenburg."

„Nur mein Gemahl nicht," sprach die Kurfürstin, und ließ das Haupt sinken. „Joachim unter den Widersachern Christi!"

„Es sind noch andere, und gar mächtige. Aber das Zeugnis gaben ihm auch die Evangelischen, es hat keiner so kräftig geredet, lateinisch und deutsch, als Joachim von Brandenburg, daß es ihnen manches Mal durch Mark und Bein gegangen ist."

„Was bangte mein Herz damals, als er auszog!" sagte die Fürstin.

„Dieser 29. Mai war auch ein Schauspiel, wie man es nimmer in Berlin gesehen," fiel Musculus ein, und rief es noch einmal der Herrin ins Gedächtnis, vielleicht um ihre Gedanken auf einen anderen Gegenstand zu leiten:

„Wie glänzte und blitzte das von dem damaligen Rüstzeuge. Vierhundertsechsundfünfzig schön aufgeputzte Pferde ritten durch die Thore. Zunächst dem durchlauchtigen Herrn die Theologen aus Frankfurt, der Doktor Wimpina, Johannes Mensing, Rupert Elgersdorf und der Domherr Wolfang Rhedorf. — Und wie hatten sich die Herren vom Adel ausstaffieret! Der Magnus Gans Edler von Puttlitz, der Johannes und Busso von Bardeleben, Elias von Alvensleben, der Mathias und Johannes von der Schulenburg, der Johann von Krusemark und Konrad von Wedel! Es hat den Herren manches Stück Geld gekostet."

„Mein Herr war so freundlich beim Auszuge, auch zu mir," seufzte Frau Elisabeth; „er sagte, er hoffe zu Gott, daß es in gütlicher und letzter Verhandlung wohl zur Ausgleichung kommen werde."

„Man meint, Georg von Meißen habe es ihm angethan,“ entgegnete der Hofprediger, „mit dem er von Augsburg dem Kaiser entgegenritt gen Inspruck.“

„Es thut's ihm keiner an, Hofprediger, er thut's sich selbst an. Das ist seines Herzens Aufbrausen und Dünkel, daß er sich für besser hält als alle, und da werfen denn die giftigen Fliegen ihr Geschmeiß drauf zu böser Stunde. — Hat's Gott aber doch gewiß wohl gemeint, daß es nicht zur Ausgleichung kam. O gewiß, gewiß, der Tag in Augsburg wird wie der Tag aller Tage leuchten in alle Zeiten hinein. Erzählt mir mehr davon, ich kann's nicht genug hören; es ist gar zu erhebend, wie das kleine Häuflein den dichten Scharen der Feinde gegenüberstand, und nicht verzagend vor allen Drohungen, und der argen List der Päpstlinge. Noch einmal die schönen Worte, die unser Vetter Georg von Anspach zum König Ferdinand sprach.“

„Als der König sie aufgefordert, daß sie das Predigen ihrer Gottesgelahrten einstellen sollten, und der Prozession des Fronleichnams persönlich beiwohnen, wandte sich Herr Georg von Brandenburg geradezu an den Kaiser und sprach: ‚Eher wollt' ich hier vor Euer kaiserlichen Majestät niederknien und mir den Kopf abhauen lassen, als daß ich meinen Gott und sein heiliges Evangelium verleugnen sollte und beipflichten einer falschen und abgöttischen Meinung.‘ Und tages darauf wiederholte er's noch einmal, mit allen evangelischen Ständen um ihn: ‚In dieser Sache, die Gottes Sache selbst ist, bin ich durch Gottes unwandelbaren Befehl gezwungen, alles menschliche Ansehen gering zu achten, denn es steht geschrieben: man muß Gott mehr gehorchen als den Menschen.‘“

„Darum wollte er auch den Tod nicht fürchten für die ewige, unbewegliche Wahrheit, setzte er hinzu, nicht wahr, Hofprediger? Und sei nicht gemeint gottlose, mit Gottes Wort streitende Menschensatzungen durch seine Bestimmung zu stärken und zu befestigen; sie sollten vielmehr aus der Kirche ganz vertilgt werden, damit die noch gesunden Glieder nicht vom Gifte angesteckt und befleckt würden.“

„Dies waren des durchlauchtigen Herrn Worte.“

„Und nun noch einmal, wie war es mit der Übergabe, die sollte Freitag am Sankt Johannistage stattfinden?“

„Aber der Kaiser wußte es zu verzögern, indem er mit dem päpstlichen Legaten und den andern katholischen Fürsten Rat pflog über den Türkenkrieg.“

„Noch immer keine Nachrichten von meinem Kurprinzen!“ seufzte Elisabeth.

„Und darauf ward es Abend und zu spät. Seine Majestät hatten gemeint, durchs Warten würde sich das Feuer der Evangelischen abkühlen. Und gleich wie, als wenn er's ihnen leichter machen wollte, ließ er sie auffordern, sie sollten ihm ihre Schriften zustellen, er wolle dieselben der Notdurft nach erwägen und bedenken.“

„Die welsche Hinterlist schlug aber nicht an.“

„Sie weigerten sich und beharrten auf laute Vorlesung in voller Versammlung. Und Sonnabends darauf, am 25. Juni, wurden sie nicht in den großen Saal ins Rathaus beschieden, sondern in die kleine Kapellstube des Bischofs auf dem Schloß, wo kaum die zum Reichstag Gehörigen Zutritt fanden.“

„Die hispanische List half ihnen nicht. Durch die dicken Mauern ist das Wort erklungen in die ganze Welt.“

„Als nun die kursächsischen Kanzlare die Konfession vorlesen wollten, forderte der Kaiser, daß der Doktor Bruck nicht die deutsche Urschrift lese, sondern die lateinische, aber der Kurfürst von Sachsen, meiner gnädigen Frau Ohm, erhob sich und sprach: ‚Wir sind auf deutschem Grund und Boden, in einer deutschen Reichsversammlung. Euer Kaiserliche Majestät werden deshalb erlauben, daß Deutsch verlesen werde.‘ Und da half ihm sein Zaudern und Zögern nicht mehr, es hätte sonst geheißen, er sei ein hispanischer König und kein deutscher. Das möchte er wohl sein, aber jetzt soll's noch nicht so heißen. Und da las Doktor-Bayer mit klarer und deutlicher Stimme das deutsche Glaubensbekenntnis, so laut, daß sie's unten im Schloßhof hörten. Zwei Stunden hat es gedauert und draußen war's so still, daß man die Schwalben fliegen hörte.“

„Und nicht wahr, auch von den katholischen Fürsten und Ständen waren viele überrascht; denn die Römischen hatten ihnen die Lehre als eine gotteslästerliche und teuflische geschildert?“

„Man sagt von Herzog Wilhelm von Bayern, daß er sich verwundert zum Doktor Eck, seinem Theologen, umgewandt: Das ist doch viel anders, als man's mir gesagt!“

„Und der Kaiser?“

„Man behauptet auch, daß er sichtlich bewegt gewesen, und es so nicht erwartet. Nachmalen hat er, durch den Pfalzgrafen Friedrich, den protestantischen Ständen anzeigen lassen: er werde den trefflichen, hochwichtigen und merklich großen Handel mit allem Fleiße erwägen und beratschlagen und ihnen dann seinen Entschluß zu wissen thun."

„Und was wird er thun? — Ihr stockt. — Wittert Ihr auch darin spanische Arglist?"

„Gnädigste Frau, ich weiß nicht, ob das gerade spanische ist. Mir kommt's zu Sinn, wie wenn der durchlauchtigste Kurfürst die Anträge seiner getreuesten Stände holdselig entgegennimmt, und läßt durch seine Kanzlare sagen, er werde die Sache bedenken; dann kommt nach Wochen der Landtagsabschied, und man weiß ihn immer zuvor."

„Diesmal wird er's, er darf es nicht!" rief die Kurfürstin mit ungewöhnlichem Feuer. „Das hieße Gott selbst versuchen, wie damals auf dem Tempelhofschen Berg."

„Sein Astrologus ist noch in Gnaden!"

„Wer ist nicht bei ihm in Gnaden, der ihm zu Worte spricht! Es nimmt mich wunder, daß nicht mehr Tagediebe und Abenteurer aus allen Landen nach Brandenburg strömen. Sie brauchen ja nur seine Reden auswendig zu lernen. Wo sind denn seine alten, bewährten Diener! Entfernt er nicht einen nach dem andern? Er will sich nur hören. Wenn Gott nicht in seiner Gnade macht, daß ihm selbst sein Licht aufgeht, von andern kommt's ihm nimmer."

Der Hofprediger Musculus war entlassen, er meinte nicht ganz gnädig, und er mochte recht haben.

„Bredow," sagte die Kurfürstin, „es ist eine große herrliche Zeit, wenn nur die Menschen besser wären!"

Eva verneigte sich; bei sich dachte sie, jede Zeit müsse schon mit den Menschen vorlieb nehmen, wie sie sind. Sie sprach's nicht aus. Die Kurfürstin liebte auch nicht, daß die, mit denen sie sprach, anderer Meinung wären; nämlich wenn sie eine hatte.

„Der Musculus würde kein Reformator werden."

„Nein, gnädigste Frau, er würde kein Reformator werden."

„Und der Trank des Heils, nach dem ich dürste, — ja, liebe Bredow, nun versage ich's mir nicht länger; ich hielt's für Sünde, so ich mutlos wäre, wo die vielen Fürsten und Grafen und Herren so offen vor aller Welt ihr Bekenntnis begelegt, das muß nun ein jeder auch, der bekannt — aber den heiligen Becher, aus seiner Hand will ich ihn nicht empfangen."

„Der arme Hofprediger!"

„Nein, Bredow, wer Gott erkennt, der soll ihn ganz erkennen, der soll ihn preisen morgens und abends, auf dem Markte und in seinem Kämmerlein; er soll den alten Menschen ausziehen und mit dem alten Kleide die alten Rücksichten. Wenn alle, die da glauben, das thäten, wenn sie auf die Dächer sich stellten und vor die Thore und Gottes Wort sängen, wie es unverfälscht ist, wo bliebe der Antichrist und sein Wüten! Aber sie kriechen umher und ducken sich, und lauschen und warten, wann es an der Zeit sein wird. Das sind nicht Gottes Freunde, das sind die Belials und des Mammons. Warum hat nicht einer von den märkischen Herren in Augsburg den Mund aufgethan? Im Herzen sind sie alle dem alten Pfaffenunwesen abhold, ich weiß es, und freuen sich, wenn ihnen ein Nackenschlag geschieht. Warum wagte keiner nun ein Wort zu sprechen, wo es an der Stelle war? Sie sind die Reichsten und Vornehmsten, sie waren dazu berufen, und sie schwiegen. Sind das, die sich meines Herrn treue Vasallen nennen, daß sie nicht den Mut haben, ihn ins Angesicht zu warnen; aber hinter seinem Rücken lachen sie, wenn er einen Schlag weg bekommt, und sprechen: es ist ihm schon recht, warum wollte er nicht hören! — O warum war Dein Mann nicht mit in Augsburg!"

Die Röte, welche das Gesicht der Frau von Bredow überzog, erinnerte die Fürstin, daß sie eine unangenehme Erinnerung erweckt hatte. Der Marschall Bredow war bestimmt gewesen, im Gefolge des Kurfürsten mitzureiten und die Ehrendienste zu verrichten; bis am Tage vor der Abreise es anders bestimmt ward. So willst Du zum Reichstag nach Augsburg? hatte der hohe Herr gesprochen und gelacht. Das geht nicht; sie lachen Dich und mich aus. Dort tragen sie sich alle spanisch. — Was schadet's, wenn einer sich deutsch trägt, der ein Deutscher ist, hatte Hans Jürgen gesagt; aber der Kurfürst war an dem Tage gut gelaunt; das Deutsche sei schon gut zu Haus, hatte er erwidert, aber nicht in der Fremde, wo man Ehre einlegen müsse, und nimmer, wo zwei mit'nander verhandeln und einer dem andern den Schelm absieht, was sie Politik nennen. Hans Jürgen wäre so gern mit nach Augsburg geritten, aber er mußte zu Hause bleiben.

„Gott in Gnaden, was Thoren die Menschen sind!" sprach die Kurfürstin. „Und das sind noch die besseren! Wonach alles jagen wir in unserer sträflichen Blindheit, und was fürchten wir, und schließen die Augen vor dem Heil, was uns so nahe liegt! Der Hofprediger könnte ein Mann Gottes sein und ward ein Mann des Teufels, weil er ihn sucht, wo er nicht ist. Und ist Dein Mann weniger krank, der sich kümmern läßt ein Ding, was nicht wert ist, daß man davon den Mund aufthut?"

„Ach, gnädigste Frau, es ist ja das Gelübde —"

„Solche Gelübde quälen den schwachen Sinn, die vor Menschen gethan sind, aber das große Gelübde, das wir alle gethan, ihm allein zu leben und seiner Ehre, das kümmert uns wenig oder nicht."

Die Kurfürstin war auf gutem Wege, ihre Edelfrau zu katechisieren über ihren Glauben und ihres Mannes, eine Beschäftigung, in der sie später in ihrer Einsamkeit sich sehr gefallen haben soll. Ob Frau Eva eine sehr bereitwillige Schülerin gewesen wäre, ist zweifelhafter; wenigstens schien sie nicht geneigt, über den Glauben ihres Mannes etwas zu verraten, sie meinte, das sei eine Sache, welche diesen allein angehe. Aber es kam nicht so weit, denn ihr Zwiegespräch ward durch einen Lärm auf der Straße unterbrochen. Es wälzte sich aus der Breiten- und aus der Brüderstraße eine große Menschenmenge auf den Schloßplatz, die ihre Mützen und Hüte schwenkten, und ihre ganze Aufmerksamkeit auf einen Mann zu Roß gerichtet hatten, der in der Richtung nach dem Schlosse zu ritt, aber Mühe zu haben schien, durch die Menge zu dringen. Etwas Frohes mußte seine Botschaft sein; so viel hörte man aus dem tausendstimmigen Hallo und aus dem Hutschwenken des Reiters; auch ließ er ein Fähnlein wehen und zeigte, wie salutierend, nach dem Schlosse. Was die Menge aber schrie, war auch da noch unverständlich, als die kleine Prinzeß Elisabeth, ihr Spielzeug fortwerfend, das Fenster aufgerissen hatte, und die drei Frauen sich hinauslehnten. Der Kurfürstin galt es, das sahen sie bald, aber die Stimmen waren draußen so verwirrt, daß sie nicht wußte, ob die frohe Kunde von ihrer Tochter aus Pommern, von ihrem Sohn aus der Türkei, von ihrem Bruder Christiern, der, Gott weiß wo, umherzog, oder von sonst wo her kam, als es schon die Treppen herauflief, und durch die Korridore. Der erste, der in seinem zu vollen Herzensdrange die Thür aufstieß, schrie hinein: „Der Kurprinz! Der durchlauchtigste Kurprinz!" Vermutlich war es ein Mann, dem eine solche Meldung nicht zustand, denn vor Schrecken verstummte er sogleich, riß die Thür wieder zu und war verschwunden, als die Kurfürstin schon vom Fenster fortgestürzt war und die Arme dem rückkehrenden Sohne entgegenbreiten wollte. Bis zur Thür konnte sie sich zwar besinnen, daß die Rückkehr ihres Joachim ein Wunder gewesen wäre, da er noch vor acht Tagen bei Belgrad gestanden, aber welche Wunder scheinen einer liebenden Mutter nicht möglich? Die zweite Botin war eine Kammerzofe, die nur rief: es sei ein Freudenbote da vom Kurprinzen, und als die Kurfürstin zitternd fragte, was er bringe? brachte sie atemlos so viel vor, daß der Prinz den Großtürken mit Mann und Maus geschlagen, und daß er Kaiser von Türkenland oder von Deutschland geworden. Mehr erlaubte es ihr die Freude nicht, oder der Atem verging ihr. Erst der dritte, ein Herr vom Hofe, der hier sprechen durfte, hinterbrachte so viel von der wirklichen Nachricht: daß der junge Kurprinz einen ungeheuren Sieg über die Ungläubigen erfochten; er ließ, ich weiß nicht, wie viel Türken erschossen und erstochen und gefangen und den Sieger mit samt dem Roß von seinen Soldaten und Rittern in die Luft gehoben werden, wobei sie ihn unter einem Jubelgeschrei, davor der Himmel gezittert, durchs eroberte Land getragen, bis ins Zelt des Großtürken.

So viel wußte der Kammerherr, auch gewiß, daß es nun mit dem Türkenreich zu Ende sei Das Volk auf dem Platz draußen wußte nicht viel mehr. Dreimalhunderttausend Türken hatte der Kurprinz mit seinen Brandenburgern in einer Schlacht geschlagen, die sieben Tage gedauert, und das Blut floß so, daß sie in der Nacht nicht auf dem Boden schlafen konnten, und bei Tage wateten sie darin bis an die Knöchel. Am letzten Tage hatten die Sieger die Feinde ins Meer gejagt, das davon röter wurde, als die untergehende Sonne, und von den ganzen dreimalhunderttausend Mann war nicht ein einziger davongekommen. Am Spandower Thor wußten sie nach einer Viertelstunde, daß seine Soldaten den Kurprinzen, auch hier samt seinem Pferde, von der Walstatt bis nach Konstantinopel getragen hatten, was ein weiter Marsch ist; am Stralower Thor, was noch weiter ist, nämlich als das Spandower vom Schloß zu Köln, daß er mit einem Satz vom Pferde auf den Thron des türkischen Kaisers gesprungen und sich eigenhändig dessen Krone auf den Kopf gesetzt hatte. In Sankt Georgen vor dem Thor erzählten sich endlich die Spittelweiber am Abend, daß gleich nach der Eroberung von Konstantinopel die deutschen Adler geflogen gekommen waren und sich auf die

Kirchtürme gesetzt hatten; und als am anderen Morgen die Sonne aufging, wurden die Adler, die ruhig über Nacht sitzen geblieben, plötzlich golden. Denn ehedem waren die kaiserlichen Adler golden, aber aus Trauer darüber, daß Konstantinopel genommen, waren sie schwarz geworden, um wieder golden zu werden, wenn die Christen die Stadt wieder nähmen. Die Spittelfrau, die es erzählt, hatte es aus des Sendboten eigenem Munde gehört; — wenn auch nicht selbst, so doch von einer andern, die es wieder von einer andern gehört.

Das erste, was die Kurfürstin that, sie drückte ihre Tochter Elisabeth, die halbwegs zu ihr hinaufsprang, an ihre Brust und bedeckte sie mit tausend Küssen. Dann schloß sie auch die Edelfrau an ihr Herz, dann fragte sie den Kammerherrn: „Ist auch mein Sohn gesund?"

„Heil und gesund und in Glorie!"

„Ist's aber auch wahr? — Wo ist der Bote?"

„Zu Seiner Durchlaucht. Alle stürzen hinauf, vornehm und gering, in den großen Treppensaal, es mit anzuhören. Der Kurfürst hat befohlen, alle Thüren aufzuthun; die frohe Kunde könne jeder hören."

„Und ich nicht!" rief Frau Elisabeth, es war aber nichts Bitteres in ihrem Ton. Der Kammerherr hatte schon die Thür geöffnet, die zur Galerie nach dem Treppensaal führte.

„Kommt alle, alle! Ich bin doch eine glückliche Mutter!"

Aber an der Thür wandte sie sich noch einmal um und warf sich vor ihrem Betpult nieder. Dem Herrn, der ihren Sohn behütet, gebührt ihr erstes Dankopfer. Sie betete nicht lang, aber innig. Elsbeth, das Kind, kniete neben der Mutter, und als die Kurfürstin aufstand, drückte sie einen feierlichen Kuß auf die Stirn ihrer Tochter.

Zur Frau von Bredow aber sagte sie im Hinausgehen: „Das war eine zu sichtliche Fügung des Herrn, als daß ich ihm nicht gehorchen sollte, und daß ich nicht in der Stunde der Schwachheit wanke, und meine, es habe es ja niemand außer Gott, der mir's verzeihen werde, gehört, vertraue ich es Dir, und Du wirst mich mahnen, wenn ich meine Pflicht vergesse."

„Gnädigste Frau, wie könntet Ihr sie je vergessen?"

„Ich könnte heute schwach werden, wenn Joachim in mich dringt. Nein, hier hab' ich's gelobt; dem Herrn, der so wunderbar über meinen Sohn gewaltet, thue ich's nicht an. Nie, nimmermehr gebe ich meine Zustimmung, daß sie mein Kind zum Götzendienst in die Fronleichnamsprozession führen."

Fünftes Kapitel.

Der Reichstag von Augsburg von der anderen Seite.

Zur selben Zeit, wo die Kurfürstin mit ihrem Hofprediger die Unterredung pflog, unterhielt oder beschwichtigte, wie man will, ein Hofmarschall einige der edlen Herren in den Vorsälen des Kurfürsten. Es waren die Vertrauteren des Hofes. Wenn einer dem anderen nachrühmte, daß er es sei, von sich selbst konnte er's nicht sagen, der Kurfürst hatte keinen Vertrauten unter ihnen allen. Es war die Macht der Gewohnheit, welche sie täglich zusammenführte; das Alltägliche gleitete über sie hin, wie der Schaum über die Welle, wie der Wind über die Ährenfelder.

Darunter mochte manches schlummern. „Was soll daraus werden?" stand auf der Stirn von vielen, laut sagte es keiner. Wo ein Wort laut ward, wo das von innen heraus wollte, trat der Beschwichtiger hinzu. Es ist eine eigene Kunst des Menschengeschlechts, und an den Höfen ist die hohe Schule dafür — sie wird aber auch noch sonst wo gelehrt — die schreienden Kinder einzulullen und die Tobenden zu besänftigen. Der Zauberer fährt im Feuer herum mit seinem gefeiten Finger; die Flamme schlängelt dann lautlos um den Finger und prasselt nicht, aber der Brand brennt fort und zehrt, und den Zauberer kümmert es nicht, daß, wenn er den Finger fortzieht, die Flammen schon bis zum Dache prasseln. „Nur jetzt nicht, meine verehrten Herren!" — „Das ist nicht der rechte Augenblick dazu." — „Wir sind ja wohl alle bei uns darüber einverstanden," wird unter Händedrücken versichert, „aber die Zeit ist nicht dafür angethan." — „Wenn wir jetzt davon anfangen, reizen wir ihn, er ist in übler Laune, und wer verdenkt es ihm!" — „Er hat das alles selbst erwogen, und wird zur rechten Zeit selbst anfangen." — „Er sieht die Übelstände, glaubt mir, wie wir, er will das Beste, er sieht vielleicht weiter als wir alle, aber das vorlaute Schreien beleidigt ihn; statt zu fördern, hält es zurück." — „Geduld, Vertrauen! O, meine Herren, Vertrauen ist eine herrliche Tugend. Damit erreichen wir alles."

Wenn der Hofmarschall mit diesen Worten unter den Gruppen umherging und die Hände drückte und auf die Schultern klopfte, mußte es schon schlimm stehen. Gemeiniglich übte er eine andere Kunst, die schlimmen Reden gar nicht aufkommen zu lassen, indem er wie ein geschickter Chorsänger auf den Anfang einfiel und die Rede freundlich fortsetzte, nur nicht dahin, wo jener wollte, sondern dahin, wo er es für gut hielt.

Wer hätte nicht auch hier vom Reichstage zu Augsburg sprechen sollen, dessen Schlüsse Deutschland und das ganze Abendland bewegten; selbst der märkische Sand erzitterte von der Dröhnung, und in den Festen der Schloßgesessenen und den Hütten der Leibeigenen hallten die Reden wider der edlen Fürsten und Herren.

Als der Marschall von Biberstein das Wort nehmen wollen: „Und insonderheit geht es Brandenburg an Milz und Leber“ — drückte ihm Peter Melchior den Arm: „Ihr sprecht mir aus Leib und Seele. Hättet Ihr's nur wie ich gesehen, wann Seine Gnaden mit ihren lateinischen Reden in das Gesumme hineinfuhr, und dann alles stille ward schon vor dem Ton. Der Kardinal-Legat sagte mir, er habe nie so wohlklingend das Lateinische sprechen gehört, wie eine volle Glocke.“

„Andere meinen,“ fiel ein Rochow ein, „der Klöpfel der Glocke hätte zu stark geschlagen und mit dem Geläut wär' selbst der Bischof von Augsburg nicht zufrieden gewesen. Es war wie eine Sturm- und Brandglocke, die ein ewiges Wehe und Wehe rief! — Damit kuriert man nicht die Schäden der Zeit, hätte der Bischof gesagt.“

„Richtig, teuerster Herr von Rochow,“ fiel der Marschall ein. „Wenn Ihr Euch aber schon über seine Reden wundert, was werdet Ihr sagen, wenn Ihr mit angesehen, was ich sah. Da hielt es schwer, daß das brandenburgische Herz nicht lauter schlug als die Glocken von Augsburg. Ihr wißt so gut wie ich, daß der Herzog Wilhelm von Bayern es schwer verträgt, daß seinem Haus die Kurwürde entging. Nun hatte er schon bei aller Gelegenheit sich vorgedrängt, als wollte er zeigen, daß er sich so viel dünke, als die Kurfürsten, was dieselben, ich muß es ihnen allen zur Ehre nachsagen, sehr verdroß. Aber es hatte keiner den Mut gehabt, daß er für seine und seines Landes Reputation etwas that; denn Herzog Wilhelm ist stark und hochmütig, und einige meinen, beim Kaiser gut angeschrieben. Wie er sich nun auch in Augsburg allezeit auf die Kurfürstenbank setzte, als gehörte er dahin, und gar nicht bescheiden an der Ecke, so halbwegs, daß man es hätte deuten mögen, als hoffe er wohl einst auch da einen Platz zu erhalten, nein mit seinem dicken Leibe pflanzte er sich voll und inmitten der Bank, seine breiten Füße von sich, den Fürsten unter sich, unter die er doch gehörte, beinahe auf der Schulter, — da konnte es unser Herr länger nicht mit ansehen. ‚Christus, mein Heiland!‘ rief er eines Abends unter uns, ‚wozu hat denn Gott die Stände gemacht, als daß jeder in seinem bleiben soll, und sich hinsetzen, wo sein Stand ist! Wenn jeder sich setzen wollte auf die Bank, wo ihm lieb ist, wüßte man ja nicht mehr, wer Küch- und Kellermeister ist. Das heilige Römische Reich hieße das umwälzen, und wenn die sich immer zusammensetzen dürften, und sich ins Ohr sprechen, die eines Sinnes sind, da würden ja die lutherischen Neuerer sich was bedünken und bald das Oberwasser haben. Das sollen sie aber nicht, und jeder soll auf seinem Platze bleiben, so lang ich Kurfürst bin im Deutschen Reich.‘ Und dasselbe hat folgenden Tags Seine Gnaden auch dem Kaiser gesagt und vorgestellt.“

„Und Kaiser Karl?“ fragte man.

„Ist ein Spanier,“ entgegnete Peter Melchior achselzuckend und mit einem feinen Lächeln. „Seine Majestät verstehen Deutsch nur, wenn es ihnen bequem ist; wenn nicht, dann stellt sich der Kaiser so schwerfällig wie der Bayern-Herzog. Genug, der Kaiser fand keinen Grund, wie er gesagt, zum Einschreiten in sothaner Sache; er redete unserm Herrn ab, mit den süßen welschen Worten, er möge es auf sich beruhen lassen, jeden vor seiner Thür fegen lassen, die Sache als Bagatelle ansehen, um die kein Aufhebens lohne; im übrigen aber, wenn er darauf bestehen sollte, wozu er nicht rate, in Anbetracht der wichtigen Dinge, möge er es schriftlich eingeben lassen, wo es dann ad referendum genommen werden solle. Meine Herren, das war brandenburgischer Zorn, in dem Seine Gnaden sich schüttelten, als Sie zu uns zurückkehrten: ‚Ich werd's nicht ad referendum geben,‘ rief Joachim, ‚ich werd's selbst referieren in meiner Art, ad oculos für Männiglich, daß die Ausländischen erfahren, wie man in Deutschland auf Zucht und Sitte hält, auf Stand und Würden.‘ Da hielten es einige von unsern Junkern für recht, daß sie auch zeigten, daß sie nicht umsonst mit ihrem Landesherrn nach Augsburg geritten. Die Voß und Manteuffel verschworen sich im Ratskeller beim Weine, daß wenn der Bayern-Herzog sich noch einmal auf die Kurfürstenbank setzte, wollten sie vorspringen, ihn am Kragen fassen und runterschmeißen vor aller Augen, und sollt' es ihnen selbst drum an Hals und Kragen gehen. ‚So müssen märkische Edelleute für ihres Kurfürsten Ehre einstehen!' rief Wieprecht von Thadden, und schlug sich auf die Brust."

„Und?" riefen die Zuhörer mit gespannter Aufmerksamkeit.

„Joachim ließ es ihnen untersagen; bei Leibesstrafe sollte sich kein Edelmann unterfangen, einen deutschen Fürsten mit seiner Hand anzurühren; er würde schon selbst für seine Ehre sorgen. Und er hat's gethan, meine Herren.

„Morgens, eine Stunde vor der Sitzung," fuhr der Marschall nach einer Pause fort, „gingen Seine Durchlaucht mit ihren zween Hoffourieren in den Ratssaal. Was die Hoffouriere unterm Arm trugen, sah keiner, noch hatte einer dessen Ahnung. Da ließen sie die Thüren schließen oder von ihren Kavalieren bewachen; derweilen aber zogen die Fouriere ihre Handsägen unterm Mantel vor und sägten ganz leise auf der Kurfürstenbank gerade das Stück los, darauf der Herzog Wilhelm allzeit Platz nahm, doch, versteht, so, daß das Brett noch ein klein weniges zu beiden Seiten fest saß. Und dann ward die Decke darauf gelegt, von rotem Tuch und Gold gestickt, Augsburger feine Arbeit, und kein Mensch merkte es. Die Sägespäne wischten die Kavaliere selbst mit einem nassen Tüchlein weg. Nun traf sich's wie durch Zufall, daß die beiden Herren und Kurfürsten, die in den andern Dingen so heftig einander gegenüberstanden, unser Herr und sein Schwager Johann von Sachsen, zuerst im Saale waren. Der Herzog Wilhelm aber hatte sich allzeit zwischen sie gesetzt, indem er scherzweis sagte, er müsse die beiden Kampfhähne trennen, daß sie sich nicht in den Haaren lägen, worauf einmal der Herzog von Lauenburg gefragt, ob er denn das Mittel sein wolle zwischen Luther und Rom? Es ward manche Kurzweil dort getrieben, die sie aber nicht mit aufgeschrieben haben in den Protokollen. Die beiden Kurfürsten also waren zuerst im Saal, und ich will's nicht verschwören, daß der Sachse auch um den Streich wußte. Und beide unterhielten sich, als die anderen Fürsten und Herren schon Platz genommen, als wär's über Gleichgültiges, und setzten sich dann, als gerad' der Bayern-Herzog eintrat. Da sprach Johann von Sachsen: ‚Lieber Schwager von Brandenburg, gefällt's Euer Liebden nicht, mir näher zu rücken?' Worauf unser Herr: ‚Ei nein, das leidet der Herzog Wilhelm nicht. Ist's ja der Platz, den unser Vetter von Bayern sich ausgesucht.‘ Und da trat derselbige, der immer später kam und Geräusch machte, als müßt' es so sein, daß alle auf ihn warteten und ihn ansähen und die Bretter dröhnten, wenn er drüber ging, also trat er auch jetzt auf die Kurfürstenbank. Aber kaum, daß er sich niedergelassen, als die Bank brach, und wie er ist, schwerfälligen Leibes, halb saß, halb lag der Bayern-Herzog auf der Fürstenbank unten, dahin er gehörte, und hatte sich über Gebühr erheben wollen. Wem soll ich's sagen, was das Gelächters gab; es prustete nur so, da die meisten merkten, was es sei, und Johann von Sachsen mußte sich abwenden, daß er sein Lachen verberge. Nur unser durchlauchtigster Herr sagte ganz ernsten Gesichts: ‚Ist Euer Liebden etwas eingefallen? Wer hätte das gedacht!‘ Und der Bayer hatte gar nicht Zeit, sich aufzurappeln, wenn er's auch vermocht, denn itzt hub der Kanzler die Sitzung an, und hat der Herzog Wilhelm ‚mit großer Scham müssen sitzen bleiben‘, dahin er gefallen und dahin er gehörte, zu Füßen der Kurfürsten unter den Fürsten durch die ganze Sitzung.*) Unser gnädigster Herr hat aber große Ehre davongetragen. Alle Welt sagte: ‚Der Brandenburger hält auf ständische Ehre und läßt sich nicht beschelten, was es ihm auch koste.‘ — Meine Herren, das war für uns ein Ehrentag in Augsburg. Wenn wir durch die Gassen gingen, wichen sie uns von den großen Steinen, und die Bürger wiesen uns ihren Kindern: ‚Merk Dir's, das ist ein Märker, die halten auf Ehre.‘“

Der Kurfürst ging derweil im Nebenzimmer umher und er hatte einen neuen Bericht angehört von dem Unfug der Haufen, welche sich allerwärts in Deutschland zeigten und in die Kirchen einbrachen, um die Bilder zu zerstören; aber er hatte nichts darauf erwidert.

„Glücklicherweise sind sie fast überall bei uns übel empfangen worden,“ sagte der Kanzler; und der Kurfürst schwieg noch immer.

„Er ist zerstreut.“

„Als flüsterten unsichtbare Chöre unverständliche Weisen ihm ins Ohr, denen er lauscht.“

Man konnte viel in Joachims Gegenwart flüstern; er lächelte wohl einen an und sah ihn doch nicht. Er sprach mit sich, zuweilen laut, als wäre er im vollen Saale allein.

*) Haftiz.

„Die armen Bilder!“ hörte man's von seinen Lippen tönen. „Was haben die ihnen denn gethan! Sie sind ja stumm, sie schütteln nicht den Kopf zu ihrer Thorheit. Auch Wunder zu thun verschmähen sie, wo niemand mehr will an Wunder glauben.“

„Wann ist Beelitz abgebrannt?“ fuhr er plötzlich auf.

„Dienstag nach Johannis, gnädigster Herr. Es stimmte vieles zusammen. Dreimal sieben Tage vorher erschien zuerst am Himmel der erschreckliche Komet, dessen Schweif einem blutigen Arme glich, der ein blutiges Schwert in der Hand trug, und die kleinen Sterne um den Stern sahen wie Spieße aus, die ringsum starrten. Sieben Tage vorher aber war der furchtbare Wind aus Osten, der bei Soldin tausend Bunde Korn dermaßen in die Luft wehte, daß man noch heute nicht weiß, wo sie hinkamen. Einige meinen, nach Schweden.“

„Es stimmt gar viel zusammen —“

„Die von Beelitz sind um Unterstützung und Vorschuß eingekommen.“

„Unsere Kassen sind erschöpft. Der Zug nach dem Reichstag, das teure Leben in Augsburg, item zehrt der Türkenkrieg.“

„So soll ihre Petitio —?“

„Dem Landtag vorgelegt werden.“

Der Kanzler mochte ihn etwas verwundert anblicken.

„Etwa dem Reichstag?“ rief Joachim. „Was hilft Dir der? Der beschließt's und der Kaiser gebietet's: die Ketzerei soll ausgerottet werden, und die Fürsten nähren sie in ihrem Busen. Da wundert Ihr Euch, daß Kometen am Himmel erscheinen; das sind die Symbole der Disharmonie Eurer verwirrten Gemüter.“

„Gnädigster Herr, Dero getreue Stände —“

„Gelobten mir Anno 27 auf dem Landtag in Berlin ernsten Gehorsam gegen die Ketzerei, und daß sie mit Nachdruck die ehrliche und löbliche alte Ordnung und Ceremonien der heiligen christlichen Kirche handhaben und aufrecht halten wollen.“

„Sie haben —“

„Es gethan, bis ihnen etwas anderes einfiel. Soll ich Haussuchung halten lassen, in jedem Hause, in jedem Schloß? Das nennt Ihr Festigkeit, das Gesinnung, das Treue! Und die Natur soll sich selbst treu bleiben?“

„Den Beelitzern soll ich antworten —“

„Daß sie sich selbst helfen! — Aus der Kasse, aus der sie den drei Wittenberger Prädikanten das Reisegeld schickten.“

„Und was Herrn Georg von Blumenthal und dem Bischof von Lebus?“

„Daß er Vernunft annehmen soll. Mit Keulen schlägt mag nicht drein, wenn man Mücken fangen will. Kann ich die Leute zwingen, wenn sie nicht mehr zum Bild nach Görlitz wallfahrten wollen?“

„Auch ist es das nicht, um was er sich diesmal beschwert.“

„Um was beschwert er sich nicht!“

„Diesmal fürchtet Herr Georg.“

„Wen? — Auch seine Fürstenwalder, wie vordem seine Frankfurter?“

„Die Fürstenwalder wissen zu schätzen, was eine bischöfliche Hofhaltung wert ist.“

„Also was will er! Der Vorteil ist das festeste Band, das die Menschen an uns knüpft.“

„Er sorgt wegen der großen Rüstungen der Minckwitze. Es reiten auch viele brandenburgische Herren zu ihnen nach Sonnenwalde hinüber; von den Mißvergnügten, die allzeit mit den Stiftern und Prälaten anbinden möchten. Man sorgt um einen großen Anschlag. Was zu der Väter Zeiten nicht mehr gewesen, als eine Rauferei, eine gewöhnliche Fehde, das nimmt itzo eine andere Farbe an, wo die Religion im Spiele ist.“

„Ich muß dies bestätigen, gnädigster Herr,“ sprach der alte Schlieben; „mein Sohn Eustachius, den Euer Gnaden zum Landrat und Hauptmann in Zossen bestellt, schreibt mir, wie man der Orts von nichts spricht als von den Minckwitzen, und was sie vorhätten.“

„Spricht man in Deutschland noch von anderem als von Luther!“ rief der Fürst. Es war ein Ton, ein Blick, der dem Kanzler sagte, daß Joachim kein Ohr mehr für seine Vorträge habe; er ließ die Papiere in die Mappe zurückfallen.

Joachim sprach mit den unsichtbaren Geisterchören: „Ich meine: wer zu Grabe getragen wird, kann nicht ruhig in sein still Haus mehr gesenkt werden; eine Krähe schreit noch den Namen Luther in den Lüften, ehe die Erde auf den Sarg geschaufelt ist. Was sind dagegen Thaten, Verdienste ums Vaterland! Man kann sein ganz Leben in ihm geopfert, Nächte gewacht haben, alt und grau von Sorgen und Arbeit ums Volk, das Volk hat nur der Doktor Luther. Was ist ihm der große Otto, der hat Germanien beschützt, daß wir keine Hunnensklaven sind! Man kann die Sterne gezählt und eine neue Welt entdeckt haben; was ist Kolumbus' Ruhm, was Aristoteles gegen den Doktor Luther! Sie haben nichts entdeckt, nichts gewußt, nichts gebaut, gegen den Mann des Volkes. Sie haben recht, es braucht keine Kanones mehr, keine Kirche, kein Kirchenrecht, keine Päpste; der Doktor ist der allein Unfehlbare, Untrügliche, der Mann Gottes, der sich selbst gemacht hat; und daran hat er wohl gethan, so hat, der alles zertrümmert, doch etwas gemacht!"

Es war um diese Zeit, daß der Lärm von der breiten Gasse auch in den Saal drang, wo der Kurfürst mit seinen Räten war. Die am Fenster sahen auch schon die Volksmassen um die schwarze Brüderkirche.

„Der Himmel ward müde seiner Wohlthaten," fuhr der Kurfürst fort, indem er nach seiner Gewohnheit auf und ab ging, ohne es zu würdigen, nur einen Blick nach dem Fenster zu werfen. „Wozu denn Großes, Schönes für dies Volk, das es nicht mag. Ein Tagesgötze, angestrichen mit greller Farbe, ist ihm lieber. Wozu denn Hirn und Herz anstrengen für sein Wohl? Es versteht die Gedanken nicht, die Wärme wärmt es nicht, es lästert auf seine Wohlthäter."

„Es scheint etwas Ungewöhnliches!" sagte der von Schlieben am Fenster.

„Hier kommt nichts Ungewöhnliches auf. Im breiten, ausgetretenen Geleise seiner Falschheit und Gemeinheit geht dies Geschlecht seinen Weg. Gott kann neu geboren werden, die Weisen folgen nicht mehr den Morgensternen; sie laufen den flackernden Irrlichtern nach. Wer recht breit und derb eine Alltagswahrheit ihnen ins Ohr schreit, ist ihr Mann, ihr Heiland. Daß der Mönch das Unerhörte gewagt hat, ist's auch nicht, was sie entzückt, nicht seine Kühnheit, nicht sein Feuer, es ist die grobe Faust, mit der er das Erhabene und Ehrwürdige niederschlägt. Da jauchzt der Pöbel, jeder von ihnen hätte es ja auch gekonnt."

„Ein Bote, er schwenkt den Federhut —"

„Nach dem Schlosse!"

„Er bringt etwas Frohes."

„Es giebt keine frohe Botschaft mehr."

Und doch schallte ein Name durch das Stimmgewirr, dessen Klang auf dem Gesicht des Fürsten seine Wirkung nicht verfehlte. „Heil Joachim!" — „Heil unserem Kurprinzen, Heil dem Sieger!" — „Es lebe der Kurfürst!"

Ein erster Fourier schrie die Nachricht hinein, die wir kennen. Auf den Treppen dröhnte es schon, die Stimmen überschrieen sich: „Hoch der Kurfürst! das durchlauchtigste Kurhaus!" Einzelne Mützen flogen bis an die Fensterscheiben, und die Runzeln auf Joachims Stirn hatten sich gelöst und eine Thräne stand in seinem Auge: „Es ist doch ein gutes Volk!"

„Er lebt, er lebt — ein ungeheurer Sieg — Brandenburgs Stern leuchtet im Orient," schrie ein zweiter Kavalier.

„Ist's auch wahr?" Die dunklen Schatten traten wieder auf seinem Gesichte vor. Er glaubte ja an nichts Frohes mehr. Da klirrten die Glasthüren der Galerie; die Kurfürstin hastete die Stufen herauf, mit freudeglühendem Gesichte, die Arme erhebend.

„Es ist wahr! — Alles wahr, Joachim — über unserem Sohn hat Gott gewaltet!"

„Er hat ihn gekrönt mit unsterblichem Sieg für die Christenheit!" rief der Marschall.

„Brandenburgs Banner hat ihren Erbfeind geschlagen."

„Es ist Dein Sohn, es ist mein Sohn, Joachim!"

Da blickten zwei Menschengesichter, die kalt wie Eis seit Jahren sich im Glanz der Kerzen begegnet, zum ersten Male nicht kalt einander an. Der Mutter Antlitz glühte vor Freude; der Aschenanhauch wich von dem des Vaters, sein Auge glänzte, und im nächsten Augenblicke umschlangen sich ihre Arme. Am fernen Donaustrand im Türkenlande hatte der Sohn Vater und Mutter im Schloß zu Köln an der Spree versöhnt und vereinigt — für einen glücklichen Augenblick.

Wenn das vorhin Jubel war, das war die Freude, die in aller Augen glänzte, und dann in einem Ausruf, der keine Worte fand, sich Luft machte. Die Thränen rannen von den Augen. „Der Kurfürst und die Kurfürstin sind ausgesöhnt."

Im nächsten Augenblick hatte Joachim seine Tochter an die Brust gehoben und geherzt, dann die anderen Kinder; er schaute, er ging wie ein glücklicher Vater umher.

„Den Erbfeind der Christenheit hat er besiegt!"

Es war nun Zeit, daß der Bote selbst, der inzwischen in den Saal getreten, zu Worte kam. Kaum konnte der Ritter von Buch, was er melden wollte, erzählen, so oft ward er unterbrochen von der Kurfürstin und ihrem Herrn, auch den anderen Kindern. Sie waren alle so gütig und gnädig; hätte es sich geschickt, wäre Frau Elisabeth dem Manne auch um den Hals gefallen, der es mit angesehen, wie ihr Ältester dreimal an der Spitze der Geharnischten in die Feindeshaufen einritt und sie warf, der an seiner Seite gestritten, den ihr Sohn einmal aus den Feinden herausgehauen, der dann, als er durch Wien ritt, hörte, wie man den jungen Prinzen lobpries und Ehren über Ehren zu seinem Empfange bereitete.

Der Kurfürstin Augen flossen vor Rührung über, indem sie ihre anderen Kinder umfaßte, der Kurfürst sah stillvergnügt und sinnend vor sich; er war zufrieden, auch da mancher von den Herren, als der Buch geredet, fragend den anderen anschaute, als habe er mehr erwartet, und wundere sich, daß es zu Ende sei.

Bald darauf dröhnten die Böller an der langen Brücke und Feldschlangen hinter dem Schlosse spielten; dann fingen die Glocken zu läuten an, die Pfeifer und Geiger spielten auf den Galerien der Türme, und die Flaggen wehten von den Masten auf der Spree, von den Kirchtürmen und Erkern.

Als der Zug nach dem Dome in den Gängen sich ordnete, von wo die Orgel schon herübertönte, sprach der von Schlieben zum Hofmarschall:

„Im Grunde genommen waren es denn doch nur drei Reitertreffen, in denen unser gnädigster Kurprinz sich als ein ritterlicher Held und wert seiner Ahnen auswies, aber der Türke ist darum, so viel ich vernommen, noch nicht von der Donau gedrängt, viel weniger denn dem Türkenreich der Garaus gemacht. Dafür bedünkt es mich fast des Lärmens zu viel und das Tedeum zu früh angestellt.“

Peter Melchior lächelte in seiner schlauen Weise: „Je zweifelhafter ein Sieg ist, habe ich immer gehört, um so lauter muß man ihn ausschreien. Wenn wir dem Türkenreich den Garaus gemacht, das schrie von sich selbst; da wir es aber nur ein bißchen geritzt haben, können wir nicht genug singen und läuten und schießen, sonst glaubt das Volk, wir hätten uns selbst geritzt.“

„Wie aber kommen die in Wien dazu, so viel Aufhebens von der Sache zu machen. Sie müssen doch besser wissen —“

„Womit man die Vögel fängt, Herr von Schlieben. Die Ehren, so sie einem brandenburgischen Prinzen erweisen, sind nicht Bezahlung für das, was er that, sondern ein Vorschuß für das, was er thun soll.“

Joachim schritt langsam vorüber in seinem Kurfürstenmantel nach der Domkirche; sein Gesicht war noch von der

Freude bestrahlt, aber ernster. Bevor er den Mantel angelegt, hatte er sich auf sein Betpult niedergeworfen: „Das war Dein Fingerzeig, Herr des Himmels und der Erde, und ich beuge mich in Ehrfurcht und Zerknirschung. Ich hatte gezagt, ich hatte gezweifelt, ich glaubte, die Kraft fehle mir, dem Drängen, das so mächtig wird, zu widerstehen. Herr, ich wollte nachgeben, um größer Unheil zu vermeiden. Du gabst mir wieder Kraft, Du richtetest durch die unerwartete Siegesbotschaft meinen wankenden Mut wieder auf. Hier gelob' ich's, und Deines Sohnes Mutter und alle heiligen Fürbitter seien Zeugen des Schwurs, ich will nicht mehr wanken, ich will nicht mehr nachgeben; und wenn es mich alles kostet, ich will die Kirche Deines Sohnes in meinem Lande und in ihrem Stolze erhalten. Schwach war ich erst jüngst, da ich nachgab, meine Tochter nicht zum Feste Deines Sohnes zu lassen. Es war Sünde, um des Hausfriedens willen den Frieden Deines Gebotes zu brechen. Ich will nicht wieder schwach sein; ich gelobe es beim allerheiligsten Blute Deines Sohnes, am nächsten Fronleichnamstage soll Elisabeth unter den Jungfrauen des Landes dem Venerabile folgen. — Joachim von Brandenburg hat's gelobt," sprach er aufstehend und schlug die Hand an die Brust.

Sechstes Kapitel.

Die erste Kommunion.

„Geh nun zu Bett, mein Kind," sprach die Kurfürstin.

„Mutter, Deine Lippen sind so kalt, Du küssest mich nicht wie sonst," sagte die Prinzeß, als sie zögernd ging, und noch einen verstohlenen Blick von der Schwelle zurückwarf.

„Sie hat recht, Bredow," sprach die Fürstin, die schwarz gekleidet auf ihrem Ruhebette saß; „ich kann das Kind nicht wie sonst ans Herz drücken; Gott vergebe mir die Sünde. Es schauert mich, wenn ich es ansehe, seine blonden Locken, mit denen ich so gern spielte, kommen mir wie Schlangen vor."

„Das sind Gebilde einer trüben Einbildung, gnädige Frau; sie werden vergehen, wenn besser Wetter eintritt. Diese Schlacken und Regen machen auch die Mutigsten verstimmt."

„Wann wird besser Wetter eintreten! — Wenn nun einmal

die Sonne aufhörte zu scheinen, die Wolken nicht mehr vom Himmel fortziehen wollten!"

„Der Hof-Astrolog —"

„Schweige mir von dem."

„Er ist doch nicht die Ursache, daß unsere Prinzessin dem Willen ihres Vaters gehorchen mußte."

„Hätte sie allein gehorcht, Bredow! Das ist keine Sünde, wenn man zu einem heidnischen Opferaltar geschleppt wird; die Sünde kommt auf die, welche die Opfer hinschleppen. Aber mit welcher Freude ging sie, sahst Du ihre Augen blitzen? Und sie hatte meinen Schmerz gesehen, sie hatte auf meine Gründe gehört; ihr Verstand ist über ihre Jahre hinaus. Sie hatte das Unrecht schon eingesehen, sie weinte und küßte meine Hand und versprach ein artig Kind zu sein."

„Und der Vater war unerbittlich."

„Des Vaters Segen baut den Kindern Häuser, aber der Mutter Fluch reißet sie wieder nieder."

„Gnädigste Frau!"

„Nein, ich fluche meinem Kinde nicht, ich fluche niemand, am wenigsten in dieser heiligen Stunde. Aber der Tag —! O, wenn er eine unvergängliche Saat in das Herz des Kindes gestreut hätte!"

„Wer weiß, wozu es gut war, Durchlaucht!"

Ein klarer Blick der Fürstin antwortete der Edelfrau: „Du sprichst recht, es war gut. Denn ich war schwach gewesen, ich zauderte, ich scheute mich vor dem Entschluß. Ich bin ja auch nur ein Weib. Weiß Gott, welche inneren Kämpfe ich gerungen, welche einlullenden Stimmen mir ums Ohr schwirrten, daß ich das nicht thäte, was recht sei: Ich könnte ja im Herzen der Sache anhängen, damit sei genug gethan, Gott fordere nicht mehr von einer schwachen Frau; ich sollte den Hausfrieden bedenken, das Glück meiner Kinder, auch meines Gemahls Glück, für dessen Wohl zu sorgen, auch wenn er nicht für meines sorgt, meine Christenpflicht sei. O, wie schön stellte es mir der Verführer vor: so für ihn zu dulden, ohne daß er es wisse, feurige Kohlen auf sein Haupt zu sammeln. Und was wirke denn mein öffentlicher Beitritt, eine feierliche Erklärung, welche nicht allein meinen Frieden, auch den unseres Hauses, unseres ganzen Landes breche? Ich solle demütig schweigen, die Wahrheit in meiner Brust verschließen und warten, daß Bessere mir vorangingen. So sprach der Verführer, und seine Macht war groß an jenem Freudentage.

Ach Gott, was schlug mein Herz; mein Sohn in Glorie, als Retter der Christenheit, sein Empfang in Wien und meines Gemahls Freundlichkeit. O, ich schwelgte im Stolze einer Mutter! Seit wie lange hatte Joachim so mich nicht angeblickt, so nicht zu mir gesprochen! Ich malte mir vor, die gute alte Zeit unserer Einigkeit könne wiederkehren. Da hatte Satan mich schon in seinen Krallen, fester noch als das arme Kind; über die Wonne des Friedens, über seine Freundlichkeit vergaß ich den Durst nach dem Quell des Heiles. — Ja, Bredow, ich wäre verloren gewesen in Lauheit und Selbstsucht, wenn er nicht den Erwecker gesandt."

„Es schnitt uns allen ins Herz, als Ihr auf die Kniee fielt und den Zipfel seines Ärmels ergrifft, und ihn anflehtet: es Euch nicht anzuthun. Ach, der zornige Blick des Herrn!"

„Sage, es war ein böser Blick. Aber der weckte nun auch meinen Zorn, ja ein sträfliches Rachegefühl gegen den Mann, der so sein Weib anblicken kann, und vor dem Gesinde. Da war ich noch nicht erweckt, nicht als Christin, nur als beleidigtes Weib. Aber am Tage selbst, als er mich zwang, auf dem Altan zu stehen und dem Greuel mit zuzusehen, als ich mit allen auf die Kniee fallen mußte, da brannte der Stein unter mir wie höllisch Feuer, da war's, als riefe eine Stimme zu mir aus den Wolken: Elisabeth! Du willst Gottes sein, und fällst vor Baal auf die Kniee. Du kannst es ruhig ansehen, wie Dein Kind geschmückt unter den Opferdienern tanzt, und Dein Herz empört sich nicht in der tiefsten Seele! Aufstehen konnte ich nicht, ich war wie geknickt, aber da that ich ein heiliges Gelöbnis, ich wolle nicht mehr lau, nicht mehr schwach sein, ich wolle meinen Gott preisen und erkennen vor allem Volk. Nun endlich ist die Stunde gekommen. Gepriesen sei er in Ewigkeit, der den Schwachen Mut giebt."

Eva war an eine Nebenthür im Getäfel getreten und hatte sie leise geöffnet, aber wieder zugemacht: „Es war nur der Wind in den Gängen."

Die Kurfürstin legte die Hand auf ihre Schulter: „Meine liebe Freundin, das bist Du mir, habe ich Dich je gekränkt, so vergieb mir. Habe ich harte Worte gegen meinen Gemahl ausgestoßen, sage es mir, ich bereue sie; habe ich auf mein Kind gescholten, ich nehme es zurück. Ach, mich durchschauert es so bang und heilig; ich möchte alle fragen, ob ich ihnen kein Unrecht gethan, ob sie mir vergeben? Was Priesterlist durch so viel hundert Jahre tausendmal Tausenden meiner

Mitmenschen entzogen, soll ich Glückliche in dieser Stunde genießen! Es ist fast zu viel, deucht mich, der Wonne. Warum bin ich denn die Beglückte, Erwählte, frage ich mich, wo in dieser Stadt, in diesem Schlosse selbst, so viele Seelen sind, die gleich mir nach der Himmelsnahrung schmachten, und die sie mehr verdienen, als ich Sünderin."

„Gnädigste Frau, wer ertrug darum so viel Prüfungen und Trübsale als Ihr?"

„Und dennoch, frage ich mich, liebe Bredow, ob ich nicht aufs neue sündige, weil ich es nur heimlich thue? Wär' es nun nicht gerade meine Pflicht, offen vor aller Welt zu bekennen, komme, was da will?"

„Ihr habt es ja gewollt: und es ist nur auf den ausdrücklichen Wunsch Seiner Majestät, Dero königlichen Bruders, daß Ihr kein öffentliches Ärgernis durch die heilige Handlung geben wollt. Und König Christiern ist wieder aufrichtig zum protestantischen Glauben zurückgekehrt."

„Aufrichtig!" seufzte die Fürstin. „Das Unglück mag seine Seele erweicht haben. Aber denkt er nicht noch immer daran, daß mein Gemahl anderen Sinnes werden und ihn unterstützen könne, seine irdische Krone wieder zu erobern. Das ist der Grund; er will's nicht mit ihm ganz verderben. Ach, diese irdische Krone glänzt noch wie ein Irrstern in seinen Augen."

„Aber er pflog mit Eurem Ohm, dem frommen Johann von Sachsen, darüber Rücksprache. Beide, und auch der Doktor Luther wurden endlich einig, daß es so am besten sei."

„Der Mann Gottes hat es gebilligt; das ist mein Trost, das mein Vertrauen! — Wie spät ist es?"

„Der Nachtwächter hat schon die zehnte Stunde abgesungen."

„So naht meine heiligste. — Ach, daß er auf der Schloßwache unter den rohen Kriegsknechten seine Zeit verbringen muß!"

„Er ist dort am sichersten. Sorgt nicht, gnädige Frau, wir haben uns vorgesehen. Hans von Dolzig ordnet und überwacht alles; er kann nirgend, nicht auf der Treppe, nicht auf den Gängen, wem begegnen, der ihn verriete. Es ist angeordnet, daß mein Mann ihn laut rufen läßt, und zugleich bescheiden, daß er sein Pferd sattle, um sofort eine Sendung auszubringen. Für die Wächter an der Mauer hat er einen Paßschein. Und hier kann niemand lauschen und horchen; alle Thüren sind abgeschlossen bis auf die nach der Kinderstube."

„Was war das? — Er kommt!“

Sie horchten mit angehaltenem Atem. Ein Reiter war im Hof vom Roß gesprungen und seine schweren Stiefeln knarrten jetzt auf der steinernen Treppe; aber andere laute Stimmen begleiteten ihn, sie kamen den Gang herauf und gingen an der Thür vorüber.

Eva war, den Finger an den Mund, zur kleinen Thür auf den Zehen hinausgeschlichen und brachte bald die Nachricht zurück, daß es nur ein Bote aus dem Reiche sei, mit wichtiger Meldung an den Kurfürsten; um so sicherer könne man nun sein, daß Ankunft und Weggehen des Boten, welchen Elisabeth erwartete, zu keinem Argwohn Anlaß geben werde.

Ein kurzer pfeifender Ton ließ sich jetzt draußen hören; es mußte ein Zeichen sein, weil beide Frauen sich zuwinkten; bald darauf hörte man feste männliche Tritte und das Klirren einer Degenscheide auf den Fliesen des Ganges. Je näher sie kamen, so banger schien die Kurfürstin zu werden. Sie stand am Tische, mit der einen Hand darauf gestützt, ein leises Zittern schüttelte sie, und ihr Gesicht ward unter den langen Atemschlägen blaß und rot, wie vielleicht die Sünderin im letzten Augenblicke vor dem ersten Fehltritte. Die Verführung hat schon lange ihre Netze um sie enger und enger geschlungen, die Gedankensünde ist vollbracht, und mit stürmischem Herzschlag ist sie in die laue geheimnisvolle Nacht geeilt, aber noch einmal vor dem letzten Augenblick, vor dem Rauschen des Busches, vor dem Aufklinken einer Thür, vorm ersten Händedruck bebt sie zurück. Was Witz und heißes Blut längst verteidigt und gerechtfertigt, erscheint in dem Augenblick wieder als Sünde: es rieselt ihr durch die Adern, sie möchte zurück, fliehen, und bebt und kann nicht fort. War es denn nicht Sünde der Gattin gegen den Gatten, der Unterthanin gegen den Fürsten, der Mutter gegen das Schicksal ihrer Kinder? War es denn nicht Begierde und Verlangen nach dem verbotenen Genuß? Konnte sie sich nur entschuldigen damit, daß sie dem Volke ein Beispiel geben, daß sie es aufmuntern wolle zur Nachfolge, da sie ja nur wie der Dieb in der Nacht, heimlich, zur eigenen Befriedigung an den Tisch des Herrn schlich mit betrügerischen Veranstaltungen? Vertrug sich das mit der Würde, der Heiligkeit der Handlung? Konnte sie jetzt dem Kurfürsten, oder irgend wem, noch strafend ins Auge sehen mit dem Stolze gekränkter Unschuld?

„Ach Gott, Bredow, ich wünschte, er wäre es noch nicht.

— Schließ die Thür zu, rufe Deinen Mann. Ich will mich besinnen.“

Es war zu spät. Die Thür zur Nebenkammer ward geöffnet. „Wachtmeister! Setzt Euer Pack in die Kammer hier,“ rief eine Stimme. „Wenn Ihr Bescheid habt, mögt Ihr es wieder abholen.“

Laute Fußtritte hallten weiter durch die Gänge, ein anderer Fußtritt näherte sich der Thür zum fürstlichen Gemache. Eva öffnete und herein trat, während die Kurfürstin noch einmal ihre tiefste Bewegung und ihre Angst vor dem Kruzifix auf dem Betpult ausschüttete, ein Mann im Kleide der Kriegsknechte zu Roß; im Lederkoller, ledernen, knapp anschließenden Hosen, hohen Stiefeln. Ein Eisenhemd hing um seinen Leib und eine Stahlhaube bedeckte sein Haupt, unter deren Schirm ein festes, männliches Gesicht mit prüfenden Augen zum Vorschein kam. Der Wachtmeister trug einen Kasten unterm Arm, den er keinen Anstand nahm, sofort auf den kostbaren Teppich des Tisches, der in der Mitte des Zimmers stand, zu setzen. Dann aber trat er halb an die Thür zurück und blieb in ehrerbietiger Stellung stehen.

„Die Kurfürstin ist sehr bewegt,“ flüsterte die Edelfrau ihm zu. „Sprecht, ich bitte Euch, mit sanfter Stimme.“

„Sie wird stark werden,“ entgegnete der Reiter mit einem Blick auf den Kasten.

Elisabeth hatte sich umgewandt und schritt wieder mit fürstlicher Haltung dem Fremden entgegen.

„Ihr seid an mich gesandt?“

„Ich bin's.“

„Eure Beglaubigung?“

Der Wachtmeister reichte ihr einen Papierstreifen mit Zeichen.

„Es ist genug,“ sprach sie, nachdem sie einen Blick darauf geworfen. „Von meinem Bruder Christiern. Gott nahm ihm viel, und er sendet mir doch viel. Euer Name?“

„Buchholzer, aus Pommern, der Gottesgelahrheit Beflissener, Prediger, Doktor, Baccalaureus.“

„Und im Rock eines Kriegsmannes! Gütiger Gott!“

„Das ist das Kleid, was jetzt sich für uns schickt. Wir sind Krieger im Dienste des Herrn, allzeit müssen wir gewappnet gehen, denn es wird Krieg geben, weil ohne Krieg keine Wahrheit.“

„Muß es denn so sein?“

„Es muß. In diesem Kleide saß unser Feldherr Martin auf der Wartburg.“

Die Kurfürstin, der man bis da trotz der entschiedenen Sprache eine Ängstlichkeit vor der rauhen Hülle des Gesandten angemerkt, betrachtete ihn jetzt mit anderen Blicken.

„In dem Kleide schrieb er an der heiligen Übersetzung!“ rief sie, und schien das Wams jetzt mit einer freudigen Neugier zu mustern, vielleicht ob sie Spuren der Arbeit daran gewahre.

„Wem er dies Kleid anvertraut,“ sprach sie mit einer Verwirrung, „ich meine, wen er eines solchen Auftrags würdigt, den muß er hoch halten.“

„Ich saß lange Jahre zu seinen Füßen.“

„Was macht der fromme Mann? Ich höre alles, das allerkleinste, gern von ihm. So sparsame, oft so falsche Nachrichten kommen uns über ihn zu. Sein Bild kenne ich. Gleicht es ihm? Erzählt mir von ihm, kräftigt mich zu dem hochheiligen Geschäfte. Er hat viel Anfechtungen in letzter Zeit?“

„Vom Satan, ja.“

„Er weiß auch den Satan zu überwinden.“

„Neulich warf er ihm das Tintenfaß an den Kopf.“

„Man spricht auch von anderen Anfechtungen. Es betrübt ihn manches in dieser Welt. Den aufrühreriſchen Bauern —“

„Wird er den Kopf waschen.“

„Man sagt auch, daß die wilden Fanatiker, die sie Bilderstürmer nennen und die seine Lehre mißverstanden, ihn in gerechten Zorn gebracht.“

„In Zorn ja, ob in gerechten, das weiß ich nicht.“

„Ehrwürdiger Herr, ein Schüler Luthers verteidigt —“

„Nicht die tobenden Rotten, doch auch ihm kann ich nicht recht geben; er ist zu nachsichtig noch gegen den Bilderkram und Firlefanz. Seine Seele ist makellos, sein Glaube rein, aber —“

„Luther kann nicht irren!“

„Luther irrt; aus Rücksicht für die Schwachen, so noch zaudern, drückt er ein Auge zu und läßt ihnen die Zipfel und Falten des Heidentums, daran sie hangen und nicht sehen, daß in den Falten Satan selbst sich versteckt. Er ist der Held, der Ritter Sankt Görgen, der mit seinem starken Arm die Gewänder nur zu schütteln braucht, so fallen die Teufelchen wie das Ungeziefer heraus; aber er gedenkt nicht, daß die andern nicht von der Stärke beseelt sind; daß die Goldstickerei ihr Auge blendet, der weiche Sammet ihrer Wange schmeichelt und der Weihrauch durch die Nase in ihr Gehirn kitzelt."

„Es wird ja anders werden. Statt des Weihrauchs werden die Töne der Lieder unsere Seele in den Himmel reißen."

„In den Tönen aber sitzt absonderlich der Verderber, und das Rauschen der Orgel, diese lateinischen Choräle wirken verführerisch auf den Sinn. Luther will das nicht Wort haben; er ist eigensinnig, er liebt die Musica mit Leidenschaft, er meint, wenn er nur die lateinischen Lieder ins Deutsche überträgt, dann schade die Melodie nicht. Das ist nicht meine Meinung. Wie man aus den Zeiten des Heidentums weiß, gab es Sirenen- oder Nixenlieder, das sind Weisen, die wie dünne Fädchen um die Seele sich legten und das Gemüt verstrickten, bis der arme Mensch ihnen folgen mußte in sein Verderben. Diese alten Melodeien sind nun gar nicht auszurotten, sie summen durch alle Völker und Sprachen; wissen wir's, ob sie nicht auch in den Chorälen nisten, so die Seele bald mit tiefer Betrübnis erfüllen, bald mit schrillender Freude? Gott spricht anders zum Menschen. Demnächst kann ich auch das Glockengeläut nicht ohne weiteres gut heißen. Ist das nicht Gottes Stimme nachäffen wollen? Wissen wir, ob das Gott angenehm ist? Sehen wir nicht vielmehr, daß sein Blitz so oft in die Glockentürme fährt? Und ist denn dies Gesumme, das wir da oben anstellen, auch wirklich nur der Nachhall seiner Stimme? Hat er so zu Moses, zu Elias gerufen, oder rief so der Gott Wodan, Thor und Jupiter zu den Teufelsdienern? Aber er käme übel an, der Luthern ein Wörtlein über die Glocken fallen ließe."

Die Kurfürstin blickte den kriegerischen Prediger ängstlich an.

„Was aber soll man nun erst sagen zu jenem Feste, dem einige unter uns bisher noch das Wort geredet, zu jenem rechten Teufelssabbath, wo die Glocken durch die ganze Stadt summen, aus den Gotteshäusern die Choräle schallen, und durch die Straßen das Volk strömt, von der Heidenpriesterschaft in ihren grellsten, schillerndsten Meßgewändern angeführt! Glocken, Lieder, Weihrauch, Götzenbilder, geschwenkte Kessel, brennende Kerzen, Blumen, Tand, Gold, Edelsteine, die Summa aller Summen von Sinnenverführung und Teufelsspuk. Auch dafür konnten Stimmen sich erheben, auch das konnten sie entschuldigen; man möchte es ihnen lassen. Nein, endlich hat die Vernunft gesiegt, und das rechne ich recht eigentlich als den Anfang unserer Reformation oder Kirchenverbesserung. Hätten wir es nicht verdammt, hätten wir es nur geduldet, das Fronleichnamsfest, so wäre mit all den übrigen Reformationen nichts gethan."

Die Kurfürstin hatte dem Redner anfänglich mit Erstaunen zugehört, das an Unwillen grenzte. Wie durfte ein Abgesandter es wagen, gegen die Autorität dessen zu sprechen, der ihn gesendet hatte; wie durfte überhaupt jemand, der sich seinen Schüler und Anhänger nannte, gegen Luther das Wort erheben und an etwas zweifeln, was Luther gesprochen und gemeint! Sie war im ersten Augenblick willens gewesen, die heilige Handlung zu unterlassen, wenigstens die Speise des Herrn nicht aus Eines Hand zu empfangen, der gegen den einzigen Mann sich auflehnte, welchen sie für untrüglich hielt.

Aber die entschlossene Weise des kriegerischen Predigers, der sich durch keinen ihrer mißbilligenden Blicke auch nur etwas einschüchtern ließ, wirkte günstig für ihn. Es war von Luthers Geist und Mannheit auf ihn übergegangen; so, wie vor ihr, würde dieser auch vor dem ganzen Hofe, vor ihrem strengen Gatten selbst, gesprochen haben. Sie empfand das natürliche Vertrauen des Weibes zu einem starken Mann, dem es in Gefahren folgt, weil er es zu schützen wissen wird.

Seine flammende Strafrede gegen die Fronleichnamsprozession erschütterte sie wieder.

„So wäre dieses Fest in der That so gefährlich?"

„In Netzen fängt da der Erbfeind die Herzen der Menschen. Das war, das ist das rechte Erntefest für ihn, wo er wieder sammelt, was er an anderen Tagen verlor. Die unglücklichen Kindlein bedaure ich allzeit, wenn sie so vergnügt und unschuldig spielend hinspringen."

Die Fürstin war mit einem Stoßseufzer in den Sessel gesunken: „Mein Herr und Erlöser! auch meine Elisabeth war dabei."

„Ihr werdet sie nicht wieder dazu herleihen. Vor der heiligen Handlung fordere ich als Verordneter des Herrn und Diener seiner reinen Lehre dies Gelöbnis von Euch."

„Was an mir, es soll nimmer geschehen. Aber —"

„Sprecht Eure Bedenken aus."

„Wenn nun schon der Verderber das Herz meines Kindes umstrickt hätte.“

„So treiben wir ihn wieder aus. Ging sie frohen Herzens hin? Hatte sie schon lange vorher mit dem Gedanken sich umgetragen? Hatte sie heimlich dazu Putz zurechtgelegt? Hatte sie vielleicht gar die Mutter, deren Abneigung sie kennen mußte, zu hintergehen gesucht? Glänzten nachher ihre Augen schlau und verstohlen? Vermieden ihre Blicke die ihrer Mutter? Ist das so, so ist es schlimm, aber noch nicht zu spät.“

Es bedurfte keiner Antwort der Fürstin, ihre stummen Gebärden bejahten alle diese Fragen.

„So ist es geraten, daß man zum Exorcismus schreitet,“ sagte Buchholzer, „ehe der böse Feind sich fester einnistet.“

„O, wenn Ihr der Macht seid, auf der Stelle, lieber Doktor, es quält einer Mutter Herz. Es hat mich nie so etwas gequält. Hier nebenan schläft sie. Soll ich sie wecken? Wollt Ihr an ihrem Bette die Beschwörungen vornehmen?“

„Dazu ist jetzt nicht Zeit; nachher!“ sprach Buchholzer und war an den Tisch gegangen, wo er die Hefteln des Kastens löste.

„Derweil ich hier an seinem Tische schwelge, soll ich mein Kind in seinen Krallen wissen!“

„Das sind noch weiche Krallen.“

„Ach, welche Vorstellungen, welche finstere Gedanken habt Ihr mit einem Mal in mir geweckt!“

„Weg mit Furcht und Angst, weg mit allen irdischen Gedanken, Weib, als an Dein eigen Seelenheil. Eine Angst nur durchschauere Dich, die, daß Du würdig und im Glauben das Brot issest und den Wein trinkest. Um Dich nur, Elisabeth von Dänemark, sandte mich ein Höherer, daß Du teilhaft würdest der Gnaden. Nur um Dich unternahm ich den schweren Weg, nur darum stehe ich hier, gehorsam dem, was mir aufgetragen ist. Wenn Du reuig und bußfertig aufgenommen, wenn Du gestärkt und geheiligt bist durch das Mahl des Herrn, dann laß uns mitsammen an das Lager Deines Kindleins treten, dann wird die Beschwörung leichter sein; vor dem Gebet der christlichen Mutter wird der Versucher selber weichen.“

Er hatte Degen und Pickelhaube abgelegt und über Koller und Panzerhemde den schwarzen Priesterrock geworfen. Dann nahm er aus einem Futteral einen silbernen Pokal:

„Kurfürstin Elisabeth, diesen Becher übergab mir Martin Luther. ‚Trage ihn an Deinem Herzen und wahre ihn mit Deinem Schwerte,‘ sprach er, ‚denn nur um der dürstenden Bekennerin willen, die in Brandenburg auf den Trank des Heils wartet, laß ich das Kleinod aus meinen Händen.‘ Es ist das Gefäß, edle Frau, aus welchem Euer Ohm, Johann von Sachsen, und seine erlauchte Familie zuerst das Blut des Erlösers tranken. Die Lippen Eures königlichen Bruders berührten zum letzten Male diesen Rand, mit heißen Wünschen war es für die geliebte Schwester.“

Elisabeth war, von tiefster Bewegung erschüttert, auf ihre Knie gesunken und küßte den Fuß des Bechers, den der Prediger ihr hinhielt: „Es ist des Heils zu viel!“

Auch Eva Bredow stand tief bewegt am Fenster des Vorgemaches, wohin sie gegangen, als die Kommunion beginnen sollte. Die Kurfürstin wollte niemand bei der heiligsten Handlung ihres Lebens zugegen haben, entweder weil sie in ihrer Erschütterung die Seligkeit allein genießen wollte, oder um alle zu entfernen, die als Zeugen im schlimmsten Falle sie und sich gefährden konnten. Doch schien die junge Frau unwillkürlich auf die Laute, die aus der Thür kamen, zu lauschen und wischte eine Thräne aus dem Auge: „Wenn die Zeit doch erst für uns alle da wäre!“

Aber es mußte vom Geist der Mutter in ihr sein, daß die Gefühlsstimmung, so rein und heilig sie war, nicht lange, wenigstens nicht allein anhielt. Den Mann, der so sicher, so bewußt seiner heiligen Mission aufgetreten war, so kräftig, unerschrocken vor der Fürstin gesprochen, den selbst die Gefahr, in der er schwebte, die Worte nicht abwägen ließ, hatte auch sie mit Bewunderung und Hingebung betrachtet. Die Wahrheit hatte ihn gesendet und die Wahrheit war in ihm; aber war alles Wahrheit, was er sprach? Woher kamen die Zweifel der lebensfrischen Frau, und in einem Augenblick, wo sie ganz der Rührung sich hingegeben wähnte? Sie war ärgerlich, daß sie zweifeln, forschen, sich fragen konnte; damit waren sie aber nicht fortgescheucht, sie kamen immer wieder. War Buchholzer nicht ein ganz anderer Mann als Musculus, der zu einem so gefährlichen Akte nicht zwanzig Meilen weit geritten wäre, und wenn — wie anders, wie ängstlich würde er aufgetreten sein. Und doch stand jetzt Musculus vor den Augen ihrer Seele, wie er das verteidigt, was Buchholzer so unerbittlich angriff, die Prozession des Fronleichnamstages.

Waren beide nicht vom heiligsten Eifer für die Wahrheit durchdrungen? Wer hatte nun recht? Wer entschied darüber? Die alte Kirche? Deren Autorität war ja gestürzt. Luther? Buchholzer griff ja auch dessen Autorität an, weil er zu nachgiebig gegen die Ceremonie sich gezeigt.

Und sie erschrak über ein Lächeln, das als ein halber Laut über ihre feinen Lippen schwebte, und der Gedanke, der das Lächeln hervorrief, hätte ungefähr gelautet: daß Buchholzer, der so ritterlich wie nur Luther für die Wahrheit stritt, in diesem einen Punkte nicht wahr sein könne. Wahr nicht, weil er sich selbst täusche, weil er in seinem Eifer zu weit ginge, daß dieser heilige Eifer selbst lächerlich erscheine. Konnte nicht ein anderer, Stärkerer ihn bei dieser schwachen Stelle fassen und zum Gespött den Leuten hinstellen, über die er sonst so weit hinaus stand, an Urteil und Wert. Und hatte Buchholzer allein diese Schwäche? An welcher anderen krankte nicht der gute Musculus? Und wer nicht noch, nicht auch ihr Mann, nicht die Kurfürstin, der Kurfürst? Wo sie hinsah, hatte nicht jeder ein Etwas, das ihn stach, wo es nicht stechen sollte? Und wer hat es gemacht, daß die Besten daran leiden müssen? Gott, der die Welt schuf und die Menschen zu seinem Ebenbilde, oder der Teufel, der sie verkehren wollte zu seinen Affen?

Sie hatte aber nicht länger Zeit, über etwas nachzudenken, worüber sie sich selbst schämte und ärgerte, denn die Thür ging auf, und Hans von Dolzig fuhr rasch aber leise wie ein Gespenst herein.

„Ist er noch drin?“

„Die Kommunion scheint noch nicht zu Ende.“

„Sie muß zu Ende sein,“ rief er und stürzte nach der inneren Thür, ehe Eva ihn zurückhalten konnte. „Man hat verdächtiges Geräusch gehört. Der Kurfürst tobt in seinem Zimmer “

„Wo ist mein Mann?“

„Er ist zu ihm gerufen. Wir können das Schlimmste besorgen. Der Doktor muß fort. — Aus dem Schlosse wenigstens — aus der Kurfürstin Zimmer!“

In wenigen Sekunden hatte der Eifrige den Prediger aus dem Zimmer fast mit Gewalt herausgezogen, an dessen Thür Elisabeth wie eine Verklärte segnend die Hände über ihn ausbreitete. Er duldete es nicht, daß Buchholzer nur einen Augenblick zögerte, um seinen Kasten mitzunehmen. Nur den Talar riß er ihm ab, nur den Degen drückte er ihm in die Hand und riß ihn in den Korridor. Von draußen hörte man seine Stimme laut am Fenster rufen: „Der Wachtmeister passiert. Ein Gefreiter mit ihm bis ans Thor nach dem Teltow!“

Siebentes Kapitel.

Die Überraschung.

Hans Dolzig hatte recht gehört, der Kurfürst tobte in seinem Zimmer. Er schlug mit der Faust auf den Tisch:

„Eher Land und Leute verlieren, eher sterben und verderben, als zu dem Religionsfrieden meine Einwilligung.“*)

„Auch unter den Protestanten sind die wenigsten guten Blutes ihn anzunehmen, sie sagen:

Das Interim
Hat den Schalk hinter ihm,“

bemerkte der Propst.

„Aber es ist der ausdrücklichste Wille Kaiserlicher Majestät,“ sagte der Kanzler erschrocken. Es war überhaupt eine erschrockene Versammlung von Räten, die plötzlich in der Nacht zusammenberufen worden. Der alte Schlieben trat wie ein Bittender vor; seine Knie zitterten.

„Allerdurchlauchtigster Herr! nur diesmal hört auf die Stimme eines treuen Dieners. Drei Schritt von der Grube redet der Mensch doch die Wahrheit. Die Stände —“

„Sollen lernen, was ihre Pflicht ist.“

„Ich rede nicht von unseren brandenburgischen, obwohl auch hier ein ganz anderer Geist sich letzthin zeigte als an den vorigen Landtagen. Aber auch die Reichsstände betrachten diesen Frieden als das Heilmittel bei der allgemeinen Aufregung, als das einzige, um Deutschland vor einem Kriege zu bewahren. Die eifrigsten Häupter der Katholischen stimmen dafür, die weiseren der Protestanten fügen sich, der Kaiser selbst will es. Gnädigster Herr! auf wessen Haupt soll der Fluch kommen, wenn der Krieg ausbricht, der unser Vaterland verwüstet!“

„Auf meines!“ rief Joachim. „Vor Kaiser, Reich und

---

*) Historische Worte Joachims.

meinem Gott und Herrn im Himmel vertrete ich's. Den Mischmasch erkenne ich nicht an. Christi Kirche will ich rein. Falle der Würfel; eine soll herrschen auf Erden, sie oder die Hölle, aber keinen Vertrag zwischen beiden. — Was steht Ihr da, was gafft Ihr, was fragen Eure Blicke? Sprach ich nicht deutlich? — Den Boten herein! Deutlich soll er's hören. Nicht die Protestanten, nicht die katholischen Stände, nicht der Kaiser selbst sollen mich irren in meinem Recht. Und mein Recht, Ihr Herren, ist von Gott; seine Mission. Wenn alle abfallen, alle weich werden, ich falle nicht ab, ich werde nicht weich. Zweifelt einer daran? — Den Boten! daß er zum Angesicht dem Kaiser und den Herren es wiedersage, was ich ihm ins Angesicht sage."

Der Kanzler und der von Schlieben wagten noch eine Vorstellung. Sie hatten schon lange nichts mehr gewagt. Sie drangen darauf, daß der Kurfürst in dieser außerordentlichen Angelegenheit einen außerordentlichen Abgesandten schicke: „Kurfürstliche Gnaden, es wäre gegen alles Schick, diese Botschaft, die schon so inhaltschwer, durch denselben Boten zurück zu vermelden; es ist zudem ein niederer Mann."

Da Joachim nicht antwortete, fiel Schlieben jetzt wirklich aufs Knie, der Kanzler folgte ihm:

„Allerdurchlauchtigster, gnädigster Herr, nur hierin, nur dieses Mal Gehör! Es wäre eine Verletzung aller Form; dem Reich, den Fürsten hieß es den Stuhl vor die Thür setzen; als Beleidigung der Majestät des Kaisers könnte es von den Juristen ausgelegt werden. Ist Brandenburg nicht schon schwer getroffen, daß auch diese Kalamität es treffen sollte. Vertraue Eure Durchlaucht eine solche Botschaft wenigstens einem bewährten Edelmann, der sie fein mit Schick und Würden ausrichtet."

Ein eigen Lächeln belebte Joachims Gesicht: „Darin seid Ihr kompetent. — Es ist doch gut, wenn ein Fürst treue und geschickte Diener hat. Steht auf! — Hans Bredow!"

„Gnädigster Herr, den Marschall Bredow —"

„Schick' ich nach Regensburg."

„Er ist fürchterlich," sprach der Kanzler im Vorzimmer, nachdem die Räte entlassen waren. „So hab' ich ihn nie gesehen."

Der alte Schlieben stützte sich an einen Pfeiler: „Wohin soll es führen! Er hört auf niemand mehr."

„Als das Gesindel, das den Tag scheut und in den

Winkeln sich versteckt. Die großen Familien ziehen sich zurück."

„Das ist unrecht."

„Verarg es ihnen! Wem ist noch heimlich am Hofe. Wäre nur der Kurprinz zurück!"

Schlieben schüttelte den weißen Kopf: „Er hörte doch nur sich." —

Wäre der Kurfürst in minder großer Aufregung gewesen, hätte er vielleicht bemerkt, daß das ehrliche Gesicht Hans Jürgens heut nicht so ehrlich schaute, ja, er riß nicht allein die Augen auf, als er den Auftrag hörte, sondern biß auch in die Lippen.

„Also sattle," schloß Joachim.

Hans Jürgen ließ die Degenscheide etwas vernehmlich zur Erde fallen: „Als wie ich bin?"

„Gerad' wie Du bist. Brauchst auch nicht die Stiefeln abzuklopfen; trittst in den Reichssaal vor den Kaiser, sprichst meine Worte, wie ich sie Dir sage, gar nichts dazu, gar nichts davon. Du denkst auch nichts, als daß Du in dem Augenblick meine Person bist."

„Was antwortest Du nicht?" sprach Joachim nach einer Pause, während er nach seiner Gewohnheit, wenn er in Aufregung war, das Zimmer hastig auf und ab ging. Hans Jürgen stand, mit beiden Händen auf seinen Degengriff gestützt:

„Hab' nichts zu antworten."

„Was denkst Du aber?"

„Nichts. Ihr habt's mir verboten."

„Wenn wir unter uns sind, erlaube ich Dir zu sprechen."

„Damit Ihr mich auslacht."

„Mir ist nicht lächerlich zu Sinne."

„Und doch schickt mein Herr mich nach Regensburg."

„Wenn auch Du nicht, sie werden mich verstehen."

„Ich verstehe Euch auch. So gering achtet Ihr die Reichsbeschlüsse, daß Ihr einen Diener hinschickt, mit dem großen Rate des Kaisers zu verhandeln, dem Ihr in Eurem eigenen kleinen Rate nicht erlaubt, den Mund aufzuthun, und wenn, ist's nur darum, damit Ihr Euch herzlich schütteln könnt, wenn er was Dummes vorbringt; und ist's auch nicht dumm, so kommt Ihr Euch doch recht groß und klug vor, daß Ihr's besser wißt, und daß ich mich unterstehe, es auch wissen zu wollen neben Euch."

„Und dahinter denkst Du noch etwas."

„Ja."

„Heraus damit!“

„Soll's?“

„Ich befehle es!“

„Daß es doch ein kurios Vergnügen ist von einem großen Herrn, daß er um sich her nur kleine will, oder solche, die er für dumm hält, daß er über sie lachen kann. Da könnte man doch mancherlei denken.“

„Was?“

„Daß er fürchte, es stehe mit ihm selber und seiner Weisheit nicht so fest, als er meint, oder möchte, daß die anderen meinen sollen. Denn so er sie auch sprechen läßt, wie's ihnen behagt, wenigstens sagt er's so, hört er doch nur darauf, wie auf das Pfeifen der Vöglein im Bauer, oder aufs Ticken der Wanduhr, weil er einen Zeitvertreib haben will und was hören, das ihm ins Ohr surrt; aber ins Herz geht's nicht hinein. Nun meine ich —“

„Noch mehr?“

„Ja, Herr, daß Gott dem Menschen die Sprache gab, damit die anderen Menschen auch hören und wissen sollen, was in ihm arbeitet. Wer nun nicht auf anderer Sprache hören mag, als auf seine eigene, meine ich, versündigt sich gegen Gott, der ihnen die Sprache gab, daß er ein Gottesgeschöpf für nichts achtet, und seine Kreaturen nur für den Staub, auf den er tritt.“

„Du würdest es anders an meiner Stelle machen?“

„Nicht die Dümmsten und Einfältigsten, sondern die Klügsten und Besten würd' ich um mich sehen, und wenn sie sprächen, nicht thun, als ob ich nur aus Gottes Gnaden zuhörte. Denn wenn sie auch neunmal nur sagen, was ich schon weiß, ein zehntes Mal könnte ich's doch nicht wissen. Und was ich weiß, daß es heute recht ist, ist's denn morgen noch recht? Und wenn ein blindes Huhn eine Perle gefunden, warum kann nicht auch ein dummer Mensch einmal den Weg finden, nach dem die Klugen umsonst suchten!“

„Fast sollt' ich mich fürchten, Dich nach Regensburg zu senden. Mein Ambassador spräche zu viel. — Dir mißbehagt mein Regiment. — Wer sind denn die Klugen, Hans Jürgen, von denen ich lernen soll?“

Als der Marschall eine Reihe Namen nannte, zuckte das häßliche Lächeln über Joachims Gesicht. Das Volk sagte, dann wären die bösen Geister über ihm, mit denen er in seinen Studien verkehre.

„Auch der Abt nichts mehr!“ rief Hans Jürgen. „Ich merk' es wohl; er merkt's auch.“

„Er ward ein Schwätzer; das Alter nagt auch an der Weisheit eines Trittheim. Die Natur erschloß sich ihm, aber während er in ihren Eingeweiden und Geheimnissen wühlte, entging ihm der Silberblick, darin das ewige Mysterium sich wiederspiegelt. Wer das nicht mehr sieht, nicht fühlt, das ewige Auge, das in der Sonne, im Falkenblick und im trüben Aug' des Maulwurfs dasselbe ist, die Weisheit, tausendfältig gestaltet, und doch dieselbe Offenbarung, was hilft's ihm, wenn er die Fibern und Adern des Regenwurms zergliedert und die Zellenräume eines Wespennestes ausrechnet!“

Was der Fürst noch sprach, sprach er wohl nur für sich. Das soll ihm oft so ergangen sein.

„Und so sie alle! Das Alter der Jahre, des Unverstandes, der Selbstsucht und der Leidenschaften ist der Rost an dem Metall, dessen Glanz uns einmal in der Jugend erfreute. Langsamer zehrt er am einen, schneller am andern. Wer denn hält die Versuchung aus, die in tausendgestaltigen Nebelbildungen sie umschleicht. Die eisernen Gestalten, die hier aussehen wie Stammhalter auf einer Gruft, unbeweglich, vom Syrius, von der Sonne aus gesehen, fliegen sie wie Motten ins Licht. Unsere Augen sind nur zu trübe, das Licht zu finden, was jedem besonders leuchtet. Und dieses Menschengeschlecht sollen wir achten, von ihm lernen, fordern die Thoren! Ehrenwert meißeln sie auf ihre Grabsteine, Tugend, Treue, Glaube. So gehen die Schächer, die Zöllner, die Wucherer, die Fälscher und die Pharisäer, nicht genug mit der Lüge vor ihresgleichen, mit einem Betrug für die kommenden Geschlechter ins Grab. — Verteidige sie doch, rechtfertige sie. Du hörtest meine Anklage gegen jeden. Warum ist der Kanzler mir treu, der Schlieben, Krauchwitz, sie alle, alle, Du auch, Hans Jürgen? Ja sperr' die Augen auf, öffne die Lippen, ich seh' das heimliche Rot. Die Macht der Gewohnheit ist's, mehr nicht, Hans Jürgen, was Dich an mich fesselt. Vielleicht liefst Du nicht davon, wenn ein anderer Herr Dir mehr Lohn böte, größere Ehren; Deine Seele ist zu träg. Du knirschest in Dir, zuweilen wird's ein heiseres Gebell. Dann schüchtert Dich ein Blick ein, Du kriechst in Dein Haus und streckst Dich und denkst, ob Du wohl anderwärts auch so bequem ruhen würdest? Das ist gut. Die Trägheit ist die beste Fessel für dieses Geschlecht; wäre sie einmal gesprengt und das Feuer bräche heraus, jedes

Flämmchen suchte seinen Weg für sich, die Sonne spaltete sich wie ein reifer Mohnkopf; Christus, mein Heiland, wie könnte man leben in dieser Welt voll Irrlichtern!"

Gott werde schon seine Sonne festhalten am Himmel, meinte Hans Jürgen.

„Und doch, dieser Knäuel von Schwäche, Thorheit, Selbstsucht, doch rüttelt er an dem Licht, das fünfzehnhundert Jahre über das Menschengeschlecht schien, wärmend, treibend, färbend seine schönsten Früchte. Doch, und jetzt gerade, weil die Sonne einige Flecke hat, wollen die Wahnsinnigen sie vom Himmel reißen. Ins Tollhaus dies Geschlecht; und von ihm lehren sie uns, daß wir lernen könnten von diesen dünkelvollen kleinen Lichtern, die die trüben Lampen ihrer Vernunft an Gottes Firmament hängen wollen. Der Wurm ist mir lieb, die Nachteule, die Motte, die sich verbrennt, lieber sind sie mir als diese Aufgeblasenen, die aus trüben Abzugsgräben ihre Lampen füllen, und je schwächer sie brennen, so größer ihre Anmaßung. Sie sehen nicht, sie können's nicht sehen, daß die Welt in wüste Barbarei verfällt, daß, wenn sie siegten, das Schöne untergeht, das Große und Ehrwürdige, der Gott im Menschen, das, worauf wir stolz sein mögen. Sie sehen nicht den Abgrund von Nüchternheit, wo die wüste Selbstsucht, die Afterweisheit der Natur sich tummeln wird, und wir, wir sollen den Blinden nicht die Augen aufreißen, den Tauben nicht ins Ohr schreien! Die Mattherzigkeit tröstet sich mit dem frömmelnden Spruch: Ist's Gottes Werk, so wird's bestehen, ist's Menschenwerk, wird's untergehen! Was ist denn Gottes Werk hier, wo nicht wir die Werkleute waren? Was ist denn diese hochheilige Tradition, dieser Turm, höher und fester als der von Babel, was ist die katholische Kirche anders als Menschenwerk, von Gottes Geist geleitet und durchglüht. Und an diesen Dom, vor dessen Wölbungen, Pfeilern und Türmen wir auf den Knien liegen müßten, uns selbst anbetend, denn etwas Größeres Höheres, Schöneres hat der Menschengeist nie gebaut, an diesen Dom legen sie Sturmleitern, mit Äxten wollen die Kleinen das Werk ihrer großen Väter zerklopfen! Der nicht erlag wie der von Babel, eh' er fertig ward, der Stimmverwirrung, der anderthalbtausend Jahre den Stürmen widerstand, dies Werk der Riesen, unserer Väter, will das Pygmäengeschlecht zerstören! Ja, die Sprachverwirrung brach los. Schweizer und Wittenberger liegen sich schon in Marburg in den Haaren, die Bilderstürmer, das Interim, und welches ungeborne Hähnlein wird noch auf dem Ei gackern! Sie uneins, wir uneins, niemand versteht sich. Mutter Gottes, gepriesen und gelobt in Ewigkeit, ich bin nicht uneins mit mir."

Hans Jürgen dachte wohl bei sich, wie schlimm muß es doch mit einem Herrn stehen, der einem Diener, wie ich bin, solche Gedanken vertraut: der Kurfürst hatte ja niemand mehr, dem er etwas vertrauen konnte; das bedachte Hans Jürgen nicht. Aber da stahl sich ein anderer Gedanke in sein Herz, der wie ein Funke auf Zunder fiel, und die Flamme schlug hell auf und rötete sein Gesicht, daß er's nicht mehr bergen konnte, und als Joachim die Hand ihm auf die Schulter legte und ihn starr ansah, mußte es heraus.

„Ja, Herr, wer keinem Menschen mehr vertraut, wie kann der sich noch selbst trauen?"

Da ließ der Kurfürst die Hand wie erschreckt los. Es war, als schüttle ihn ein heimlich Fieber; das hatten schon vorhin die Räte bemerkt. „Sprich weiter," sagte er kalt, es war eine Kälte, die einen andern stumm gemacht hätte.

„Wer alles schlecht macht um sich her, und alles grau ansieht, da sollte ich meinen, dem müßte am Ende vor sich selbst grauen. Und wenn ich träumte, daß alle Menschen in Grund und Boden verdorben wären, bis auf einen, und dann sähe ich in den Spiegel, und der eine wäre ich; da, Herr, würd's mich schauern, ich würd' mich am Schopf fassen, auf die Brust würd' ich schlagen: versuche mich nicht; das ist wohl Hochmut, der zu Fall bringt, daß ich allein klug und allein besser sein will als alle andern."

„Und was noch," sprach der Fürst.

Da verneigte sich Hans Jürgen tiefer, als er es sonst gethan: „Das mehr noch verbietet mir der Respekt auszusprechen."

Es war eine Weile still. Der Kurfürst fragte ihn nicht.

„Das schießt ja wie Pilze in meinem Lande auf," sprach er dann sich fassend, „von Leuten, die selbst denken wollen und ein eigen Urteil bekennen. Selbst aus der Jauche; Gottes Wunder! Geht nun, Herr von Bredow."

„Nach Regensburg?"

„Dorthin werd' ich Krauchwitz senden, oder auch einen anderen. Wenn Du zu den Fürsten sprächst, wie zu mir, müßt' ich sorgen, daß mir das ganze Reich auf dem Halse säße."

„Hans Jürgen Bredow!" rief Joachim mit gehobener Stimme den Ritter von der Thür zurück, wohin er, nach einer zweiten stummen Verbeugung, sich gewandt. — „Du murrst. — Ich weiß, Du murrst; das sei Dir gegönnt, wie jedem. Ihr alle könnt das Strafgericht von damals noch nicht verwinden. Mit krummem Rücken steht Ihr vor meiner Schwelle und innen kocht es. Deine Familie hängt im geheim der neuen Lehre an, Ihr verkehrt mit Wittenberg, Ihr schafft herüber und hinüber. Das alles weiß ich; wußte, ehe Du es aussprachst, wie Du wagst, über Deinen Fürsten zu urteilen. Verziehen sei es Dir; doch ein so dreister Mund gehört nicht in die Nähe eines Fürsten. Nicht ich, die Ehrfurcht des Thrones fordert es. Meines Dienstes, der Dir nicht mehr behagt, bist Du von morgen quitt; doch nimm auf den Weg die Warnung: laß Dich's nicht gelüsten, weil Du, verwöhnt, im warmen Neste meiner Gunst groß gezogen bist. Mein Großvater Albrecht war stählern, mein Vater Johannes ein unbiegsam Eisen; ich will das Blei sein, das Euren Flattermut niederdrückt."

Ein drittes Mal verneigte sich Hans Jürgen: „Ich stand auch dem Hausstand der durchlauchtigen Frau vor. Bin ich daraus auch entlassen?"

„Darüber wird Frau Elisabeth beschließen. Bis dahin bleibst Du ihr Diener, hold, treu und gewärtig ihr zu allem, wie es Deine Pflicht."

„Ach, Vater, was bist Du bös," sagte die kleine Prinzeß Elisabeth, welche durch die Thür in der Vertäfelung eingetreten war.

„Bin ich's!" und er maß die Stube, fast ohne das Kind anzusehen; es mußte doch etwas Besonderes sein, daß sein Liebling zur Schlafenszeit durch den geheimen Gang, der von der Kinderstube nach seinem Zimmer führte, zu ihm schlich.

„Ach, Vater, Du bist auch zornig. Was wird die Jungfrau Maria dazu sagen?"

„Wozu?"

„Daß Du zornig zu Bette gehst; sie will's ja nicht."

„Sie will's auch nicht, daß ein Knecht seinem Herrn droht."

„Das that der andere auch."

„Welcher andere?"

„Der zur Mutter kam."

Joachim sah jetzt die Tochter ernsthafter an, er setzte sich und nahm sie in seinen Arm: „Wer kam zur Mutter?"

„Wisch erst den roten Streif von der Stirn fort, ich fürchte mich vor Dir. Das brennt ja."

„Du zitterst."

„Sie wollten an mein Bett kommen, der fremde Mann mit der Mutter und mich bekreuzen und besprechen, ich weiß nicht was. Da fürchtete ich mich und lief fort. Sie sollen mich nicht besprechen, Vater, Du mußt es nicht leiden."

„Du hast geträumt. Deine Mutter liebt Dich."

„Nein, sie haßt mich, seit ich bei der Prozession war, und darum rief sie den grimmigen Mann. Der sprach noch viel böser als Hans Jürgen zu Dir sprach, und trat mit seinen Sporenstiefeln auf, daß mir bange ward."

„Ein Kriegsmann, ein fremder, zu dieser Stunde? Sprich deutlicher."

„Erst war er wie ein Soldat. Als er so bös mit der Mutter ward, hielt ich's nicht aus, ich sprang auf und sah durch das Schlüsselloch."

„Und was sahst Du?"

„Da war er kein Kriegsmann mehr. Er hatte ein schwarz Habit übergeworfen und ein Barett, wie der Prädikant neulich, den sie aus der Stadt brachten."

„Lisbeth, es wird Musculus gewesen sein; der Hofprediger trägt auch ein so schwarz Habit."

„Nein, Vater; Mutter sagte, von dem wolle sie nicht den Wein geschenkt nehmen."

„Sie trank Wein?"

„Aus einer Flasche goß er's ein, in den Kelch, den der Doktor Luther ihr expreß geschickt; und Mutter kniete und zitterte. Der fremde Mann sagte es ihr, sie aber sagte: sie zittere vor Seligkeit. — Mutter Maria, wie schrecklich siehst Du aus. Dein Gesicht wird ja —"

„Weiter!"

„Es ist nichts Böses, Vater. Oheim Christian und der Ohm von Sachsen schickten Muttern den Wein."

„In mein Land, in mein Schloß?"

„Und Mutter sagte: das wäre ihre glücklichste Lebensstunde. Aber dann lief ich fort, sie wollte den bösen Mann zu mir bringen."

„Ist er noch da?"

„Vater, Vater! greif nicht so an den Dolch. Wohin willst Du? Du wirst Muttern erschrecken, geh' nicht so zu ihr."

Joachim hielt einen Augenblick an, seine Finger preßten sich krampfhaft um die Lehne des Stuhls, der einen Augenblick wie eine Feder in der Luft schwebte; der Arm schien nicht die Last des schweren Eichensessels zu merken. Erst als er dröhnend niederfiel, erwachte er aus seiner Betäubung. Er riß an der Klingelschnur, und der Marschall Bredow trat ein; der Herr hatte ihn ja erst auf morgen entlassen: „Die Thore doppelt umstellt," hastete er ihm ins Ohr, „alle Pforten, Gänge, Treppen. Der Tod, wer einen Fremden durchläßt. Es soll niemand hinaus!"

Die kleine Lisbeth zitterte und weinte, als der bebende Mann sie in seinen Armen hielt, als seine Fragen wie ein Regenguß sie überströmten, und er ihre scheuen Antworten doch nur halb hörte. Wäre sie doch nicht zu ihm geflohen; der Mann aus Wittenberg war nicht so schrecklich als heut der Vater! Er stieß die Thür auf und riß sie durch den dunklen Gang. Warum mußte er das einem Kinde zeigen!

„Mein Herr und Heiland, was ist meinem Gemahl!" Die Kurfürstin hielt sich an dem Tisch.

„Was ist meinem Gemahl? — Was ist's — Warum schwarz? — Warum? — Warum nicht den Mut, mir ins Aug' zu schauen?"

„Ist das nicht ein Haus der Trauer, wo die Gattin kein Recht hat zur Freude?"

„Hinaus die müßigen Gesichter. — Nein! bleibt, Ihr alle. Keiner rühre sich von der Stelle. Wer war hier?"

„Um Christi willen, blickt nicht so."

„Wer war hier?"

„Niemand, Euer Liebden, vor dessen Anwesenheit ich erröten müßte."

„Aber zittern! Was schlug die Bredow die Schrankthür zu?"

„Durchlauchtigster Herr," sprach Eva, „wenn es einen Scherz galt, eine Überraschung, bedenkt, wir sind nicht allein —"

„Um Heimlichkeiten hinter meinem Rücken zu brauen, nein, ich sehe alles!"

Mit einem raschen Griff hatte er Eva das schwarze Priestergewand aus der Hand gerissen, welches sie hinter ihrem Rücken vergebens sich bemüht hatte, zwischen dem Schrank und einer Lade zu verbergen.

„Das ist nur die Hülle." — Ein Basiliskenblick traf die Kurfürstin: „Wo ist der Kern der Sünde?"

Elisabeth wankte, sie rang umsonst mit der Sprache.

„Gnädigster Herr," rief Eva und wollte Joachims Hand fassen. „Hier ist niemand, so wahr und gewiß, Ihr seid im

Irrtum. Vorhin war ein weitläufiger Blutsfreund hier, den ich der Gnade meiner Kurfürstin empfehlen wollte; er ist längst fort."

Er schleuderte ihre Hand weg: „Schlange! — Den Schrank auf, Dolzig — den Schrank auf der Stelle; oder soll mein Fuß ihn eintreten!"

Eva war auf die Knie gesunken, sie wollte seine Füße umklammern: „Herr und Kurfürst! bedenkt, wo Ihr seid."

„Dein Kind, Joachim, Deine Tochter ist Zeugin!" rief die Kurfürstin, die sich ermannt hatte.

Er hatte nicht Aug', nicht Ohr. Der Schrank sprang auf; ob von der Dröhnung, da er in der Hast nur schlecht verschlossen worden, ob Dolzig ihn geöffnet, ob der Fuß des Kurfürsten dagegen geschmettert, wer weiß es! Verwirrung und Angst waren zu groß. Der Mann, den er suchte, war nicht drinnen, aber beim Schein des Armleuchters blitzte der silberne Kelch, dessen Gestalt an sich selbst zum Verräter ward. Er hielt ihn der Kurfürstin entgegen:

„Trankst Du daraus?"

„Des Erlösers Blut!" entgegnete Elisabeth mit fester Stimme, und hatte sich wieder zu ihrer ganzen fürstlichen Haltung erhoben; nur demütig senkte sie das Haupt vor dem heiligen Gefäß auf die über der Brust gekreuzten Hände.

„Es wär' Dir besser, Du hättest Gift daraus getrunken, Weib! — Christ! Heiligster Gott! bin ich noch Fürst in meinem Lande, Herr noch in meinem Haus! Wer reichte Dir den verbotenen Trank?"

Der Becher zitterte in der Hand des Fieberkranken, das noch gefüllte Gefäß drohte überzulaufen, oder es träufte wirklich schon; in dem Augenblicke fiel ihm Elisabeth in den Arm: „Es ist sein Blut, Du verschüttest es. Wahre Dich, Joachim, vor der Todsünde, daß Du einen Tropfen mit Füßen trittst."

Und bevor er sich's versah, hatte die schwache Frau, mit beiden Händen zugreifend, ihm den Kelch entrissen. Sie hielt ihn hoch in die Höh', wie der Priester beim Hochamt. „Ich freue mich und preise den Herrn, und lobsinge ihm meine Seele, daß ich endlich in evangelischer Weise das heilige Abendmahl genossen. Gott stärke mich ferner, wie er mich gestärkt hat, daß ich seine reine Lehre bekenne vor allem Volk und nach seinem wahren Evangelium lebe hier und immerdar."

Eva und der Junker Hans Dolzig hatten sich dem Fürsten

genähert. Sie wollten ihm in den Arm fallen, denn seine Blicke, seine Bewegungen ließen das Äußerste befürchten; seine Rechte hatte nach dem Dolch gefaßt, aber fehlgreifend, preßte sie den Saum des Wamses und schien es nicht zu merken. Es war ein Starrkrampf, der ihn festhielt; die vereinten Kräfte der Anwesenden hätten es nicht vermocht. Elisabeth hatte das köstliche Gefäß auf die Mitte des Tisches gesetzt; dann trat sie ihm entgegen: „An dem versündige Dich nicht, denn es steht über Dir; an mir laß Deinen Zorn aus, wenn Du Mut hast, denn ich bin Dein Weib und unter Dir, und schwör's zu Gott und seinem Sohn, ich will eine reine Bekennerin bleiben, und sei's unter Fesseln und Foltern; ich will beten früh und spät für Dich, daß die Nebel des Irrtums und der Sünde von Deiner Stirne sinken und das Licht Dir aufgehe der allein wahren Lehre vor Deiner Todesstunde!“

Sie war, wie eine, die ihr Urteil erwartet, auf die Knie gesunken, als die kleine Lisbeth sich um ihren Hals schlang: „Mutter, Mutter, geh fort, er bringt Dich um!“

Die Mutter konnte nicht den warmen Druck des Arms, den Kuß nicht erwidern, den die Kleine ängstlich auf ihre Lippen drückte, als der Starrkrampf des Kurfürsten wich. Seine Hände ballten sich und schlugen wie Hämmerwerke unwillkürlich gegen die Brust, während der Schaum auf seinen bebenden Lippen stand: „Schlangenbrut unter meinen Sohlen, Aufruhr in meinem Blute. — Und keiner — keiner hinderte es! — Ein Komplott aller. Bin ich ein Kind, mit dem man spielt, ein Wahnsinniger? — Seh' ich recht? Ist das mein Weib, Elisabeth, meine erste Unterthanin, und sie zuerst schlägt ihrem Herrn ins Gesicht vor allen, und keiner springt vor! — Was ist denn ein Fürst! Ich bin noch ich, noch Joachim. Was ist diese Ketzerbrut, das Natterngezücht, besser als der Adel, und seine Köpfe rollten vom Schafott, und ihre Drohungen blieben hohle Windblasen. Die Köpfe sollen wieder rollen, das Blut fließen — keiner ist zu hoch —“

„Um Gottes willen, keine Widerrede, nicht jetzt,“ hatte Hans Dolzig der Fürstin zugeflüstert, in deren Augen der Mut funkelte. Eva aber hatte das Kind aufgerissen und hielt es dem Vater entgegen. „Sag ihm, Lisbeth, daß Du ihr Blut bist, bitte ihn um die Jungfrau Maria, daß er sein Blut schont, die Ehre seines Hauses.“

„Die Jungfrau wird bös werden,“ sprach die Kleine ängstlich an des Vaters Halse.

„Die Ihr schändet, verlästert! Ihren Thron im Himmelreich wollt Ihr umstürzen — aber sie lacht Eurer Ohnmacht — ihr Thron wird stehen bleiben — nein, Euer Blut will sie nicht — aber ich; eingesperrt, vertrocknet, ummauert soll der Frevel-Wahnsinn werden, zum erschreckenden Beispiel — sie ist nicht mehr mein Weib — in ein Kloster die Verräterin — Sonne und Mond soll sie nicht bescheinen — in das allerstrengste — o, es ist keins streng genug — singen soll sie nicht mit den frommen Nonnen — ihre Frömmigkeit ist Empörung — sie soll keinen Singvogel hören, der Gottes Lob singt, kein Atem seiner Luft soll sie anwehen, kein grünes Blatt ihr sagen, daß Frühling wird. Seine aberwitzigen Schriften will ich durch das Loch in ihre vermauerte Zelle werfen, daran mag sie sich erquicken. — Ich schwör's, ich hab's geschworen, ich schwör's nochmal, einen heiligsten Eid beim Kruzifix des Sohnes — ich, Joachim von Brandenburg —"

„Herr Christus!"

„Seht ihn nicht an. — Allmächtiger! die bösen Geister sind über ihm."

„Vater! — Vater wird wieder blau."

„Er schäumt!"

„Einen Arzt! Er wankt —"

Hans Dolzig war hinausgestürzt. Noch einen Augenblick hielt sich der Kurfürst besinnungslos in der Höhe, krampfhaft mit den Lippen und Fingern spielend, dann sank er starr, leblos auf den Boden, ehe Eva ihm beispringen konnte.*) Sie hätte ihn auch nicht halten können. Nur die Augen rollten noch, während er lag, nur die Finger waren so zusammengepreßt, daß zehn Männer sie nicht lösen könnten.

„Er ist nicht tot, gnädigste Frau, beruhigt Euch."

„Es wäre ein entsetzlicher Tod, den ich auch meinem Todfeinde nicht gönnte," sagte Elisabeth. „Der Friede Gottes komme über ihn, wenn er erwacht."

Hinter Hans von Dolzig, der lief, um den Arzt zu wecken, schlichen sich zwei dunkle Gestalten an der Mauer hinweg, die offenbar gehorcht hatten.

„Alles um einen Becher Wein, Zabel Tschoppeck," flüsterte der Astrolog.

„Das hat," erwiderte der andere, „der Erzschelm Mahomet gewußt. Darum verbot er seinen Gläubigen den Wein. Als Adams Sohn blieb ich aber bei Vater Noahs Glauben."

*) Historisch.

Achtes Kapitel.

Die Flucht aus Berlin.

Die Nachtlampe brannte noch, aber nur düster, im Zimmer der Kurfürstin, und das erste Grauen eines regnerischen Tages machte sich schon hinter den Vorhängen der Fenster bemerkbar. — In den sonst so sauber gehaltenen Räumen schien helle Unordnung; Läden und Kisten waren ausgezogen, Päcke und Kober standen umher und die Fürstin saß wie erschöpft, und doch voll Spannung und Unruhe im Lehnstuhl. Wer hätte die hohe Frau in der Tracht einer wendischen Bäuerin aus Storkow wiedererkannt! Sie schlang ein mehrere Ellen langes Tuch um ihre Haare, und hatte es eben fertig geknüpft, als die Thür sich leise öffnete, und Eva Bredow, die hereinschlich, unter dem aufschlagenden Mantel eine ähnliche Verkleidung sehen ließ. Die beiden Frauen schienen sich mehr durch Zeichen als durch Worte zu verständigen.

„Im selben Zustand, Eva?"

„Nur ruhiger nach dem Aderlaß. Ich sprach im Vorbeigehen den alten Schlieben. Der sieht wie ein Gespenst aus. Er drückte meine Hand an seine Brust; es muß sein, es geht nicht anders, Ihr hättet alles zu befürchten, wenn Ihr bliebt, sprach sein Blick. So sprachen sie alle, mit ihren Augen nämlich —"

„Wo so viele darum wissen —"

„Ist doch keine Gefahr. Auch wer uns erkennte, hielte uns nicht an, so lange der Fürst nicht den ausdrücklichen Befehl erteilt."

Elisabeth drückte ihre Hände ans Gesicht: „Wenn ich nun doch eine Sünde beginge! Sein angetrautes Weib —"

„Das er öffentlich verstoßen hat."

„Wäre Luthers Abgesandter nur noch hier!"

„Von Torgau aus werdet Ihr ihn selbst leicht sprechen können."

„Ihn selbst!" Wieder zuckte eine Seligkeit über ihr blasses Gesicht. Dann ließ sie es zu, daß Eva ihren Kopfputz änderte; die beiden großen Schleifenzipfel der roten Binde bedeckten Stirn und Augen nun dermaßen, daß auch ein Höfling schwer die Fürstin auf den ersten Blick erkannt hätte.

„Wann kommt der Wagen?"

„Wenn es hell wird in den Straßen und die ersten Marktleute das Thor passieren."

„Und wenn er doch darüber erwachte!“

„Die Ärzte sagen, daß sein Starrkrampf wenigstens vierundzwanzig Stunden anhält. Auch wenn er beim Erwachen sich sogleich entsänne, was vorangegangen, hätten wir doch einen Vorsprung um viele Stunden.“

„Warum denn bis die Marktwagen kommen? O, ich habe eine entsetzliche Angst, ach nicht vor seiner Drohung — aber so — so noch einmal ihn wiederzusehen!“

„Früher werden die Thore nicht geöffnet. Und —“

„Ich weiß es ja — Dein Mann!“

Eva packte an den Kisten. Ab und zu schlich Hans Dolzig herein und half hinaus- und hereintragen; auch er in Bauerntracht. Die Kurfürstin reichte ihm gerührt die Hand und drückte seine in stummem Dank.

„Wie ist's mit Deinem Mann, Eva? Begleitet er uns, oder bleibt er zurück?“

Das hängt von Euer Gnaden Befehl ab.“

„Erst so starr und nun so fügsam!“

Mit einer leichten Röte entgegnete die junge Frau: „Es ist nun seine Art. Vom Augenblick an, wo er sich aus des Kurfürsten Dienst entlassen glaubt, gehört er meiner gnädigen Frau mit Leib und Seele; um so mehr, als der Markgraf ihn ausdrücklich angewiesen, Euch in Treue zu dienen. Aber so lange er noch glaubt, des Herrn Dienstmann zu sein, und das ist bis der Tag anbricht, darf hier auch kein Stück, ihm zu Schaden, hinausgetragen werden. Ich glaube, er wiese meine gnädige Frau selbst zurück. Er ist nun schon so.“

„Wenn er wahrhaft treu diente, so müßt' er unsere Flucht ja hindern,“ sagte Frau Elisabeth nachdenklich. — „Ich tadle ihn nicht, Eva, wir sind alle irrend, wir müssen alle erst lernen im Geist und in der Wahrheit unserm Herrn zu dienen.“

„Dies Stück auch, gnädige Frau? — Ihr wollt nichts von Prachtstücken mitnehmen.“

Ein schweres karmoisines Sammetkleid entrollte sich aus dem Pack, welches Eva unter den Sachen aufgenommen, die zum Mitnehmen von der Fürstin zurechtgelegt waren. Elisabeth betrachtete es mit Rührung: „Ich mag mich nicht von ihm trennen, es war der Zeuge meines jungen Glückes. Mein Hochzeitskleid, Eva. Der ehrbare Rat zu Stendal verehrte mir das Zeug zum Ehrenkleide; ein Meisterstück der Gewerke, und von weit und breit strömten sie auf das Rathaus es zu beschauen;*) Gedichte wurden darauf gefertigt, und was priesen sie die Frau glücklich, die es tragen werde; rot die Farbe und so fest der Stoff, so rosenrot werde ihr Leben und so dauernd ihr Glück sein. So soll es mir ins Elend folgen, mich darin zu erinnern, daß kein Glück auf Erden Bestand hat."

Es ward heller hinter den Vorhängen. Hans Dolzig trat herein und verneigte sich vor der Fürstin: Hinter der schwarzen Brüderkirche stand der Wagen bereit. „Meine Fürstin hat nur wenige Schritte bis dahin. — Aber es ist ein schlackig häßlich Wetter," flüsterte er zu Eva.

Die Kurfürstin hatte es gehört, als sie mit einem schweren Seufzer aufstand: „O, wenn es vom Himmel gösse, wenn ich durch Hagelstürme müßte, die mein Gesicht zerschnitten, was ist es gegen die Herzenspein — gegen diese Minute —"

Ehrfurchtsvoll traten die andern zurück, die Fürstin ging in das Schlafzimmer ihrer Kinder. Man hörte ihr unterdrücktes Schluchzen. Immer wieder schien sie zurückzukehren, noch einen Scheidekuß auf ihre Lippen zu drücken; endlich trat sie heraus, ihre Knie wankten. Und noch einmal machte sie Miene umzukehren, als Hans Dolzig Eva einen ungeduldigen Wink gab.

„Jede Zögerung kann uns Verderben bringen, gnädigste Frau."

Sie stützte sich auf Evas Schulter: „Es ist entsetzlich, entsetzlich, Bredow, von einer Mutter. Gott verzeih mir die Sünde. Ich küßte Lisbeth, und wie ein eiskalter Nadelstich fuhr es mir durchs Herz."

Sie war schon an der Schwelle, von beiden geführt: „Laßt mich, nur noch ein einziges Mal; ich muß es dem Kinde abbitten."

„Gnädigste Frau, es wird schon laut auf der Straße."

Durch die Thür rief Hans Jürgens Stimme: „Keinen Augenblick Verzug! Er erwacht!"

„Ich sehe sie nicht wieder!" rief die gepreßte Stimme der Mutterangst, als sie von Dolzig und Eva fortgezogen ward.

Es war ein trüber Tag über Berlin, es war ein trüber Tag über dem Land. Man sah die Turmspitzen nicht vor den Wolken, die bis auf die hohen Dächer zu lagern schienen. Aus den Drachenköpfen der Gossen schoß es nicht nieder, aber von den Dächern träufte es; die Luft schien einen kalten Schweiß

*) Historisch.

auszuschwitzen, und wenn der Wind aus Mitternacht kam, flog es weiß um die Giebel, und die Marktleute deckten Tücher über ihre Waren und Wagen. Da ging ein seltsam Gerücht unter ihnen um, schon früh am Morgen von Brand und Krieg und Krieg und Plünderung, und sie nannten die Namen Fürstenwalde und Bischof Georg von Lebus. Brauchte es denn noch neuer Angst, von außen gebracht, war nicht seit Mitternacht ein schrecklich Gerücht im Umlauf, und mit jeder Morgenstunde ward es schreckhafter. Der letzte Trank des Medikus hatte dem Kurfürsten die Lebensgeister zurückgerufen. Man weiß nicht, wer mehr erschrak, die vom Hofe, wenn sie ihn ansahen, mit dem totenblassen Gesicht, oder Joachim über sie. So senkten sie die Gesichter, so wichen sie ihm aus. Wer wagte es, wer wollte ihm sagen, was jeder wußte, und noch hatte es keiner ausgesprochen. Er irrte durch die stillen Gänge, durch die Zimmer, wie einer, der nach Luft sucht. Er wollte nicht fragen. Er hatte einen wüsten Traum gehabt, er rieb die Stirn, daß der Traum verginge. Zweimal war er schon an der Kurfürstin Zimmer vorübergewankt, die Thür stand etwas auf, der Zugwind ward stärker und riß die Thür halb auf, Joachim — war eingetreten.

Nun wußte er alles. Und doch nicht alles. Er stürzte in das Schlafgemach der Kinder, und die ihm lautlos gefolgt waren, blieben lautlos, bang im Zimmer stehen. Einige falteten die Hände. Aber Joachim trat fast lächelnd heraus. Er sank auf einen Stuhl: „Es ist nicht die Gräfin von Orlamünde! Sie hat mir doch meine Kinder gelassen. —"

Die Hofleute atmeten auf. Auch er atmete tief, aber während er vor sich ins Leere sah, zogen wieder die Runzeln über seine Stirn, die Brauen senkten sich, seine Blicke bohrten in den Boden. Aus dem Atem stieg ein Beben, ein heiseres Husten. Der Arzt wagte ihm vorzustellen, daß er der Ruhe noch bedürfe, von dem schweren Unfall sich zu erheben. Joachim nickte: „Es ist der Wolf der Unruh. — Wer sättigt das unersättliche Tier."

Sie schöpften Luft, sie reichten sich die Hände, als er fortgegangen, ohne den Befehl erteilt zu haben, den Flüchtlingen nachzusetzen. „Was wäre daraus geworden!" — „Es läßt sich kaum denken," sagte ein zweiter. — „Sie ist ihm gleichgültig; er freut sich wohl, daß er ihr Gesicht mit den ewigen Vorwürfen nicht mehr sieht," ein dritter.

Sie jubelten zu früh. In seiner Kammer unter den

Himmelskugeln und Ferngläsern saß der kurfürstliche Astrolog so vertieft in einer Anschauung oder Berechnung, daß er den Eintritt des Fürsten nicht hörte, und Joachim stand doch schon neben ihm und legte die Hand auf seine Schulter. Da erschrak er, aber nicht über die hohe Gegenwart; sein Auge war fortwährend auf die Gebilde gerichtet! „Seltsam! Wer erklärt das?"

„Was siehst Du, Carrion?"

„Eine Konstellation, die alles Vorige verrückt."

„Vergangenes oder Künftiges?"

„Künftige Ruinen."

„Sind der Ruinen hinter uns nicht genug! Hörtest Du von den Ereignissen dieser Nacht?"

„Verzeihung, Herr, ich war so vertieft, daß ich Speise und Trank vergaß. Ich schlief und wachte nicht. In meinen Augen brennt nur das unerklärliche Bild — und es ist keine Täuschung — das ist immer wieder Lehnin, das Chorin, das Neu-Zelle; o, welche lange Reihe Klöster, Stifte in Trümmern, Kruzifixe umgestoßen, Heiligenbilder zertrümmert — und — das ist das Wunderbarste —"

„Was?"

„Ein Weib — ein hohes Weib — ihre Hand zerstört die Marienbilder, sie fährt wie die fabelhafte Göttin Viktoria in einem Siegeswagen über diese Leichenstätte."*)

„Ein Weib, Carrion? — Was wundert's Dich — das ist das Mysterium in des Weibes Natur: das Heil gebären und die Schlangen säugen. Süßigkeit und Huld und in der Stille braut sie Gift. — Was ist Dir, Carrion?"

„Nichts, Herr. — Ich fastete seit gestern mittag."

„Wie sieht das Weib aus?"

Der Astrolog starrte blaß vor sich hin und machte rasch eine Bewegung. Er öffnete die Lippen, aber sichtlich überkam ihn eine Ohnmacht. Er sank, an der Stuhllehne sich haltend, zu Boden.

„Das ist Wahrheit," sprach Joachim. Bald darauf sprengten gewappnete Reiter zum Thore hinaus. Und es war keine halbe Stunde vergangen, als der Bürgermeister Reiche aus dem Fenster seines Ecktürmchens, das in die Spree- und die Brüdergasse zugleich schaute, die Hände überm Kopf, zurücktrat und rief:

---

*) Inferet ad tristem patriae tunc femina pestim,
Femina serpentis tabe contacta recentis.
Herm. Vatic. Lehninens.

„Gnade uns Gott, nun reiten Seine kurfürstliche Gnaden selbst ihr nach. Lieben Kinder, laßt uns zum ersten Mal in unserm Leben beten, daß der Herr auf unrechte Wege gerät, denn wenn er auf den rechten trifft, ist das Elend und die Not für unser arm Land nicht abzusehen.“ So wichtig war dies Beten dem Bürgermeister, daß er nicht einmal den Ratsboten abfertigte, der doch diesmal eine sehr wichtige Botschaft gebracht, sondern mit Weib und Kindern kniete er nieder und verrichtete sein Gebet, als hange ein Schwert mit Gottes Zorn über seinem Haupte.

Wind, Regen und Schnee peitschten um einen Leiterwagen, der mit vier quergespannten Pferden über Wege und Felder in der Richtung gen Abend fuhr, aber selten die Dörfer berührte. Zwei Bäuerinnen saßen, verhüllt in ihre Tücher und Mäntel, auf einem Strohbund, während neben dem Fuhrknecht ein anderer Bauer ihn zur Hast antrieb und seine Blicke aufmerksam überallhin schweifen ließ.

„Wenn nur der Regen nachließe,“ sagte die jüngere wie tröstend zu der älteren. „Vielleicht sind wir dort im Walde geschützt.“

„Wünscht nicht, daß es schneit, der Schnee würde uns verraten,“ sagte der Mann neben dem Kutscher, der der Junker von Dolzig war.

„Werden wir denn verfolgt!“ sprach die Kurfürstin. Sie konnte sich nicht umschauen; der Regen, der durch Tücher und Mäntel in ihre Halsberge drang, hatte ihren Nacken steif gemacht. Eva blickte oft zurück und schielte dann auf den Junker, was dessen Miene sage. Er sah scharf um sich.

„Es ist nicht richtig.“

„Seht Ihr sie, Dolzig?“

„Ich sah ihrer viele schon. Es ist etwas los. Aber sie sahen uns und ließen uns doch ungestört weiter. Muß noch was anderes sein.“

„O weiter, weiter!“

Der Bauer murrte und peitschte doch seine todmüden Pferde, mehr dem Anschein nach von der drohenden Bewegung der rechten Hand des Junkers erschreckt, als von der lockenden in seiner linken angeregt. In dieser hing ein lederner Geldbeutel, jene drückte einen Dolch.

Der Wagen rollte durch einen tiefen Hohlweg, die Bäume schüttelten ihre dicken Tropfen auf die schon Durchnäßten; über den Wurzeln krachte und flog das Fahrzeug. Die Erschütterung gab den halb Erfrierenden wieder Lebenskräfte; aber die Kräfte der Tiere schienen erschöpft, als sie den Wagen endlich zur freien Höhe hinaufgezogen. Und der Weg ging noch immer höher, und die Luft blies jetzt kalt, und ein heller Schnee wirbelte aus den niedrigen Wolken. Mit Besorgnis sah Eva, wie die Spur der Wagenräder immer deutlicher ward. Hans Dolzig antwortete nicht auf ihre Fragen, er sah nur rückwärts.

„Eva, Eva!“ rief die Kurfürstin. „Was ist's? Siehst Du sie?“

Der Wald, den sie passiert, lag wie ein dunkler Grund hinter ihnen zu Füßen; auch das Hochfeld jenseits hatte ein weißes Kleid angezogen, und Eva konnte dunkle Gestalten zu Roß sich darauf bewegen sehen. Hans Dolzig aber hatte, statt zu antworten, die Zügel dem Bauer fortgenommen, die Peitsche riß er auch aus seiner Hand, und im Sitz sich erhebend, ließ er Schläge auf die Pferde hageln.

„Jesus, mein Heiland, was ist das!“

Der Wagen dröhnte, der neue Fuhrmann war im Eifer an ein verschneites, steinernes Heiligenbild gefahren, daß das Rad krachte und ein scharfer Ruck sie in die Höhe hob. Der Wagen stürzte nicht, aber das Leitseil war von der Erschütterung gerissen. Hans Dolzig war mit einem Fluch und einem Satz vom Wagen: „Einen Strick, einen Strick!“ Das Leitseil ließ sich nicht mehr zusammennesteln. Der Bauer hatte keinen zweiten Strick. Vergebens stampfte, drohte, knirschte der Junker, vergebens suchte er im Stroh umher; da riß sich die Kurfürstin ihr Bund vom Kopfe*) und reichte es ihm: „Es wird lang genug sein, es wird ausreichen. Schnell, Dolzig, um Gottes willen rette mich.“

Während der Junker das neue Leitseil festknotete, blickte Frau Elisabeth fast erschreckt auf das steinerne Bild, an das der Wagen geprallt. „Sieh, Eva, die Jungfrau Maria zürnt.“

„Nein, gnädigste Frau, seht wie sie Euch ihren Sohn entgegenhält. Ihr sollt an dem festhalten, und er lächelt Euch zu.“

Noch schwang sich Hans Dolzig nicht wieder in den Sitz, er stieg auf den Wagen, er fühlte die Kisten an. Die schwerste warf er über Bord: „Es muß so sein, gnädige Frau!“ — Sie seufzte; ihr karmoisinsammet Hochzeitkleid rollte als Ballast

*) Historisch.

in den Schnee. „Das letzte Zeichen unseres Freudentages!“ dachte sie; „der Zigeuner wird es aufgreifen, der Puppenspieler wird es kaufen, es wird von Land zu Lande wandern. Es wird endlich als Lumpen an der Hecke flattern. Was ist das Los und Ziel der Pracht und Herrlichkeit auf Erden!“

Als Hans Dolzig auf den Sitz sprang, warf er noch etwas über Bord. Der Bauer, dem doch der Wagen gehörte, flog unsanft in den Schnee: „Not kennt kein Gebot,“ dachte er, und: „Du bist uns nichts mehr nutz,“ sprach er laut. Was der Bauer gedacht, ist uns nicht gesagt. Als er sich aufraffte, fand er aber doch den Geldbeutel neben sich.

Der erleichterte Wagen flog durch den Schnee. Am Walde lenkte der Junker plötzlich. „Links, links!“ rief Eva, die die Gegend kannte. „Wir sind auf dem Flemming, die Höhen dort sind schon sächsisch.“ Hans Dolzig achtete nicht darauf; erst als die Föhren sie verbargen und der Wagen langsam durch den Sand fuhr, sprach er zurück: „nach Sachsen kommen wir nicht mehr durch, wir müssen nach Ziatz. Von dort hilft Gott weiter.“ Das dachte Eva auch, und war zufrieden.

Und wohin waren die beiden Ritter geraten, welche, ihrem Gefolge voranf, in den Wald sich gestürzt? Sie hatten nicht nur die Spuren des Wagengeleises, auch den Weg verloren. Knorrig überragten die entlaubten Äste den Platz und die Elsen schüttelten ihre Zweige zwischen dem verräterischen Moorgrunde. Da machte der erste Reiter, der doch des Weges kundig sein mußte, Halt, und sprang vom Roß; einen Schritt weiter, und das Tier wäre mit den Vorderbeinen im Sumpf umgesunken. Und der andere folgte ihm, denn sie waren auf einer Insel in ein Moor geraten, wo selbst eine unvorsichtige Umkehr nicht ohne Gefahr gewesen. Einen Augenblick warf der ältere Reiter einen argwöhnischen Blick auf den jüngeren und faßte unwillkürlich an seinen Dolch; aber es war nur die Zückung des Momentes, er schien sich dessen zu schämen und lehnte sich, um auszuruhen und Atem zu schöpfen, über den Sattel.

„Du hast mich irr geführt, Hans Jürgen.“

„Ja, — wir verloren die Spur “

„Mit Absicht und Willen hast Du mich falsch geführt.“

„Ich kann's nicht leugnen, noch will ich's.“

„Wagst Du, mir ins Gesicht zu schauen?“

Hans Jürgen wagte es: „Ich that's, ich bekenn's, mich reut's nicht, und Du bist mein Richter, sprich.“

„Zuvor will ich Deine Verteidigung hören."

„Die ist kurz, Herr Markgraf. Ihr entließt mich Eures Dienstes, heut mit der Morgenstunde. Des Dienstes meiner gnädigen Frau habt Ihr mich nicht entlassen; im Gegenteil, Ihr wieset mich an, ihr treu zu dienen, wie meine Pflicht. Das that ich, und in ihren höchsten Nöten; denn so ich Euch hier nicht irr geführt, hättet Ihr sie erreicht und gefangen mit nach Berlin geschleppt. Was Gott verhüte, daß es heut und je geschehe."

„Schlecht verteidigt. Du bliebst, wenn nicht mein Diener, mein Vasall. Auch als ich Dich mir zu folgen berief, nahm ich stillschweigend Dich wieder in meinen Dienst. Verteidige Dich besser."

„Ich kann's," rief Hans Jürgen und hielt die Hand an seine Brust. „Nicht um ihretwillen, um Euretwillen that ich's. Seines Lehnsherrn Ehre wahren, ist des Vasallen erste Pflicht; seiner Person Wohlergehen und seines Hauses Glück, wo er kann, seine nächste. Ihr, Herr Markgraf, habt Eure und Eures Hauses Ehre aufs Spiel gesetzt; Euer Gemahl habt Ihr gerichtet und ihm gedroht, wie der schlechtesten Magd; ob Ihr Recht dazu hattet, das weiß ich nicht, aber ich weiß, es that's keiner der alten Fürsten vor Euch. Und im Recht wart Ihr nimmer, daß Ihr's vor aller Ohren thatet; Ihr wart in großem Unrecht. Und endlich habt Ihr Euch herabgewürdigt, daß Ihr Euch selbst zum Büttel gemacht und ihr nachgejagt seid in Eurem Jachzorn. Das sage ich nur unter diesen alten Bäumen, die kein Ohr haben und keinen Sinn, es zu verstehen, und mag's sein, daß ich ein Verbrechen begehe, daß ich es sage. Wo aber so viele gar nichts ihrem Fürsten sagen, damit sie sich nicht den Mund verbrennen, so ist's nicht vom Schlimmsten, wenn einer zu viel sagt. Ich hab's gesagt, und wenn ich mir mehr drum verbrannt als den Mund. Und ich hab's gethan, und ich rühme mich des, denn ich that's um Euretwillen, daß ich Euch die Schande und Schmach ersparte, und unserm Volk dazu, denn auf Euch fiele es, und Ihr trügt schwerer daran, — und nun hab' ich Euch noch die Reue erspart, denn die kommt immer hinterher, wenn einer im Jachzorn that, was er nicht sollte."

— „Nun Herr," fuhr Hans Jürgen ruhig fort, als Joachim ihn schweigend anblickte ohne die Miene zu ändern, „ist alles heraus. Was dazwischen und daneben, werdet Ihr Euch selbst am besten sagen. Ich, Hans Jürgen Bredow,

Euer Lehnsmann, habe Euch verraten, mit Wissen und Willen; die Fürstin holt Ihr nicht mehr ein, bis sie auf kursächsischem Boden ist. Das that ich, wider den Gehorsam, den ich Euch schulde, ich bekenn's, braucht's keiner Zeugen und Widerrufe nicht, und Ihr seid mein Richter, dafür muß ich Euch erkennen; es ist nun einmal so. Hier liegt mein Dolch und hier mein Degen, der dunkle Wald und der Himmel drüber sind die Richtstätte. Sie erzählen, daß der Württemberger, der jachzornige Fürst, einen Edlen aus seinem Lande so gerichtet hat, mit eigener Hand, in einem Wald, wie der hier. Die alten Bäume haben dazu ihre Häupter geschüttelt. Stoßt mich nieder, hängt mich an einen Ast; was mit einem Hutten recht war, warum nicht auch mit einem Bredow, da es so recht war in Deutschland, daß die Fürsten das dürfen. Wollt Ihr aber nicht selbst Hand anlegen, da hör' ich Lärm; will mich selbst binden, und wenn sie kommen, so liefert mich dem Schlosser aus."

Joachim von Brandenburg antwortete auch jetzt nicht; auf sein Roß gestützt, das Haupt in der Hand, schaute er vor sich hin. Ob er seinen Gedanken folgte oder dem Lärm von Huf und Reitern, der immer näher kam? Ob er dachte: der Mann hat recht, und indem er ein Verbrechen beging, verhütete er ein größer Unglück? Ob er dachte: Solche Diener, die ihren Fürsten auch mit Gefahr ihres Lebens vom Rande des Abgrundes zurückziehen, die nicht scheuen, ihnen in den geschwungenen Arm zu fallen, auch auf die Gefahr hin, daß der Stahl, den der Arm schwingt, sie trifft, sind Goldes wert? Ob er sich fragte: Warum öffnete dieser so spät erst den Mund? Warum sprach er so nicht früher; es wäre wohl manches anders geworden?

Wenn er das dachte, er sprach es nicht aus; er hat nie eingestehen wollen, daß er geirrt hätte. Noch hatte er jetzt Zeit dazu; denn die vom Gefolge, welche ihn endlich aufgefunden, hatten so außerordentliche Dinge zu melden, die des Fürsten ganze Aufmerksamkeit in Anspruch nahmen. Fürstenwalde an der Spree, die Residenz des Bischofs von Lebus, war gestern in der Frühe von einem Trupp adliger Freibeuter überfallen, geplündert und Bischof und Domherren dermaßen zu Spott und Hohn zugerichtet worden, daß das geistliche Regiment dadurch unverwindlichen Schaden erlitten. An der Spitze, wußte man, daß die von Minckwitz in Sonnenwalde standen, die es schon längst dem Lebuser zugedacht, aber da das Werk so gut gelungen, hatten Abenteurer aus Sachsen und Brandenburg sich angeschlossen, und wie eine Staubwolke im Wirbel war die Schar größer geworden, die allerlei Unfugs gegen die Geistlichen und ihr Eigentum an der Grenze sich erlaubten; man wußte nicht, wohin es sich wenden, wie weit es gehen werde, noch was der Kern sei. Aber zusehen durfte kein Regiment solchem Treiben, um deshalb waren vom geheimen Rat Boten über Boten dem Kurfürsten nachgesandt, und auch die Schloßhauptleute und Bürgermeister der Städte und Festen schickten zu ihm, um sich Rates zu erholen, was bei sothanen Dingen zu thun. In alten Zeiten hätte es jeder gewußt, was er thun müsse; Joachim hatte sie gewöhnt, daß sie bei ihm anfragen mußten, ehe sie etwas dagegen unternahmen.

Joachim wußte, was zu thun sei, da er mit gebissenen Lippen sich auf das Roß schwang: „Nach dem Teltow," befahl er. Aber zu Hans Jürgen, als sie aus dem Wald hinausritten, wandte er sich noch einmal um, und den andern, die vorauf waren, schien es, wie die beiden zusammen sprachen, als seien das Freunde und Vertraute, die gar nichts trennen könne.

„Dein Urteil, Hans Jürgen Bredow, fand ich. Als wie Deine Übertretung im geheim blieb, sei's auch Deine Strafe. Verbannt bist Du aus Brandenburg, und diene drüben der, die Du Deine Herrin nennst, so treu, als Du mir hättest dienen sollen."

— „Eins noch," rief Joachim ihm nach, da er, stumm sich neigend, davon wollte. „In einem warst Du doch unrecht. Ich war nicht jachzornig, als ich die Frau verfolgte; nicht als Mensch und erzürnter Gatte, als Fürst meines Landes setzte ich ihr nach, und in meines Herzens Kämmerlein stand die stumme Bitte, daß ich sie nicht erreichen möchte. Ich war nicht jachzornig, Hans Jürgen; an Deiner Strafe kannst Du meinen Zorn ermessen."

Neuntes Kapitel.

Die Gäste aufgenommen.

In mancherlei Lagen sahen wir die gute Frau von Bredow, aber noch nicht mit einer Schürze voll Holz die Treppe hinaufsteigen, so heimlich und so rüstig. Da erschrak sie fast, als ein Gesicht ihr entgegenblitzte, das wir kennen müssen.

„Ist das nicht viel, gnädige Frau, und bei Euren Jahren.“

Sie schüttelte den Kopf und flüsterte: „Wozu man nicht gezwungen wird, das ist immer leicht, Hochwürdiger.“ So schlüpfte sie in das Hinterzimmer; und der Abt machte hinter ihr die Thür so leise zu, als sie auf ihren Filzschuhen über die Dielen schlich.

„Die alte Frau und die böse Zeit!“ sprach für sich der Abt.

Drinnen — es war eine Stube, wo ehedem die Äpfel und die Birnen trockneten, davon war aber nichts mehr als der süße Geruch — sah es gar wohnlich aus; ein Teppich auf dem Boden, die besten Stühle standen an den Wänden, und vor einem Bett war die Tiroler Decke gehängt, die einstmals dem treuen Herrn Gottfried als Mantel gedient hatte. Die Scheiben des Fensters waren mit Moos verklebt, daß der Nordwind nicht hineinpuste, und umher auf den Tischen stand manches saubere alte Gerät von Thon und Silber, was selbst da nicht zum Vorschein kam, wenn der Bischof von Brandenburg hier nächtete.

Um den hätte Frau von Bredow auch wohl nicht selbst den Ofen geheizt, wie sie jetzt that. Sie warf die Stücken nicht hinein; als wär's Zuckerwerk, legte sie eins nach dem andern und blies sanft die Flamme an, daß sie nicht mit einem Mal aufpraßle.

Und doch hatte sie's nicht gehindert, daß die Fremde, welche im Bette lag, erwachte. Vielleicht hatte die edle Frau auch nur auf den Kissen geruht, und sah nun, da sie die Decke zurückschlug, mit Rührung auf das Schaffen ihrer Wirtin hin.

„Liebe Bredow,“ sagte die Kurfürstin, „das müßtet Ihr Euren Dienstleuten überlassen. Zu viel Ehre, zu viel Dienst um eine, die keine Fürstin, nur eine arme Bettlerin ist. Und Ihr solltet Eure Kräfte schonen, die gehören Euren Kindern an. Wer so gelebt und so viel Jahre zählt, hat ein Recht auf Ruhe.“

Frau Brigitte nahm einen Schemel neben dem Bette, auf dem sie schon öfters so gesessen haben mochte. Auch war es schon angenehm warm in dem kleinen Zimmer geworden. Da meinte sie, niemand hätte ein Recht auf Ruhe, der noch schaffen könne, und so er's hätte, müßte er keinen Gebrauch davon machen, wenn der Geist noch frisch ist und die Arme sich rühren können.

„Ihr seid eine glückliche Frau.“

Eine Thräne trat in Frau Brigittens Auge.

„Glücklich und nicht glücklich, Herr Gott ja. Wenn ich das Gute auf die eine Wage thue und das Schlimme auf die andere, dann weiß ich's manchmal selbst nicht, was schwerer wiegt. Aber dann denk' ich doch, es ist gerad' gemessen vom Herrn, daß keins überschlägt, und daß der Mensch nicht sicher werden soll, noch hochmütig. Und am End' ist das das rechte Glück. Wer gar nichts zu sorgen hätte, daß es besser würde, der wär' doch gar erst unglücklich."

Das war der Fürstin nicht ganz zu Sinn. Sie meinte, der Allerglücklichste müsse doch immer noch hoffen, nämlich auf das Himmelreich.

„Das ist schon recht," meinte die Bredow, „aber wem's vollauf hier geht, der denkt zum wenigsten an die Ewigkeit, und dann — ist mir noch was."

Das erstere mußte Frau Elisabeth zugeben; die Reichen kommen ja nicht ins Himmelreich. Sie pries den Herrn, daß sie jetzt arm sei. Aber zu dem anderen schüttelte sie den Kopf. Nämlich Frau Brigitte meinte:

„Wenn der liebe Gott uns alle nur für sein reines Himmelreich gemacht, warum hätte er uns nicht gleich hineingenommen; was mußte er uns erst setzen auf diese schmutzige Erde, wo wir immerfort waschen müssen, daß wir rein werden, und kaum, daß wir's sind, spritzt uns doch wieder was an. Ich weiß wohl, es ist, daß er die weißen und die fleckigen Schafe sondere, und daß wir lernen und wachsen sollen in Gottesfurcht und Erkenntnis. Aber er ist ein so barmherziger Herr, und da frag' ich mich manchmal, warum hat er uns nicht gleich rein und gut geschaffen, wie er doch die Engel schuf. Es hätte ihm ja doch in seiner Allmacht nichts gekostet. Aber nun hat er die Kreaturen unterschiedlich geschaffen, vom Regenwurm, der auf seinem Bauch kriecht, bis zu den lieben Engeln, die mit den Flügeln fliegen, und jedes in seiner Art. Und ob der Regenwurm auch ins Himmelreich kommen wird, oder ob wir da oben mit Flügeln im Blauen rudern werden, das steht in keinem Buch, noch weiß es ein Priester. Aber wozu er uns hier gemacht hat, das wissen wir, zum Arbeiten, und die Arbeit ist Unruhe. Wenn wir aber immer nur ans Himmelreich denken sollten, wie die alten Mönche, da bliebe doch manches ungeschehen, was geschehen muß. Wie könnten wir die Straßen durch den Wald hauen und die Brücken über den Fluß bauen? Ins Himmelreich können wir auch ohne Brücken und Straßen, das ist schon ausgemacht, und vielleicht schneller; denn beim Hauen und Bauen geht's nicht ab sonder Gezänk und Gesöff und Ärger, und mancher kommt dabei sogar vom guten Wege ab. Aber sollen wir's drum lassen und leben wie der Einsiedler, der nur an Gott denkt, und die Hasen fressen ihm seine Kohlbeete und die Hirsche nagen seine Obstbäume? Darum meine ich, 's ist des Menschen Art, daß er immer arbeiten muß, um's besser zu machen, und immer in Unruh, und leider immer im Krieg sein, und da Gott ihn so auf die Welt gesetzt, muß es sein Wille sein, und darum mein' ich auch, die Welt ist nicht so schlecht, als die Priester, auch die guten, sie machen wollen, denn sie ist von Gott, wie sie ist, und was der Teufel dran verkehrt hat, das muß nicht so arg sein, sonst hätt' es Gott nicht zugelassen, oder er hätte uns längst fortgewaschen durch eine Sündflut."

Der Kurfürstin kam das etwas ketzerisch vor; sie nahm sich vor, den Doktor Luther darum zu befragen. Aber sie war selbst in Unruhe. Der Knecht aus Wittenberg war noch nicht zurück. „Wenn ihm nun was zugestoßen wäre."

„Dem Ruprecht stößt nichts zu, gnädigste Frau. Er kennt Weg und Steg und hat Witterung, und wie unsicher auch die Straßen itzo sind, er hat sie gut hingebracht, und Ihr mögt nun sicher hier verweilen, und er wird auch sicher wiederkehren."

Die hohe Frau war nämlich erschöpft und unwohl in Hohenziatz angekommen. Der Knecht Ruprecht hatte den Kopf geschüttelt, und Frau Brigitte ihn verstanden: die Fürstin bedurfte der Ruhe; wenn sie weiter fuhr, wäre sie in ein hitzig Fieber verfallen. Da war schnell alles abgemacht, und in der Stille; der Knecht hatte Kräuter geholt, und Frau von Bredow kochte sie, und derweil fuhr schon der Leiterwagen mit Eva und dem Junker Dolzig und einer Magd aus dem Hause, der man die rote Binde um den Kopf gewunden, nach der Grenze zu. Wenn die kurfürstlichen Reiter sie anhielten und auffingen, wer kannte so genau die Kurfürstin, und daß es Trug war, und wurden sie auch nach Berlin zurückgebracht, darüber vergingen Tage, und Elisabeth genas derweil und ward über Nacht auf einem Fußpfad durch die Wälder über die Grenze geführt. An alles hatte Frau Brigitte gedacht, auch daß der Knecht Ruprecht den Wagen begleite auf den sichersten Wegen, und wenn er sie auf die Straße nach Wittenberg geführt, sollte er mit der Botschaft zurückkommen. An alles hatte die gute Frau gedacht, nur keinen Augenblick daran, daß sie ihre eigene Tochter, um einer Fremden willen, einer Gefahr aussetzte.

Wer der unglücklichen Fürstin ins Herz geschaut, an was mochte sie denken, wenn sie plötzlich aufschluchzte. Es war zu viel des Schrecklichen. Dachte sie jetzt, wie in der Nacht, da sie aufschrie, an ihren Gemahl, der auf einem Totenroß mit flammendem Schwerte hinter ihr ritt und ihr fliegendes Haar schon gefaßt hielt: „Maure mich nicht ein; töte mich lebendig!“ hatte sie geschrieen, und Frau Brigitte hatte ihr kalte Umschläge gemacht. Dachte sie an ihren Ältesten, der als Sieger heimkehrte, und sie sollte ihn nicht umarmen; — an die Schreckensnacht in Berlin, an die letzten Küsse, die sie auf ihre Kinder gedrückt? Dachte sie an Lisbeth, die Verräterin, an den eiskalten Stich ins Herz, als sie ihre Lippen berührte?

„Und ich habe Euch auch Euer Kind genommen!“ rief sie. „Das ist zu viel, das ist mehr als zu viel, was Ihr mir zum Opfer brachtet. Unser Leben ist Unruh, Ihr habt recht, so steht's ja auch in der Schrift, aber daß wir an der eigenen Unruh nicht genug haben, daß, wen das Unglück verfolgt, immer andere mit sich reißen muß! Ach, es ist zumal unsere Bestimmung, die wir hoch geboren sind, daß wir nie für uns allein leiden können; wir sind verdammt, wie der Tropfen, der ins Wasser fällt und immer weitere Ringe um sich reißt, so viele mit uns zu reißen. Jetzt erst verstehe ich's, was Musculus einst predigte, es ist nur umgekehrt: nicht der Segen und das Glück träuft aus den Palästen in die Hütten, es ist die Sorge und die Not, die in den Schlössern der Herren nicht bleibt, sie fließt aus und verdirbt die Saaten des Unterthanen, und die Thränen des Fürsten verbittern den Trank, den der Arme trinkt!“

Wenn Frau von Bredow dies auch nicht ganz abstreiten konnte, gab sie es doch auch nicht ganz zu. In seinem Haus, meinte sie, sei ein jeder ein Fürst, und wer sich nur gut drin verschanzt und eingerichtet habe, der trüge wohl mit aus Schuldigkeit am Unglück seines Landes und Fürsten, aber ganz niederwerfen dürfe es ihn nicht. Müsse doch jeder für sich selbst stehen. Was gab sich die gute Frau für Mühe, die Kurfürstin von ihren trüben Gedanken abzubringen; so viel und mancherlei sprach sie, daß Frau Elisabeth trotz ihrer Betrübnis die Absicht merkte. Ihr Gesicht gewann einen heiteren Ausdruck, wie nur vornehme Frauen können, die, weil es sein muß, den Schmerz plötzlich verschließen und einen Riegel davor thun; dann lächeln sie und sprechen liebenswürdig, daß uns das Herz aufgeht, von Dingen, von denen ihr Herz fern ist.

„Wie war doch die Geschichte, liebe Bredow, ich meine die aus alter Zeit, da Euch der Markgraf hier überraschte und nächtete; und als er morgens aufwachte, ward er überrascht, war es nicht so, er fand den Saal leer wie durch Zauberei. Ich muß recht um Eure Nachsicht bitten; als Ihr's gestern anfingt zu erzählen, überfiel mich der häßliche Husten.“

Die alte Frau ward ganz rot, aber schnell besann sie sich: „Ihr wollt mein spotten, gnädigste Frau, und Ihr habt recht. Es hat jeder so sein Steckenpferd, und alte Frauen, wie ich, ihre Geschichten, die sie gern ausplaudern. Lieber Gott, 's ist wohl nichts sehr Schlimmes, wenn man im Alter an das zurückdenkt, was man in jüngeren Jahren that, und es war just nicht zum Schlimmen. Mancher darf nicht so zurückdenken. Ich weiß aber auch, was der Respekt fordert, und werde meine Fürstin nicht mit so albernen Dingen belästigen, die unter unsereins gut genug sind. Sollte ich aber noch ein Päckchen Jahre leben, dann will ich in besserer Zeit jedem Gaste erzählen, den ich in dies Zimmer führe, wer hier gewohnt hat, als mal in der Mark Brandenburg recht schlimme Zeiten waren. Das wird mir meine gnädigste Frau doch nicht verbieten.“

„Die besseren Zeiten, wann werden sie kommen!“ seufzte die Fürstin und war ans Fenster getreten. Da vermochte sie's nicht länger, die Thränen stürzten ihr aus den Augen.

„Gift muß man bisweilen mit Gift heilen,“ dachte Frau Brigitte. Durch sanfte Trostworte war die Aufregung der Kurfürstin nicht zu beschwichtigen. Wenn sie die Aufregung und Unruh draußen sah, vergaß sie vielleicht auf einen Augenblick die eigene.

„Die Minckwitze sind arge Menschen,“ sagte sie, „als ob wir nicht Trübsale genug im eigenen Land hätten! Es ist schon recht, der Lebuser war ein hartherziger Bischof und ein Starrkopf, der's unserem Herrn selbst zu arg trieb. Wär's nach ihm gegangen, der Georg von Blumenthal hätte Scheiterhaufen anzünden lassen, er wäre ein anderer Georg von Meißen worden. Aber ich meine so, gerad' weil er so finster und störrisch war, das hat unseren Herrn abgehalten und gewarnt, daß er nicht auch strenger war; ein Zorniger, der sich im Spiegel sieht, erschrickt vor sich selbst. Nun mußten die Minckwitze es verderben, daß sie wie die Wölfe über Nacht in den Stall über ihn herfielen, und ihn schrecklich zausten, und seine Domherren. Sie mögen schon im Recht gewesen sein, aber es ist nimmer gut, wenn jeder sich selbst Recht schaffen will."

„Es sollen auch Brandenburgische dabei gewesen sein."

„Leider! Nun heißt's im Land, das wäre offene Rebellion der Ketzer, und Doktor Luther hätte es sie geheißen, und wenn nicht laut geheißen, so wär' er doch still damit zufrieden. Das wird dem Kurfürsten eingerührt und hinterbracht, löffelweis wie Gift, man weiß es ja; und niemand ist da, der ihm die Wahrheit sagt."

Die Kurfürstin meinte, es sei doch wohl noch einer da, sie wollte etwas Freundliches sagen. So nahm's die Alte auch auf, aber sie lächelte wehmütig:

„Und was sollt' der eine ihm sagen, wenn der da wäre, das Wahre ist ja schlimm genug. Aus den Betten haben sie die Domherren bei den Haaren gerissen und die haben tanzen müssen zur Geige, und der Pfeifer mußte ein lutherisch Lied spielen. Im Hemde kletterte der Bischof an einem Seil aus dem Fenster, und aus den Kellern ließen sie die Fässer in den Saal rollen, und die Priester mußten mit ihnen anstoßen auf die Gesundheit des Doktor Luther. Und da es einmal hieß, in Fürstenwalde ist Pfaffenhochzeit, zog das Gesindel von allen Seiten herein; und die Wagen und Esel und Pferde, die sie voll luden und über Nacht hinaustrieben! Und der Schrecken ist durchs ganze Land, die Pfarrer und die Stifter zittern."

„Der Herr will nicht, daß seine Diener Mammon häufen," sagte die Protestantin.

„Gnädigste Frau, aber der Herr will auch nicht, daß der Mensch seinen Namen im Munde führt und Arges im Sinne hat. Den Luther haben sie auf der Lippe und den Raub im Herzen. Es sind schon Gute unter unserm Adel, die's aufrichtig meinen, aber auch viele, denen's nur ein Vorwand ist, daß sie über die geistlichen Güter herfallen. Die möchten in ihre Läden brechen, ihre Kelche einschmelzen und ihre Güter an sich reißen; nachher kümmerte sie nicht die reine Lehre und der Doktor Luther auch nicht. Und das sind schlechte Helfershelfer für eine gute Sache."

„Die Welt ist arg."

„Das ist's eben, was ich einmal den Doktor Luther fragen möchte, aber wer weiß, ob er mir's auch sagen kann, wie Gott das zugelassen hat, daß durch Arges Gutes geschehen mag. Und daß es manches Mal geschehen ist, das ist gewiß; ach 's ist wohl mehr als einmal geschehen, daß der Teufel hat eine Kirche bauen müssen —"

„Darum läßt es wohl Gott auch nur zu, daß die wilden Schwärmer, die Luthers Wort falsch verstanden haben, mit Axten und Beilen in die Gotteshäuser dringen. Die Götzenbilder, sind sie nicht überall des Teufels Werk!"

Als sie von den Bilderstürmern sprach, die strichweis in der Mark sich gezeigt, merkte sie nicht, daß Frau Brigitte die Augen sinken ließ. Die Kurfürstin hatte dunkel davon gehört, daß ihrer auch in Fürstenwalde mit gewesen, ja daß andere einen Versuch auf Kloster Lehnin gemacht und noch weiterhin nach Spandow und Potsdam ihr Unwesen trieben. Ihre Besorgnis war wieder erweckt und steigerte sich bis zu dem fieberhaften Zustande, den Knecht Ruprechts Kräuter und die Ruhe in Hohenziatz überwinden sollten. Nicht Bilderstürmer fürchtete sie, aber daß ihre Anwesenheit in der Nähe die kurfürstlichen Reiter doch anziehen und eine Einlagerung bewirken könne; ja, als sie drüben am Waldsaum ein oder ein paar Reiter sprengen sah, stürzte sie vom Fenster weg und schrie, daß sie die Laden zumachten, und auf ihrem Bette betete sie laut zum lieben Gott, aber bisweilen verwechselte sie's und betete zum Doktor Luther, daß die Burgfrau selbst darüber erschrocken die Hände faltete. Dann, als die Kranke zu sich kam, legte sie die Arme um ihre Schulter und beschwor sie, sie nicht zu verraten, daß niemand erfahre, wer sie sei, denn wenn nur einer es wisse, sei sie verloren, und beschwor die Edelfrau, daß sie keinen in die Burg einlasse, wer es auch sei.

Frau Brigitte hatte alles versprechen müssen. Froh, als die Fürstin sich endlich zur Ruhe gelegt und sie die Thür hinter sich schließen konnte, blieb sie einen Augenblick am Treppengeländer stehen, wie Atem zu schöpfen.

„Es wird doch zu viel für Euch," sprach der Abt Valentin. „Das ganze Haus vollgestopft von Unruh und Sorge, und drinnen soll meine liebe Frau von Bredow die Ruhige spielen und eine Fieberkranke zur Ruhe einlullen."

Sie nickte ihm freundlich: „'S ist wohl schwer, aber je größer die Sorge, um so größer auch die Kraft. Ich hab's allzeit mit der Wahrheit gehalten und habe nie gelogen — ein einzig Mal nur, oder waren's zweimal, vor meinem seligen Götz." Und hatte sie nicht eben wieder gelogen! Und wie gelogen! Der Fieberkranken hatte sie hoch und teuer versichert, daß niemand sonst im Haus sei und alle wußten drum!

Der Abt mußte ihre stillen Gedanken lesen: „Aber Ihr mußtet's ja, Ihr mußtet sie täuschen, um sie zu beruhigen."

„Ja, ich mußte wohl," sagte zögernd Frau Brigitte, „und da hat wieder der Teufel eine Kirche gebaut!" setzte sie für sich hinzu. „Lieber Himmel, wann wird's doch kommen, daß wir alle und immer nur die Wahrheit sprechen!"

Der Abt schüttelte den Kopf: „Wer weiß, ob das jemals kommt."

Und Frau Brigitte schüttelte auch den Kopf: „Und daß wir das erst in dem Jenseits erfahren, warum's so sein muß. — Hatte doch geglaubt, eine so alte Frau, wie ich, könnte nun ohne Lüge ins Grab steigen! — Nun, lieber Herr Abt, laßt uns nach dem Kranken sehen."

Es war doch seltsam. Im Thorhause lag wie vor — ich weiß nicht, wieviel Jahren, aber ein halbes Menschenalter war es gewiß — derselbe Kranke, den damals das Pferd an den Baumstamm geschleudert, und da war es gerissen, wie ein bleiern Band, was seine Seele umstrickte, und ein anderer Mensch war herausgekommen, ein Mensch der Zerknirschung und der Unruhe. Nun lag derselbe Mann, wenigstens dieselbe Hülle, wieder verwundet in dem Thorhause von Burg Ziatz, und dieselben Verwandten, welche damals um ihn gesorgt und geweint, sorgten und weinten wieder um ihn. Im Hause sprach man nicht gern davon, auch nachmalen nicht, die Leute aber erzählten sich folgendes:

Eine Rotte von dem aufgeregten Volke, das in die Kirchen einbrach und die Bilder zerstörte, war auch nach Spandow gekommen und ins Frauenkloster eingebrochen. Sie waren nicht von dem bösen Gesindel, das unter dem Vorwande, den Antichrist zu bekämpfen, überall stiehlt und fortträgt; sie folgten einem gewaltigen Prediger, sagte das Volk, vor dessen Worten das Herz im Leibe brannte. Wo er Leute sah, stellte er sich auf einen Stein und predigte, wie man es nie von der Kanzel gehört: daß der Antichrist nicht in Rom sei, wo sie ihn suchten, sondern er wäre überall, wo sie goldene Kälber aufgerichtet, und die goldenen Kälber seien die Bilder von Gott und göttlichen Dingen, die sie anbeteten, und die gottbegabten Menschen selbst, deren Worte sie verehrten, und Luther und Melanchthon, und alle die andern, seien auch nur goldene Kälber von Gott, von Satan gesendet, um den Sinn zu verwirren. Ja, einige wollten gehört haben, er hätte auch die Kirchen selbst Häuser, von Satan erbaut, genannt, und die goldenen Kronen und Purpurmäntel, ja, alles was glänze und schön sei, und woran der Sinn sich hänge, sei vom Bösen; Gott der Herr aber wäre wie das Licht und der Blitz und die Luft, die allüberall zugleich sind, und gleich überall, wo nicht der Mensch Mauern gebaut und Türme, die Schatten würfen. Darum müsse der Mensch, der zu Gott wolle, alles das niederreißen, was ihn daran hindere. Aber nicht gethan sei es mit den Steinen und den Balken; auch aus der Brust müsse er reißen, was ihm das liebste sei, und es zertreten und töten, gleich wie Abraham seinen Sohn geopfert, dann erst könne die Kreatur hoffen frei zu werden, daß sie zu Gott komme.

So erzählte das Volk, seine Worte mögen anders gewesen sein; die wenigsten verstanden ihn, und sein Anhang war klein. Aber er hatte einen langen Menschen bei sich, ehemals ein wütender Kapuziner, der hieß des Predigers Knappe, denn mit einer Eisenstange zerschlug Barnabas die Bilder und Schnitzwerke und die bunten Scheiben, zu denen die andern nicht hinaufreichen konnten, und schrie dann: Wehe, wehe! über die, welche das angebetet hätten, und man müsse mit dem Kleinen anfangen, dann käme das Große an die Reihe. Wenn er so im Zerschlagen war, geriet er in Verzückungen und tanzte und heulte nach mehr, wo alles zerschlagen war, und er konnte nichts mehr finden. Und wenn der Prediger dabei auf den Knien lag und die Ärmel bis aufs Schulterbein zurückfielen und mit heiserer Stimme schrie: „Gott, Gott, warum fällt denn nicht auch dies Gewölbe ein, daß ich dich schauen kann in deiner Reinheit!“ dann ward es oft selbst denen um ihn unheimlich; es dünkte ihnen, die Hölle züngle ihre Flammen aus dem Boden und sie liefen hinaus.

So hatten sie gewütet im Kloster zu Spandow; die Nonnen waren über das Notbrücklein in die Stadt geflohen. Nur die Äbtissin wollte nicht mit, sie kehrte um, weil sie meinte, es sei ihre Pflicht, lieber zu sterben, als daß sie das zerstören lasse, was ihr anvertraut war. Und sie kam gerade, als der Haufe ins hohe Thor drang und das steinerne Marienbild hinter dem Hochaltar herunterreißen wollte. Da stellte sie sich davor, hob die Arme und sprach: „Ihr Unseligen, was hat Euch die Jungfrau Maria gethan? Hat sie nicht den Heiland geboren, hält sie ihn nicht in ihren Armen und spricht sie nicht: so viel Schmerzen hab' ich um die Welt gelitten, und dafür wollt Ihr mich strafen! Wenn die Menschen ihr zu viel Ehren angethan, was kann die Jungfrau Maria dafür? Sie, im Himmelreich, weint vielleicht manche Thräne über die Irrtümer dieser Welt, und daß die Menschen den Stein anbeteten, und das Holz, und ihren Sohn drüber vergaßen und seinen Vater im Himmel. Aber das Holz und der Stein sind so unschuldig daran als die Jungfrau Maria. Und wär's nicht die gebenedeite Himmelskönigin, so ist's eine reine Mutter, die ihr Kind lieb hat und es stolz und froh im Arm hält und der Welt zeigt. Welcher Türke kann daran Arges haben, welcher Unmensch kann das zerstören wollen!"

Als sie das gesprochen und er ihr ins Aug' geschaut, fuhr der wilde Prediger die Stufe zurück, das Beil entsank ihm, und er rief: „Fort! fort! Das Dach fällt ein!" Aber hinter ihm, der lange Barnabas, schrie: „Vorwärts, Ihr Heiligen, hört ihn nicht, Satan hat auch ihn gepackt!" Mit seiner Stange wollte er zuschlagen, über des Predigers Kopf hin; als der sich aber erhob, es abzuwehren, bekam er den Schlag auf den Schädel, daß er blutend auf die Stufen sank.

Was darauf geschehen, wußte man nicht genau. In der Stadt hatte es getrommelt, kurfürstliche Reiter waren den Bilderstürmern auf den Hacken. Die aus der Kirche waren aufs Feld zerstäubt; ob alle ergriffen wurden, oder nur einige, ist nicht bekannt. Der lange Barnabas ward gebunden nach Berlin geschleppt, das ist gewiß; aber der Anstifter, der halbtot auf den Stufen gelegen, war verschwunden; zu seinem Heil, denn die Milizie vigilierte besonders auf ihn, und er hätte es mit dem Kopf büßen müssen, weil er schon an unterschiedlichen Orten, wie in Stendal, voran gewesen war bei den Bilderstürmern. Die Nonnen kehrten nicht mehr nach dem Kloster zurück; so war es verwüstet und entweiht, sagten sie. Andere aber meinten, sie hätten schon längst Lust gehabt, auf und davon zu gehen, und nur die Gelegenheit benutzt. Die Äbtissin kehrte über Kloster Lehnin ins Haus ihrer Mutter zurück, und der Abt Valentin hatte sie dahin begleitet. Der Wagen fuhr aber sehr langsam auf abgelegenen Wegen, und einige munkelten, sie hätten einen verwundeten Mann unten im Stroh liegen gesehen.

„Wo das Kind es nur her hat!“ sagte Frau von Bredow zum Abte, als sie aus der Turmstube zurückkamen. Wie stand sie uns Rede und Antwort über den Kranken, als wüßte sie alles, was recht ist und sein muß, und sähe ihm in die Nieren und ins Herz, daß er wieder gesund werden wird. Und wie wußte sie alles zuzurichten und ihm zuzusprechen, daß er gehorchen mußte und nicht muckste. Das Gehorchen war sonst gar nicht seine Art.“

„Sie ist ihrer Mutter Tochter.“

„Die Eva hat's am Hofe gelernt, aber Agnes war ja ihr Lebzeit im Kloster,“ setzte die Matrone mit unterdrückten Thränen hinzu.

„Sie war Äbtissin, und das Amt, wenn es nicht Verstand giebt, so weckt es ihn. Des Weibes Natur ist eine wunderbare, sagen die Weisen, es schlummert in ihnen, was man nicht glaubt, wenn es geweckt wird.“

„Was soll aber daraus werden! Ihr Kloster ist zerstört.“

„Nicht wird sie dahin zurückkehren, wie sie mir vertraut hat. In der Stille hatte sie Luthers Schriften studiert, und war schon fest entschlossen, den Schleier niederzulegen; sie hatte mit den andern Nonnen sich darüber verständigt, und alle waren ihres Sinnes geworden. Nun hat die wilde Rotte einen Schritt ihnen erspart, der manches Aufsehen und viel Gefährliches für die Tochter meiner Freundin mit sich geführt hätte.“

„Da hat wieder etwas Arges Gutes gewirkt.“

Der Abt lächelte eigen: „Und mehr noch, meine teure Frau, als Ihr denkt. Der Funken, den Euer frommer Zuspruch in mir entzündet, ist durch Eure Tochter zur Flamme geworden Ihr klarer Geist, ihr besonnener Verstand hat wunderbar auf mich gewirkt. Das war ein langes und ernstes Gespräch auf dem Wege vom Kloster hierher. Wie wußte sie alle meine Zweifel und Bedenken fortzuscheuchen wie der Morgenwind den Nebel. Ja, meine edle Burgfrau beherbergt jetzt einen Protestanten in ihrem Hause.“

„Und Euer Kloster!“

„Da schämte ich mich schon lange über die Höfe zu gehen, wenn ich an die Arche dachte und meine Thorheit, die Gott strenger hätte strafen können. Nun läßt er das meine Strafe sein, daß ich aushalten muß und es mit meinen Konviktualen aufnehmen. Ein schwerer Kampf steht mir bevor; sie sind der Schwelgerei, dem rohen Leben oder der Trägheit zugethan. Sie werden mich verklagen, verreden; möglich, daß sie mich aussagen. Aufrichtig gesteh ich's, ich bin an Wohlleben gewöhnt, und zu alt, um mit Lust ans Märtyrertum zu denken; fliehen müssen in die Fremde, wäre schon für mich ein Martyrium. Aber den Kampf muß man nicht scheuen um die wahrhafte Überzeugung, — und ach wie herrlich, zum Herzen sprach die hochwürdige Frau Agnes: nicht grob zugeschlagen, wie die Fanatiker, die das Kind mit dem Bade verschütten wollen, klug sein wie die Schlangen und fest dabei, gelassen ihrem Toben zuhören, sie sanft bei ihren Schwächen fassen, einlenken, Balsam träufeln auf die Wunden. Ach es wäre viel davon zu erzählen, und sie hat mir Mut gemacht, und ich gehe mit Hoffnung ans Werk. Stehen doch schon die Jüngeren und Besseren mir zur Seite."

„Herr, du mein Heiland," rief die Burgfrau, „wenn Lehnin auch! Am Ende ist die ganze Zauche protestantisch!"

„Im stillen."

„Kurios, Abt! Und warum stehen nun an allen Kirchenthüren angeschlagen die Plakate! Warum müssen die Prediger sie von den Kanzeln verlesen und die Amtleute und Bürgermeister, und jeder weiß, daß es anders ist, als da geschrieben steht."

Dies Gespräch war im Zimmer der Burgfrau geführt, es ward durch ein heftiges Pochen am äußern Thore unterbrochen, dem ein Gepolter auf dem Hofe folgte, welches andeutete, daß man das Thor, ohne bei ihr anzufragen, geöffnet haben müsse. Nicht ohne Besorgnis blickte sie auf den Abt, und was sie jetzt aus dem Fenster sah, war wenigstens der Art, daß es ihre Ruhe nicht vermehrte. Eine Einlagerung war da, wenn auch nicht von kurfürstlichen Reitern. Ein unordentlich vollgepackter Wagen mit wild aussehenden Reisigen hielt auf dem Hofe und der Ritter Hake von Stülpe schritt nach der Halle zu.

Zehntes Kapitel.

Die Gäste ausgewiesen.

Hake von Stülpe war nie ein Damenknecht gewesen. Es war nicht an den Rittern der Zeit, mindestens nicht in der Lausitz, im Storkowschen, in der Zauche, und nicht in Jüterbog, in Meißen und Magdeburg, daß sie viel schwänzelten und sich fein machten. Aber ein Ritter war er sonst, der wußte, was einer edlen Frau gebührt, und oft hat er gesagt: er hasse auch darum die Pfaffen, weil sie nur Hehler und Stehler wären, was Frauengunst anlangt, und dürften das Pfand, das sie geraubt, nicht offen am Hute tragen. — Das waren vergangene Zeiten. Heut aber schien er's nicht zu wissen, oder wissen zu wollen, was vor einer edlen Frau sich schickt, da er seinen bestäubten Hut mit der Reiherfeder auf den Tisch warf und sich mit einem Fluch auf den Schemel, während Frau von Bredow ihn doch nicht eingeladen hatte; im Gegenteil, er hatte sich angemeldet und sie hatte erwidert, sie habe keinen Platz im Haus.

„Nun, da ich seh', daß Ihr müd' seid," sagte sie, die vor ihm in der Halle aufrecht stand, „gönn' ich's Euch, damit Ihr desto schneller zum Aufbruch frisch seid."

„Einen Trunk gönnt Ihr mir doch auch?"

Als er die Kanne geleert, die Frau Brigitte hatte bringen lassen, und sie auf den Tisch gesetzt, und sich den Bart gewischt, hub er an: „Nur ein vernünftig Wort zwischen uns, Frau von Bredow, denn Ihr seid ein vernünftig Weib. Ihr wollt mich nicht aufnehmen, und ich will und muß bleiben, da muß nun eins von uns beiden nachgeben, und besser ist's in Güte als mit Gewalt."

„Das mein' ich auch, Herr von Hake," sagte die Burgfrau, die ihn scharf ansah.

„Mein Gesicht behagt Euch nicht."

„Nur was Euch anhängt, behagt mir nicht."

„Wortdrechselei! Ihr liebt die Wahrheit, ich auch; da kommen zwei zusammen, die kein Blatt vor den Mund nehmen. Ihr haßt die Pfaffen, ich hasse sie auch —"

„Halt! Was gehört das hierher! Ihr batet mit Euren Leuten und Waren um Quartier, und ich schlug's Euch ab, unbeschadet den Pflichten der Gastfreundschaft, alldieweil kein Platz in meinem Haus wäre —"

„Ihr habt recht, Ihr seid eine vorsichtige Frau. Mehr von Euren Gedanken wollt Ihr den Worten nicht vertrauen. Erlaubt mir aber, daß ich denke, und ich denke so, daß Ihr mich nicht aufnehmen wollt, weil Ihr Nachstellungen von den kurfürstlichen Amtleuten fürchtet. Unbekannte, Verdächtige, die mit Pferden, Wagen, Bewaffneten ohne bestimmten Nachweis auf den Straßen sich umhertreiben, soll heuer niemand in seinem Schloß, Haus, Scheune herbergen, noch ihnen Versteck geben, oder so er dazu gezwungen wäre, bei der nächsten fürstlichen Amtmannschaft sofort Anzeige thun. So lautet ja wohl die Verordnung. Und Ihr mögt Euch nicht meiner entsinnen, da es lange Jahre her sind, daß wir uns nicht sahen, und das ist klug von Euch, und angeben wollt Ihr mich auch nicht, und das ist gut von Euch."

„Was bleibt mir also, Herr von —"

„Was Euch bleibt, davon nachher; jetzt ist nur davon die Rede, was mir bleibt, nämlich zu thun. Also der Kram da, die Kisten und Kasten auf dem Wagen hab' ich irgendwo bei einem Aufschlag gekauft — merkt Euch das, Frau Brigitte, bei einem Aufschlag, wenn etwa Stänkerei draus würde und Ihr müßtet, die Hand aufs Kruzifix, schwören, was Ihr wißt. — Daß der Aufschlag in Fürstenwalde war und vielleicht sonst noch wo, wißt Ihr nicht; ich hab's Euch nicht gesagt. Aber hol's der Teufel, ich verspätete mich, da ich über die Grenze wollte, die Minckwitze waren schon drüben, und ich, abgeschnitten, mußte eine andere Richtung einschlagen. Das Land raucht und stinkt; die Schloßhauptleute, die Vasallen werden aufgeboten; auch in den Städten trommelt's ein allgemeines Aufgebot wegen Friedensbruchs, heißt es in dem Edikt von Teltow. Da sie mich nun verwechseln könnten, Gott weiß mit wem, den sie suchen, schlug ich mich durch die Wälder und bis hierher mit meinen Leuten. Die sind müde von den Kreuz- und Querzügen, ich bin müde, die Pferde sind's, darum wollen wir hier rasten. Versteht mich wohl, nicht länger als not thut. Das Nest, ich meine Euer ehrenwert Haus, liegt an keiner Heerstraße, in diese Brüche und Wälder reiten die Landreiter nicht gern. Ihr und ich laufen also darum keine Gefahr. Und die Grenze nach Sachsen ist nicht weit; wenn also meine Rosse gefressen haben und meine Hunde und Spürhunde nichts Verdächtiges wittern, bin ich einmal über Nacht, Ihr wißt nicht wie, aus dem Thore und über alle Berge. Mitnehmen werd' ich nichts, Frau von Bredow, was Euch gehört, und zu sehen braucht Ihr's nicht, der Mond soll nicht scheinen auf meinem Abzug. Und endlich, wenn ich fort bin, und Ihr haltet's für Eure Sicherheit zuträglich, so schickt einen Eilboten nach Berlin, daß Ihr Einlagerung gehabt von Verdächtigen, und Ihr glaubtet, es sei der Hake von Stülpe gewesen, aber gewiß wär't Ihr Eurer Sache nicht — denn könnt Ihr schwören, wer ich bin? — und sie hätten gezecht und geflucht und Euch in Angst gesetzt, und das Thor besetzt und niemand raus gelassen. So ist meine Frau von Bredow salviert nach beiden Seiten."

Sie schüttelte den Kopf, indem sie ihn unverwandt ansah: „Die alte Bredow redet nur die Wahrheit, vor wem's sei, vor ihrem Fürsten, und wer ihr ins Haus gelaufen kommt. Niemand weis' ich von meiner Schwelle, da sei Gott für, der sich verirrt hat, aber daß ich's Euch sage, kein Quartier geb' ich denen, die ihr Angesicht nicht zu zeigen wagen vor der Gerechtigkeit." —

„Hoho, ist's so?" Hake legte beide Arme auf den Tisch. „Kann auch die Wahrheit reden. Ihr habt eine entlaufene Nonne aufgenommen, sogar eine Äbtissin ist's. Die will nicht zurückkehren, und das ist gegen des Kurfürsten ausdrücklich Gebot."

„Meine Tochter ist's, Herr von Hake, und sie wird sich gestellen, wo es sei, und ihrem Landesherrn Rede stehen, wenn er sie fordert."

„Und ein Abt steckt auch im Haus, der Lehniner, er schützt vor, er habe Eure Tochter geleiten wollen, aber ich weiß es besser. Seine Mönche haben ihm den Kopf zu warm gemacht, weil er reformieren wollte. Da hat er sich salviert; will aber hier aus dem sichern Hinterhalte gegen seine Konviktualen operieren. Wenn das der Markgraf erführe —"

„Würde ihm der Abt auch Rede stehen. Seine Sache ist nicht meine. Der Abt ist kein Geächteter und kein Freibeuter."

„Ich weiß noch mehr Wahrheit. Einen Bilderstürmer, einen von den Wütendsten, einen Malefikanten, der Klöster und Kirchen zerstört hat, der nimmer sein Angesicht vor der Gerechtigkeit zu zeigen wagt, dem habt Ihr Quartier gegeben, den versteckt Ihr. So das Joachim wüßte — wer da ihm die Wahrheit sagte! — Ei, Ihr werdet ja etwas blaß, Frau von Bredow; das wollte ich nicht, nur Quartier für mich."

„Mein Haus ist voll."

Er war aufgestanden: „Das weiß ich, ein wahres Nest voll Verschwörer und Flüchtlinge. Einer mehr oder weniger, was thut's! Hake von Stülpe will ja nicht in Eure eingekästelten Kammern und Putzzimmer, die behaltet für Eure vornehmen Gäste, ein Bund Stroh unterm Kopf, im Stall oder in der Scheune, das ist für mich genug, ich lag schon härter; wo die Pferde liegen, da bettet mich. Will mich auch still verhalten, daß Eure noch vornehmern Gäste nicht gestört werden. Ich weiß auch Ritterpflicht, die Kurfürstin soll droben schlafen, wie in Abrahams Schoß, derweil die Hunde neben mir träumen. Was ist's, Frau von Bredow, weiß ich zu viel?"

„Barmherziger Gott! — Sie ist auch Eure Landesmutter. Nein, was Ihr auch thatet, Ihr werdet sie nicht verraten.“

„Was gilt meine Wissenschaft? — Doch ein Nachtquartier! — Laßt uns wieder vernünftig reden. Ihr möchtet sorgen, daß meine Person die Raben der Gerechtigkeit in Euer Haus lockte; das wäre nicht falsch geschlossen, wenn es nicht falsch gedacht wäre. Hört denn, mit dem Aufgebot hat's nicht viel auf sich. Die Burgleute und Hintersassen schnallen gar langsam ihre Harnische, und die Bürger in den Städten gähnen dreimal, ehe sie nach dem Spieß hinter der Thür greifen. Wozu das? fragen sie. Um den Pfaffen ihre Würste und Speckseiten zu beschützen? So ziehen sie verdrossen nach den Sammelplätzen, Joachim tobt und die Amtleute wissen sich nicht zu helfen. Es wird eine klägliche, lange Fehde werden; die Zeit ist umgeschlagen. Die Minckwitze drüben lachen sich ins Fäustchen, aus Sachsen kommt keine Exekutionsarmee, und die Brandenburgischen singen lutherische Lieder zur Trompete. Auch brauchte ich Euer Nachtquartier nicht, wäre mir nicht der Wagen zu Schand' geworden auf Euren verdammten Wurzelwegen, und der Schmied muß zu den Pferden. Item reitet heut an der Grenze der Junker von Brisen, mit dem ich ein Hühnchen gepflückt; er könnt' es wieder pflücken wollen, wenn's mir gerad nicht gelegen; morgen aber reitet er hinunter nach Jüterbog, und nächste Nacht bin ich schon fort.“

„Und Eure Fürstin wolltet Ihr der Gefahr aussetzen, daß der Brisen, oder wer es ist, Euch auf die Spur kommt. Um Euren Raub zu retten, mögen sie die durchlauchtige Frau finden, nach Berlin schleppen, Euch kümmert's nicht; mein Heiland, wer seid Ihr!“

Der Ritter lächelte: „Zuweilen, Frau Brigitte, gar kein schlechter Rechenmeister. Gerad weil die durchlauchtige Frau hier ist, bin ich hier salviert. Meint Ihr, daß sie am Hof nicht wissen, daß sie noch nicht über die Grenze ist, daß ihre Spürhunde nicht ausfindig gemacht, daß sie in Hohenziatz sich versteckt, bis die Gelegenheit kommt? Ihr braucht nicht zu erschrecken. Das hat keine Gefahr. Bangt's etwa dem hohen Herrn so sehr, bis er sein Gemahl wieder im Schloß hat? Will er sich mit ihm versöhnen, oder fürchtet Ihr, daß er seine Drohung ins Werk setzt? Ich meine, es könnte ihm nichts gelegener kommen, als daß er sie nicht einfing; da ist er beides los, ein Weib, aus dem er sich nichts macht, und eine Drohung, die er ohne Scham und Schande nicht ausführen kann. Um des Scheines willen setzte er sich selbst zu Roß und polterte über Stock und Block, zufrieden, daß man ihn verirren ließ. Jetzt, und wenn Ihr's überm Thor anschlagen lasset: Hier wohnt Frau Elisabeth von Dänemark! lesen und verstehen sie's nicht, das sag' ich Euch, Hake von Stülpe, und das ist's, warum ich gerad hierher kam mit Roß und Mann."

„Ehe die Sonne zur Rüste geht, werdet Ihr, Herr Hake von Stülpe, mit Roß und Mann über die Brücke wieder hinausgezogen sein."

„Himmel Wetter! des Spaßes bin ich satt. Warum die und mich nicht."

„Weil niemand Götzen Bredows Witib nachsagen soll, daß sie ihr Haus zur Herberg gab für Landplacker, Diebe und Räuber."

„Von hier aus ritt der Lindenberger, Frau Brigitte —"

„Zum Galgen auf dem Wedding. Wollt Ihr ihm nachreiten?"

Da stülpte er den Hut auf den Kopf: „Blitz und Donner! so Ihr kein Weib wärt und Ihr könntet mir Rede stehen."

„Will's jederzeit."

„Sind wir Landplacker, sind wir Beutelschneider? Fragt den, fragt jenen, fragt den Doktor Luther meinethalben. In ehrlich abgesagter Fehde haben die Minckwitze dem Pfaffen von Lebus das Fell übers Ohr gezogen. Seine Schuld ist's, wenn er den Fehdebrief vergaß, der freilich fünfzehn Jahr alt ist. Ich war ihr Bundesgenoß wie viele. Die Pestilenz über ihn, wer danach früge, wenn er ein Wams vorhätte. Aber mit Euch, Frau Brigitte, will ich noch ein letztmal vernünftig reden. Was, Ihr wollt Pfaffen das Wort reden, Ihr, von der jedermann weiß, wie Ihr jetzt denkt und vor dreißig Jahren schon gedacht habt. Wärt Ihr kein brav Weib gewesen, und ließe sich das so in der Mark Brandenburg thun, an den Pfaffen hätt' es nicht gelegen, daß sie Euch nicht vor ein Ketzergericht gestellt. Was that ich denn? Ich habe allen Pfaffen im stillen einen Absagebrief geschickt. Das weiß jedes Kind im Land und die Pfaffen zum besten; und wo's die Gelegenheit gab, hab' ich ihnen auf den Wanst geklopft. Davon singen sie Lieder. Hab's nie geleugnet; bin der Mann, der's vertritt. Und warum wagte keiner gegen mich aufzutreten? Warum gab's keinen Kläger und Richter? Und nur heut, wo die Welt klüger worden, wo jeder Bauernjunge nachplärrt, was die Wittenberger Doktoren ihnen vorsangen, da soll ich ein anderer werden, da wollt Ihr mich richten, wo ich meinem Vergnügen nachgeh'!"

„Raub ist Sünde, Raub war Sünde, Raub wird Sünde bleiben, so lang die Welt steht."

„Vergeltung ist's. Wißt Ihr, was ich, was meine Väter von den Pfaffen gelitten?"

„Hab' davon gehört."

„Wovon wurden sie fett? Weil wir mager wurden. Weil sie unsere alten Weiber beschwatzten, weil sie unsern Vätern auf dem Sterbebett die Hölle heiß machten. O diese Vermächtnisse an fromme Stiftungen, für Seelenmessen, haben manche gute Familie an den Bettelstab gebracht. Wovon schwellen ihre Klostergüter zu Herrschaften an? Etwa von dem, was sie dem Bauern abpreßten, was sie dem filzigen Krämer in den Städten entlockten? Dem Adel gehört ihr Reichtum von Gott und Rechts wegen. Und wir sollen die gute Zeit nicht nutzen, das Eisen nicht schmieden, so lange es heiß ist? Dazumal hatten sie die Meinung für sich; unsere Väter mußten sich ducken, wenn etwa einer so klug war und merkte, daß sie ihm die Haut vom Leibe zogen. Heut haben wir die Meinung für uns. Wer auf sie hetzt, dem lachen sie zu, das Volk klatscht in die Hände und gönnt es ihm. Und wir sollten Narren sein und nicht hetzen, nicht zugreifen, wo wir unser Verlornes wiederfinden!"

„Drüben in Sachsen sind sie schon recht frisch drauf los im Suchen," entgegnete Frau Brigitte mit einer eigenen Miene.

„Und wir sollten zurückbleiben!"

„Wenn's so weit bei uns ist, Herr von Hake, da meine ich, die Märkischen werden's den Sächsischen schon gleich thun. Aber wie ich höre, ziehen sie die meisten Güter nicht für ihren eigenen Säckel, vielmehr für Schulen und Spitäler ein."

„Für A-B-C-Schützen und Spittelweiber! Das wäre nun nicht mein Geschmack. Schenke, wer Lust hat zu schenken, ich will mein Recht."

„Auf der Straße?"

„Blitz, ja, wo ich was finde; 's ist mir im Blut."

„Herr Hake von Stülpe, 's thut jeder, was er nicht lassen kann; das ist schon die Art der Kreatur. Mir aber ist's in der Art, daß mir das siebente Gebot ins Herz geschrieben steht, und kann nicht mit einem unter einem Dach schlafen, der's vergessen hat. Predigen ist nicht meine Art, will auch keinen lehren, der keine Lehre annimmt. Aber habe nimmer zu meines

Gottfried Lebzeiten einen Landplacker und Ritter aus dem Stegreif in meinem Haus gelitten, wenn ich's wußte. Das waren schlimme Zeiten; die sind nun vorbei, Gott und der Kurfürst sei gelobt. Aber schlechter als jetzund waren sie auch nicht, denn das mußte man den Junkern lassen, Gründe hatten sie immer, warum sie den Krämern auflauerten, und wußten sie auch hübsch auszuputzen, just wie Ihr, Herr Hake. Aber ich hab's ihnen nimmer geglaubt, als wie ich's auch jetzt Euch nicht glaube, und wer raubt, der stiehlt, und wer stiehlt, trachtet seinem Nächsten nach seinem Gute, und eins ist verboten wie das andere, vor Gott und vor den Menschen, und wer sich weiß brennt vor diesen durch seine Anrede, der macht sich desto schwächer vor jenem —"

„Und darum —"

„Komme was da wolle —"

„Ich bleib' im Posseß!" rief Hake von Stülpe. Er hatte sich die Eisenhandschuh wieder angezogen und sein Schwert fester gegürtet. „Meine Leute sind ihrer neun, wohlbewehrt und geprüft. Ihr kriegt mich nicht weg, liebe Frau Brigitte; könnt aber dafür schwören vor dem kurfürstlichen Richter, und mit gutem Gewissen, der Hake von Stülpe hat sich eingelagert bei Euch, als wäre er Herr im Haus, und niemand drum gefragt, ob sonst jemand darin was zu sagen hätte. Thut mir leid, liebe Muhme, hätt's lieber in Fried' und Freundlichkeit abgethan, ist aber nun mal Notwendigkeit und meine Art so."

„Wär' mir auch lieber," sagte die Bredow, „wir wären in Fried' und Freundlichkeit geschieden. — Neun sind Eurer? Im Schloß hab' ich nur ihrer fünf. Aber wenn ich hier an der Glocke läute, — zurück, Herr von Hake, wenn Ihr mich nur anrührt, läutet's — und wenn die Glocke im Dorfe klingt, da sind ihrer zwanzig, dreißig Bursche, ohne die Frauen, die's mit ihren Mistgabeln schon mit einem oder zweien aufnehmen. Ihr seid nun zwar im Posseß, wie Ihr sagt, das ist schon recht, und könnt das Gitter niederlassen und die Brücke aufziehen; aber wenn die dreißig draußen zu pfeifen anfangen, da pfeifen noch viel mehr, und glaubt Ihr, daß es der Junker Brisen nicht auch hört, und das ist wie das Pfeifen des Zeidlers; glaubt Ihr nicht, daß sie in Schwärmen um mein Haus ziehen? Ihr seid nun zwar im Posseß und wir sind Eure Gefangene, Ihr könnt uns in die Keller schmeißen lassen und massakriren, mich und meine Tochter, die Äbtissin, und wenn's Euch gefällt, auch die allerdurchlauchtigste Landesmutter. Wißt Ihr aber,

Hake von Stülpe, was ich glaube? — Ihr werdet's nicht thun. Erstens: weil es Euch nichts hälfe, es kostete Euch Ehr' und Reputation und den Hals dazu. Und zweitens: Ihr thätet's auch ohnedem nicht; Ihr schämtet Euch; ein Ritter, auch wie Ihr seid, legt nicht die Hand an Frauen, und nicht in einem Haus, wo Ihr Salz und Brot gegessen. Seht, ich zieh' nicht an der Schnur, ich trete zu Euch und lege die Hand auf Eure Schulter, Ihr könntet mich packen, und die Klingelschnur abschneiden. Aber Ihr thut's nicht, Ihr wollt nicht mit 'ner alten Frau Krieg führen; es wär' ein schlechter Ruhm für den Hake von Stülpe: hat mit der Geistlichkeit Fehde geführt sein Lebtag und hört damit auf, daß er alte Weiber überfällt. Trinkt noch eins, Euren Leuten will ich ein Faß Bier auf den Weg geben. Ist keine schlimme Nacht, im Wald ist auch gut Quartier. Und wenn sie Euch Euren Wagen abnehmen sollten, denkt: Wie gewonnen, so zerronnen! Heute mir, morgen dir, oder unrecht Gut gedeiht nicht. Was! wollt Ihr's leugnen, sagtet Ihr's nicht selbst, daß Pfaffengut unrecht Gut ist?"

Der Hake von Stülpe hatte nichts geantwortet, als daß er sich den Halskragen fester schloß. Bald darauf rumpelte und rollte es im Hofe. Während die Knechte mit ihren Armen stießen und mit ihren Schultern halfen, daß sie den Wagen über die Brücke brachten, hatte Frau von Bredow noch einmal die Hand dem Ritter auf die Schulter gelegt, und es war wohl ein Abschiedswort, das sie ihm zuflüsterte, ohne daß es einer hörte:

„Nichts für ungut, Herr Hake, Ihr seid ein guter Mann, aber jede gute Mann muß sich in die Zeit schicken, wie sie ist. Die Zeit kommt auch von Gott. Der Adel muß zusehen, was er thut. Mit der Wegelagerei ist's vorbei, den Pfaffen das Ihre nehmen, das wird auch bald vorbei sein, wenn die Pfaffen nichts mehr haben."

„Sollen wir alle scharwenzeln am Hofe?"

„Ei nun, Ritter, ich meine: es giebt für 'nen guten Edelmann als wie für jedermann auch sonst zu schaffen und thun, dabei er zu Ehren kommt und das Land nicht zu Schaden."

Ob andere Schnapphähne dem Hake von Stülpe seine Kisten und Kasten abgenommen, oder ob er sie salviert hat, weiß man nicht; er hat's niemand gesagt, und die sie ihm etwa abnahmen, werden auch niemand davon gesagt haben. Das ist gewiß, der Lebuser und seine Domherren haben nichts zurück bekommen. Der Stülper war ein eigener heimlicher Mann, was er andern vertraute, war nicht immer das, was er wußte und meinte. Soll später mit dem wilden Herzog Albrecht von Brandenburg herumgezogen und in der Schlacht gefallen sein, darin auch Kurfürst Moritz den Tod fand. — Die alte Frau von Bredow aber hatte großen Ruhm von dem Tage; sie sangen's in Liedern, wie sie den Hake von Stülpe abgeführt, eine alte Frau den verschmitztesten und verwegensten aller Ritter, die auf der Straße ritten.

In der Nacht, die auf den Tag folgte, hatte sie aber noch andere Ehren. Selber geleitete sie, zuerst in einem Wagen, dann, wo der Wald dichter ward, zu Fuß durch die engen Fußsteige die durchlauchtige Kurfürstin nach der Grenze. Denn als Frau Elisabeth vor der Einlagerung erfahren, und wie sie nicht so verborgen im Hause sei, als sie gemeint, brannte es ihr unter den Sohlen, und sie wollte hinausstürzen bei hellem Tage; solche Angst hatte sie, daß ihr Herr und Gemahl es erführe und sie einholen lasse.

Die Nacht war still und mild, aber das Herz der edlen Frau schlug gewaltig. Manches Mal knisterte es rechts und links und hinter ihnen, daß sie erschrocken stehen blieb, aber Frau Brigitte beruhigte sie: das wären gute Geister, die sie geleiteten.

„Wohin denn?“ sprach die Fürstin. „Ach ins Elend! Wo ist denn mein Vaterland? Ich habe keins, nicht in Dänemark, nicht in Brandenburg, ich habe kein Haus und keine Kinder. Wo werde ich denn mein letztes Haus finden?“

Da antwortete eine Stimme: „Im Glauben des Herrn.“

Sie meinte, es spräche es ein Engel und ging getrost weiter. Da nun die Grenze nahe war, wie Frau Brigitte ihr sagte, blieb sie stehen, und wischte eine Thräne aus den Augen: „So ziehe ich aus dem Land und keiner sieht es, in Nacht und Nebel, und wie anders ward ich eingeholt, dazumal in Stendal. Es war auch Nacht, aber die tausend Sterne standen am Himmel und Ritter mit Fackeln ritten am Wege.“

Und plötzlich ward es auch in den Büschen helle von vielen Lichtern und einigen Fackeln, und ein Choral hub an von Männerstimmen, der klang wunderbar feierlich und beruhigend.

„Mein Gott, was ist das?“ sprach die Kurfürstin bewegt.

„Das sind gute brandenburgische Herzen, die ihrer Fürstin in der Stille das Geleit gegeben,“ sagte die Bredow. „Es schlagen viel Herzen im Lande für sie und das, was sie bekennt, und wofür sie leiden muß. Die durften sie doch nicht wie eine Bettlerin aus dem Lande ziehen lassen."

Und mit Verwunderung sah die Kurfürstin die Menge Leute, die aus den Büschen auf den freien Platz traten. Manchen kannte sie und hatte es nicht erwartet. Auch die Äbtissin von Spandow, die ihr den Rock küssen wollte, sie aber drückte sie ans Herz.

„Auch der Herr Abt von Lehnin! — Kinder! meine lieben Freunde! so viele Bekenner und solche! im Lande; dann scheide ich ja nicht ohne Hoffnung."

„Wer auf des Herrn Wegen geht, muß nicht allein glauben, er muß immerdar hoffen," sprach der Doktor Buchholzer, der halb als Ritter, halb als Geistlicher neben ihr stand. Er hatte sie schon durch den Wald geleitet. „Und wenn Ihr auch mehr hofft, die Hoffnung wird Euch nicht trügen, Kurfürstin!"

Es war ein Ton, der mehr versprach. und er hielt Wort. Drüben ward es noch heller von Fackeln, Rüstungen; Rosse, Reiter und Wagen brachen durch das Gebüsch. Es waren die sächsischen Herren, vom Kurfürsten abgesandt, seine Nichte zu empfangen.

„Tretet sicher auf den Boden, wo das Unkraut des Antichrists ausgereutet ist," sprach Buchholzer, der die Fürstin über den Grenzgraben führte. „Eures Vertrauens und Glaubens wartet der Lohn."

Ein glänzender Jüngling trat aus den Sächsischen hervor und stürzte der Fürstin zu Füßen. „Mein Sohn!" rief sie. Es war der Kurprinz

Nicht so froh, als es die Kurfürstin in dem Augenblick gewesen, schien Frau Brigitte zurückzukehren. Was ihr Agnes von dem Zustande Hans Jochems gesagt, konnte sie nicht betrüben; er besserte sich ja, und was ging sie Hans Jochem überhaupt an, und wenn er auch kuriert würde und sogar ein vernünftiger Mensch. „Mit seiner Vernunft ist doch nichts Recht's," dachte sie. Aber an der Grenze vorhin war auch Knecht Ruprecht wiedergekommen. Sicher und wohl hatte er ihre Eva bis Wittenberg gebracht, aber sie kam nicht zurück. Warum nicht? Weil ihr Mann Hans Jürgen zu ihr gekommen. Warum kam er zu ihr? — Weil er verbannt war.

Die gute Frau weinte eine stille Thräne. Es war ihr lieb, daß niemand es sah und hörte. Nur die Bäume rauschten: „Alles verbannt, alle außer Landes, alle ins Elend! — Und wenn's nun doch nicht recht wäre, Ruprecht!"

„O Gestrenge, keine Sorge darum. Manches Mal war ich noch bange, aber nun bin ich beruhigt, es wird alles gut. Alle Glocken läuteten, als wir Wittenberg nahe kamen. Sie lassen die Glocken. Luther hat's gesagt, der Buchholzer und die andern mußten schweigen. Nun sind die Protestanten durch; sie hören Gottes Stimme."

Elftes Kapitel.

Wunder und Wahrheit.

Die Predigt des Mönchs in der Marienkirche hatte die Zuhörer empört; einige Ratsherren und ihre Frauen waren schon unter der Kirche hinausgegangen; als der Gottesdienst zu Ende, umstand das Volk die Ausgänge mit lauten Drohungen gegen den Fanatiker. An fürchterliche Verwünschungen, an greuliche Zerrbilder, womit die Anhänger der alten Kirche die Neuerer belegten, waren die Berliner gewöhnt; die lutherischen Prädikanten, wo man sie reden ließ, gaben es den papistischen redlich wieder. Der Landsberger Mönch sollte aber dem Faß den Boden ausgestoßen haben, indem er nicht allein eine gefährliche und ansteckende Krankheit, die unter dem Namen des englischen Schweißes damals in den Marken wütete und viele Opfer mit sich riß, als Gottes unmittelbare Heimsuchung wegen der Ketzerei dargestellt, sondern er hatte auch in empörender Art von der Kanzel herab alle anstößigen Klatschgeschichten erzählt, die man sich seit Jahr und Tag in der guten Stadt Berlin zuflüsterte. Natürlich betraf es immer nur Personen, welche als der neuen Lehre zugethan bekannt waren, und es wurden daraus Heimsuchungen des Teufels und gerechte Strafgerichte Gottes. Hatte er doch auch jene Historie vorgebracht, die nachmals in alle Chroniken aufgenommen ward, von der reichen Bürgersfrau, die dem Sammler für das Spital einen Kalbsbraten abschlug, weil sie denselben für einen lutherischen Prädikanten aufheben wollte, den sie nächsten Sonntag zur heimlichen Predigt erwartete, aber als die Köchin am Sonnabend Abend den Braten vom Nagel nahm, um ihn zu wässern und klopfen, war er — versteinert. Der versteinerte Braten ward noch viele Jahrzehnte später in Berlin gezeigt; Haftiz selbst hat ihn gesehen, man gab der Geschichte aber eine andere Deutung.

Das Volk war ergrimmt, und es wäre dem Mönch schlimm ergangen, wenn er nicht plötzlich an derselben Stelle, wo zweihundert Jahre früher der Bernauer Abt von den Berlinern erschlagen ward, von den Dienern des Propstes ergriffen wäre, die ihn nach der Vogtei brachten. Anfangs meinte das Volk, der Propst wolle ihn nur in Schutz bringen lassen; aber verständige Leute unterrichteten sie besser. Einige Ratsherren waren unter der Predigt zum Propste gegangen und hatten ihm hinterbracht, wie der Mönch predige, und daß sie für nichts ständen, wenn die geistliche Obrigkeit nicht einschreite; dermaßen wären selbst die guten Bürger aufgebracht; denn sie legten es aus, daß der wüste Gesell nicht um nichts aus Spandow nach Berlin gekommen sei, und gerade zum Tage, wo die Stände wieder zusammenberufen worden, über so wichtige Dinge zu beraten; und man wisse, daß der Kurfürst ihn begünstige. Man wolle Feuer anschüren, so deuteten's einige, und die man nicht bekehre durch des Mönches Worte, wolle man zu hellem Aufstand reizen, um mit Gewalt einschreiten zu können. Der Propst hatte, als er's gehört, eine Thräne des Unwillens aus dem Auge gewischt und die Arme vor Entrüstung zusammengeschlagen. Nein, hatte er gesagt, das sollten sie von ihm nicht denken; wenn er auch nicht in allen Ansichten mit ihnen harmoniere, dessen könnten sie von ihm gewärtig sein, daß er die Hand nicht bei solchem Spiel habe. Wenn der Kurfürst diesen hergelaufenen Menschen wirklich begünstige, was er noch bezweifle, so müßten schlechte Ratgeber ihm die Sache falsch vorgestellt haben, und so lange er Propst von Berlin sei, werde er den Unfug nicht dulden, und den Mönch wegen der schreienden Ungebühr zur Rechenschaft und Pönitenz ziehen.

Obwohl man denken sollen, daß Berlin an dem Tage nur Sinn gehabt für die Eröffnung des Landtages, von dem so viel abhing, hatte die Verhaftung des Mönches doch ein außerordentlich Aufsehen erregt. Sie ging wie ein Lauffeuer durch die Städte; als die Kutschen und Sänften und Reiter vorm Schlosse vorfuhren und ritten, war die Nachricht auch Joachim schon hinterbracht, und nach der Art, wie er sie aufnahm, hätte man schließen mögen, das Volk habe nicht so ganz unrecht, daß der Mönch nicht ohne Absicht an dem Tage „losgelassen" worden.

„Will man in Berlin keinen Prediger mehr dulden, der an Gott glaubt?" fuhr er den Propst an, welchen er auf der

Stelle hatte rufen lassen. „Kam's so weit, daß man fromme Geistliche von der Kanzel reißt? Stehen auch meine Prälaten schon im Dienst der Mißvergnügten? Haben sie Gott aufgegeben und ihren Landesherrn, daß sie dem Verlangen des unverständigen Pöbels nachgeben? Ist das Kirchenzucht, ist das Würde, heißt das die Ehre des Standes aufrecht halten? Mutter Gottes und alle Heilige! Ihr unterstandet Euch, ihn von der Wache ins Gefängnis schleppen zu lassen?“

„Ich wußte nicht, daß mein Fürst an seinem Schicksal teilnimmt.“

„Darum! — Er ist ein rechtgläubiger Christ, etwas zu eifrig. Wer hat darüber zu rechten. Ich weiß, seine Jugend ist nicht ohne Fehl. Wer ist denn ohne Fehl hier unter Euch allen? Ihr etwa? — Und hätte ich ihn nie gesehen, er ist ein ordinierter Geistlicher, er kam im Eifer für die gute Sache aus Spandow. Er mag zu laut geschrieen, das schlummernde Gewissen bei manchem unbequem aufgeweckt haben; wer, frage ich, gab ein Recht, ihn darum zu verhaften? Rechenschaft! Propst!“

Der Propst gab sie in einem kurzen, gehaltenen Vortrage. Er schilderte den Mönch als einen sittenlosen Geistlichen, dessen übler Ruf weit verbreitet, der oft Pönitenzen ausgehalten, der die Gnade des Fürsten so schlecht belohnt, daß er auch in Spandow durch sein wüstes Leben, durch Trinken und Liederlichkeit, die Verachtung der Bürger erworben. Er ließ ihn nur aus einem Hange zur Unthätigkeit nach Berlin laufen, wo er durch Fürsprache die Erlaubnis zum Predigen sich erschlichen, um sie in der Art zu mißbrauchen, welche es jeder Behörde unmöglich gemacht, es länger mit anzusehen.

Joachim schien von dem Gewicht der Gründe betroffen, wenigstens schien seine Heftigkeit gedämpft: „Seit wann siehst Du so genau auf den guten Wandel Deiner Geistlichen?“

„Seit die Zeit so schlimm ward, daß wir nicht für uns, auch für die andern wachen und beten müssen; seit jede unserer Handlungen auf die Goldwage gelegt wird. Ließen wir dies Ärgernis zu, müßten wir ärgeres gewärtigen.“

„Genug. Deiner Autorität wegen, denn Du willst es auf Dich nehmen, habe es diesmal sein Bewenden dabei. Ich habe Mitleid mit der Schwäche. Lege ihm eine kleine Pönitenz auf, weil er den und die mit Namen genannt hat, aber nächsten Sonntag läßt Du ihn wieder predigen, wieder in der Marienkirche, und Ihr übrigen zieht Euch nicht zurück, wie diesmal unpassenderweise geschah. Ihr alle administriert dem Gottesdienst in Pontifikalibus, damit sie sehen, daß ich — Ich selbst werde mit dem Hof in die Kirche kommen."

„Unmöglich, Herr!"

„Ich hab's gesagt."

Der Kurfürst hatte es gesagt, es gab keine Widerrede. Der Propst entfernte sich mit der tiefsten Verbeugung, aber ohne ein Wort zu sprechen.

„Kam es so weit schon!" sprach Joachim für sich. „Wagt dieser schon mir zu trotzen! — Auch der Propst von Berlin hält mich für abgethan und veraltet, auch er buhlt um Volksgunst!"

Die Thüren wurden geöffnet, die Marschälle und Kammerherren traten ein. „Wer über Wetterfahnen herrscht, muß dem Winde zu gebieten wissen," murmelte er und schritt in die Versammlung.

Nie haben die Stände ihn so sprechen gehört; es war das letzte Mal, daß er zu ihnen sprach. Sein Gesicht dünkte einigen geisterhaft, als wäre alles Blut daraus fort; die Lippen hatten ihre Röte verloren, sein Haar war grau, seine Haltung gebückt; und er war noch kein alter Mann. Er habe zu viel gelebt in den letzten Jahren, sagten die Ärzte; andere meinten, das hat andern Grund. Aber wenn er ins Feuer kam, hob sich der Körper, es strömte aus der Brust, die Augen glänzten wieder und die Stimme tönte, wie zu ihrer besten Zeit.

Er hub an gedrängt und doch in alles eingehend, wie ein ruhiger Mann, von der Lage des Landes; wie die Stürme von draußen nicht angegriffen hätten, so lange es von innen treu, einig und stark geblieben. — Nun war es nicht mehr so. Noch enthielt er sich der Klage, die seine Brust bewegte; er schüttete nur seinen Unwillen aus, wie lang sich schon die Minckwitzer Fehde hinziehe. In alten Zeiten, wo Adel und Städte gewetteifert, ihrer Pflicht zuvorzukommen, wäre die Unbill längst gerächt worden, die Ordnung wieder hergestellt. Warum nun jetzt die Saumseligkeit, warum Hader und Zwiespalt über Zahl der Reisigen, Zeugstücke, Heerfolge, darüber schon mehr als einmal der Winter ins Land gekommen, und es war nichts ausgerichtet. Er dringe darauf, er hoffe, daß die Stände in sich gehen, getreu sein würden sich selbst, ihrer alten Ehre, um die neue Schmach auszutilgen. Denn das wolle er nicht glauben, was im Dunkeln geflüstert werde, nein, er halte es für schmachvolle Ausgeburt heimtückischer, gemeiner Seelen, die das schöne Band der Eintracht zu zerreißen trachteten zwischen

Fürst und Ständen, — daß von seinem schloßgesessenen Adel nur einige, daß nur zehn, nur drei von seinen Städten, ja, daß auch nur eine mutwillig und mit geheimer Lust der Verschleppung dieses trübseligen Krieges zusähen. Und weshalb? — Weil es die Rechte der Geistlichkeit herstellen gelte, der sie abhold wären. Nein, er halte es für eine schamlose, höllische Ausgeburt des Geistes der Lüge und der Verneinung, der sich freue, das Große, Schöne und Gute, wo er es finde, zu zerstören, ein Geist, der leider draußen in Deutschland mit seinen Fledermausflügeln schlage, und mit den Zähnen wie die Klapperschlange klappere. Dieser freche Geist würde freilich sich freuen, wenn er auch in dem treuen Brandenburg Anhänger werbe. Aber wehe ihm, wenn er sich getraue, hier sich einzuschleichen.

„Wehe ihm, denn ich kenne, ich durchschaue ihn," rief er sich erhebend, „wehe ihm, denn er hat sich verrechnet, wenn er hier auf Boden hofft, seine Drachenzähne auszusäen. Der Geist beugt mich nicht, und wenn er wächst zum Riesen, wenn er schwillt zur Bergeshöh', wenn er fliegt mit Flügeln wie der Vogel Rok. Ich schwöre es laut vor diesen edlen Zeugen. Wäre hier ein fremdes Ohr eingeschlichen, wäre ein Sinn, der wankt, er höre es an: sie haben sich verrechnet, die meinen, ich gäbe nur einen Finger breit nach dem Geist der Empörung und Widersetzlichkeit, der umwirft, was unsere Väter schufen und verehrten. Entsetzlich, ungeheuer ist der Fortschritt des Lügengeistes, ja, wir dürfen es uns nicht leugnen, es wankt alles, was sonst fest stand; Jünglinge, Männer, Greise selbst lassen sich von dem Schwindel fortreißen; Gelehrte, Adel, Bürger, Geistliche selbst, wie in den Venusberg stürzen die Thörigen, wie dem Rattenfänger nach und wissen nicht wohin. Wer Augen hat, der reiße sie auf, wer Ohren hat, der öffne sie, haltet Euch vor dem Sturmwind fest. Ich stehe fest, ich gebe nicht nach. Werde ich das größte Opfer scheuen, der solche Opfer schon gebracht hat? Meine Söhne ließ ich neulich schwören, daß sie nimmer von der alten Kirche abfallen und wanken, es war an meinem Krankenbett, das, ich fürchtete, mein Totenbett würde. Meiner Söhne Eidschwur, hier ist er, wer ist noch so thörig, auf die Zukunft zu hoffen. Ich stehe für mich, für meine Söhne, für mein Land, für meine getreuen Märker ein, und wer ist, der seinen Fürsten im Stich ließe, wenn er sein heiligstes Wort für ihn eingesetzt hat!"

Das Lebehoch, als er die Thronstufen herabstieg, hatte schwach geklungen; es war schon verhallt, als er den Saal verließ. „Was will er denn damit sagen?“ — „Er weiß ja doch, wie wir's meinen.“ — „Uns bange machen,“ sagte ein dritter. — „Hast Du Dich bange machen lassen, Quast?“ — Aus dem Gemurmel in den Gruppen ward ein lautes Gerede. Die Marschälle mußten die Herren erinnern, daß an ihnen sei, ruhig auseinanderzugehen; was sie weiter darauf zu beraten, gehöre ins Ständehaus. Aber sie berieten beim Wein, in den Herbergen; sogar auf den Straßen, an den Ecken blieben sie stehen und steckten die Köpfe zusammen. Die Bürger wußten bald, daß viele der Junker zu Roß steigen wollten und auf der Stelle nach Haus reiten. Die von den Städten hatten alle Mühe aufgewandt, sie abzuhalten. „Wir wollen nicht Wache stehen vor der Pfaffen Läden und Kisten. Das fehlte noch zur Schmach des Adels, nachdem er uns zu seinen Kammerdienern machte, auch an der Schwelle der Glatzen schultern!“ — „Wollen wir's denn, Ihr lieben Herren,“ entgegneten die Vermittler. „Sind wir nicht alle eines Sinnes! Aber wir verderben alles, wenn wir jetzt auseinandergehen. Wohin soll es ausschlagen? Thut uns allen doch eine Verständigung not.“ — „Es ist zum besten,“ sagten andere, „wenn wir's nicht zum Äußersten kommen lassen; vielmehr lassen wir's hingehen, wie es geht, schlägt's zu unserm Vorteil aus. Mit Jahr zu Jahr, mit Monat zu Monat greift die Lehre um sich, es kann gar nicht mehr die Rede davon sein, sie mit Stumpf und Stiel ausrotten; er schlüge ins eigene Blut, und er verwundete schon seine Hand. Auch wagt er es heute gewiß nicht mehr. Wagt er nur die zahllosen Prädikanten, die in den Dörfern, Schlössern, Städten, auf den Kanzeln auftauchen, man weiß nicht, woher sie kommen, noch wie sie da sind, zu fahnden, in den Kerker zu werfen? Oder die Kommunikanten, die nach dem Tische des Herrn schleichen, wagt er ihnen den Becher von den Lippen fortzureißen? Wagt er es nur die Nonnen, die Mönche, die überall entlaufen, in die leeren Klöster zurückzutreiben? Und wenn er's wollte, wo hat er Männer, Arme, wo kauft er den Willen seiner Diener, daß sie es thun? Und wenn Heerscharen dienstwilliger Geister ihm zu Gebot ständen, kann er uns zwingen, wieder zu opfern, Altäre zu stiften? Er fühlt, was er kann und nicht kann, aber er verschweigt es vor sich und der Welt. Er stopft sich die Ohren zu vor den Chorälen und Psalmen, die aus den verschlossenen Thüren summen, er schließt die Augen, wo er kann, und tröstet sich, indem er redet. Lassen wir ihm den Trost, stören ihm nicht die Luftbilder; wenn wir jetzt offenen Widerstand zeigen, der keinem Unterthan ziemt, der nimmer zum guten führt, verderben wir unsere gute Sache, die im stillen der Nacht wächst, um am Tage als ein mächtiger Baum dazustehen. Auch eine Einigung, ein Vertragen, ist jetzt vom Übel. Im besten Fall, er giebt etwas nach und wir geben viel nach; keiner ist zufrieden, und wir verlieren das Gesetz, was wir durch die That schon in Händen haben.“ —

Das fand vielen Widerspruch. Die Junker, welche schon heimliche lutherische Kaplane in ihren Schlössern hatten, meinten, es sei ein Vertrag mit Beelzebub; entweder oder, Christ oder dem Antichrist, beiden könne ein Land nicht zugehören, beiden ein Volk nicht dienen; wer bekenne, müsse es aussprechen, halb bekennen, sei den Strick um den Hals schlingen und dem Teufel das Ende in die Hand geben. — Es kam zu keinem Schluß, weder in den Herbergen, noch auf dem Landhause, was auch die Marschälle umherliefen, mit gütigen Worten, mit Händedrücken, mit besorgten Blicken, mit ängstlichen Warnungen: der Kurfürst sei in einer Aufregung, daß alles zu besorgen, wenn man nicht vermittelnde Worte fände.

Der Marschall von Krauchwitz hatte endlich eine kleine Partei gesammelt, ältere Junker, die gern ihre übrigen Lebenstage in Frieden zugebracht, ehemalige Diener des Fürsten; schwachsinnige Leute, sagten nachher die andern. Mit ihnen, oder für sie, hatte er eine Anrede entworfen, die etwa so lautete, und des Kurfürsten Zorn beschwichtigen sollte: „Liebe, Treue und Gehorsam gegen seinen Landesherrn sind dem Brandenburger mit der Muttermilch eingeimpft. Die Liebe zu Eltern, Weib, Kind und allem, was ihm teuer ist, steht diesem Gefühl nach. Woher sein Fürst komme, er empfängt ihn mit Freuden und fragt nicht, wohin er ihn führe, er folgt ihm und fragt nicht —“

Die übrige Rede hat niemand gehört, auch der Kurfürst nicht. Peter Melchior glaubte doch durch so lange Jahre seinen Herrn zu kennen, aber er hatte sich verrechnet. So ungnädig war noch keine Deputation angehört, so schmachvoll noch keine zur Thür hinausgewiesen. Denn bei den letzten Worten war Joachim aufgesprungen, er hatte mit dem Fuß gestampft, zweimal, und einen Zornblick auf den Sprecher geworfen, daß ihm das Wort im Munde stecken blieb:

„Auch wenn ich aus der Hölle käme', auch wenn ich Euch in die ewige Verdammnis führte!"

Dann hatte er mit der Faust gegen die Brust geschlagen, und einer will wieder den Schaum auf der Lippe bei ihm gesehen haben: „Steht Ihr noch da? — Über solches Volk muß ich regieren, und ich wähnte, ich wäre ein Fürst über freie Menschen."

„Die bösen Geister sind über ihm," hatten die Abgeordneten gesagt; „es ist heut nicht gut ihm in den Weg kommen."

Die bösen Geister waren über dem Herrn, aber es kam ihm niemand über den Weg; es war ja niemand, der zu ihm verlangte. Auch des Kanzlers Vortrag war kurz; er hörte nur halb, und hastig hatte er die Schrift unterzeichnet, welche seine getreuen Stände entließ, „weil sie sich nicht im guten einigen können."

Der Kanzler hatte noch gewagt, nach Joachims Beschluß in betreff des Landsberger Mönches zu fragen; er hatte gewagt vorzustellen, daß, wenn ihm erlaubt würde, die Kanzel in Berlin wieder zu betreten, ja wenn er nur in der Stadt länger verweilen dürfe, könne niemand für die Aufregung, die es unter der Bürgerschaft veranlassen müsse, einstehen. Der Kurfürst war nicht aufgefahren, er war nur aufgestanden: „Morgen erfährst Du meinen Beschluß darüber," hatte er ihn in Gnaden entlassen.

Er stand wieder bei Carrion in der Turmstube, der an den Glocken zirkelte und maß. Er schüttelte den Kopf: „Überall dieselbe Antwort: stier und schroff, Widder und Schütze — nirgends eine Kurve, eine Schlangenlinie."

„Ich soll nicht nachgeben!"

„Dein Wille ist Dein; die Sterne nur sagen nein."

„Wenn die Sterne nun eine Lüge wären!"

„Dann ist die ganze Welt eine Lüge. Wir leben darin. Ist sie Lüge, sind wir in Lüge geboren, zur Lüge geweiht. Im Grunde wär's dasselbe. Jedes Atom ist unterthan den Gesetzen des Elementes, in das es gesetzt ward."

„Du stelltest mir sein Horoskop," hub Joachim nach einer Pause an. „Da hast Du Dich geirrt! — Der Landsberger Mönch ist ein sittenloser, frevler Bube."

Carrion griff gleichgültig nach seinen Tafeln: „Ob er fest in seinem Glauben, danach nur ließ mein Fürst mich suchen. Hier ist die Konjunktur. Sieh, lauter Stabilität, eine Probe hinter der andern. Gar kein Wanken, Zweifeln. — Seltsam, auch dieser mächtige Stern bleibt ohne Einfluß auf ihn."

„Wie kann einer gläubig sein, fest in dem einen, und so zerlassen. — Aufmerksamer Carrion, ist er ein wahrhaft guter, katholischer Christ?“

Mit derselben Gleichgültigkeit verfolgte der Astrolog die aufgeschriebenen Chiffern; er addierte, subtrahierte und stellte die Probe: „Nein, Herr, er ist Hussit — ein Adamit, aber darin unerschütterlich fest —“

„In der greuelhaftesten, ruchlosesten, gottlosesten Glaubenstrunkenheit, vor der selbst die Ketzer sich entsetzen. Gepeitscht soll er werden über die Grenze. Und den konntest Du — mir empfehlen!“

„Ich — war Dein Instrument.“

„Du freutest Dich, als ich seiner mich annahm. Leugne es nicht, es zuckte etwas über Dein Gesicht, ein Strahl, den ich nie bemerkt. Du wolltest es verbergen. —“

„Ich! — Dann war's tellurisch, magnetische Einflüsse. Richtig, jetzt entsinne ich mich, ein mir damals unerklärlicher Einfluß verrückte meine Linien, ich hielt ihn für siderisch.“

„Du verrietest mehr für ihn — Liebe?“

„Ich liebe nichts, als meine Zirkel, Gläser und meine Algebra.“

„Auch nicht mich, Deinen Herrn?“

„Nein! — der mich schuf, setzte mich ohne Liebe aus auf dieser Welt, und hier habe ich sie nicht gelernt.“

„Der ist wenigstens wahr,“ sprach Joachim.

Er wiederholte die Worte, als er zu Roß aus dem Thore sprengte. Es dunkelt schon und noch zur Jagd! dachten seine Begleiter. Die Tiere wurden aufgejagt, aber nicht verfolgt. Meilenweit trabten sie durch die Heide ohne Ziel, stumm, endlich ohne Licht. Am Thore bei der Rückkehr sprang Joachim vom Roß, er flüsterte dem Stallmeister einen Befehl zu, und mit einem stummen Lächeln verbeugte sich der Offizier. Der Zug ritt ohne den Fürsten nach dem Schloß.

Ob Joachim die engen, dunkeln Gassen, uneinladend in ihrem Winterkleide, von lauen Sommernächten her kannte? — Was suchte er heute — wenn er, in seinen Pelz gehüllt, an den Fenstern der Erdgeschosse stehen blieb, auf die Gespräche, auf Gesang und Zank drinnen horchend? Die Stimme der Wahrheit — Ruhe — Beschwichtigung? — Im Krögel, der nach der Spree sich senkt, wo die Badestuben lagen, und die Badestuben waren jener Zeit zugleich Häuser der Lust und des Lasters, schaute er durch die hellen Scheiben aufmerksam auf das lustige Bild der Geiger und Pfeifer und Tänzer. Er drückte das Gesicht fest an das Glas, bis er den Mann erkannt hatte, der so unverdrossen in jedem Rundtanz am Arm der Dirnen sich schwenkte. Mit welchem Hohn forderte er immer von neuem: Aufgespielt! wenn Lungen und Arme der Musikanten ermüdeten; wie oft ließ er die Kannen füllen und kredenzte die schäumenden Gläser den erhitzten Mädchen an seinem Arme. Er hatte ihn erkannt, denn er kannte ihn seit zwanzig Jahren als einen Krüppel, der auf einem Rollstuhl von Kindern sich fahren ließ und alltäglich am Portal des Schlosses, fromme Sprüche murmelnd, die Hand nach Almosen ausstreckte. Sonntags, wenn nach der Kirche der Kurfürst seine Gaben unter die versammelten Bettler spendete, ging er wohl selbst zu dem Manne, der nicht bis zur Treppe konnte, hinunter und legte ein großes Silberstück in die Pelzmütze. Wie demutsvoll, mit welchen Worten der Ergebung dankte und antwortete der Mann, wenn er ihn über sein Unheil tröstete.*)

Jetzt preßte Joachim krampfhaft den Stock, und halb hatte er ihn gehoben, als ein häßliches Gelächter aus seiner Brust sich Luft machte: „Ist er denn schlimmer als die andern, ist er der einzige, der dreißig Jahre mich betrog! Das ist das Geschlecht der Diener. Ein Thor der Herr, welcher mehr verlangt, als die Natur in das Geschlecht legte!“

In einer stattlichern Gasse stand der Fürst abermals vor einem Hause; der Gesang, der gedämpft, aber deutlich durch die Totenstille drang, hatte ihn vor die Wohnung des Bürgermeister Reiche gelockt. Durch die schlecht geschlossenen Fensterläden hatte er einen Blick in die erhellte Stube. Man hatte die Lichter vom Weihnachtsbaum noch einmal angezündet, die Familie stand darum und sang Luthers: „Ein' feste Burg ist

*) Die Geschichte wird (vom Jahre 1529) etwas anders erzählt: Meister Hans, der Scharfrichter von Berlin, machte drei Krüppel, die seit langen Jahren beinlos an der Kirchenthür gesessen und das allgemeine Mitleid besteuert hatten, mit seiner Knotenpeitsche gehend. Ja er peitschte sie, unter ungeheurem Jubel des Volks, „vom Kloster zu Köln (Brüderstraße) über die lange Brücke bis zum Georgenthor (Kolonaden),“ daß der Kurfürst (Joachim I.), der's vom Schloß aus zugesehen, sich ausschütten wollte vor Lachen, und er sagte zu Meister Hans, den er vor sich kommen ließ: „Bist Du ein solcher Mann, daß Du die Krüppel kannst gehend machen, so muß ich Dich wohl besser zu Rate halten.“

unser Gott!“ Die Kinder aber sangen dem Bürgermeister zu laut: „Wie oft habe ich's Euch gesagt, Ihr sollt Eure Stimmen mäßigen, wenn wir dies heilige Lied anstimmen. Wie leicht könnte einer vom Hofe vorbeigehen und es anzeigen!“ Die Frau Reichin entschuldigte die Kinder: in der Schule sagte man ihnen, sie sollten so laut sie könnten singen, und zu Haus sollten sie die Töne ihrer kleinen Kehlen verschlucken: „Die Kinder wissen am Ende nicht, wie sie dran sind.“ — „Aber wenn es nun raus kommt. Du bedenkst nicht, daß ich Bürgermeister bin.“ — „Der Herr Bischof von Brandenburg,“ erwiderte sie, „läßt es zu, daß es laut in den Kirchen gesungen wird!“

Mehr hörte der Fürst nicht. Diesmal war es ein stilles, inneres Hohngelächter, mit dem er am Schatten der Häuser nach der schwarzen Brüderkirche ging: „Ein' feste Burg ist unser Gott! aber Ihr dürft es nicht laut sagen! Bei dem Gott, der fester ist als alle Burgen und das Firmament des Himmels, das sind mir Bekenner! Vor deren Glaubensmut kein Ziegelstein einer alten Mauer sich rückt, wie soll da Sankt Peters Felsen einstürzen!“

Zwölftes Kapitel.

Attila und Konstantin hörten die Stimme Gottes.

Joachim war krank, er schlummerte im Lehnstuhl. Während der Leibdiener die Decken über seinen Füßen wieder zurecht legte, betrachtete der Bischof aufmerksam seine Züge. Er hatte den Kurfürsten nicht oft im Leben gesehen; aber oft hatte er auf dem Schlachtfeld, auf dem Krankenbett die Linien studiert, welche der nahende Tod über das Antlitz der Helden und der Schwachen zieht. Joachim hatte ihn rufen lassen; er war in der Meinung gekommen, daß der Fürst die letzte heilige Speise aus seiner Hand verlange.

„Sollte so auslöschen ein solches Licht! Ein solcher Geist so einsam und still von dieser Welt schleichen!“

Er sprach es leise, mit bewegter Stimme, die Arme wie zum Segen erhebend; der Leibdiener hatte ihn verstanden:.

„Ihr seid im Irrtum, hochwürdigster Herr Er ruht nur aus. Das ist die Abspannung, die ihn jederzeit nach den heftigen Gesprächen überfällt. Die Ärzte selbst haben oft gemeint, daß es zum letzten ginge. Nun kennen sie's.“

„Mit wem spricht er so heftig?“

„Mit sich selbst — mit der Luft — Gott weiß, mit

wem! Zu keinem lebendigen Menschen ist's. Ein geistlicher Zuspruch thut ihm recht not; wir freuten uns alle, als er endlich Euer Hochwürden rufen ließ."

„Seinem Beichtvater —"

„Traut er nicht. Er traut keinem mehr."

„Spricht er auch nicht mit dem Kurprinzen?"

Der Diener zögerte mit der Antwort: „Zuweilen!" Der ruhige Blick aus des Bischofs ernstem Auge löste ihm die Zunge. Näher an ihn herantretend, sagte er leise: „Ach, hochwürdigster Herr! seit die Prinzen damals ihm schwören müssen, ihren Glauben nie zu ändern, sieht er sie mit einem gar wunderbaren Blick an; und einstmals, als ich hinterbrachte, daß der Kurprinz sich noch in der Nacht nach seinem Befinden erkundigt, rief er: ‚So ungeduldig nach meinem Kurhut! Er wird ja früh genug die Schlangen kennen lernen —'"

„Das sind vorübergehende Stimmungen der Melancholie. Er leidet an der Galle. Erwähnte er nie in seinen Reden der Kurfürstin?"

„Ich hörte es nie. Wo man sie nennt, zuckt nur ein schmerzlich Lächeln ihm über die Lippen."

„Nennt er andere Frauenzimmer?"

„Das ist alles vorüber. Als man einmal des gnädigsten Kurprinzen erwähnte, daß Hochderselbe das Frauenzimmer gar zu gern sieht, sprach er: ‚Blumen, mit denen die Bienen kosen! Die Natur spielt gern. Die Natur weiß nichts von der Ewigkeit.'"

„Und wohin fliegen seine Träume?"

„Immer auf die Jagd, bald Jäger, bald gejagt. Immer ist's nach einem Wolf, dann ist er selbst der Wolf, er heult und setzt durch das Dickicht. — Gnädigster Herr, die Wölfe werden bald ausgereutet sein in den Landen! sage ich ihm. — Der ewige Wolf stirbt nicht, antwortet er, der Wolf des Ungenügens, der ewig sich wandelnde, der Werwolf der Welt, der von Anbeginn losgelassen ist — er wird sie fressen, Altäre und Throne, den Mond, die Sterne auch, und warum bauen, kitten, leimen wir? — für den Rachen des Untiers! — Davon weiß ich nur den Sinn durch die alte dänische Kammerfrau der Kurfürstin, die hier zurückblieb. Es sind dort alte, heidnische Lieder in Norwegen von einem Wolf, der einmal die Welt verschlingen würde. Drum sage ich immer, hätte unser Herr sich nicht befaßt mit den alten heidnischen, lateinischen Büchern und den Gelehrten und Schwarzkünstlern, es sähe besser mit uns aus."

„Sonst keine Namen!“

„Er ruft wohl den und jenen, dann stößt er sie wieder fort. Am öftersten schreit er nach dem Lindenberg, nämlich im Traum; er bittet ihn, zu verzeihen, daß er ihn in den Abgrund stieß; dann klagt er bitter ihn an und sagt, er könne es ihm nimmer vergeben, nicht hier, nicht jenseits, Gott selber könne den ungeheuren Straßenraub nicht vergeben. Frage ich, daß ich ihn nur unterbreche, was hat der Herr von Lindenberg denn Euer Durchlaucht gestohlen? antwortet er: meine Seele, oder: mich selbst! Dann sinkt er immer, in Todesschweiß gebadet, zusammen. Bisweilen ruft er auch nach dero seligem Vorgänger, dem Bischof Hieronymus: warum er ohne Abschied fortging, sie hätten noch so vieles zu besprechen? Letzthin nennt er auch mehrmals den Herrn Marschall von Bredow, den er außer Landes geschickt, aber das greift ihn nicht so an, da lächelt er wohl; er wird schon wiederkommen. Aber nach der durchlauchtigsten Kurfürstin hat er noch nie gerufen. — Er regt sich. Nun wird er die Augen aufschlagen.“

Joachim hatte die Augen aufgeschlagen, er hatte den Bischof erkannt, der Diener ging auf seinen Wink, und Joachim war wieder er selbst.

„Ich bin nicht so krank, als Du meinst“ — sprach er, sich aufrichtend. „Die Zeit ist nur krank.“

„Euer Durchlaucht werden sich erholen.“

Joachim maß ihn mit einem scharfen Blick: „Zur Lüge ist wischen uns nicht Zeit, Mathias von Jagow; laß uns die wenigen Augenblicke nutzen. Ich sah Dich selten. Du suchtest mich nicht auf. Das ist das Los der Fürsten; das Gesindel läuft ihnen von selbst zu, die aufrichtigen Männer wollen aufgesucht sein. Wie kann das ein Fürst? Es wäre ihre Pflicht.“

„Meines Herrn Gunst verdanke ich mein Bistum. Ich übte meine Pflicht, wie ich's verstand.“

„Und warst zu stolz, zu mir zu kommen.“

„Du willst Wahrheit, Herr; ich wäre nicht zu stolz gewesen, wenn ich gewußt, daß ich Dir dienen können, wenn ich gewußt, daß, was ich denke —“

„Mir gefiele! — Es gefällt mir nicht. Du hegst die Neuerer. Ich habe Dich nicht angeklagt, ich ließ Dich walten, weil ich Dich kannte. — Ein rechtlicher, verständiger Mann weiß auch die bösen Stoffe, die gefährlichen Triebe zum Guten, zum allgemeinen Besten zu verwenden. Bist Du nun enttäuscht, siehst Du nun, wo es hinaus will, zur Auflehnung gegen alle

Ordnung, zur hellen Empörung? Zwietracht, Stimmenverwirrung überall. Die Fürsten gegen den Kaiser im Bunde, der Adel in Schwaben, am Rheine, gegen die Fürsten im Kriege, die Bauern gegen den Adel. Fanatiker, gotteslästerliche Schwärmer in Holland, Westfalen; Bilderstürmer, Wiedertäufer, die Greuel der Hussitensekten erneut. Überall Federkrieg, Blut, zerbrochene Burgen, rauchende Dörfer; das deutsche Reich zerfällt. Das ist sein Werk. — Glauben will ich's, daß er es ehrlich meinte, als er anfing. Der Aberwitz jauchzte ihm zu, getäuschte, eitle Obrigkeiten, tausend selbstsüchtige Menschen, die ganze Gemeinheit unserer Natur scharte sich um ihn. Was Wunder, daß er sich selbst überschätzte, wo selbst seine Dummheiten Bewunderer fanden! Bei lebendigem Leib zu einem Heiligen erhoben werden, welches Menschenkind widerstände der Versuchung! — Ich könnte ihn jetzt bemitleiden, Mathias, ja, ich bemitleide ihn, wenn ich in seine Seele schaue. Wenn der Rausch verdampft, wenn er das Unheil gewahrt, das er angerichtet hat und nicht mehr ändern kann! Er möchte es schon, und er kann's nicht mehr, der arme Mensch. Was müht er sich ab, gegen die verführten Bauern zu schreiben! Er ficht ja gegen sein eigen Werk, er fühlt's; wie matt, haltlos sind die polternden Worte. Er überpoltert sich, die Galle schwillt ihm, seine spitze, scharfe, treffende Feder versagt, und im Ingrimm staucht er sie auf das Papier. So las ich seine Schrift. Wie mögen die armen Bauern sie lesen. Ihr Heiliger verläßt sie, ihr Anführer flieht."

„Wer so scharf die Krankheit anderer erkennt, ist nicht krank."

Joachim war aufgestanden, und mit verschränkten Armen hielt er sich aufrecht, als wollt' er es beweisen.

„Der Versuchung widerstand ich, Mathias, welcher der Mönch erlag. Rühmt man dereinst auch nichts an mir, das wird die Geschichte anerkennen müssen an Joachim von Brandenburg: er buhlte nicht um Volksgunst, er war sich selbst genug. Ich hätte auch können ein Götze werden. Als ich den Adel züchtigte, was jauchzten die Krämerseelen mir zu: Weiter! Ich that's nicht um der Krämerseelen willen; um die Gerechtigkeit, um mich selbst, was ich meiner Fürstenwürde schuldig war. Ich ward nicht ihr Heiliger, sie nennen mich vielleicht einen Abtrünnigen; denn ich hielt und liebkoste wieder, den ich gezüchtigt. — Wär' es mir ehegestern schwer geworden, mich aufs neue zum Götzen des Volkes zu machen!

Wenn, statt dieser guten Sachsenfürsten, ich Luthers Sache ergriffen, sie zu meiner gemacht, meinst Du nicht, daß es eine andere Sache geworden wäre! Wär' ich zu Worms, zu Speier, sein Advokat gewesen, und statt der Schmalkaldener hätte ich zu Augsburg mein Schwert in die Wage gelegt! Wie hoch auf ihren Schultern hätten sie mich getragen, nicht meine, Deutschlands Völker. Die Kaiserkrone, wäre sie ein zu hoher Schmuck für meine Stirn gewesen? Kein Schmuck, Mathias Jagow; ich, getragen von diesem Strom, hätte als deutscher Fürst das, vielleicht mehr erreicht, wonach der spanische Karl seine Arme ausstreckt. — Ich zog es vor, dem Strom entgegenzustehen. Wanke ich? Zittre ich? Und ich stehe allein."

„Joachims Heldentum wird die Nachwelt erkennen. Mehr an ihm wird sie rühmen, daß er menschlich dachte, während er als Fürst handelte."

„Auch Du hast menschlich gedacht, Mathias. Als ein kluger, milder Hirt, wolltest Du das Übel nicht mit Messer und Zange ausreißen, Du hofftest, die Verirrten auf dem Wege ihrer eigenen Thorheit zur Erkenntnis zu führen. Nun siehst Du, es geht nicht. Wenn mancher Baum auswächst durch die Kraft seiner Säfte den frühen Schaden, das Gleichnis paßt nicht auf das Menschengeschlecht. Wo ist denn unser gesunder Saft, unsere Wurzel tief in der Erde? Krankend von der Geburt an Adams Sünde, bedarf dies Geschlecht, das Gottes Ebenbild sein soll, beständig des Mittlers oder der Zuchtrute. Nicht gehen lassen, scharf anfassen muß man das Übel, wenn es noch klein ist. Da hat unsere Menschlichkeit, unsere Klugheit uns einen üblen Streich gespielt Wenn wir den Mönch, als er am Wittenberger Thor die Flamme entzündet, in die Flamme gestoßen, was wäre von ihm übrig? Was von Huß übrig ist. Asche, die der Wind über die Felder treibt —"

„Um als neue Saat fruchtbarer aufzugehen. Oder ging Luther nicht aus Huß, Huß nicht aus Wiclefs Samen hervor? Oder haben in Meißen Herzog Georgs Beile und Scheiterhaufen die Saat erstickt?"

„Noch also der Verwilderung das Wort? Das Unkraut soll wuchern!"

„Was Unkraut ist, was Früchte trägt auf diesem großen Saatfeld, dessen Ernte wir nicht erleben, weiß nur Gott. Wo große Dinge für die Welt gebraut wurden, mußte der Strom abschäumen."

Joachim war wieder in den Stuhl zurückgefallen, er ließ den Kopf im Arme ruhen; seine Kraft, die er vorhin zeigen wollte, mußte nur eine geborgte gewesen sein.

„Ich bekehre Dich nicht, Du bekehrst mich nicht," hub der Fürst nach einer Pause an. „Kommen mir doch die Disputationen, die ich ehedem geliebt, so schaal vor. Du warst nicht immer Theolog; als Krieger auf dem Schlachtfeld, im bewegten Leben, an der Fürsten Höfen, studiertest Du die Welt; dort lerntest Du Gott kennen, Du kehrtest freiwillig, mit reifer Überzeugung zu seinem Priesterdienst zurück. Von edler Abkunft, klebt Dir nicht der Schmutz der Erde an, wie diesen Mönchen, die der Dunst der Lampe zu Propheten inspirierte. Dein Aug' ist freier, Du missest die Verhältnisse mit großem Maße; — mein Gott, soll ich auch Dir, Mathias Jagow, zeigen, was untergeht —"

„Ein großes Werk von über tausend Jahren, vor dessen Wunderbau ich oft in staunender Bewunderung gen Himmel schaute. Voller Gliederung war's, so kunstvoll alles gefügt, als wäre Gott selbst der Baumeister gewesen, eine Pyramide, wo jeder Stein an seinem Platze lag, tiefen Grundes unten, hoch in die Wolken ragend; und kein totes Steingebäude; voller Änderungen, Blutumlauf, und welche Thätigkeit entwickelte der Bau! Wie nahm er die Bedrängten in Stürmen und Wetter auf, wie schirmte er in seinen Mauern Gesittung, Recht, Wissenschaft und Kunst in grauer, wüster Zeit; was ewig dem Menschengeschlecht in der Barbarei verloren gegangen wäre, hier ward es uns erhalten. Unsere Wälder wurden von hier aus gelichtet, unser Boden gebaut, daß er goldene Früchte trug. Wer zählt alles auf, was war, und nun ist es nicht mehr."

„Laß dann den Iltis oben hausen und die Nachteule, Gift und Schlamm statt des gesunden Blutes, statt der Züchtigkeit und Wissenschaft laß Satyre Völlerei treiben; alles will ich Dir zugeben, aber der Bau steht doch noch. Und bliebe er ewig eine Ruine; wäre dem Menschengeschlecht die Kraft ausgegangen, wieder Geist, Sitte, Leben hineinzuhauchen, die Pietät forderte doch schon, daß wir vor solchem Bauwerk Ehrfurcht hätten. Aber sollen wir wieder in Wälder und Höhlen verkriechen vorm Sturm und Regen, denn wo ist ein ander Haus? Antwort auf meine Frage, Mathias Jagow: Hältst Du das Holzgebäude, was die Doktoren dort in Augsburg in ein paar Nächten aufgezimmert, für ewig?"

Der Bischof schwieg einen Augenblick: „Es ist von Kernholz aus deutschen Eichen."

„Die, kommt's hoch, Jahrhunderte der Fäulnis widerstehen, nicht Jahrtausende. Dann wird gebessert dran werden, neue Balken, Querhölzer, Nägel, bis das Haus ein neues ist, oder verfault, ein Spiel der Winde, zusammenstürzend, und niemand kümmert sich darum. Die Pyramiden am Nil, die dreitausend Jahre stehen, lächeln mitleidig darauf nieder."

„Ruinen! Selbst die Sprache der Todten an ihren Wänden ist vergessen von den Lebendigen."

„Umsonst! Du bist geschlagen, Mathias; Du wagst nicht, den neuen Bau zu verteidigen, Du wagst nicht, zu behaupten, daß er nur Jahrhunderte dauert, nicht einmal, daß er schon steht, daß er je stehen wird."

„Mein Fürst will nicht theologische Disputationen. Erlaubt, daß ich als Kriegsmann spreche. Ein Feldherr mit einem kleinen Heere zieht sich vor dem überlegenen größeren zurück, wenn er voraussieht, daß er unausbleiblich unterläge, so er die Schlacht annimmt. Denn nie wollte er's vor seinem Herrn verantworten, wenn er nutzlos seine tapfern Leute geopfert."

„Wenn sein König ihm gebot standzuhalten? Man kann auch fallend siegen."

„Der König der Könige sprach in vielen Sprachen zu den Völkern der Erde; durch die Natur, durch seinen heiligen Mund im feurigen Busche, durch seine Propheten, durch sein Fleisch gewordenes Wort. Er hat noch eine andere Sprache, die nirgends niedergeschrieben steht: aber Völker und Könige, die nicht drauf achteten, traf sein Zorn, sie wurden ausgelöscht aus der Reihe der Lebendigen. Willst Du gegen den Stachel lecken? sprach die Stimme aus den Wolken zu dem Apostel. — Wer ist so stark, daß er sich vermisset gegen meinen Willen zu handeln! ruft er im Sturm der Zeiten den trotzigen Geschlechtern zu, und der Sturm und die Flut verschlingt sie wie Pharaonis Heerscharen."

„Und wenn der Sturm nur ein Pesthauch war! Deine Lehre ist selbst Gift."

„Sie ist gefährlich, ich weiß es. Ich kann irren, wie Du, wie jeder Sohn des Weibes irret. Von Rom rief Gottes Stimme dem Attila: Zurück! In der Schlacht rief sie zu Konstantin: Vorwärts! Mit diesem Zeichen wirst Du siegen! — Der wich, der ging vorwärts; wer gab ihnen nun Unterweisung, Bürgschaft, daß es Gottes Stimme war? Wir wissen's nur aus dem Erfolg."

„Und weil der scheinbar für die Lehre der Empörung ausschlägt, soll ich weichen!“

„Nicht, wenn Du die Stimme nicht hörtest. Aber wer sie hört —“

„Soll dem Schall trauen, der Täuschung seiner Sinne, Empfindungen, wo er Festes unter sich hat, heilig Verbürgtes!“

„Und faßten Menschensinne nicht auch das auf?“

„Anderthalb tausend Jahre bewährten es.“

„Gott redet zu den Völkern und den Zeiten, wie sie es verstehen, zu den Kindern anders als zu den Männern.“

„Das ewig Wahre ist ewig dasselbe.“

„Und wer greift es an! Nur um die äußersten Grenzen ist der Streit.“

„Was war und galt, ich will's erhalten. Ich kenne nichts mehr, nichts Höheres. Dazu setzte der Herr mich auf den hohen Wachtposten, in diesem Ritterdienste will ich stehen und fallen.“

„Und schaust Dich nicht um nach dem, was vor Dir bestand und warfst es um?“

„Unbilden.“

„Auch altbewährte, tausendjährige Rechte. Die sie verloren, nagen an ihrem Schmerz, wie Du am Schmerz der Zeit. — Nur festhalten willst Du, Joachim? — Ein Geist wie Deiner! Gott hätte Dich nicht zu mehr berufen? Nicht in Deine Seele gesenkt das Verlangen, die Unruhe nach dem Bessern, keine Feueresse in Deine Brust, die rastlos hämmert an Entwürfen? — Dein Feuerblick, Dein rollend Auge zeiht Dich — des Widerspruchs.“

„Ach mein Gott!“ rief der Kurfürst und atmete auf. Der Bischof schwieg zurücktretend, er meinte vielleicht, er habe schon zu viel gesprochen; aber nach einer Pause winkte ihm der Fürst.

„Mich hast Du angeklagt. Ich werde mich bald vor einem andern verteidigen; vielleicht erliege ich vor der Anklage, Die Du noch scheu zurückhältst: Ja, ich überhob mich, steht in Deiner Brust geschrieben, dem eigenen Wissen vertraute ich mehr als den Zeichen. Was ich droben antworte, — leugnen werd' ich's nicht, aber zwischen uns erkenne ich keinen Richter. — Das die Zeichen, Mathias. Du bist so klug, Du kennst die Menschen! Achtung vor diesem Geschlechte? Vor dem Mönche, ja vielleicht. Doch vor der Staubwolke, die er mit sich reißt?“

„Zähle sie, Städte, Herren, Fürsten, Länder!"

„Ich zähle nicht, ich wäge sie ab. Die wollen teilen, plündern. Der aus Haß, der aus Liebe. Den treibt Sinnenlust, er will ein Weib, den Eitelkeit, ruheloser Ehrgeiz."

„Die Du einst achtetest aus Deinen Nächsten —"

„Acht' ich nicht mehr. Dem hat Rom nicht erlaubt, eine Predigt zu halten, nun ist er gegen Rom. Der Eifrige hoffte auf ein Bistum; weil er nicht mehr hoffen darf, ist sein Eifer erkaltet. So sind sie alle —"

„Alle erlauchten Häupter, alle Prinzen Deines Hauses, einer nach dem andern in Franken, in Preußen fielen ab. Wenn das nicht Zeichen sind! Du stehst ganz allein."

„Des Ruhmes so mehr, wenn mich die Geschichte als Bekenner nennt. Wecke nicht sträflichen Ehrgeiz an der Schwelle zum Grabe."

Der Bischof senkte die Augen. „Herr, Dein edles Gemahl," hub er mit bewegter Stimme an. „Wenn eine zarte Frau Gatten, Kinder, den Segen des Hauses, die Heimat verläßt; wenn sie ins Elend flieht, um ihrem Glauben zu leben, ist das Selbstsucht, kein Zeichen einer Wahrheit, die sich nicht länger bergen läßt? Wenn Dein ganz Volk, wenn hinter jeder Thür Deines Hauses für sie gebetet, ihr Name gepriesen wird, wenn die Kinder abends mit thränenden Augen zu Bett gehen, morgens mit ihrem Namen auf den Lippen aufstehen, wenn ihr Name durchs Land wie der einer Heiligen verehrt wird —"

Joachim unterbrach ihn: „Meinen Kindern erlaube ich, sie zu besuchen; sie bleibt Mutter, wenn sie auch als Landesfürstin sich entwürdigt hat. Ein Zeichen ist das nicht. Was will die Anbetung, was sollen die Verzückungen der Frauen für die Wahrheit einer Sache zeugen! Sie müssen anbeten, aufgehen in Verehrung, es ist ihre Art. Schlimm, wo sie aus der Art fallen, schlimm, wo sie nichts anbeten können als sich selbst! Das arme Weib, ich gönne ihr so gern den Trost. Aber beweisen soll das etwas, daß die Frauen an den neuen Altären opfern? — Dir allein, Matthias, sei's vertraut: Wenn je ein Zweifel an der Göttlichkeit des Evangeliums mich beschleichen könnte, wär's, daß die Weiber es zuerst waren, die dem Erlöser nachliefen. Wo laufen sie nicht nach, wo ein Prophet sich ihrer Empfindungen bemeistert, die immer dem meistbietenden Phrasenhelden zu Gebot stehen. Auf diesem weichen Boden von Gefühlen und Entzückungen der Magdalenen, Marien und Marthen wäre die christliche Kirche nimmer erbaut worden. Die ist das Werk von Männern von hohem und tiefem Verstande; das Werk der Kirchenväter ist der Riesenbau, den sie auf einen Felsen gründeten, nicht auf Weiberthränen. — Und zu jenem schlaffen, matten Weiberhimmelreich voll maßloser Seligkeit und unbestimmter Sehnsucht wollen die Reformatoren die Kirche zurückführen! Genug der Thorheit über die Thorheit! — Ich zürne Dir nicht. Wir scheiden wie zwei Kämpfer, die ihre Kräfte maßen, und keiner konnte sich des Sieges rühmen, keiner wollte bekennen, daß er überwunden."

Mathias von Jagow sah, daß der Kurfürst noch nicht im Sterben lag; er erkannte, daß nicht er es sei, von dem Joachim das Abendmahl verlangte. Er wartete des Zeichens abzutreten.

„Mathias, wir hörten beide Gottes Ruf aus den Wolken. Du Konstantins Vorwärts! ich Attilas Zurück! — Wohlan! kämpfen wir, nicht mit Worten, durch die That. Ich ehre Dich — offene Fehde zweier von Gott Ausgerüsteter. Jeder mit den Mitteln, die er ihm gab; ich als Landesherr. Wenn ich von Tangermünde zurück, befehle ich eine Visitation in Deinem Sprengel. Das muß ich, seit Du gegen mich bekannt. — Nun hätten wir uns nichts mehr zu sagen."

Der Bischof verneigte sich.

„Wer doch die Stimmen der Toten hörte, Mathias! Sie wissen, was wahr ist. Klingen Dir nie aus den Grüften im Dom die Stimmen der alten Bischöfe?"

„Sie klingen mir. Hieronymus —"

„Er starb in Deinem Arm."

„Mit einem letzten Vermächtnis an Dich."

„Wie lautete es?"

„Der Geist Gottes läßt sich nicht länger binden. Hüte Dich, die Erwachsenen noch am Gängelband zu führen; Vermessenheit ist's, in Gottes Allmacht einzugreifen. Ruf' den Verirrten zurück zu seinem Volke, daß sein Volk nicht von ihm verirrt!"

„Das sprach er auf dem Todbett?"

„Sich schwer anklagend, daß er die Dunstgebilde, die Dich umgaukelten, durch falsche Schlüsse verhärtet."

„Ein Betrüger! Ein geständiger Betrüger — auch Hieronymus!"

Es war ein fürchterliches Gelächter: „Warum der allein nicht!" wiederholte er beständig in dem Krampfanfall, der die Hilfe der Ärzte herbeirief.

„Und, Mathias, was ist er mehr? — Was hat er diese Stunde abgewartet! Warum enttäuschte er mich nicht früher über sein Thun und Denken? Schlau in der Stille operierte er, bis es zu spät wäre, der tugendhafteste Mann. Und er hat recht, nicht wahr? — Ein großer Knäuel von Betrug, gröber und feiner nur geädert die Schlangen, die den Erdball bilden. Wer ihn aufrisse! Gott selbst auf seinem Sonnenthron müßte die Hand vor Entsetzen vors Auge halten! — Reißt es nicht auf! Es schillert so schön."

„Das Bedenklichste," sagte der Arzt, „ist, daß er sich für gesund hält, wenn er aufwacht" — „Und noch bedenklicher," sagte ein zweiter, „daß auch wir ihn dann dafür halten müssen. Halte man nur alles fern, was ihn aufregen kann." — „Fragt er nach seinem Astrologen?"

„Er scheint ihn vergessen zu haben. Deshalb verschweigen wir es ihm zur Zeit." „Er ist plötzlich nach Jerusalem abgereist?" sagte der Arzt. „So sagt ein hinterlassenes Schreiben: aus unwiderstehlicher Sehnsucht nach dem heiligen Grabe. — Das Volk murmelt seltsame Dinge, daß es in der Nacht im Schornstein geraucht, und in der Lohe hat man einen Kobold fliegen sehen. Andere meinen, sein Verschwinden hänge mit der Ausweisung des Landsberger Mönches zusammen, der unter der Peitsche des Büttels grauenhafte Dinge ausgestoßen haben soll. Wer mag's glauben, wo itzo einer den anderen anketzert und verklagt!"

Joachim war gesund, weil er gesund sein wollte. Er war nach Tangermünde geritten, weil er die große Jagd, zu der so viel Herren und Fürsten geladen worden, nicht absagen wollen. Beim Mahl und Bankett war er ein liebenswürdiger Wirt, aber auf der Jagd sahen seine Begleiter sich oftmals ängstlich an. Sie jagten doch nach Hirschen, und er sprach immer vom Wolf. Da hörten sie ihn schreien; er war vorauf und sie fanden ihn am Baume niedergesunken. Als sie ihn aufhuben, wehte er mit der Hand nach den Büschen, und sein Aug' stierte hin. „Gnädigster Herr, was ist's? Wir sehen nichts." — „Es war ein Weib," sprach er, „sie hielt die Mündung meiner Büchse mit der Hand. Ich solle auf ihre Brust zielen. — Ich weiß es nicht, war es die Kurfürstin, oder war's — die alte Gräfin —"

Da hielt man es für geraten, ihn nach Berlin zurückzuführen. In einer Sänfte zwischen zweien Rossen ward er getragen. Einige meinten, er sei schon in Tangermünde gestorben.

In Berlin angekommen, sagte er, die Ärzte verständen nichts, er sei gar nicht krank. Er wolle eine neue medizinische Fakultät nach Frankfurt berufen. Auch sprach er von der Kurfürstin, als habe sie ihn besucht, und er erwarte wieder ihren Besuch.

Aber viele von den Ersten und Größten hielten ihn für mehr als krank, als sie von seinem Testament erfuhren. Er hatte sein Land geteilt unter seine beiden Söhne; auf Johann fiel Küstrin mit der Neumark, auf Joachim die anderen Marken mit dem Kurhut. Das war gegen das Hausgesetz seines Großvaters Albrecht Achilles, wonach die Marken nimmer getrennt, sondern allzusammen immer auf den Erstgeborenen vererben sollten. „Er ist von sich selber abgefallen," sagten die Räte. „In seinen gesunden Tagen hätte er das nimmer gethan. Was darf er noch klagen, wenn andere abfallen."

Eines Abends rief er: „Herein!" — Sein Leibdiener sagte: „Gnädigster Herr, es hat niemand geklopft." Joachim warf ihm einen seiner Blicke zu, die jeder kannte, halb mitleidig, halb zornig, und die bedeuteten: „Was verstehst Du davon, armselige Kreatur, wenn ich sage, es ist so!" — Dann sprach er zum Diener, er solle das Zimmer aufräumen, daß die Kurfürstin alles rein und gut fände; sie wolle ihn besuchen, um zu sehen, ob er auch nach Stand und Würden gepflegt werde? — Aber der Diener gehorchte ihm nicht, sondern folgte ihm leise nach, durch die dunklen Gänge des Schlosses. Der Leibdiener hat es hoch und teuer nachmals gegen viele bekundet. Er sah am Ende des Ganges eine hohe Frauengestalt gehen, und der folgte Joachim nach; aber seine Schritte wurden immer langsamer, als fürchte er sich vor dem Begegnen. Wo der Gang sich wendet, und sie war ihm entschwunden, hielt er sich mit dem linken Arm, der den Leuchter trug, an der Wand, davon man nachher noch zwei Brandflecke am Mörtel gewahrte; mit der rechten Hand strich er den kalten Schweiß von der Stirn: „Ich habe doch nur einmal den Herrn versucht, da ich auf den Berg stieg!" sprach er; und das war das einzige Mal, daß man ihn gehört von dem Berge sprechen. Er hat des Tages und der Begebenheit nie sonst erwähnt, noch wagte es einer vor ihm.

Dann nahm er sich zusammen und ging weiter um die Ecke, schneller, als jetzt der Diener ihm folgte, welcher, damit er nicht bemerkt werde, zurückgeblieben. Er hörte einen Schrei. Als er um die Ecke bog, stand der Kurfürst, ihm den Rücken zugewandt, wie einer, den der Schlag getroffen; nur ein leises Zittern fing an durch die Glieder zu gehen. Vor ihm, an der Treppe, stand aber eine hohe Frau, in Weiß von Kopf bis Fuß gehüllt; ein solch Gesicht hatte der Diener nie gesehen. Es wollte ihm nimmer bis an seinen Tod aus dem Auge. Die Frau hatte den einen Arm gehoben und winkte nach einer Richtung, halb war auch noch ihr Mund geöffnet; was sie gesprochen, ob es Laute gewesen, die ein sterblich Ohr versteht, weiß niemand. Der Kurfürst aber rief tonlos: „Ach, bist Du es schon!“ Der Leuchter entsank ihm. „Die Gräfin von Orlamünde!“ mit den Worten stürzte er nieder. Beim letzten Aufflimmern des erlöschenden Lichtes hat der Diener die Frau die Wendeltreppe hinaufsteigen gesehen. Einmal wandte sie sich noch zurück, dann war sie verschwunden.

Nicht der Leibdiener allein, es hatten viele an dem Abende die weiße Frau im Schlosse zu Köln gesehen.

Dreizehntes Kapitel.

Der Kehraus.

Zu Teltow, im Haus des Erblehnrichters, Joachim von Schwanebeck, hatten sich des Tages viele „Edle und Veste Junker aus dem Teltow“ zu einer Einigung versammelt. Da war Jochem von Hake auf Sand Machenow, Jochem von Schlabrendorf zu Schloß Beuthen, Hans von Berne zu Groß-Berne (Groß-Beeren), Christoph von Berne zu Schönow, Carl Siegmund von der Liepen zu Blankenfelde, Otto von Britzke zu Britzke, Christoph von Spiel zu Dalen, Siegmund von Otterstädt zu Dalewitz und Heinrich von Thümen zu Leuenbruch.

Die setzten untereinander fest, daß sie nicht länger der Lüge dienen wollten, sondern der Wahrheit, und da sie überzeugt wären von der reinen göttlichen Lehre, wie Luther und Melanchthon und die anderen sie gelehrt, so wären sie auch eines Sinnes und Willens, selbige anzunehmen und standhaft zu bekennen, und wollten sie ihre Pfarrer und Plebanen, „die sich sperren sollten“, zwar nicht durch Gewalt verfolgen und verjagen, sondern ihnen Unterricht reichen, aber sich inmittelst nach Predigern der reinen Lehre umthun. Das wollten sie thun, erstens darum, weil es gut sei und sie es wollten, dann aber auch darum, daß es anderen ein Beispiel werde. Denn was noch andere Adelige gethan und noch thun möchten, daß sie ihre Hand ausstreckten nach den Gütern der Geistlichkeit, und ihren Eifer für die reine Lehre vorschützten, wollten sie nicht gutheißen; und wäre besser, daß es unterbliebe.

Dann aber sei es an einem guten Edelmann und Ritter, daß er Gott die Ehre gäbe, und wenn er auch Schaden nähme an seinem Leibe. Da nun jedermann wisse, daß das ganze Land Brandenburg, mit Rittern, Bürgern, Schutzverwandten, Bauern und Inliegern, ja, dem größten Teil des Klerus selbst, von ganzem Herzen der neuen Lehre zugethan wäre, und der durchlauchtige Herr Markgraf und Kurfürst davon keine Kenntnis habe, und, als wie verlaute, keiner von seinen Räten und Offizieren sich getraue, es ihm zu sagen, und das eine Schande sei und ein Unglück für ein Land, so der Fürst nicht wisse, wie es im Lande aussieht, als könnten sie's nicht übers Herz bringen, die Schande länger zu dulden, und daß die Lüge fortwähre. Vielmehr wollten sie insgesamt sich für ihre Person als Bekenner der neuen Lehre vor ihrem Lehnsherrn und Fürsten ausweisen, und, was an ihnen, Zeugnis ablegen für die anderen, als gute Edelleute, Vasallen und Unterthanen, was auch der gnädige Markgraf über sie beschließe, denn man müsse Gott mehr gehorchen als den Menschen.

Das war die Teltower Einigung, und sie schrieben den Revers, und ihre Namen darunter auf das leere Blatt hinter der deutschen Hausbibel des Erblehnrichters von Schwanebeck; so wollten sie am anderen Morgen nach Köln reiten und die Bibel und die Schrift dem Kurfürsten selbst übergeben. Von den Familien, denen die Junker angehörten, sind manche nicht mehr in der Mark, andere sind ganz ausgestorben, auch die der Schwanebeck selbst; aber die Bibel, darin die Schrift steht, ist noch erhalten.

Als die Junker anderen Morgens in der Frühe ausritten, wirbelten die Lerchen singend in die Luft; sie sangen auch — ein geistlich deutsches Lied, und ihnen war so wohl zu Mut. Es war ein schwerer Ritt, sagte sich mancher, denn es brauchte größeren Mut, mit solchem Vortrag dem Kurfürsten vors Antlitz treten, als einem Feinde, der in heller Schlachtordnung vor uns reitet und die Fanfare bläst. Da reichte wohl einer dem anderen die Hand und sprach: „Waren auch manches Mal bang damals in unserer Jugend, wenn wir nachts ausritten.“ — Der andere aber hielt den Finger vor den Mund: „Um Jesus willen, erinnert nicht daran. Dazumal waren wir in den Greueln des Antichrist. Nun sind wir Streiter für die reine Lehre und brauchen das Tageslicht nicht zu scheuen.“

Aber bänger schlug doch ihr Herz, als die Morgennebel

sich senkten, und sie der Stadt sich näherten. Sie hatten guten Willen und guten Mut, aber wer konnte denn reden, dem Fürsten gegenüber, wenn er den Mund aufthat! Wie ein Strom riß seine Rede nieder und mit sich fort auch die sonst gut sprechen konnten. Dann ritten sie hinter Cedelendorp, was jetzt Zehlendorf heißt, immer langsamer, und man sah's ihnen an, sie waren sehr besorgt, als ein Staub aufwirbelte, und ein Zug ihnen von der Stadt entgegenkam.

Nun sahen sie's, nun wußten sie's — schwarze Reiter trugen eine schwarze Fahne, gedämpfte Pauken wirbelten, und ein Leichenwagen rollte langsam dahinter.

Der Stallmeister, mit dem der Erblehnrichter einige Worte voraus gewechselt, sagte: „Er wird nicht mehr den Mund aufthun, um Euch zu antworten, und Ihr braucht nicht mehr vor seiner gewaltigen Rede zu erschrecken; sein Mund ist geschlossen, und er redet nicht mehr auf dieser Erde. Wir geleiten Joachim von Brandenburg zu seinen Vätern nach Lehnin. Friede seiner Seele!“

Die Junker entblößten ihre Häupter, und ehrfurchtsvoll stellten sie sich zu Seiten der Straße, bis der Wagen vorübergerollt.

„Frieden seiner Seele! Frieden seiner Asche! Frieden uns allen!“ sprachen sie und falteten die Hände zum stillen Gebet. „Unser Ritt nach Berlin thut nun nicht mehr not,“ sagte der von Schwanebeck. „Der Mensch denkt, und der Herr lenkt!“

Da ward ein großer Fürst in die Gruft gesenkt, ein Mann von gewaltigen Gedanken — sie stürzten wie Stürme aus Bergschluchten, und die wenigsten konnten ihm folgen — ein Fürst, in dem ein warm Herz schlug, und der es aufrichtig wohlgemeint mit seinem Lande. Aber in seinem Land sprechen nur wenige von ihm, viele kennen ihn gar nicht. Er hat nicht Schlachten gewonnen, nicht Länder erobert, und — seine Gedanken gingen nicht mit seinem Volke. Es kam ein anderer Gedankensturm, ein großer Strom über Völker und Länder, der bog die ältesten Bäume und verschlang den Hauch der Stärksten, der gegen ihn blies.

Nun hatten viele gedacht, das neue Werk sei fertig, als sie den, der das alte trug, in die Gruft senkten. Der Herr hatte gelenkt: aber es ging langsam, viel zu langsam für die, welche ihre Thore und Fenster vor dem Morgenrot schnell aufgerissen. Die Sonne weilte noch immer hinter Wolken. Die

Verbannten kehrten heim, auch die edle Kurfürstin kam zurück mit ihrem kleinen Hofstaat und bezog ihr Wittum in Spandow; in ihrer Kapelle ward evangelisch gepredigt, aber im Lande blieben die Chorröcke, die Meßopfer; lateinisch tönte der Gesang der Priester, die in ihrem Herzen deutsch sangen. Man flüsterte, man wußte weshalb? — Wie soll das werden? fragten die Leute. Der Sohn hat ein Gelübde gethan am Totenbette des Vaters? — wer löst es? — Das kann nur der heilige Vater lösen. — Der heilige Vater aber konnte nicht ein Gelübde lösen, das dem Gelobenden verbot, von ihm abzufallen und ihn zu verdammen.

Das Gelübde ist gelöst, wir wissen's alle. Am Tage Allerheiligen 1539 hat in Spandow, in der Nikolaikirche, Kurfürst Joachim, der Zweite seines Namens, mit seiner Mutter, seiner ganzen Familie, seinem Hofstaat, und zahllosen von der Ritterschaft, aus den Händen des Bischof Mathias von Jagow das Abendmahl empfangen in beiderlei Gestalt. Gepredigt hat der Doktor Buchholzer, der in besonderer Gunst bei der Kurfürstin stand, und er ward zum Propst von Berlin ernannt, und hielt Sonntags darauf in der Domkirche zu Köln die erste evangelische Predigt, die sie öffentlich in beiden Städten gehört. Unter so vielen Frohen waren nur zwei betrübt, der ehemalige Propst und der Doktor Musculus, jener, weil er sein Amt niedergelegt — es hieß wegen Kränklichkeit, andere sagten, weil die verwitwete Kurfürstin ihrem Sohn erklärt, sie werde keinen Fuß nach Berlin setzen, wenn solch ein Mann noch die Kanzel betrete — dieser, weil alle meinten, nun werde er doch Propst werden, weil er es verdient. Aber beider Betrübnis war verschiedener Art. Der Propst, der ein sehr alter Mann wurde und sehr ehrwürdig aussah in seinen weißen Haaren, pflegte wohl mit wehmütig lächelnder Miene zu seinen Freunden zu sprechen, wenn sie ihn trösten wollten: „Das ist der Welt Lohn, meine Freunde! Ich war der erste an diesem Hofe, der dem Greuelwesen einen Damm entgegensetzte. Jetzt, wo es leicht ist, will jedermann ein Bekenner sein; aber damals war es etwas anderes, es ging an Kopf und Kragen, und ich wagte es doch; dem gewaltigen Fürsten trat ich entgegen, und viel hätte nicht gefehlt — doch davon ist besser schweigen, man hat es vergessen; die jungen Leute sind am Regiment, und so dankt man es den alten. Wehe dem, der auf Lohn rechnet, wenn er Gutes thut. In der Brust ist die Befriedigung, das ist der einzige Lohn.“ — Musculus kümmerte es weniger, daß er übergangen war, — er war daran gewöhnt, — als daß er noch immer nicht die Erlaubnis hatte, seine Predigt zu halten. Vom neuen Kurfürsten ist er an Luther gewiesen, und Luther antwortete auch immer nicht; Luther hatte viel zu thun. Die Mode aber nahm immer mehr überhand an dem üppigen Hofe des jungen Fürsten, und wo jetzt alle Pluderhosen trugen, war oft der Platz in dem fürstlichen Saale zu eng für alle, die Recht auf einen Platz hatte.

Der Kurfürst Joachim II. ist ein eifriger Protestant geworden, und ein so rüstiger Theolog wie nur sein Vater, daß er über den rechten Glauben bis auf die Haarschärfe zu streiten wußte, ja noch stärker als mit Worten; man könnte davon vieles erzählen. Mancher möchte es heut nicht glauben und es ist doch wahr; aber ob das wahr ist, was einige berichtet, wie er dazu gekommen, daß er sein Gelübde brach, da mag ein jeder glauben oder nicht glauben, es steht an ihm. Überhaupt, was ich bis da erzählt, ist aus den Geschichtsbüchern, und unsere Geschichte ist damit eigentlich zu Ende; aber die Leute wollen immer mehr wissen, als in den Geschichtsbüchern steht, und was ich nun noch aufschreibe, mag man getrost für ein Märlein halten, ich verbürge es nicht.

Alle Welt weiß, wie die edle Kurfürstin in ihrer Verbannung, so in Torgau als Wittenberg, in Freundschaft und seligem Vertrauen mit dem Doktor Luther gelebt hat. Tagelang war sie in seinem Haus und wohnte bei seiner Familie, und vergaß fast über seinen Trost und Zuspruch und seine frohen Reden, daß sie verbannt war. Aber zu Anfang war das nicht so, ja es war drauf und dran, daß sie von Wittenberg abgereist wäre, und hätte ihn gar nicht gesprochen, den Mann, nach dem ihr Herz wie nach Himmelsmanna sich gesehnt. Denn als sie zum ersten Mal in die Schloßkirche zu Wittenberg gegangen, zitternd vor Bangigkeit, ob ihr Ohr auch die Sprache fassen werde des Mannes, der mit Engelszungen reden müsse, hörte sie die Predigt nicht aus; vielmehr sie ward blaß und fiel in Unmacht und mußte hinausgetragen werden, was einen großen Aufstand gab. „Ich dacht' es wohl," sagte Eva Bredow, die ihr mit Salz und Moschus die Schläfe rieb, zu ihrem Mann, „das kann sie nicht vertragen, wenn einer von Hosen spricht. Und wie mußte der Doktor auch so oft das Wort wiederholen und dabei auf die Kanzel schlagen!" — „Es war ja nur ein Gleichnis," sagte Hans Jürgen. Beide wollten nicht, daß jemand davon etwas erführe, aber die Kurfürstin selbst, als sie zu sich gekommen, sprach es zu jedem aus: ob sie denn in dem Mann sich getäuscht, der solche Worte und Bilder auf die heilige Kanzel bringen könne! — Ihr Ohm und Bruder hatten viel Mühe, daß sie die aufgebrachte Frau beruhigten: es sei nun mal des Doktors Art, daß er von der Leber wegspreche und seine Worte nicht abwäge; aber im Herzen sei er so keusch und anständig wie eine Jungfrau. — Luther, als er davon hörte, soll aufgelacht und gesagt haben: es sei doch kein Ort, wo der Teufel nicht seinen Dreck hinsetze. Ein Glück, daß Frau Elisabeth das nicht gehört hat. Item es machte sich zwischen ihnen, und nachmalen, als sie Freunde waren, sagte Doktor Luther: „Gnädigste Frau, wie soll unsereins es säuberlich machen! So ich ein Blatt vor den Mund genommen und mich gescheut, die Dinge bei ihrem Namen zu nennen, wie hätte ich den Antichrist schlagen sollen! Mit Honigseim und Fliedermus geht der Teufel nicht fort, man muß ihm Rhabarber und Assafötida unter die Nase reiben, daß er's merkt."

Bei sich aber dachte er: Ei nun, es kommt wohl Gelegenheit, wo ich es wieder gutmache! — Nun erzählt man, als die fürstliche Witib eines Tages mit ihrem Sohn, dem jungen Kurfürsten, aus Spandow nach Torgau hinübergefahren, hat Luther, der gerad dorten war, eine Predigt gehalten von den falschen Gelübden. Unter Luthers Schriften steht sie nicht; aber sie erzählen, daß er von der Kanzel so gesprochen hat: „Wir alle thaten ein Gelübd, daß wir Gottes Gebote halten wollen. Damit sollte der Mensch sich genug sein lassen, denn es hat schon not, daß wir die Gebote halten; aber was darüber, ist vom Übel. Denn was außer seinen Geboten liegt, da schenkte Gott uns die Freiheit, zu thun und zu lassen, was wir wollten, und so wir uns die Freiheit binden, aus Schrulle, Mutwillen oder was es sei, treten wir seine Gottesgabe, das ist unsere Freiheit, in den Kot. Vollends, was nun, so einer ein lästerlich oder dumm Gelübd gethan; wie mag er's verantworten? Und wie darf er's halten ohne Sünde? So einer seinem Vater gelobt auf dem Sterbebett, er wolle seine Kinder erziehen, daß sie des Teufels würden, so ist das, als wenn einer als Kind verspräche, er wolle sein Lebtag dieselben Schuh tragen, oder dieselben Hosen auf dem Leibe. Das ist gottlos und dies dumm und beides lästerlich. Das da darf er nicht halten, oder er versündigt sich gegen Gott und seine Gebote, und dies kann er nicht halten, denn die Kinderschuh tritt er aus, und wenn er als Mann in die Hosen will, die er als Bub trug, da platzen sie. Item, er müßte nackt laufen, und das ist auch gegen Gottes Gebot. — Aber er versündigt sich, sagen sie, wer ein solch Gebot nicht hält? — Gegen wen denn? — Ja, Sünde ist da, die liegt aber hinter Euch. Der solch ein Gelübde forderte, beging die erste, und der es versprach, die zweite, größere Sünde, und nun hütet Euch, daß Ihr nicht die dritte, die allergrößeste Sünde begeht und das Gelübde erfüllt. Wer Euch frei spricht? fragt Ihr. Das thut Gott im Himmel, der Euch zu freien und vernünftigen Menschen gemacht hat; denn wo seine Gebote aufhören, da fängt Eure Vernunft an, und sie allein soll Euch Gebote geben, und wenn Ihr nicht darauf achtet, so versündigt Ihr Euch gegen Gott und Euch selbst und handelt nicht anders als das unvernünftige Vieh."

Gar nachdenklich kehrte Joachim und gar froh seine Mutter von Torgau nach Haus. Noch andere kehrten froh und nachdenklich nach Haus, das waren Hans Jürgen und seine Frau Eva. Sie faßte ihn bei beiden Ohren und sah ihm schelmisch ins Gesicht: „Siehst Du, nun kommst Du noch ganz zu Ehren; und wie lieb ist's mir, daß ich damals das nicht that." Jetzt erst soll sie's ihm gesagt haben, was sie damals in der Nacht vorhatte. Sie hatte sich geschämt, es zu erzählen. — Was weiter sich zutrug, darüber weiß man nichts Gewisses, und was ich jetzt noch erzähle, erscheint mir wie ein Märlein, wenn's nicht in einem Geschichtsbuch verzeichnet stände.

Joachim jagte in der finsteren Forst zu Grimnitze auf Bären. Da sprang ein Hauptbär aus der Schlucht ihn an, ehe denn einer vom Gefolge zu Hilfe kam. Der junge Fürst wehrte sich mannlich und erlegte das Untier, ohne daß er an seinem Leibe Schaden genommen. Aber der Bär hat ihm das Sammetwams mitsammt dem Hemde geschlitzt und hat ihm die Hosen bis an den Sattelknopf mit der Tatze fortgerissen. Da hätte der Fürst ohne Hosen nach Haus reiten müssen, ohne Hans Jürgen von Bredow, der der erste war, der zugestürzt kam. Ein guter Vasall thut alles für seinen Fürsten, und Joachim ritt heim aus der Grimnitzer Forst mit großen Ehren und mit den Lederhosen des Herrn von Bredow.

Der Rektor Haftiz vom grauen Kloster zu Berlin ist's, der uns die Geschichte aufbewahrt hat; aber er verlegt sie ins Jahr 1522, und müßte sich doch ereignet haben, wenn unsere Geschichte wahr ist, etwa erst um 1538. Darum haben wir Bedenken, ob sie sich so zugetragen hat.

Hans Jürgen war seine Hosen los, und gewiß mit Ehren, denn er hatte sie seinem Kurfürsten verehrt, und wenn etwa ein anderer Bredow auf das Familienstück Anspruch gemacht, von seinem Landesherrn durfte er's nicht zurückfordern. Joachim trug sie unterweilen, zuerst zum Spaß, daß es ihn erinnerte an sein Ritterstück mit dem Bären, nachher zum Trotz und Hohn für seine Hofleute, davon wir gleich erzählen werden. Aber seine Freundin Anna Sydow, die berühmte „schöne Gießerin", hatte ein großes Ärgernis dran, und endlich schwatzte sie's ihm ab. Doch hielt er die Hosen noch immer in Ehren, um des Tages und dessen willen, von dem er sie erhalten, und ließ sie in der Rüstkammer aufhängen. Aus der Rüstkammer kamen sie nachmals in das Zeughaus zu Berlin, wo sie noch heutzutage hangen und für jedermann zu sehen sind. Man verwundert sich, wie stark damals die Leute gewesen sein müssen, die solche Hosen tragen konnten.

Das alles, wie gesagt, ist nur wieder erzählt, wie es von den Leuten wieder erzählt wird. Gewiß aber ist, daß Andreas Musculus seine Predigt über den Hosenteufel endlich wirklich, und zu großem Ruhme, in Berlin gehalten hat. Luther nämlich soll gesagt haben: „Der Teufel heckt auch allerhand Narren; das ist aber nicht das Schlimmste, was er thut," und hatte nach Brandenburg reskribiert, möchten immerhin die Predigt halten lassen, es würde keine Seele davon Schaden nehmen. Musculus war schon alt, da er die Kanzel bestieg, und das Papier ganz gelb, aber er wußte die Predigt auswendig, und mit Thränen im Aug' und einem Gesicht wie verklärt, und von Freude zitternder Stimme sprach er sie, daß alle, die sie hörten, gerührt wurden. Die Kurfürstin Witwe, die zu den meisten Predigten nach Berlin herüberkam, war in Spandow geblieben, aber sie sagte: sie gönnte dem alten Manne die Genugthuung, er hätte um seinen Glauben viel gelitten. Und Genugthuung war es gewiß, wenn ihr Sohn, der Kurfürst, so davon ergriffen ward, daß er an dem ganzen Sonntag nur von des Teufels Wegen auf Erden sprach, und anderen Tages gab er das Verbot gegen die Pluderhosen. Anfangs glaubten sie in Berlin, es sei nicht ernst gemeint, da der ganze Hof darin stak und Joachim selbst. Wie erschraken sie aber, als er zu Tisch in den Lederhosen erschien und ein gar ernst Gesicht zu den taffent- und sammetschillernden Kleidern seiner Herren machte. Er sagte es ihnen, daß es ernst sei, und sie möchten in sich gehen und zum mindesten vor dem Äußersten sich hüten. Viele glaubten es noch nicht. Da war es, wo sein Aug' in der Domkirche auf einen jungen Edelmann fiel, der es so dick um die Hüften schlottern hatte von Scharlach und Orange, wie noch keiner, und er ließ ihm von seinen Trabanten noch auf der Schwelle der Kirche den Hosenbund aufschneiden, daß das Zeug ihm vom Knie herunterfiel, und zu Spott und Schanden mußte er, von den Gassenjungen verfolgt, in seine Herberge gehen. Und tags darauf traf es den reichen jungen Bürgerssohn, der so eitel war auf seine neuen Hosen — er hatte ein ganzes Dorf verpfändet, um den Schneider zu bezahlen — daß er eine Bande Spielleute vor sich hergehen und pfeifen und geigen ließ, derweil er über den Markt ging. Den ließ Joachim in einen hölzernen Käfig sperren, mitten auf dem neuen Markt, und die Spielleute den ganzen Tag davor spielen; nun konnten die Leute sich satt sehen an seinen Pluderhosen.

Solche Ehre, solche Wirkung hatte Musculus für seine Ausdauer Er konnte nun wie ein gesättigter Mann in den Früchten seiner Arbeit schwelgen. So meinten viele; er selbst aber war betrübt; die Mode der Pluderhosen, statt abzunehmen, nahm zu. Denn erstlich war es Mode, und zweitens verboten. Man sagt, die Gewissensangst habe den redlichen Mann so gepeinigt, daß er endlich drauf und dran gewesen, den Kurfürsten zu bitten, daß er das Verbot zurücknehme; er wollte Joachim an das Schicksal seines Vaters erinnern, der durch Verbote der Reformation nicht steuern können. Er hatte sie vielmehr genährt und gepflegt. Gut für Musculus, daß er es nicht that, er hätte nur Joachims Unwillen erregt. Wo hört ein Fürst auf den Rat, daß man ein Übel übler macht, wenn man mit Verboten darein fährt, derweil es oft von sich selbst kuriert, wenn man ihm seinen Lauf läßt. Nein, er muß es versuchen, trotz aller Exempel, denn, wenn's auch anderen nicht gelang, das Verbieten, so hatten sie's nicht recht angefangen; ihm würde es schon gelingen, denkt er, weil er es recht anfängt. Die Lust zu verbieten ist eine uralte im Menschengeschlecht; ob sie von Adam herkommt, oder der Versucher sie erst später uns in den Weg warf, weiß niemand; aber alle Adamssöhne griffen danach, wie Eva nach dem Apfel.

Andreas Musculus ward General-Superintendent und mußte im Land umherreisen, um Kirchenvisitationes zu halten, nicht wie Joachim der Erste sie gewollt, sondern wie Joachim der Zweite sie wollte. Da kam er mit hoch und niedrig zusammen, und er hat viele gefunden, die betrübt waren, wie er, ob er doch gemeint, daß das ganze Land froh sein müsse; denn wonach es an zwanzig Jahre gerungen, das hatte es nun vollauf — die reine lutherische Lehre. Aber wer vollauf hat, dem fehlt immer wieder etwas. Der Gefangene, der aus der Löwengrube kam, und hatte die Angst überwunden und die Untiere auch, fühlte auf seinem Strohlager den Floh, und der Wärter hörte ihn aufschreien vor Schmerz.

Der Propst Doktor Buchholzer konnte doch froh sein. Er drückte kopfschüttelnd dem Manne die Hand, dem er das wohlverdiente Amt genommen: „Lieber Musculus, wenn wir das gedacht hätten, wir hätten uns doch wohl bedacht! Und nun Luther selbst, dieser Mann von Erz, nachgiebig wie Wachs! Was ist denn fest auf Erden, frag' ich mich oft!“ Joachim II. hatte, aus Vorsicht, sagten einige, aus Prachtliebe andere, viele katholische Gebräuche im neuen Gottesdienst beibehalten, die Prozessionen, Meßgewänder, die letzte Ölung, das Fußwaschen am grünen Donnerstag, die Frühmetten, die Wachskerzen. Vergebens hatten Weltliche und Geistliche dagegen demonstriert. Buchholzer hatte selbst deshalb an Luther geschrieben; da kam dessen berühmte Antwort: ‚Wenn Euer Markgraf und Kurfürst will lassen das Evangelium lauter und rein predigen — so geht in Gottes Namen herum und tragt ein golden oder silbern Kreuz und Chorkappen oder Röcke von Sammet, Seide oder Leinwand; und hat Euer Herr an einem Chorrock nicht genug, so ziehet ihrer drei an, der Aaron, der hohe Priester, drei Röcke anzog, die herrlich und schön waren. Haben auch Ihro kurfürstliche Gnaden nicht genug an einer Prozession, daß Ihr umhergehet, klingt und singt, so gehet siebenmal umher, wie Josua mit den Kindern Israel vor Jericho that. Und hat Euer Herr, der Markgraf, je Lust, so mögen Ihro kurfürstliche Gnaden voranspringen und tanzen mit Harfen, Pauken, Zimbeln und Schellen, wie David that vor der Lade des Herrn. Bin damit sehr wohl zufrieden; denn solche Stücke, wenn nur Mißbrauch davon bleibt, geben oder nehmen dem Evangelio nichts.‘ — „Das hat Luther geschrieben,“ sagte Buchholzer, und hielt sich die Hände vors Gesicht. „An wen soll man denn noch appellieren!“ Sprach davon, er wollte aus Brandenburg auswandern, ist aber geblieben.

Die Stände waren auch betrübt. Hatten zwar die reine Lehre, aber zwei Herren im Lande. Die liebten sich wohl und vertrugen sich wie die Brüder untereinander, und was der von Köln zu viel ausgab, gab der von Küstrin zu wenig aus, so glich es sich aus; aber wo ein dritter Fürst Krieg führte, wie zum Exempel der von Braunschweig, so schickte der eine Bruder ihm Hilfe, der andere aber seinem Feinde, und so schlugen sich Brandenburger mit Brandenburgern, sie wußten oft nicht um was. Gott wird's bessern, dachten die Stände, und er hat's auch gethan.

Die Kurfürstin Witib konnte doch glücklich sein, aber sie vergoß manche Thräne im stillen zu Spandow. Hatte ihr Herr seliger „aus dem Gestränge geschlagen", wie Haftiz sagt, und noch in seinem Alter, was schlug erst ihr junger Sohn aus! Joachim II. war über die Maßen verschwenderisch und liederlich, und die schöne Gießerin machte ihr manchen Verdruß; aber ihr Mutterherz tröstete sich damit, daß ihr Sohn desto mehr der reinen Lehre zugethan war, und duldete keine andere Deutung und Auslegung, wie er beim Streit um die guten Werke bewiesen hat. Davon ward ihr Herz wieder froh.

Auch die alte Bredow fand Musculus in Thränen. Weinen war doch nicht ihre Art, auch als sie sehr alt wurde. Aber der junge Kurfürst hatte den Sarg seines Vaters aus der Gruft zu Lehnin fortholen lassen und nach Köln in die Domkirche bringen, wo er unter einen messingenen Leichenstein gesetzt ward. Die in Lehnin waren außer sich; war das der Lohn dafür, daß der Abt Valentin so für die Reformation gewirkt, daß es unter den Mönchen bis zu blutigen Köpfen und Beulen gekommen war! Der Kurfürst that es, sagte man, damit sein Vater unter einem Gotteshause ruhe, wo die reinste Lehre gepredigt ward; in Lehnin schlug noch mancher Eiferer für die alte auf die Kanzel. Aber lagen seine Vorfahren nicht auch hier? Ihnen dünkte es eine Entweihung, ein Frevel gegen die Toten, ein Hohn gegen den seligen Kurfürsten. Warum ihn wegnehmen von seinen Vätern, und ihn, der dem alten katholischen Glauben so treu angehangen, in die neue protestantische Gruft bringen! Wollten Sie die Leiche noch bekehren! Ach könnte ein Cisterciensermönch von damals herabblicken auf die Ruinen seines Klosters; wie ist der Frevel gerächt! So haben sie gewirtschaftet, nicht oben nur, auch unten, daß kein Sarg mehr, kein Leichenstein zu finden.*) Man weiß nicht einmal mehr,

*) Doch geschieht von den gegenwärtigen Besitzern des Amtes Lehnin, den Herren v. Löbel und v. Übel, was in ihren Kräften steht.

unter den halbverschütteten Wein-, Bier-, Branntwein-, Wildpret- und Eiskellern, wo das Gewölbe gewesen, darin die Askanier und die Hohenzollern geruht!

Die alte Bredow weinte darum, daß ihr Herr nun nicht bei seinem Fürsten schlummern sollte, dem er so treu gedient. Ja, wären alle seine Diener wie er gewesen, dachte sie, es stände besser um das Land! Sie weinte noch um einen anderen Toten; den Knecht Ruprecht hatte sie begraben. „Sterben müssen wir alle, das ist es nicht, und er war alt und gut und eines fröhlichen Auferstehens gewiß," aber auf seinem Totbett hatte er ihr eine Sünde vorgehalten. Frau Brigitte eine Sünde! Auch hatte der Knecht es wohl nicht so genannt, aber schwer lag es ihr doch auf dem Herzen, das sie gegen Musculus ausschüttete. Sie hatte, zur Erinnerung an den treuen Knecht ihres Herrn, den Kaspar, unten am steinernen Denkmal ihres Mannes einen Hund aushauen lassen, mit einem Gesicht wie Kaspars. Nun war zwar Kaspar seinem Herrn wie ein Hund im Leben gefolgt, aber war das recht und gottgefällig, daß sie einen unsterblichen Menschen, als welcher ein Knecht doch auch ist, als ein Tier abbilden ließ? Der Ruprecht hatte es ihr ins Gewissen gerufen, und das quälte sie allein, und sie wollte den Hund wieder forthauen lassen. Musculus billigte es, denn wiewohl mancher Mensch nicht viel mehr ist als ein Hund gegen seinen Herrn, so wären wir doch alle gleich vor dem Herrn im Himmelreich und seinem Sohn, der uns erlöset hat.

Nur von einem begriff er's nicht, warum der auch betrübt war, einem, den er eben ordiniert zum Pfarrer auf dem Lande.

„Mensch, was fehlt Dir denn noch," sprach Musculus. „Nach Deinem curriculum warst Du zuerst ein Schmiedegesell,

---

die Ruinen zu erhalten und bei neuern Baulichkeiten dieselben sowohl dem Charakter der bestehenden Gebäude anzupassen, als auch bei Aufgrabung des Bodens die verlorenen Spuren der älteren Gebäude zu verfolgen; ein rühmliches Bestreben, welches leider von wenigen Privatbesitzern alter berühmter Schlösser und Klöster verfolgt wird. Lehnin war durch Jahrhunderte, nach Aufhebung des Klosters, ein Jagdschloß der Kurfürsten, vorzugsweise vom großen Kurfürsten Friedrich Wilhelm besucht und bewohnt. Die letzte Verwüstung der Bauwerke des eigentlichen Klosters und der Kirche hatte unter Friedrich des Großen Regierung statt; nicht absichtlich, sondern man brach die sehr großen und festen Steine ab, um sie beim Bau anderer Häuser zu benutzen. Spuk- und Gespenster-Geschichten mancher Art kursieren noch jetzt, und mehr als in Sagen der Vorzeit.

und weil Du nichts dazu taugtest, wurdest Du ein Kapuziner, und weil Du auch dazu nicht taugtest, denn Du plaudertest aus, was Du nicht solltest, wardst Du ein Bilderstürmer oder Wiedertäufer, und da schlugst Du so ungeschickt los, daß Du beinahe Deinen eigenen Herrn und Anführer erschlagen hättest. Jetzt haben wir Dich nun in der Not ordiniert, und Dir ad interim eine Pfarre gegeben, weil wir keine Besseren haben, und Du kannst wenigstens schreien und singen, und wenn Du die Bibelsprüche, die Du auswendig weißt, hintereinander hersagst, klingt's doch wie eine Predigt. Solch ein Glück hättest Du Dir ja nicht träumen lassen dürfen bei Deinem schwachen Ingenium. Warum bist Du also betrübt. Ich hoffe doch nicht, daß Du noch an Deiner letzten Thorheit, der Bilderstürmerei, hängst?"

„Ach, gnädigster Herr Superintendent, die haben sie mir rein ausgetrieben, als sie mich bei Spandow fingen. Da schon, und nachher in Berlin, prügelten sie mich, daß nichts von ihr in mir blieb. Ein anderer hätte es auch gar nicht ausgehalten."

„Also was willst Du? Du hast ein Gedächtnis wie die Elster, Du kannst nachsprechen. Thu' Dich um und höre bei guten Predigern, und dann sprich die Predigten nach vor Deiner Gemeinde. Das ist das beste. Thu' nichts von Deinem zu, so hören sie Gutes. Ich weiß wohl, wie Du Deine Schmiedeart nicht verleugnen kannst, aber vor Deinen Bauern schadet es nicht, wenn Du zu stark losschlägst. Sie haben ein dick Fell. Inzwischen wird's wohl besser im Land werden, und wir erziehen uns bessere Prediger. Was weinst Du also noch, die Pfarre ist mager, aber Dich nährt sie."

„Ach, hochwürdigster Herr General-Superintendent," sprach der lange Barnabas, „es ist nur, was ich neulich von meinem Herrn, nämlich von meinem ehemaligen Herrn, hören mußte."

„Der Herr Jochem von Bredow, nämlich der ehemalige Frater Henricus," sagte Musculus, „ist von allen seinen Irrtümern bekehrt; er führt jetzt einen stillen, gottgefälligen Wandel, studiert aufs neue in der Stille Gottes Wort, und wir mögen hoffen, in ihm einen ausgezeichneten Prediger für das neue Licht zu gewinnen."

„Ach, das ist es eben, Hochehrwürdigster; ich fragte ihn neulich, wir haben so viel durchgemacht, gnädigster Herr, und Ihr noch viel mehr, als ich, was ist denn nun eigentlich das Wahre und das Rechte? Gottes reines Wort, das weiß ich schon, aber das verträgt sich doch mit vielem. Wir sollen nicht papistisch sein und nicht wiedertäuferisch und calvinistisch und nicht sektirisch, Gott weiß was alles nicht, woran sollen wir uns denn hängen, oder sollen wir uns an gar nichts hängen? Und ist das Sünde, daß wir uns an das und jenes hängten, und ist das des Teufels? Da lächelte er und sagte: Unsere Art ist so, daß wir uns an etwas hängen müssen, und wehe dem, der sich an nichts hängen kann! Wir leben alle nur von Illusionen; aber auch die Illusionen sind Partikel der ewigen Wahrheit und nicht vom Teufel gemacht, sondern sie stammen von dem her, der Himmel und Erde schuf und uns selber so, wie wir sind. Wer gar nicht getäuscht ward, hat einen langen Weg ins Himmeireich, aber wer sich oft täuschen ließ, kommt schneller zur Erkenntnis. — Und die ehemalige Frau Äbtissin von Spandow war gerade dazu gekommen, und sie sagte zu ihm: „Vetter, es sind doch nicht alles Täuschungen und Illusionen. Die Liebe ist es doch immer, die Himmel und Erde schuf und Himmel und Erde zusammenhält!"

Da ward Doktor Musculus nachdenklich.

„Und das fuhr mir ins Herz," fuhr Barnabas fort. „Denn von der Liebe wußte ich nichts, und weiß auch keine, die mich liebt. Aber nun, Herr General-Superintendent, habt Ihr's mir gesagt, was ich thun muß; ich werde gute Prediger hören, und ihnen nachsprechen, dann kommt die Liebe vielleicht auch nach, denn die Priester dürfen ja jetzt heiraten, und ich habe mein Brot, und dann fehlt die Frau auch nicht."

In einem alten Kirchenbuche findet man die Notiz, daß ein Johannes Joachim von Bredow sich vermählt hat mit der ehemaligen hochwürdigen Frau Äbtissin Agnes von Bredow. Hinzugefügt ist von anderer Hand: Verheirateten sich in reiferen Jahren, führten aber ein erbaulich Leben in Wohlthun und christlicher Gesinnung. Könnte noch viel mehr von ihm erzählen, steht in Parenthese, so nicht der, der es wußte, und mir in die Feder diktieren gewollt, just nach Rom reisen gemußt. War ein Mann, von dem man allein ein Buch hätte schreiben gekonnt. Noch von einer anderen Hand ist ein Kreuz bei seinem Namen gemacht und an den Rand geschrieben: Starb als General-Superintendent. Die Jahreszahl ist verlöscht.

Ende.

Berliner Buchdruckerei Aktien-Gesellschaft (Setzerinnenschule des Lette-Vereins).

W. Alexis, Der Werwolf.

Inhalt des zweiten Bandes.

Die Kurfürstin Elisabeth und die weiße Frau.

www.ingramcontent.com/pod-product-compliance
Lightning Source LLC
Chambersburg PA
CBHW020734020826
48980CB00016B/313

* 9 7 8 3 8 4 6 0 6 2 6 1 6 *